Royal Affair
Erste Auflage Mai 2023

Personen und Handlungen sind frei erfunden. Etwaige Ähnlichkeiten mit real existierenden Menschen sind rein zufällig und nicht beabsichtigt.
Erschienen bei der
A.P.P.-Verlags-GmbH
Loch 1305
9428 Walzenhausen
Schweiz
E-Book: 978-3-96115-898-0
Softcover: 978-3-96115-899-7
Dieser Roman wurde unter Berücksichtigung der neuen deutschen Rechtschreibung verfasst, lektoriert und korrigiert.

Herstellung und Druck über tolino media GmbH & Co. KG, München.
Printed in Germany

DON BOTH & KERA JUNG

ROYAL AFFAIR

WER BIST DU, WENN DER TAG ANBRICHT?

A.P.P.
Romance

KURZBESCHREIBUNG

Charlotte muss heiraten.
Wieder.
Den besten Freund des Mannes, den sie liebt und von dem sie ein Kind erwartet.
Trevor Stuart ist auch noch groß, sexy, mysteriös und alles, wovon sie je geträumt hat, bevor sie Cameron Cavendish kennen und lieben lernte. Ein Kandidat zum Verlieben, wäre da nicht immer noch Cameron, den sie nicht loslassen kann. Ein neues gefährliches Spiel beginnt, ein Spiel bei dem schon bald mehr als zwei Herzen in Gefahr geraten.
Als wäre das nicht schon verstörend genug, ist Trevor auch noch der Anwärter auf den schottischen Thron. Zumindest, wenn alles nach den Plänen ihrer Väter läuft, und Charlotte soll seine Königin werden.
Das Schicksal ist launisch.
Es ist skrupellos, clever und mitleidlos.
Und es kennt keine Gnade.
Zweiter Teil der Trilogie.

!

ANMERKUNG DER AUTORINNEN

In diesem Buch werden unsere Protas zahlreiche historische Stätten in Schottland besuchen, auch die Wappen und die Geschichte schottischer Adelsfamilien spielen eine Rolle. Wir haben uns nicht immer an die realen Vorgaben gehalten. Unser Schottland, wie wir es beschrieben haben, ist an die Realität angelehnt, aber nicht authentisch.

1. GEFALLENE MASKEN

Charlotte

Seine grellgrünen Augen starren mich an. Sie bohren sich förmlich in mein Inneres. Sezieren mich, zerreißen mich, brennen sich durch jede Hautschicht, alle Muskeln und Knochen.

Ich bin ein nervöses Wrack, aber er darf es nicht merken. Genau genommen darf ich ihm gar nichts mehr zeigen, werde ich auch nicht, denn das hat er nicht verdient – dieser Betrüger, den ich betrogen habe.

Die spannendste Frage ist nach wie vor, wie ich so dämlich sein konnte, über Monate nicht zu merken, dass ich eine Affäre mit meinem eigenen Mann habe. Gut, es war immer dunkel, wenn wir uns trafen. Er hat immer dafür gesorgt, dass ich sein Gesicht nicht sehe, aber ich habe ihn doch gespürt. Ich habe ihn doch gekannt, wusste, wie er sich unter meinen Fingerspitzen anfühlt, wusste, wie er riecht, wie er spricht, mir war sogar seine Statur vertraut – dachte ich. Aber eigentlich war er mir immer völlig fremd, ist es immer noch.

Wer ist dieser Mann, der mir gegenübersitzt? Der lockere Amerikaner, der sich gnadenlos über alle Gefühle, Regeln, Gesetze und ganz bestimmt den guten Anstand hinwegsetzt, der mich schier in den Wahnsinn treibt und spricht, als würde er aus dem Ghetto stammen?

Oder ist er der gewiefte Brite, der genau weiß, wie er sich zu benehmen hat, der eine sanfte, angenehme Aussprache, ausgenommen gute Manieren und einen vorzüglichen Wortschatz besitzt?

Ist er der Mann, der mir bei Tageslicht den Atem mit seiner mitreißenden, rüden Art geraubt hat? Oder der andere, der mich in der Dunkelheit mit sanftem Nachdruck um den Finger wickeln kann?

Der eine, den ich zuerst am liebsten umbringen wollte und dann lieber selbst gestorben wäre, bevor ich zugelassen hätte, dass ihm etwas zustößt?

Oder der andere, dem ich ab der ersten Berührung völlig ergeben war und erst nach und nach merkte, dass etwas nicht stimmte?

Ist er Cameron?

Oder ist er James?

Liebt er mich?

Bin ich ihm egal?

Verabscheut er mich?

Oder aus welchem Grund hat er dieses kranke Spiel sonst begonnen?

Was geht in diesem Kopf vor?

Das hätte ich ihn in den letzten vier Wochen nicht nur einmal gern gefragt, aber ich konnte nicht, denn er war im Gefängnis und ich habe ihn bis auf das eine Mal nie wieder besucht. Ich brachte es einfach nicht über mich, wagte es nicht, ganz davon abgesehen durfte ich es auch gar nicht.

Jetzt ist er wieder raus, aber nur, weil er die Bedingung erfüllt, die unsere Väter uns gestellt haben.

Wir müssen uns scheiden lassen.

Er muss eine andere heiraten.

Ich werde einen anderen heiraten.

Unsere Leben werden sich trennen und das, obwohl James … äh … Camerons Leben in mir heranwächst. Dieses Baby, von dem ich dachte, es würde uns vereinen, würde unseren Bund noch fester, noch untrennbarer machen, wäre das Bindeglied, das uns noch fehlte.

Nichts davon trifft zu. Es ist zu schwach, um uns zusammenhalten zu können, außerdem darf es nicht sein Schicksal sein. Kein Kind sollte einziger Grund für das Fortbestehen der Ehe der Eltern sein. Keinem sollte diese Last auferlegt werden.

Ich kann meine Schwäche wenigstens überspielen, denn ich werde ihm nicht zeigen, wie sehr er mich zerstört hat. Ich werde Stärke vortäuschen, wo im Innern nur Unsicherheit und Verzweiflung zu finden sind. Auch meine Hand werde ich nicht auf meinen Bauch legen oder gar weinen. Ich werde ihn nicht fragen, wieso er so schlecht aussieht, was sie mit ihm angestellt haben und wie es ihm geht. Ich werde ihm nicht zeigen, dass ich mir Sorgen um ihn mache und in den letzten Wochen kaum ein Auge schließen konnte.

Ich werde ihm gar nichts zeigen.

Ich werde meine Maske aufsetzen und Würde bewahren.

Würde.

Das Einzige, was mir geblieben ist.

Also sitze ich hier nur und sehe ihn an, während mein Vater mit Camerons Anwalt die Scheidungsmodalitäten aushandelt. Im Grunde höre ich sie gar nicht, denn in meinen Ohren rauscht es, in meinem Herzen brennt es und in meinem Magen zieht es unentwegt.

Seitdem ich von Cams Verrat erfahren habe, seitdem meine Welt zusammengebrochen ist, fühle ich mich nicht gut. Innerlich bin ich völlig verzweifelt, ohne einen Plan, ohne einen Ausweg, vor allem kämpfe ich immer noch damit, das Ganze überhaupt zu begreifen. Aber nach außen hin bemerkt man nichts.

Endlich macht sich meine Erziehung bezahlt. Dass ich darauf getrimmt wurde, die perfekte, englische Tochter zu sein. Schön, still, erhaben, höflich und äußerst würdevoll.

Auch dann noch, wenn mir das Herz aus der Brust gerissen wurde.

Mehr wird er nie wieder von mir bekommen, obwohl sein Blick mich einsaugt, mit mir reden, mich förmlich anbrüllen. Obwohl ich längst wieder drohe, schwach zu werden und so gern nachgeben würde. Obwohl jede Faser in mir nach ihm schreit und ich mich ohne ihn so schutzlos fühle.

Ich werde heute kein einziges Wort mit ihm wechseln. Werde ihm nicht sagen, dass ihm die im Gefängnis geschorenen kurzen Haare nicht stehen. Ich werde mich nicht erkundigen, woher die tiefen Augenringe stammen. Ich werde ihn nicht fragen, was in den letzten vier Wochen geschehen ist. Ich werde ihn nicht küssen, mich nicht in seine Arme schmiegen, mich nicht an seiner Stärke wieder aufbauen. Ich werde ihm nicht zeigen, wie sehr ich ihn brauche. Nie wieder.

Denn in wenigen Minuten werde ich wieder eine Seymour sein, keine Cavendish mehr.

Ich bin nicht mehr seine Frau. Ich bin nicht mehr seine Affäre. Ich bin sein Nichts, dabei dachte ich doch tatsächlich, sein Alles zu sein.

So schnell kann sich alles ändern. So schnell kann man aus dem Himmel direkt in die Hölle fallen.

Eine kalte, britische Hölle.

Denn es ist Januar irgendwo in London und ich verliere den einzigen Mann, den ich jemals geliebt habe.

Ach, die einzigen zwei Männer – ich vergaß …

2. MIT DEINEN AUGEN …

Charlie

Die Vertragspartner erkennen alle Ansprüche an die Gegenpartei als abgegolten an. Eine Wiederaufnahme der Verhandlungen ist ausgeschlossen.

Das war es. Ich muss nur noch unterschreiben, dann bin ich geschieden.

Aber eigentlich will ich das gar nicht, alles in mir wehrt sich gegen diesen letzten, entscheidenden, lebensverändernden Schritt. Es ist, als hätte ich mit einem Mal das Schreiben verlernt, könnte mich nicht mehr an meinen Namen erinnern. Als ich mit dem schweren Kugelschreiber meines Vaters in der Hand in Cams Augen aufsehe, will ich nichts weniger als das. Ich will ihn nicht verlieren, will mit ihm verheiratet bleiben, will nicht ohne ihn weitermachen. Währenddessen spüre ich den stechenden Blick meines Vaters auf meinem Profil, spüre den Druck, den er unentwegt auf mich ausübt. Mein Magen ist so verkrampft, dass mir regelrecht übel ist.

»Machst du Probleme, geht er ins Gefängnis, lebenslänglich, Charlotte. Dann darfst du ihn dort besuchen. Einmal im Monat. Pflegst du weiterhin Kontakt zu ihm, lasse ich ihn für immer verschwinden. Du weißt, dass ich die Mittel, die Wege und den Willen habe, dies durch-

zusetzen. Meiner Ansicht nach hätte er nie wieder auf freien Fuß gelangen dürfen. Sagst du ein falsches Wort gegenüber der Presse, wird er nie wieder glücklich. Sagst du ein falsches Wort zu irgendwem anders, ebenso. Ich will nur dein Bestes, Darling. Jetzt trink deinen Tee …«

Diese so verheerenden Worte hallen endlos in meinen Ohren nach, geäußert in Stunden und Stunden, in denen er auf mich eingewirkt hat. Während ich in Cams grellem Grün versinke, fällt mir auch das andere ein, der Grund, weshalb ICH nicht mehr mit ihm zusammen sein will.

Er hat mich belogen.

Er hat mich betrogen.

Er hat sich auf meine Kosten amüsiert.

Er hat mir Liebe vorgespielt, obwohl er einfach nur sein Vergnügen mit mir hatte und seinen Frust an der Gesamtsituation an mir auslassen wollte.

Aus diesem Grund sollte ich der Scheidung zustimmen, es ist der einzig legitime, der, welcher die Dinge auch für mich plausibel und erträglich macht.

Ich darf es nicht vergessen. Schon wegen meines Seelenheils. Wegen meines inneren Friedens.

Es ist so viel besser, meine eigenen Gründe zu haben, als sie mir von anderen diktieren zu lassen.

Sei stark.

Sei konsequent.

Vergiss es nicht, vergiss es nie, bleib wachsam, bleib überlegen, tu wenigstens so.

Aber um ihn zu hassen, ihn zu bestrafen, ihm die kalte Schulter zu zeigen, muss ich mich nicht unbedingt von ihm scheiden lassen. Für immer – hieß es in der Westminster Abby, ich weiß es genau, diese Worte haben sich in mich eingebrannt.

Bis dass der Tod euch scheidet.

…

Als er fast unmerklich den Kopf schüttelt, beiße ich die Zähne aufeinander, denn ein heißer Schauer ist durch meinen seit Wochen kalten Körper gerauscht.

Will er mich etwa noch? Liebt er mich vielleicht doch? Hat er vielleicht gar nichts mit seiner Ex Melody? Die hatte ich bei meinen Anklagepunkten fast vergessen. Die Liste all der Dinge, die gegen ihn sprechen, ist so unendlich lang.

Ist das alles nur eine Intrige unserer Familien? Könnten wir irgendwie dagegenhalten?

Zusammenhalten?

Ja, das könnten wir und das würden wir vermutlich auch – wenn ich ihm noch vertrauen könnte. Aber das kann ich nicht, denn er hat mein Vertrauen über Monate mit Füßen getreten. Jedes Mal, wenn er mir als James geschrieben hat, war es im Grunde ein neuer Missbrauch all dessen, woran ich glaubte. Wie hat er sich dabei gefühlt? Mächtig? Überlegen? Hat es ihn angemacht? Was hat er gedacht, wenn ich total gehetzt von James kam und er mich dann gevögelt hat? Wie war es für ihn, meinen Kopf dermaßen durcheinanderzubringen?

Und meine Seele.

Und meinen Körper.

Jede Faser von mir, alles, was in seiner Gesamtheit Charlotte Cavendish ausmacht?

Und wie weit hätte er es noch getrieben? Wie lange hätte er dieses widerliche Spiel weitergespielt? Ein paar Wochen? Monate? Jahre? Wie konnte er nur so gewissenlos sein? Und ja, auch ich habe Fehler begangen, auch ich habe gelogen und betrogen, aber ich tat es aus Liebe.

Er aus reiner Bosheit.

Genau deshalb senke ich den Blick auf das Papier und setze meine Unterschrift auf die gestrichelte Linie.

Es fühlt sich an, als würde ich den Beschluss meiner Hinrichtung unterzeichnen.

Mein Todesurteil.

Als würde genau jetzt mein Leben enden.

Mein Herz protestiert, aber ich führe meine Hand trotzdem weiter.

Charlotte Cavendish.

Sobald mein Name auf diesem Blatt Papier steht, das alles beendet, das mich wieder zu Charlotte Seymour macht, erhebe ich mich, bin unfähig, auch nur eine Sekunde länger in diesem Raum zu bleiben. Ich kann ihn nicht mehr ertragen und ich will ihn nie wieder sehen. Will nie wieder mit ihm sprechen, weil er mir erst gezeigt hat, wie es sich anfühlt, auf sein Herz zu hören, nur damit es dann gebrochen wird.

In Einzelteile zertrümmert.

Das war‹ jetzt.

Niemand hält mich auf, niemand ruft mich zur Ordnung.

Ich stürme in die Toiletten und lehne mich dort hart mit dem Rücken gegen die Tür, presse fest die Lider aufeinander, um den Aufruhr in mir irgendwie zu bändigen. Denn seit ich das Büro betreten und einen Blick auf Cam geworfen habe, befindet sich mein gesamter Körper im Ausnahmezustand.

All diesem Druck, dem Chaos in mir bin ich nicht gewachsen. Heiß brennt es in meinen Augen, als mir klar wird, dass es nun wirklich, wirklich vorbei ist.

Es wird keine Fortsetzung geben.

Keine geheimen Treffen mehr.

Keine Küsse, kein Lachen, keine Berührungen.

Es ist einfach aus.

Mit aller Macht bringe ich den kleinen Teil in mir zum Schweigen, der hofft, dass Cam sich einfach weigert, zu unterschreiben, dass er in diese Toilette stürmt, mich an der Hand nimmt und allen verkündet, dass uns niemand trennen kann.

Aber er kommt nicht. Es bleibt still.

Einsam.

Ich bin ganz auf mich und meine Gedanken beschränkt, und verlasse diesen Raum erst, als ich mir sicher sein kann, nicht doch noch zusammenzubrechen.

Im Konferenzraum sitzt nur noch mein Vater und ordnet zufrieden die Papiere.

»Ich hasse dich«, sage ich leise und er sieht auf.

»Ich weiß, Charlotte.«

»Ich werde dir das nie vergeben.«

Sein attraktiv/arrogantes Gesicht bleibt ohne Regung. »Auch das ist mir klar.«

»Und es ist dir egal?«, erkundige ich mich hohl. Hier saß er soeben noch, der Mann, den ich liebe, aber sein Stuhl ist jetzt leer. Wahrscheinlich werde ich ihn erst wieder auf seiner Hochzeit sehen, oder auf meiner. Mit seinem besten Freund – Trevor Stuart. Jüngster und einzig noch lebender Sohn der uralten Stuart-Linie. Der schottischen Königsfamilie, wenn es noch einen schottischen König geben würde. Höchster britischer Adel. Ein noch größerer Fisch als Cam. Ich verstehe schon, wieso Dad will, dass ich ihn heirate. Die Stuarts sind in Großbritannien eine sehr mächtige Familie, eine Vermählung mit ihnen bedeutet den höchstmöglichen Aufstieg. Doch bisher war mir nie in allen schmerzlichen Details bewusst, wie egal ich meinem Vater bin. Wie wenig ihn meine Meinung interessiert, mein Herz, mein Glück. Bis zu diesem Moment, als er aufsteht und sanft meine Stirn küsst.

»Ich liebe dich, Charlotte. Nur deshalb tue ich das«, meint er und mir entkommt ein ungläubiges Lachen. Liebe? Keiner hier weiß, was Liebe bedeutet. Er am allerwenigsten.

»Wir fahren jetzt, und ab morgen bereiten wir deine Hochzeit vor.«

Es muss schnell gehen, damit es sich nicht doch noch jemand anders überlegt. Schließlich bin ich alles andere als eine makellose Braut. Auch das verstehe ich. Dad legt mir die Hand auf den unteren Rücken, als er mich hinausführt. Ich bilde mir ein, noch einen Hauch von Cams Parfum wahrzunehmen. Das Parfum, welches er auch als James verwendet hat. Trotzdem habe ich nicht gemerkt, dass es bis ins kleinste Detail der gleiche Duft war, dass selbst der persönliche Faktor, der ein Parfüm auf jeder Person unverwechselbar macht, bei beiden exakt gleich war. Oder wollte ich es nicht merken? Habe ich ganz bewusst vor der Wahrheit die Augen verschlossen, weil ich nicht in die Entscheidung gedrängt werden wollte?

Gab es überhaupt jemals eine Entscheidung?

Fühle ich mich in der Rolle einer Frau, die von zwei umwerfenden Männern begehrt wurde, einfach zu wohl?

Was war nur los mit mir?

»Es wird eine große Feier geben, größer als die letzte ...«, redet er weiter, aber ich höre ihn nicht wirklich. Bin mit meinen Gedanken losgelöst, aus einer Situation, aus der ich mich nicht körperlich befreien kann.

Doch die Gedanken sind frei, nicht wahr?

Wie das Püppchen, das ich sein soll, gehe ich neben ihm her. Denn ich war nie mehr als eine Marionette in seinem Puppentheater, auch das wird mir mit einem Schlag klar.

Heute ist wohl Tag der Erleuchtungen.

Die schmerzhafteste davon ist die Tatsache, dass ich alles dafür geben würde, um einfach da weitermachen zu können, wo Cam und ich aufgehört haben. Ich würde so gern in unser Apartment auf die Matratze auf dem Boden zurückkehren, würde mir löslichen Kaffee brühen, weil wir keinen Automaten haben und mich nur von Junkfood ernähren, weil keiner von uns beiden jemals zu Kochen gelernt hat.

Aber das wird nicht geschehen, schon weil ich Cam völlig egal bin und es immer war. Wahrscheinlich zählte nur der Sex, der Nervenkitzel, das Spiel.

Allein die Vorstellung zerstört mich gleich noch mal.

3. GEFANGEN IN IHR

Cameron

Warum konnte die fucking Besprechung nicht in Texas stattfinden? Obwohl, besser nicht, denn dann hätte ich nach ein paar Minuten die Knarre gezogen und alle hingerichtet.

Außer Charlie, natürlich. Charlie, die leichenblass war und den Kopf gesenkt hielt. Charlie, die, als sie dann endlich aufsah, die Rebellion im Blick hatte, die sie tief in ihrem Innern ausmacht. Sie ist noch nicht ganz verschwunden, ein Teil von ihr lebt immer noch.

Ich wollte sagen: Komm, hauen wir ab, vergessen wir diese aufgesetzte Scheiße und machen, dass wir hier wegkommen.

Und in irgendeinem fucking Märchen hätte das garantiert auch funktioniert. In irgendeinem fucking Märchen wären wir einfach gegangen, hätten diese Armleuchter hinter uns gelassen und irgendwo ein neues Leben gestartet. Geld hätte ich schon besorgt, kein Problem.

In einem Märchen hätte die Anklage aber auch nicht über meinem Kopf geschwebt, die dieser Kerl laut eigener Aussage irgendwie zu den Akten legen konnte, weshalb nicht weiter gegen mich ermittelt wird.

»Solange du mitspielst.«

Ansonsten würde ich wohl für ein paar Jahre hinter Gittern verschwinden, was noch nicht mal das Schlimmste wäre.

Sie haben nämlich auch damit gedroht, Charlie eine Mittäterschaft anzuhängen. Schließlich sind wir verheiratet, und wenn ich mit kiloweise Kokain handel, dann wird meine Ehefrau davon Kenntnis gehabt haben. Ihr drohen mindestens drei Jahre wegen Beihilfe, ich wette, die entsprechenden Beweise werden sie bei Bedarf aus dem Hut ziehen.

Damit haben sie mich bekommen. Mit dieser Drohung haben sie mich zwangsverpflichtet, sie niemals wieder zu sehen. Das musste ich ihnen schriftlich geben.

Okay, ich habe auch keine Lust, die nächsten fünfundzwanzig Jahre im Knast zuzubringen. Wer hätte die schon? Aber ich wäre standhaft geblieben, ich hätte mich nicht erpressen lassen, nicht zu dem, was sie von mir verlangen.

Hätten sie Charlie nicht mit reingezogen.

Dieses eine Treffen mit ihr musste ich überstehen. Es ließ sich nicht verhindern, weil es nun mal von Rechtswegen verlangt wird, dass beide sich mit einem Richter zur Scheidung treffen. Danach war mir klar, dass es wirklich vorbei ist – für den Rest meines Lebens.

Hoffnung? Ich habe keine mehr. Denn das ist nun mal kein fucking Märchen.

Seit drei Wochen bin ich total von der Außenwelt isoliert. Ich weiß nicht, was vorgeht, habe nicht mit Trevor gesprochen, schon gar nicht mit Charlie, und ich hätte meinen kleinen Finger gegeben, um noch einmal mit ihr reden und mich entschuldigen zu dürfen. Nur damit sie weiß, dass es mir wirklich leidtut. Damit sie erfährt, dass ich ihr nie schaden wollte. Auch, dass ich mich nie über sie lustig gemacht habe. Dass ich in einer Falle saß, in die ich mich selbst befördert habe und einfach nicht wusste, wie ich rauskommen sollte. Okay, in einer heißen Falle. Das war kein Honigtopf, es war eine ganze Wabe. Es war heiß und es war denkwürdig. Natürlich konnte ich nicht wissen, dass mich diese wenigen Wochen für die nächsten dreißig Jahre über Wasser halten müssen, bis zu dem Zeitpunkt, an dem er sowieso nicht mehr stehen will. Wäre es anders gewesen, hätte ich das Spiel vielleicht noch viel weiter getrieben, hätte mir mehr von ihr genommen, so viel, wie irgendwie möglich gewesen wäre.

Denn in den kommenden dreißig Jahren werde ich es mit Melody zu tun haben.

Korrektur, ich werde es mit Melody zu tun haben, solange sie Lust auf mich hat. Erfahrungsgemäß dauert das nie länger als ein paar Wochen, dann braucht sie eine Veränderung, weil ihr langweilig wird. Irgendwann sagte sie mir mal, das Leben sei zu kurz, um es mit ein und demselben Schwanz zu beschließen. Sie vögelt eine Weile herum, bis ihr wieder einfällt, dass ich immer noch da bin und das Spiel von vorn losgeht. Das Spiel mit dem heißen, geistlosen Sex, der für mich ganz plötzlich jeden Zauber verloren hat.

Ich bin in meinem alten Zimmer, im Haus meines Vaters. In genau dem Zimmer, in dem ich auch nach meiner Ankunft untergebracht war. Sie meinen wohl, es wäre geschmacklos, mich in den Räumlichkeiten wohnen zu lassen, in denen ich mit Charlie lebte.

Bis wir auszogen, um nach London zu gehen.

Die Wohnung steht leer und wird bald aufgegeben. Weder Charlie noch ich haben dafür Verwendung. Gerade bin ich sowieso auf Bewährung draußen. Sie endet, wenn ich Ja gesagt habe. Was ich werde. Oh ja, und wie ich das werde. Denn wenn nicht, werden sie ... Charlie schaden. Ihr eigener Vater hat mich damit erpresst. Sie verwenden unsere Liebe gegen uns und ich wette, sie haben mit Charlie genau dasselbe getan, den gleichen perfiden Film gefahren. Okay, natürlich ist sie auch auf mich sauer, aber was ich in ihren Augen bei diesem letzten Gespräch, an dem wir als Mann und Frau teilnahmen, gesehen habe, war kein Hass, das war auch keine Abscheu, das war einfach nur Sehnsucht und ... Verzweiflung. Ich wette, sie hat nur nicht geweint, weil sie ihr ganzes Leben darauf getrimmt wurde, sich nicht gehen zu lassen. Ich hätte sie so gern in den Arm genommen.

No Sex! Diesmal nicht. Ich wollte sie einfach nur trösten, ihr versichern, dass alles gut wird, ihr Mut zusprechen, vor allem aber sie beschützen, meinen Job machen. Nur war daran nicht zu denken. Bevor es zu diesem Elefantentreffen kam, wurde mir ein exakter Benimmkatalog vorgelegt, die haben mir sogar den Augenkontakt vorgeschrieben.

An diesen Teil habe ich mich nicht gehalten, wir hatten Kontakt, häufig, denn ich musste sie mit meinem Blick von dem irrsinnigen Plan abbringen, etwas Wahnsinniges zu tun oder zu sagen.

Halt.

Den.

Mund.

Ich habe es ihr in Gedanken zugesendet. Sie sagen doch immer, bei Seelenverwandten funktioniert das. Anscheinend haben sie recht, denn sie hat den Mund gehalten. Zum ersten Mal, seitdem ich sie kenne, hat sie auf mich gehört. Deshalb konnten sie fröhlich die verdammte Scheidung durchdrücken, die nur nötig war, weil sie mit einer Annullierung nicht durchkamen.

Und jetzt bin ich hier in diesem Nicht-Luxus-Knast und ... drehe durch. Ehrlich, ich bin kurz vor dem Überschnappen.

Ich renne von einer Raumecke zur anderen, setze mich nicht, bleibe kaum stehen. Gerade ist mir auch mein Rücken egal, der in der Zelle nicht besser geworden ist. Oder beim stundenlangen Sitzen im Vernehmungsraum, wo sie mich durch die Mangel drehten, um mich weich zu kriegen. Sie wollten unbedingt ein Geständnis aus mir pressen. Ich wette, der Typ, der mich vernommen hat, war ein Schauspieler. Mit Spezialisierung auf Thriller und Mafia – bei beidem spielt er den total irren Killer. Marke Lex Luther oder so. Der Kerl hat sich aufgeführt, als hätte er das in irgendeinem Film gesehen, begonnen bei Stimmungswechseln innerhalb von ein paar Sekunden, über Morddrohung, und »wir wissen, dass du lügst«, und so weiter. Das ganze Programm haben sie abgespult, einschließlich Schlafentzug und mit der Lampe direkt in mein Gesicht strahlen. Damit wollten sie mich mürbe machen. Es wäre ihnen nie gelungen, wenn nicht eines Tages dieses Arschloch –, ich hasse den Kerl – angekommen wäre …

»Du sitzt in der Scheiße, mein Junge«, sagte George Seymour in seinem Maßanzug und lächelte mich milde an. »Wenn kein Wunder passiert, wirst du hier so schnell nicht mehr rauskommen. Geständnis hin oder her. Wir Briten haben es nicht so mit harten Drogen. Schon gar nicht, wenn ein paar wildgewordene Cowboys über den Teich kommen, um das Zeug bei uns zu verticken.«

»Ich habe den Stoff noch nie zuvor gesehen.«

Sein Lächeln wurde fast väterlich. »Ja, man sagte mir, dass du das immer und immer wieder beteuerst«, erwiderte er unbekümmert. »Im Grunde ist es egal, wir brauchen kein Geständnis, die Beweise sprechen für sich.«

»Macht eine Haarprobe, abgesehen von ein bisschen Gras werdet ihr nichts finden.«

Fuck, ich hoffte wirklich, dass meine letzte Kokssession nicht mehr nachweisbar sein würde, die war zu meiner Hochzeit.

Vier Monate? Sollte reichen.

»Wir gingen nie davon aus, dass du das Zeug selbst konsumierst. Eher, dass du es unter die Leute bringst. In der Upperclass, wo das Geld sitzt.«

»Klar, ich habe ja auch nichts Besseres zu tun«, knurrte ich und sehnte mich nach einem Joint. Einem echt großen. Und ich sehnte mich nach Charlie.

Fuck, ich sehne mich immer noch nach Charlie. Ich hätte nie gedacht, von einer Frau mal so besessen zu sein.

»Ganz ehrlich? Nein, hast du nicht. Wie ich hörte, bist du in deinem ›Job‹«, ja, er hat es in Anführungszeichen gesetzt, »nicht sonderlich erfolgreich. Das Arbeiten liegt dir überhaupt nicht, die Regelmäßigkeit, das frühe Aufstehen, all das entspricht so gar nicht deinem Lifestyle, völlig verständlich, mein Junge.«

»Nenn mich noch einmal ›mein Junge‹ und ich ...«

»Was?« Er zündete sich in aller Seelenruhe eine Zigarette an und blies mir den Rauch direkt in die Fresse. Bastard. »Was willst du tun? Handgreiflich werden? Denk nach, mein Junge, denk nach, ich an deiner Stelle würde die Dinge nicht noch künstlich dramatisieren, weil ich mein Temperament nicht unter Kontrolle habe.«

»Fick dich.«

»Aber nicht doch. Ich werde später noch ficken, wie es jeder freie Mann zum Abschluss eines erfolgreichen Tages tut. Noch besser, es wird nicht meine Frau sein. Nur was hat das mit dir zu tun?« Er rückte vor und sah mir in die Augen, ohne die geringste Sorge, dass ich ihn anfallen könnte. Der

Mann hatte keine Ahnung, in Gedanken hatte ich ihn schon mindestens achtmal erwürgt.

Ich hätte ihn erwürgt, hätte ich damit irgendwas ändern können.

»Dein Schicksal ist dir anscheinend egal. Und Charlies? Charlie ist dir auch egal?« Schließlich breitete er vor mir genüsslich seine Drohungen aus. Er lächelte sogar dabei.

Als er fertig war, brauchte ich einen Moment, um meine Stimme wieder zu finden. »Sie ist deine Tochter, verdammt.«

Ungerührt zuckte er mit den Schultern. »Manchmal muss man Opfer bringen. Außerdem hat sie mich verärgert. Es steht einer Tochter nicht zu, ihrem Vater zu trotzen. Aber ich würde natürlich dafür sorgen, dass sie nicht im dreckigsten Gefängnis der Insel landet. Bei dir liegen die Dinge anders. Hast du auch nur eine entfernte Ahnung, welche Art von Gefängnissen wir hier haben, mein Junge?«

Irgendwer brachte ihm einen Kaffee, er prostete mir zu, nahm einen Schluck und verzog das Gesicht. »Schmeckt wie Pisse. Willst du? Du solltest dich an den Geschmack gewöhnen.«

Ich lachte auf. »Als wenn mich die Aussicht auf schlechten Kaffee dazu bringen würde, bei deinem abgefuckten Spiel mitzuspielen.« Aber in Wahrheit waren die Würfel längst gefallen. Ich hatte mit allem gerechnet, aber nicht damit, dass er bereit war, Charlie über die Klinge springen zu lassen. Charlie, die ich mir im Gefängnis, an diesem schmutzigen, dreckigen, kranken Ort nicht mal vorstellen wollte.

»Ich begreife überhaupt nicht, warum du dich so sperrst, vor dir breitet sich eine rosige Zukunft aus. Du bekommst endlich die Frau, die perfekt zu dir passt, du wirst ein steinreicher Mann sein, dein Vater ist auch zufrieden, alles kann sich zum Besten wenden, wenn du nur endlich zur Vernunft kommst. Wenn nicht ...« Er brachte den Satz nicht zu Ende. »Ich gebe dir einen Tag Bedenkzeit. Morgen bin ich wieder da und dann will ich deine Entscheidung hören. Sorge dafür, dass du meine Tochter nicht mit dir in den Abgrund reißt. Schließlich war sie mit dir als Ehemann schon genug geschlagen.«

Ich musste nicht nachdenken, mir war klar, wie ich entscheiden würde, aber mit Sicherheit trug zu meiner Entscheidung die Vorstellung bei, für ein paar Jahre hinter dieser verdammten Eisentür zu sitzen. Von den Launen der Schließer abhängig zu sein, so gut wie nie den Himmel zu sehen, und wenn, dann nur durch diese verdammten Gitter oder auf einem Platz fünfzehn mal zwanzig Meter groß, umgeben von turmhohen, undurchlässigen Mauern. Vor allen Dingen aber, mit diesen Wahnsinnigen dort drin zurechtkommen zu müssen.

Am Ende bin ich ein Schisser, aber wäre das nicht jeder in meiner Situation gewesen? Und ja, es fühlte sich gut an, ein letztes Mal den Helden zu spielen oder es sich wenigstens einzureden, denn mit meiner Zustimmung rettete ich auch Charlie.

War ich sicher, dass er seine Tochter, seinen wertvollsten Besitz, wirklich opfern würde, einschließlich des Skandals, den das Ganze nach sich ziehen würde?

Nein, war ich natürlich nicht. Riskieren wollte ich es trotzdem nicht.

Am nächsten Tag tauchte er mit einem Fünfzig-Seiten-Vertrag, meinem Vater und zwei weiteren Anwälten auf. Anscheinend war er sicher, dass ich einlenken würde.

»Keine weiteren Mätzchen«, befahl er. Ich las den Vertrag und begriff, dass meine Zeit mit Charlie wirklich beendet war, dass ich sie niemals wieder allein sprechen würde.

Das hat mich gefickt. So sehr, dass ich am liebsten eine Gefängnisrevolte angezettelt hätte. Doch inmitten meines totalen Ausnahmezustandes wurde mir klar, dass ich gute Miene zum bösen Spiel machen musste, denn im Gefängnis konnte ich nichts ändern, im Gefängnis konnte ich gar nichts tun. Draußen wäre das was anderes.

Nur halten sich mich hier genauso in Kerkerhaft. Ich habe noch keine einzige Sekunde allein in der Öffentlichkeit zugebracht. Mein Handy ist irgendwie verschwunden und ich bin sicher, dass mein Laptop genau wie das Telefon angezapft ist. Sie wollen auf Nummer sicher gehen. Die Hochzeit soll in drei Tagen stattfinden. Drei Tage noch und ich werde ....

Es klopft an der Tür, und bevor ich was sagen kann, ist sie da. Ich sehe nicht mal hin, ihr Parfüm verrät sie zuverlässig.

»Was willst du?«

»Nach meinem zukünftigen Ehemann schauen.« Das Klacken ihrer Heels verrät, dass sie sich durch den Raum bewegt, und ich schließe die Augen, denn diesmal sieht kein Wärter zu. Diesmal könnte niemand einschreiten, ich könnte sie erwürgen und ... Fuck, die Frau macht mich zum Killer.

Langsam drehe ich mich um und ihre rechte Hand bewegt sich zu ihrem Mund, die Augen werden groß. »Oh Gott, was haben sie dir nur angetan?«

Als würde es sie wirklich interessieren.

»Wie geht es dir?« Die schwarzen Haare hat sie heute zu einem Pferdeschwanz zusammengebunden. Sie ist nur mäßig geschminkt, wirkt wie eine Sphinx mit diesem perfekten Kopf, dieser perfekten Figur in einem ihrer Sex-Kleider, in dem die Ansätze ihrer Brüste zu sehen sind, weil der Ausschnitt fast bis zum Bauchnabel reicht. Passend dazu trägt sie schwarze Overknees, die Absätze haben mindestens zehn Zentimeter; sie bewegt sich so sicher und elegant darauf, als wären sie ein Teil von ihr.

Ich hasse sie. »Verschwinde, Melody.«

»Du bist wütend, natürlich bist du das.« Jetzt streicht sie auch noch über meine Brust. Ob ich will oder nicht, die Berührung jagt sofort einen Stromstoß in meinen Schwanz, sie konnte mich schon immer auf Touren bringen. Aber ich will es gerade nicht. Ich hasse sie gerade. Ich kann sie gerade nicht ertragen. Also packe ich ihr Handgelenk. Wutentbrannt sehe ich in ihr umwerfendes Gesicht.

Fuck, ich hasse sie wirklich.

»Was willst du hier?«

»Wir sind verlobt, ich will nach dir sehen.« Anmutig schlägt Melody die Lider nieder. Wer sie nicht kennt, würde es ihr abnehmen, aber ich bin schlauer. Ich weiß, dass es Show ist. Melody führt immer eine Show auf, die Welt ist ihre Bühne und wir sind ihr Publikum, das sie nach ihrem Willen an ihren Zügeln tanzen lässt.

»Geh.«

»Nein«, sagt sie einfach und macht einen Schritt auf mich zu. Wegen der Heels ist sie fast so groß wie ich, ihr Atem trifft mein Gesicht. »Ich weiß, dass es dir nicht gut geht. Wie die ganze Geschichte abgelaufen ist, hat dich mitgenommen, du kannst noch nicht erkennen, dass es der richtige, der einzige Weg ist. Das wirst du aber, vertrau mir. Bis dahin muss ich dich ein bisschen … bei Laune halten«, raunt sie direkt an meinem Ohr und fährt es mit ihrer Zunge nach. Geschickt öffnet sie die Schnalle meines Gürtels und auch den darunter liegenden Hosenknopf, während ich fest die Zähne aufeinanderbeiße. »Du musst all das Böse vergessen, das dir widerfahren ist.« Damit schmiegt sie sich direkt an mich.

Fuck, ich. Hasse. Sie. So. Sehr.

Ich hasse diese Titten. Ich hasse diesen Duft. Ich hasse diesen Mund. Ich hasse es, dass sie ihre Finger direkt in meine Hose schiebt.

Sobald sie meinen Schwanz berührt, zucke ich zusammen, doch als ich diesmal ihre Hand wegziehen will, flüstert sie an meinen Lippen: »Wie sich Charlotte wohl im Gefängnis machen wird? Ich dachte, du bist von der Sorte Mann, die uns zarte Geschöpfe von solchen schrecklichen Orten fernhalten? Soll ich deinem Dad wirklich berichten, dass du dich nicht an dein Versprechen hältst?«

Meine Finger erstarren. Das Bild von Charlie hinter Gittern zwingt mich fast in die Knie. Das darf nicht passieren, alles, nur nicht das. Widerwillig lasse ich meine Hand sinken. Meine Zähne sind so fest aufeinandergepresst, dass es weh tut, als sie wieder in meine Hose schlüpft und mich umfängt.

»Lass es einfach geschehen, lass dich gehen, lass dich fallen, ich weiß, dass du es willst.« Sie bewegt ihre Finger gekonnt auf und ab, und ich presse die Zähne noch fester aufeinander, versuche, dagegen anzukämpfen, versuche, nicht zu reagieren, aber das könnte wohl nur ein Eunuch. Nebenbei steigt Säure meine Speiseröhre hoch, weil ich ihren Geruch nicht ertrage.

Nur Sekunden später bin ich steinhart.

Ihre schönen Lippen verziehen sich zu einem Lächeln, während sie mich auf die Couch drückt und sich auf mich setzt. Wie üblich trägt sie keinen Slip, deshalb dauert es nicht lange, bis ich tief in ihr versinke. Und fuck, ist das tief und eng. Ich unterdrücke ein Stöhnen, lasse es einfach geschehen, lasse zu, dass sie sich nimmt, was sie manchmal will –

mich. Meinen Schwanz. Doch ich sehe sie nicht an, während sie sich auf mir bewegt. Meine Augen sind fest geschlossen und der Atem entkommt mir immer schneller. Ich sehe sie nicht, aber ich fühle sehr genau, wie sie den Rhythmus immer weiter steigert, wie sie sich in Ektase reitet. An mir geht es nicht vorbei: Meine Faust ballt sich immer fester, will sich um ihren Hals schließen, aber ich verharre einfach.

Sie braucht nie sehr lange, das unterscheidet sie von allen anderen Frauen, die ich jemals gefickt habe. Melody kommt immer und sie kommt schnell.

Ich komme nicht, sondern stelle mir vor, wie sich meine Hände tatsächlich um ihren Hals legen und langsam zudrücken, während sie das ganze Haus zusammen schreit. Meine Ohren klingeln, ab jetzt habe ich garantiert einen Tinnitus.

Als sie kommt umschließt sie mich so eng, dass ich mich kaum noch kontrollieren kann. Atemlos bricht sie auf mir zusammen und küsst mich, schiebt rabiat ihre Zunge in meinen Mund, drängt sich einfach zwischen meine aufeinandergepressten Lippen.

»Oh Baby«, flüstert sie. »Was haben sie dir nur angetan?«

Fest beiße ich die Zähne aufeinander und blähe die Nasenflügel, ihre Stimme reizt mich auf so viele Arten. Sie reizt mich auf so viele Arten. Ihr Lächeln wird zu einem Strahlen. Ich weiß genau, was kommen wird, als sie sich vor mich kniet und sich über mich beugt. Tief nimmt sie meinen Schwanz in ihrem Mund auf – niemand bläst tiefer als Melody. Meine Hüften zucken ihr entgegen, ohne dass ich es unter Kontrolle habe, das HAT MAN NICHT UNTER KONTROLLE, gottverdammter Fuck. Meine Finger verkrallen sich in der Couchlehne und ich verbeiße mir ein Stöhnen, während ich den Kopf in den Nacken sinken lasse.

Fuck.

Ich will nicht. Ich will wirklich nicht, aber ihre Zunge wirbelt, und ihre Lippen sind so weich und nass. Immer wieder stoße ich förmlich in ihren Hals, immer enger umschließt mich ihr Mund, außerdem nimmt sie noch die Hand dazu – sie weiß genau, wie ich es mag.

Fuck, fuck, fuck, fuck.

Sie steigert das Tempo immer weiter, mein Schwanz wird so hart, dass es wehtut, und dann kann ich mich nicht mehr wehren. Ich muss einfach loslassen, oder ich verrecke.

Hart packe ich ihren Zopf, und zerre sie ganz herab. Bis zum verfickten Anschlag.

Und dann komme ich.

FUCK!

4. ALLES AUF NEUSTART

Charlie

Trevor Stuart ist ein gutaussehender Mann. Wie viele Schotten ist er groß gewachsen und breit gebaut. Sein braunes Haar weist selbstverständlich einen leichten Rotstich auf, aber er trägt es kurz. Keine zottige Langhaarfrisur, kein Kilt, kein Schwert, keine Highlands. Nicht das, was man sich vorstellt, wenn man, wie ich, gern Highland-Romane liest.

Und irgendwie doch. Irgendwie ist er genau das, was man sich unter einem Schotten der Neuzeit vorstellt. Ein moderner Jamie Fraser, mit diesen stechenden Augen und sinnlichen Lippen, die sich häufig zu einem Lächeln verziehen. Der Mann ist maximal sexy. Seine Manieren sind einwandfrei, nicht so wie bei Cameron. Er weiß genau, wer er ist und wann er was zu sagen hat. Wenn er will, ist er der perfekte Gentleman, das habe ich in den letzten Monaten bereits bemerkt, denn Camerons bester Freund ging immer wieder mit uns aus, oder war bei uns zu Besuch. Trevor Stuart ist steinreich und wird einmal einer der einflussreichsten Männer Englands sein. Aber so etwas zählt längst nicht mehr für mich. Es ist mir egal, wie er aussieht, es ist mir egal, wie viel Geld er hat, seine Abstammung ist mir egal und auch seine Manieren.

Für mich zählen nun ganz andere Dinge. Dinge, die ich nicht mehr zurückbekommen werde.

Cam ist für immer verloren.

Mein Vater hat mir erzählt, dass er das Gefängnis inzwischen verlassen hat und nun wieder im Haus seines Vaters lebt – mit ihr. Und dass er sie in drei Tagen heiraten wird.

Ist Cam froh darüber?

Wollte er sie schon die ganze Zeit?

Hat er sich nur pro forma ein bisschen gewehrt, am Ende aber nur zu gern eingelenkt?

Ich drehe noch durch!

All diese Fragen killen mich, vor allem aber, dass ich ihm keine einzige davon stellen kann, denn ich habe striktes Kontaktverbot. Ich darf Cam nicht anrufen, ich darf ihn nicht treffen und ich darf garantiert nicht mit ihm gesehen werden. Obwohl alles in mir tobt, halte ich mich daran, denn ich will trotz allem nicht, dass er im Gefängnis verrottet. Immer noch habe ich dieses Baby in mir, immer noch ist er der Vater. Immer noch gibt es dieses Bindeglied zwischen uns.

Mein Vater ist nicht begeistert, permanent wirkt er auf mich ein, drängt auf eine Entscheidung, die ich niemals zu fällen imstande sein werde.

»Die beste Lösung wäre, es Trevor Stuart unterschieben, aber du bist bereits zu weit. Und du kannst keinen Mann heiraten, während du von einem anderen schwanger bist. So oder so wirst du das Kind nicht behalten können. Ich will dich nicht zwingen, Charlotte, aber du solltest bald eine Entscheidung treffen, sonst übernehme ich das für dich.«

Heftig bewege ich den Kopf, um diese grauenhaften Erinnerungen zu vertreiben.

Nicht jetzt. Gerade sitze ich mit Trevor beim Dinner und sollte mich ganz auf ihn konzentrieren.

Cams bester Freund trägt ein perfekt sitzendes dunkelbraunes Ralph Lauren Shirt zu seiner weißen Hose. Ein gepflegter Drei-Tage-Bart bedeckt seinen äußerst kantigen Kiefer. Die Hand, mit der er sein Glas an die Lippen führt, um einen Schluck von seinem Whiskey – natürlich – zu trinken, ist groß und die Fingernägel gepflegt. Er ist genau das, zu dem ich noch vor einem halben Jahr liebend gern JA gesagt hätte. Aber jetzt will ich NEIN brüllen. So laut, dass es mein Vater in seinem Büro hören kann.

Aber das darf ich nicht.

»Wie viel musste dein Vater dir zahlen, damit du das hier tust?«, frage ich und nehme einen Schluck von meinem Wasser.

»Er musste mir nichts zahlen, er musste nur ein wenig drohen«, erwidert Trevor humorlos lächelnd.

»Hast du schon ... mit ... ihm gesprochen?«, frage ich unbehaglich. Ich will nicht an Cam denken, ich will seinen Namen nicht aussprechen, aber trotzdem beherrscht er meine Gedanken und ich frage mich ständig, was er wohl gerade tut.

»Nope.«

»Wirst du mit ihm reden?«

»Aye.«

»Wann?«

»Nach diesem Gespräch.«

Oh Gott. Mir wird übel und das hat nichts mit meiner Schwangerschaft zu tun. Mein Magen rebelliert, weil ich nicht wissen will, was Cam jetzt von mir hält. Dabei sollte es egal sein, viel wichtiger ist doch, was ich von ihm denke.

Dass ich ihn hasse.

Okay, oder eher hassen sollte und noch daran arbeite.

»Was will dein Vater noch von dir? Wie stellst du dir diese Ehe vor?«

»Hmmm«, macht Trevor. Er ist so gar nicht spöttisch

oder herablassend, wie Cam es bei unserem ersten Treffen war. Ganz sicher wird er mir keine unangebrachten Fragen stellen oder versuchen, mich vorsätzlich zu brüskieren. Uns beide eint das Schicksal, dominante Väter zu haben. »Die Frage sollte ich wohl erstmal an dich zurückgeben.« Ein Gentleman, wie ich sagte. Aber auch den will ich jetzt nicht mehr. Super.

»Mein Vater hat nicht viel Raum für Mutmaßungen gelassen«, murmle ich unbehaglich.

»Selbstverständlich.« Ein humorloses Lächeln folgt, in seinen blauen Augen funkelt nichts. Sie wirken fast wie tot. Genau wie die Augen, die ich täglich sehe, wenn ich in den Spiegel blicke.

Tief atme ich durch, bevor ich mein Glas auf den Tisch stelle und meine Finger auf eben jenem verschränke. Dies ist ein Geschäft, das sollte ich niemals vergessen und es genauso behandeln. Keine Gefühle, keine Zweifel, kein Hass und keine Verzweiflung. Ich werde das völlig rational angehen. Fertig.

»Er will, dass wir schnellstmöglich heiraten und ich bei dir einziehe.«

»Wegen des Babys.« Er deutet in Richtung meines noch nicht vorhandenen Babybauches und ich lege automatisch meine Hand darüber, während das Blut mein Gesicht verlässt.

Oh Gott, woher weiß er davon?

»Dein Vater hat mich selbstverständlich darüber informiert, dass du dich gerade in einem delikaten Zustand befindest«, informiert er mich auf seine humorlose Art. »Er ließ mir die Entscheidung darüber, wie wir in dieser Causa verfahren werden.«

Hastig beuge ich mich ein wenig vor, denn ich mag es

nicht, wenn jemand meinen Bauch ansieht oder an dieses Baby denkt. Mühsam ringe ich den Schock nieder, hebe kämpferisch mein Kinn und funkele ihn an, auch wenn ich mich am liebsten übergeben würde. Das ist das Einzige, was mir von Cam/James/wer auch immer geblieben ist. Und ich werde es mir nicht nehmen lassen. Ganz bestimmt werde ich es nicht töten. Oder weggeben. Oder ...

Meine Übelkeit steigt weiter, diesmal aus Panik, denn ich habe nicht die Kraft, mich meinem Dad zu widersetzen. Schon gar keine Macht.

»Richtig.«

»Das heißt, dass wir uns auch möglichst häufig miteinander blicken lassen müssen. Verliebt und fucking glücklich«, fasst Trevor ungerührt zusammen.

Ich verlagere mein Gewicht. »Selbst eine Frühgeburt würde nicht funktionieren, das Baby kommt in sechs Monaten«, erwidere ich knapp, während die Hitze in meine Wangen steigt. Das ist doch krank. Erst den einen Mann, jetzt seinen besten Freund.

»Dachte ich mir, weshalb wir es auch schon vor der Ehe getrieben haben werden.«

»Super.«

Wir schweigen ein paar Sekunden und Trevor trinkt wieder von seinem Whiskey.

»Es bringt nichts, sich deswegen den Kopf zu zerbrechen«, sagt er und mir entkommt fast ein hysterisches Lachen.

»Machst du dir gar keine Sorgen wegen ... ihm?«, frage ich unwillig, aber Trevor verzieht keine Miene.

»Ich werde mich um ihn kümmern.«

»Das klingt bedrohlich.« Zweifelnd runzle ich die Stirn und als Trevor lächelt, hat es etwas Gefährliches.

»Keine Sorge, ich werde ihn nicht umbringen. Er ist immer noch mein bester Freund.«

Wow. Das nenne ich mal eine Ansage. »Und was ist mit Tessa?«, fällt mir plötzlich ein. Nicht nur ich liebe einen anderen, Trevor hatte etwas mit meiner besten Freundin und ich weiß zufällig, wie viel er ihr bedeutet.

Das Lächeln gefriert auf seinem Gesicht und alle Verspieltheit weicht.

»Was soll mit ihr sein?«, erkundigt er sich kalt.

Na ja, außer, dass sie sich seit Wochen einbunkert, jeden meiner Anrufe abwehrt und mir auch nicht mehr die Tür öffnet? So einiges. »Du hattest doch irgendwie was mit ihr?«, erkundige ich mich leise.

Seine Schultern werden immer starrer. »Wir hatten Sex, aber das ist selbstverständlich vorbei. Ich dulde keine Untreue, weder bei meiner Partnerin noch bei mir.« Das warnende Funkeln kann er steckenlassen. Ich hatte nicht vor, ihn zu betrügen und mich dem Nächstbesten an den Hals zu werfen.

»Wusstest du eigentlich davon?«, fahre ich ihn unvermittelt an.

»Wovon?«

»Von seinem kranken Spiel!«, zische und ich funkle den Kellner an, der uns nach dem Hauptgang fragen will. Nicht jetzt! Glücklicherweise dreht er eilig ab.

»Ich wusste davon, ja«, erwidert Trevor völlig gelassen und mir wird heiß vor Wut, weil er sofort weiß, von wem die Rede ist.

Weil er »drin« ist, genau wie ich.

Er hat sich da nicht reinzudrängen! Aber wenn ich aus ihm ein paar Informationen ziehen kann …

»Hat er sich über mich lustig gemacht? Hat er es genossen, wie dämlich ich war?«, steigere ich mich immer weiter rein und begehe den nächsten Stilbruch, was mir zumindest im Moment völlig egal ist.

»Das hat er nicht«, versichert Trevor mir unerwartet sanft.

Meine Brauen schießen in die Höhe. »Nicht?« Er soll mich nicht verarschen, sonst schütte ich ihm mein Wasser ins Gesicht. Noch sind wir nicht verheiratet.

»Nein.«

Ich habe eine Million Fragen, die ich auf ihn abfeuern will, und öffne bereits den Mund, um genau das zu tun, schließe ihn aber unverrichteter Dinge wieder. Nein, nein, nein! Genau das wollte ich ja nicht. Ich wollte mich in diese Angelegenheit nicht mehr reinsteigern, wollte es einfach hinter mir lassen, ihn, James, äh, Cameron hinter mir lassen. Ich wollte weiterleben und das Beste daraus machen. Entschlossen lehne ich mich zurück. »Es interessiert mich auch gar nicht.«

»Sicher, Charlotte«, stimmt Trevor mir so nachsichtig zu, dass ich noch wütender werde, aber ich kämpfe inzwischen gegen diese glühenden, deplatzierten Emotionen an. Cameron Cavendish ist hier kein Thema, sondern ich, mein Schicksal, der Mann mir gegenüber und unsere bevorstehende Ehe. Mein zukünftiges Leben hat mit Cam gar nichts mehr zu tun. »Das würde ich dir auch raten, denn ich kenne meinen Vater und weiß, wozu er fähig ist, wenn ihm etwas nicht gefällt. Wenn du anhaltend für Skandale sorgst, werde ich dich nicht vor ihm schützen können. Vor allem könnte ich keine Lust dazu haben, wenn du mich belügst oder versuchst, mich hinters Licht zu führen. Ich mag es nicht, gefickt zu werden, Charlotte.«

»Ich habe verstanden«, sage ich verbissen.

Mir ist klar, was sein Punkt ist, und mich nervt, dass er einen machen kann. Jajaja, ich war untreu, buhu. Ich habe meinen Mann betrogen, buhu. Aber denkt hier mal einer daran, dass ich das mit ihm getan habe?

Mit meinem Mann!

Dass ich vor Gott niemals eine Sünde begangen habe?

Gut, das war eher Glück, weil ich zu dämlich war, die Wahrheit zu erkennen, aber am Ende zählen nur Tatsachen, und die sind nun mal, dass ich technisch gesehen niemals untreu war.

Er hätte ja mal was sagen können, hat er aber nicht!

Arsch!

Ich hasse diese Selbstgerechtigkeit, obwohl ich vor einem halben Jahr noch einer der selbstgerechtesten Menschen dieser Welt war.

Trevor lächelt äußerst sanft, was keineswegs beruhigend wirkt. »Gut.«

»Gut!«

»Wir werden selbstverständlich so bald wie möglich heiraten.«

»Klar.« Schließlich werde ich bald rund sein, und wenn wir dann noch nicht verheiratet sind, ist der Skandal total skandalös.

»Du klingst spöttisch«, stellt Trevor fest und winkt den Kellner wieder heran, der nun in der Nähe herumlungert, um ja bereit zu sein.

»Ich bin spöttisch.«

»Was willst du essen?«

»Das Steinpilzrisotto.«

»Gute Wahl.« Er bestellt für mich das Risotto, für sich den Fisch – sehr unschottisch – und gibt dem Kellner die Karten mit, bevor er sich wieder ganz auf mich konzentriert.

»Möchtest du noch etwas anderes besprechen?«

Soll das ein Witz sein?

»Wo werden wir leben?«

»Ich besitze ein Stadthaus in London.« Selbstverständlich. »Du wirst ein monatliches Taschengeld von fünfzigtausend Pfund erhalten, einen Fahrer und eine Kreditkarte. Falls dir das nicht reicht, lasse es mich wissen.«

Meine Träume werden gerade wahr. Es ist genau das, was ich von Cameron verlangt hatte, was ich wollte, was mein Ziel war. Jetzt habe ich es und es bedeutet mir nichts. Ich will nur Cam, und mir ist egal, wie viel er mir bieten kann. Wie schnell sich doch Prinzipien ändern können.

»Das müsste ausreichen«, antworte ich gnädig und nehme noch einen Schluck von meinem Wasser.

»Ansonsten kennst du ja das Prozedere. Wenigstens für den Moment ist es … wie immer: Du wirst mich zu Anlässen begleiten, du wirst hübsch lächeln und noch hübscher aussehen. Du kannst eine Stiftung gründen, damit dir nicht langweilig wird.«

»Und mein Hund?«, platze ich dazwischen und reiße Trevor damit aus seinem Vortrag.

Er runzelt verwirrt die Stirn. »Dein Hund?«

»Ja, mein Hund. Er heißt Albert.«

»Ach ja, von dem hat sie gesprochen«, murmelt er in sich hinein, und als ich fragend den Kopf zur Seite neige winkt er nur ab. »Egal.«

»Also?«

»Was?«

»Was ist mit Albert?«, dränge ich, denn ohne ihn gehe ich nirgendwohin. Wenigstens das hat sich nicht geändert, wird es auch nie.

»Den kannst du natürlich mitnehmen«, entgegnet Trevor

leicht irritiert und mustert mich, als wäre ich nicht ganz bei mir. Erleichtert stelle ich mein Wasser wieder ab.

»Gut.«

»Gut.« Immer noch denkt er anscheinend, ich wäre irre, aber das ist mir egal. »Sonst noch etwas? Irgendwelche Wünsche oder Vorlieben, von denen ich wissen sollte?«

»Ich kille gerne Wale ...«, murmle ich, und Trevor verdreht die blauen Augen.

»Ah, wie ich sehe, hat Cam auf dich abgefärbt, schön.«

Ich verziehe das Gesicht. Als wäre ich zu einem ungehobeltem, notorisch lügendem Ami mutiert. »Das fasse ich als Beleidigung auf.«

»Wie du meinst«, erwidert Trevor wieder so verdammt nachsichtig, dass ich ihm ins Gesicht springen will. Als das Essen kommt, lehnt er sich zurück und wartet, bis der Kellner entschwunden ist. Dann nimmt er seinen Whiskey abermals zur Hand. »Also hätten wir so weit alles geklärt, ja?«

»Ja.«

»Und am Wochenende begleitest du mich zu Cams Hochzeit.« Schlagartig verlässt jegliches Blut mein Gesicht, während Trevor sein Glas gegen meines stößt, sodass ein sanftes Klirren ertönt. »Das wird ein Spaß«, fügt er bitter hinzu und schüttet einfach den gesamten Drink in seine Kehle. Er lässt mir Zeit, auch diesen Schock zu überwinden, irgendwie die Blutzufuhr zu meinem Kopf wiederherzustellen, irgendwie zu überspielen, dass mir gerade wirklich übel ist.

Aber ich schaffe es, denn ich kann mich zusammenreißen. Ich bin Charlotte nun wieder Seymour und ich kann alles, was ich will.

Auch dabei zusehen, wie der Mann, den ich leider immer noch liebe, eine andere heiratet.

Verdammt!

Ich glaube, ich habe mein Leben noch nie so sehr gehasst.

Dabei habe ich doch anscheinend alles, was ich jemals wollte.

Was für ein Witz.

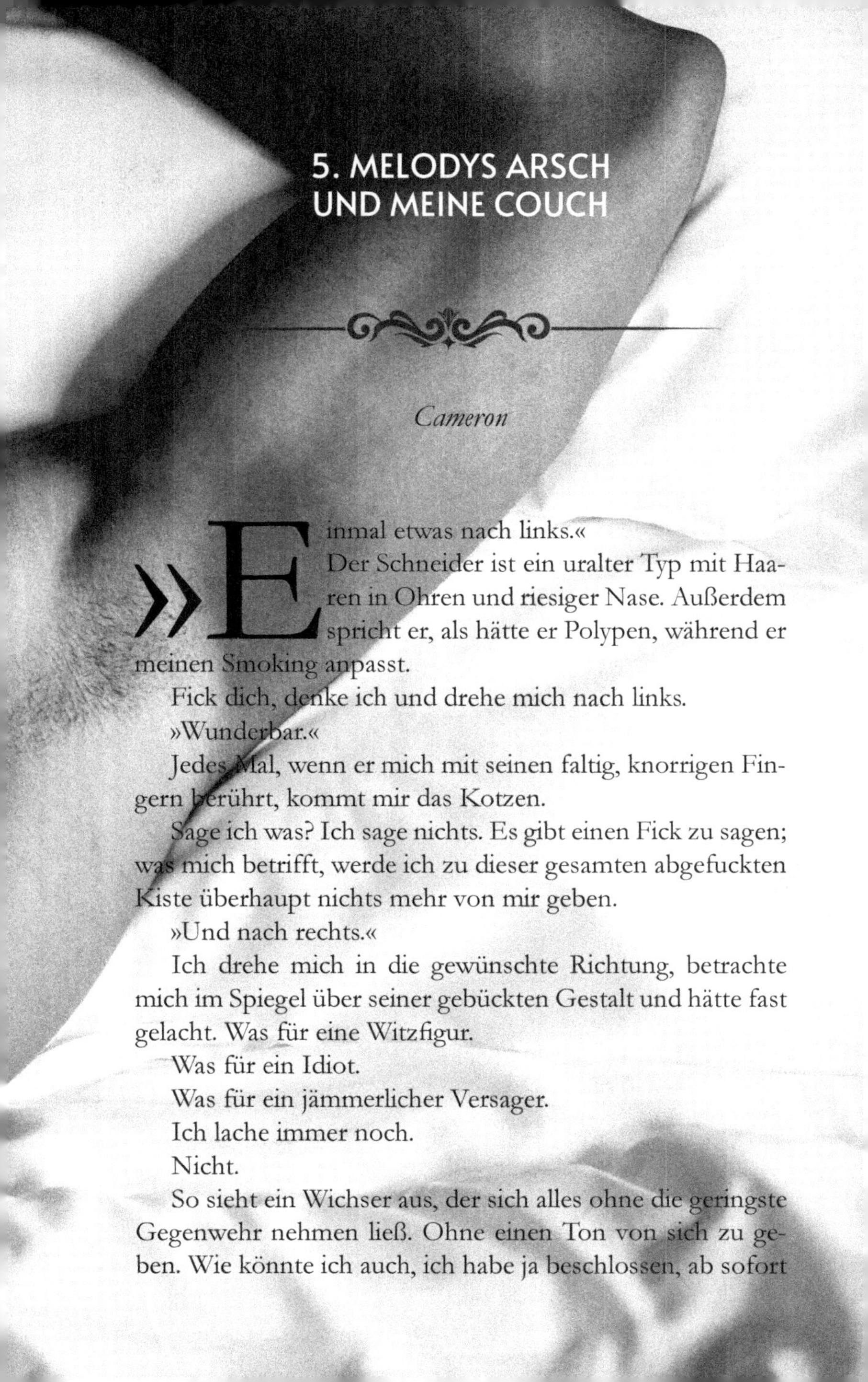

5. MELODYS ARSCH UND MEINE COUCH

Cameron

»Einmal etwas nach links.«

Der Schneider ist ein uralter Typ mit Haaren in Ohren und riesiger Nase. Außerdem spricht er, als hätte er Polypen, während er meinen Smoking anpasst.

Fick dich, denke ich und drehe mich nach links.

»Wunderbar.«

Jedes Mal, wenn er mich mit seinen faltig, knorrigen Fingern berührt, kommt mir das Kotzen.

Sage ich was? Ich sage nichts. Es gibt einen Fick zu sagen; was mich betrifft, werde ich zu dieser gesamten abgefuckten Kiste überhaupt nichts mehr von mir geben.

»Und nach rechts.«

Ich drehe mich in die gewünschte Richtung, betrachte mich im Spiegel über seiner gebückten Gestalt und hätte fast gelacht. Was für eine Witzfigur.

Was für ein Idiot.

Was für ein jämmerlicher Versager.

Ich lache immer noch.

Nicht.

So sieht ein Wichser aus, der sich alles ohne die geringste Gegenwehr nehmen ließ. Ohne einen Ton von sich zu geben. Wie könnte ich auch, ich habe ja beschlossen, ab sofort zu schweigen. Ist besser so, damit wir am Ende nicht noch einen Todesfall zu beklagen haben.

Morgen ist die Hochzeit, und dieses Arschloch von Schneider hat meinem Dad geschworen, meinen Smoking bis dahin fertig zu haben. Einschließlich treufeuchter Basset-augen.

Den Smoking bezahlt übrigens Melodys Dad.

Genau wie die Feier.

Wie die Reise.

Wie alles.

Wir haben hier zehn neue Bedienstete. Alle gesponsert by Daddy, nur nicht meinem. Der ist in letzter Zeit dauerfröhlich und rennt pfeifend durchs Haus. Als ich ihm angeboten habe, ihm die Fresse zu polieren, damit er aufhört, hat er nur gelacht, »Amerikaner«, gemurmelt und ist weiter gegangen.

Nicht mal zu einer Drohung oder einem fucking Vortrag, wie ich mich zu benehmen habe, hat er sich herabgelassen. Dass Melody nicht Charlie ist, hat er auch schon zu spüren bekommen, denn meine zukünftige Ehefrau hat als Allererstes klargestellt, dass sie sich nicht in das Altenheim einpferchen lässt und wir stattdessen in London leben werden.

Ich saß wie ein Idiot daneben und sagte nichts. Keinen Ton. Fehlte nur noch, dass ich züchtig die Hände in den Schoss gelegt hätte. Auch so war klar, wer unter uns beiden die Pussy ist. Sie haben mir die Eier geklaut und ich sehe keinen Grund, mich auf die Suche nach ihnen zu machen. Was mich betrifft, ist mein Leben vorbei.

Sollte ich mich freuen, weil ich bald nicht mehr in dieser Gruft vegetieren muss?

Vermutlich. Vermutlich sollte ich es feiern. Alle Zeichen stehen auf London.

Gestern rief Trevor an und fragte, wann ich endlich meinen Arsch wieder in die Arbeit bewege und ich konnte nichts sagen. Erstens, weil ich es nicht weiß, verdammte Scheiße, und zweitens, weil ich keine Stimme mehr hatte. Ich habe nur so ein Krächzen rausbekommen.

»Mach dir einen Kopf, ich brauche dich hier.«

Damit hatte er aufgelegt. Ich starrte das Telefon an und wusste nicht, was ich sagen sollte. Ach ja, mein Handy ist wieder aufgetaucht, ich schätze es ist jetzt verwanzt. Lachhaft, wen sollte ich schon anrufen?

»Das war es, wenn Sie keine weiteren Wünsche haben.«

Der Typ hat so milchige Augen, mich wundert, dass er überhaupt noch was sieht. WENN er überhaupt noch was sieht.

Ist mir egal.

Alles ist mir egal.

Im Grunde genieße ich die Stille. Sie ist himmlisch, vor allen quatscht mir keiner die Ohren wund, will irgendeine Meinung zu Themen, zu denen ich keine Meinung habe.

Ich will keine Hochzeit.

Natürlich findet sie trotzdem statt.

Ich will Melody nicht heiraten.

Was ich natürlich trotzdem tun werde. Dabei habe ich noch nicht mal ganz begriffen, dass ich geschieden bin. Das wollte ich übrigens auch nicht.

Was soll ich sagen? Ich will auch keine Flitterwochen, und habe keinen Schimmer, wohin die Reise gehen soll.

Das will niemand hören. Also warum sollte ich irgendwas sagen?

Melody ist derzeit unglaublich beschäftigt. Zum Beispiel damit, mein Apartment in London aufzulösen -- wir werden natürlich in ihrem Haus wohnen, das Daddy gekauft hat.

Außerdem ging sie lange davon aus, dass ich nach der Hochzeit in Daddys Firma arbeiten würde. »Mach dir keine Sorgen, er wird dich anlernen.«

Es war mir ein inneres Fest, ihr zu erklären, dass ich auch weiterhin für Trevor tätig sein werde. Im Grunde wäre es besser gewesen, überhaupt in London zu bleiben, gar nicht mehr hierher zurückzukehren, dann wäre ich in seiner Nähe, aber leider auch in Charlies. Und wenn ich eines begriffen habe, dann, dass man sich immer wieder sieht, wenn man dem Club angehört und in London wohnt.

Ich will sie nicht sehen. Nicht, weil ich nicht weiß, was ich dann tun werde, sondern weil ich weiß, dass ich eben nichts tun werde, dass ich nichts tun kann. Mein gesamtes Leben ist unerträglich, aber nicht vergleichbar mit dem Tag im Konferenzraum. Nicht vergleichbar damit, wenn sie mir gegenübersitzt, ich mir die Realität vor Augen führe und mich dann wirklich kastriert fühle.

Wieder in Jeans und Slayer-Shirt, schon weil es meinen Alten ankotzt, mich so zu sehen, sitze ich auf der Couch, die vor drei Tagen ausgetauscht wurde, weil Melody der Arsch wehtat. Wenn es um Melodys Arsch geht, können anscheinend Bäume versetzt werden, denn drei Stunden, nachdem Melody der Arsch wehgetan hatte, fuhr ein Möbelwagen vor. Sie entsorgten das altersschwache Modell und kamen mit dieser topmodernen Lösung, einschließlich Kopfstütze, ausziehbaren Fußstützen und Massagefunktion. Im Grunde ist es mir egal, aber wenn sie schon mal hier rumsteht, kann ich sie auch nutzen, oder?

Ich scrolle durch das Internet, finde nichts, was mich interessieren würde, scrolle resigniert durch die Chats auf WhatsApp und finde auch nichts, was mich interessiert.

Bis ich es sehe.

Mein fucking Daumen steht still.

Charlie S.

Sie hat es nie in ein C geändert. Vielleicht, weil ich James bin.

C: 17:00 Uhr im Hotel.

Das hat sie als Letztes geschrieben.

Ich war wütend, weil sie sich mit ihm vor Weihnachten treffen musste, habe bis heute nicht verstanden, was das sollte, aber im Grunde war sie für mich ja immer ein Buch mit sieben Siegeln.

Irgendwer hat einen unsichtbaren Dolch in meinen Magen gestoßen und dreht ihn gerade mit grausamer Langsamkeit um. Ich will ihr schreiben. Nur für ein paar Minuten wieder James sein, so tun, als wäre nichts passiert, fuck, ich hätte nie gedacht, mich danach mal so zu sehnen.

Mein Daumen senkt sich unmerklich. Noch ein paar Millimeter bis zum Go.

Wird sie mir antworten?

Wird sie mich zum Teufel fluchen?

Alles ist möglich.

Als sie mir neulich gegenübersaß, wirkte sie wütend, natürlich, aber vor allen Dingen angepisst, weil wir nicht reden konnten. Garantiert hat sie mir eine Menge zu berichten, zum Beispiel, mit wem sie ihr Alter jetzt verkuppeln will oder es schon hat. Vermutlich wird sie längst wieder unter der Haube sein, genau wie ich, mindestens verlobt mit einem King oder so.

Ich schnaube auf.

Yeah, das würde zu ihm passen, sie mit irgendeinem Cousin vierten Grades von den Windsors zu verkuppeln, damit seine Enkel noch ein bisschen blaueres Blut haben.

Der Dolch wird ein weiteres Mal gedreht, wenn ich mir nur vorstelle, wie sie sich von irgendeinem hässlichen Engländer anfassen lässt.

Wie er sich in sie schiebt.

Wie es ihr sogar gefällt.

Ich springe auf, durchquere mit großen Schritten den Raum, gieße mir an der Bar einen doppelten Scotch ein, leere ihn fast gierig und trinke sofort den nächsten. Fuck, ich habe echt Atemnot. Wie auch nicht, ich war sogar auf mich selbst eifersüchtig, natürlich macht mich das fertig. Mit Sicherheit ist es irgendein alter Typ, der ihn nur noch mit den blauen Pillen hochbekommt. Und er wird sie mit seinen Gichtfingern anfassen.

Meinen Körper.

Meine Titten.

Meine Pussy.

Er wird sich in sie schieben.

Woah …

Ich gieße noch mal nach, trinke schnell, hoffe, das Zeug steigt mir in den Kopf und macht es irgendwie leichter. Sich das vorzustellen, war dämlich, vor allen Dingen nicht hilfreich. Ich lehne an der Bar, starre hinüber zum Fenster, hinter dem sich der fucking Winter erhebt, versuche, nicht an morgen zu denken, versuche nicht an die Lüge zu denken, die ich morgen aussprechen werde. Versuche nicht daran zu denken, an wen ich mich ketten werde.

Das Ding ist, und das setzt mir mit Abstand am meisten zu: Würde ich mich nicht so gegen diese Lösung sperren, ich hätte sogar eine Chance auf ein bisschen Glück. Melody ist wahnsinnig, gestört, anscheinend meint sie, ich würde ihr gehören, aber ich wusste immer, dass sie mich auf ihre Art liebt. Wir haben unglaubliche Zeiten erlebt, ich kenne keine

Frau, die schöner ist, die einen perfekteren Körper hat, an der äußerlich einfach alles dermaßen stimmt. Fuck, ich wäre für die Frau ins Gefängnis gegangen, das macht man nicht für jede.

Würde ich mich nicht so sperren, würde ich einfach mitspielen, mich einfach »fügen«, wie es mein Alter nennt, ich hätte keine Sorgen mehr. Wenigstens in der ersten Zeit. Du kannst dich nicht die ganze Zeit mit Melody Dekarty bald Cavendish abgeben, ohne zwangsläufig selbst den Verstand zu verlieren. Erst wäre es eine unvergessliche Zeit, dann hätte sie keine Lust und würde sich durch halb London vögeln, um irgendwann wieder heulend vor mir zu stehen und mir zu schwören, dass sie mich schon immer geliebt hat.

Das glaube ich ihr sogar ein Stück weit. Sie hat sich noch für keinen Mann so weit aus dem Fenster gelehnt, wie für mich, hat ihr geliebtes Manhattan dauerhaft verlassen, setzt eine Ehe durch, die sie niemals wollte – wir waren uns damals, in diesem völlig anderen, chaotischen Leben, einig, niemals zu heiraten. Laut Melody ist es total wider die Natur, sich an nur einen Menschen zu binden. Trotzdem hat sie sich einfangen lassen.

Warum? Ich lache auf. Die Antwort ist so dumm wie einfach: Weil sie es nicht ertragen konnte, dass Charlie sie ausgestochen hat, dass sie die Zweite ist, einmal die Verliererin, das ist der Grund. Sie kann nicht akzeptieren, einmal nicht mit ihrem Sex, der ihr sprichwörtlich aus jeder Pore tropft, alle anderen zu Statisten zu degradieren, mehr noch, längst verloren zu haben. Kampflos.

Darum geht es.

Nicht um mich. Es geht um sie. Immer nur um sie.

Wenn es eine Person gibt, die den Egoismus erfunden haben könnte, ist es Melody Dekarty. Aber ich könnte mich damit arrangieren, fuck, jeder Mann könnte sich mit so einer Frau arrangieren. Ich müsste die andere, der ich meine Treue geschworen habe, nur hinter mir lassen.

Wie hieß es so schön? Bis über den Tod hinaus, bis in die Ewigkeit.

Ich bin wirklich nicht gläubig, hatte damit nie was am Hut, aber die Engländer sind es. Ist schon interessant, wie schnell sie das mit dem Bis in alle Ewigkeit, fucking Amen vergessen können, wenn es ihnen in den Kram passt. Es ist gar nicht so lange her, da dankten die Könige noch ab, wenn sie eine Geschiedene heiraten wollten.

Alles scheinheilige Arschlöcher.

Aber mit mir hat es was angestellt. Nicht die Worte, die ich von diesem uralten Arsch, der uns in dieser uralten Kapelle getraut hat, vorgesagt bekam. Ich war so bekifft, dass ich mit Mühe aufrecht stehen konnte. Aber das, was dranhing, das was … irgendwie immer dichter und bindender wurde. Dieses Seil, das zwischen uns gespannt wurde, das Gefühl, für einen Menschen die Verantwortung zu tragen, für ihn sorgen zu müssen, für immer an ihn gebunden zu sein. Erst fühlte es sich wie eine Fessel an, aber die wurde immer weniger nervend, immer weniger knebelnd, ich gewöhnte mich an sie, denn sie war immer … perfekter. Bis ich davon überzeugt war, alles, wirklich alles zu tun, damit sie niemals reißen würde.

Das haben sie mir genommen, das haben sie mir kaputtgemacht. Haben meinen Willen gebrochen und … fuck, alles, was mich einst ausmachte. Es war nicht viel, das weiß ich selbst, ich hatte nie zuvor viel Verantwortung tragen müssen, lebte in den Tag hinein, ohne Sorgen, ohne Reue. Mit einem Mal in so eine Kiste geworfen zu werden, wäre für keinen Mann einfach geworden.

Aber ich habe mich doch entwickelt, oder? Es sah doch gar nicht schlecht aus, richtig?

Es klopft an der Tür und ich fahre herum.

»NEIN!«, knurre ich, da wird sie auch schon geöffnet und ich bin kurz davor, mein Glas nach ihr zu werfen, als mir klar wird, dass sie es gar nicht ist.

»Hier bist du«, sagt Trevor. Mein Bro, mein Kumpel, der beste Freund, den ich jemals hatte.

»Was willst du?«

Als hätte ich nichts gesagt, tritt er ein und schließt die Tür. »Ist echt nicht so einfach, dich überhaupt zu finden. Hast dich hier verschanzt, ja?«

Misstrauisch beobachte ich wie er näher kommt, seine glatte Stirn liegt in Falten, während er sich im Raum umsieht.

»Was willst du hier?«

»Äh, du sollst morgen heiraten.«

Wenigstens nennt er das Kind beim Namen.

»Richtig, und?«

»Ich bin dein Trauzeuge?«

Entnervt wende ich mich ab, sehe aus dem Fenster, höre, wie er hinter mir mit den Flaschen hantiert. »Ich habe dich nicht darum gebeten.«

»Baby«, sagt er freundlich und ich höre seine Schritte näherkommen. Bleib mir bloß vom Leib. »... egal wie oft du heiratest, ich werde immer dein Trauzeuge sein, comprende?«

Ich habe ihn aber nicht darum gebeten. Bei Charlie war das was anderes, trotz allem, das morgen wird eine Demonstration meiner Schwäche, die öffentliche Kastration, ich will ihn nicht dabeihaben.

»Du fehlst in der Firma.«

Ich schnaube auf.

»Was?« Mit einem Whiskyglas in der Hand tritt er neben mich.

»Ihr seid super ohne mich klargekommen, ihr werdet mich auch jetzt nicht vermissen.«

»Du irrst dich.«

Ich sehe in mein leeres Glas. »Du wirst noch eine Weile auf mich verzichten müssen, denn nach der fucking Hochzeit kommen die fucking Flitterwochen.«

»Ist mir klar.«

»Und eigentlich soll ich bei ihrem Dad arbeiten. Er meint, er kriegt mich schon irgendwie unter, klang irgendwie danach, dass man dem Job selbst mir erklären könnte.«

Noch immer wirkt er nicht beunruhigt. »Was hast du gesagt?«

»Ich habe dankend abgelehnt.« Ich zucke mit den Schultern. »Schätze, die Arbeitsplatzwahl ist immer noch mir vorbehalten.«

»Wo werdet ihr wohnen?«

»London. Sutton.«

»Feudale Gegend.«

Ich werfe ihm einen schrägen Blick zu. »Dein Haus liegt viel zentraler.«

Trevor erwidert meinen Blick nicht, trinkt von seinem Whisky. »Das ist das Haus meiner Familie, nicht meins.«

»Du wirst es erben, also heul hier nicht rum. Ich darf alles von meinem Schwiegerdaddy abstauben. Dafür, dass ich seine Tochter ficke.«

»Kein schlechtes Geschäft.«

»Wenn du das sagst.«

Ich gehe mir noch einen Drink nachschenken, habe auch für ihn ein Glas dabei, als ich wieder ans Fenster trete.

»Du hättest es schlechter treffen können«, meint Trevor, nachdem er mir das Glas abgenommen hat.

»Sicher. Kann man ja irgendwie immer.«

»Ich hätte nichts gegen sie einzuwenden gehabt.«

»Nein, du bist ja auch nicht verheiratet.«

Wieder trifft mich ein Blick von der Seite. »Du … wärst mit Charlotte zusammengeblieben?«

»Wäre ich. Wir waren ja verheiratet.«

»Und jetzt …«

»Jetzt ist es anders.«

Seine Nähe nervt mich, ich ertrage ihn gerade nicht, und setze mich frustriert zurück auf die Couch. »Also, was willst du hier?«

Eine Weile antwortet er nicht, dann dreht er sich langsam zu mir um, sein Lächeln wirkt ein bisschen unecht auf mich, aber was geht mich verdammtes fremdes Elend an?

»Wir feiern.«

»Da gibt es nichts zu feiern.«

»Es gibt immer einen Grund.«

Er ist schon auf dem Weg zur Tür, als wäre damit alles gesagt. Ich bleibe sitzen. »Hast du auch um Erlaubnis gefragt? Die lassen mich neuerdings ungern raus. Anscheinend haben sie Angst, ich könnte …«

»Gehen wir«, wiederholt er unerbittlich.

Ich zucke mit den Schultern. »Auf deine Verantwortung.«

6. DOLCHSTOẞ INS HERZ

Cameron

Das *Blue Lagoon* ist unverändert, die Drinks auch und selbst die netten Ladys an den Stangen scheinen die gleichen zu sein. Wie vor ein paar Wochen habe ich auch heute keinen Blick für sie.

Eine Änderung gibt es dennoch: Trevor hat auch keinen. Zielorientiert schüttet er die Drinks in sich hinein.

»Keine Sorge, wir bleiben in der Stadt, du schläfst in meinem Haus, morgen kommen die Typen zu mir, ist alles abgestimmt.«

»Mit meinem Alten auch? Wie viel musstest du ihm zahlen?«

»Nichts, er hat eingesehen, dass es dazu gehört, außerdem meinte er, du wärst irgendwie scheiße drauf.«

»Sag an«, murmele ich und beobachte die Blondine, mit den blinkenden Sternen auf ihren Brustwarzen, die gerade einen Spagat an der Stange macht.

»Ist nur eine Hochzeit«, sagt Trevor. »Nichts Weltbewegendes. Kommt echt in den besten Familien vor.«

Jetzt mustere ich ihn genauer. »Ach, haben sie dich auch endlich shanghait? Wer ist es denn? Warte, warte, doch nicht etwa diese …« Ich schnippe mit den Fingern, denn der Name will mir nicht auf Anhieb einfangen. »Tesla?«

»Das ist eine Automarke«, knurrt er und winkt die Bedienung heran, die bereits mit dem Nachschub unterwegs ist.

»Aber so ähnlich war doch der Name. Sie ist Charlies beste Freundin, schätze ich, jedenfalls hat sie sich ständig bei uns rumgetrieben. Und ich glaube, ihr hattet was am Laufen …«

»Sie ist es nicht«, unterbricht er mich, während auch er die blonde Nutte mustert.

»Wie auch immer, du heiratest.«

»Japp.«

»Wann?«

»In ein paar Wochen.«

»Okay, brauchst du einen Trauzeugen? Ich schätze, das schulde ich dir.«

Trevor löst endlich die Hand, die er zur Faust geballt hatte, schiebt das Kinn vor und steht urplötzlich auf. »Ich gehe eine rauchen.« Einen Herzschlag später drängt sich die große Gestalt schon an den Tischen vorbei zum Ausgang.

»Darf ich dir noch was bringen?«, erkundigt sich die Bedienung verrucht. Ihre Lippen glänzen und sind rot und … normalerweise würde ich mir von ihr einen blasen lassen. Nicht direkt hier, aber es gibt hinten jede Menge Räume. Normalerweise würde ich mir ein paar Minuten pure Entspannung gönnen. Sie können hier alle blasen, sie sind alle käuflich, der ganze Laden besteht aus Nutten. Aber normal ist schon seit Monaten ausgeflogen. Normal ist anders.

Wenn ich sie ficken würde, hätte ich das Gefühl, Charlie zu betrügen. Der Ring an Melodys Hand zählt nicht. Ich habe ihn nicht gekauft, ich habe ihr nie einen Antrag gemacht. All das hat der Assistent meines Vaters vorgenommen, Hochzeit leicht gemacht. Ihr ist es egal, sagt sie. Ihr wäre auch egal, wenn ich meinen Schwanz unverbindlich zwischen die Lippen dieser kleinen Schlampe schieben würde. Aber darum geht es nicht.

Mir wird kotzübel, weil ich zu lange auf diese glänzenden Blaselippen gestarrt habe.

»Noch einen Drink und für meinen Kumpel auch«, höre ich mich sagen.

So schnell gibt sie nicht auf. »Gibt es was zu feiern?«

»Yeah, ich heirate morgen.« All dies spielt sich auf der Leinwand meines eigenen Films ab, ich fühle mich wie ein Zuschauer, unbeteiligt, nicht in der Lage, einzugreifen. Ich habe keine Lust darauf und ich will. Es. Nicht. Warum habe ich mich überhaupt breitschlagen lassen, mit hierherzukommen? Und wo ist dieser verdammte Trevor, wenn er mich schon in diese verdammte Bar entführt? In diese Bar, in die ich nie wollte, weil hier alles eine einzige Erinnerung ist?

»Gib mir das Glas«, knurre ich den Blasemund an und stehe auf, als sie es mir gereicht hat.

»Du darfst damit nicht vor die Tür.«

»Versuche mich aufzuhalten«, fordere ich sie heraus und gehe einfach.

Was wollen sie machen? Mich erschießen?

Schön wärs!

Ich finde Trevor an die Hauswand gelehnt, das Gesicht zum Himmel gerichtet.

»Wo zur Hölle bist du?«

Trevor sieht mich nicht an. »Hier, lehne an der Wand.«

Ich zünde mir eine Zigarette an und lehne mich neben ihn. »Auf einmal so mies drauf?«

»Wie kommst du denn darauf?«

»Interessiert mich alles nicht, von mir aus kannst du auch kotzen oder koksen oder beides. Aber du bist hier, um mich aufzumuntern. Du versagst, Bro.«

Er blinzelt mich an. »Du heiratest morgen Melody Dekarty mit den Wahnsinns-Titten, den Wahnsinns-Beinen und dem Wahnsinns-Gesicht. Ein volles Bankkonto hat sie auch noch. Sie ist der Hauptgewinn. Warum zur Hölle muss ich dich aufmuntern?«

Ich schaue ihn an, als wäre er nicht ganz dicht. »Weil ich sie nicht heiraten will?! Weil ich schonmal Ja gesagt habe und meine Meinung nicht geändert habe? Willst du mich verarschen?«

Er schüttelt den Kopf. »Das hattest du schon gesagt, war bei Charlie nicht anders und am Ende seid ihr doch ganz gut klargekommen.« Er denkt kurz nach und bricht in Gelächter aus.

»Was jetzt wieder?«

Doch er schüttelt nur den Kopf.

Einer von den Rausschmeißern taucht auf, als hätte er sich neben uns gebeamt, meine Fresse. »Jungs, ihr könnt nicht mit den Gläsern hier draußen bleiben. Kommt wieder rein.« Jungs? Ha. Ha. HA.

Bevor ich was sagen kann, hat Trevor sich von der Hauswand abgestoßen und baut sich vor ihm auf. Das Ding ist, sie nehmen sich von der Größe nicht viel, und auch ansonsten sieht Trevor gerade aus wie ein wild gewordener Schotte. Wie Braveheart ohne lange Haare und Farbe im Gesicht.

Oh, oh. Und schon ist wieder für Unterhaltung gesorgt.

Droht eine Schlägerei? Klar droht eine Schlägerei. Werde ich mitmachen? Natürlich werde ich mitmachen und hoffentlich für Schlagzeilen sorgen. Damit sie nie vergessen, was für ein faules Ei sie in ihr feudales Nest gezwungen haben.

»Und das entscheidest du Wichser?«, fragt Trevor und starrt dem Security direkt ihn die Augen und fuck, seine blitzen völlig unverhohlen. Es wirkt fast, als würde es Trevor ganz rechtkommen. Ich kenne ihn in diesem Modus bereits, früher, als er noch jung und in Amerika war, hat er sich einmal die Woche geschlägert. Aber seit er wieder hier ist, ist er ruhiger geworden. Eigentlich.

Der Typ stöhnt. »Ich will keinen Stress. Gib mir einfach das Glas und dann könnt ihr feiern, bis der Arzt kommt.«

»Falsch, ich bin nicht hier, um zu feiern, sondern um mich zu besaufen. Und das will ich hier draußen machen. Kapiert?«

Trevor tritt noch dichter an ihn ran. Ich weiß, was er getrunken hat, dass er faktisch nüchtern ist, wir haben das Besäufnis gerade erst gestartet. Nur der andere weiß es nicht.

»Ich bin Trevor Stuart of Appin, ich bin nicht irgendwer, und wenn du nicht endlich deine Schnauze hältst, kaufe ich den Laden und dich schmeiße ich zuerst raus. Kapiert?«, fragt er drohend leise.

»Kannst du alles machen, bis dahin …« Unbeeindruckt richtet der Typ den Blick auf mich. »Gib mir das Glas.«

Ich fetze einen Schein aus meiner Geldklammer, mit einem Mal ist die Aussicht auf eine Schlägerei genauso jämmerlich wie Trevor sich gerade aufführt. »Für unsere Rechnung. Und …« Hastig leere ich das Glas und reiche es ihm. »Hier hast du dein Scheißglas. Uns siehst du hier nicht mehr.«

Gleichmütig nimmt er beides entgegen, tippt sich an seinen nicht vorhandenen Hut und geht.

Wir beide schauen auf die Tür, die sich hinter ihm geschlossen hat.

»Wichser«, sagt Trevor andächtig. Und an mich gewandt. »Wohin jetzt?«

Ich zucke mit den Schultern. »Ist deine Angelegenheit.«

»Yeah, das ist sie wohl«, meint er immer noch in diesem abwesenden Ton. »Gehen wir.«

Ich folge ihm, auch wenn er gruselig ist, seine Weltuntergangsstimmung lenkt mich ein bisschen von meiner eigenen ab. Wir schlagen uns durch die Gassen Londons, kommen aber nicht weit. Nach ein paar hundert Metern finden wir einen Kiosk, an dem Bier und Whisky abgepackt verkauft werden. Ein altersschwacher Tisch mit Stühlen steht trotz des beschissenen Wetters davor. Und genau dort nehmen wir Platz. Der greise Kerl orientalischer Herkunft hinter dem Tresen betrachtet uns alarmiert, aber wir lassen uns nicht stören. Zufrieden strecke ich die Beine aus. Hier kann ich es mir gefallen lassen. Heizstrahler gibt es keine, aber mir ist nicht kalt, schon weil ich in letzter Zeit sowieso keine Kälte mehr spüre.

»Sie hat ihre Vorteile«, sagt Trevor, als unsere Zigaretten brennen und die Biere und Whisky vor uns stehen. »Okay, neben ihren Titten, sie hat die perfektesten Titten von allen.«

»Ich schenke sie dir«, knurre ich, was mir einen scharfen Blick einbringt. Dann konzentriert er sich wieder auf die mickrige Flasche, in denen sie hier den Whisky verkaufen, und trinkt mit einer in der Hosentasche vergrabenen Hand.

»Du kannst den Auftrag für die Firma auf jeden Fall klarmachen.«

Verblüfft sehe ich ihn an. »Das ist dein einziges Problem?«

»Nein«, erwidert er freimütig. »Ist mir nur gerade eingefallen. Man muss doch alles positiv sehen, oder?«

»Muss man?« Wieso klingt der so bitter und ist so passiv aggressiv? Man könnte fast meinen, er steht auf Melody und ich nehme ihm die Frau weg. Er antwortet nicht, betrachtet seinen Whisky, dreht die Flasche in die eine und in die andere Richtung und macht mich damit ganz verrückt »Ich komme morgen mit meiner Verlobten«, lässt er mich schließlich wissen. Ich nicke nur, fühle fast sowas wie Neid, weil wenigstens er einfach so heiraten kann, wie normale Leute, wie man sich das irgendwann mal vorgestellt hat. Wenn man überhaupt so dämlich war.

»Wirst du mein Trauzeuge sein?« Ich nicke nur. »Perfekt.«

Er schraubt die Flasche auf und kippt den Inhalt in einem Zug, wirft sie danach auf den Tisch, den Kronkorken behält er in der Hand, betrachtet wie ich das Treiben auf der Straße.Okay, er hat eine Verlobte. Schön. Und wer ist es?

»Sie ist schwanger«, meint er immer noch bitter und lässt seinen Kopf hin und her rollen, wie, um seine Muskeln zu lockern.

»Oh, äh … herzl...«

»Nicht von mir«, schiebt er wegwerfend nach. »Wir tun trotzdem so, als wäre es meins. Damit ihr Vater nicht auf eine Abtreibung besteht.« Trocken lacht er auf. »Fuck, ich dachte immer, meine Familie wäre beschissen, aber gegen ihre sind sie fast normal. Na ja … irgendwie.« Klingt ja übel.

»Ich dachte, ihr wärt zusammen oder so«, murmle ich und streiche mir stirnrunzelnd über den Nacken.

Sein Blick bohrt sich in meinen, möglich, dass er ein bisschen blasser geworden ist, kann aber auch an der Straßenbeleuchtung liegen. Er öffnet den Mund, schließt ihn wieder, knurrt ein »Fuck!«, steht auf und geht in den Kiosk, um kurz darauf mit zwei neuen Whiskyflaschen zurückzukehren. Ich habe noch nicht mal die erste aufgeschraubt.

»Was immer du mir sagen willst, das ist der perfekte Zeitpunkt. Mir ist alles scheißegal. Was sie dir auch aufgeladen haben, so beschissen wie mein Leben kann es nicht sein.«

Wieder lacht er trocken auf. »Wenn du meinst.«

»Weiß ich.«

»Du bist so ein jämmerlicher Scheißer«, bescheinigt er mir gemütlich und kippt die nächste Flasche auf ex. Wow. »Aber irgendwie auch verständlich, du wurdest in die ganze Scheiße zwar reingeboren, aber deine Mom hat dich die ganze Zeit davon ferngehalten. Ich wusste immer, was von mir verlangt wird, ich dachte …« Er massiert seine Schläfe. »Ich dachte, das mit Tessa könnte reichen. Hätte es vielleicht auch, wäre sie nicht gestorben.«

»Wer ist tot?«

Was mir wieder einen Blick einbringt, als wäre ich nicht ganz dicht. »Elizabeth? Das war diese alte Frau mit den weißen Haaren, die im Buckingham Palace lebte.«

»Sag das doch gleich. Also, was ist mit ihr?«

»Sie ist gestorben.« Erschöpft wischt er sich über das Gesicht. Shit, ich glaube, er dreht durch, denn er redet völlig wirr.

»Habe ich mitbekommen.«

»Und das hat alles verändert.«

»Klar, jetzt sitzt der Rentner auf dem Thron.«

Kopfschüttelnd betrachtet er mich. »Du lebst in deiner fucking Blase, oder? Hast du dich nie gefragt, weshalb dein Vater gerade durchdreht?«

»Schon lange nicht mehr.«

»Solltest du aber öfter mal tun, dann wunderst du dich wenigstens nicht mehr.«

Ich überdenke seine Worte und zucke mit den Schultern. »Ändert das irgendwas? Wird dadurch irgendwas besser?«

»Nein, aber dann weißt du wenigstens …« Er mustert mich eingehender und winkt ab. »Vergiss es.«

So soll es sein. Wenn er meint, es wäre irgendwie hilfreich, zu wissen, warum das alles passiert, liegt er falsch. Ich habe schon genug damit zu tun, die Folgen zu verarbeiten. Vor allen Dingen …

»Du irrst dich.«

Trevor sieht auf. »Wie, ist sie doch nicht tot?«

»Schon, aber ihr Tod ist nicht der Grund, mein Alter ist nicht der Grund, Charlies Alter ist nicht der Grund. All das sind nur Nebenschauplätze, irgendeine Scheiße, die das Ganze begünstigt hat. Die es ihr einfacher gemacht haben.«

»Ich kann dir gerade nicht folgen«, murmelt er, steht auf, um neuen Whisky zu holen. Als er diesmal zurückkehrt, hat er für jeden drei Flaschen dabei. Japp. Er dreht durch. Eindeutig. »Vielleicht hätten wir doch im Blue Lagoon bleiben sollen, ich kriege langsam Muskelkater«, brummt er in sich hinein.

»Dann gib ihm einen Schein extra, damit er uns das Zeug rausträgt.«

»Habe ich versucht.«

»Und?«

»Er hat mich nur angegrinst.«

»Und den Schein genommen?«

»Yeah«, macht Trevor düster.

»Aber er kommt nicht.«

»Er meint, er versteht nicht, was ich sage.«

»Clevere Masche«, murmele ich und öffne eine Flasche. »Auf die Art bekommt er garantiert keinen Muskelkater und macht eine Stange Geld.«

»Du kannst mich.«

»Immer wieder gern.«

»Also, wer ist dran schuld?«, will Trevor wissen, nachdem wir jeweils eine Flasche geleert haben. Inzwischen schwirrt es in meinem Kopf genug, dass ich die gesamte Situation nicht übel finde.

»Melody«, knurre ich leicht lallend. »Wenn sie sich was in den Kopf gesetzt hat, bekommt sie es auch. WAS?«

Dieser schottische Bastard schüttet sich aus vor Lachen und wird schlagartig ernst. »Nein. Niemals. Nicht irgendeine Amerikanerin.«

»Du kennst sie nicht.«

»Willst du mich verarschen?«

Gut, wir haben in Manhattan hin und wieder zusammengesessen. Er hat ihr auf die Titten gestarrt und ich habe so getan, als würde ich es nicht bemerken, damals war ich noch nicht so eifersüchtig.

Vermutlich, weil es Melody war, nicht Charlie.

»Du kennst sie nicht so wie ich.«

Er deutet mit beiden Zeigefingern auf mich. »Und ich habe es immer bereut. Trotzdem, sie hat keinen solchen Einfluss auf deinen Vater, auch nicht auf Charlottes. Das ist … eine andere Geschichte.«

»Welche?«

»Sie wollen Macht. Mehr Macht. Und die Verhältnisse haben sich verschoben.«

Ich habe schon viel zu viel getrunken, um ihm noch wirklich folgen zu können oder zu wollen, weil ich den Zustand angenehm finde und ich sein Geschwafel schon immer gehasst habe. Der Kerl nimmt ein bisschen Alkohol zu sich und entweder, er wird wehmütig, heult mir die Ohren voll, oder er hält politische Vorträge. Anscheinend treibt er es heute auf die Spitze, weil er gleich mit beidem auf mich losgeht.

»Also sie ist schwanger. Deine Verlobte.«

Er schreckt auf, hat mal wieder seine Flasche betrachtet. Anscheinend will er sich das Lable einprägen. »Ja.«

»Und es ist nicht von dir.«

»Nein.«

»Und ... du willst so tun, als wäre es deins.«

»Ja.«

»Und es ist nicht diese Tesla.«

»Nein.«

Ich nicke, zünde mir eine Zigarette an, lehne mich zurück, wobei ich einen Fuß auf die Stahlstrebe des Tisches stütze. »Kenne ich sie?«

Er sieht auf, die Härte in seinem Gesicht ist neu und ein Muskel an seiner Wange zuckt. »Ich sagte dir, dass die Dinge anders liegen«, antwortet er mit verengten Lidern.

Okay, das habe ich ja verstanden. Meine Fresse.

»Du weichst mir aus.«

»Richtig.«

»Warum?«

»Sie wollen, das Schottland sich vom Rest Englands abspaltet.« Shit, was hat das denn mit der Frau zu tun, die er heiraten wird? Ha? Langsam geht mir die Geduld aus.

Ich blase den Rauch aus. »Das ist clever von Schottland. Du weichst meiner Frage immer noch aus.« Wenigstens lenkt er mich mit seinem sonderbaren Verhalten von meinem Frust ab.

»Gib mir eine Zigarette«, verlangt er rau.

Ich werfe ihm die Schachtel rüber. Trevor zündet sich die Zigarette bemüht gelassen an, aber er ist nicht gelassen. Alles an ihm hat sich verhärtet. Er inhaliert tief, stößt den Rauch wieder aus und dann killt er mich einfach.

»Es ist Charlie.«

7. IN DER WUNDE HERUMGEDREHT

Cameron

Eine Sekunde vergeht.

Eine zweite.

Sogar eine dritte.

Nachdem ich geblinzelt habe, ist Trevor immer noch da. Sein Gesichtsausdruck sagt mir, dass ich keinen Hörschaden habe. Ich will was sagen, aber meine Kehle verweigert mir den Dienst. Dann fällt mir auf, dass ich stehe, obwohl ich mich nicht daran erinnern kann, aufgestanden zu sein.

Gelassen beobachtet er, wie ich mit starren Schultern und brodelndem Magen um den Tisch herumgehe, sieht mir direkt entgegen, als ich ihn an seinem Kragen packe und hochziehe. Ich kann mich nicht halten und ich will es gerade auch nicht.

Er will sie also anfassen? Will sie heiraten? Will sie zu seiner Frau machen?

Dann muss er erstmal an mir vorbei.

Meine Faust trifft seine Schläfe.

Er darf sie nicht haben.

Als Nächstes seine Nase.

Ich werde ihn killen.

Beim dritten Schlag treffe ich sein linkes Auge.

KILLEN!

Aber als ich zum vierten Mal zuschlagen will, hält er meine Faust auf.

»Das reicht jetzt«, nuschelt er und befreit sich mit einem Ruck. Allerdings kann er sich nicht halten und geht zu Boden.

Pisser. Widerlicher! Stinkender! Pisser!

Außer Atem weiche ich ein Stück zurück, und balle die Fäuste. Vor meinen Augen lodert es rot, als hätte sich ein Schleier über sie gelegt. Aber ich darf ihn jetzt nicht einfach totschlagen.

Ich. Darf. Nicht.

Irgendwie halte ich mich zurück, während er sich aufrappelt und mit dem Handrücken unter seiner blutenden Nase entlangwischt.

»Ich habe nicht darum gebeten.« Außerdem spuckt er noch etwas Blut aus.

»Ist mir fuckegal. Du wirst sie nicht heiraten«, knurre ich immer noch brodelnd.

»Ich kann mich dagegen ebenso wenig wehren, wie du.«

Ich weiß, dass es die Wahrheit ist und in mir bricht irgendetwas. Er kann sich nicht wehren. Sie haben die Macht über ihn, wie sie die Macht über mich haben. Es wird geschehen, Charlie wird ihm gehören und ich werde nichts dagegen tun können.

Ich werde sie verlieren – für immer.

»Nein«, entkommt es mir tonlos. In meinem Kopf rauscht es so laut, dass der Verkehrslärm übertönt wird. Ich kann nicht mehr klar denken. Das Einzige, was mir förmlich die Kehle zuschnürt, sind die Bilder von Charlie und ihm.

Vor dem Altar.

Im Bett.

In ihrem Haus.

Lachend, sich unterhaltend, miteinander lebend und vielleicht sogar glücklich. Ihre Augen, die ihn irgendwann so ansehen werden, wie sie mich immer betrachtet haben.

»Nein«, wiederhole ich erneut und mein Magen dreht sich um. Gerade so schaffe ich es zur Hauswand, gegen die ich mich hart stütze. Dann kotze ich den Whisky aus.

Jeden. Einzelnen. Tropfen.

Nur kann ich nicht auskotzen, wie mies ich mich mit einem Mal fühle. Ich kann nicht auskotzen, wie hilflos ich bin.

Als sich seine schwere Hand auf meine Schulter legt, schüttele ich sie ab. Er soll mich nicht anfassen – und sie erst recht nicht.

Verdammt.

Verdammt.

Verdammt.

Als ich fertig bin, starre ich eine Weile die Hauswand an und lehne meinen Unterarm dagegen. Meine verschwitzte Stirn sinkt schwer daran.

In meinem Kopf dreht sich immer noch alles, mir ist immer noch übel, aber ich kann nicht mehr kotzen. Mein bester Freund wird die Frau heiraten, die ich liebe und ich kann rein gar nichts dagegen tun.

Und da ist noch etwas, das mir schon wieder den Magen umdreht.

»Sie ist schwanger.« Es ist keine Frage.

»Ja.«

Ich schließe die Augen. Oh fuck!

Das ist mein Baby. Das ist meine Frau. Und ich kann nichts machen. Gar nichts.

Mit einer Hand wische ich mir über den Mund.

»Du wirst sie nicht anrühren. Niemals.«

»Nein.«

»Ehrlich, ich kille dich, wenn du …«

»Ich sagte nein.«

»Wie geht es ihr damit?« Fuck, sie muss sich so allein fühlen. Wie lange ist sie schwanger? Wie geht es ihr? Verdammt!

Diesmal zögert er.

»Was?«

»Sie ist gefasst, hat sich in ihr Schicksal ergeben. Ich denke, sie haben sie unter Druck gesetzt.«

Hart lache ich auf. »Wie kommst du denn auf so was?«

»Sie hat eingewilligt, mich zu heiraten.«

Ich wirbele herum und er stolpert schnell einen Schritt zurück, reißt eine Hand hoch, um mich aufzuhalten. »Ich musste erst mal rausbekommen, wie sie tickt. Und sie sah nicht glücklich aus, das kannst du mir glauben.« Harsch stoppe ich mich, bevor ich ihn am Kragen gegen die Wand knallen und doch noch killen kann.

»Hat sie was über mich gesagt?«

Er schüttelt den Kopf. »Wir haben nicht über dich geredet.«

Mein Mund ist so trocken, ausgedörrt, mein Inneres ist das auch.

»Gehen wir, hier stinkt es nach Kotze.«

»Also, wie geht es ihr?«

Mittlerweile sitzen wir in einem eisigkalten Park, es regnet dicke Eistropfen in unsere Gesichter, jeder hat eine Flasche Whisky in der Hand. Sie wollten uns in keine Kneipe mehr reinlassen, egal wie sehr Trevor sich aufgeregt hat. Mittlerweile hat er versprochen, die Hälfte aller Pubs in London zu kaufen und alle zu feuern, die ihn heute abgewiesen haben. Was aber auch nichts brachte, deshalb haben wir erst einen Supermarkt gestürmt und sind dann in den Park ausgewichen.

Passt irgendwie auch besser. Der Gedanke, ich könnte wirklich feiern oder nur den Anschein erwecken, verursacht, dass die Übelkeit erneut in mir aufsteigt.

»Keine Ahnung … äh, wie Charlotte halt.«

Ich verdrehe die Augen. »Gut, schlecht, blass, hat sie Augenringe oder hat sie dich die ganze Zeit angestrahlt? Verdammt, sprich einfach!«

»Nein, eher nicht«, entscheidet er, nachdem er eingehend darüber nachgedacht hat. »Gelacht hat sie jedenfalls nicht.«

Schweigend trinke ich einen großen Schluck aus meiner Flasche. »Weiß sie von mir und Melody?«

»Kann ich Gedanken lesen? Wir haben nicht über dich gesprochen, wie oft denn noch?«

Der Kerl ist ganz schön großmäulig, wenn man bedenkt, dass er vorhat, meine Frau zu heiraten. Der Nasenbeinbruch ist jedenfalls noch nicht vom Tisch.

»Ich weiß, dass du sauer bist … gut, wütend«, verbessert er sich, als ich trocken auflache. »Aber du musstest es wissen, und es ist Glück im Unglück. Denn so kannst du dir wenigstens sicher sein, dass sie … na ja, dass sie an kein Arschloch gerät.«

»Du fasst sie nicht an.«

Er verdreht die Augen. »Habe ich schon gesagt.«

Wieder herrscht eine Weile Schweigen, währenddem ich versuche, mit den Ereignissen Schritt zu halten. Sie bekommt ein Baby, mein Baby, das ist … so irre. Ich hatte nie vor, Vater zu werden, und doch macht es mich wahnsinnig, dass es niemals mein Kind sein wird.

»Sie akzeptieren einen Bastard in deiner Familie?«

Er zögert kurz. »Sie wissen es nicht, keiner weiß es. Ihr Vater hat mich ... aufgesucht.«

Ich nicke einmal, als Zeichen, dass ich ihn gehört habe.

»Trevor, ich darf dich doch Trevor nennen? Es hat sich eine unerwartete Komplikation ergeben. Die kurze Ehe mit Mister Cavendish ist nicht ohne Folgen geblieben. Selbstverständlich werde ich diesen Makel sofort beseitigen lassen, allerdings dürfte sich die Bekanntgabe der Verlobung um mehr als zwei Wochen verschieben. Aufgrund der Geheimhaltung habe ich vor, den Eingriff in den Vereinigten Staaten vornehmen zu lassen …«

Ich balle meine Hände, dass die Gelenke knacken. Na klar, der Kerl denkt sofort an Zwangsabtreibung. Fuck, wieder legt sich langsam dieser rote Film vor meine Augen.

»Und?«

Er zuckt mit den Schultern. »Ich will noch etwas älter werden, weißt du? Ich dachte zwei Fliegen mit einer Klappe, wir haben eben schon gefickt, als sie noch mit dir verheiratet war, das macht die ganze Geschichte glaubwürdiger und die Presse hat auch was zu berichten. Ich …« Er wirft mir einen Blick zu, den ich diesmal nicht erwidere. »Ich konnte unmöglich zulassen, dass sie dein Kind ermorden.«

Ich presse die Lippen zusammen. Was zur Hölle soll ich darauf antworten? Hätte ich es früher gewusst, viel, viel früher, als ich noch nicht zugestimmt hatte. Ich hätte sie nicht aufgegeben, ich wäre mit ihr geflohen, zur Not nach Alaska. Ich hätte …

Ahhh, fuck, ich mache mir was vor, es hätte gar nichts geändert, sie hätten mich genauso unter Druck gesetzt. Vielleicht sogar noch mehr, denn mit einem Baby habe ich mehr zu verlieren. Ich will mir nicht ausmalen, unter welchen

Druck sie Charlie gesetzt haben.

Und sie hat es mir nicht gesagt.

»In welchem Monat ist sie?«

»Vierter«, sagt er tonlos. »Das hat nicht sie mir erzählt, ihr Vater hatte gleich mal alle medizinischen Unterlagen dabei. Wollte mir wohl das Gefühl geben, dass er mich über alles informiert. Was weiß ich.« Er fährt sich durch die Haare, trinkt einen Schluck. »Was für eine Fotzenscheiße«, murmelt er dumpf und ich schiebe den Kiefer vor.

Sie hat es mir nicht gesagt. Sie ist im vierten Monat und sie hat es mir nicht gesagt.

Fuck, wie konnte sie nur?

»Es tut mir leid, Cam.«

»Fick dich«, flüstere ich geschlagen.

»Kommt Tessa morgen?«, lenke ich ihn ab, denn ich brauche sein verdammtes Mitleid nicht.

Er blickt auf. »Woher soll ich das wissen?«

»Ich dachte …« Ich wedele einfach mit einer Hand, um ihm zu bedeuten, was ich alles dachte.

»Wir kamen nie über die Kennenlern-und-Vögel-Phase hinaus. Was willst du von ihr?«

Sie fragen, wie lange Charlie es wusste. Sie fragen, warum ich nichts davon erfahren habe, sie fragen, warum … fuck. Meine Hände sind wieder geballt.

»Du bringst Charlie morgen mit?«

»Ja.«

»Und das hältst du für eine gute Idee?«

»Nein.«

»Aber du bringst sie trotzdem mit?«

»Ja.«

Ich könnte das ändern, ich könnte ihm sagen, er soll sich fernhalten, oder wenigstens sie, aber es würde sich wie der nächste Verrat anfühlen. Und ich würde sie echt gern sehen. In den letzten paar Minuten ist das sehr dringend geworden. Vielleicht bekomme ich Gelegenheit, sie zu fragen, warum zum Fuck sie mir nichts von der frohen Nachricht erzählt hat. War alles, was wir hatten, so wenig wert, dass sie mir nicht mal das anvertrauen konnte? Je länger ich darüber nachdenke, desto wütender werde ich.

Außerdem werde ich bei dem Teil dieses verdammten Spiels nicht mitspielen. Ich brauche einen Anwalt. Fuck, ich habe nicht vor, mir mein Kind nehmen zu lassen. Es ist meins. Es wird niemals Trevors sein.

»Rühr nicht dran«, sagt er leise, als hätte er meine Gedanken gehört. »Denk nicht drüber nach, du kannst es nicht ändern. Es macht dich nur fertig.«

»Was glaubst du eigentlich? DAS werde ich garantiert nicht hinnehmen.« Meine Gelenke knacken, als ich die Hände zu festen Fäusten balle. »Niemals.«

»Und was genau hast du vor? Erzähle mir, was du dagegen tun willst. Ich bin echt gespannt.« Er klingt nicht angriffslustig, eher müde. So müde wie ich mich fühle. Was ich gefühlt habe, bis ich erfuhr, dass ich Vater werde.

Ich verenge die Augen.

Ich, du Arsch.

ICH!

»Keine Ahnung, ich werde einen Anwalt …« Ich verstumme, weil er sich anscheinend über den amerikanischen Trottel halb ausschüttelt vor Lachen. »Was?«, bringe ich nach einer Weile durch meine hart verspannten Kiefer hindurch.

»Du dealst hier mit einem Kronanwalt.« Endlich hört er mit diesem blöden Gelächter auf. »Der Kerl hat Macht genug, in deinem Kofferraum ein paar Kilo Koks deponieren zu lassen. Macht genug, dich in den Knast zu bringen und auch wieder rauszuholen. Ein paar Leute geschmiert und dann passt das. Und du willst zu irgendeinem Anwalt gehen, den du vielleicht gegoogelt hast, und meinst, irgendwas ausrichten zu können? Das ist echt witzig.«

Ich starre ihn nur an.

»Du musst endlich kapieren, dass du im englischen Adel gelandet bist, im englischen Geldadel. Das andere interessiert nicht wirklich, nicht mehr. Und Charles ist gerade dabei, auch noch den Rest zu vernichten, die kannst du in die Tonne hauen. Es geht um Geld. Um viel Geld und noch mehr Macht, vor allen Dingen geht es um das Empire. ALLES dreht sich für diese Typen nur ums Empire und die Rolle, die ihre Familie darin spielt. Wenn du es damit in Verbindung mit einem uralten Namen zu tun bekommst, mit einem Adelstitel, dann … kommst du dagegen nicht an. Kein Amerikaner.«

»Ich werde mein Kind nicht aufgeben.«

Trevor stöhnt und reibt sich wieder die Stirn, das macht er heute schon den ganzen Tag. Es ist ein Wunder, dass er überhaupt noch Haut besitzt. Anscheinend bin ich anstrengend. Er hat keine Ahnung, wie anstrengend und nervig ich noch werden kann, wenn ich mir erst mal in allen Einzelheiten zu Gemüte geführt habe, dass der Kerl vorhat, meine Frau zu heiraten. Und Vater meines Kindes zu werden.

Arschloch.

Wichser.

Ich …

»Erst mal können wir nicht viel machen, außer, dass du sicher sein kannst. Ich werde niemals vergessen, wessen Kind das ist.« Seine Augen verengen sich. »Über die Frau reden wir auch noch oder ist die inzwischen nebensächlich geworden?«

»Treibs nicht zu weit.«

Er zuckt mit den Schultern. »Wollte es nur wissen, bleib cool.«

Ich war nie uncooler.

»Du ziehst morgen durch, nur so bist du halbwegs sicher. Wenn du versuchst auszubrechen, bist du schneller wieder im Knast, als du ›Ich bin der Vater‹ brüllen kannst.«

Ich blicke an ihm vorbei zu einem ausladenden Busch, auf der anderen Seite des Weges. Es wäre mir egal – gewesen. Jedenfalls gestern noch.

»Von dort aus kannst du überhaupt nichts ausrichten.«

»Ich frage mich immer wieder, was ich ohne dich machen würde.«

»Du würdest eingehen, Alter. Eingehen wie eine Primel.«

»Ich hasse Blumen.«

»Tut nichts zur Sache.«

»Was hast du vor?«, erkundige ich mich, als er aufsteht.

»Erstens: Mir friert langsam der Arsch ab. Zweitens: Du solltest noch ein paar Stunden schlafen, bevor du dich morgen der Nummer vor dem Traualtar widmest.«

Mit ihm mitgehen. In sein Haus?

»Ich musste deinem Vater versprechen, dass ich dich morgen pünktlich in der Kirche abliefere. Werde jetzt nicht schwierig. Okay, nicht schwieriger.« Breitbeinig baut er sich vor mir auf. »Du kannst nicht mit dem Kopf durch die Wand. Diesmal nicht. Wenn du dich nicht anpasst, wenn du nicht anfängst, clever zu denken, dann wirst du mehr als die beiden verlieren. Dann wirst du alles verlieren und am Ende, mit ganz viel Glück, irgendwo in der amerikanischen Provinz wieder aufwachen. Oder, du schaltest endlich deinen Kopf ein und lässt uns überlegen, was wir tun können, ohne dass einer von uns am Ende vernichtet ist. Kapiert?«

Ich sehe ihm in die Augen, helle, aussagekräftige, graublaue Augen, in denen ich wie üblich nur Aufrichtigkeit finde. Und als er mir seine Hand reicht, lasse ich mir von ihm auf die Beine helfen.

Mein Herz steht auf Kampf, ich bin bereit, mir eines der Schwerter holen, die bei meinem Dad über diversen Kaminen hängen, am besten mehrere, in den Krieg zu ziehen und erst aufzugeben, wenn ich auch den letzten Bastard gekillt habe, der mich von meiner Familie trennen will.

Ohne Übertreibung, das will ich. Fuck auf die Konsequenzen.

Aber mein Verstand – endlich wieder aktiv –, weiß, dass Trevor recht hat. Er weiß, dass es keine einfache Lösung geben wird. Er weiß, dass ich erst mal gute Miene zum extrem abgefuckten Spiel machen muss. Denn nein, ich will nicht zurück ins Gefängnis, die paar Wochen dort drin haben mir fürs Leben gereicht. Noch weniger darf ich allerdings riskieren, dass Charlie etwas passiert.

Auch wenn ich eine Mordswut auf sie habe. Auch wenn ich sie gern schütteln und anbrüllen will.

Aber vor allem will ich sie schützen.

Muss es.

Denn das ist meine verdammte Aufgabe, ich habe schließlich »Ja« gesagt. An vieles, was dieser Kirchenheini von sich gab, kann ich mich nicht erinnern, ich war zu bekifft, aber eines ist hängen geblieben:

Für immer.

Ich gedenke, mich an meinen Schwur zu halten.

8. EINSAME GEBETE EINER ADLIGEN BRITIN

Charlie

Gestern Nacht habe ich fast kein Auge zugetan. Ewig lag ich mit Albert in dem riesigen Bett, in meinem riesigen Hotelzimmer und habe mich gefragt, wie Cams Hochzeit wohl ablaufen wird. Wie unsere? Wird er Melody genauso verabscheuen wie mich, oder will er sie wirklich? Bis jetzt kenne ich die Antwort auf diese Frage nicht.

Als eine von vielen.

Genau genommen besteht mein Kopf ausschließlich aus Fragen, die ich ihm gern stellen würde. Ich bin mir nur nicht sicher, dass ich noch mal die Gelegenheit bekommen werde. Eigentlich bin ich mir nicht mal sicher, ob ich das will.

Die Würfel sind gefallen, längst gibt es kein Zurück mehr, und das Beste, das Einfachste, wäre es, das zu akzeptieren und weiterzumachen.

Wie reagiere ich eigentlich, wenn sich herausstellt, dass sie die Frau ist, die er wirklich liebt? Was mache ich, wenn seine Augen strahlen, sobald sie den Mittelgang entlangkommt? Was mache ich, wenn alles, was ich dachte, in ihm gesehen zu haben, tatsächlich eine Lüge war?

Natürlich sollte ich meinem Vater nicht glauben, ich kenne ihn zu gut und will mich von ihm auch nicht manipulieren lassen, aber selbstverständlich hat er einen kleinen Zweifel in mir gesät, der in den letzten Wochen Zeit hatte, immer weiter heranzuwachsen.

Doch ich habe nicht gekniffen, stand um fünf Uhr auf und ging unter die Dusche.

Visagisten und Friseur habe ich strikt abgelehnt, für diesen Event werde ich mich allein präparieren. Ich habe mein Haar geföhnt und es dann zu Locken frisiert, ich habe ein leichtes Make-up aufgelegt und meine Lippen mit dunklem Rot betont. Mein Kleid ist dunkelblau und fällt fließend an meinem Körper herab. Es besitzt einen Beinschlitz, ist ein wenig verrucht, aber immer noch stilvoll. Möglich, dass ich mich absichtlich für dieses entschieden habe, weil ich es schon einmal zu einer Abendveranstaltung getragen habe, die ich mit Cam besuchte – und ich weiß sehr genau, wie wahnsinnig es ihn gemacht hat. Er konnte seine Finger nicht von mir lassen und ist dann einfach in der Loge des Theaters über mich hergefallen.

Das waren andere Zeiten.

Freie Zeiten.

Schöne Zeiten.

Und gelogene Zeiten, sie werden nicht einfach zurückkehren. Das weiß ich und ich will es auch gar nicht. Ich will keinen Mann, der mich über Monate hinweg belogen hat. Deswegen würde ich nicht zu ihm zurückkehren, selbst wenn er auf Knien ankriechen würde. Ich habe meine Würde, ich habe meinen Stolz, aber vor allem muss ich jetzt mein Herz schützen, denn es erträgt nicht nochmal so einen Schlag, wie eben jenen, den Cam mir versetzt hat. Genau genommen habe ich vor, den Stilbruch schlechthin zu begehen und ein Kleid, das ich schon mal getragen habe, ausgerechnet auf der Hochzeit meines Ex-Mannes anzuziehen. Vor den Augen der gesamten Upperclass Englands und der USA.

Vermutlich werden sie es als stille Demonstration meiner Ablehnung werten – sollen sie ruhig, sollen sie reininterpretieren, was immer ihnen einfällt.

Eines steht doch wohl fest: sie werden sich so oder so die Mäuler zerreißen. Wenn die ehemalige Dutches of Cavendish zum ersten Mal seit ihrer unspektakulären Scheidung auf ihren Ex-Mann trifft, ausgerechnet auf seiner Hochzeit – das ist schon ein paar Titelseiten wert.

Und gleich wieder für einen Skandal gesorgt, tut mir ja auch echt leid, Daddy.

Trevor hat mich heute Morgen zum ersten Mal abgeholt und zum Glück meinen müden Zustand weder kommentiert noch mich getadelt. Heute werde ich offiziell an seiner Seite auftreten und bin deshalb verdammt nervös. Nicht nur wegen Cam, sondern auch wegen Tessa. Immer noch konnte ich sie nicht erreichen, weder telefonisch noch schriftlich oder gar persönlich. Sie blockt nach wie vor alles ab, aber vermutlich wird sie da sein und mich vermutlich hassen. Ich verstehe sie, es ist einfach unerträglich, wenn man dabei zusehen muss, wie der Mann, für den man etwas empfindet, eine andere heiratet. Davon kann ich ein Lied singen. Dass Trevor womöglich ihr Traummann ist, ihr persönlicher Mister Right, ist mir nicht verborgen geblieben. Ganz sicher hätte ich ihn mir nicht ausgesucht. Ich habe meinem Vater auch eine andere Verbindung vorgeschlagen, habe ihn angebettelt, mich nicht zur Verräterin meiner besten Freundin zu machen. Aber er wollte die Stuarts und wenn ich mittlerweile eines gelernt habe, dann, dass mein Vater bekommt, was er will. Selbst wenn es das Herz meiner besten Freundin bricht. Na ja, das Herz seiner Tochter ist ihm ja auch egal.

Ich überlege, was ich ihr versprechen, womit ich ihr alles ein bisschen leichter machen kann, aber es gibt nichts.

Und es tut mir so unendlich leid.

»Was ist?«, fragt Trevor und ich bemerke erst in diesem Moment, dass ich geschnaubt habe.

»Ich finde das alles ist eine kranke Scharade«, gebe ich träge von mir und mein Bald-Ehemann überschaut mich kritisch.

»Du hast ja tolle Laune.«

»Hast du mit was anderem gerechnet?«, erkundige ich mich immer noch träge und er klopft die Taschen seines Anzuges ab. Er wird wieder der Trauzeuge sein, ist das nicht irre?

»Na ja, du könntest es wenigstens versuchen«, meint er abgelenkt und sucht auch seine Hosentaschen ab.

»Wonach suchst du denn?«, frage ich, als ich es nicht mehr aushalte.

»Meine Zigaretten.«

»Sind in der Mittelkonsole.« Mein Gott. Sind eigentlich alle Männer gleich blind?

Er will sich gerade eine rausziehen, als ihm wohl klar wird, dass ich schwanger bin, er seine Finger genervt zurücknimmt und sich stattdessen durch das frisch geschnittene Haar streicht.

Wir schweigen, während Trevor seinen Mercedes ans Ende der Autoschlange lenkt, die sich bereits vor der Kathedrale eingefunden hat. Selbstverständlich ist jeder anwesend, der Rang und Namen hat, und natürlich wird mir mit jeder Sekunde übler. Mein Magen zieht sich immer enger zusammen, denn ich komme Cam immer näher. Ihm und seiner neuen Frau.

Ich glaube, ich werde mich heute noch übergeben.

»Alles in Ordnung?«, erkundigt sich Trevor, während er mit den Fingern auf das Lenkrad trommelt und die Menge scannt, die sich bereits vor der Kirche eingefunden hat. Vielleicht hält er ja nach Tessa Ausschau. Als ich an sie denke, wird mir gleich noch übler.

»Ja, alles super.« Ich öffne mein Fenster einen Spalt und sauge die eiskalte Luft in meine Lungen. Heute Nacht hat es geschneit und alles ist von einer weißen Schicht überdeckt. Ich wünschte, in mir wäre es auch so kalt und erfroren, damit ich den Aufruhr in mir nicht mehr spüren müsste. Aber dem ist nicht so.

Ich fühle alles.

Die Nervosität.

Die Angst.

Die Eifersucht.

Die Zweifel.

Die Liebe.

Den Hass.

Ich schwöre, ich fühle sogar, dass Cam irgendwo in der Nähe ist, denn in meinem Inneren zieht es verlangend und verzweifelt. Zuverlässig meldet sich auch mein geschundenes Herz, aber wieder bringe ich es zum Schweigen. Nicht jetzt. Nicht hier. Am besten nie wieder. Mein Herz sollte diesen Mann einfach vergessen.

Wir umrunden die riesige Kathedrale die imposant in den grellen Himmel ragt, und meine Kehle schnürt sich immer weiter ab, während es in meinem Magen heftiger brodelt.

Ist Cam schon hier?

Ist er aufgeregt, ganz der Bräutigam?

Kann er es kaum erwarten, seine Braut in ihrem mit Sicherheit perfekten Designer-Dress zu sehen?

Will er das hier?

Gott, ich muss es wissen, aber ich sollte nicht mit ihm sprechen. Genau genommen sollte ich ihn nie wiedersehen.

Nicht.

Hilfreich.

Meinen Vater kann ich unter den wartenden Gästen nicht ausmachen, das ist gut. Dafür erblicke ich aber tatsächlich Cam, der mit seinem Dad den Platz überquert. Er sieht unglaublich gut in dem schwarzen Smoking und dem langen dunklen Trenchcoat aus. Automatisch dreht sich mein Kopf mit ihm mit. Leider kann ich sein Gesicht nicht sehr gut ausmachen, aber ich glaube, dass er etwas verbissen wirkt. Das ist gut. Er soll sich mies fühlen. Richtig mies. So mies, wie ich mich fühle und noch viel mieser.

Ich könnte ja diese Gelegenheit nutzen, um ein paar winzige Worte mit Cam zu wechseln, ihm vielleicht eine zu schmieren oder ihn ganz dramatisch aus einem Fenster zu stoßen. Vielleicht ist es die letzte Gelegenheit, ihm ein paar Wahrheiten um die Ohren zu hauen.

Oh Gott, er weiß ja noch nicht mal, dass er Vater wird.

Wir sind zu früh, die Hochzeit beginnt erst in vierzig Minuten. Zeit wäre genug, und Cam wird sich sicher in das Hinterzimmer zurückziehen, um sich zu sammeln oder was auch immer er vor einer Hochzeit so treibt. So wie ich ihn kenne, sind jede Menge Drogen im Spiel. Ich könnte ihm endlich sagen, was in mir vor sich geht und wie sehr er mich zerstört hat. Ich könnte ihm sagen, was für ein riesiger Bastard er ist.

Ja, das ist eine gute Idee, eine wirklich gute Idee. Sofort kann ich ein wenig freier atmen. Dass ich all meine Pläne und Vorhaben damit binnen weniger Sekunden getötet habe, spielt keine Rolle.

Ich bin eine Frau.

Ich bin schwanger.

Ich bin einsam.

Jeder einzelne Grund für sich würde als Entschuldigung genügen.

Als Trevor den Wagen parkt, habe ich meinen Entschluss gefasst.

»Ich komme gleich nach«, murmle ich ihm zu und lege eine Hand auf meinen Bauch. Er zögert, mustert mich noch ein paar Sekunden abwägend, wie ich sehr genau mitbekomme. »Mir ist nur ein bisschen übel«, lüge ich so gut ich kann und zucke leicht zusammen, als Trevor mein Kinn umfängt und meinen Kopf in seine Richtung dreht.

Seine blauen Augen sind kalt und warnend, aber seine Worte klingen weich. »Du verarschst mich doch nicht, oder Charlotte?«, fragt er leise und mir kommt die Frage in den Sinn, mit was für einem Mann ich es hier zu tun habe. Einem Mann, der ganz anders kann, das wird mir in diesem Moment klar. Aber es ist mir egal. Ich muss zu Cam, ich muss es rauslassen, nur einmal, dann kann er seine verdammte Melody heiraten und mit ihr in den Sonnenuntergang reiten.

»Nein«, antworte ich leise und zucke nicht zurück als Trevor mit dem Daumen über mein Kinn streicht.

»Gut, weil ich es nämlich gar nicht mag, verarscht zu werden. Noch hast du nur meine nette Seite kennengelernt, zwing mich nicht, die andere auszupacken.«

Ich glaube mich verhört zu haben. Geht's noch? Rabiat schiebe ich seine Hand zur Seite. »Kein Grund mir zu drohen.«

»Das war keine Drohung. Ich will nur nicht, dass du uns alle in Schwierigkeiten bringst, weil du in seiner Nähe nicht nachdenkst.« Trevor steigt aus und schließt die Tür sanft hinter sich. Ich schaue ihn noch ein paar Sekunden starr nach.

Glaubt er wirklich, mich mit solchen Bemerkungen aus der Bahn werfen zu können?

Ich denke immer, das ist ja das Schlimme. Die Gedanken purzeln nur so durch meinen Kopf. Unentwegt, die ganze Zeit. Und ein einziger Mensch auf der großen weiten Welt kann vielleicht dafür sorgen, dass sie sich ein bisschen langsamer drehen.

Das reicht.

Mehr muss ich auch nicht wissen.

Trotzdem fühle ich mich gleich noch ein bisschen schlechter, aber ich werde mich nicht von meinem Plan abbringen lassen. Ich werde nicht zögern und ich werde nicht scheitern.

Eilig steige ich aus. Der eiskalte Wind fährt mir geradewegs in die Knochen. Ich ziehe meinen Mantel enger und klappe den Kragen hoch. Niemand sollte mich jetzt sehen und erst recht nicht aufhalten. Vor allem nicht jemand aus meiner Familie. So schnell mich meine Heels tragen, bewege ich mich zwischen den Autos entlang und an der Kirche vorbei. Ich war schon ein paar Mal hier, deshalb weiß ich, dass es auch einen Hintereingang gibt, von dem aus man direkt zu den Hinterzimmern gelangt. Ich bete, hoffe, dass Cam sich nochmal zurückgezogen hat. Wenn nicht, dann habe ich eben Pech.

Die Vorstellung, gleich mit ihm zu reden, beflügelt mich und meine Füße überschlagen sich beinahe. Aber als ich auf dem eisigen Boden fast ausrutsche, verlangsame ich mein Tempo wieder. Ich habe schließlich immer noch einen kleinen Passagier dabei, auf den ich aufpassen muss. Hat Cameron eine Ahnung, wie schlimm der Gedanke ist, dass er niemals mit mir und unserem Baby zusammen sein wird?

Dass er niemals meinen Bauch küssen und ihm was vorsingen wird?

Wie grausam es ist, diesen Weg ohne ihn gehen zu müssen?

NICHT, weil mein Vater in einem Rundumschlag uns allen das Leben versaut hat, sondern weil Cam mich belogen hat.

Betrogen.

Und hintergangen.

All das, was in den letzten Wochen in meinem Kopf vorging und für schlaflose Nächte sorgte, werde ich ihm um die Ohren schmettern. Ja, heute endlich wird er auch von unserem Baby erfahren. Auch das werde ich eiskalt in sein schönes Gesicht feuern.

Cameron! Ich bin schwanger. Ich bekomme dein Baby. Und du hast es ja mal sowas von versaut!

Ich werde ihn fragen, ob dieses Spiel es wert war und was es ihm eigentlich gegeben hat. Dann werde ich ihm mitteilen, dass er ein verlogener Bastard ist und ich froh bin, ihn los zu sein. Das, was ich damals im Gefängnis zu ihm gesagt habe, hat nicht gereicht. Zu diesem Zeitpunkt war ich völlig aufgewühlt, stand total neben mir. Alles, was ich wollte, war, ihn da rauszubekommen, weil der Gedanke von Cameron Cavendish hinter Gittern unerträglich für mich war. Aber jetzt bin ich klar und ich stoße die Hintertür hart und entschlossen auf.

Wo ist er denn?

In dem uralten, kalten Gemäuer riecht es nach Weihrauch und aus dem Hauptteil der Kirche dringt Stimmengewirr in den hinteren Gang. Leise und ein bisschen geduckt gehe ich weiter, schleiche an den offenen Türen vorbei und stocke vor der einzig geschlossenen. Entweder der Pfarrer bereitet sich hier auf seine Trauung vor, irgendjemand macht miteinander rum, Melody kreischt mich gleich an, oder ich habe einmal in meinem verdammten Leben Glück und Cam befindet sich dahinter.

Nur einmal, lieber Gott. Bitte mach mich nur einmal einfach nicht fertig. Sei dieses eine Mal auf meiner Seite. Ich will nicht sündigen, werde ich nicht, KANN ich gar nicht, denn ich gehe nur zu meinem Mann. Und zumindest für dich ist er das noch immer. Also könntest du bitte auf meiner Seite sein? Wir haben Dinge zu klären. Wichtige Dinge. Und ich kann keine einzige weitere Sekunde mehr ohne ihn sein. Also bitte, bitte, sei ein einziges Mal auf meiner Seite.

Geht das?

Bitte, danke, bete ich, während ich meine Hand auf die Klinke lege und sie herabdrücke.

Mein Herz überschlägt sich fast und mein gesamter Körper dreht durch, als ich das Holz aufstoße und … Gott meine Gebete erhört, denn dahinter ist tatsächlich Cam, der … nicht wie von mir erwartet vor dem mannshohen Spiegel steht und seinen Anzug richtet. Er lächelt sich auch nicht selbstgefällig an … nein. Stattdessen lehnt er mit beiden Händen auf dem Fensterbrett und hat den Kopf zwischen die Schultern gesenkt. Sein weißes Hemd ist genauso schweißnass wie sein Nacken. Er steht wohl so neben sich, dass er mich gar nicht bemerkt.

Er leidet, ich fühle es und es ist unübersehbar, aber wieso leidet er?

Weil er sie nicht heiraten will?

Weil er wegen der Hochzeit so aufgeregt ist?

Was geht in ihm vor?

Wer ist dieser Mann?

Und wer bin ich eigentlich?

Er wird erst auf mich aufmerksam, als ich wie ferngesteuert eintrete und die Tür hinter mir schließe … Als er herumwirbelt und der Blick aus seinen grünen Augen auf mich trifft, legt er mein komplettes System lahm und mein Magen dreht sich mit einem harten Ruck um.

Endlich sind wir allein.

Endlich kann ich ihn wieder ansehen, endlich kann ich ehrlich sein.

Jetzt ist der Tag der Abrechnung gekommen. Das Ende … oder …

Im Grunde gibt es nur eines, was ich jetzt von ihm wissen will.

»Warum?«

9. SZENEN EINER GESCHIEDENEN EHE

Charlie

Cam antwortet nicht. Und er macht mich so unglaublich wütend, so wütend, wie ich schon ewig nicht mehr war. So wütend, wie ich längst glaubte, nie wieder werden zu können. Anscheinend ist in mir doch noch nicht alles erstarrt.

»Warum hast du das getan?«, frage ich wieder, aber er sagt immer noch nichts. Er starrt mich nur an und seine Fäuste ballen sich allmählich. Die grünen Augen lodern langsam, aber sicher los und auch in mir breitet sich eine Flamme aus, die langsam, aber sicher alles in mir verschlingt. Jeden gesunden Menschenverstand, jede Vorsicht, jede Zurückhaltung. Diese Flamme, die dieser Mann schon immer sehr genau zu füttern wusste. Diese Flamme, die ich nicht mehr bändigen kann. In der nächsten Sekunde stapfe ich auf ihn zu.

»WIESO HAST DU MIR DAS ANGETAN?«, brülle ich aus vollem Halse und schubse ihn so heftig, dass er einen Schritt zurückstolpert. »WIESO MUSSTEST DU MIT MIR SPIELEN?« Ich schlage mit meiner Handtasche zu und sie landet klatschend an seiner Brust, während meine Sicht verschwimmt, weil die Verzweiflung mir die Tränen in die Augen treibt. Gott, ich kann nicht. Ich kann nicht. Ich kann nicht. Ich hasse ihn so sehr. »WIESO GERADE SIE? ICH DACHTE. DU. LIEBST. MICH!« Mit jedem Wort schlage ich weiter auf ihn ein, bis er mein Handgelenk umfängt und mich mit einem Ruck an sich zieht. Einen hektischen Herzschlag später lande ich hart an seinem Körper. In mir rauscht es, in mir brennt es, in mir sticht es, und all das hat er mir angetan. ER ganz allein. Er hat mich zerstört. Nein, noch schlimmer: Er hat mich erst aufgebaut, hat mir gezeigt, wie es sein kann, um mich dann einfach zu zerschmettern.

Ich … Ich kann nicht weiterdenken, als er den Kopf senkt. Mit einem Mal ist da sein Mund wieder auf meinem und er ist weich und perfekt, er ist Cam.

Er ist der Mann, den ich liebe, der Mann in dessen Kragen ich mich sofort kralle.

Der Mann, der mir wochenlang so unendlich gefehlt hat.

Für einen langen, geistlosen Moment ist alles vergessen, alles vergeben, nichts mehr von Bedeutung, mit Ausnahme von uns beiden. Uns beiden und der Chemie, die schon immer gestimmt hat.

Stöhnend wirbelt er mich herum und drückt mich gegen das Fensterbrett. Schmerz durchzuckt nicht nur meinen Körper, sondern auch mein Herz, als es endlich die eiskalte Schale durchbricht und im richtigen Takt schlägt. Ich stöhne ebenfalls, als er seitlich in mein Haar fasst und mich tiefer küsst, mich förmlich überfällt, mich unterwirft, über mich hinwegwütet.

»Weil ich dich liebe«, knurrt er auch noch abgehackt an meinen Lippen und hebt mich mit einem Arm auf das Fensterbrett. Ich keuche, denn seine Worte sind wie Kanonenkugeln, die durch meinen gesamten Körper preschen. Sie reißen jede Wunde auf, die noch nicht mal ansatzweise verheilt war, aber sie beleben mich auch, obwohl sie mich killen sollten. Ich glaube ihm nicht, ich kann ihm nicht glauben, ich darf ihm nicht glauben. Zu sehr hat er mir wehgetan, zu viel hat er mir angetan. Aber ich kann mich auch nicht wehren, als er unter mein Kleid greift und mein Höschen meine Beine herabzerrt.

»Und du liebst mich auch«, stößt er heißer hervor und reißt auch seinen Gürtel auf, bevor er seine Hose aufschnippt. »Deswegen, Charlie«, sagt er genau in dem Moment als er sich tief in mich schiebt. So tief, wie noch nie ein Mann war, so tief, dass ich stöhnend den Kopf in den Nacken sinken lasse.

Gott.

Was.

Ist.

Das

Denn?

So sollte das doch gar nicht ablaufen, das hatte ich nicht vor, das war nicht der Plan, das war … Oh Gott, ich kann nicht denken, ich kann nicht bei mir bleiben. Ich wollte nicht, dass das schon wieder passiert. Ich wollte doch …

»Hast du mich verstanden?« knurrt er, zieht sich zurück und stößt noch härter in mich. »Ich liebe dich, und das hört erst dann auf, wenn ich es sage.«

Was?

Ich?

Ich kann nicht denken. Ich kann ihn nur fühlen, mich verzweifelt an ihm festkrallen und ein Bein um seine Hüften schlingen, denn ich liebe ihn wirklich und ich brauche mehr von ihm, brauche alles. Am liebsten würde ich sein Hemd aufreißen und mich über seinen Körper kratzen, ihm wehtun, ihn beißen, ihn markieren, allen zeigen, dass er mir gehört, keine Zweifel daran lassen. Aber das kann ich nicht. Das darf ich nicht, das ist verboten. Also greife ich einfach in seinen Nacken und ziehe seinen Mund wieder auf meinen. Fest bohren seine Finger sich in meinen Oberschenkel, noch fester umkreisen sich unsere Zungen, noch heftiger baut sich der Druck in meinem Unterleib auf.

Es ist wie damals mit James, als ich bei ihm einfach alles rausgelassen habe, was mich beschäftigt, was mir zusetzte und was ich einfach nicht mehr ertragen konnte. Jetzt ist es mir so klar, das sind James Berührungen, seine Küsse, sein fester Griff, sein Körper, den Cam so eng an mich drängt, dass ich mit den Schulterblättern gegen das kühle Glas krache. Sein Unterarm knallt neben meinen Kopf und sein Gesicht verharrt Zentimeter von meinem entfernt. So schön, so entfesselt, so mein. So mein. Dieser Mann gehört mir, dieses Glühen in seinen grünen Augen gehört mir. Ich habe es hervorgelockt, ich kann es auch wieder dämpfen. Oder? ODER?

Er stöhnt als Antwort auf etwas, das er wohl in meinen Augen liest, und lehnt seine Stirn an meine.

»Du gehörst mir. Du kannst einen anderen heiraten, aber das hier wird immer mir gehören«, flüstert er rau an meinen Lippen und packt meine Hüfte so fest, dass es weh tut, sich gut anfühlt, wieder weh tut, sich noch besser anfühlt.

Hilfe!

Wie soll ich mich dagegen wehren? Wie sollte ich es auch

nur versuchen? Das wäre total wahnsinnig, und ich bin nicht wahnsinnig. Leider nicht.

Aber eines muss ich ihm irgendwie mitteilen …

»Du gehörst auch mir«, sage ich atemlos und packe seinen Kiefer, bevor ich ihn wieder küsse. Nicht nur er hat mich für sich beansprucht. Ich habe auch Rechte, er gehört mir so wie ich ihm, er ist mein, so wie ich sein bin.

Cam lacht und stöhnt an meinen Lippen und endlich, endlich fühle ich mich wieder ganz. Endlich tut es nicht mehr die ganze Zeit so weh.

»Ja, das hier gehört dir.« Er schiebt sich langsamer in mich und ich platze fast. Fester kralle ich mich in seinen Arm und seine Wange, falle tiefer und immer tiefer, falle ins Bodenlose. Und gerade ist es mir egal, ob er mich verarscht hat, gerade ist es mir egal, dass ich ihn eigentlich hasse. Gerade will ich nur, dass er in mir ist, mich auf diese gewisse Art ansieht, mich so berührt, all diese Dinge mit mir tut, die ich so sehr brauche.

Gerade habe ich vergessen, wieso ich eigentlich hier bin. Gerade kann ich nicht anders, als seine Lippen wieder auf meine zu ziehen und mein zweites Bein auch um ihn zu schlingen. Als Cam sich stöhnend tiefer in mir bewegt, kann ich meinen Orgasmus nicht mehr zurückhalten, ich explodiere einfach um ihn herum und er folgt mit einem leisen »Fuck« fast in derselben Sekunde. Sein Kuss stockt und nur unser hektischer Atem strömt in den Mund des anderen, als wir gemeinsam kommen. Für ein paar Sekunden kann ich mir sogar vormachen, dass nicht alles völlig kaputt ist, sondern, dass wir immer noch zusammen sind, dass immer noch alles gut ist, dass ich nicht von ihm gebrochen wurde, dass sich die Dinge nicht grundlegend geändert haben, dass er längst nicht mehr mein Mann ist.

Ich schließe die Lider, als Cam seine Stirn an meinen Hals sinken lässt und erschauere noch einmal heftig. Fast zeitgleich landen wir wieder in der kalten, unbarmherzigen Realität, und es wird still im Raum. Ich bin ihm so nahe, wie ich seit Wochen nicht mehr war. Nicht, seit dem Moment im Hotelzimmer, als ich endlich begriff, dass er James ist. Ich habe so viele Fragen, ich will ihm so vieles sagen, aber ich muss mich erst ein wenig sammeln, vor allem aber will ich diesen kostbaren Moment noch etwas mehr ausdehnen. Ich bin noch nicht bereit, mich der Realität zu stellen.

»Ich hasse dich«, flüstere ich aber schon mal in sein Haar und erschauere leicht, als er meinen rasenden Puls küsst.

»Ich weiß, Babe.« Gerade will ich ihn von mir schieben und meine Kräfte wieder mobilisieren, als es an der Tür klopft und ich heftig zusammenzucke.

»WAS?«, knurrt Cam und hält mich an der Hüfte fest, als ich einfach vom Fensterbrett rutschen will.

»Ich bin's, Alter …«, ertönt auch noch Trevors Stimme, als wäre das Chaos nicht schon perfekt genug. Zum Glück schaltet Cam sofort, zieht sich aus mir zurück und hebt mich vom Fensterbrett, während mein Herz in mein nicht vorhandenes Höschen rutscht. Scheiß auf mein Höschen, ich muss hier weg, verdammt.

»Warte!«, ruft Cam, und ich schicke rasch ein Stoßgebet zum verräterischen Himmel, dass Trevor auf ihn hört. Zum Glück gibt es in diesem alten Hinterzimmer auch einen Schrank, in dem die Pfarrerkostüme hängen. In diesen stopft Cam mich einfach. Er lässt es sich allerdings nicht nehmen, seinen Mund noch einmal auf meinen zu drücken, bevor er die Tür vor meiner Nase schließt. Keine Sekunde zu früh, denn in dem Moment betritt Trevor den Raum. Ich halte meinen immer noch hektischen Atem an, schließe die Augen und erwische mich schon wieder beim Beten.

Verdammt.

Verdammt.

Verdammt.

10. WARUM ICH TREVOR HASSE

Cam

»Was zur Hölle willst du?«, knurre ich, bin kurz davor, ihn zu schlagen. Sein suchender Blick entgeht mir auch nicht.

»Ich dachte, sie hätte sich abgesetzt, um zu dir zu gehen.« Er mustert mich eigentümlich. »Habe mich wohl geirrt.«

»Sieht so aus.«

»Yeah, dann …« Unschlüssig steht er da. »Alles okay, soweit?«

»Ist das eine Fangfrage?« Fuck, mir ist so heiß und mein Atem geht immer noch so schnell. Ich spüre Charlie noch um mich herum und ich muss dringend was trinken. Aber schon gut.

Seine Mundwinkel zucken leicht. »Nicht wirklich. Brauchst du noch was?«

»Allmählich gehst du mir auf die Eier.«

Er nimmt die Arme auseinander. »Ich bin dein fucking Trauzeuge, das ist meine fucking Pflicht. Also willst du noch was? Brauchst du eine Schulter zum Ausheulen? Dann frage ich draußen rum, ob sich jemand für den Job anbietet.«

Er klingt falsch. Gekünstelt. Aufgesetzt fröhlich. Darum müsste ich mich kümmern, aber gerade will ich einfach nur, dass er verschwindet.

»Nein, ich kann meine Tränen selbst trocknen, keine Sorge.«

Damit gibt er sich zufrieden und geht zur Tür, bleibt aber noch mal stehen, um sich zu mir umzudrehen. Jetzt wird es wirklich eng. Ich will. Ihn. schlagen.

»Du musst aufpassen, Cam, überall sind Seymours und Dekartys, die darauf achten, dass die Show reibungslos über die Bühne geht. Wenn sie zu dir kommt, schick sie weg, ihr dürft nicht zusammen gesehen werden.« Er wirft mir einen eigenartigen Blick zu. »Das wollte ich nur sagen.«

Ja, fuck, und jetzt verpiss dich!

Ich feuere die Tür hinter ihm zu und verriegele sie diesmal, bevor ich mich umdrehe. Charlie ist bereits aus dem Schrank gekommen. Schön und zum Anbeißen und so fucking … SIE. Alles an ihr scheint perfekt, so unendlich vertraut, so vertraut, wie mir noch nie zuvor ein Mensch war. Ich habe das Kleid sofort erkannt, kann mich noch genau an jenen Abend erinnern, weiß noch, wie ich es ihr ausgezogen, wie ich mich kurz darauf in sie geschoben habe. Habe wieder ihr Stöhnen im Ohr und wie sie den Atem anhielt, als sie um mich herum explodierte.

Fuck, ich wusste, dass sie mir fehlt, ich wusste, dass ich sie brauche, aber mit diesem verdammten Sturm, der durch mein Innerstes gefegt ist, sobald sie mich mit ihrer Tasche angriff, habe ich nicht gerechnet.

»Oh Gott«, murmelt sie und zieht hastig ihr Kleid zurecht.

»Du musst sofort gehen«, sage ich gegen alles, was ich gern wirklich mitteilen sollte.

Wollte.

Dringend sagen müsste.

»Wir dürfen kein Aufsehen erregen.«

Sie ist zu mir getreten, sieht mit ihren großen Augen zu mir auf. In ihnen finde ich Vertrauen, das ich vermutlich nicht verdiene. Ich will so gern hier verschwinden. Sie einfach nehmen und gehen.

Aber was dann?

Ein Leben lang auf der Flucht?

Selbst wenn sie dem jetzt zustimmen würde, sie kann sich mit Sicherheit nicht vorstellen, was das für sie bedeuten würde, und eines Tages würde sie es bereuen, sich so entschieden zu haben.

Für mich.

Ich fasse sie an den Schultern, fühle ihre warme Haut unter meinen Handflächen. Will ihr so viel sagen, will so viel besprechen, und weiß doch, dass unsere Zeit, die ohnehin geraubt war, längst abgelaufen ist.

»Du musst gehen«, sage ich noch mal. »Du hast ihn gehört. Man darf uns nicht zusammen sehen, schon gar nicht allein in einem Raum.«

Sie nickt, ihre Augen glänzen unnatürlich, ihre Unterlippe zittert ein wenig, aber sie widerspricht nicht und sie bricht auch nicht in Tränen aus.

»Ich gehe zuerst, schaue ob die Luft rein ist, dann hole ich dich.«

Bevor sie was sagen kann, habe ich ihre vollen Lippen

bereits hauchzart geküsst und sie losgelassen. Brüsk wende ich mich ab, der Anblick verstört mich irgendwie und hat die Macht, mich zu sehr unreflektierten Handlungen zu bringen. Nach drei großen Schritten habe ich den Raum durchquert und trete in den Gang.

Buster, Melodys Vater, kommt geradewegs auf mich zu. Ich hasse diesen Scheißer. Er ist ein riesiger, fast bulliger Texaner, der nicht mal jetzt seinen verdammten Hut abgenommen hat, und immer wirkt, als wolle er jeden Moment seine Knarre ziehen. Ich bezweifle keine Sekunde, dass er eine dabei hat.

»Da bist du ja, mein Junge.« Freundschaftlich legt er mir einen Arm um die Schultern. »Meine Prinzessin ist aufgeregt, du weißt ja, wie die Frauen sind. Ich sollte nach dir schauen, ob alles in Ordnung ist.«

Du sollst schauen, ob ich mich nicht kurz vor der Hochzeit abgesetzt habe.

»Also, ist alles in Ordnung?«

»Alles perfekt.«

Er klopft mir auf die Schulter. »Das ist mein Junge.«

Wenn er noch mal klopft, kille ich ihn. Wenn er noch mal »mein Junge« sagt, drehe ich ihm den fetten Hals um. Damit wäre die Hochzeit dann wohl auch abgeblasen.

»Dann kann ich ihr Bescheid sagen, dass alles perfekt läuft.« Er sieht auf seine protzige Uhr. »Noch zehn Minuten, vielleicht solltest du dich allmählich auf den Weg machen.«

Ich kann mich nicht zu einem Lächeln durchringen. »Richtig.«

»Wir sehen uns also. Ich bin der, der dir die Hand seiner

wunderschönen und einzigen Tochter gibt.« Sein Grinsen wirkt so falsch, wie es seine Zähne sind.

Er geht ein paar Schritte, bleibt stehen und dreht sich noch mal zu mir um. »Eines noch …« Als er wieder bei mir ist, legt er eine Hand auf meinen Rücken und drängt mich zurück zum Raum, in dem sich der Bräutigam vorbereitet. Er liegt am entgegengesetzten Ende der Kathedrale, damit sich das Brautpaar ja nicht vor der Hochzeit sieht.

Ich steuere gegen, zwinge ihn den Gang entlang zum mit Buntglas versehenen Fenster, vor dem auf einem runden Tisch eine riesige Vase mit Lilien steht. Fragend mustere ich ihn.

»Wir müssen noch das Gespräch führen.«

»Welches?«

»Das, in dem ich dir in Aussicht stelle, was passiert, wenn du sie schlecht behandelst.«

Für einen Moment kann ich ihn nur fassungslos anstarren, dann bricht Gelächter durch meine Lippen. »Glaubst du nicht, deine Tochter kann ganz gut selbst auf sich aufpassen?«

Er nickt, ohne zu lächeln. »Für gewöhnlich schon, aber bei dir ist es was anderes. Du bist ihre Achillesferse. Sie ist dir bis in dieses verregnete Land mit diesen furchtbaren Autos gefolgt, und das soll schon was heißen.« Nun legt er mir eine schwere Hand auf die Schulter und verstärkt den Druck, ich halte dagegen, keinem von uns beiden ist davon was anzumerken. »Sie hat sich für dich entschieden. Ich dachte nicht, dass es noch mal so weit kommen würde. Du bist für sie der Richtige, sie wollte dich und sie hat nicht eher geruht, bis sie dich auch hatte. Mein kleines Mädchen wusste schon immer, was sie will und was sie anstellen muss, um es zu bekommen. Versau es nicht.« Buster grinst wieder, vermutlich soll es väterlich rüberkommen, aber auf mich macht es einen maximal bedrohlichen Eindruck. »Nicht, dass ich dich noch erschießen muss.« Er nickt. »Ich würde es tun.« Anscheinend rechnet er mit keiner Antwort, denn der Druck seiner Hand verstärkt sich noch mal, bevor er endlich geht. Ich schaue ihm nach, bis er aus dem Gang verschwunden ist, dann stürze ich zur Tür und lasse Charlie raus.

»Hier lang«, murmele ich, und ziehe sie an einer Hand zu einem der Notausgänge. »Du kannst um das Gebäude rum gehen. Wenn jemand fragt, hast du eben frische Luft geschnappt. Diese verkackten Blumen stinken fürchterlich. Oder du hast eine geraucht.«

Ich verziehe im gleichen Moment das Gesicht wie sie, und mir wird klar, dass ich dieses Thema nicht zur Sprache gebracht habe. Aber die Gelegenheit ist längst vertan, vermutlich wird es in absehbarer Zeit keine weitere geben. Denn ich will nicht, dass sie Schwierigkeiten bekommt. Meine Abrechnung muss eben warten, so kann ich mich noch ein bisschen darauf freuen, vorbereiten, was auch immer.

»Geh«, flüstere ich und schiebe sie einfach in den Flur, weil ich es sonst nie tun werde.

Sobald sie raus ist, ziehe ich die Tür wieder zu und fahre mir mit beiden Händen über die Haare, bevor ich widerstrebend zurück in den Raum gehe, weil ich eigentlich eine ganz andere Richtung einschlagen will.

Fuck.

FUCK!

Ich habe mich noch nie so deplatziert gefühlt, so gezwungen, so gegängelt, so genötigt. Dagegen war das, was ich am Tag meiner Hochzeit mit Charlotte fucking Seymour fühlte, echt ein Witz.

Alles, jede Faser in mir, wehrt sich gegen das Unvermeidliche.

Gerade habe ich die Frau weggeschickt, die ich liebe und die mein Kind in sich trägt, allein das ist ja total grotesk. Dass ich sie aber weggeschickt habe, um eine andere zu heiraten, eine, die ich nicht in meiner Nähe ertragen kann, fühlt sich an wie total falsches Kino.

Kaum bin ich wieder in meinem Zimmer, klopft es, und weil ich Idiot den Riegel nicht wieder vorgeschoben habe, tritt Trevor erneut ein, diesmal, ohne auf meine Antwort gewartet zu haben.

Wortlos geht er mit großen Schritten zum Schrank und reißt ihn auf.

Ich lehne am Fenster, zünde mir einen Joint an und beobachte ihn gelassen.

Er dreht sich zu mir um. »Wo ist sie?«

»Melody? Aufgeregt in ihrem Brautzimmer, wenn man ihrem Alten glauben darf.«

Er verengt die Augen. »Verarsche mich nicht, Cam.«

»Warum sollte ich?« Ich mustere ihn durch den blauen Dunst. »Dafür, dass sie dir aufgedrängt wurde, bist du ziemlich angefixt, sie zu finden.«

»Yeah, weil ich hier anscheinend der Einzige bin, der die Katastrophe verhindern will«, knurrt er und kommt zu mir, bleibt aber einen halben Meter vor mir stehen. »Was immer du dir in deinem Schädel gerade überlegst, tu es nicht. Zieh die Show durch, triff dich nicht mit ihr, und sollte sie bei dir aufkreuzen, schick sie weg. Denn. Es. Ist. Nicht. Sicher.«

»Habe ich verstanden.«

»Ach echt? So siehst du aber nicht aus.« Er neigt sich mir weiter entgegen, um mich genauer zu überschauen, dann lacht er trocken auf. »Du siehst irgendwie frisch gefickt aus.«

Bin ich ja auch. »Willst du mich verarschen?«

»Nein, genauso siehst du aus, wenn du gerade einen heißen Fick hattest.«

»Am besten, du gehst jetzt, du machst mir echt Angst. Könnte sein, dass ich vor lauter Schock ein bisschen durcheinandergerate, deshalb ein bisschen wirr im Kopf werde. Du weißt schon …« Ich lasse einen Zeigefinger an meiner Schläfe kreisen. »Nicht, dass ich am Ende noch das falsche Wort sage, oder so.«

Er mustert mich eine Weile. »Das ist kein Spiel, ich versuche gerade, eure Ärsche zu retten.«

»Ich weiß, dass es kein Spiel ist, sonst wäre ich nicht hier«, knurre ich, öffne das Fenster und werfe den Joint hinaus, bevor ich zur Tür gehe.

»Wohin willst du?«

»Zu meiner Hochzeit, du Idiot«, sage ich knapp. »Es ist Zeit.«

Trevor verdreht die Augen, wischt sich einmal mit beiden Händen über das Gesicht, bevor er mich hinausbegleitet. Gemeinsam schreiten wir durch einen dunklen Flur, der direkt zum Eingang der riesigen Halle führt, an deren Ende der mit jeder Menge weißer Lilien geschmückte Altar steht.

Könnte eine Beerdigung sein.
Ist es im Grunde auch.
Fuck.

Angestrengt ignoriere ich die Blicke der Leute, als ich um das Gebäude gelaufen komme. Ich mache mich auch nicht auf die Suche nach Trevor. Gerade könnte ich nicht so tun, als würde er mich irgendwas angehen. Gerade bin ich noch auf der Cam-Droge.

Mein Kopf schwirrt, meine Gliedmaßen pochen und meine Muskeln fühlen sich an, als bestünden sie aus Butter. Es geht mir so gut wie seit Langem nicht mehr, obwohl ich das nicht zulassen sollte und gar nichts geklärt wurde. Aber das ist mir gerade egal. Er hat gesagt, dass ich ihm gehöre und dass er mir gehört. Das macht alles irgendwie leichter für mich.

Die meisten Gäste haben bereits in der Kathedrale Platz genommen, weshalb mein spätes Erscheinen natürlich auch noch der Letzte mitbekommt. Als ich in die Halle trete, sehe ich mich um. Letzte Chance, diesem Desaster zu entkommen, aber irgendwas zieht mich hinein, als wollte ich den Schmerz spüren, als bräuchte ich ihn, um wieder in der Realität anzukommen.

Kurz darauf stehe ich im Gang, der zum Altar führt. Es ist nicht die Abbey, und dennoch fühle ich mich um Monate zurückversetzt an jenen Tag, an dem ich zu ihm ging. Widerstrebend, wütend, unglücklich. Wie damals sehe ich ihn am Ende des Gangs stehen, hinter sich Trevor. Cam wirkt reglos, als würde er auf seine Hinrichtung warten und Trevors Augen schießen Dolchpfeile auf mich ab.

Wie witzig.

Wie putzig.

Wie uninteressant.

Die ersten Köpfe drehen sich zu mir um, das Raunen setzt ein, und ich genieße es, zelebriere es, viel mehr ist mir nämlich nicht geblieben. Während ich den Gang unter den Blicken der Leute entlangschreite, welche die Wahrheit ahnen, sie vielleicht sogar kennen und das jämmerliche Spiel trotzdem mitspielen, wie sie es immer mitspielen. Mein Platz befindet sich in der achten Reihe neben meinen Eltern. Ein Affront, denn man hat uns zum gemeinen Volk gesetzt. Tssss. Als ich mich nähere, erhebt sich ein mir nur allzu vertrauter Mann aus der raunenden Menge.

Mein Vater wirkt auch nicht begeistert, als er auf mich zukommt.

»Wir haben ein paar Reihen davor Plätze bekommen«, sagt er und zieht mich mit unbarmherzigem Griff um meinen Arm mit sich. Wir müssen uns an einigen Leuten vorbeidrücken, einem Mann trete ich mit meinem spitzen Absatz auf den Schuh, sein gellender Schrei hallt in der hallenden Halle so laut wider, dass einige garantiert einen Tinnitus davontragen werden. Wenigstens lockert das die Stimmung ein wenig, denn ein paar lachen. Bevor ich mich setzen kann, fällt mein Blick auf eine blasse, rothaarige Frau, die ein olivfarbenes, ins Schwarz tendierendes Kleid trägt. Ich streife ihre Augen, kein Erkennen macht sich darin breit. Ihr Gesicht drückt absolut gar nichts aus. Mir ist, als hätte jemand mit einer eisgekühlten Hand nach meinem Herzen gegriffen.

Tessa. Oh mein Gott, es tut mir so leid.

Aber bevor ich auch nur irgendwas mit meinem Blick ausdrücken kann, sitze ich und werde in die Katastrophe hinein geschleudert. Denn ich habe den direkten Blick zum Bogen, in dem sie stehen werden. Auch er ist mit Lilien geschmückt. Alles hier wurde mit diesen intensiv duftenden Blumen bedeckt, von denen ich Kopfschmerzen bekomme.

Ich kann Cam sehen, ich kann Trevor perfekt sehen, dies ist mit Sicherheit einer der besten Plätze, die man überhaupt haben kann.

»Wie bist du an die Plätze gekommen?«, erkundige ich mich leise bei meinem Vater.

Der, anscheinend froh, dass ich keine anderen, weniger nebensächlichen Themen anschneide, beugt sich leicht zu mir hinab. »Ich kenne Buster Dekarty recht gut, und er war übereinstimmend mit mir der Ansicht, dass die Seymours nicht in die hinteren Bänke verbannt werden sollten.«

Mein Vater, der Snob, der jede Erniedrigung zehn Meilen gegen den Wind zu wittern meint, oder dass ihm nicht der erforderliche Respekt entgegengebracht wird. Schließlich ist er inzwischen Duke von Königs Gnaden. Selbst wenn es gar nicht an dem ist, fühlt er sich noch schlecht behandelt.

Diesmal hat er mir einen Bärendienst erwiesen. Sich auch, wie ihm vermutlich zu spät aufgegangen sein wird. Deshalb wirkt er maximal nervös und wirft mir immer wieder Blicke zu.

Was denkt er denn?

Dass ich einschreite? Dass ich laut brülle: »EINSPRUCH!« wie Shrek? Kennt er mich wirklich so wenig? Gar nichts werde ich tun, weil ich Cam niemals gefährden würde. Außerdem, was sollte ich schon sagen? »HÖRT SOFORT AUF! Er liebt sie doch gar nicht!«

Lachhaft. Es geht bei uns niemals um Liebe, nie um Gefühle, nie um das, was in unserem Innern passiert.

Tessa sitzt eine Reihe hinter mir und ich fühle ihren stechenden Blick in meinem Nacken, kann mich aber nicht umdrehen, weil die grausame, hirnzersetzende Show sich vor meinen Augen entfesselt. Cam, der mich nur flüchtig mustert und nun wieder in den Raum blickt. Trevor, dessen Lippen inzwischen fast weiß sind, weil er sie so heftig aufeinanderpresst.

Eine junge Frau, eindeutig Amerikanerin, schlängelt sich zu mir durch und beugt sich zu mir hinab. »Miss Seymour?«

Ich nicke nur.

»Wir haben einen kleinen – äh, Notfall. Würden Sie mich begleiten?«

»Ich verstehe nicht ganz.«

Sie verzieht ihre rot geschminkten Lippen zu einem bezaubernden Lächeln. »Eine unserer Brautjungfern ist kurzfristig ausgefallen. Ihr Verlobter ist der Trauzeuge des Bräutigams und da dachte ich, Sie würden vielleicht …«

»N…«

»Selbstverständlich wird meine Tochter Ihnen aushelfen«, mischt sich mein Vater in diesem Moment ein.

Und meine Mom, die neben ihm sitzt, flüstert: »Oh, wie reizend.«

Nein.

Ganz sicher nicht.

GANZ sicher nicht.

»Jetzt geh schon!«, flüstert mein Vater gebieterisch, und mir bleibt nichts anderes, als aufzustehen und der Blondine mit dem aufreizenden Pferdeschwanz zu folgen.

Auf tauben Knien. Mit einem Gefühl in meinem Magen, als müsste ich mich gleich übergeben.

Wieder hat Raunen eingesetzt, alle starren mich an, während ich den endlos erscheinenden Gang zurück gehe.

»Hier entlang, bitte«, sagt die Blondine, als wir in der Vorhalle angelangt sind.

Es geht in einen weiß getünchten, deutlich kleineren Flur, in dem es ebenfalls nach diesen grausigen Lilien stinkt, die mir den Magen umdrehen. Inzwischen fühle ich mich, als wäre ich in einem Albtraum gefangen. Jeder Cam-Vibe verfliegt und macht der bitteren Realität Platz.

Wir erreichen eine weiße Tür, die Pferdeschwanzstörerin klopft kurz, öffnet sie und …

Da steht sie.

In einem atemberaubenden weißen Hochzeitskleid, das perfekt auf Figur geschnitten ist, die Haare wurden in eine kunstvollen Hochsteckfrisur gelegt, selbst heute ist kaum Make-up auf ihrem Gesicht. Umringt ist sie von etlichen schlanken Hochglanzschönheiten in identischen mintfarbigen Kleidern, die bei meinem Eintreten verstummen.

Auf dem Gesicht der umwerfenden Braut erscheint ein breites Lächeln.

»Oh, du bist die Rettung!« Mit ausgestreckten Armen läuft sie auf mich zu und nimmt meine schlaff an den Seiten hängenden Hände. »Charlotte, richtig?«

Ich sage nichts, es hat mir schlicht die Sprache verschlagen.

»Yasmin ist übel geworden, ich glaube, sie hat es mit dem Gin übertrieben und deshalb haben wir eine Brautjungfer zu wenig, du würdest uns so, so, so sehr helfen, wenn du einspringen könntest, das macht dir doch nichts aus, oder? Das sind Rita, Nancy, Carol, Lynn, Stevie, Gracie und Sarah, meine Hochzeitsplanerin, kennst du ja schon.«

Niemand wartet ernsthaft auf eine Reaktion, denn ich

werde bereits in einen kleinen Raum geschoben. Sarah zwängt sich mit hinein, die ein mintfarbiges Kleid über den Arm geschlagen hat.

»Die Größe dürfte in etwa stimmen«, sagt sie nach kritischem Blick auf mich. »Zieh dich aus!«, befiehlt sie hektisch. Der Blick dieser Frau wirkt so gefährlich und mein Denken befindet sich unter einer derart dicken Watteschicht, dass ich mich tatsächlich daran mache, mein Kleid abzustreifen. Das von dieser alkoholisierten Brautjungfer passt leidlich, was sicher auch an dem kleinen Unterbauch liegt, den ich neuerdings mit mir herumtrage. Dafür kassiere ich von Sarah, die mit jeder Sekunde unerträglicher, weil panischer wird, einen strafenden Blick, den ich mit erhobener Braue erwidere.

Dazu gibt es Haarschmuck – Lilien, die extra in die passende Farbe gefärbt wurden. Nur bei den Schuhen muss sie passen, denn meine Füße sind deutlich kleiner.

»Nun, dann müssen eben die anderen gehen«, bestimmt Sarah resolut. Als sie aber Anstalten macht, mein Make-up »auffrischen« zu wollen, schreite ich ein.

»Nein.«

Sie gibt sich schnell geschlagen, anscheinend überrascht, dass ich es so lange durchgehalten habe. Dass es in dieser kleinen Kammer erträglich war, wird mir bewusst, als ich wieder in den Raum mit den vielen Frauen trete.

Sie sind ja alle so aufgeregt … zumindest die Brautjungfern, die Braut nicht, denn sie dominiert die Szene mit ihrer Schönheit, wobei das Wort die Perfektion, welche diese Frau ausstrahlt, nicht im Geringsten einfangen kann. Selbst ihr Lächeln wirkt tausendfach beeindruckender, als ich es je zuvor an einer Person gesehen habe. Meine Minderwertigkeitskomplexe kehren zurück, bis …

Ich wurde vor nicht ganz zwanzig Minuten von deinem Verlobten gevögelt, Bitch. Von dem Mann, der dich heiraten wird. Er will mich, er hat es mir gesagt. Und egal, womit du ihn unter Druck setzt, was du ihm androhst, du wirst niemals seine Seele besitzen. Die gibt es nicht gratis. Das Einzige, was du bekommen wirst, ist sein Hass. Cameron Cavendish zwingt man nicht, man nötigt ihn nicht, man nimmt ihm nicht das, was er will, denn er wird es dir niemals verzeihen. Du widerliches Miststück, du hast das alles eingefädelt. Du hast meinem Vater die besseren Plätze zugeschanzt, damit ich auch ja ganz nah am Geschehen bin und es maximal auskosten darf. Du wolltest mir demonstrieren, dass du gewonnen hast. Wann kam dir die Idee mit der Brautjungfer? Hast du sie absichtlich abgefüllt?

Ohne die Frau näher zu kennen, bin ich davon überzeugt, dass ich richtig liege. Es ist zu sehen, an dem Funkeln in ihrem Blick, an der Bosheit, die sie nicht ganz heraushalten kann.

Das alles ist ihre Rache, weil ich das hatte, von dem sie meint, es würde ihr gehören.

Was, wenn sie erfährt, dass ich es immer noch habe?

Sollte ich es ihr sagen? Natürlich nicht, von mir wird verlangt, dass ich ihre Schmierenkomödie mitspiele, und ich werde sie mitspielen. Hoch erhobenen Hauptes. Mit einer Klasse, von der sie, trotz all der Schönheit und Anmut, nur träumen kann.

»Aber ich helfe doch gern«, sage ich warm und drücke ihre Hände.

Das boshafte Funkeln verstärkt sich, sie ist nicht überrascht, sondern sucht bereits nach den Gründen für meine Fassung. Nach dem, was ich im Schilde führe.

Ich?

Die kleine Britin?

Die dir nicht das Wasser reichen kann?

Der du den Mann ohne die geringste Gegenwehr abnehmen konntest?

Wie denn?

»Es ist Zeit«, ruft die hektische Sarah von der Tür aus. »Gut, es ist schon seit einer Viertelstunde Zeit.« Sie klatscht in die Hände. »Aufstellung, bitte! Charlotte, du gehst direkt hinter Melody, rechts von ihr, ja, genau. Das ist perfekt.«

Ich will hier weg.

Die anderen, deutlich angeschickerten Jungfern, von denen keine einzige mehr eine ist – stellen sich rechts und links hinter der Braut auf. Als Nächstes wird eine Horde wütender Kleinkinder eingelassen, die uns fast über den Haufen rennt und sich darum streitet, wer welchen Teil der Schleppe nehmen darf. Sarah dringt mit ihrer piepsigen Stimme nicht zu ihnen durch. Es erinnert mich an den Tag meiner eigenen Hochzeit, diese Kinder sollte man abschaffen. Eines wird immer grüner. Sarah kann es gerade noch so wegziehen, bevor es seinen schleimigen Mageninhalt auf Melodys schöne Schleppe spucken kann.

Wieder wurden meine Gebete nicht erhört.

Orgelklänge ertönen, und sobald der erste Laut meine Ohren passiert hat, ist mein Magen ein hohles Loch. Melody dreht sich noch mal um und streift alle mit einem kurzen Blick, mich mustert sie länger.

»Bereit?«

Ich antworte nicht, die Gefahr, dass ich diesmal den Versuch mit dem Schleppe-Vollkotzen unternehme und erfolgreich bin, ist zu groß.

»Dann wollen wir. Wünscht mir Glück!«

Vergiss es!

Kurz darauf gehen wir den Gang entlang in der ehrwürdigsten und heute denkbar unangebrachtesten Prozession, der eine Frau in ihrem ganzen Leben angehören kann.

Einmal in ihrem Leben – zumindest sollte es so sein.

Wir gehen langsam, gemessenen Schrittes, und die angeschickerten Bestien-Jungfern verlieren ein ums andere Mal die Balance. Vermutlich wird dies ein Reinfall werden. Als wir am Eingang zur Halle stehen, bringen zwei Frauen einen Jungen und ein Mädchen im Alter von maximal drei. Beide bekommen einen Korb mit Lilienblättern in die kleinen Ärmchen gedrückt. Ehrlich, wenn ich das überstanden habe, will ich niemals wieder Lilien sehen.

Nie. Wieder.

Der Duft umschwirrt meine Nase und mir wird immer übler. Die Orgelmusik dröhnt in meinen Ohren, als wir uns abermals in Bewegung setzen. Zuvor hat mir Melody einen letzten Blick zugeworfen, und diesmal war der Triumph sprichwörtlich.

Ich habe ihn erwidert, habe sogar gelächelt, nur der liebe Gott weiß, woher ich die Kraft dafür nahm. Die Blicke der Gäste haben sich auf uns gerichtet. Überall sind Hüte zu sehen, helle Kleidung, wenn auch nicht weiß, denn diese Farbe ist der Braut vorbehalten.

Ich schätze, sie war mit vierzehn zuletzt unschuldig.

Und sie wird meinen Mann heiraten. Meinen Mann, der am Ende des Ganges steht und uns mit unbewegter Miene entgegenblickt. Meinen Mann, der in seinem Smoking so unglaublich gut aussieht, der groß und schlank mit blitzenden grünen Augen zu uns schaut. Die Hände hat er vor dem Schritt verschränkt, und sein Blick ist tot, wie meiner.

Ich will fliehen.

Will wenigstens den Blick senken.

Will etwas tun, um meine Seele zu schützen, aber nichts von alldem ist eine Option. Ich wurde von einer narzisstischen, boshaften Natter dazu gezwungen, diesen schwärzesten Tag meines gesamten Lebens in allen Einzelheiten auszukosten.

Aber ich trage mein Baby zu dir, Cam. Ich komme zu dir, nur an der falschen Stelle, nur in der falschen Position.

Wie viel kann ein Mensch ertragen, bevor er bricht?

Wie viel Leid kann auf ein Herz einprügeln, bevor es in tausend winzige Splitter zerspringt? Die beobachtende Menge hat sprichwörtlich den Atem gehalten. Alles wartet auf den erlösenden Eklat, damit sie endlich wieder Luftholen können.

Vergesst es, ihr Ekelgestalten.

Ich hebe das Kinn noch ein bisschen mehr, beachte das Brennen meiner Augen nicht, oder wie schmerzhaft sich mein Bauch zusammenzieht. Beachte nicht, dass ich, wenn eine Flucht schon ausgeschlossen ist, wenigstens schneller laufen will, um endlich zu ihm zu gelangen. Um dort zu sein, wohin ich gehöre.

Aber stimmt das?

STIMMT DAS, CHARLOTTE?

Wie dumm du doch bist, wie grottenmäßig vergesslich, wie einfach, dabei wollte ich mich dieser Sünde niemals schuldig machen.

Sie wird deinen Mann heiraten, und sie fühlt sich wohl in der Rolle der Zerstörerin.

Aber so ist es nicht. Denn obwohl ich ihn liebe und niemals wieder einen Mann so lieben werde, hat er mich betrogen. Er hat mich hintergangen, und wer weiß es schon, vielleicht war er mit ihr bereits zusammen, während bei uns alles noch in scheinbarer bester Ordnung war.

So viele Aspekte kenne ich nicht, konnte niemals völlig Licht ins Dunkel bringen. Und selbst wenn nichts von alldem gewesen ist, selbst wenn er mich nicht mit ihr betrogen hat, wenn er mich sogar wirklich liebt, ändert es doch nichts an dem, was er getan hat. Wie er sich über Wochen und Monate über mich lustig machte, wie er mich verspottete, mit mir spielte, mich zur Antagonistin in seinem ganz persönlichen Drama machte. Vermutlich, um sich die Realität ein bisschen ereignisreicher und spannender zu machen. Ich kann das nicht vergessen, ich will es auch gar nicht, und ich sollte mich stets daran erinnern.

Nicht sie hat uns auseinandergebracht.

Nicht sie hat uns zerstört.

Das haben wir ganz allein geschafft. Sie bekam nur ihre Chance, weil wir eben nicht stark genug, nicht aufrichtig genug waren.

Wir haben es versaut, Cam.

Sein Blick hat meinen eingefangen, er betrachtet mich auf eine Art, wie er mich noch nie angesehen hat. Mit einer Mischung aus Verzweiflung und Wut, aus Protest und Resignation.

Denkst du das Gleiche?

Erkennst du es auch gerade?

Stellst du dich gerade der gleichen Erkenntnis wie ich, dass unsere Uhr längst abgelaufen war, als alles scheinbar vernichtet wurde?

Ein Schluchzen baut sich in meiner Kehle auf, und doch sehe ich ihm entgegen, die Lippen zu einem zarten Lächeln verzogen. Die Wahrheit ist bitter, die Wahrheit ist hart, sie zerstört und sie verletzt, aber wir sollten uns ihr stellen.

Wir haben es zwar versaut, oh ja, das haben wir, auch ich, aber bevor wir es endgültig in den Sand setzen konnten, haben wir noch etwas geschaffen, Cam.

Etwas für die Unendlichkeit, das sie uns nicht nehmen kann. Niemand.

Ich würde es nicht zulassen, würde eher fliehen, als es zu gefährden. Es wird ein Mahnmal unserer Liebe sein. Für das, was einst war, und leider nicht ewig währen durfte.

Ich liebe dich, Cam. Aber es ist zu viel passiert.

Ein Mann mit einem dem Anlass völlig unpassenden Texanerhut auf dem Kopf, tritt zu Melody. Vermutlich ist es ihr Vater. Er nimmt ihre Hand, küsst ihre Wange und ich bin für einen kurzen Moment an jenen Tag zurückversetzt, an dem mein Dad meine Wange küsste, um mich dann in die Hände dieses Neandertalers zu geben. Dieses Neandertalers, der mir gerade entgegenblickt und noch immer keine Augen für seine Braut hat.

Allmählich fällt es auf, ich höre es hinter mir tuscheln, und ich muss nicht zu Trevor schauen, um zu wissen, dass das nicht gut ist.

Nicht.

Gut.

Meine Augen verengen sich, ich lege alle Härte hinein, die ich nicht habe, starre Cam an.

Reiß dich jetzt zusammen. Wir haben es versaut, wir müssen mit den Konsequenzen leben. Alles schaut auf uns, du hast es selbst gesagt. Wir stehen unter Beobachtung.

Also versau es jetzt nicht!

Vor dem Altar angekommen, gehen die Brautjungfern der einen Seite nach links, die anderen nach rechts, zu denen ich gehöre. Die Mütter sammeln ihre Dreijährigen ein und die Schleppenträgerinnen rennen kichernd zu ihren Eltern.

So unnatürliche Laute in dieser aufgesetzten Szene.

So voller Leben.

So voller Unschuld.

Ich sehe Cameron jetzt im Profil, was die Dinge nicht leichter macht. Ein Muskel spielt permanent unter seiner glattrasierten Wange.

Sie haben dir deinen Bart geraubt, den ich so oft unter meinen Handflächen gespürt habe, der mich provoziert hat, wenn du mit deiner Zunge … oh mein Gott!

Meine Augen brennen, aber ich kann den Blick noch immer nicht abwenden, kann ihn nicht auf die edlen Holzintarsien im Hintergrund lenken, bin dazu verdammt, der Szene in all ihren vernichtenden Einzelheiten zu folgen.

Wie sie vor dem Geistlichen stehen, der mit tragender Stimme seinen Vortrag hält. Der was von der ewigen Verbindung zwischen Mann und Frau erzählt, von der Liebe und Verantwortung, von Einigkeit und dem Glück, das Leben gemeinsam zu bestreiten.

Ja, wenn man fähig ist, es zu halten.

Vielleicht ist sie gut für dich, Cam. Vielleicht brauchst du so eine dominante, selbstbewusste Frau, die mit beiden Beinen im Leben steht. Nicht so ein unfertiges Ding wie mich. Vielleicht musste es so kommen, weil wir einfach nicht gut füreinander waren.

Niemals gut.

Niemals glücklich.

Niemals einig.

Trotzdem schmerzt der Anblick in meinen Augen. Das Brennen nimmt zu, als der Geistliche sie auffordert, sich an den Händen zu nehmen. Jetzt sehe ich nur noch Cams Rücken. Dafür aber den gleißend schönen, triumphalen Ausdruck dieser … NATTER. Die ihm in die Augen sieht und die Lippen dabei zu einem leisen, triumphierenden Lächeln verzieht. Sie hat erreicht, was sie wollte. Immer mal wieder sieht sie zu mir, lächelt fast unmerklich breiter, bedeutet mir mit den Augen, was ihre Lippen gerade nicht formen können.

»Er gehört mir. Komm darüber hinweg.«

Hoffentlich gelassen erwidere ich ihren Blick, blinzele nicht, schaue kein einziges Mal weg.

Dann kommt es zu der entscheidenden Frage:

»Willst du, Cameron Oliver Cavendish, die hier anwesende Melody Constanze Dekarty zu deiner rechtmäßigen Frau nehmen? Willst du sie lieben und ehren, bis das der Tod euch scheidet? So antworte mit ja, ich will.«

Als die letzten Worte verklungen sind, senkt sich Stille über die imposante Halle. Spätestens jetzt hat auch noch der Letzte die Luft angehalten, einschließlich meiner Person. Kein Wort verlässt Cams Mund, während ihr Lächeln allmählich versiegt und ihre Augen Dolche auf ihn abfeuern. Mein Herzschlag verdoppelt sich, ich spüre die Anspannung in jeder Sekunde steigen. Dann fällt mein Blick auf Melodys Vater, dessen Lider sich in dem groben Gesicht verengt haben. Er presst die Lippen aufeinander, seine Hand gleitet zur Innenseite seiner Smokingjacke, und vor meinem geistigen Auge sehe ich, wie er eine Waffe rausholt, irgendein amerikanisches todbringendes Gerät, das er irgendwie durch den Zoll schmuggeln konnte. Mein Geist eilt den Geschehnissen voraus, und ich sehe, wie er sie auf Cameron richtet und ihn niederstreckt. Der Mann ist Texaner. Nach allem, was ich über diese Leute weiß, sind die alle hochgradig gestört und maximal brutal.

Genau in diesem Moment dreht Cam sich zu mir um, sieht mir direkt in die Augen und ich reiße die meinen auf, gestalte meinen Blick drohend, sende ihm mit aller Kraft die Botschaft:

Tu es!

Tu es, bevor ein Unglück passiert!

Tu es!

Jetzt!

Seine Augen verengen sich um einen Bruchteil, als könnte er es einfach nicht fassen, dann wendet er sich ab und ich höre ihn laut und deutlich sagen:

»Ja, ich will.«

Der Rest geht in einem Rauschen unter, denn ich habe keine Kraft mehr, dem noch länger zu folgen. Ich habe alles gegeben, habe mich, vor allem meine tiefsten Bedürfnisse selbst verleugnet, um den Eklat zu verhindern, jetzt bin ich nur noch eine leere Hülle. Die Endgültigkeit dieses einen Wortes reißt mich fast um, wirft mich beinahe von den Füssen.

Und doch ist es gut so.

Richtig.

Und ich werde einfach weitermachen, meinen Weg gehen. Irgendwie.

Wenn es sich doch nur nicht so schwer anfühlen würde. Fast undurchführbar.

Das »Ja« der triumphierenden Bitch-Braut höre ich kaum, auch nicht die Worte, mit denen der Geistliche dieser Unfassbarkeit ein letztes Siegel aufdrückt.

Als er aber fordert, dass Cameron den Ring über ihren schmalen, perfekt manikürten Finger streift, passiert wieder nichts.

Trevor ist mit dem blauen Samtkissen vorgetreten, auf dem der Ring liegt. Es ist der gleiche, den Cam mir an den Finger gelegt hat, irgendein Erbstück, ganz sicher wurde er zuvor gereinigt und perfekt auf ihre Größe gebracht.

»Kannst du selbst machen«, sagt Cam und diesmal ist von einigen Seiten Keuchen zu hören. »Sowas kriege ich nicht hin.«

Bullshit, obwohl meine Finger so starr wie Eis waren und ich mich mit allen Mitteln dagegen gesträubt habe, hat er ihn mir ohne Schwierigkeiten angelegt und dabei noch blöde gegrinst.

Spätestens jetzt feuert Melody mit ihren Augen gifttriefende Dolche ab, für ein paar Sekunden, dann hat sie sich wieder perfekt unter Kontrolle und lächelt ihn an.

»Hätte ich mir auch denken können. Mit solchen Details hatte er es noch nie.«

Das einsetzende Gelächter klingt erleichtert und enttäuscht zu gleich. Wieder kein Zwischenfall, wieder ging alles perfekt über die Bühne.

Nun, fast perfekt.

Ich wette, nicht Wenige haben auf mich als Crasher gesetzt.

Da könnt ihr lange warten.

Jubel bricht aus, sie klatschen, die Pfiffe stammen mit Sicherheit von diesen Texanern. Das Paar steht nebeneinander, als würde es nicht zueinander gehören, auch wenn die Natter sich alle Mühe gibt, das zu verbergen. Immer wieder sucht sie Körperkontakt, packt ihn am Arm oder streicht ihm leicht über die Wange.

Und jedes verdammte Mal explodiert die nächste Welle von echt negativer Energie in mir. Der unbeherrschte Teil von mir will sich auf sie stürzen und ihr das schöne Gesicht zerkratzen. Ein bisschen Gebrüll wäre garantiert auch mit im Spiel.

Aber ich bin Charlotte Seymour, und so etwas gehört nun mal nicht zu mir.

»Gehen wir«, sagt eine dunkle Stimme hinter mir.

Trevor.

Natürlich.

Ich hatte fast vergessen, dass ich jetzt zu ihm gehöre.

»Wohin?«

»Erst mal hier raus. Du siehst aus, als würdest du dich gleich übergeben.«

Er nimmt mich am Arm, zieht mich in einen Gang, der hinter dem Altar liegt.

Mit einem Ruck befreie ich meinen Arm. »Ich muss mich noch umziehen.«

Entnervt bleibt er stehen. »Was ist an dem Kleid auszusetzen?«

»Soll das ein Witz sein? Das Teil ist mint und nicht meins, es gehört ihr.« Mit dem Kinn nicke ich in Richtung Natter-Braut.

Schweigend mustert Trevor mich eine Weile, unter seiner Wange spielt auch ein Muskel. Dann nickt er knapp. »Wo ist der Fetzen?«

»Im Brautzimmer.«

»Das finde ich wo?«

Ich verdrehe die Augen. »Sollte ich dich nicht besser begleiten?«

Doch er hat sich schon wieder in Bewegung gesetzt, zerrt mich mit sich, bis wir in den trüben Tag hinaustreten. Kurz darauf hat er mich in sein Auto geschoben.

»Bin gleich zurück«, informiert er mich überflüssigerweise und knallt auch schon die Tür zu. Bloß gut, dass er wieder geht. Wenigstens gerade kann ich auf seine miese Laune wirklich verzichten. Ich habe genug mit mir selbst zu tun.

Wir stehen auf dem Parkplatz, der gute fünfzig Meter von der Kathedrale entfernt ist. Daher sehe ich nur von Weitem, wie die Leute aus dem Gebäude strömen und sich auf ihre Autos verteilen. Natürlich steigt das Brautpaar in die wartende Kutsche. Allerdings handelt es sich nicht um die der Royals. Vielleicht haben sie versucht, unsere Hochzeit zu toppen, sind dabei aber grandios gescheitert.

Camerons Gesicht kann ich nicht erkennen, ihres auch nicht, was vielleicht ein Segen ist.

Schließlich lehne ich mich zurück und schließe die Augen, eine Hand auf meinem Bauch. Endlich kann ich sie wieder dorthin legen, in der Halle habe ich es nicht gewagt.

Es zieht und zerrt darin, als hätte das Kleine auch jede Menge dazu beizutragen, und ich wünschte, dieser Tag wäre schon beendet.

Langsam öffne ich die Lider.

Vielleicht sollte ich Trevor bitten, es dabei zu belassen. Das dürfte den anderen gerade recht kommen, denn ich bin garantiert eines der Sicherheitsrisiken. Wäre ich an Cams Stelle gewesen, hätte ich alles daran gesetzt, dass ich der Feier fernbleibe. Aber ich schätze, diese boshafte Natter hat sich durchgesetzt, sie wollte mir ja unbedingt ihren Sieg demonstrieren.

Jetzt kommt sie doch noch: Meine Wut, die so lange auf sich warten ließ. Meine Hände ballen sich zu Fäusten, mein Atem beschleunigt sich, als ich die Szene, der ich eben beiwohnen musste, noch mal Revue passieren lasse.

Wie sie ihn angefasst hat, dabei habe ich ihn zuerst angefasst. Dabei gehört er mir, das hat er mir nur Minuten vorher noch mal versichert.

Hat es bewiesen.

WAR IN MIR!

Ich bin kurz davor, mich wieder reinzusteigern, als die Vernunft meine Gedanken cuttet.

Es ist vorbei.

Vergiss es nicht.

Vergiss es niemals!

Und wie er mich in dieser Kammer … oh mein Gott. Dieser lodernde, fast glühende Blick, seine raue Stimme, diese Endgültigkeit, mit der er immer wieder in mich stieß.

ES.

Ist.

Vorbei!

Immer noch.

Bleib bei dir, Charlie, du hast die Blicke dieses Texaners gesehen.

Mir sind auch die beiden Kerle nicht entgangen, die mit ihrem Vater in der ersten Reihe saßen und so wirkten, als würden sie nur darauf warten, dass er ein falsches Wort sagt. Vielleicht waren es texanische Bodyguards, vielleicht Daddys Söhne, auf jeden Fall waren beide ziemlich muskulös und wirkten so, als würden sie keinen Spaß verstehen.

Es ist, vorbei.

Es ist vorbei.

Charlie, es ist vorbei.

Nur warum fühlt es sich nicht so an?

Als Trevor gute zwanzig Minuten später zurückkehrt, wirkt er maximal angepisst, hat aber wenigstens mein Kleid dabei.

»Ich bin wie ein Idiot durch dieses verdammte Gebäude geirrt«, lässt er mich wissen, als er neben mir sitzt. Wieder will er sich eine Zigarette anzünden, sieht mich an und stöhnt. »Oh Mann.«

»Ja sorry, tut mir echt leid.«

»Wäre natürlich alles leichter gewesen, hättest du dir von ihm einfach kein Kind machen lassen«, knurrt er zurück und lenkt den Wagen auf die Straße.

»Oh, du bist ja so schlau!«, höhne ich. »Nur konnte ich zu dem Zeitpunkt echt nicht wissen, dass meine Ehe doch nicht für die Ewigkeit war.«

Sein spöttisches Auflachen, macht mich nur noch wütender.

»Sie hatten mich unter Druck gesetzt, weil ich noch nicht schwanger war. Ich konnte das nicht beeinflussen.«

Eine Weile sagt Trevor gar nichts, dann bringt er ein »Schon gut«, zwischen seinen zusammengepressten Zähnen hervor. »Ich weiß auch, dass die Lage beschissen ist, und ihr beide macht sie nicht besser.«

Diesmal muss ich auflachen. »Soll das ein Witz sein? Ich habe sogar ihre blöde Brautjungfer gespielt, was hätte ich denn noch tun sollen?«

Wieder dauert es einen langen Moment, bevor Trevor antwortet: »Nicht zu ihm gehen, wäre ein Anfang gewesen.«

Mist!

»Wie kommst …«

»Belüge mich nicht, Charlotte«, knurrt er, ohne den Blick von der Straße abzuwenden. »Ich habe dir vorhin schon gesagt, dass ich mich ungern verarschen lasse. Ihr spielt nicht mehr allein, inzwischen hängt viel mehr daran. Also reiß dich gefälligst zusammen.«

Ja, genau, reiß dich gefälligst zusammen. Als wäre das so einfach.

Wir lassen die Stadt hinter uns, bewegen uns jetzt in Richtung Kent.

»Ich weiß, dass es nicht leicht ist«, sagt er schließlich, »für keinen von uns. Aber ihr macht es nicht besser, wenn ihr ständig ausbrecht, auch noch, wenn sich alles versammelt hat.«

Meine Augen füllen sich mit Tränen, die ich hastig wegbeiße.

»Ich kann dir nicht sagen, dass es besser wird, weil mir zurzeit nicht einfällt, wie es das könnte.«

»Nein, mir auch nicht«, flüstere ich, die erste Träne tropft gegen meinen Willen in meinen Schoss.

»Also sei wenigstens du vernünftig, er ist es garantiert nicht, hat man ja heute gesehen. Für einen Moment dachte ich, er würde seine eigene Hochzeit crashen.«

Hastig räuspere ich mich. »Ich auch.«

»Ich schätze, sie hätten ihn nonstop ins nächste Gefängnis gebracht, und diesmal wäre er nicht so schnell wieder rausgekommen.«

»Ja …« Ich blicke hinaus, mein Herz zieht sich wieder zusammen. »Müssen wir wirklich hinfahren? Ich könnte wirklich drauf verzichten.«

Als Trevor mich ansieht, ist sein Ausdruck spöttisch. »Ich bin der Trauzeuge und du eine der Brautjungfern. Sie haben uns perfekt ins abgefuckte Spiel integriert und wir werden mitspielen. Ohne weitere Komplikationen.«

Ich sage nichts, denn natürlich ist das nur vernünftig. Ich will nicht, dass Cameron was passiert, ich will ihn schützen, aber weiß ich, ob das auch glücken wird?

Es ist grauenhaft, diesen Weg wieder einzuschlagen, den

ich so oft mit Cam gefahren bin, bevor ich mein eigenes Auto bekam. Anfänglich haben wir nicht viel gesprochen, waren verfeindet. Aber irgendwann rissen die eisernen Fesseln, weil man nun mal nicht ewig wütend sein kann, ich wollte es auch gar nicht. Vermutlich habe ich mich während dieser Autofahrten in ihn verliebt, während er souverän den Wagen lenkte, habe seine Hände beobachtet, sein Profil bewundert, öffnete allmählich mein Herz für ihn, ohne dass ich es wollte.

Nun beobachte ich Trevor, den großen muskulösen, attraktiven Mann, aber keine Bewunderung stellt sich ein. Das Herz ist zu außergewöhnlichen Dingen bereit, wenn es gezwungen wird, aber ich kann mir wirklich nicht vorstellen, dass ich mich jemals in den Mann neben mir verlieben könnte.

Mit Sicherheit, weil ich weiß, dass Tessa ihn liebt, aber auch, weil ich eben Cam liebe und sich das nach allem, was ich derzeit fühle, niemals ändern wird.

Ich lehne mich zurück und verziehe den Mund.

Wie dumm ich bin.

Dumm, dumm, dumm.

Denn natürlich kann es sich ändern. Gebrochene Herzen heilen, die halbe Weltliteratur erzählt davon, dann muss es ja wohl wahr sein. Aber könnte ich ihn lieben, wie ich Cam jemals geliebt habe?

Niemals.

Niemals wieder.

Vielleicht will ich es auch gar nicht, denn das Gefühl ist nicht gut, wenn die Geschichte zum Scheitern verurteilt ist. Ich fühle mich so zerrissen, so … falsch, kenne mich selbst nicht mehr, falle von einem Albtraum in den nächsten, stolpere trotzdem immer weiter, weil Stagnation gleichbedeutend mit dem Tod ist.

Aber hätte ich das kleine Etwas nicht in mir, würde ich dann auch noch stehen? Oder hätte ich mich einfach in meinem Bett verkrochen, mit Albert als meinem einzigen Freund, der mir geblieben ist? Hätte ich dann auch die Kraft, mich diesem eigensinnigen Mann neben mir zu widmen, der mit einer ganzen Familie aus dem royalen Adel daherkommt?

Einer Familie, die so anders als die Cavendishs ist.

Die Hochzeit mit ihm steht auch noch an. Berge von Hürden bauen sich vor mir auf und ich bekomme meine Beine nicht mal hoch genug, um einen winzigen Kieselstein zu überwinden, jedenfalls fühlt es sich so an.

»Ich will eine rauchen«, verkündet Trevor in meine Gedanken und fährt den Wagen auf den Parkplatz einer Raststätte. Als wir stehen, sieht er mich an. »Wäre eine gute Gelegenheit, sich umzuziehen. Du hast recht, das Kleid ist wirklich Müll.«

Mein Lächeln bildet sich wie von selbst. Wenigstens sind wir uns mal einig. Während Trevor rauchend am Wagen lehnt, verschwinde ich auf der Toilette, um mich umzuziehen. Sobald ich mein eigenes Kleid anhabe, fühle ich mich besser. Ich hätte diesen Brautjungfernalbtraum gar nicht so lange anbehalten dürfen.

Als ich zurückkomme, sitzt Trevor schon wieder in seinem Mercedes und wir fahren weiter. Währenddessen überholen uns immer wieder Autos, die alle auch auf dem Parkplatz der Kathedrale standen.

»Wir kommen spät.«

»Ist mir fuckegal«, murmelt er. »Dann dauert der Horror wenigstens nicht so lange.«

Meine Mundwinkel zucken und ich werfe ihm einen raschen Blick zu. Selbstverständlich frage ich mich, weswegen er so gereizt ist. Vielleicht wegen einer bestimmten Frau mit Hasenzähnen, die mich neuerdings meidet, wie der Teufel das Weihwasser.

»Tessa war da.«

»Ich bin nicht blind«, blafft er mich fast an, seine Augen blitzen. »Was immer du dir einbildest, du liegst falsch, das habe ich Cam gestern schon erzählt. Das ist nicht wie bei euch, wir waren nie … mehr.«

Also war er gestern mit Cameron zusammen. Natürlich, er ist sein Trauzeuge. Wie war eigentlich der Junggesellenabschied, Cam?

»Das sieht sie aber anders.«

Ungerührt zuckt Trevor mit den Schultern. Eine Weile herrscht Stille, er hat keine Anstalten gemacht, das Radio einzuschalten, weshalb nur das Brummen des Motors zu hören ist.

»Selbst wenn, spätestens als sie mir sagten, dass ich dich heiraten werde, war es vorbei. Ich mache keinen Akt draus«, meint er dann leiser und pumpt seine Hand auf dem Lenkrad.

»Ganz der gehorsame Sohn.«

»Wenn Cam das sagt, kann ich es noch verstehen, aber du?« Spöttisch wirft er mir den nächsten Blick zu. »Du weißt es besser. Außerdem, was beklagst du dich? Sie wollen sich endgültig von den Engländern trennen.«

Verblüfft sehe ich ihn an. »Ich dachte, das wäre längst vom Tisch.«

»Ein neuer König, neue Voraussetzungen, ein neuer Versuch. Anscheinend sind sie nicht glücklich mit Charles.«

»Wer ist das schon?«, murmele ich und massiere meine Schläfen.

»Wie auch immer, sie wollen sich abspalten, endlich wieder das Königreich Schottland sein.«

Ich brauche nicht lange, um zum richtigen Schluss zu kommen und sehe verblüfft auf. »Oh.«

»Yeah.« Er nickt heftig, angelt schon wieder nach den Zigaretten, stoppt in der Bewegung und fährt sich in die Haare.

»Fahr langsamer.«

»Was?«

»Fahr langsamer«, befehle ich und lasse schon mein Fenster runter. »Mach deins auch auf, dann kannst du rauchen. Das kann man ja nicht mit ansehen.«

Das lässt er sich nicht zweimal sagen, drosselt das Tempo, öffnet auch sein Fenster und zündet sich eine an.

»Und jetzt erzähle mir genau, was sie vorhaben.«

Zunächst sagt er gar nichts, den finsteren Blick nach vorn gerichtet. Erst nach einer Weile beginnt er zögernd.

»Ich bin der einzige lebende Sohn der Stuarts. Wenn Schottland sich abspaltet, haben sie einen rechtmäßigen Anspruch auf den Thron, den wird ihnen auch keiner absprechen. Sie wurden in all den Jahrhunderten immer so gesehen. Mein Vater wird den Thron besteigen …«

»Oh.«

»Yeah, Baby, man kann wenigstens nicht behaupten, dass sie dich für den Erstbesten zur Scheidung gezwungen haben« meint er bitter.

»Oh mein Gott.«

Ich lehne mich zurück und schließe die Augen. Natürlich

würde sich mein Dad eine solche Gelegenheit nicht entgehen lassen. Duke? Gut und schön, aber was ist das gegen die Königin von Schottland? Dabei ist für mich als Britin die Vorstellung unerträglich, dass die Schotten sich wirklich abspalten könnten. Aber anscheinend versuchen sie es erneut. Und dann …

»Ich bin Britin.«

»Und? Dann verbinden wir gleich auch noch die Empires, ist doch goldig.« Er fährt sich durch die Haare. »Frag mich, ob ich damit gerechnet habe.«

»Hast du …«

»Nein, habe ich nicht. Frag mich, ob ich Lust darauf habe. DAS war rhetorisch gemeint. Nein, habe ich nicht. Aber es ist meine Familie. Wenn es so ist, dann muss ich da durch. Und wenn du es sein sollst, dann musst du auch da durch.« Nach einem kurzen Blick seufzt er. »Sorry, sollte keine Beleidigung sein.«

»Habe ich auch nicht so aufgefasst, ich hatte auch keine schlaflosen Nächte, weil ich unbedingt zu Trevor wollte.« Nach einer Weile seufze ich. »Also führen wir eine pro forma-Ehe.«

Er zuckt mit den Schultern. »Wenn sich nichts anderes ergibt.« Als ich nicht antworte, mustert er mich aus dem Augenwinkel und ich sehe starr geradeaus. Ich will diesen Blick gerade nicht erwidern. Ich will das alles hier eigentlich nicht. »Sag niemals nie«, gibt er leiser hinzu und ich runzle meine Stirn, denn das gefällt mir nicht.

»Das mache ich nicht, aber …«

»Ich weiß«, seufzt er. »Ich weiß.«

GUT. Wichtig ist, immer für perfekt geklärte Fronten zu sorgen. Aber warum hat er das gesagt? Darüber zerbreche ich mir die restliche Fahrt den Kopf.

Trevor ist doch nicht etwa scharf auf mich, oder? Hatte er Träume von Charlie, während …

Doch ich schüttele sofort innerlich den Kopf. Im Gegensatz zu mir ist der Mann Realist. Cameron hat es ihm vorgelebt. Viele, viele Leute vor uns haben es vorgelebt. Wir werden es genauso machen, denn anscheinend geht es um mehr als nur eine Ehe. Mit einem Mal steht im Raum, dass ich vielleicht die Königin von Schottland werde. Noch vor einem halben Jahr hätte mir das gefallen. Aber jetzt will ich nur noch die Königin von einem sein.

Doch ihn habe ich unwiderruflich verloren.

Sag niemals nie.

Warum klingt der Satz in meinen Ohren so falsch?

Warum so bedrohlich?

Und warum wie ein düsteres Omen?

12. EINE HOCHZEIT VOLLER WUT

Charlie

Als wir an dem mir so vertrauten und so verhassten Schloss ankommen, stehen schon jede Menge Fahrzeuge auf dem Parkplatz. Wieder bin ich an meine eigene Hochzeit erinnert, nur dass ich diesmal zu den Gästen gehöre. Und dass ich hier nicht mehr lebe und auch nie wieder leben werde. Was für ein schlechter Scherz ist das hier eigentlich?

Trevor holt das Geschenk vom Rücksitz.

»Was ist drin? Ein Bügeleisen?«, scherze ich und bekomme einen warnenden Blick zugeworfen, bevor er mit den Schultern zuckt. »Sie hatte eine Liste gemacht, ist ein Kaffeeautomat.«

Und wenn es ein Benz wäre, es wäre mir egal. Obwohl der wohl kaum in die Verpackung gepasst hätte. Mürrisch sehe ich mich um.

Der rote Teppich ist nagelneu, keine Flecken heute, und der Springbrunnen wurde auch gereinigt. Spontan gehe ich von einem Geldregen aus, der in letzter Zeit über die Familie ausgeschüttet wurde. Vor dem uralten Gemäuer stehen noch ein paar Grüppchen, alles Hochzeitsgäste, keine Gastgeber. Sie lachen und scherzen, amüsieren sich vermutlich über die

Brautjungfer in Mint ganz vorn rechts. Es kann mich nicht erreichen. Ich muss endlich mit Tessa sprechen, das wird heute meine Mission sein, denn so geht es ja nicht weiter.

Als ich zu Trevor sehe, fällt mir auf, dass er auch Ausschau hält. Nur nicht so offensichtlich.

»Sie ist nicht hier«, sage ich ins Blaue herein und treffe ins Schwarze.

Ertappt mustert er mich, sein Ausdruck wird noch finsterer. »Ist mir klar, Charlotte«, knurrt er und steigt aus, bevor er mir die Tür öffnet und mir mit einem Ruck hinaushilft.

Okay, ich habe verstanden. Er ist wütend. Tessa ist wütend. Cam ist wütend. Ich bin wütend. Wunderbar.

Mein Herzschlag ist nicht der stetigste, als wir uns dem Gebäude nähern. Die Sonne lugt durch die Wolken hervor, was ich unerträglich finde. An diesem Tag müsste es wie aus Eimern schütten. Manchmal hasse ich dieses verfluchte Land. An gefühlt dreihundertvierzig Tagen im Jahr regnet es, immer und überall. Ich kann nicht mehr zählen, wie oft ich schon bis auf die Haut durchnässt war, wie viele Schuhe ich mir schon in den Pfützen unrettbar verdorben habe und wie häufig schon völlig durchgefroren an meinem Ziel ankam. Aber an dem einzigen Tag, wo der Regen wirklich mal dringend, wichtig und richtig wäre, kommt die verdammte Sonne hervor.

Sie verhöhnt mich.

Sie ist nicht Team Charlie.

Ich kann sie nicht leiden.

Als wir uns nähern, verstummen die Leute, mustern uns von der Seite, und ein paar Männer nicken Trevor zu. Einer löst sich aus einer Gruppe und kommt auf uns zu. »Wie schön, Sie zu sehen, Stuart. Wie man hört, schicken wichtige Ereignisse ihre Zeichen voraus.«

»Hört man das?«, erwidert Trevor. »Oh, das ist Charlotte Seymour, meine Verlobte, das ist Mister Davenclaw, einer der Kuratoren am Londoner Geschichtsmuseum.«

Ich hasse ihn für sein blödes Grinsen, schüttele aber artig seine Hand und lächele auch noch. Gott schütze meine gute Erziehung.

Mom, du hattest recht, endlich bin ich dankbar dafür.

»Einige sind überrascht, Sie heute hier zu sehen, vor allem in dieser Funktion.«

Gut möglich, dass Trevors kantiges Kinn ein bisschen kantiger wirkt. »Warum? Cam ist mein bester Freund.«

Davenclaw ist Gentleman genug, das Thema nicht weiter zu vertiefen, während ich danebenstehe, sondern begnügt sich mit einem eindeutigen, total herablassenden Blick, bevor er sich empfiehlt und weiter geht. Das Lächeln ist auf meinen Lippen eingefroren.

»Wow, ich hätte nicht gedacht, dass sie gleich zum Angriff übergehen.«

»Wieso nicht?«, erwidert Trevor, der wirkt, als würde er angeregt mit mir plaudern, während er mich zur Treppe führt. »Wenn sie sich die Mäuler zerreißen können, lassen sie nichts anbrennen, ist doch nicht neu.«

»Ich hasse es.«

»Oh Baby«, sagt er, noch immer lächelnd, neigt sogar den Kopf in meine Richtung und scheint die uns folgenden Blicke ebenso wenig zu bemerken wie ich. »Nur, solange du das Thema bist. Wenn es um andere geht, sind wir alle gern dabei.« Er neigt den Kopf noch etwas tiefer, nickt dabei jemandem zu, ohne das Wort an ihn zu richten. »Wenigstens haben wir endlich für einen handfesten Skandal gesorgt. Wurde ja allmählich langweilig hier.«

»Darauf könnte ich verzichten«, murmele ich.

Sobald wir die grell erleuchtete große Halle betreten haben, erscheint ein Kellner mit einem Tablett, reflexartig nehme auch ich ein Glas Champagner.

»Oh Mist«, murmele ich und betrachte kläglich das Glas, in dem es sprudelt und ganze Fontänen aus Sauerstoff aufsteigen. »Ich kann es doch gar nicht trinken.«

Trevor, der den Blick wieder schweifen lässt, wippt auf den Füßen. »Tu so, als würdest du«, empfiehlt er, »so wie die uns im Blick behalten, ist sonst gleich das nächste Gerücht in Umlauf.«

Oh Mist.

Hastig tue ich so, als würde ich einen winzigen Schluck nehmen und entdecke endlich einen vertrauten Rotschopf in der Menge. Tessa steht etwas abseits und ist allein, was gar nicht zu ihr passt. Immer wenn eine Bekannte sie anspricht, nickt sie und ringt sich zu einem falschen Lächeln durch, das nicht ihre Augen erreicht. Das Glas in ihren Händen scheint sie vergessen zu haben, die Augen sind dunkler als sonst, das fällt mir sogar auf die Entfernung auf, und ist sie dünner geworden? Ich habe die ausgeflippte, total wahnsinnige Tessa noch nie so gesehen. Tessa, die mich auf eine Gangbang-Party geschleppt hat, die auf die komischsten Ideen kommt und immer wieder neue hat, die mich bereits in echt brenzliche Situationen brachte und durch die ich James kennenlernte. James, der seltsamerweise in meinem Kopf noch immer eine andere Person als Cameron ist. Verloren steht sie da, lässt den Blick schweifen, ohne anscheinend wirklich jemanden zu sehen. Offenbar konnte sie ihre Augenringe nur mit Mühe überschminken. Sie so zu sehen, trifft mich hart und am liebsten würde ich sofort zu ihr rübergehen, aber ich kann nicht, ich darf nicht.

Die Gefahr, damit einen Eklat auszulösen, ist zu groß.

Trevor ist meinem Blick gefolgt, wendet sich aber gleich wieder ab, und ich reiße meinen auch los, als sie ihn so gar nicht erwidert. Dabei weiß ich, dass sie dafür ein Radar besitzt. Niemand beobachtet Tessa ungestraft.

So war es jedenfalls früher.

In einer anderen Ecke geigen irgendwelche Geiger um ihr Leben. Der Klang geht mir ebenso auf die Nerven, wie dieser widerlich süßliche Duft nach Lilien, der auch hier alles beherrscht. Ich wette, auf der ganzen Insel bekommt man gerade keine einzige, weil Melody Dekarty sämtliche Bestände aufgekauft hat.

Ein Mann mit Mikrofon taucht in der Mitte der Menschenmasse auf. Ganz offensichtlich ein Butler, aber ich kenne ihn nicht, also ist der auch neu.

»Ladys and Gentlemen, das Brautpaar bittet sie nun in den Festsaal.« Dabei näselt er so stark, es muss angewöhnt sein, oder er hat jede Menge Polypen und sollte dringend einen Arzt aufsuchen.

Trevor wirft mir einen Blick aus dem Augenwinkel zu und reicht mir seinen Arm.

»Dann auf in die Schlacht, schätze ich«, murmelt er, nimmt mir vorher das Glas ab und stellt es einfach auf den Kaminsims, andere Ablageflächen gibt es hier nicht.

Ich habe KEIN schlechtes Gewissen, dazu bleibt keine Gelegenheit, denn die Traube, die sich vor uns bildet, sagt mir alles, was ich niemals wissen wollte.

Wir sollen ihnen gratulieren.

Das blöde Paket mit dem blöden Automaten wurde uns bereits abgenommen. Jetzt müssen wir auch noch persönlich so tun, als würden wir ihnen wirklich Glück wünschen. Ich weiß, das Karma arbeitet zuverlässig, tue ich es nicht, bin ich verflucht bis in alle Ewigkeit. Aber mal ehrlich, was sollte sich denn da groß ändern?

Wir müssen warten.

Lange warten.

Meine Füße protestieren, die Heels sind noch nicht eingelaufen und ich weiß nicht mehr, wohin ich schauen soll, weil mir überall gehässige Mienen begegnen. Oder -- was irgendwie noch belastender ist – sie wirken hasserfüllt. Damit meine ich Tessa, die mir eine eindeutige Botschaft zukommen lässt, als sie an mir vorbei in den Saal geht, ohne irgendwem zu gratulieren, und sich keinen Moment um das Karma schert.

Du bist tot, Charlotte Seymour.

Trevor ignoriert sie völlig, weswegen er die Zähne zusammenbeißt.

Leise keuche ich. »Oh mein Gott.«

»Glaubst du wirklich, der hilft?«, erkundigt sich Trevor finster, während wir dastehen und meinen Untergang hinausschieben. Dabei steht der mir eigentliche gerade bevor. Tessa ist überhaupt nicht nötig, weil wir nämlich, je weiter wir vorrücken, immer häufiger Blicke auf das glückliche Brautpaar erhaschen.

Der Anblick trifft mich bis ins Mark.

Da ist die gleißend bezaubernde Braut, die mit einem echten, herzlichen, perfekten Lächeln, das niemals ins Wanken gerät, jedem einzelnen Gratulanten dankt und sogar noch Smalltalk macht. Sie kommt nicht einmal ins Straucheln, dabei ist sie Amerikanerin.

Und dann der Bräutigam, der die Herzlichkeit in Person ist, für jeden Gast ein Späßchen übrig hat, anscheinend jeden kennt oder wenigstens so tun kann, als ob und der sich auch noch angeregt mit seiner Frau unterhält. Nie habe ich ein schöneres Brautpaar gesehen, nie ein glücklicheres. Binnen Sekunden ist mein Blut vom Gift des Neides gesättigt.

Wieso war er nicht so bei unserer Hochzeit? Und woher kommt der plötzliche Umschwung?

»Sag niemals nie«, murmelt Trevor und ich wünschte, ich hätte die unsichtbare Knarre, die anscheinend gerade Cam an die Schläfe gehalten wird.

Warum sonst sollte er wie ausgewechselt sein?

»DROGEN!«, entkommt es mir etwas zu laut. Leute drehen sich zu mir um und mustern mich zweifelnd, ich winke sie mit einer entnervten Handbewegung weg. »Sie hat ihm irgendwelche Drogen eingeflößt«, wispere ich Trevor etwas verhaltener zu.

Er mustert ihn mit verengten Augen und schüttelt den Kopf. »Nein, dann sieht er anders aus.« Mein Schnauben ignoriert er doch glatt.

»Irgendwas hat sie getan, das ist … als hätte er mit einem Mal die Persönlichkeit gewechselt.«

»Es wird seine Gründe haben.« Trevor zischt zwar nicht, bewegt stattdessen aber kaum die immer noch lächelnden Lippen. Er ist geübt, bei all dem hier, genau wie ich. »Ich schätze, ihr wird nicht gefallen haben, dass er ihr den Ring nicht angesteckt hat. Und die Wartezeit vor dem Ja auch nicht.«

»Was hat sie denn gedacht? Kennt sie ihn so schlecht …«

Er beugt sich weiter zu mir runter. »Wir sollten das vielleicht nicht unbedingt hier diskutieren«, murmelt er direkt an meinem Ohr und streicht über meinen Rücken, als würde er mir gerade ein liebevolles Kompliment machen. Ich lächle starr und sehe mich ertappt um.

Mist.

Niemand schaut mich direkt an, und gerade deshalb weiß

ich, dass diese Hyänen nur zu gern wissen würden, was wir besprechen.

»Okay«, sage ich ernüchtert und streiche über seinen Oberarm. The Show must go on und wir leider auch, als wir wieder ein paar Zentimeter vorrücken.

Diese Wartezeit erinnert schon ein bisschen an Mangelwirtschaft. Man könnte meinen, alles stünde hier für irgendeine super Angelegenheit an, die jeder haben will.

Ein iPhone.

Das neueste Modell der Playstation.

Sowas in der Art.

Aber garantiert nicht dafür.

Meine Hand krallt sich immer fester in den Stoff seiner Smokingjacke und zum ersten Mal bin ich wirklich froh, Trevor bei mir zu haben. Mir ist immer noch nicht klar, ob ich diesen bulligen, riesigen Mann an meiner Seite als Freund oder wenigstens Verbündeten betrachten darf. Ich muss vorsichtig sein, es wäre unglaublich dämlich, jetzt dem Falschen zu vertrauen. Trotzdem ist er dafür verantwortlich, dass ich noch aufrecht stehe, vor allem, dass ich nicht die Fassung verliere und zu Cameron renne oder eher zu dieser verlogenen, bösartigen Natter neben ihm, um sie zu schütteln, ihre Frisur zu zerstören und ihr mit dem Abrechen ihrer Fingernägel zu drohen – EINZELN --, wenn sie mir nicht sofort sagt, was sie mit ihm angestellt hat.

Je näher wir kommen, desto mulmiger wird mir. Desto mehr kann ich sein vertrautes Aftershave riechen. Desto genauer kann ich seine Grübchen erkennen. Desto mehr sehne ich mich nach seinen Händen. Desto weniger will ich hier sein. Desto weniger kann mir Trevor noch helfen.

Noch zwei Schritte. Noch ein Schritt.

Schließlich stehe ich vor Cam, und er lächelt mich an.

Vergnügt und begeistert. Ein durch und durch glücklicher Bräutigam.

Wenn ich dich nicht kennen würde, würde ich es dir garantiert auch abnehmen. Aber es erreicht deine Augen nicht. Deine Augen, die hart und dunkel und desillusioniert sind. Deine Augen verraten dich, Cameron.

Sieht das außer mir denn niemand?

»Herzlichen Glückwunsch«, höre ich mich in weiter Ferne sagen, genau so begeistert, genauso vergnügt. Er macht einen Schritt auf mich zu, ich schlinge fest meine Arme um ihn und presse mein Gesicht an seinen Hals. Für einen winzigen Moment schließe ich die Augen, atme seinen Duft ein, atme ihn tief ein, bevor er mich von sich schiebt, sanft, aber unerbittlich. Als ich ihn ansehe, sind seine Augen noch kühler geworden, während es in mir ebenfalls immer mehr gefriert.

Auch die Braut umarme ich, auch ihr komme ich nah und es ist wie die Antithese zu ihm, wie das Gegenmittel, das mich sofort wieder runterholt. Wie ätzendes Gift steigt mir ihr Parfüm in die Nase, das – nicht unerwartet – nach Lilien stinkt.

Ja, es stinkt.

Diesmal bin ich es, die sich von ihr wegschiebt.

»Danke noch mal«, murmelt sie an meinem Ohr. »Ich weiß, es war viel verlangt, aber ich wusste mir nicht zu helfen, und irgendwie sind wir doch alle eine Familie.«

Ich will brechen.

»Überhaupt kein Problem«, höre ich mich säuseln und frage mich angewidert, wer diese Person ist, die da spricht. Ich weiche etwas weiter zurück. »Ganz, ganz viel Glück wünsche ich euch beiden. Ein langes und erfülltes Leben miteinander.« Meine Stimme ist etwas dünn, dennoch klingen die Worte wahr.

Melody ist gut, sie schafft es tatsächlich, die Bosheit aus ihrem Blick zu halten, und wirkt so reizend, so arglos, so unvorstellbar nett, man will es ihr abnehmen, will in die Falle hineintappen, weil so ein schöner Mensch zwangsläufig gut sein muss.

Ist sie nicht.

Und ich hasse sie.

»Oh danke, du bist so süß.« Damit zieht sie mich wieder in ihre toxischen Arme, vor allen Dingen in ihren Geruch. Ich muss ihre Lippen haarscharf an meinen Wangen vorbeigeschrammt ertragen, rette mich aus ihrem Dunstkreis und sehe, wie Cameron und Trevor die Szene schweigend und gar nicht begeistert verfolgen. Sie wirken, als würden sie einen Unfall beobachten. Sobald auch Melody wieder geistig anwesend ist, kommen beide zu sich.

Cam lacht so aufgesetzt, dass ich ihn schlagen will, auf die Art soll man doch ganz schwere Fälle vom Schock heilen können.

Er klopft Trevor auf die Schulter. »Denk dran, du bist noch nicht entlassen.«

»Werde ich garantiert nicht vergessen, du weißt ja, ich stehe auf solche Events.« Dann wendet er sich an Melody. »Das soll keine Beleidigung sein, ich bin von Natur aus ein Hochzeitshasser.«

»Oh, aber was sagt denn deine Verlobte dazu?«, will sie mit ihrer betörend dunklen, Samtstimme wissen.

»Sie trägt es mit Fassung, oder?«

Ohne Vorwarnung zieht er mich an sich und ich blicke strahlend zu ihm auf. Es muss überzeugend sein, denn seine Mundwinkel zucken belustigt. Und dann tut er etwas Grauenhaftes, mit dem ich nicht gerechnet habe. Er umfängt mein Kinn mit Zeigefinger und Daumen, neigt einfach den Kopf herab und küsst mich.

Hauchzart und anders.

Ungewohnt.

Unerwartet.

Im ersten Moment versteife ich mich, will ihn von mir stoßen und ihn anbrüllen, denn ich bin nicht untreu. Zumindest nicht Cam/James, aber dann besinne ich mich eines Besseren. Ich weiß, wieso es passiert und auch, dass ich dieses neue Spiel jetzt mitspielen muss, sonst sind wir alle geliefert. Also lasse ich es geschehen und zucke nicht zurück. Ganz im Gegenteil, ich lege meine Hand sogar an seinen Unterarm und lächle in den keuschen Kuss. Ich lächle auch, als Trevor sich zurückzieht und bin nur leicht irritiert von dem dunklen Glanz in seinen Augen. Er verschwindet so schnell wie er kam. Vielleicht war es eine optische Täuschung. Jetzt bloß nicht zu Cam sehen, denn ich fühle sein Brodeln bis zu mir.

Aber er beherrscht sich, wie ich mich beherrsche, als Trevor mich schief anlächelt und sich aufrichtet. Als Nächstes bringt er doch tatsächlich den Mut auf, Cameron die Brust zu tätscheln. Ich sehe förmlich, wie hart sie ist, wie sehr Cam jeden Muskel anspannt, um Trevor keinen Fausthieb zu verpassen. Auch Melody scheint von unserer Show-Einlage überzeugt, weshalb sie etwas irritiert wirkt und ihre Maske das erste Mal verrutscht.

»Man sieht sich«, meint Trevor leichthin und schlingt seinen Arm um meine Taille, bevor er mich davonzieht. Nach einem Blick zurück, zuckt er mit den Schultern. »Vielleicht auch nicht.«

Ich zwinge mich mit allem, was ich bin, dazu, nicht auch

zu den beiden zu blicken, denn das würde es nur noch schwerer machen. Sobald wir uns weit genug von der Natter entfernt haben, befreie ich mich unauffällig aus seinem Griff.

»Das ist nicht fair«, schmolle ich. »Das hättest du nicht tun dürfen.«

»Wie du meinst«, sagt er, ohne den geringsten Funken von Humor. »Ich hielt es für angebracht. Sind dir die beiden Typen aufgefallen, die links und rechts neben den beiden standen?«

»Ja, ich habe sie schon in der Kathedrale gesehen.« Aber das ist doch gerade völlig egal!

»Mir auch und sie sind bestimmt nicht gekommen, um ihnen beim Heiraten die Händchen zu halten.«

»Sondern?«

»Ich schätze, sollte Cam auf die Idee kommen, nicht mitzuspielen, greifen sie ein. Melodys Vater sieht jedenfalls nicht so aus, als könnte er ein paar Späße auf Kosten seiner Tochter verkraften.«

Also habe ich mich doch nicht getäuscht.

»Sie setzen Cameron unter Druck?«

Trevor verengt die Augen, mustert mich fast überrascht. »Hast du ehrlich gedacht, er macht diesen Zirkus freiwillig mit?«

Während wir uns unterhalten, gehen wir langsam durch den riesigen Saal, in dem wie damals die runden Tische aufgestellt wurden. Wenigstens haben sie eine andere Band gebucht, die Déjà vus prügeln schon jetzt skrupellos auf mich ein. Die Gäste sind mit sich selbst beschäftigt, einige haben schon Platz genommen, andere stehen noch in Grüppchen zusammen.

»Ich weiß nicht, was ich dachte«, gebe ich zu. Genau genommen war ich verwirrt und verunsichert. Zwischenzeitlich habe ich immer wieder angenommen, er würde diese Hochzeit vielleicht doch wollen. Offensichtlich lag ich falsch, weshalb sich der von ihm ausgehende Sog noch einmal verstärkt, gegen den ich anzukämpfen habe.

»Guten Abend«, sagt eine freundliche Stimme. Eine Hostess steht vor uns und reißt mich aus den Gedanken »Darf ich Sie zu ihren Plätzen geleiten?«

Und so werden wir an einen der zahlreichen runden Tische gelotst, während das Stimmengewirr im Raum stetig lauter wird, weil immer mehr Gäste eintreten. Als ich bemerke, wer sich bereits an unserem Tisch eingefunden hat, bleibe ich abrupt stehen. Schockiert sehe ich zu Trevor hoch, aber er verzieht keine Miene, während er mich mit einer Hand in der Hosentasche lässig weiterführt.

»Oh oh.«

»Yeah«, knurrt er. »Das wird lustig.«

»Sie kennen sich bereits?«, fragt die Hostess mit freundlichem Lächeln, als wir am Tisch ankommen.

Tessa und ich nicken gleichzeitig. Wobei ihr Nicken kampflustig und meines leicht verängstigt ist. »Dann wünsche ich Ihnen einen wunderschönen Abend. Die Bedienung wird sich gleich nach Ihren Getränkewünschen erkundigen.« Sie nickt noch mal freundlich in die Runde und verlässt die Stätte des Grauens.

Das alles ist doch wohl ein schlechter Scherz. Anscheinend hat die Frau Tessas steinernen Blick nicht gesehen. Sie ist in Begleitung eines großen, nicht hässlichen Mannes Mitte zwanzig erschienen, der ganz offensichtlich keinen Schimmer davon hat, welches Fass hier gerade angestochen wurde.

Trevor bleibt gelassen, während es in mir immer mehr bebt. Er zieht für mich den Stuhl zurück und ich nehme ihr gegenüber Platz.

Genau gegenüber.

Tessa wendet den stechenden Blick nicht ab, sieht auch nicht durch mich hindurch. Stattdessen fixiert sie mich, als wäre ich nicht nur die einzige Person im Saal, sondern auch, als hätte ich ihre Mutter ermordet.

Mit einer Axt.

Stumpf.

Nichts ist witzig an dieser Situation. Noch nie in meinem Leben habe ich mich so geschämt und es gibt nichts, was ich sagen könnte, womit ich die Dinge irgendwie besser machen könnte. Für Trevor hat sie keinen Blick, es ist, als wäre er nicht anwesend, und auch ihr Begleiter scheint für sie nicht zu existieren.

Zufall, dass wir genau hier sitzen? Es wäre eine Option, wenn es heute nicht schon genügend seltsamer Zufälle gegeben hätte, die allesamt unangenehm waren.

Warum tut sie das?

Warum ist sie so boshaft?

Wieso hasst Melody Dekarty, nun Cavendish, mich so sehr?

Ich sehe Trevor an, doch der ist anscheinend ganz in seinen Beobachtungen der anderen Gäste versunken. Dabei trinkt er einen Whiskey. Ich hätte das nie gedacht, aber gerade würde ich zu gern auch einen trinken. Die grauenvolle Situation schlägt mir maximal auf den Magen.

Eine Schonfrist gibt es nicht, denn die Band, die bisher Lounge-Musik gedudelt hat, bricht ab. Es gibt einen Tusch und der Mann, der eben schon die Verkündung gemacht hat, verkündet erneut: »Ladys and Gentlemen, Mister und Misses Cavendish.«

Alle klatschen, ich tue wenigstens so, bis mein Blick auf Tessa fällt, dann lasse ich die Hände in den Schoss sinken.

Melody schwebt an Camerons Hand herein, strahlend und schön und … perfekt anzusehen.

Ich weiß nicht, wie Cam und ich damals wirkten, aber dieser Anblick zerrt an meinen Nerven. Sie hat seine Hand genommen, strahlt so gleißend, so hemmungslos, dass der gesamte Raum erhellt zu werden scheint.

Ich.

Hasse.

Sie.

Und ihn auch, weil er so dämlich grinst. Fällt denn niemandem sonst auf, dass es überhaupt nicht zum ihm passt?

Natürlich nicht.

Besonders mein Hass auf sie steigt, als sie mit ihr nachwehendem Schleier durch den Saal geht. Ihn dabei immer wieder anstrahlt.

Ich will schon wieder brechen, und mir ist bewusst, dass gerade alles Blut meinen Kopf verlässt, weil der Anblick ein Gefühl in mir verursacht, als würde mir jemand einen Dolch ins Herz rammen.

Eine Hand legt sich unter dem Tisch auf meine.

»Cool bleiben«, sagt Trevor, ohne mich anzusehen. »Einfach cool bleiben.«

Ich versuche es, versuche es wirklich. Wenig später sitzen sie auf den Ehrenplätzen und strahlen noch immer. Ich versuche auch wirklich, nicht hinzusehen, aber es gelingt mir nicht, schon weil ich Tessas Blick nicht erwidern will. Wohin soll ich denn sonst schauen?

In die sensationslüsternen Blicke der meisten Gäste? Neben dem Tisch, an dem das Brautpaar sitzt, ist unserer anscheinend der interessanteste.

Cam lacht und scherzt, aber ich sehe seine Miene, wenn er sich unbeobachtet fühlt und der Dolch bohrt sich noch tiefer in meine Brust. Links und rechts neben dem Brautpaar sitzen die Eltern, ich habe Cavendish, so lange ich ihn kenne, noch nie so glücklich gesehen. Angeregt schwatzt er mit seiner Frau, so viel hat er während ihrer gesamten bisherigen Ehe nicht mit ihr gesprochen.

Neben Melody befinden sich ihr Vater, ihre Mom – zumindest gehe ich davon aus, dass die braungebrannte, superjugendliche und superschlanke Blondine ihre Mom ist –, daneben sitzen die beiden Typen im Smoking. Der erste Eindruck war anscheinend falsch, denn sie scheinen sich wirklich zu amüsieren. Aber mir entgeht nicht, dass sie sehr genau darauf achten, was Cam, vor allen Dingen aber Melody sagt. Sie haben ihn in der Zange. Und genauso fühle ich mich mit einem Mal auch: als würde eine Zange alles in mir zusammenquetschen.

»Mir ist übel«, sage ich und stehe einfach auf.

»Soll ich dich begleiten?«, will Trevor wissen, aber ich schüttele nur den Kopf. Ich gehe nicht direkt durch den Saal, in dem die Kellner mit Tellern beladen hin und her hetzen und den ersten Gang servieren, sondern am Rand entlang, wissend, dass mir trotzdem alle nachsehen.

Ahnend, dass auch Cams Blick mir folgt.

Komm schon, sie hat garantiert mit dir gewettet, wie lange ich durchhalte.

Mittlerweile ist mir wirklich kotzübel. Der Geruch des Essens steigt mir noch zusätzlich unangenehm in die Nase, und ich laufe immer schneller.

Muss.

Hier.

Raus.

Gott sei Dank kenne ich mich in diesem Gebäude aus,

nur deshalb schaffe ich es auf die Toilette und in eine der Kabinen. Dort …

Nun gut, viel habe ich heute noch nicht gegessen, ich hatte keinen Hunger, und getrunken auch nicht. Alles dreht sich um mich, der Boden schwankt, ich sinke endgültig auf die Knie, und lehne die Stirn an die Fliesenwand.

Es war klar, dass ich irgendwann unterliegen würde, bei den Anschlägen auf meine Sinne. Neben den Dolchstößen und Zangenangriffen.

Als die Tür geöffnet wird, lege ich rasch den Riegel vor. Schritte klacken auf den Fliesen, aber keine Kabinentür öffnet sich. Ich schließe die Augen, kann gerade nicht funktionieren, bin mit Sicherheit nicht zu Smalltalk fähig. Darum pudere dein verdammtes Näschen schneller, oder warum immer du hier aufgetaucht bist. Ich habe Gemeinschaftsklos schon immer gehasst. Weil man da belauscht werden kann und nicht wirklich seine Ruhe hat, wenn man sie so dringend braucht.

Ich lasse mich auf den Hintern sinken, lehne den Kopf immer noch an, warte darauf, dass sich nicht mehr alles dreht und dabei immer schneller wird und denke über ein Verbot von stinkenden Lilien nach.

Ich hasse Lilien.

Ich hasse mein Leben.

Ich hasse Cam.

Ich hasse...

»Komm raus«, sagt Tessa.

Ich zucke zusammen und schließe die Augen.

Oh Mann, das hätte ich mir denken können.

»Kann nicht, ich muss kotzen«, antworte ich kläglich.

»Ich bin seit zwei Minuten hier, da war kein Würgen zu hören, also komm jetzt raus.«

Sie klingt müde und irgendwie resigniert, überhaupt nicht, als wollte sie mir den Kopf abreißen. Vermutlich hat sie es verdient, dass ich mit ihr rede, und hatte ich das nicht sowieso vor? Seufzend rapple ich mich auf die Füße und stütze mich dabei an der Wand ab. Ich widerstehe dem Drang, mir mit beiden Händen über das Gesicht zu wischen, um mein Make-up nicht zu gefährden. Manchmal hasse ich mein Leben wirklich.

Geschlagen lege ich den Riegel zurück und trete hinaus.

Sie steht vor einem der Waschbecken, beobachtet mich durch den Spiegel und ich stoppe direkt vor der Kabine. Bevor ich was sagen kann, geht die Tür auf und Lady Sophia kommt herein. Eine uralte Schachtel, die nur noch aus lauter Bosheit lebt, um ihren Sohn, den Duke of Borrow zu foltern, so heißt es in den Sagen und Legenden.

»Huch«, macht sie und fährt sich mit einer knochigen Hand zwischen ihre riesigen Brüste.

»Tut mir leid, wenn wir Sie erschreckt haben«, sage ich schnell und gehe zur Tür, an der ich mich noch mal umdrehe.

»Kommst du?«

Wir treten durch zahlreiche Hintertüren, die den Besuchern eigentlich nicht zugänglich sind. Die von weißen Statuen umrandete riesige Terrasse ist gut dreißig Meter entfernt, und die Sonne hat sich endgültig gegen die Wolken durchgesetzt.

Dies ist wohl das erste Mal, dass sich meine Laune nur noch verschlechtert, weil es heller und wärmer geworden ist.

Ich schlage den Weg zum See ein. Verspätet wird mir klar, dass ich das Gefühl habe, zu Hause zu sein. Und das, obwohl ich kaum jemals ein Gebäude mehr gehasst habe.

Tessa folgt mir schweigend, während wir den schattigen Weg hinab gehen. Als wir das Ufer erreicht haben, deute ich auf eine Bank.

»Danke, ich stehe lieber.«

Ich setze mich. Obwohl dieser Liliengeruch endlich verschwunden ist, fühle ich mich immer noch schwach, sehne mich nach einem Bett und ganz viel Cam, vor allem danach, dass der Albtraum vorbei ist. Nichts davon werde ich in absehbarer Zeit bekommen. Um dem allen die Krone aufzusetzen, habe ich anscheinend auch noch meine beste Freundin verloren. Sie hat mir den Rücken zugewandt, steht mit verschränkten Armen da, scheint trotz des dünnen Kleides genauso wenig zu frieren wie ich und sieht über den See.

»Erkläre es mir.«

»Kann ich nicht«, sage ich sofort.

Tessa scheint meine Antwort nicht gehört zu haben.

»Eben noch habe ich den Vaterschaftstest mit dem Boten losgeschickt – dessen Ergebnis ich immer noch nicht kenne –, und im nächsten Moment bin ich den Mann, den ich liebe, los und die Zeitungen titeln, du hast dich von Cam scheiden lassen.«

Sie hebt eine Hand zur Stirn, massiert ihre Schläfen, hält den Kopf gesenkt. Der Anblick ist so mitleiderregend, dass sich mein Herz zusammenzieht.

»Das kapiere ich ja noch irgendwie, wenn sich herausgestellt hat, dass James der Vater ist. Es wäre wohl zwangsläufig, solltest du auf dem Ehrlichkeitstrip geblieben sein. Aber warum zur Hölle musst du dich unbedingt Trevor an den Hals werfen? Ich …« Endlich dreht sie sich um, ihr Gesicht drückt zu gleichen Teilen Fassungslosigkeit und Wut aus. »Seit Wochen denke ich hin und her, aber ich komme zu keinem plausiblen Schluss. Hilf mir, damit ich wenigstens nicht dumm sterbe. Warum hast du mir das ganze Leben versaut, Charlotte Seymour?«

Mein Herz zieht sich nur noch mehr zusammen. »Es tut mir …«

»Sage nicht, dass es dir leidtut«, unterbricht sie mich mit vor Wut bebender Stimme. »Wage es nicht. Ich will einfach nur erfahren, warum! Damit ich weiß, weshalb ich dich hasse.« Wow, das hat gesessen und ich bin noch froher nicht zu stehen.

»Aber ist denn das nicht klar? Denkst du wirklich, ich könnte dir sowas freiwillig antun?«

Sie hebt den Kopf und verengt ihre Lider. »Was soll das heißen?«

Ich verdrehe die Augen, sehe mich nach allen Seiten um, aber wir scheinen allein zu sein. Das heißt, wenn sich niemand hinter den uralten Linden verschanzt hat. Nachdem ich mich vergewissert habe, dass auch dort kein Stalker ist, seufze ich und erzähle ihr endlich die gesamte Geschichte.

Ihre Miene wechselt von wütend und hassend erst auf ungläubig und dann fassungslos. Langsam nimmt sie die Hände vom Mund und stemmt sie in die Seiten, aber am Ende schüttelt sie den Kopf.

»Du hättest dich weigern können, es müssen.«

»Hörst du mir nicht zu? Sie hatten Cam eingesperrt, sie …«

»Sie können ihn nicht ewig dort festhalten. Ihre Pläne schön und gut, aber alles hat seine Grenzen. Ihr hättet einfach standhaft bleiben müssen.«

»Das haben wir versucht, aber …«

»Was aber?« Sie tritt langsam näher. »Du bist doch nicht etwa wütend, weil er dir vorgespielt hat, ein anderer zu sein und dich monatelang fröhlich beim fortgesetzten Ehebruch unterstützt hat?«

Okay, so brutal offen hat es noch niemand formuliert, das kann wahrscheinlich nur Tessa.

»Natürlich bin ich wütend, und vielleicht hätte ich mich auch getrennt, okay, ganz sicher hätte ich mich getrennt, vor ein paar Wochen … und eigentlich jetzt auch noch, ich bin mir nicht sicher ...« Jetzt massiere ich mir die schmerzenden Schläfen, denn in mir wird es immer chaotischer. »Aber es ist völlig egal, denn diese Entscheidung haben andere getroffen.«

»Hör auf, du bist schwanger.«

»Das ist kein Grund und hält sie garantiert nicht auf. Ich kann froh sein, dass ich es behalten darf.«

Mit zwei Schritten ist sie bei mir, umfasst fast grob meinen Arm und schockiert mich so heftig damit, dass ich zusammenzucke. »Du spinnst doch! Erzähl mir nicht, dass sie dich erst monatelang nerven, weil es nicht passiert, um …«

Lächelnd sehe ich zu ihr auf. »Die Pläne haben sich eben geändert.«

»Und jetzt sollst du schwanger einen …« Sie schließt die Augen. »Oh Mann, manchmal bin ich einfach schwer von Begriff. Es wird eine Frühgeburt, richtig? Damit es als Trevors durchgeht.«

»Er ist bereit, mein Baby …«

Ihr Griff wird fester. »NEIN«, flüstert sie und wirkt gerade ein bisschen wahnsinnig, ein bisschen … irre. »Du wirst ihm nicht diesen Bastard anhängen. Das kannst du einfach nicht tun!«

»Aber ich kann es nicht ändern«, flüstere ich. »Du kapierst es einfach nicht. Sie haben mir keine Wahl gelassen. Meinst du, ich hätte mich freiwillig darauf eingelassen?«

»Oh, hör doch auf!«, höhnt sie, »Die kleine Charlie hat doch schon immer gemacht, was Daddy von ihr wollte. Sie heiratet, wenn er es verlangt, und sie lässt sich auch auf Befehl scheiden. Du bist schon immer ein feiges, kleines Miststück gewesen, und es war okay, ehrlich. Ich habe dich doch gern unterstützt, damit du nicht verlernst, ein Mensch zu sein. Aber nicht, wenn es um meinen Mann geht. Dann nicht.« Noch immer umfasst sie mein Handgelenk, presst härter zu, immer härter, drückt mir allmählich die Blutzufuhr ab, während ihre Worte sich tief in mein Herz graben. So sieht sie mich? »Dein Vater geht doch über Leichen, wenn es um Geld geht, oder? Anscheinend hast du das von ihm.«

Diese Schlampe! Wie kann sie es wagen! Ich verstehe, dass sie wütend ist, ich verstehe, dass ihr all das wehtut, aber ich lasse mich nicht von ihr auf diese Art beleidigen. Sie hat recht, ich war ein Miststück, ich war oberflächlich, aber ich hätte niemals für Geld meine Freunde verraten.

Trotz der Schmerzen, die sie mir verursacht, verziehe ich höhnisch das Gesicht.

»Mein Vater hat genug Geld, er braucht nicht noch mehr. Gut, Cavendish wird die Verbindung mit den Adams begrüßen. Sie scheinen ja schon jede Menge …«

»Interessiert mich nicht!«, unterbricht sie mich zischend. »Warum musste es unbedingt Trevor sein? Wenn es nicht das Geld ist, was dann? Herrgott, es sind Schotten, völlig irrelevant, kein Hahn kräht nach ihnen, und mit einem Mal sind sie wichtig genug, dass dein Dad deine Ehe cancelt? Obwohl du einen Cavendish erwartest?«

Ich sehe sie nur an. Nie zuvor habe ich Tessa so außer sich gesehen, so völlig neben sich stehend, so völlig … fertig. Als hätte sie innerhalb der letzten Wochen ihren Verstand eingebüßt. Und ich weiß nicht mehr, was ich sagen soll.

»Tessa, beruhige dich«, fordere ich monoton, aber sie packt mich noch fester. So fest, dass ich aufstöhne. Ganz nebenbei schüttelt sie mich jetzt auch noch.

»Sage es mir!«

»Es reicht jetzt«, ertönt eine neue Stimme. Wir zucken zusammen und sehen uns um. Mein Blick landet auf Trevor, der ein paar Meter entfernt an einem Baum lehnt, die Haltung lässig, aber der Blick wachsam. Die Smokingjacke hat er ausgezogen, das Hemd ist bis zu den Ellbogen hochgeschoben und die Fliege hängt lose um seinen Hals. »Lass sie sofort los.«

Für einen kurzen Moment verweilt Tessas manischer Blick noch auf mir, bevor sie sich langsam zu ihm umdreht. Mein Handgelenk zerquetscht sie noch immer.

»Ohhh, bist du ihr zu Hilfe geeilt, Baby?«, flüstert sie. Ihre Stimme klingt mit einem Mal viel rauchiger, erinnert mich irgendwie an Melody. »Willst du sie beschützen? Keine Sorge, ich tue ihr schon nichts.«

»Lass sie los«, wiederholt er knurrend und sie lacht etwas wahnsinnig, nimmt aber endlich die Finger von mir. Ich widerstehe dem Drang, mir über die Stelle zu reiben, an der sie zugepackt hatte.

»Komm her«, sagt er kalt, aber Tessa ignoriert ihn. Sie richtet sich auf und senkt den Blick. »Ich sagte«, wiederholt er leise, aber nachdrücklicher. »Komm her.«

Fassungslos beobachte ich, wie sie seufzt und schließlich auf ihn zugeht.

»Du hast dich nicht gemeldet«, flüstert sie, als sie ihn erreicht hat, und der Schmerz in ihrer Stimme fährt in meinen sowieso schon rumorenden Magen.

Trevor ist einen halben Kopf größer und doppelt so breit. Finster blickt er auf sie herab, ein Muskel spielt unter einer Wange.

»Ich hatte keine Zeit.«

Trocken lacht sie auf. »Ja, das konnte man in der Klatschpresse mitverfolgen, aber warum ausgerechnet sie?« Anklagend deutet sie auf mich. Das ist so wenig Tessa, ich kann mich nicht mal mehr darüber ärgern, es tut mir einfach nur leid; sie scheint sich völlig verloren zu haben.

»Es ist, wie es ist, ich habe mir das nicht ausgesucht.«

Er tritt einen Schritt zurück und verschränkt die Arme.

»Das sagst du mir einfach so?«

Trevor zuckt mit den Schultern, seine Gestik erinnert mich an mich selbst, sie drückt aus: Ich weiß, dass es scheiße ist, ich weiß, dass es sich absolut irre anhört und ich weiß, dass es unvorstellbar ist, aber deshalb ist es trotzdem die Realität. Ich kann sie nicht ändern.

»Du musst das nicht tun, du darfst es nicht tun. Bitte … ich …«

»Wir werden das ganz sicher nicht hier diskutieren, Tessa«, stoppt er sie unbarmherzig, bevor sie etwas sagen kann, was wahrscheinlich alle bereuen würden.

Ungläubig lächelt sie ihn an. »Ich hätte niemals gedacht, dass du so ein verdammter Schwächling bist, dass du dich so instrumentalisieren lässt und uns verrätst.«

Daraufhin sagt er gar nichts, nur der Muskel spielt jetzt nicht nur unter seiner Wange, sondern auch an seinem Unterarm. »Das ist nicht der geeignete Ort, um das zu …«

»Natürlich nicht«, höhnt sie und weicht noch einen Schritt zurück. »Nicht auszudenken, wenn ich einen Eklat verursachen würde, richtig?« Sie weicht weiter vor ihm zurück, die Augen voller Feuer, während er sich immer mehr anspannt. »Ich brauche dich nicht, Trevor. Du bist nichts, nur ein Bastard, der meint, mich verarschen zu können. Fick dich selbst.«

Damit geht sie einfach. Sie sieht nicht mehr, dass er sie reflexartig am Arm aufhalten will, aber sich in der letzten Sekunde beherrscht und die Hand zur Faust ballt. Sie sieht nicht, wie sehr es in seinen Augen tobt. Aber ich sehe es … und es tut weh.

»Mist«, murmele ich und mache Anstalten, ihr nachzulaufen, doch mich bekommt er am Arm zu fassen, lässt mich aber los, als hätte er einen Stromschlag erhalten, sobald ich leise aufschreie.

»Sorry.«

»Nicht deine Schuld.«

»Lass sie gehen, damit sind wir ein Sicherheitsrisiko schon mal los«, fordert er erschöpft.

»Ich kann sie unmöglich in diesem Zustand …«

»Du kannst es nicht ändern, da muss sie durch«, knurrt er entnervt. Es bleibt offen, ob er es zu mir oder zu sich selbst sagt. »Die ganze Geschichte ist abgefuckt, du kannst sie nicht schützen oder es ihr auch nur erklären, weil sie es gerade gar nicht verstehen will. Wir müssen zurück, bevor die nächsten wilden Gerüchte die Runde machen.«

Unsicher blicke ich noch mal in die Richtung, in die Tessa gegangen ist. Der Weg führt direkt zum Parkplatz, und ich hasse es wirklich, sie so zurückzulassen, ich hasse es, dass ich ihr nicht helfen, ihr gerade keine Freundin sein kann. Doch Trevor hat recht, wir müssen an unseren Ruf denken, also gebe ich mich geschlagen. »Gehen wir.«

Gemeinsam machen wir uns auf den Rückweg, gehen schweigend nebeneinander her. Anscheinend ist das Essen mittlerweile vorüber, denn ich sehe jede Menge Leute auf der Terrasse, die weißen, breiten Hüte der Ladys schimmern im grellen Sonnenschein, es ist ein ungewöhnlich warmer Februartag. Alle wirken so lustig und entspannt, aber in mir ist alles verkrampft und auch Trevor macht einen extrem angespannten Eindruck.

»Es tut mir leid«, sage ich schließlich, weil ich die Stille nicht ertragen kann.

»Was tut dir leid?«

»Das mit Tessa und dir.«

»Ich sagte dir bereits, dass es nichts war.«

»Natürlich hast du das gesagt.« Nur wenn ich Trevor so von der Seite betrachte, seinen wild spielenden Muskel unter der Wange und wie er starr nach vorn sieht, dann kommt mir der Verdacht, dass es eben doch nicht so einfach ist, wie er mir glauben machen will.

Es tut mir so leid. So, so, so leid. Denn ich glaube, das zwischen den beiden hätte groß werden können, nur hatten sie nie eine Chance.

Ein Teil von mir will ihr immer noch nachlaufen, weil es

Tessa ist, meine Freundin, meine Familie, die mich in den letzten Monaten immer unterstützt hat, die bei mir war, die meine Geheimnisse getragen hat, die einfach da war. Ich fühle mich wie eine Verräterin und dennoch gehe ich an der Seite meines »Verlobten« immer weiter, über die Terrasse in den Saal, in dem die Teller abgetragen wurden und die Musik längst spielt.

Das Brautpaar sitzt an der langen Tafel an der Stirnseite, Cameron spielt selbstvergessen mit seinem Glas und ich fühle mich schlecht. So verdammenswert schlecht.

13. MEINE WUT, MEIN WHISKY, MEIN FLUCH

Cameron

Einige Stunden zuvor

»Was zur Hölle sollte das?«

Sie hat fünf Minuten gebraucht, um den Satz rauszubringen. Währenddessen waren nur die Hufe der Pferde zu hören, die uns in dieser lächerlich unbequemen Kutsche ziehen.

»Du musst schon präziser werden.«

»Das weißt du ganz genau!«, zischt diese Furie. Ihre spitzen Fingernägel graben sich tief in die Haut meines Unterarmes. Mit einem Ruck entziehe ich mich ihr.

»Willst du wirklich eine Aussprache? Wollen wir die ganze Scheiße auf den Tisch bringen, die heute so passiert ist? Wie du willst. Warum war Charlie eine deiner Brautjungfern? Du hast sie doch nicht etwa dazu gezwungen? Nur um sie noch etwas mehr zu demütigen? Fick dich selbst, Melody.«

Schlagartig verändert sich ihre Miene, wird sanft, fast sinnlich. Ich kriege das Kotzen, wenn sie mich so ansieht.

»Sie musste es verinnerlichen, es wirklich begreifen. Ich weiß, wie schwer das manchmal ist, besonders, wenn es das Gegenteil von dem ist, was man will. Eine Rosskur ist in solchen Situationen das Beste. Nun ist es auch ihr klar.«

Ich betrachte meine Hände, die ständig auf- und zu flexen. Vor meinem geistigen Auge habe ich immer mal wieder Fantasien, wie ich sie um ihren schlanken, weißen Hals lege, wie ich zudrücke, wie ich sie endlich zum Schweigen bringe. Aber ich darf nicht. Bei Gott, ich muss mich auch weiterhin so beherrschen, wie ich es heute immer wieder demonstriert habe.

Wortlos lehne ich mich zurück, blicke hinaus und Melody beweist wenigstens ein bisschen Verstand, weil sie meinen Ratschlag befolgt und einfach den Mund hält.

Ich hätte nie gedacht, dass ich sie wirklich hassen könnte, sie war immer etwas Besonderes für mich. Eine Zeitlang glaubte ich wirklich, sie wäre die eine, ohne den Gedanken weiter zu verfolgen. Alles mit ihr fühlte sich gut an und nein, es fiel mir nicht leicht, sie in Manhattan zurückzulassen. Die Folter wurde etwas gemildert, weil ich ihretwegen fast für ein paar Jahre im Gefängnis verschwunden wäre. Trotzdem. Der Sex war hammergeil und sie ist unterhaltsam, wenn sie nicht gerade eine ihrer Psychosen schiebt. Manchmal war sie ein bisschen zu anstrengend und ich habe immer wieder Pausen von ihr benötigt. Aber Hass? Wie sollte man eine Frau wie Melody Dekarty hassen? Inzwischen bin ich schlauer. Inzwischen bin ich Profi darin.

Allein ihr Geruch bringt mich fast zum Kotzen. Ihre Art und Weise, ihre Gestik, ihre Mimik, die Stimme, selbst die Frisur und ihre Kleidung. Ich wette, das ist nur der Auftakt für eine lebenslange Feindschaft, wobei die Frage ist, wie lange ihr Leben noch währt.

Ich könnte zum Mörder werden. Mittlerweile bin ich fast sicher, dass irgendwo nicht mehr ganz so tief in mir, diese Abgründe schlummern. Okay, vermutlich sind sie längst aufgewacht.

Sie rutscht zu mir rüber und geht zu einem weiteren Angriff über. Ihr Atem trifft mein Ohr und verursacht fiese Schauer, die wellenförmig über meine Haut ziehen.

»Ich weiß, du bist wütend und nicht sicher, was du willst. Aber wir sind jetzt verheiratet, Cam. Endlich ist alles so, wie es von Anfang hätte sein müssen.«

»Willst du mich verarschen?«

Kichernd streicht sie mit ihrer Nase über meinen Hals. »Oh, ich liebe es, wenn du wütend bist. Ich weiß nicht, ob es von Anfang an so war, aber ich kann mich gut daran erinnern, was ich fühlte, als du weg warst. Wie leer, wie verlassen mein Leben mit einem Mal war. Da begriff ich, was ich vermutlich schon viel früher hätte erkennen müssen: Du bist der Richtige, Cam. Du bist es. Und ich weiß, du kannst es gerade nicht sehen, fühlst dich überrannt und bedroht, aber wenn du das überwunden hast, werden wir endlich glücklich sein.«

Ihre Lippen gleiten über meine Wange und ich schließe die Augen, um sie nicht aus dieser Kutsche zu schubsen, denn alles in mir brüllt danach, ihr wehzutun. Sie weiß gar nichts und sie ist sicher nicht die Richtige für mich. Das ist nur eine.

»Lass es einfach zu, Baby, gib deinen Widerstand auf und alles wird gut.«

Sie küsst mich auf den vor Wut rasenden Puls und ich widerstehe dem Drang, angewidert über die Stelle zu reiben.

Dann lehnt sie sich zurück. »Du solltest dein Verhalten wirklich überprüfen, Cam«, sagt sie in völlig verändertem Ton. »Ich sehe dir vieles nach, aber Daddy ist nicht so freundlich und Josh und Jensen lauern nur drauf, dass du einen falschen Schritt machst. Die beiden sind solche Kindsköpfe, wenn es um ihre Schwester geht.« Sie lacht glockenhell und falsch, während die Kutsche sich rumpelnd über den Asphalt bewegt.

Nur drei Querstraßen weiter steigen wir um in den Bentley, der mit Lilien geschmückt auf uns wartet.

Ich. Hasse. Diese. Verdammten. Blumen.

Nach diesem Tag will ich sie nie wieder sehen und nie wieder riechen. Ich helfe ihr nicht aus der Kutsche, gleiches Recht für alle, und sie reagiert … gar nicht, hebt nicht mal eine Augenbraue. Schade eigentlich.

Auf dem Weg zur Limo zünde ich mir eine Zigarette an, inhaliere tief den Rauch, lege den Kopf in den Nacken und blicke zum Himmel. Die Wolkendecke ist aufgebrochen, die Sonne sendet ihre Strahlen auf mich herunter.

Das ist das Zeichen, dass nicht alles im Arsch ist, dass es noch Hoffnung gibt. Sie wärmt mein Gesicht, gleichzeitig mein Herz und ich sehe Charlie vor mir stehen. Wieder am Altar – das Bild wirkte so fucking vertraut, so fucking richtig und jemand mit besserer Fantasie hätte sich die Dinge vielleicht schönreden, sich jede Menge vormachen können. Ich kann das nicht, denn ich konnte für keine Sekunde über das widerliche Kleid hinwegsehen, obwohl sie selbst darin umwerfend aussah. Ich konnte für keine Sekunde vergessen, dass die falsche Frau neben mir stand, und ich wusste sie die ganze Zeit hinter mir.

Der Fluchtinstinkt war noch nie so groß.

Trevor war fast witzig, wie er die ganze Zeit Blickdolche auf mich abfeuerte, als wäre ich eine tickende Zeitbombe. Für diffizile Momente hatte er schon immer einen Riecher, denn das war ich, und ich bekam das fucking Wort nicht raus, meine Kehle war wie blockiert. Es ging nicht, denn es war eine Lüge. Ich habe keine Lust auf immer mit Melody. Schon gar nicht auf ewig.

Ewig klingt so unverzeihlich lang.

Ich habe keine Lust darauf, ihr meinen Namen zu geben, und ich habe keine Lust darauf, meinen Schwanz wieder in sie zu schieben, mit ihr Zeit zu verbringen, ihr vielleicht noch ein Kind in den Bauch zu spritzen.

Das war vorhin in der Kathedrale der nächste schwierige Part an der durch und durch toxischen Situation. Hinter mir, ehrlich, nicht mehr als vielleicht zwei Meter, stand die Frau, die mein Kind erwartet, die Frau, der ich meinen Namen gegeben habe. Auch damals ohne die geringste Lust, ich will das nicht leugnen, aber wenigstens fühlte es sich witzig an, schon weil sie so angepisst war.

Charlie stand hinter mir und ich brachte dieses einsilbige, so mächtige Wort einfach nicht heraus, denn es war Verrat an uns, an allem, was uns ausmacht. An ihr, an mir, an uns, an dem, was wir hatten und was sie uns gestohlen haben. Ich konnte nicht Ja sagen, auch wenn diese Scheißer von Melodys Brüdern mich anstarrten und Trevor aussah, als würde er einen Herzinfarkt bekommen. Wüsste ich es nicht besser, könnte ich glauben, es käme ihm ganz recht, wenn ich eine andere heirate, weil er Charlie dann für sich hat.

Das war der einzige dumme Gedanke, der mir in dieser vernichtenden Situation gekommen ist, denn er hasst die derzeitige Lage mindestens genauso wie ich.

Wie Charlie. Auch wenn sie meint, sie wäre sauer auf mich und sich auch sonst jede Menge Bullshit einredet. Aber das konnte sie ja schon immer gut. Irgendwann wird sie erkennen, dass mein Spiel nichts im Vergleich dazu ist, was uns angetan wurde. Deswegen konnte ich einfach nicht Ja sagen. Ich war sogar kurz davor die aufgeblasene Hochzeit zu crashen. Das Einzige, was ich vorher wissen musste, war, ob sie mit mir gehen würde, zur Not eben auch nach Down Under, mit nichts, außer dem, was wir anhätten. In diesem Moment war mir selbst die Aussicht auf Armut fuckegal. Deshalb drehte ich mich zu ihr um, und für ein paar Sekunden gab es nur sie und mich, alle anderen waren verschwunden.

Sag es, sag ein Wort, du musst es nicht mal aussprechen, die Botschaft deiner Augen würde genügen und wir lassen diesen Müll einfach hinter uns. Äh, könnte sein, dass wir rennen müssen, denn diese beiden Typen in der ersten Reihe haben Knarren und sind bereit, sie einzusetzen.

Doch sie schickte mir dieses Wort nicht, sie versagte mir die lebensrettende Botschaft. Ganz im Gegenteil. Ihr Blick war unmissverständlich.

Bloß keinen Skandal, Cam. Mach jetzt bloß keinen Stress.

Sie war eine von ihnen, zumindest in diesem Moment, und auch wieder nicht, denn die anderen lauerten mit kaum verhohlener Gier auf den Eklat. Ich war bereit. Es wäre mir ein innerer Vorbeimarsch gewesen, vor allem hätte mich Melodys Gesichtsausdruck echt gefreut. Vermutlich wäre ich hart geworden, wäre vielleicht sogar gekommen. Wie sie ausgesehen hätte, hätte ich wirklich Nein gesagt? Die Vorzeichen konnte ich sehen und …

Fuck, ich hätte es so gern getan.

Aber der Grund, mir jede Menge Stress zu bereiten, der war nicht länger an meiner Seite, womit es keinen mehr gab, spektakulär auszusteigen. Nicht, wenn sie nicht bei mir wäre. Das sah mir gar nicht ähnlich, denn normalerweise mache ich meine Entscheidungen nicht von einer Frau abhängig. Erst recht nicht die Entscheidung, ob ich mich in riesige Schwierigkeiten stürze. Aber fuck, ich konnte sie noch um mich herum spüren, ich hatte ihr Stöhnen noch in den Ohren, konnte noch ihre Fingerspitzen fühlen, die sich in meine

Haut gegraben hatten, als sie kam … und sie wollte, dass ich trotzdem eine andere heirate.

Das war hart. Sehr hart. Unglaublich hart. Das Härteste, was ich jemals erlebt habe, schätze ich. Es hat etwas in mir zerstört.

»Bist du noch bei dir?«, fragt Melody ungeduldig und ich sehe auf, direkt in ihr Gesicht.

Das ist meine Zukunft.

Es fühlt sich an wie ein Todesurteil.

»Ich hoffe, du kriegst dich bald ein, Cameron«, sagt sie, während sie aus dem Fenster schaut, vor dem sich die triste Landschaft der Londoner Vororte entlangzieht.

Ich starre auf der anderen Seite hinaus. Warum noch mal, muss sie mich vollquatschen? Weil wir verheiratet sind, ach ja.

»Ich weiß wirklich nicht, wie lange ich Josh und Jensen noch beruhigen kann.«

Meine Mundwinkel zucken. »Meinst du, wenn du es ständig wiederholst, wird es irgendwie wahrer?«

»Ich wiederhole mich, weil die Botschaft anscheinend noch nicht angekommen ist, Cameron.«

Uh, wenn sie meinen vollen Namen ausspricht, ist die Kacke am Dampfen. Hat es mich wirklich jemals interessiert? Gab es eine Zeit, in der ich genau das unbedingt und mit allen Mitteln vermeiden wollte. Ehrlich? Stand ich unter Drogen? Ach ja …

»Anscheinend bist du dir selbst egal, aber was ist denn mit deiner kleinen Schlampe? Interessiert es dich denn überhaupt nicht, was mit ihr geschieht?«

Ich seufze. »Baby, deine Drohungen kannst du vergessen, sie steht jetzt unter dem Schutz mächtigerer Männer.«

»Oh, du meinst die Stuarts? Die Familie, die sich gerade daran macht, den schottischen Thron zu besteigen?« Sie berührt kurz mein Knie, fuck, ich bin infiziert. »Selbstverständlich werden sie sich hinter eine geschiedene Frau stellen, die auch noch den falschen Braten in der Röhre hat.« Ihre Augen werden groß, genau wie meine, allerdings für einen bedeutend kürzeren Moment. »Hast du wirklich gedacht, ich wüsste das nicht? Anscheinend hast du immer noch nicht begriffen, dass ich alles erfahre.« Nun schlägt sie erschrocken ihre Hände vor den Mund. »Nicht auszudenken, wenn das rauskäme. Wenn die Eltern davon erführen, und erst die Öffentlichkeit. Die zukünftige Princess of Appin ist von einem gemeinen Cavendish schwanger.« Sie kann ihren Satz kaum beenden, da habe ich ihren Hals gepackt und sie gegen den Sitz gerammt. Der Schock in ihren Augen lässt die Wut nur heftiger durch meine Adern strömen.

Es reicht.

Sie kann mich bedrohen, sie kann versuchen ihre kranken Spiele mit mir zu spielen, sie kann sogar Charlie bedrohen, aber nicht dieses unschuldige Baby, verdammt.

»Du wirst mir jetzt zuhören, Melody«, verkünde ich direkt in ihr schockiertes Gesicht. »Du wirst dieses Kind in Ruhe lassen, du wirst nicht einmal daran denken und du wirst mir erst recht nicht damit drohen. Solltest du auch nur irgendwo ein falsches Wort verlieren, irgendwo auch nur eine kleine Andeutung machen, sind wir geschiedene Leute – durch den Tod, so wie es dieser Trottel vorhin angedroht hat. Hast du das verstanden?« Sie sollte es besser verstehen, denn ich meine es ernst.

Wie ernst erkennt sie anscheinend an meinem Blick. Begreift womöglich zum ersten Mal, wozu ich fähig bin und versteht, denn ihr weicht langsam das Blut aus den Wangen. Ihr Lächeln ist nicht mehr ganz so sanft und arrogant, sondern etwas zittrig, als sie ihre Hand über meine legt und meine Finger fester an ihrem Hals zusammenpresst, sie tief in die zarte, so verletzliche Haut rammt – diese irre Schlampe. In ihren Augen funkelt das Feuer, und als sie spricht, klingt sie wieder normal, fast trocken und ein wenig mitleidig.

Spätestens jetzt will ich sie wirklich erwürgen. »Ich bekomme immer, was ich will. Das ist Gesetz. Du kannst mitspielen und ich werde darüber hinwegsehen, dass diese kleine Schlampe in sich hat, was mir gehört. Ich kann großzügig sein, wenn es mich nicht viel kostet. In diesem Fall kostet es mich eine Menge, deshalb solltest du mich bei Laune halten, Cam. Du solltest immer darauf achten, dass es deiner Frau gut geht und vor allem, dass sie zufrieden ist.«

»Sonst?« Ich blähe die Nasenflügel und meine Finger zucken, als diese kranke Bitch sie noch enger um ihren Hals schließt und sich mit dunklem Blick räkelt.

»Ohhh, dann wird ein Skandal die Briten erschüttern, der keinen Stein auf dem anderen lässt. Du glaubst mir doch, dass ich genügend Material habe?«

Ungesehen.

»Und was den Bastard angeht, den sie gerade ausbrütet: Unfälle geschehen, nicht wahr? Immer und immer wieder. Niemand ist davor gefeit, jeder ist anfällig. Nicht auszudenken, was Charlotte alles passieren kann, bevor das Baby auf der Welt ist.«

Sie hat keine Ahnung, in welcher Gefahr sie gerade schwebt. Bevor ich total durchdrehen kann, ziehe ich meine Hand zurück und balle sie zur Faust.

Diese Frau ist total irre! Das hat sie gerade angemacht!

Sie reibt sich nicht mal den Hals, an dem in roten, flammenden, anklagenden Flecken die Spuren meines Übergriffes sichtbar sind. Wahrscheinlich feiert sie diese sogar.

Ich lehne mich zurück und schließe die Lider. Beruhigen, ich muss mich beruhigen – wieder.

»Deine Entscheidung, Sweetheart. Ich bin zwar nur hierhergekommen, um dich aus den Fängen dieses Kindes zu befreien, aber ich sorge gern auch für ein bisschen Wirbel.«

Mit nach wie vor geschlossenen Augen zähle ich langsam bis zehn, meine Zähne knacken, weil ich die Kiefer so hart aufeinanderpresse.

Blufft sie?

Es wäre so einfach, sich das einzureden, aber ich kenne Melody besser. Ihr Gewissen existiert faktisch nicht, es gibt nichts, was sie nicht tun würde, um am Ende zu triumphieren. Es war nie Thema, aber ich bin sicher, sie geht über Leichen, wenn erforderlich. Die Vorstellung, Charlie oder dem Baby könnte was passieren …

»Glaubst du wirklich, wenn du mich zwingst, hast du was gewonnen?«, erkundige ich mich hohl.

Ihr Lachen klingt wieder glockenhell und unbekümmert, als wäre nichts geschehen. »Wollen wir das immer wieder durchkauen? Manchmal bist du ein bisschen … schwierig, oder bildest dir das wenigstens ein, und musst zu deinem Glück gezwungen werden.« Ihre Lippen berühren mein Ohr. »Mach dich frei, mach dich offen und uns liegt die Welt zu Füssen.« Sie weicht zurück. »Widersetze dich mir und du wirst es bereuen.«

Ich schaue blicklos hinaus, sehe nichts von dem Sonnenschein und nichts von der Umgebung.

»Gut«, sage ich schließlich. »Solange wir in der Öffentlichkeit sind, spiele ich mit.«

»Was soll das heißen?«

Ich zwinge mich, sie anzusehen. »Wenn du jemanden willst, der vor dir kniet, hol dir einen Callboy. Du wirst warten, bis ich endlich auch erkannt habe, dass ich dich eigentlich schon immer heiraten wollte.«

Ihre Augen verengen sich, während sie darüber nachdenkt. Schließlich nickt sie widerstrebend. »Ich will nicht, dass du dich … genötigt fühlst, solange du dir das noch einbildest. Der Eindruck könnte entstehen, ich würde dich nicht respektieren, aber so ist das nicht. Ich respektiere dich, Cam. Ich liebe dich.« Starr blicke ich hinaus. Vermutlich glaubt sie den Bullshit wirklich. »Sobald wir in Gegenwart anderer sind, wirst du ab sofort der perfekte, glückliche Ehemann sein, ist das klar?«

Ich sehe sie an. »Vollkommen klar. Und du hältst dich ab sofort von Charlie fern.«

Ihre Mundwinkel zucken. »Selbstverständlich.«

Mein Vater könnte zufriedener nicht sein, Buster Dekarty klopft mir ständig auf die Schultern und selbst Josh und Jensen scheinen ihren Frieden mit dieser Ehe gemacht zu haben. Da sind sie mir meilenweit voraus. Während ich lächele, bis meine Mundwinkel schmerzen und für jedes Arschloch, das sich hierhergewagt hat, einen lockeren Spruch übrighabe, geht mir auf, dass es so leichter ist. Sie beobachten mich nicht mehr die ganze Zeit, bereit, ihre Knarren zu ziehen, sollte ich aus der Rolle fallen.

Während ich die gewünschte Show liefere, trinke ich jede Menge Whisky und versuche, nicht zu dem Tisch zu sehen, an dem sie mit Tessa und Trevor sitzt.

Melody neigt sich zu mir. »Ich dachte mir, da sind noch jede Menge unausgesprochene Spannungen zwischen den dreien, sie sollten das klären.«

Natürlich. Sie ist im Bilde, kennt sich aus; niemand durchschaut eine Situation so schnell und so messerscharf, wie Melody. Vor allem liegt sie immer richtig. Ich antworte nicht, sondern lache herzlich und laut über einen dämlichen Witz, den Buster gerissen hat. Der Mann hält sich für unglaublich witzig. Armes Schwein.

Im Augenwinkel sehe ich sie aus dem Saal stürmen und mein erster Impuls ist, ihr zu folgen. Fuck.

Tessa steht auf und geht ihr rasch nach.

»Oh, oh, scheint fast so, sie klären das draußen. Ich hoffe doch, sie wissen sich zu benehmen«, hat die Ami-Schlampe über ein paar britische Mädchen aus der Oberschicht anzumerken.

Es wäre echt witzig, wenn es nicht so traurig wäre.

Trevor sieht kurz zu mir, bevor auch er den Saal verlässt. Ich lasse ihn ziehen, obwohl es mir nicht gefällt, dass ein anderer Mann die Angelegenheiten MEINER Frau regelt. Charlie wird immer meine Frau sein. Egal wessen Ring an ihrem Finger steckt.

»Meine Güte, haben sie keinen anderen Zeitpunkt gefunden, um ihre Probleme zu lösen?«

Melody lallt, hat vermutlich ähnlich viel getrunken wie ich. Ich beachte ihr Gerede nicht weiter, sondern spiele den glücklichen Ehemann. Das Grauen geht in die nächste Runde, als wir den Leuten den ersten Tanz bieten müssen. Diesen Kanalratten warten doch nur darauf, dass irgendwas schief geht. Aber alles läuft glatt, niemand stolpert, niemand fällt. Ich schwenke sie über die Tanzfläche, Melody ist die perfekte Partnerin. Anschmiegsam und leicht wie eine Feder in meinen Armen, strahlt sie über das ganze Gesicht. Sie ist wunderschön, zweifellos, nur stellt es nichts mehr mit mir an, mein Geschmack hat sich in den letzten Monaten geändert. Als sie zurückkehren, zwinge ich mich, nicht zu Charlie zu sehen. Habe ich Spott in ihrem Gesicht entdeckt?

Vielleicht sogar Abscheu?

Was muss sie von meiner Vorstellung halten?

Was muss sie von mir halten?

Drei Titel muss ich überstehen, dann hat Melody endlich genug und wir können zum Tisch zurückgehen.

Ich grübele darüber nach, was draußen geschehen ist. Tessa ist nicht zurückgekehrt, vielleicht gab es einen Streit, und ich konnte Charlie nicht mal beistehen. Außerdem gelingt es mir einfach nicht zu vergessen, wie es sich angefühlt hat, Charlie in den Armen zu halten.

Als sie mir gratulierte.

Als sie so viel besser schauspielerte als ich.

Denn ihr Lächeln war aufrichtig und echt. Nichts war ihr davon anzusehen, dass sie sich nur drei Stunden vorher im Bräutigamzimmer von mir ficken ließ.

Hart. Tief. Unvergesslich.

Vielleicht sind Frauen einfach bessere Schauspieler als Männer, weil sie es schon seit Jahrhunderten tun müssen.

Vor den Fenstern geht der Tag allmählich in den Abend über, der Alkohol fließt in Strömen, die Stimmung wird immer ausgelassener. Mit einem zugekniffenen Auge beobachte ich Trevor und Charlie beim Tanzen.

Pass auf deine Wichs*finger auf, du Arschloch!*

Ich beobachte jede einzelne Bewegung, jeden Blick, jeden Fingerstreich, aber nicht zu offensichtlich, um nicht in Schwierigkeiten zu geraten. Der Bastard hat sie geküsst! Und obwohl ich mir ausrechnen kann, weshalb er es getan hat, lodert das Feuer der Eifersucht in mir, vor allem flüstert mir der Teufel auf meiner Schulter immer wieder zu, dass ich ihn endlich dringend verdreschen muss.

Der Zeitpunkt, an dem wir die Feier endlich verlassen können, rückt immer näher. Es geht auf die Malediven, gesponsert bei Daddy, so wie Buster Dekarty hier jeden Drink bezahlt hat, den Butler, die Restaurationskolonne, die das Haus ein paar Tage unsicher gemacht hat, das Catering, unsere Kleidung. Alles. Das war erst der Anfang. Der Mann hat genug Geld, es spielt keine Rolle, ob er zwei oder fünf Millionen springen lässt, solange »sein Mädchen« nur glücklich ist, wie er immer wieder betont.

Apropos, ich habe meinen Alten auch noch nie so glücklich gesehen. Die Band spielt immer lauter, das Licht wird gedimmt, der Partycharakter nimmt zu, und ich habe Trevor stillschweigend seine Rede erlassen. Kein Schwein hat daran gedacht und ich hatte keine Lust, mir diesen verlogenen Bullshit reinzuziehen.

»Noch eine halbe Stunde«, lässt Melody mich wissen, ihre Finger streichen an meiner Wange entlang und ich packe ihr Handgelenk, will sie anknurren, lächele aber im letzten Moment.

»Du lernst dazu, Baby«, flüstert sie und küsst meine Lippen.

Als sie sich zurücklehnt, sehe ich direkt in Charlies bleiches Gesicht.

Ich kann nicht anders, als ihr spöttisch lächelnd zuzuprosten.

Yeah, das hast du gewollt, dann sieh gefälligst auch hin.

Sie wendet sich abrupt ab und marschiert aus dem Saal.

Gut so, das macht vieles leichter.

»Ich gehe mich umziehen, und erwarte dich in der Vorhalle«, säuselt diese Frau in mein Ohr. Ich kann mich gerade so zurückhalten, um nicht einfach ihr Gesicht wegzudrücken und leere mein Glas in einem Zug. Die gesamte Situation frustriert mich dermaßen, dass ich überlege, spontan zum Alkoholiker zu mutieren.

»Noch einen«, rufe ich den Kellner, der aus irgendwelchen Gründen entnervt wirkt. »Kannst hier stehenbleiben«, lasse ich ihn wissen. Ich kneife ein Auge zusammen, um das Ziffernblatt meiner Armbanduhr zu erkennen. »Ich habe nicht mehr viel Zeit.«

Als sein Schweigen allmählich echt belastend wird, winke ich ab. »Lass einfach die Flasche hier.«

»Trink nicht so viel«, befiehlt meine Stiefmutter, als hätte sie auch schon was zu sagen.

»Das ist meine fucking Hochzeit, ich trinke so viel ich will«, knurre ich zurück. »Kümmere dich um deine Angelegenheiten.«

Witzig, aber daraufhin sagt sie nichts mehr, anscheinend kann man sie mit genug Unfreundlichkeit doch zum Schweigen bringen, das werde ich mir merken.

Nur ein Glas später ist mir das Zeug für ein paar Stunden irreparabel zu Kopf gestiegen. Was meine Aggressionen schürt, denn ich kann diese dämlichen Gesichter nicht mehr ertragen, das schlägt mir alles fundamental aufs Gemüt.

Außerdem will ich wissen, wo zur Hölle Charlie hin ist.

Geht es ihr schlecht? Muss sie kotzen? Sie ist schwanger, da müssen sie doch immer kotzen.

Ich verenge die Augen. DAS habe ich mit ihr immer noch nicht ausgewertet. Nach wie vor kein Wort über den Minizwerg, sie fühlt sich garantiert safe. Aber das ist sie nicht. Oh fucking nein.

Ich stehe auf. »Wohin gehst du?«, will mein Vater sofort wissen.

»Nach meiner Braut schauen«, murmele ich und versuche, mit nicht allzu viel Schlagseite den Saal zu verlassen.

Ich sehe zur Treppe, die Melody hochgegangen ist, lache leise und gehe mit raschen Schritten einen langen Gang entlang, in dem mir jede Menge Kellner begegnen, an der riesigen Küche vorbei und dann durch die Hintertür hinaus. Kurz darauf befinde ich mich an der Längsseite des Gebäudes. Hier werden die Lieferungen abgegeben, ich schätze, damals, zu Downtown Abbys Zeiten, war hier reger Betrieb, aber die sind auch in diesem Haus lange vorbei.

Wir sind bei den verarmten Cavendishs, die sind wirklich lange vorbei. Vorteil: Ich habe meine Ruhe, denn gerade kann ich niemanden ertragen. Vielleicht hätte ich nicht so viel trinken, eher noch einen Joint nehmen sollen.

Hätte, hätte, fuck you. Bastard.

»Oh fuck«, murmele ich und lege den Kopf in den Nacken, weil es sich darin heftig dreht.

Ich sitze so verdammt in der Scheiße. Warum habe ich nicht früher gemerkt, dass Charlie total durcheinander ist? Warum habe ich nicht besser aufgepasst, ich bin so ein Idiot.

So ein fucking Idiot.

Irgendwo hier irrt sie verloren herum, weil sie wahrscheinlich einfach genug von meinem dämlichen Grinsen hatte und deshalb geflohen ist.

Aber sie hätte es verhindern können. Wenn sie nicht im entscheidenden Moment gekniffen hätte, dann wären wir jetzt schon auf dem Weg nach Kirgistan … oder in ein anderes Land, in dem man perfekt untertauchen kann. Ich hätte Trevor so lange verprügelt, bis er die Kohle herausgerückt hätte. Kein Problem, der Typ macht mich gerade sowieso aggressiv.

Ich höre einsame Heels auf dem Asphalt und sehe sie über den Parkplatz zum Wagen gehen.

»Charlie!«

Ich habe es gerufen, bevor ich noch drüber nachdenken konnte. Und sie bleibt auch stehen, sieht unsicher zu mir, kann mich mit Sicherheit nicht erkennen, hier ist keine Lampe.

»Komm hierher, verdammt!«, knurre ich. »Bevor dich jemand sieht.«

Das scheint ihr zu denken zu geben, denn sie bewegt sich in meine Richtung.

»Leise«, flüstere ich ziemlich laut, meine Stimme hallt auch noch maximal an den rauen Wänden des Schlosses wider.

Ich. Hasse. England.

Verblüfft beobachte ich, wie sie nacheinander ihre Heels auszieht und dann zu mir rennt. Aber ungefähr einen Meter vor mir stoppt sie erneut. »Was willst du?«

»Dass niemand dich sieht, verdammte Scheiße.«

Sie starrt mich an, mit ihren großen Augen in dem Kleid, in dem ich sie mal gefickt habe …

Falscher Gedanke.

Verdammt falscher Gedanke.

Umständlich hole ich eine Zigarette aus der Smokingjacke und zünde sie mir an.

Behalte sie dabei im Blick.

Behalte sie immer im Blick.

Es dürfte das letzte Mal für eine lange Zeit sein.

»Warum sollte ich Ja sagen?«

14. DIE SACHE MIT DEM KARMA

Melody

Es reicht. Ich habe mir diesen Firlefanz schon viel zu lange angesehen. Die Idee wirkte auf dem Reißbrett nicht schlecht, die Endabrechnung für alle, die mich hintergehen und mir nehmen wollen, was rechtmäßig mir gehört. Sie alle mussten heute erkennen, dass sie sich getäuscht haben. Sie alle mussten heute lernen, was es heißt, Melody Dekarty zu unterschätzen.

Genau genommen können sie froh sein, dass sie noch leben, dass ich dieses verdammte Eiland nicht einfach hochgehen lasse. Inzwischen bin ich schlauer, ich hätte Cameron niemals gehen lassen dürfen. Er hat seinen Kopf für mich hingehalten, und ab diesem Moment wusste ich, dass er der Richtige ist. Diese Gentleman-Tour, dass er mein Geld nicht annehmen wollte, war vollkommen überflüssig, ich hätte mich durchsetzen sollen.

Aber andererseits, welcher Spaß wäre mir entgangen?

Die riesigen Augen dieses kleinen Schulmädchens. Dieser erschrockene, verletzte Gesichtsausdruck. Und das war erst der Anfang, Lady-Bitch. Du hast noch etwas, das ich haben müsste, du hast es dir gestohlen und hattest nicht den Anstand, das Problem still und leise aus der Welt zu schaffen, hältst störrisch daran fest, versaust dir lieber das ganze Leben.

Machst mich dir zum Feind.

Rüttelst mich auf.

Provozierst mich.

Mit deiner lächerlichen Sweety-Tour, die dir sowieso niemand abnimmt. In Wahrheit bist du ein durchtriebenes kleines Etwas, nur dass Cam sich störrisch vor der Wahrheit verschließt. Daher muss ich es ihm eben demonstrieren, er ist genau der Typ Mann, der aus reinem Beschützerinstinkt an der Falschen festhält.

Ich bin in der Halle angekommen, die glücklicherweise verwaist ist. Diese Engländer vernichten jeglichen Alkohol sofort, wenn er vor ihnen steht, oder vielleicht noch irgendwo eine Flasche vorrätig sein könnte. Ich bin Texanerin, dort trinkt man viel und oft, aber ich wette, gegen einen dieser Inselbewohner hätten wir nie eine Chance.

Eine Insel voller Säufer.

Ich muss hier weg.

Damit durchkreuze ich die Pläne von Dad und Cameron, doch hier können wir unmöglich bleiben. Aber, wie immer, heißt es zunächst gute Miene zum promillelastigen Spiel zu machen und dann im Hintergrund meine Interessen durchsetzen.

Nach einem kurzen Blick diese grauenhafte Treppe hinauf, innerhalb dieses grauenhaften Hauses, gehe ich in die andere Richtung, hinaus in den sterbenden Tag. Die Luft ist klar und frisch und ich halte einen der Kellner an, der mir mit zitternden Händen gleich seine ganze Zigarettenpackung reicht.

»Nur eine, Honey«, sage ich sanft und gebe ihm die Schachtel zurück, nachdem ich mir eine rausgenommen hat.

Seine Finger zittern ebenso, als er versucht, mir Feuer zu geben, und ich schwöre, als ich seine Hand festhalte, kommt er in seine billige Kellnerhose.

Den Rauch tief inhalierend blicke ich ihm nach. Ich liebe es, wenn sie vor meinen Augen in Ohnmacht fallen.

»Ja, wen haben wir denn da? Die Oberbitch.«

Überrascht sehe ich mich um. »Oh, wen haben wir denn da? Den Rotschopf«, kontere ich kühl.

Tessa McKenzie tritt aus den Schatten. Das aus den Fenstern fallende Licht beleuchtet unvorteilhaft ihr Gesicht, als sie langsam näherkommt. Die Frisur ist derangiert, etliche Strähnen dieses widerlichen roten Haars hängen ihr in die Stirn, und das Make-up wirkt, als wäre sie gerade Opfer eines sexuellen Übergriffs geworden.

Für einen kurzen Moment mache ich mir wirklich Sorgen, als hätte ich es immer noch nicht begriffen, dann verdrehe ich die Augen und wende mich ab. »Was willst du?«

»Ich will wissen, warum«, flüstert sie und baut sich vor mir auf.

»Völlig verständlich, vielleicht solltest du dich erst mal in ärztliche Behandlung begeben. Ich will dir nicht zu nahetreten, aber du wirkst gar nicht gesund.«

Ihre Lippen verziehen sich zu einem wölfischen Grinsen. »Yeah, immer ein Späßchen auf den Lippen, oder? Du zerstörst ein paar Leuten das Leben, und hast nicht mehr dazu beizutragen als dein blödes Grinsen.«

Ich mache einen Schritt auf sie zu, sie weicht nicht zurück.

»Wirfst du mir ehrlich vor, dass ich meine Interessen durchsetze? Ich habe mir nur genommen, was immer mir gehörte.«

»Wenn du wirklich glaubst, er würde dir gehören, brauchst du dringend eine Therapie.«

»Es ist fuckegal, wie du es ausdrückst, am Ende entscheidet nur der Zweck dahinter, und der dürfte angekommen sein.«

»Er will dich doch gar nicht.«

»Sagt wer?«

Sie lacht brüchig. »Jeder, der Augen im Kopf hat.«

Ich trete einen Schritt zurück. »Tessa, richtig? Tessa, ich bin nur ein kleines Rädchen im Getriebe, belanglos, vor allem machtlos. Dass dein … Freund«, ich packe es absichtlich in imaginäre Anführungszeichen, um sie noch ein wenig weiter an den Rand der Hysterie zu schieben, »nichts mit dir zu schaffen haben will, liegt ganz allein an dir.«

»Was soll das heißen?« Ich bilde mir ein, beobachten zu können, wie auch das letzte Blut aus ihrem ohnehin schon bleichen Gesicht weicht.

»Du hast nicht den erforderlichen Background, und anscheinend nicht den erforderlichen Einfluss auf ihn, um das zu ignorieren. Das solltest du dir für die Zukunft merken. Wirklich wahr ist es nicht, wenn er dich vögelt, wirklich wahr ist es, wenn er auch zu dir steht, sobald sein Schwanz nicht mehr in dir ist.« Mein Ausdruck wird mitleidig. »Anscheinend steht er zu Charlie.«

Nun versucht sie, mich zu schlagen. Ich weiche geschickt zurück und sehe fast vergnügt zu, wie sie ins Straucheln gerät.

»Pass bloß auf, nicht dass du dir noch wehtust. Das noch obenauf, könnte fast lebensbedrohlich werden.«

Keuchend richtet sie sich auf und streicht hektisch eine Strähne aus dem Gesicht.

»Du wirst niemals siegen. Das Karma …«

»… oh, jetzt kommst du mit dem Karma, ist dir noch nicht aufgefallen, dass das …«

»… wird dich ficken. Du wirst am Ende …«

»… eine Erfindung der ewigen Verlierer und Versager ist? Aber die Hoffnung sollte man ja nie …«

»… ganz allein dastehen, ohne alles, ganz besonders, ohne Cameron …«

»... aufgeben. Rede dir das ruhig ein, wenn dich das nachts besser schlafen lässt. Aber …«

»… denn er liebt Charlie, sie bekommen sein Kind, nicht mal du kannst da reinpfuschen, ohne …«

»… die Frage ist doch, was das mit deinem Trevor zu tun hat? Ich würde drauf tippen, dass …«

»… dir die verdammten Finger zu verbrennen, du widerliche …«

»… er nicht so auf Rothaarige steht, das Ergebnis dürfte maximal verstörend sein, und der Mann will sicher irgendwann Nachwuchs …«

»… ekelhafte …«

Sie kommt auf mich zu und ich weiche zurück, will das Spektakel an die perfekt illustre Stelle verlagern, hier ist es viel zu langweilig, viel zu gediegen. Irgendwer hat mir mal gesagt, dass die Briten nur durch Alkohol und Skandale so lange überlebt haben.

Seit Jahrhunderten.

»… und ich würde nicht so ein Kind haben wollen.«

»… ekelhafte …«

»Verlieren ist hart, könnte ich mir vorstellen, woher sollte ich es wissen, ich verliere nie.«

»… BITCH!«

Atemlos grinsen wir uns an.

»Du wirst verlieren, Leute wie du verlieren immer irgendwann«, schwört sie.

»Wunschdenken.«

»Richtig«, sagt sie nach kurzer Überlegung, wobei ich überrascht bin, dass es anscheinend noch zu funktionieren scheint. »Man kann nie wissen, deshalb sollte ich das hier schon mal vorsorglich abhandeln. Nur für alle Fälle.«

Ich sehe sie ausholen, höre es klatschen, der Schmerz setzt erst Sekunden später ein.

Hat sie mich geohrfeigt? Meine Wange brennt, sie hat wieder die Zähne gefletscht. Anscheinend hat sie gerade wirklich die Hand gegen mich erhoben.

»Und damit du es nicht vergisst«, sagt sie dunkel und es klatscht erneut.

Dann macht sie kehrt und ich starre ihr wie benommen nach, versuche die Ungeheuerlichkeit zu begreifen, die gerade geschehen ist. Als ich endlich an Revanche denke, bin ich fast schon abgekühlt und sie in der Dunkelheit verschwunden.

Ich hätte mich nicht schlagen lassen dürfen, schon gar nicht von so einem roten, irren Biest, aber jetzt ist Schadensbegrenzung angesagt.

Sie wird dafür bezahlen, aber nicht heute. Und wenn ich sie mir richtig ins Gedächtnis rufe, hat sie dafür schon bezahlt.

Mit ihrer geistigen Gesundheit.

Ich halte mich im Schatten an der Seite des Hauses entlang und stoppe abrupt.

Stimmen driften durch die Dunkelheit zu mir. Wenigstens eine davon kenne ich.

Dunkel.

Sexy.

Mein.

Langsam gehe ich weiter, die Augen verengt.

Nicht Karma, du dumme Bitch, das Geheimnis des Erfolges ist, immer zur richtigen Zeit am genau richtigen Ort zu sein.

15. DER GERAUBTE KUSS

Charlie

»Cam. Du konntest nicht anders, als du dort oben standest, als ja zu sagen. Es ist vorbei.«

»Aber das muss es nicht sein, wir können uns wehren, fuck, wir können auswandern, wir können …«

Wie er so vor mir steht, sich immer wieder durch die Haare streift, heillos betrunken und mit rot unterlaufenen Augen, völlig verzweifelt, so verzweifelt, wie ich mich fühle … Das geht mir so ans Herz, dass ich über alles andere hinwegsehen und einfach heulen will. Ich will mich in seine Arme werfen und mich einfach ausweinen, aber ich darf nicht. Ich will ihn anflehen, mich nie wieder loszulassen. Aber ich darf nicht.

Es ist vorbei. Es. Ist. Vorbei.

Ich versuche es mir schon den ganzen Tag zu verdeutlichen und mein Verstand hat es auch längst begriffen. Schließlich durfte ich den beiden die ganze Zeit beim Glücklichsein zusehen. Nur mein Herz weigert sich immer noch, will es einfach nicht einsehen, weil es zu hart ist. Jetzt zwingt er mich auch noch, die Stärke zu zeigen, die er nicht aufbringt. Er zwingt mich hart zu sein, obwohl ich so gern weich wäre. Zwingt mich, mir vor Augen zu führen, was er getan hat. Wir hatten uns bereits zerstört, bevor Melody oder unsere Väter auch nur damit beginnen konnten.

»Cam«, flüstere ich.

»Ich weiß, was ich getan habe«, unterbricht er mich hart. »Und mir hat selten was so leidgetan. Glaubst du mir das?«

»Ja, aber …«

»Wenn ich die Uhr zurückdrehen könnte, ich würde es anders machen, aber im Grunde ist das völlig egal, denn es hat doch nur bewiesen, dass du mich liebst. Das bleibt unter dem Strich. Mehr ist nicht erforderlich.« Er stützt sich hinter mir an der Wand ab, seine glühenden Augen drohen mich zu verbrennen und sein Geruch macht es mir noch schwerer. »Mehr ist nicht wichtig, Baby«, wispert er an meinen Lippen und alles in mir beginnt, zu zittern.

»Doch, jetzt schon.«

Das Baby! Das Baby. Das Baby. Bleib hart. Bleib hart. Tu es einfach!

Heftig schiebe ich ihn von mir. »Denn du bist jetzt mit einer anderen verheiratet.«

Sein Blick verdunkelt sich ein wenig, so sieht Cam in höchster Verwirrung aus, wenn er einfach nicht mehr weiter weiß. Ich musste ihn noch nicht häufig so sehen. Er spannt seine Muskeln an, will sich nicht von mir schieben lassen.

»Cam«, wispere ich flehend, denn ihn so zu sehen bricht mich und als er seine Stirn an meine lehnt, ist es fast völlig vorbei.

»Es tut mir so verdammt leid«, flüstert er und schiebt seine Hand seitlich in mein Haar. Eine Träne landet auf meiner Wange, bevor er hauchzart meine Lippen küsst. Und sofort komme ich ihm entgegen, sofort schmilzt alles in mir. Sofort kralle ich mich in sein Hemd, denn verdammt ich habe ihn so vermisst. Für den Bruchteil einer Sekunde sind wir noch einmal eins und die Welt bleibt stehen.

Dann hören wir sich nähernde Schritte auf Heels und treten beide zurück. Verdammt!

»Na, na, na«, sagt eine melodische gönnerhafte Stimme. Wie Medusa taucht sie aus dem Dunkeln auf. »Was macht ihr denn hier?«, fragt Melody ihren Mann.

VERDAMMT! Hat sie uns gesehen?

»Wonach sieht es aus?«, erkundigt sich Cam gelassen. Unter seiner Wange spielt wieder dieser gewisse Muskel und mein Herzschlag beschleunigt sich rapide.

»Nach Dingen, die mir nicht gefallen.« Sie wendet sich an mich. »Aber ich gönne dir den Abschiedskuss. Warum nicht? Ich werde so viel mehr von ihm bekommen, vor allen Dingen so viel häufiger.«

In Gedanken balle ich meine Hände zu Fäusten, aber äußerlich ist mir nichts anzusehen.

»Ist der süße Abschied dann abgeschlossen? Ich habe dir vor zwanzig Minuten gesagt, dass wir in einer halben Stunde abreisen. Jetzt bleiben dir noch zehn, um dich umzuziehen. Aber mach dir keine Sorgen, wir haben Daddys Jet. Kein Problem, wenn wir ein bisschen später starten.«

Cam hat den Kopf gesenkt und mustert sie schweigend, seine Fäuste sind geballt, das gesamte Gesicht drückt nicht Wut, sondern Hass aus. Unbändigen Hass. Ungläubig betrachte ich ihn. In all den Wochen, in denen wir uns bekriegt, in denen wir uns gehasst haben, hat er mich niemals so angesehen. Wäre es anders gewesen, ich hätte mich nicht mehr heimgetraut und wäre wahrscheinlich untergetaucht.

Diese Melody lässt dieser Anblick anscheinend völlig kalt, sie lacht sogar, scheint sich prächtig zu amüsieren.

»Gehen wir«, bestimmt sie und hakt sich bei ihm unter,

obwohl er noch nicht mal den Arm angewinkelt hat. »Wir werden uns mit Sicherheit auf irgendeinem Event wiedersehen. Ihr Briten aus der Oberschicht besucht doch ständig irgendwelche Events«, sagt sie zu mir. »Bis dahin …«

Den Satz beendet sie nicht, sondern zieht Cam einfach mit sich, und er geht mit ihr. Der Anblick ist maximal verstörend. Während ich ihnen nachsehe, frage ich mich, ob ich im falschen Film bin und ob der Albtraum irgendwann noch mal aufhört.Ich fühle mich schwach, lehne mich an die Hauswand und schließe die Augen. Mist. MIST! MIST!

Das kann nur ein Albtraum sein, anders lässt sich ja nicht erklären, weshalb Cam sich nicht gegen sie zur Wehr setzt, weshalb er ihr nicht einfach auf seine unnachahmliche Art klarmacht, dass sie eine Bitch ist, er allergisch auf Bitches reagiert und deshalb nirgendwohin mit ihr gehen wird. All das wäre genau richtig und Cam wie ich ihn kenne und liebe, gottverdammt, ja. Aber nicht dieser Mann, der sie ohne Proteste gewähren lässt. Vielleicht passen sie doch perfekt zusammen, vielleicht ist es das, was er braucht: eine Frau, die diesen kontrollierten Mann in ihm zum Vorschein bringt. Wie sollte ich da mithalten, ich kenne nur den maximal männlichen, den, dem das Testosteron aus jeder Pore kommt und der mindestens einmal am Tag harten Sex hat oder ausflippt. Harten Sex mit Charlie, versteht sich.

»Wollen wir heimgehen?«

Seine Stimme kommt aus der Dunkelheit und ich schrecke auf, versuche etwas auszumachen. Ein Schemen löst sich und kommt auf mich zu.

»Wie lange stehst du schon dort?«

»Lange genug, um zu wissen, dass wir jetzt besser gehen«, sagt Trevor, ich versuche herauszufinden, ob er wütend ist, kann aber sein Gesicht nicht erkennen.

»Okay«, flüstere ich und er wendet sich ab, um vorauszugehen, aber nicht schnell, nicht, als würde er lieber allein sein. Hat er uns etwa auch gesehen? Meine Güte. Wir dürfen das wirklich nicht mehr tun!

Nur wenige Autos sind bisher verschwunden, die Party ist in vollem Gange. Gleich werden sie das Brautpaar in die Flitterwochen verabschieden. Sowohl Brautjungfer als auch Trauzeuge werden nicht mehr da sein und das ist wohl auch besser so. Ich will nicht sehen, wie er mit ihr verschwindet.

Sobald ich sitze, lehne ich meine Stirn an die kühle Scheibe und schließe die Augen. Trevor lenkt schweigend den Wagen und bald umgibt uns die Dunkelheit von Kent bei Nacht.

Das Gefühl, etwas Wichtiges zurückgelassen zu haben, nicht ohne gehen zu dürfen, weil ich damit alles verliere, verlässt mich nicht. Immer wieder will ich Trevor anbrüllen, sofort zurückzufahren, weil das doch nicht das Ende gewesen sein kann. Ich sehe wieder Cam vor mir, wie er verzweifelt nach einem Ausweg sucht, ungefähr wie ich jetzt, wie er immer wieder beteuert, dass er mich liebt, wie seine Augen so seltsam glänzen und mein Herz zieht sich immer enger zusammen. Ich presse meine Faust auf die Lippen, um Trevor nicht doch anzuschreien, dass wir unbedingt und sofort zurückmüssen, weil diese Frau nicht gut für ihn ist, weil sie Seiten in ihm zum Vorschein bringt, die unter Umständen tödlich sein können.

»Nein«, sagt er in die Stille hinein. »Es würde alles nur noch schlimmer machen.«

Ich schließe die Augen, während sich langsam eine Träne daraus löst und sich durch meine Wimpern kämpft.

Ich wusste es. Ich weiß es.

Aber es zu akzeptieren, fällt trotzdem so unendlich schwer.

16. AUF DEM WEG IN DIE TROPEN

Cameron

»Das war das letzte Mal, dass du mich lächerlich gemacht hast.« Melody teilt es mir in gemütlichem Ton mit, während sich der Bentley unter dem Jubel der Gäste vom Hof bewegt.

Ich blicke aus dem Fenster. Mir fallen auf ihre Vorträge keine Antworten ein. Sollte ich schlagfertiger sein? Mit gerunzelter Stirn denke ich darüber nach, während der Alkohol viel zu schnell aus meinem System verschwindet.

Schade eigentlich.

»Du tust ja fast so, als hätte man dich gezwungen, ein Monster zu heiraten! Ich habe wirklich Verständnis ... nein, habe ich nicht, mir will nicht in den Kopf, was du an dieser langweiligen Kröte findest.«

Vermutlich sieht sie mich gerade an. So genau will ich es nicht wissen, meine Hände flexen immer noch, wenn ich nicht drauf achte, ich will ja Unfälle vermeiden.

Will ich doch, oder?

Muss ist wohl das richtige Wort.

»Ich fühle mich, als hätte man mich versehentlich in die B-Liga gesteckt, und sie bildet sich auch noch ein, mir eine ernsthafte Gegnerin zu sein. Du hast ihr doch hoffentlich gesagt, dass sie hier mit Profis spielt? Ich fasse es nicht, keine

Ahnung, warum ich mich überhaupt darauf einlasse, ich hätte sie vom Hof jagen sollen. Gut, dann wäre mir der Anblick ihrer kleinen Tränchen für immer erspart geblieben, die sie FAST vergossen hätte, als du dir EWIG ZEIT GELASSEN HAST!«, zischt sie in meine Richtung.

Allmählich mache ich mir ein wenig Sorgen. So ist sie im Normalfall nicht, Melody Dekarty giftet nicht unkontrolliert in der Gegend herum, sie verteilt ihre Spitzen dosiert und immer treffend. Sie wütet nicht, sie schnattert nicht, man kann der Frau neben mir vieles nachsagen, aber sie zeigt immer Stil. Außer im Moment. Außer, wenn sie ohnehin schon in Gefahr schwebt. Außer, wenn sie einfach den Mund halten sollte.

»Das habe ich nämlich nicht vergessen und das werde ich so schnell auch nicht. Du wirst dir eine Menge einfallen lassen müssen, um mich zurück ins Boot zu holen, Cam.«

Ohne sie anzusehen, fange ich den Finger ein, mit dem sie gerade auf mich eingestochen hat, und schiebe sie ein Stück von mir.

Sie schnaubt. »Oh komm schon, es gab Zeiten, da konnte ich dir gar nicht nah genug sein.«

Das stimmt, es gab Zeiten, da war ich mit Sicherheit von ihr angefixter als sie von mir. Es gab Zeiten, da wäre ich für sie ins Gefängnis gegangen. Unvorstellbar aus heutiger Sicht. Keine Ahnung, was mich damals geritten hat. Okay, doch, ich weiß ganz genau, was mich da geritten hat. Ich verziehe das Gesicht, als hätte ich in eine Zitrone gebissen.

»Und jetzt, wo wir endlich verheiratet sind, hast du es dir mit einem Mal anders überlegt. Schlechtes Timing. Ganz schlechtes Timing.«

Die Frau redet wirr. Drogen?

»Ich werde mir das nicht gefallen lassen. Daddy wartet

nur darauf, dass ich ihm berichte, du würdest dich nicht wie der formvollendete Gentleman benehmen.«

Sie lebt noch, was will die Frau eigentlich?

»Josh und Jensen sind sowieso schon extrem mies drauf. Ihrer Ansicht nach verjubelt Dad gerade das Familiensilber. Das können sie gar nicht leiden.«

Was zur Hölle gehen mich diese Idioten an? Ich habe nicht begriffen, weshalb sie die Typen überhaupt angeschleppt hat. In all den Jahren in Manhattan, habe ich sie nicht einmal gesehen. Kurz vor der Hochzeit hat sie ihre Brüder einfach so aus dem Hut gezaubert. Würde mich nicht wundern, wenn das gar nicht ihre Brüder, sondern Auftragskiller sind, gekommen, um jeden zu massakrieren, der nicht nach ihrer Pfeife tanzt.

»Es geht schließlich um ihr Erbe und Daddy ist auch nicht begeistert, er hat nicht gewusst, dass deine Eltern derart runtergekommen sind. Also wenn du nicht willst, dass er deinen Vater aus dem Schloss jagt, dann REISST DU DICH JETZT ZUSAMMEN!«

Unglaublich, wie sehr mich diese Bitch nervt, ihre Stimme klingelt unangenehm in meinen Ohren und hallt nach. Das ist mir früher auch nie aufgefallen. Womöglich, weil wir eher gevögelt und weniger geredet haben.

Trotzdem. So nervig war sie in Manhattan nicht. Man sagt ja immer, die Ehe bringt das Schlechteste in einer Frau zum Vorschein … Je länger ich mit meiner zusammen bin, desto mehr betrachte ich diese Theorie als bewiesen.

»Du wirst mich ehren, und du wirst ein verdammt guter Ehemann sein …«

Als sie mit den Androhungen anfing, klangen sie noch gefährlich, vielleicht nutzt sich der Effekt aber auch nur ab. Jede Drohung verliert irgendwann ihren Schrecken, wenn sie nur häufig genug ausgesprochen wird. Melody kann so froh sein, dass sie eine Frau ist, ansonsten hätte ich ihr schon pro forma die Fresse poliert, und meine Hemmschwelle sinkt immer weiter.

»Also bemühe dich, Darling, wir fliegen schließlich in die Flitterwochen.«

Ihre Stimmung ändert sich binnen einer Nanosekunde um hundertachtzig Grad, denn nun sind ihre Lippen an ihrem Ohr. »Lass dich einfach treiben, lass es einfach geschehen.«

Ihre Hand auf meinem Knie wandert hoch, direkt auf meinen Schwanz, der sich unter ihren Berührungen regt.

Ich. Hasse. Sie. Und was soll das jetzt überhaupt?

War sie nicht gerade noch dabei, auszurasten? Woher der Sinneswandel?

»Wir beide ganz allein in den Tropen. Allein mit dem Meer und dem Strand … Nur du und ich.«

Ist sie sicher, dass es für sie gesund ist, mit mir auf einer einsamen Insel allein zu sein?

Auf dem Londoner Airport, den wir für meinen Geschmack viel zu spät erreichen, gelange ich hinter das Geheimnis, denn sobald wir durch den VIP-Eingang die Absperrung passiert haben, verschwindet sie auf der Toilette und kehrt wenig später total aufgedreht zurück. Ihre Nase ist verdächtig gerötet. Der Anblick macht mich irgendwie wütend. Hat sie das immer noch nicht gelassen? Ist ihre fucking Angelegenheit, geht mich einen Scheißdreck an, aber ich bin gerade noch mal so einer Haftstrafe entkommen, nachdem man das Zeug kiloweise in meinem Kofferraum gefunden hat.

Verdammte Scheiße. Wild tippt sie in ihr Handy, die langen Fingernägel klacken auf dem Plastik des Displays.

Kurz darauf summt es.

»Wir können sofort zum Jet«, verkündet sie und tippelt voraus. Wenigstens von hinten sieht sie aus wie die Frau, die ich irgendwann vielleicht sogar mal mochte. Es ist unfassbar, ich will London nicht verlassen. Alles in mir sträubt sich dagegen, als wir kurz darauf in dem silbernen Ungetüm von einem Flugzeug sitzen und die Turbinen aufheulen. Ich muss mich die ganze Zeit davon abhalten, zu brüllen, während das Teil über das Rollfeld rast, bis wir in der Luft sind und ich mich fühle, als würde ich Charlie erst jetzt wirklich verlieren.

Ich will die Stadt nicht verlassen, in der sie ist. Mit diesen großen, fassungslosen Augen. Ich will sie noch ein wenig mit meiner Wut konfrontieren, weil sie die ganze Katastrophe überhaupt zugelassen hat. Vor allem haben wir die Babysache immer noch nicht ausgewertet, das habe ich in all der Aufregung glatt vergessen. Ich muss wissen, wie es weitergeht, um nicht völlig den Verstand zu verlieren, denn momentan drohe ich an dieser unfassbar vernichtenden Situation zu krepieren. Ich habe keine Lust, mit Melody irgendwohin zu fliegen, aber schon gar nicht auf die Malediven. Scheiß Luftfeuchtigkeit, überall Sonne und Insekten und dann noch diese Frau dazu. Könnte knapp werden. Und sie ahnt es, denn sie sitzt mir gegenüber und lässt mich nicht aus den Augen. In diesem Jet gibt es ein Schlafzimmer, aber ich würde mir derzeit eher den Schwanz abhacken, als mich auf sie einzulassen. Drohungen hin oder her. Nur dass Melody im Allgemeinen bekommt, was sie will. Mein Handy summt und ich fetze es so schnell aus dem Jackett, dass sie von gegenüber misstrauisch fragt: »Wer ist das?«

»Trevor«, sage ich, obwohl sie das strenggenommen einen Scheißdreck angeht.

»Wundert mich schon, dass ihr noch miteinander redet.«

T: Egal was ist, ich brauche dich in der Firma. Wenn du genug vom Vögeln hast, sieh zu, dass du deinen Arsch in die Arbeit bewegst.

Er macht mich aggressiv.

C: Wieso, was ist los?

T: Das, was immer los ist. Sie sitzen mir im Nacken, fordern Ergebnisse, besonders mit den Dekartys. Das ist deine Baustelle, und du bist nicht hier. Fick dich einfach.

Yeah, die Dekarty ist meine Baustelle.

Melody wankt gerade zur Bar, um sich einen Rotwein einzugießen. Als sie zurückkehrt und wieder sitzt, mustert sie mich schmunzelnd an »Was will denn dein bester Kumpel, der neuerdings deine Ex-Schlampe fickt?«

Lächelnd erwidere ich ihren Blick. »Das ist selbst für dich unterirdischstes Niveau. Was ist nur mit dir passiert? Ich würde mir echt Sorgen machen, wenn es mich irgendwie interessieren würde. Tuts aber nicht, in Wahrheit gehst du mir drei Meilen am Arsch vorbei.«

»Du scheinst einiges vergessen zu …«

Ich lächele noch immer. »Nur in der Öffentlichkeit!«

»Da hast du diese Schlampe geküsst.«

»Das war im Schatten, was niemand sehen konnte«, gebe ich knurrend zurück. »Wenn du willst, dass ich deinen Zirkus auch weiterhin mitspiele, dann lässt du mich gefälligst zufrieden und hältst dich ein einziges Mal an den Deal.«

»DEAL?«, höhnt sie. »Das ist meine Freundlichkeit ...«

»Halt einfach den Mund«, empfehle ich ihr freundlich, hole meine Zigaretten raus und zünde mir eine an.

»Hier ist Rauchen verboten.«

»Kann ich mir vorstellen. Wenn es dir nicht passt, lass dich scheiden.«

»Du hast wohl vergessen, was für dich auf dem Spiel steht, besonders für die kleine Schlampe, die ...«

»Dann bring mich doch ins Gefängnis«, erwidere ich schulterzuckend. »Das erscheint mir irgendwie immer attraktiver, je länger du mir ein Ohr abkaust. Und nennst du sie noch einmal Schlampe, fliegst du aus dem Jet.«

Sie verengt die Augen. »Aber ich rede nicht von dir, sondern von dieser ...«

»Yeah, hattest du erwähnt«, unterbreche ich sie. »Darüber habe ich auch nachgedacht. Diesen ganzen Clou könnt ihr nur mit ihrem Daddy durchgezogen haben. Weder deiner noch meiner hat auch nur im Entferntesten diesen Einfluss. Dem Kerl ist im Grunde egal, was mit seiner Tochter passiert, solange er Gewinn daraus ziehen kann. Wenn ihr ihr öffentlich schadet, kann er keinen Gewinn aus ihr ziehen. Und da wären dann noch die Stuarts. Sagt dir nichts, mir bis vor Kurzem auch nicht, aber das ist uralter schottischer Adel, sehr einflussreich. Wie man hört, werden sie gerade noch ein bisschen mächtiger. Sie warten nur auf einen Texaner, der ihnen ins Pie spuckt, damit sie ihn langsam sezieren können. Also …« Ihr Gesicht ist versteinert und das verschafft mir einen innerlichen Orgasmus. »Keine Ahnung, weshalb ich dir den Schwachsinn überhaupt abgenommen habe. Aber denk dir was Besseres aus.«

»Genau« flüstert sie. »Das ist doch die Frage. Warum hast du mir den Schwachsinn so lange abgekauft? Warum hast du mich überhaupt geheiratet? Weil es in Wahrheit dein Wunsch ist …« Mein Gelächter lässt sie verstummen. Irgendwie witzig, wie sie allmählich rot anläuft. »Du nimmst den Mund ziemlich voll, seitdem meine Brüder nicht mehr in der Nähe sind.«

Ich lache nur noch lauter. Schlagartig ist sie nicht mehr die zischende Bitch. Melody lehnt sich zurück und verschränkt die Arme. »Reg dich auf, lach mich aus, aber eines kannst du nicht abstreiten: Ich habe gewonnen. Wir sind verheiratet, und zwar unwiderruflich. Dafür werden die alten Herren sorgen. Dein Vater würde dich eher erschießen, als dir rauszuhelfen.«

Ich lächele immer noch, habe wieder Mordvisionen, vielleicht endet diese Angelegenheit für mich auch in irgendeiner Irrenanstalt.

Oder für sie im Sarg. Six feed under. Oder beides.

Es gibt so viele Möglichkeiten, wie ich die Kiste ein für alle Mal gegen die Wand fahren könnte.

»Meine Brüder warten wirklich nur darauf, dass du einen falschen Schritt machst. Sie sind nicht sonderlich clever, waren sie noch nie. Das Einzige, was sie den lieben langen Tag machen, seitdem sie das College abgeschlossen haben, ist, in ihr Fitnesscenter zu rennen.«

Ich zucke nur mit den Schultern. Ist mir egal.

Das Gespräch ist damit beendet, sie trinkt ihren Rotwein und von dem Schlafzimmer ist auch keine Rede mehr.

Besser ist das. Mir bleiben neun Stunden bis zur Landung. Währenddessen schläft sie und ich habe meine Ruhe.

Unruhe, sollte ich es nennen, denn das Gefühl, am falschen Ort zu sein, lässt nicht nach, wird sogar immer stärker, je mehr Meilen zwischen mir und London liegen. Ich hätte niemals gedacht, mich ausgerechnet nach dieser Stadt zurückzusehnen. Aber ich will nicht mit Melody am Strand liegen, ich will nicht mit ihr reden, ich will sie nicht sehen.

Ich will nicht. Und ich werde nicht. Denn ich bin nicht ihr beschissener Hund. Mein Entschluss steht nach vier Stunden. Pünktlich zur Landung wacht sie auf.

Darauf habe ich gewartet und stehe auf, weswegen Melody verdattert aufsieht.

»Was tust du?«

Genauso verdattert beobachtet sie, wie ich zur Kabinentür gehe, hinter der sich die Flugbegleiterin und der Ausgang befinden.

»Ich habe weder Lust auf die Malediven noch auf dich. Flitter allein.«

»WAS? Aber was soll ich sagen?«

Ich habe schon an die Tür geklopft und zucke mit den Schultern. »Du hast doch erzählt, wir wären dort allein, und wenn nicht, wenn das wieder nur eine fucking Lüge war, dann … denk dir was aus.«

»Wenn du jetzt gehst …«

Was dann passiert, höre ich nicht mehr, weil ich schon am Ausgang stehe und ungeduldig darauf warte, dass die Gangway herangefahren wird.

Weg hier. Bloß weg. Weg von ihr.

Weg aus diesem Flieger.

Weg.

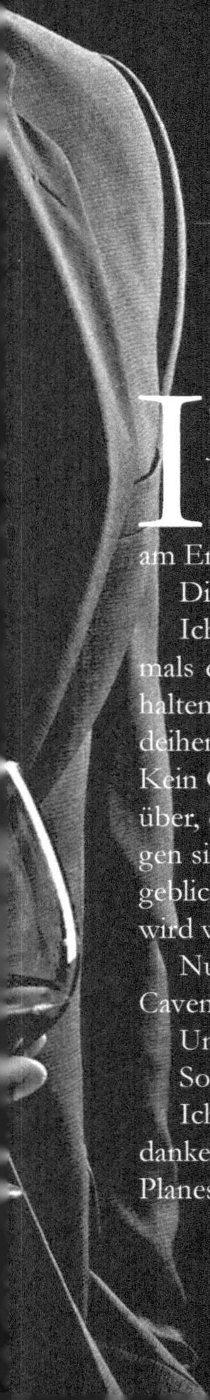

17. DER KÖNIGSMACHER

George

Ich liebe es, wenn meine Pläne aufgehen.

Je komplexer sie sind, desto mehr wird der eigene Intellekt, die Vorstellungskraft, selbstverständlich auch die Verschlagenheit gefördert. Nur die Besten werden am Ende obsiegen.

Diesmal ist mir der größte Clou aller Zeiten gelungen.

Ich bin bescheiden, ich werde die Lorbeeren dafür niemals einfordern, sondern mich wie üblich im Hintergrund halten, darüber wachend, dass die Dinge wachsen und gedeihen und die Ereignisse in meinem Interesse vorantreiben. Kein Geld winkt, auch kein Ruhm, nur die stille Freude darüber, die Stränge des Schicksals in der Hand zu haben. Mögen sie in den Büchern dereinst über jene berichten, die angeblich die Geschicke dieses Landes gelenkt haben, niemand wird wissen, dass ich es war.

Nun …meine Nachfahren schon, das Haus Appin und Cavendish.

Und das genügt.

So wird unsere Familienchronik stetig umfangreicher.

Ich stehe am Fenster meines Büros und sehe tief in Gedanken versunken hinaus. Das Wichtigste am Gelingen eines Planes ist, kein Detail aus den Augen zu verlieren, besonders, wenn man es mit so vielen Risikofaktoren zu tun hat.

Meine Tochter nach meinen Wünschen zu verheiraten, ist nur ein Teil, sie unter Kontrolle zu halten, der andere. Dauerhaft. Das bedeutet, die Dinge im Gleichgewicht zu halten, sie haarscharf auszubalancieren. Es muss immer gleichermaßen Druck und Nachsicht sein, sonst besteht die große Gefahr, dass das schmale Glas übersprudelt und wir mit unliebsamen Emotionen konfrontiert werden. Derzeit bildet Charlotte sich ein, diesen Cameron zu lieben, der bildet sich ein, sie zu lieben. Dieser Trevor scheint mit einer gewissen Tessa nicht fertig zu sein und alle wurden sie in eine andere Zukunft getrieben. So etwas verursacht Frustrationen, gefährliche Illusionen, in denen sie glauben, sich zur Wehr setzen zu können oder dass es Sinn hat, auf andere, bessere Zeiten zu hoffen. Nicht falsch verstehen: Mir sind die sogenannten Herzensangelegenheiten der Menschen, diese völlig fehl investierten Energien, vor allem die Kraft, die falsch eingebracht wird, völlig egal. Ihnen weniger. Sie neigen dazu, ihnen weit mehr Stellenwert im Leben einzuräumen, als sie wert sind und mir bleibt nichts anderes übrig, als dem bedingt Rechnung zu tragen. Mit Ausnahme dieser Melody fühlen sich alle anderen Parteien betrogen, die zwar im Vordergrund stehen, aber nur eine Nebenrolle im Großen Ganzen spielen.

Sie fühlen sich um ihre Liebe und ihr Leben betrogen.

Alle meinen, sich gegenseitig jede Menge zu schulden, weshalb alle zu Zugeständnissen bereit sind, entschlossen, einen Schritt zurückzugehen. Ich werde beobachten und nur eingreifen, wenn es sich nicht mehr vermeiden lässt.

Sie sind ja so ermüdend vorhersehbar. Mir ist klar, dass sie sich früher oder später wieder in diesem Hotel treffen werden, sobald Cavendish wieder auf der Bildfläche erscheint. Denn mir ist bei seiner Hochzeit sehr wohl aufgefallen, wie sehnsüchtig die Blicke hin und her schwirrten. Charlotte wird es als Schicksal ansehen, dass es das übliche Zimmer sein wird, vielleicht sogar für das Wirken einer höheren Macht, die unermüdlich am Werk ist. Und sie wird richtig liegen, sie würden niemals ein anderes Zimmer in diesem Hotel bekommen, denn nur dieses habe ich entsprechend präparieren lassen.

Aus Gründen werde ich mir das Liebesgeflüster der beiden nicht selbst anhören, es gibt bestimmte Dinge, die gehören sich nun mal nicht, wenn man der Vater des Mädchens ist. Ich werde sie gewähren lassen, am Ende reihen sie sich in eine alte, sehr alte ehrwürdige Riege ein. Würden sie nach Plan handeln, oder erkennen, wie unwichtig sie im Gesamtbild sind, würden sie jedoch warten, bis die Einheirat ins Hause Stuart vollendet ist. Auch das ist eine Frage des Anstandes, auf den ich bei den beiden nur nicht hoffen darf. Mir wird immer häufiger bewusst, dass es bei meiner Tochter in dieser Hinsicht gewisse Defizite gibt.

Defizite, die ausgemerzt gehören, bevor sie im Königshaus eine tragende Rolle spielt. Bevor es überhaupt wieder ein nennenswertes Königshaus gibt.

Nur ist dies der denkbar falsche Zeitpunkt. Meine Stirn legt sich in Falten, als ich an die Schwangerschaft denke. Ein Kind, das nicht existieren dürfte und von dem die wenigsten wissen. Trevor hat es anstandslos als seines akzeptiert – nun, so ließ er es bei unserem Gespräch wenigstens erscheinen, alles Weitere hat mich nicht zu interessieren. Dass ein Bastard unter Umständen der Thronfolger des schottischen Königshauses werden wird, entbehrt nicht einer gewissen Ironie. Dennoch wäre mir bedeutend wohler, es wäre aus der Welt geschafft. Callum Stuart ist kein Mann, den man sich zum Feind macht oder der sich auch nur einbilden sollte, man wäre nicht auf seiner Seite. Teil seines Wesens und damit der Grund, weshalb er so ein fähiger König sein wird, ist die bedingungslose Bereitschaft, seine Interessen durchzusetzen, Widersacher unschädlich zu machen, sich seinen Weg gnadenlos zu ebnen.

Für Männer wie Callum Stuart zählt ein Menschenleben nicht viel und seine Dankbarkeit kann sich nur allzu schnell in das Gegenteil wandeln. Besonders, weil diese viel zu häufig mit Abhängigkeit gleichgesetzt wird.

Etwas, das unbedingt vermieden werden muss.

Ich hätte die Vernichtung dieses Gamechangers auch durchgesetzt. In dieser einen Hinsicht gibt es keinen Verhandlungsspielraum, aber der dumme Junge, der eines Tages König von Schottland sein wird, hat mir unmissverständlich bedeutet, dass dieses Kind bleibt, wo es ist.

Der Umweg über seine Eltern erschien mir zu heikel, eben weil alles in dieser unglaublich sensiblen Balance bleiben muss. Trevor muss mir vertrauen und Charlotte sollte mich wenigstens nicht hassen. Frauen reagieren oft höchst emotional, wenn man aus der kühlen Kalkulation heraus dem einen oder anderem Kind das Lebensrecht entzieht. Es ist unglaublich und wenig nachvollziehbar, sie hat die nächsten dreißig Jahre Zeit, ein anderes zu bekommen, und diesmal eines, das nicht ein zu Fleisch gewordener Skandal ist.

Schweren Herzens habe ich auch in diesem Kompromiss zugestimmt, bin damit ein Verbündeter im nächsten Kabale-Spiel, auf das ich gern verzichtet hätte.

Es brodelt. Die Suppe kocht immer heißer und aggressiver. Mit der Heirat von Cavendish haben wir nur einen Teil unserer Pläne vollendet, der zweite steht noch aus.

Und er ist viel bedeutender.

Selbstverständlich musste die Hochzeit in der St. Giles Kathedrale in Edinburgh stattfinden und sogar mit den besten Beziehungen war kein früherer Termin zu bekommen.

Noch vier Wochen muss die Ruhe an der Oberfläche halten. Noch vier Wochen müssen sie irgendwie funktionieren. Danach kann ich die Daumenschrauben sacht anziehen. Es gibt ja so viele Dinge, die Charlotte neuerdings lieb und teuer sind. So viele Menschen, für die sie so einiges tun würde. Charlotte ist kein Problem.

Auch Cameron hat so vieles, was ihm genommen werden kann. Mehr noch, als es das bereits wurde. Ich habe Emotionen immer verachtet, denn sie machen den Menschen schwach und angreifbar, wie sich soeben wieder bestätigt.

Wenn du liebst, bist du verletzlich.

Erpressbar.

Nicht frei.

Gleichwohl wusste ich auch stets, solche Umstände zu meinem Gewinn zu machen.

Trevor steht außen vor.

Trevor ist der Prinz.

Der Thronfolger.

Aber mit den beiden Turteltauben, die hinter vermeintlich geschlossenen Türen Ehebruch begehen, werde ich jede Menge formbare Masse in meinen Händen haben.

Formbar nach meinem Gutdünken.

Zum Wohle nicht unbedingt Englands, aber mit Sicherheit Schottlands.

Und dass der zukünftige Thronfolger kein genetischer Stuart ist, bleibt mein Geheimnis.

Versprochen.

Antrag auf ein landesweites

REFERENDUM

Hiermit stellen wir, das vom Volke gewählte Parlament Schottlands, den Antrag auf ein erneutes Referendum mit dem Ziel der Abspaltung Schottlands und dem Fortbestehen als souveräner Staat, gleichberechtigt mit England und der Republik Irland.

Unterzeichnet:

Die First-Ministerin von Schottland

Nicola Sturgeon

20. März 2023

STREIT IM PARLAMENT

London/UK Nach dem Antrag auf ein erneutes Referendum zur Unabhängigkeit Schottlands, ging es in der vergangenen Parlamentssitzung des Unterhauses hoch her. Mehrere Spitzenpolitiker, einschließlich des Premiers, sprachen sich entschieden dagegen aus. Insider berichten, dass der Antrag damit nicht vom Tisch ist, und rechnen Schottland die größten Chancen aus. Ein Sprecher, der nicht namentlich genannt werden will, formuliert es so:

»Sie hatten beim ersten Versuch einfach ein schlechtes Timing. So ein Ansinnen muss im richtigen Moment erfolgen. Zum Beispiel, wenn es einen Wechsel in der Thronfolge gab, und der neue Herrscher im Volk nicht sonderlich beliebt ist.«

Sollte das Referendum genehmigt werden, liegt es abermals in Volkes Hand. Bei der letzten Abstimmung im September 2014 entschied sich eine hauchfeine Mehrheit für den Verbleib im Vereinigten Königreich. Dies könnte sich nach dem EU-Austritt und dem Tod von Queen Elizabeth geändert haben. Wird England bald ohne Schottland existieren müssen? Sollte es so kommen, wäre es die wohl dramatischste Zäsur für das Königreich, nach einem Jahrhundert voller Zäsuren. Wir berichten weiter.

»… unmöglich. Dass es überhaupt den Weg auf die Tagesordnung finden konnte, ist unerhört. Wir haben es einmal zugelassen, sie haben versagt, damit ist das Thema ein für alle Mal vom Tisch. Und das ist mein letztes Wort!«

Ich lausche Warrenberg mit mildem Lächeln. Der Mann ist noch nicht lange genug Mitglied des Unterhauses, um es begriffen zu haben. Entweder, ihm geht irgendwann ein Licht auf, oder aus der geplanten politischen Karriere wird nichts. Er wäre nicht der Erste und ist mit Sicherheit nicht der Letzte.

Als er weg ist, neigt Oliver Cavendish seinen Kopf in meine Richtung: »Trottel.«

Ich nicke knapp, das Zeichen, dass ich ihn gehört habe und ihm zustimme. Dieser Tage wirkt der Duke of Yorkshire äußerst gelöst und beschwingt. Man sieht ihn häufiger in London, er weilt kaum noch auf seinem Familiensitz, nachdem die Renovierungsarbeiten auch an seinem Londoner Haus begonnen haben, dem bislang womöglich ältesten und baufälligen Gebäudes Londons, das noch nicht der Abrissbirne anheimgefallen ist.

Wie viel Dekarty inzwischen an ihn gezahlt hat … da sind nur Schätzungen möglich, aber allein die Hochzeit dürfte ein Vermögen gekostet haben, die Renovierung auch, und jetzt das Haus in London …

Ich gönne es dem alten Knaben, dafür sind Kinder da, und auch wenn ich ihm nicht zum erhofften Reichtum verhelfen konnte (oder wollte), so habe ich ihn doch in die Lage versetzt, seine Schäfchen ins Trockene zu bringen. Nicht ganz uneigennützig, aber sein Schaden ist es garantiert nicht gewesen. Und wenn ich mir diese Melody so ansehe, bin ich davon überzeugt, dass auch der Sohn keinen Grund zu Klagen hat. Nun, er sieht das natürlich anders, aber die Dinge ändern sich, besonders, wenn man jung ist. Wenn man viel zu schnell widerspricht, weil man pauschal gegen alles ist, besonders gegen Zwang. Ich kann mich noch gut daran erinnern, wie ich in dem Alter war.

Mit der Zeit relativieren sich die Dinge, mit der Zeit sieht man alles kühler, und ich traue diesem Cameron zu, dass er durchaus in der Lage ist, kühl und sachlich zu analysieren.

Ich habe schon sehr oft erlebt, wie die einst so große und unsterblich geglaubte Liebe am Ende auf dem Altar der Vernunft geopfert wurde. Die Menschen leben danach sehr gut, ohne dass ihnen was fehlt. Ich bin fest davon überzeugt, dass der Grad des Glücks vom Vermögen, vor allem aber dem Einfluss abhängt, jedoch nicht von einem Menschen, der auf dich wartet, wenn du heimkommst. Das ist eher lästig und birgt viel zu viel Verantwortung in sich.

Wer will das schon?

Welchen Sinn sollte es haben?

Ich lächele zu Warrenberg hinüber, der auf seinem Stuhl Platz genommen hat, und Oliver verdreht die Augen.

Wir werden sehen, ob es vom Tisch ist.

Wir werden sehen.

UNTERHAUS STIMMT DEM ERNEUTEN REFERENDUM SCHOTTLANDS ZU

London/UK Gegen den massiven Widerstand der Konservativen, haben sich die Liberalen durchgesetzt. Das Referendum wird kommen. Werden sich die schottischen Separatisten im zweiten Anlauf durchsetzen? Wird Schottland sich endlich von der Besatzungsmacht befreien, als die England vielerorts auch heute noch betrachtet wird? Und was hat das für das Empire zu bedeuten, das es schon längst nicht mehr ist? Aus dem Königshaus wurde bisher kein Statement abgegeben, was während der Ära von Elizabeth, der Zweiten, nicht ungewöhnlich war. Dass von King Charles jedoch, der sich nach eigener Aussage »einmischen« will, auch keine Äußerung zu diesem Thema kommt, verwundert etliche Beobachter. Nun bleibt uns nur noch, auf das Urteil der Schotten zu warten und währenddessen zu beten, dass sie uns auch diesmal wieder nicht den Rücken kehren wollen.

»Alles geht seinen Gang. Gemächlich, aber unaufhaltsam. Wie ich sehe, habt Ihr die Hochzeit der Kinder auf den Tag des Referendums gesetzt.«

Ich habe mich in meinem Bürostuhl zurückgelehnt, sehe aus dem Fenster. Callum Stuart ist am anderen Ende, und er klingt hörbar zufrieden.

»Das ist korrekt.«

»Mutig, motivierend, Kraftgebend und natürlich ein Zeichen.«

»Die schottische Herrschaft wird etwas anders als die britische laufen. Wir beabsichtigen keineswegs, uns aus der Politik herauszuhalten und streben das schwedische Modell an.«

Meine Fingerspitzen reiben sich hauchzart aneinander. »Angebracht, wenn ich mir diese Bemerkung erlauben darf.«

»Sie dürfen.« Er klingt arrogant und aufgeblasen wie immer, insgesamt halte ich aber mehr von ihm als von Charles. Welten mehr.

»Ihr habt Eure zukünftige Schwiegertochter bereits kennengelernt?«

»Die Dinge überschlagen sich derzeit, auch diesen Teil absolvieren wir im Blindflug und vertrauen ganz auf Ihr Urteil, vor allem aber auf Ihren Einfluss und Ihre Erziehung. Wir werden die junge Lady übermorgen in unserem Londoner Stadthaus kennenlernen, und wir hoffen, dass sie unseren Anforderungen genügt.«

»Ich verbürge mich dafür.«

»Natürlich tun Sie das, Sie sind ihr Vater und die Vorteile, demnächst dem schottischen Königshaus anzugehören, sind offenkundig.«

»Nun, der Stand bisher ist, dass sie in das alte Geschlecht der Stuarts einheiratet. Rauschen wir nicht zu weit den Ereignissen voraus.«

»Mir bleibt wohl kaum etwas anderes übrig«, erwidert er launisch. »Wenn das Referendum erfolgreich ist, bin ich eine Stunde später der amtierende König.«

»Vermutlich sollten wir uns auf eine Auseinandersetzung mit der gewählten Regierung einstellen.«

»Das sollten wir«, räumt er freimütig und ohne Furcht ein. »Ich kenne Nicola Sturgeon schon lange, sie ist eine ehrgeizige, von Macht zerfressene Person, aber auch erzkonservativ. Es war immer ihr größter Wunsch, Schottland zu altem Glanz verhelfen. Dazu gehört in erster Linie ihr König.«

»Von ihren Gnaden. Vermutlich wird sie das britische Modell anstreben.«

»Sei es drum«, erwidert er freimütig. »Es wird die Stunde null sein, so oder so.«

»Es könnte zu Ausschreitungen kommen.«

»Ich habe alles unter Kontrolle. George, kümmern Sie sich um ihren Part in dieser Geschichte, ich kümmere mich um den Rest.«

Ich blicke aus dem Fenster. »Natürlich, aber ich will, dass meine Tochter …«

»Ihre Tochter wird eines Tages die Königin von Schottland sein, was nur ein Teil Ihres Lohnes für Ihre Dienste sein wird, Seymour. Ich weiß, Sie haben gern sämtliche Fäden in der Hand, Ihr Ruf eilt Ihnen weit voraus. Sie gehören zu den Männern, die Unmögliches möglich machen, deshalb sind Sie unersetzlich, ich rate Ihnen nur, Ihre Kompetenzen nicht zu überschreiten. Die Familie Stuart wird Ihnen immer zu Dank verpflichtet sein. Versauen Sie es nicht.«

»Na, na, na, Callum.« Ich lächele. »Wir wollen doch hier keinen Kompetenzstreit beginnen, wo unsere Kinder kurz davor sind, sich zu vereinigen.«

»Natürlich nicht«, erwidert er knapp. »Machen Sie einfach Ihren Job.«

Er legt auf, bevor ich noch etwas sagen kann.

Aufgeblasen, wie ich sagte. Aber das muss er sein, sonst würde er sich nicht zum König eignen. Er wird früh genug begreifen, wie die Dinge wirklich laufen, da mache ich mir keine Sorgen.

Das Rad dreht sich noch immer.

Und dreht sich.

Dreht sich weiter, und immer in die von mir gewünschte Richtung.

DAS ist echtes Glück.

Charlie

1

»Du musst zugeben, das ist ein echt komisches Wappen.«

Trevor, der an meinem Schminktisch hinter mir steht und sich über mich gebeugt hat, zuckt mit den Schultern. »Es ist, wie es ist. Präge es dir ein, damit du antworten kannst, wenn sie dich fragen sollten.«

»Muss ich das wirklich?«, erkundige ich mich naserümpfend und starre das Stuart-Wappen auf dem Tablet an, welches vor mir liegt. Es ist wirklich nicht schön, aber darauf kommt es nicht an. Als ich meinen Blick hebe, treffe ich auf Trevors leicht zweifelnden, aber unterschwellig amüsierten, was mich nur noch mehr reizt. Seit Cam diese Schreckschraube geheiratet hat und mit ihr auch noch in die Flitterwochen geflogen ist, bin ich nur noch gereizt. Gereizt. Gereizt. GEREIZT.

»Sie sind anstrengend, glaub mir, aber am Ende wollen sie nur eine passende Braut für ihren Sohn.«

»Okay.«

Ich konzentriere mich wieder auf dieses Einhorngebilde. »Oh mein Gott«, flüstere ich und schließe die Augen, als mir eine Erkenntnis kommt. »Deshalb das Tier auf dem Klopapier.«

Als er nicht antwortet, drehe ich mich zu ihm um. »Es ist dein Haus.« In seinem Haus fand die Sexparty statt, bei der ich James äh Cameron kennengelernt habe, also Sex mit ihm hatte.

»Das Haus meiner Urväter. Und es wird Zeit, dass du es endlich mal bei Tageslicht siehst«, antwortet Trevor völlig ungerührt und richtet die Ärmel seines dunkelgrauen Hemdes.

»Machst du sowas öfter?«

»Was? Mein Hemd richten?« Mit verengten Lidern starre ich ihn an, er weiß genau, was ich meine.

»Darf ich als deine Frau mit Sexpartys rechnen?«, erkundige ich mich geradeheraus. Das hat Cam mich gelehrt.

Jetzt schmunzelt Trevor auch noch. »Ich bitte dich, Charlotte, das werde ich wohl kaum nötig haben.«

»Das hattest du aber nötig.«

»Richtig, als Single. Aber das werde ich bald nicht mehr sein.«

»Hm …« Wieder sehe ich auf das Tablet und stelle mir das Haus vor, welches ich damals nur bei Dunkelheit gesehen habe.

»Ist das auch so eine Gruft, wie von den Cavendishs?«

»Parallelen sind vorhanden, überzeuge dich selbst.«

Ich massiere meine Schläfen, denke erneut an jenen Abend, an dem ich James kennenlernte, an dem alles seinen Lauf nahm. Könnte ich die Uhr noch mal zurückdrehen, könnte ich ihn noch mal ansehen, könnte versuchen, hinter die Maske zu schauen und diesmal erfolgreich sein. Vielleicht wäre ich beim zweiten Versuch nicht so verdammt naiv und blind.

»Du starrst jetzt seit drei Minuten auf dieses Bild. Immer noch nicht verinnerlicht?«

»Doch.« Erschöpft klicke ich es weg und drehe mich zu ihm um. Er hat sich auf das Sofa gesetzt und wirkt, als würde die Welt ihm gehören. Mit einem Fuß auf seinen Knien und die Schläfe auf zwei Fingerspitzen gestützt, beobachtet er mich. Trevor ist immer so souverän und wirkt so gestanden, ganz anders als Cam, der eine tickende Bombe ist, die immer wieder hochgeht. Geht er bei Melody eigentlich auch immer wieder hoch, stürzt er sich auch immer wieder so auf sie, wie er es bei mir getan hat? Lässt er bei ihr los? Lässt er sich fallen? Vergisst er mich gerade?

»Wir müssen dir ein Kleid kaufen«, beschließt Trevor. Früher hätte mich dieser Satz ihn Entzückung versetzt, aber jetzt ist nicht früher. Jetzt bin ich gereizt, weil der Mann, den ich liebe, mit einer anderen durch die Malediven turtelt.

»Ich habe genug …«

»Meine Mom riecht es meilenweit gegen den Wind, wenn es ein schon mal Getragenes ist. Keine Ahnung, wie sie es anstellt. Du musst morgen perfekt sein. Ein Knicks vor ihr und du bleibst immer zwei Schritte hinter mir.«

»Okay.«

»Du sprichst nur, wenn du angesprochen wirst, du isst erst, wenn mein Vater das Besteck erhoben hat und hörst auf, wenn er fertig ist. Soweit verstanden?« Er hebt eine Braue.

»Ja.«

»Seine Anrede ist Sir, nicht Eure Hoheit, sie haben vor ein paar Jahrhunderten den Titel abgegeben.«

»Das …«

»… und hoffen, ihn demnächst wieder anlegen zu können. Noch ist es nicht so weit, also Sir.«

»Check.«

Seine Mundwinkel zucken. »Jede andere Verrenkung wollen sie aber sehen, vor allen Dingen sollst du unter Beweis stellen, dass du verdammt würdig bist, in die Familie einzuheiraten.«

»Okay.«

»Halte dich immer an mich, im Zweifelsfall springe ich ein.«

»Okay.«

»Dann gehen wir jetzt shoppen.« Gelassen erhebt er sich und kommt auf mich zu, weshalb ich die Lider verenge. Was jetzt schon wieder?

»Okay.« Er umfängt sanft mein Kinn und neigt meinen Kopf weiter zurück, sodass er im Nacken liegt und ich ihn ansehen muss. »Kannst du noch was anderes sagen, Charlotte?« Sofort entziehe ich mich ihm. Es ist mir unangenehm, und nur weil Cam jetzt mit einer anderen herumturtelt, werde ich es nicht auch tun.

»Ich habe Angst«, antworte ich ehrlich und erhebe mich ebenfalls.

»Dazu gibt es keinen Grund. Ich bin ja da.« Wölfisch lächelt er mich an und hält mir die Tür auf. Als ich an ihm vorbeigehe wird mir klar, dass ich vor ihm vielleicht am meisten Angst haben sollte. Denn ich habe keine Ahnung, wer dieser Mann eigentlich ist und was er genau von mir will.

»Vielleicht sollte ich mich gerade deshalb fürchten.«

»Das ganz sicher. Komm jetzt.«

Wenig später gehen wir die Straße entlang und es braucht eine Weile, bevor ich es bemerke.

»Wir werden verfolgt.«

Trevor sieht mich nicht mal an. »Ach das, ja … meine

Eltern hielten es für unausweichlich. Die Anschlagsdrohungen häufen sich; seitdem klar ist, dass das Referendum durchkommt, sind sie nervös, ich konnte es auf einen begrenzen, sei froh.«

Ich will mich wieder umdrehen, aber er hält mich am Oberarm davon ab und neigt sich an mein Ohr. »Du erregst am wenigsten Aufsehen, wenn du einfach so tust, als wäre er nicht da.«

»Super, ich fühle mich gestalkt.«

Trevor legt seine Hand an meinen unteren Rücken und lotst mich weiter. »Nicht grundlos«, erwidert er knapp und wir treten durch die automatische Tür von Dolce und Gabbana, wo ich seit vielen Monaten mal wieder ein Kleid nach dem anderen anprobiere. Trevor vertreibt sich die Zeit mit Champagner vor der Umkleidekabine und lässt die übereifrige Verkäuferin zwei Mal abblitzen. Und das, obwohl ich nichts dagegen hätte, wenn er mit ihr in einer Kabine verschwinden würde. Vielleicht sucht er sich ja irgendeine Frau und vielleicht kann ich ja Cam ab und zu sehen. Ganz heimlich, ohne, dass es jemand mitbekommt. Ich verwerfe den verlockenden Gedanken, sobald er gekommen ist und ziehe auch nicht schon wieder mein Handy hervor und stalke ihn. Denn Melody, diese Furie, postet unentwegt glückliche Bilder von den beiden, als wollte sie mich foltern. Nicht mal Tessa ist hier, um mit mir über diese Fotos zu lästern. Sie lachen darauf, sie küssen sich, sie wirken so glücklich. Ist Cam glücklich ohne mich? Mit diesem Gedanken versaue ich mir die Stimmung endgültig. Aber es ist wie es ist und ich muss irgendwie weitermachen. Das müssen wir alle.

Am Ende stehe ich in einem weißen, hochgeschlossenen Kleid mit silbernem breitem Gürtel, einem Hut in gleicher Farbe und Beschaffenheit, sowie gleichfarbigen Schuhen vor

Trevor. Er isst noch eine Traube, während er mich langsam überschaut. Damit reizt er mich bis aufs Messer.

»Wenn sie die reine Unschuld wollen, kommen sie zu spät, ich bin geschieden«, teile ich ihm mit.

»Du bist eine gute Partie, weil sie mit deinem Vater gut können und er ihnen einige Steine aus dem Weg gerollt hat. Deshalb geben sie sich angestrengt der Illusion hin und du wirst mitspielen.« Er neigt den Kopf zur Seite und richtet den Gürtel an meiner Taille. Ich schlage seine Hand ruppig weg, als sie prüfend über meine Hüfte gleitet.

»Du bist ziemlich scharf drauf, dass es funktioniert«, zische ich und trete einen Schritt zurück, als er plötzlich aufsteht. Ich knalle mit dem Rücken gegen die Wand und seine Hand findet sich neben mir ein.

Huch, damit habe ich jetzt nicht gerechnet. Genauso wenig wie mit dem Blitzen in seinen blauen Augen.

»Willst du ohne meinen Schutz dastehen, Charlotte? Cameron ist weg, er ist verheiratet, er ist keine Option mehr. Sollte es jedenfalls nicht sein. Auch wenn du dir was anderes einredest.«

»Ich rede mir gar nichts ein«, erwidere ich unbehaglich und kann mich kaum dagegen wehren, festzustellen, dass dieser Mann verdammt gut riecht. Und er weiß es. Er weiß genau, was er hier tut, aber was tut er hier eigentlich? Verdammt. »Mir ist klar, dass er verheiratet ist, ich war dabei, wenn du dich erinnerst. Du auch, ich kann es gar nicht verpasst haben.«

»Dann vergiss es nicht«, empfiehlt er mir dunkel. »Vergiss auch nicht, wer dein Verlobter ist und wer dich in der Öffentlichkeit so oft berühren kann, wie er will. Ansonsten bringst du nicht nur dich in Schwierigkeiten, sondern auch mich und keiner von uns will das. Hast du das verstanden?«

Sanft streicht er mir eine Strähne über die Schulter und ich beiße die Zähne aufeinander. Da war sie wieder, die unterschwellige Drohung und obwohl es sich in mir sträubt, nicke ich einmal.

»Wenn sie morgen nichts an dir auszusetzen haben, werden sie fordern, dass du aus dem Hotel verschwindest. Ich schätze, sobald sie erfahren, wo du untergekommen bist, droht bei meiner Mutter eine Ohnmacht.« Er verzieht das Gesicht. »Eine gefakte, sie liebt solche Aktionen.«

Schwer lehne ich den Hinterkopf an. Was bleibt mir denn anderes, als mich zu ergeben? Zumindest bis zu einem bestimmten Grad.

»Okay.«

»Sie werden wollen, dass du zu mir ziehst.« In seinen hellen Augen funkelt es verschlagen und ich wünsche mir prompt, es wären Cams.

»Okay«, antworte ich dennoch.

»Ich wollte dich nur vorbereiten.«

»Okay.«

Mit beiden Händen stützt er sich neben mir ab. »Kannst du noch was anderes als okay sagen?«

Ich sehe ihn ausdruckslos an. »Nein.«

Ein Mundwinkel zuckt, aber endlich stößt er sich ab und sein Duft hört auf, mein System zu verpesten.

»Gehen wir noch was trinken«, beschließt er.

Ich will ablehnen, will meine Ruhe, bin müde. Neuerdings habe ich Schwierigkeiten, lange auf den Beinen zu sein. Außerdem kann ich es nicht ausstehen, wenn er seine Drohungen ausstößt. Trotzdem sage ich nichts. Denn eines ist mir im Gedächtnis haften geblieben: Er ist mein Beschützer, vor allem passt er auf, dass meinem Baby nichts zustößt. Wenn er verschwindet, bin ich allein. Cam wird nie wieder für mich oder mein Baby da sein können. Außerdem will ich nicht schon wieder an ihn denken, der sich in den verdammten Flitterwochen mit seiner verdammten Frau befindet. Davon wird mir nämlich übel, und ich habe mich noch nie in meinem Leben so häufig übergeben wie in den letzten Tagen. »Okay«, sage ich deshalb und fühle mich elend.

Trevor führt mich nicht in eines der Restaurants, die mein Vater wählen würde, sondern in einen Pub, unweit entfernt von dem Dolce & Gabbana. Damit habe ich nun wirklich nicht gerechnet. Es ist laut, es ist stickig; auch wenn hier schon seit Jahren Rauchverbot herrscht, ist die Decke von Jahrzehnten des Dauerqualms braun. Irgendwie bin ich dankbar dafür, dass er mich nicht zu einem offiziellen Essen in einem entsprechenden Restaurant zwingt. Mir holt er einen O-Saft, sich ein Pint; wenig später sitzen wir in einer abgelegenen Ecke, ein wenig von diesen lärmenden Typen entfernt, die lauter werden, je mehr Ale sie sich in den Hals gießen.

»Nicht gut?«, will Trevor wissen, als er vor mir sitzt und seinen Kragen etwas lockert. Komischerweise passt er hier rein, obwohl er einen Anzug trägt.

»Doch, alles ist perfekt.«

Er prostet mir zu und lässt mich nicht aus den Augen, als er trinkt.

»Du hast dich bei der Hochzeit gut gehalten«, sagt er, als er das Glas abgestellt hat. »Ich hatte meine Bedenken.«

»Welche Bedenken?«

Trevor lächelt leicht. »Alles hat nur auf euch beide geachtet, es hätte schlechter laufen können. Cam hat sich mit dem Alkohol nicht zurückgehalten. Tessa war da, Melody hatte alles getan, um den Eklat zu provozieren.«

»Und sie ging leer aus.«

»Nicht ganz.« Er nimmt eine von den Oliven, die der Wirt gerade in der Hoffnung darauf, wir würden viel, viel mehr trinken, auf den Tisch gestellt hat. »Anscheinend gab es einen Zusammenstoß mit Tessa. Sie war wohl auf Kriegszug.«

»Oh mein Gott.« Davon habe ich gar nichts mitbekommen.

»Kein Problem.« Er grinst schief und in seinen Augen funkelt es begeistert. »Sie hat Melody ein paar Ohrfeigen verpasst und ist gegangen. Ich schätze, bevor die Braut sich von dem Schock erholen konnte.«

»Wow!«

Mehr denn je will ich zu ihr und mir die Szene in allen Einzelheiten beschreiben lassen. Gern mit Pantomime.

»Das war ihre Abrechnung.« Er hebt eine Braue. »Du kannst froh sein, nicht auch ein paar Ohrfeigen kassiert zu haben.« Wieder einmal bemerke ich die Bewunderung in seiner Stimme, aber ich spreche ihn nicht darauf an.

»Das glaube ich auch.« Ich schüttele den Kopf. »Es tut mir so leid für sie.«

Sofort verschließt sich Trevors Miene. »Muss es nicht«, erwidert er kalt. »Es ist nicht deine Schuld, wenn sie sich mehr einredet, als da wirklich ist.« Er zuckt mit den Schultern. »Sie hat sich an diesem Tag unmöglich benommen und alles noch ein bisschen schwieriger gemacht. Reiner Egoismus hat sie geleitet und das war unangebracht.«

»Aber irgendwie verständlich.«

Mitleidlos trinkt er von seinem Bier. »Ihr Problem, nicht meins.«

»Ich dachte wirklich, das mit euch wäre … mehr.«

»Sie auch … keiner hat mich gefragt, das war ihr Fehler.«

Ein bisschen erschüttert erwidere ich nichts. In den letzten Wochen habe ich Trevor von einer ganz anderen Seite kennengelernt. Vorher dachte ich, er wäre zwar riesig, mit vielen Muskeln, arrogant und ein Weiberheld, aber im Grunde doch ein netter, lustiger Kerl. Viel weicher als Cam. Je näher ich ihn kennenlerne, desto mehr zweifele ich an meinem Urteil. Denn er ist knallhart und die Augen immer so voller Eis. Gelassen, aber gefährlich. Vor allen Dingen so wissend, so informiert, als könnte er mir auf die Seele schauen. Obwohl ich weiß, dass er mich beschützt, kann ich mich nicht gegen den Eindruck wehren, dass er kein Freund ist, dass ich vorsichtig sein muss, dass er … ahnt, was in meinem Kopf vor sich geht, und dass ihm das ganz und gar nicht gefällt. Was willst du von mir, Trevor?

»Wenn du mich so ansiehst, willst du mich etwas fragen. Stelle mir deine Fragen, Charlotte.« Wieder trinkt er, ohne mich aus den Augen zu lassen, und in diesem Moment wirkt er gefährlicher denn je. Als sollte ich gerade jetzt nichts Falsches sagen. Cam hat mich nie so kalt angesehen, selbst als er mich gehasst hat. Gott, ich vermisse ihn.

»Ich habe keine Fragen«, lüge ich. »Alles ist perfekt.«

»Umso besser.«

Dabei belasse ich es, verschließe mein Herz, verschließe meine Seele, widerstehe dem Drang, ihn Einblick in beides zu gewähren. Denn es ist nicht sicher.

»Fertig?«, fragt er, sobald er am nächsten Tag mein Hotelzimmer betreten hat.

»Nein!«, grummele ich ihn an. Alles läuft schief, meine Haare sehen aus wie frisch geölt, vor allem hängen sie. Sie hängen einfach so runter. Ich habe alles versucht, aber sie hängen.

Überall in meinem Gesicht sind neuerdings Pickel, dabei HABE ICH EIGENTLICH GAR KEINE PICKEL, und in diesem Kleid sehe ich aus, als wollte ich zu einem Brunch gehen. MIT SECHZEHN!

Fehlt nur noch das Frühlingsblumenbukett.

»Ich bin aber nicht sechzehn«, schleudere ich ihm entgegen und Trevor stockt mitten im Raum. »Ich bin … okay, war verheiratet, bin immer noch schwanger und ganz weit, echt ganz weit von einer Jungfrau entfernt. Dafür hat Cam gesorgt«, flippe ich weiter aus und er seufzt schwer, bevor er auf mich zukommt und hinter mir stehen bleibt. Sanft streicht er die schrecklichen Strähnen aus meinem Gesicht.

»Richtig, aber du wirst sie trotzdem spielen. Du wirst naiv sein und schüchtern, den Kopf senken und so tun, als wärst du eben gerade aus Yorkshire hierher geschippert, um die große weite Welt zu sehen. Sprich: London. Wenn du Autos siehst, zuckst du zusammen. Du kennst keine Männer, mit Ausnahme deines Vaters, bist du noch keinem begegnet. Verstanden?«

»Das ist weltfremd.«

Er zuckt mit den Schultern. »Sie wollen es glauben und du wirst es ihnen so gut vorspielen, dass sie es glauben können. Jetzt verstanden?«

»Das ist … verlogen.«

»Komm schon, die Eltern zu belügen, ist doch nun wirklich nicht neu.« Seine Hände legen sich auf meine Schultern. »Lächele, Baby.«

Ich strahle ihn an und er senkt seine Lippen an mein Ohr. »Lächele, als wüsstest du nicht, wie sich ein Schwanz in dir anfühlt.« Oh mein Gott, hat er das gerade wirklich gesagt?

Sofort schießt die Röte in meine Wangen und ich senke den Blick.

»Besser«, sagt er rau. Seine Handflächen sind warm, trocken und irgendwie tröstend, als er meine Schultern aufmunternd drückt. Schließlich macht er einen Schritt zurück. »Steh auf.«

Ohne ihn aus dem Blick zu lassen, erhebe ich mich und drehe mich langsam zu ihm um. Er hat sich noch weiter entfernt und lockt mich mit einer Fingerbewegung zu sich. Als ich einen zaghaften Schritt auf ihn zumache, lächelt er irgendwie düster.

Irgendwie finster.

Irgendwie … gefährlich.

»Stopp«, sagt er so leise, dass ich ihn kaum verstehe.

»Der Hut.«

»Ich finde wirklich nicht, dass …«

»Der Hut«, wiederholt er in gleicher Lautstärke und ich setze seufzend das ausladende Gebilde auf.

»Sehr gut.«

In diesem Moment klopft es an der Tür. Unser Stalker steht davor. Es ist ein Mann in unauffällig dunklem Anzug, mit perfekt zurückgegelten Haaren und einem harten Gesicht, das heute sogar noch eine Spur härter wirkt, was möglicherweise an dem Bukett Freesien liegt, das er bei sich trägt.

»Sir«, sagt er knapp und überreicht Trevor den Strauß. Der wirkt damit auch recht seltsam und ich verdrehe die Augen, sobald Mister Stalker den Raum wieder verlassen hat.

»Das ist einfach lächerlich.«

Mit diesem eigenartigen Lächeln, das mich verwirrenderweise verwirrt, kommt er auf mich zu.

»Natürlich ist es das«, erwidert er leise. »Aber wen interessiert es?« Damit legt er die Blumen in meine Arme und tritt erneut einen Schritt zurück, formt mit beiden Händen eine imaginäre Kamera, nimmt mich in den Fokus, dreht sie ins Hochformat und kneift das linke Auge zu. »Bezaubernd«, sagt er in einem Tonfall, als hätte er mir gerade davon berichtet, dass es in der Londoner Kanalisation Ratten gibt.

Große Ratten.

Mörderische Ratten.

Ratten mit scharfen Nagezähnen, die sich durch jedes Material fressen.

Ich sollte dringend an meiner Fantasie arbeiten.

»Ich sehe aus wie eine Zwölfjährige«, jammere ich, muss aber gleichzeitig ein wenig lachen.

»Und genau so soll es sein. Können wir?«

Ich bin schon gar nicht mehr verwundert, dass direkt vor dem Hotel ein schneeweißer Bentley wartet. Sobald wir aus dem Gebäude treten, öffnet ein Chauffeur die Tür und macht eine kleine Verbeugung, als ich einsteige. Trevor kommt von der anderen Seite herein und wenig später setzen wir uns in Bewegung. Ein nagelneuer Tesla in schwarz folgt uns nicht sehr unauffällig.

»Ist das nicht alles ein bisschen viel Aufwand?«

»Findest du?«

Dass es nicht zu dem Haus geht, in dem in einem anderen Leben eine legendäre Gangbang-Party stattfand, erkenne ich erst, als wir London bereits fast hinter uns gelassen haben.

Meinen fragenden Blick ignoriert Trevor einfach, und zwar sehr lange. Ich werde immer verwirrter, als wir aus

London rausfahren und nach weiteren fünfzehn Minuten auf einem Rollfeld halten. Dort steht ein in der Sonne funkelnder, riesiger Helikopter.

»Trevor, was …«

»Es gab eine Planänderung«, teilt er mir mit, als der Chauffeur aussteigt, und erst mir und dann ihm die Tür aufhält.

»Sie wollen die ganz große Show. In Schottland, im Scone Palace, am Stein von Destiny, das ist unser Familiensitz. Wahrscheinlich, um zu üben, oder aber auch, um zu sehen, ob du zu den Möbeln passt.« Noch immer sieht er mich nicht an, als er mich über den Asphalt auf das Ungetüm zuführt. »Vielleicht auch einfach nur, um dich einzuschüchtern.« Endlich wendet er sich mir zu. »Und du wirst eingeschüchtert sein. Maximal.«

»Richtig.« Das werde ich. Sehr!

Seine Mundwinkel zucken ein wenig. Er hilft mir erst in das Flugding und steigt dann auf der anderen Seite zu.

»Bleib so, dann bekommen sie genau, was sie sehen wollen. Nimm jetzt den Hut ab.«

Ich folge ihm, ohne weitere Nachfragen, und er stülpt mir Kopfhörer über, trägt kurz darauf auch welche. Der Pilot startet den Motor, die Rotoren beginnen sich zu drehen, der Lärm wird ohrenbetäubend, und mir wird klar, weshalb man diese Kopfhörer trägt. Als wir uns in die Luft erheben, erkenne ich auch endlich, dass ich Helikopter nicht mag, besonders, wenn sie fliegen und ich darinsitze. Aber da ist es leider schon zu spät. Eine Flucht unmöglich.

Mein Magen ballt sich heftig zusammen und ich kralle mich mit allem, was ich habe an dem ungemütlichen Sitz fest.

Trevors Stimme kommt über die Kopfhörer.

»Wir werden ungefähr eine Dreiviertelstunde fliegen.«

»Gibt es hier Fallschirme?«, erkundige ich mich hektisch und kralle mich fester.

»Einen.«

»Den kriege ich.«

»Wir stürzen nicht ab.«

»Wie kannst du so sicher sein?« Ich wage einen Blick nach unten und schrecke sofort zurück, denn mir wird … »Ich glaub, ich muss mich übergeben.«

»Das ist schlecht, denn wir können keine Tür öffnen.«

Oh.

Mein.

Gott.

»Und warum konnte das nicht in London stattfinden?«

Trevor zuckt mit den Schultern, mustert mich genauer und nimmt meine Hand.

»Beruhige dich«, befiehlt er scharf.

Witzig.

Echt.

Witzig.

»Ich glaube, ich breche gleich zusammen«, flüstere ich. »Ich habe Höhenangst.«

Ich will Cam!

Jetzt!

Darauf war ich nicht vorbereitet!

»Das«, sagt er sehr langsam und sehr bedächtig. »hätte ich womöglich früher wissen sollen.«

Super, das hilft mir auch nicht weiter. Inzwischen atme ich sehr flach, das Herz rast in meiner Brust und kalter Schweiß trieft aus meinen Poren.

Trevor umfängt meine Hand fester. »Schließ die Augen«,

flüstert seine Stimme direkt in meine Ohren und meine Lider flattern zu.

»Atme tief und gleichmäßig.«

Ich versuche es.

»Langsamer«, befiehlt er und ich werde langsamer, merke, wie ich mich beruhige. Die Angst verschwindet nicht, sie ist immer da, aber er ist realer. Er ist näher. Durch seine bloße Präsenz hilft er mir beim Überleben.

Trotzdem werden es die schlimmsten fünfundvierzig Minuten meines Lebens, spätestens, als es Turbulenzen gibt, und ich mir vorstelle, wie der witzige kleine Helikopter in den übermenschlichen Mächten der Atmosphäre hilflos vor sich hin hüpft. Diesmal bin ich kein Kahn auf hoher See, ich bin ein winzig kleiner Kolibri, der verzweifelt mit seinen winzig kleinen Flügeln flattert und keine Chance gegen die bösen, lebensfeindlichen, übergroßen Elemente hat.

Wüsste Trevor, woran ich gerade denke, was mich für keine Sekunde loslässt, würde er vermutlich nicht mehr meine Hand halten. Denn natürlich bin ich an den Tag erinnert, an dem Cam mich in dieses Riesenrad gezwungen hat, an dem wir in London unterwegs waren, an dem wir Geschenke kauften, die wir nie überreichten. Genau genommen weiß ich nicht mal, wo sie abgeblieben sind. Hat er sie weggeworfen? Ich war niemals wieder in diesem Apartment, die wenigen Sachen, die ich dort inzwischen hatte, wurden von den Leuten meines Vaters abgeholt, selbst Albert wurde auf diese Weise geborgen.

Ich bin nicht mal mehr in die Gegend gekommen, weiß nicht, was damit geschehen ist, ob Cam es behalten hat oder ob er es aufgeben musste. Alle Informationen, die meine Ehe betreffen, werden so gering wie möglich gehalten, so war es sogar bei der Scheidung. Es gab kein Vermögen, das aufgeteilt werden musste, diese Ehe sollte bestenfalls ungeschehen gemacht werden, deshalb wurden auch von keiner Seite Forderungen erhoben. Offiziell, denn natürlich hatten sich unsere Väter bereits hinter den Kulissen geeinigt, natürlich waren sie bestrebt, die Dinge so reibungslos über die Bühne zu bringen und natürlich hat niemand danach gefragt, wie ich mich fühle.

Wie Cameron sich fühlt.

Wie wir dazu stehen und welche Meinung wir vielleicht zu der gesamten Geschichte haben.

So war es und so ist es, vermutlich wird es auch immer so bleiben. Für ein paar wenige Tage glaubte ich, dieser menschenverachtenden Mühle entkommen und in Sicherheit zu sein, und ich lag so falsch.

Es gibt kein Entkommen.

Es gibt kein Entrinnen.

Ich bin die Sklavin meines Vaters, und wenn ich mit Heirat bei den Stuarts von ihm vielleicht ein wenig befreit sein werde, so bin ich ab diesem Moment meiner neuen Familie Rechenschaft schuldig. Vor allen Dingen aber Gehorsam.

Niemals frei.

Aber du könntest Queen werden. Du könntest eine sehr einflussreiche Frau sein, die einflussreichste Frau auf der Insel, weit über deren Ufer hinaus.

Das hilft ein wenig, natürlich.

Diese Aussicht ist für jemanden wie mich einfach überwältigend, aber es entschädigt mich nicht dafür, dass sie mir Cameron genommen haben. Den Vater meines Babys. Es macht nicht wett, dass sie ihm sein Kind geraubt haben, denn die Wahrheit darf niemals ans Licht kommen. Es macht nicht ungeschehen, dass sie mir eine unbeschwerte, freie Zukunft verwehrt haben. Mit dem Mann, den ich immer lieben werde.

Jetzt muss ich auch noch mit diesem Helikopter fliegen, wobei das ja strenggenommen nur der Auftakt ist.

»Lebst du noch?«, erkundigt sich Trevor über die Kopfhörer.

Ich schaffe es auf ein Nicken.

»Gut zu wissen.«

Noch immer sind meine Augen geschlossen.

»Wenn du deine zukünftige Heimat sehen willst, solltest du es jetzt wagen und die Augen öffnen.«

Ich will nicht, will nicht, will nicht. Aber ich tue es natürlich, weil ich längst schon wieder in meiner gehorsamen Rolle bin, die in Wahrheit meine wahre Natur ist. Jene, die mir aufgestülpt, in die ich hineingepresst wurde, bis ich passte. Nur Cam war in der Lage, die andere, die verschüttete, hervorzuholen. An die Luft, in den Sonnenschein, sodass sie atmen konnte, gedeihen, wachsen und …

Ich sehe grün.

Viel.

Grün.

Mir war nicht bewusst, dass Schottland so grün ist. Gleichzeitig entdecke ich uralte Burgen und Schlösser, was mich schon weniger überrascht. Schottland ist dafür berühmt.

In der Ferne mache ich ein riesiges Schloss aus, das mindestens vierhundert Jahre alt sein muss. Es hat ganze fünf Flügel, ist umgeben von einem unvorstellbar großen Grundstück. Ein wenig erinnert es mich an Hogwarts mit seinen vielen Türmen und Zinnen, mit der Zugbrücke und dem Graben, der den Hügel, auf dem es steht, vom umliegenden Gelände trennt. Auf der anderen Seite ist es von der Straße zugänglich und zieht sich über die gesamte Hochebene. Mit einem Mal begreife ich, weshalb die Stuarts als die Lords der Hochebene Schottlands bezeichnet werden, denn die gesamte Gegend besteht aus kleinen Erhebungen.

Grünen Erhebungen.

Hier ist der Frühling allgegenwärtig, die Natur ist gerade erwacht und geradezu überschwemmt von frischem Chlorophyll.

Der Helikopter senkt sich und wieder schließe ich die Augen, aber diesmal, um mich auf das Kommende vorzubereiten.

Was aber nicht möglich ist, wie mir klar wird, sobald dieses Flugungetüm gelandet ist.

Direkt auf dem Platz vor dem Schloss. Wirklich. Auf diesem Platz.

Trotzdem müssen wir gut hundert Meter laufen, bevor wir das riesige Portal erreicht haben.

Ein Butler öffnet, der eine so tiefe Verbeugung vollführt, dass ich um sein Rückgrat fürchte. Er lässt uns in eine riesige, wirklich riesige Halle ein, von der aus gleich drei riesige – wirklich riesige – Marmortreppen in die höherliegenden Stockwerke führen.

Überall stehen Marmorstatuen und Rüstungen sowie Vasen mit allerlei grünem Zeug darin. Als ich zu Trevor sage: »Oh, mein Gott«, hallt es in dem riesigen Raum wider, und zwar so laut, dass es selbst jemand gehört haben wird, der sich ganz oben in diesem gruseligen Gemäuer aufhält.

Trevor mustert mich mit unergründlichem Blick.

Der Butler ist uns immer auf den Fersen.

»Wenn Sie mir bitte folgen würden«, sagt er mit näselnder Stimme und führt uns die mittig liegende Treppe hinauf, die mit rotem Samt ausgelegt ist. An den dunklen Wänden hängen unzählige Gemälde mit Männern, Frauen und Kindern. Viele davon wirken genauso alt wie dieses Schloss und ja, es ist ein Schloss. In Gedanken und etwas beschämt revidiere ich meine Bezeichnung für das Gebäude der Cavendishs, das gerade zu einem »Herrenhaus«, degradiert wurde.

DAS ist ein Schloss. Ich wage nicht zu fragen, wie viele Zimmer es hat.

»Zweihundertsechsundfünfzig«, sagt Trevor, der neben mir geht

Überrascht sehe ich ihn an.

»Die Frage wird im Allgemeinen zuerst gestellt. Nicht mit eingeschlossen ist der Gesindetrakt und die zahlreichen Nebengelasse im Wirtschaftsflügel. Es ist eines der wenigen Häuser, das noch weit über zwanzig Angestellte hat.«

»Downton Abby?«

»Was ist das?«, erkundigt er sich perplex.

Ich verdrehe nur die Augen. Amateur.

Angekommen in der ersten Etage, eröffnet sich uns ein weiter Raum mit einem riesigen weißen Kamin und einer großen Sitzlounge. Auch hier finden sich diese Vasen und jede Menge Beistelltische.

»Hier entlang, bitte.«

Der Butler führt uns in einen hellen, unglaublich weiten Flur, dessen rechte Wand aus bodentiefen Fenstern besteht. Er ist mindestens drei Meter breit, die Türen zu den Räumen sind durch Vorsprünge und Nischen unterbrochen.

»Wie alt ist dieses Gebäude?«

Überrascht sehe ich Trevor an, als er mit monotoner Stimme abspult. »Erste Erwähnung im Jahre 1572, offizieller Familiensitz seit dem Jahre 1643. Zuletzt restauriert im Jahre 1995, da wurde die inzwischen antike Heizung eingebaut.« Er mustert mich sardonisch. »Wir sind nur deshalb geschäftlich so erfolgreich, weil wir dieses Schloss unterhalten müssen. Der nächste Umbau ist im nächsten Jahr geplant, bis dahin verbrauchen wir in der Heizperiode täglich ein paar hundert Liter Öl, und auch im Sommer wird es hier nicht wirklich warm. Diese riesigen Ungetüme sind verdammt ineffizient.«

»Woher …«

»Das gehörte zu meiner Ausbildung. Mein Lehrer hat mich jede Menge Zahlen gelehrt. Müsstest du kennen.«

Richtig. Mit einem Schaudern denke ich an Miss Feather, meine Gouvernante, die mir jeden freien Tag verdorben hat, weil sie mir irgendwelche Jahreszahlen eintrichtern musste.

Grauenhaft.

Der Butler öffnet eine der riesigen, dicken Türen und macht schon wieder eine Verbeugung.

»Sie werden dann gerufen.«

Wir stehen in einem hohen, monströsen, ehrwürdig wirkenden Kaminzimmer. Die Vorhänge bestehen aus schwerem Samt, die Möbel aus dunklem Holz. Der Kamin ist weiß und der Boden besteht aus blanken Holzdielen, auf denen vereinzelt runde und eckige helle Teppiche liegen. Eine gesamte Wand ist voller Bücherregale.

Anscheinend ist dies eine uralte Bibliothek, und dennoch ist die Moderne präsent. Es gibt einen Fernseher, eine Bar in einem Sideboard; die Möbel sind zwar auf alt getrimmt, entsprechen aber dem Zeitgeist dieses Jahrzehntes.

»Das ist …«

»… die Bibliothek, richtig.«

Wunderschön, wollte ich eigentlich sagen ... »Okay«, murmele ich stattdessen.

Ich lasse mich auf das ausladende Sofa sinken, als der Butler schon wieder klopft. »Die Herrschaften werden noch einen Moment benötigen. Wünschen Sie in der Zwischenzeit eine Erfrischung?«

»Kaffee, Albert, und etwas Gebäck«, sagt Trevor gelangweilt.

»Albert?«, erkundige ich mich ungläubig, sobald der Butler gegangen ist.

»Albert.«

»So heißt mein Hund.«

»Ist mir bewusst.« Er verdreht die Augen. »Daran ziehst du dich hoch?«

»Nein, ich ziehe mich daran hoch, dass deine Eltern dich in der Bibliothek warten lassen.«

Er lächelt leicht. »Verwundert es dich?«

Darüber muss ich nicht lange nachdenken. »Nicht wirklich.«

Nervös verkrampfe ich meine Hände im Schoß. Kurz darauf bringt der Butler auf einem silbernen Tablett in silbernen Kännchen den Kaffee. Ich lehne ab, bin schon nervös genug. Genau genommen werde ich hier einfach reingeworfen. Und diese Geschichte ist ein bisschen größer, als sie es bei den C's war. Aber darauf wurdest du vorbereitet, genau darauf.

»Bleib locker«, sagt Trevor, der ebenfalls nichts anrührt. »Du kannst das.«

Ich antworte nicht, denn ich bin mir nicht so sicher.

Wir müssen eine weitere Viertelstunde warten, Minuten, in denen mein Gehirn jede Menge Horrorszenarien entwirft, bevor es ein weiteres Mal klopft.

Wieder ist es dieser Butler.

Wieder verzieht er keine Miene.

Wieder verbeugt er sich.

Und diesmal ist es der Overkill.

»Die Herrschaften sind nun bereit.«

Ohhhh Scheiße!

19. SCHLÖSSER, BURGEN UND EINHÖRNER

Charlie

Es geht die Treppe wieder hinab, zurück in diese riesige Eingangshalle.

Meine Füße sind wie Gummi, trotzdem funktioniere ich. Trevor ist immer an meiner Seite und scheint sich doch in seinem eigenen Film zu bewegen, denn sein Blick ist starr geradeaus gerichtet. Er läuft neben mir her, als wären wir Fremde, was wir strenggenommen ja auch sind.

Wir gehen an der Treppe vorbei in einen Gang, parallel zu dem, in welchem sich ein Stockwerk höher die Bibliothek befindet. Schließlich stehen wir vor einer weißen, mit allerlei kunstvollen Intarsien versehenen, mindestens vier Meter hohen Doppeltür mit goldenen Griffen. Daneben befindet sich ein Mann in Schottenrock und Barrett auf dem Kopf, der die Türen mit einer geübten Bewegung aufstößt.

Es ist … kein Thronsaal, aber viel fehlt nicht.

Mister und Misses Stuart sitzen in zwei Sesseln, die am anderen Ende des Raumes direkt vor einem riesigen Kamin platziert wurden. Sie ist dunkelhaarig, schön und um die vierzig; von ihm hat Trevor wohl seine Statur geerbt, denn Callum Stuart wirkt selbst in dem Sessel unglaublich groß.

Und muskulös. Und respekteinflößend.

»Ahh, Trevor«, sagt Erin Stuart aufgesetzt fröhlich, und Trevor lächelt auf so charmante Art, wie ich es noch nie an ihm erlebt habe.

Offen.

Fast herzlich.

Ich komme mir vor wie in einer besonderen Freakshow – als Trevor mir seinen Arm hinhält. Unterhaken – richtig – das habe ich auch bitter nötig.

»Tretet näher, nur keine Scheu«, sagt seine Mutter gutmütig. Daddy hat noch gar nichts gesagt, sondern versucht nur, mich mit seinem durchdringenden Blick aufzuspießen, was auch keine angenehme Erfahrung ist. Jeder Schritt fühlt sich an, als würde ich durch Sand waten, müsste mich schwerfällig vorankämpfen. Als wir bei ihnen ankommen, knickse ich selbstverständlich und sie hält mir ihre weiße Hand entgegen.

»Lernen wir uns endlich kennen, Trevor hat schon so viel von dir erzählt.« Ach echt? Wieso denn? Auf meinen ungläubigen Blick reagiert er nicht.

»Ich hoffe, ihr hattet eine angenehme Anreise?«

Ich nicke lächelnd. »Oh, ich habe den Flug sehr genossen. Schottland hat eine umwerfende Landschaft.«

Ihr Lächeln bleibt so unverbindlich wie bisher. Callum Stuart spießt mich noch immer mit seinem Blick auf und ich wende alles an, was ich je gelernt habe.

»Nun, es ist natürlich wundervoll, dass es dir hier gefällt. Schließlich wird dies deine neue Heimat, hier werden unsere Enkel aufwachsen.« Mir gefriert das Blut in den Adern, aber Trevor bleibt immer noch völlig gelassen.

»So?«, Sein Lächeln ist genauso ungetrübt wie das seiner Mutter und genauso falsch. »Wie ich dir schon gefühlt tausendmal mitteilte, kann ich aus London nicht weg, ich habe eine Firma zu leiten.«

»Natürlich, mein Lieber«, sagt sie mit dem ersten wirklich warmen Lächeln, seitdem wir den Raum betreten haben. »Aber wir wollen euch so häufig wie möglich sehen. Und spätestens, wenn …« Den Satz bringt sie nicht zu Ende. »Nun, wir werden sehen.« Als sie mich mustert, ist jegliche Wärme aus ihrem Blick verschwunden. Ich erfriere fast. »Wie wir hörten, lebst du auch noch nicht lange in der Hauptstadt?«

»Nein ich bin erst vor ein paar Monaten von Yorkshire nach London gezogen.«

»Aber du hast schon alles darangesetzt, um von dir reden zu machen.«

»Wie bitte?« Eine Antwort ist der nächste herablassende Blick.

»Callum, konntest du inzwischen dafür sorgen, dass diese grauenhaften Fotos aus der Presse verschwinden?«, wendet sie sich geziert an ihren Mann, und zum ersten Mal kommt sichtlich Leben in ihn.

»Man kümmert sich darum«, sagt er dunkel.

»Die Familie Stuart hält sich fernab von Skandalen und damit auch von der Klatschpresse. Das solltest du schnellstmöglich verinnerlichen, damit weitere Unfälle dieser Art unterbleiben«, teilt sie mir von oben herab mit.

Oh mein Gott. Ich sage besser gar nichts, ahne jedoch, dass mein Make-up nicht ausreicht, um zu vertuschen, dass mein Gesicht rot anläuft.

Gott, wie peinlich.

»Sollte es Fragen geben, können wir dir gern einen entsprechenden Lehrer zur Verfügung stellen. Allerdings versicherte uns dein Vater, dass deine Ausbildung keine Wünsche offen lässt.«

Ich räuspere mich. »Dem ist auch so, Ma'am. Ich weiß gar nicht, was in mich gefahren ist«, antworte ich leise und fühle mich immer schlechter.

»Nun, ich denke, jede Menge Alkohol, wenn man die Fotos eingehend betrachtet, was ich habe.« Na super, also weiß sie auch, wie meine Unterwäsche aussieht. Schön.

Sie richtet sich auf. »Sei es drum. Wir sind gerade damit beschäftigt, die Spuren weitestgehend zu beseitigen, was natürlich mit diesem Internet kein leichtes Unterfangen ist.«

Die Tür öffnet sich, der Butler durchquert mit großen Schritten den Saal und bleibt direkt neben Callum stehen. »Es ist nun angerichtet, Sir.«

Nach einer kurzen Verbeugung geht er wieder.

»Ich hoffe, ihr habt Appetit mitgebracht«, sagt Mrs. Stuart gezwungen heiter und streckt eine Hand nach Trevor aus, bei dem sie sich unterhakt.

Weshalb ich notgedrungen neben Mister Stuart aus dem Saal gehen muss.

Ich habe mich selten so unwohl gefühlt.

Oliver Cavendish war ungehobelt und von Natur aus unfreundlich, aber diese Mutter ist eine Schlange und der Vater ein Wolf ohne Schafspelz. Ihre Abneigung ist spürbar. Dabei haben sie mich ausgesucht, ich habe mich ihnen nicht aufgedrängt, warum tun sie nicht wenigstens so, als gäben sie mir eine Chance? Ich will hier ganz dringend weg und die Vorstellung, in dieser echten Gruft zu bleiben, ist wirklich beängstigend. Da würde ich lieber wieder im löchrigen Schloss einziehen.

Ich werde in einen riesigen Saal geführt. Vor einer übergroßen Tafel stehen in einer endlosen Reihe Stühle. Die vier Gedecke wurden an der Stirn und den ersten Plätzen davor aufgelegt. Der Boden ist spiegelglatt, die Decke kuppelförmig, die Wände überraschend hell, in den Nischen, die durch Mauervorsprünge um die Fenster gebildet wurden, stehen weiße Statuen. Links und rechts von der Riesentafel befinden sich gleich vier Bedienstete, alles Männer, die in ihren steifen Fracks unserem Herannahen mit unbewegten Mienen beiwohnen.

»Wir speisen im Festsaal?«, höre ich Trevor verwundert fragen.

»Nun, wir hielten es bei diesem hohen Besuch für angemessen. Ich hoffe, Charlotte weiß das zu würdigen.«

Ich senke den Blick und bleibe vor meinem Stuhl stehen, den Trevor zurückzieht und wieder ranschiebt, nachdem ich mich gesetzt habe. Auf die Tafelteller wurde ein silbernes Einhorn geprägt und auf dem silbernen Besteck befindet sich jeweils auch eines. Die Leute sind besessen von den Viechern, aber die Schotten waren in dieser Hinsicht schon immer seltsam. Die gesamte Historie ist voller Sagen- und Legendengestalten, die Hälfte davon spielt in den zahlreichen Mooren. Braveheart ist da wirklich das geringste Übel. Callum Stuart hat an der Stirnseite platzgenommen, er ist tatsächlich so groß wie Trevor, der an der eins neunzig schrammen muss, sein widerborstiges Haar liegt in dunklen Locken, die Augen befinden sich unter dichten Augenbrauen und die Lippen können anscheinend nicht lächeln. Genauso stelle ich mir einen schottischen Freiheitskämpfer vor. Einer von denen, die mit Braveheart ritten und trotzdem versagten. Misses Stuart dürfte ungefähr die Hälfte wiegen, sie ist kleiner als ich. Wenn sie harten Sex haben, zerbricht sie einfach, kommt mir der Gedanke und ich werde gleich wieder rot.

Zu allem Überfluss sitzt sie mir gegenüber und mustert mich mit ihren kühlen blauen Augen. »Was hast du in deiner Zeit in London noch so getrieben, Charlotte?« erkundigt sie sich, nachdem die Suppe aufgetragen wurde.

Bärlauch

Ich hasse Bärlauch, löffele jedoch artig, nachdem seine Majestät, der an der Stirnseite sitzt, den Löffel aufgenommen hat.

»Oh, ich habe mich häufig mit meiner Freundin getroffen.«

Sie spitzt die Lippen, während sie löffelt, während Trevor neben mir schweigend isst.

»Kenne ich sie?«

»Das weiß ich nicht. T…«

»Lass mich raten. Tessa McKenzie?«

Sie wirft ihrem Mann einen bedeutsamen Blick zu, bevor sie sich wieder mit mir visuell duelliert. »Das Mädchen war schon immer sehr schwierig, wir sind gut mit ihrem Vater befreundet, ein Derwisch, unerzogen, nicht zu bändigen. Kurzfristig war sie als Ehefrau für Trevor im Gespräch …«

Callum lacht trocken auf und Erin nickt. Mir fällt auf, wie Trevor kurz sein Besteck fester umfängt, sich aber sofort wieder in den Griff bekommt.

»Nun, wir holen uns nicht die Probleme ins Haus, wie es die Briten tun. Keine Diana, keine Fergie, wir präferieren die skandalfreien News.«

Ich senke den Blick, konzentriere mich ganz auf das Lamm, das gerade aufgetragen wurde.

Es tut mir so, so leid, Trevor.

»Dazu hätte ich auch noch das eine oder andere anzumerken.« Trevor lehnt sich zurück und fixiert seine Mom.

»Natürlich, Dear.« Sofort haben sich ihre Züge verändert, sind weicher, wärmer, auch wenn das Eis niemals ganz ihre Augen verlässt. »Wir haben unsere Pläne auch schnell revidiert. Dieses Mädchen ist kein geeigneter Umgang für dich, Charlotte. Ich werde einige Ladys bei dir vorsprechen lassen, mit denen du ab sofort deine Zeit verbringen kannst.«

Wie nett, aber ich suche mir meine Freunde immer noch selbst aus. »Oh, das ist sehr freundlich, danke.«

»Vielleicht solltest du die dir verbleibende Zeit in der britischen Hauptstadt nutzen, um dir die historischen Stätten zu vergegenwärtigen. Vieles hat auch mit unserer Historie zu tun.«

»Das werde ich, Ma'am. Natürlich.«

»Wir sollten ihr einen Sachverständigen an die Seite stellen. Auf mich macht sie einen empörend ungebildeten Eindruck. Beim ersten Interview dürfte sie untergehen.«

Trevors Vater sieht nur knapp von seinem Lamm auf. »Ich kümmere mich darum.«

Sie nickt und schneidet an ihrem Lamm herum, es wirkt, als wollte sie es noch mal töten. Das kleine, süße, flauschige Etwas, das für dieses Gelage sterben musste. Aus irgendwelchen Gründen brennen meine Augen, und das wahrscheinlich nicht nur wegen des toten Tiers. Die Scham frisst sich genauso durch mich, wie das Gefühl, absolut minderwertig zu sein. Hat Cam sich auch so gefühlt? Gott, ich will zu ihm.

So sehr … Was macht er überhaupt gerade? Schlürft er Cocktails am Strand? Hat er Sex mit Melody in einem riesigen Himmelbett? Denkt er überhaupt noch an mich?

»Und in der Firma läuft alles gut, Trevor?«

»Bei der letzten Aufsichtsratssitzung gab es keine Klagen«, erwidert Trevor gelassen, sein Blick ist eiskalt. »Die können dir sicher mehr sagen.«

»Ich frage aber dich.« Der Blick seines Vaters steht ihm in nichts nach. »Der Auftrag von Dekarty steht noch immer aus.« Sein Stuhl ist ein wuchtiger, sichtlich uralter, dessen Sitzfläche nicht aus Polster besteht, sondern aus grünem Leder. »Wir brauchen ihn unbedingt.«

»Ich arbeite daran, in letzter Zeit war der Mann beschäftigt. Hochzeit hier, Flitterwochen da …«

»Die Planung der Hochzeit«, bläst Mom sofort ins gleiche Horn »dürfte doch wohl Misses Dekarty übernommen haben. Es sind Texaner, ein unglaublich grobschlächtiges Volk.« Sie schüttelt den Kopf. »Ich habe sie bei der Hochzeit beobachtet, ihre Söhne schienen sich zu langweilen.«

»Wir alle haben uns gelangweilt«, teilt Mister Stuart ihr mit und trinkt einen Schluck von seinem Rotwein. Mich verwundert, dass er keinen Zinnbecher mit jeder Menge eingeätzten Einhörnern hat. Es würde zu dieser Vorstellung passen.

»Ja, aber niemand sonst hat es sich anmerken lassen.« Ihr Blick bohrt sich wieder in mich. »Wir wissen von deiner Vergangenheit mit diesem Cavendish, Charlotte«, teilt sie mir schneidend mit.

Natürlich, das musste ja kommen.

»Selbstverständlich war die Ehe nicht deine Entscheidung und dein Vater hat seinen Fehler längst eingeräumt.«

»Natürlich hat er das«, ätzt Callum von seinem Thronstuhl. »Die Optionen hatten sich bedeutend verbessert. Er hat das Ruder noch einmal herumgerissen.« Mir wird übel. So schlecht.

»Und er hat es formvollendet gemacht.« Als sie mich diesmal ansieht, hat sich wieder etwas Wärme in ihre Augen eingeschlichen. »Mit Sicherheit bist du froh, dass sich die Dinge für dich zum Guten gewendet haben.«

Ich. Kann. Darauf. Nicht. Antworten. Es geht nicht. Jetzt brennen nicht nur meine Augen, sondern auch mein Herz. Es steht in Flammen.

Ich halte mich an meinem Messer fest, sehe sie an, weil das so erwartet wird, und stelle mir dabei vor, wie ich sie mit dem Messer angreife. Es muss ja nicht gleich blutig werden, sie soll nur endlich schweigen. Bitte, kann sie endlich schweigen?

»Das will ich wohl meinen«, lässt Callum verlauten.

»Wie gut, dass du nicht mit diesem ungehobelten Amerikaner verheiratet bleiben musst. Vor allen Dingen …« Sie hebt eine Braue. »Braune Babys. Ich weiß nicht, was Cavendish sich dabei gedacht hat.« Hat sie das gerade wirklich gesagt? Ich kann fühlen, wie mir das Blut aus dem Gesicht weicht, als der Sinn der Worte einsinkt. Daran habe ich noch nicht gedacht. Was, wenn mein Baby dunkel ist? Wie soll ich denn dann verheimlichen, wer der Vater ist … oh mein Gott, mein Herzschlag hat sich beschleunigt, mein Atem zieht binnen Sekundenbruchteilen nach. Ich glaube, ich übergebe mich gleich einfach.

»Was wohl?«, hat Callum Stuart einzuwerfen. »Er hat den Verstand verloren, als damals dieses nubische Modell in sein Leben trat. Kam schnell wieder zu sich, aber da war das Kind schon unterwegs. Ein paar geistlose Wochen und ein Leben lang die Reue.«

Sie schüttelt den Kopf. »Nun ja, wie auch immer, jetzt ist er bei dieser Texanerin, und ich fand, sie haben ein schönes Paar abgegeben, nicht wahr?«

Das Rauschen in meinen Ohren wird immer lauter. Immer überwältigender.

»Sehr begeistert wirkte er nicht«, wirft Callum ein. »Keine Erziehung, keine Klasse, die Hälfte der Gene reichen nun mal nicht. Ich hätte ihn gar nicht derart in die Öffentlichkeit gezerrt, hätte ihn irgendwo versteckt und niemals hervorgeholt, schließlich ist er der lebendige Beweis für einen peinlichen Fehlgriff.«

»Ja, man sagt ihm renitente Tendenzen nach. Trevor, du hast ihn doch beschäftigt, kennst ihn näher …«

»Beschäftige ihn, Präsens«, wirft Trevor in seinem ewig gleichmütigen Ton ein. Aber er hat sein Besteck längst abgelegt und mustert seinen Vater warnend. »Er ist mein bester Freund.«

»Dann bist du nicht sehr sorgsam bei der Wahl deiner Freunde.«

»Wir kennen uns aus meiner Zeit in New York.«

»Callum, ich habe dir gesagt, dass wir ihn besser im Auge behalten sollten.«

»Jeder junge Mann muss sich die Hörner abstoßen«, wird Misses Stuart von ihrem Gatten zurechtgewiesen, und mein Magen verkrampft sich immer heftiger und heftiger. Der

Esstisch beginnt, sich zu drehen und der Schweiß bricht in meinem Nacken aus. »Niemand konnte ahnen, dass er seine Freunde gleich mitbringen würde. Entferne ihn aus meiner Firma. Das bringt nur Unglück in Anbetracht …«

Unglück. Aus der Firma entfernen. Wie reden diese Menschen eigentlich über Cam?

»Denk noch mal darüber nach«, erwidert Trevor nicht mehr ganz so kühl und gelassen. »Er ist mit einer Dekarty verheiratet, sie hat ihren Vater überredet, uns zu beauftragen, weil Cam für uns tätig ist. Alles steht und fällt mit seiner Zugehörigkeit zur Firma. Und damit …« Er lächelt leicht in die Runde. »… ist er der Mitarbeiter des Jahres.«

Stuart grunzt nur, das Geräusch scheint wie aus weiter Ferne zu kommen. Mein Stuhl scharrt, als ich aufstehe. »Es tut mir leid, ich muss …«

Zu mehr bleibt mir schlicht keine Zeit, bevor ich aus dem Raum stürze, eine Hand vor meinem Mund. Denn mein Magen hebt sich endgültig. Einer der Frackmänner folgt mir, der die Lage sofort erkennt und mir den Weg zu den Toiletten weist.

Es ist nicht weit. Und deshalb, nur deshalb, bleibt uns allen heute der ganz große Skandal erspart.

Als ich vor der vergoldeten Schüssel hocke und das arme Lamm vermischt mit der Bärlauchsuppe wieder hervorwürge, kommen endlich die Tränen. Ich kämpfe nicht dagegen an, ich pfeife auf mein Make-up, ich lasse sie laufen, denn ich kann mich einfach nicht mehr beherrschen. Diese Menschen sind so grausam! So widerlich!

Und das soll ich ab jetzt immer ertragen?

Wie soll das gehen?

Danach lehne ich die Stirn gegen die kühlen Fliesen.

Diesmal wird Tessa mich nicht finden, denn Tessa spricht nicht mehr mit mir. Und Trevor wird sich hier nicht reinwagen. Der Mann ist von seinen Eltern genauso gefesselt, wie ich es von meinen bin. Er kann nichts tun und er wird auch nichts tun.

Somit bin ich allein.

Oh Gott, ich bin allein.

Oh mein Gott, ich bin so verdammt allein.

Ich schluchze trocken auf und wische mir hilflos die Tränen von den Wangen.

Ich will Albert.

Und vor allem will ich Cam.

JETZT!

Beide bekomme ich nicht, nur Trevor, denn plötzlich öffnet sich die Tür und er tritt einfach ein. Ich hatte keine Zeit mehr zum Absperren. Er lehnt sich für ein paar Sekunden tatsächlich mit dem Rücken gegen das Holz und scheint sich sammeln zu müssen. Tief atmet er durch, während er das Hemd rabiat an seinem Hals aufreißt. Dabei wirkt er, als würde er gleich Amok laufen, was leider auch keine Lösung wäre. Ein paar angespannte Sekunden vergehen, während derer er nichts sagt. Als er die Augen wieder öffnet und sich abstößt, wirkt er schon viel gefasster. Er sinkt vor mir in die Hocke und packt völlig unvermittelt meinen Kiefer. Nur schwerfällig pendelt sich mein Blick auf ihm ein.

»Du willst, dass dieses Baby lebt?«, fragt er barsch.

Ich kann nur völlig benebelt nicken. Natürlich will ich das!

»Du willst, dass Cam nicht nochmal eingekerkert wird?«, erkundigt er sich weiter und ich ziehe die Brauen zusammen. »Antworte!«, knurrt er und drückt meinen Kiefer fester.

»Natürlich!«, fahre ich ihn an, als Schmerz mich durchzuckt, aber er lässt mich nicht los. Unerbittlich hält er mich weiter fest.

»Dann musst du dich jetzt zusammenreißen. Du darfst dir so etwas nicht erlauben, du darfst keine Schwäche zeigen, denn sie werden sie gegen dich nutzen. Ich dachte, das wüsstest du.«

»Sie sind widerlich«, zische ich und er lacht hart auf.

»Ich weiß. Aber wen schert es? Sie können sich alles erlauben und du wirst es ertragen.«

»Ich kann nicht«, jammere ich. »Ich kann doch so nicht mein restliches Leben verbringen.«

»Du kannst!«, knurrt er und bohrt seinen Blick noch heftiger in meinen. »Du kannst und du wirst. Du bist viel stärker als du denkst. Du musst nur während der Anfangszeit durchhalten. Ich verspreche dir, es wird besser werden.«

»Das glaube ich nicht!«, rufe ich unwirsch aus und fühle, wie die Tränen heißer in meinen Augen brennen.

»Es ist aber so. Eines Tages wird das alles hier keine Bedeutung mehr haben. Dann, wenn du Königin bist. Dann wirst du die Befehle geben und dann kann dir keiner mehr was. Vertrau mir.«

Vertrauen. Vertrauen. Vertrauen.

Ich kann ihm aber nicht vertrauen.

Ich kenne ihn doch gar nicht.

Genauer mustere ich ihn. Sein Blick brennt, wie er noch nie gebrannt hat, und mit einem Mal kippt die Stimmung zwischen uns. Ich weiß nicht, was es ist, ich weiß nicht, was mich mit einem Mal so atemlos macht.

»Es wird alles gut«, verspricht er leiser und streicht mit seinem Daumen hauchzart über meine Wange und tatsächlich gibt es diesen einen Teil in mir, der ihm glaubt.

Plötzlich sehe ich Trevor mit anderen Augen, ich sehe einen starken Mann in ihm, einen guten Mann, einen Mann, der mich auffängt, wenn ich am Boden liege. Einen Mann, der mich beruhigt, wenn ich nicht mehr weiterweiß. Einen Mann, mit dem das alles vielleicht gar nicht so schlimm wird, wie es momentan wirkt, mit dem ich es vielleicht schaffen kann.

Als er merkt, dass ich mich langsam beruhige, nickt er nachdrücklich und ich atme aus.

»Gut«, murmelt er und senkt den Blick auf meinen Mund.

Mein Atem stockt, genau wie mein Herz.

»Nicht«, hauche ich und sofort verschließt sich sein Gesicht wieder, sofort wirkt er wieder kalt und kontrolliert.

»Wie du willst«, murmelt er und erhebt sich.

Ist seine Stimme gerade rauer geworden?

Was will er von mir? Wieso tut er das?

Das müsste ich ihn fragen, aber ich kneife aus Angst vor der Wahrheit und ergreife seine Hand als er sie mir reicht. Das wackelige Gefühl, sobald ich auf den Füßen stehe, ist nicht verschwunden. Ich weiß nicht mehr, was ich denken soll und ich will plötzlich nichts weiter als Cam. Ich muss mich bei ihm melden. Ich muss mit ihm reden. Er muss mich wieder ordnen, muss das Chaos in mir zurechtrücken, ob als James oder Cameron ist mir völlig egal.

Ich brauche ihn einfach und es reicht mir!

Trevor richtet mein Haar und streicht mir die verschwitzen Strähnen über eine Schulter zurück.

»Du bist eine umwerfende Frau, Charlotte. Selbst, wenn du am Boden bist, und dort wirst du nicht bleiben. Gehen wir.«

Ich nicke zittrig. Er hat recht, ich muss mich zusammenreißen und diesen Tag ohne weitere Zwischenfälle überstehen. Für Cam. Für unser Baby. Und für den Moment kommt es mir auch gar nicht mehr so schlimm vor, als Trevor meine Hand in seine Armbeuge zieht und mich aus der Toilette führt.

Mit einem Mal glaube ich, es wirklich schaffen zu können, all die neuen Hürden, die mein Vater mir in den Weg gerollt hat, irgendwie zu überwinden.

Aber nicht ohne Cam.

Niemals ohne Cam.

Callum Stuart

»… alles in allem nicht sehr belastungsfähig. Und was das eben zu bedeuten hat …«

Ich mustere meine Frau, welche die Augen verdreht. »Wer weiß?« Sie zuckt mit den Schultern. »Auf jeden Fall sorgt er sich um sie. So kommt zusammen, was zusammengehört.«

Ich lache auf. »Weil Seymour das so will.«

»Wenn du mich fragst, sind sie mit ihr nicht sonderlich freundlich umgegangen. Ihr erst den einen, dann den anderen Mann vor die Nase zu setzen ...« Sie schüttelt den Kopf. »Jetzt ist es, wie es ist.«

»Magst du sie?«

»Ist das von Bedeutung? Sie ist ihrer Aufgabe gewachsen, sie ist hübsch, ganz offensichtlich haben sie sich schon viel näher kennengelernt, als wir dachten.«

»Du meinst …«

»Eine junge Frau, die vom Esstisch wegstürmt …«

»Eine junge Frau, die monatelang verheiratet war …«

»Und ihren Ehemann verabscheut hat«, widerspricht sie sofort. »Du hast George gehört, und wenn du ihm nicht glauben willst, dann Oliver. Er ist widerlich, da sind wir uns einig, aber er wurde auch nie müde, sich über seine Schwiegertochter zu beklagen. Anscheinend hat sie sich mit allen ihr zur Verfügung stehenden Mitteln gegen diese Vereinigung gewehrt. Er wollte einen Enkel, nun, sie hat ihm keinen geschenkt. Angeblich waren sie nie zusammen.«

»Angeblich.«

Sie verdreht die Augen. »Wir beide haben das aktuelle Gesundheitszeugnis gesehen, das war vor zwei Monaten, da waren sie schon getrennt. Ganz offensichtlich hat sie danach auf Trevors Werben reagiert.«

»Ich bin ja schon erstaunt, dass er dazu überhaupt imstande ist«, brumme ich. »Umso besser, wenn sie miteinander klarkommen.«

»Genau das will ich damit ausdrücken. Wer weiß, vielleicht ist sogar schon der Enkel unterwegs.«

»Genau, wer weiß. Nun muss alles andere auch noch funktionieren.«

»Das wird es. Nach dem heutigen Tag bin ich davon überzeugt.«

Überrascht sehe ich auf. Das aus dem Mund meiner stets so pessimistischen Frau ist ein Wunder.

»Dann sollte ich es wohl auch sein.«

»Das solltest du.«

Ich ringe mir ein seltenes Lächeln ab, beobachte sie eine Weile und schüttele innerlich den Kopf. Meine Frau ist in gewissen Dingen so blauäugig und weltfremd. Nun, ich bin es nicht, und ich werde mir garantiert kein fremdes Ei ins Nest legen lassen.

Besonders nicht in meines.

20. EIN UNERWARTETER LICHTSTRAHL

Cam

Jetzt ist es offiziell.

Ich hasse diese Frau.

Ich hasse ihr Gesicht.

Ihre Haare.

Ihren Körper.

Ich hasse ihr Lachen.

Ich hasse ihre Stimme.

Ich hasse ihre Fingernägel und vor allem hasse ich ihre Berührungen.

Inzwischen ist Melody von den Malediven zurückgekehrt. Gebräunt, scheinbar entspannt, aber in ihrem Inneren unentwegt am Wüten. Wenn ich ihr Gekeife richtig interpretiere, ist sie sauer, weil ich sie nicht in die Flitterwochen begleitet habe.

Ich lausche ihr immer nur halb, weil meine Trommelfelle auch nicht ewig belastbar sind. Während sie wütend und drohend auf ihren Heels durch das Haus stöckelt, und stellvertretend das Personal zusammenscheißt, wenn ihr Theater bei mir mal wieder so gar keine Wirkung zeigt.

Ich werde schon sehen, was ich davon habe.

Ja, ja.

Außerdem benehme ich mich kindisch.

Mit Sicherheit.

Sie hätte gedacht, ein Duke wüsste, wie er sich zu verhalten hat.

Ich weiß gar nicht, was sie hat. Meiner Ansicht nach benehme ich mich genauso, wie ein Duke sich in meiner Situation zu benehmen hat. Ich halte mich nämlich zurück.

Sehr.

Denn ansonsten wäre sie längst tot.

Nach ein paar Tagen resümiere ich, dass sie das Klischee erfüllt, denn bevor sie verheiratet war, war Melody eine schöne, sexy Frau, jetzt geht sie mir nur noch auf die Nerven.

Deshalb habe ich die letzte Nacht in meinem Arbeitszimmer verbracht. Die Tür war verschlossen und nach einer Weile hat sie sogar aufgehört zu klopfen. Wenn ich ihren Aufschrei richtig interpretiert habe, nachdem sie sich einen Fingernagel abgebrochen hatte.

Ich schlief auf der Couch, mit einer Flasche Whisky. Von Trevor. Trevor, der meine Frau vögelt. Oder? Er hat zwar versprochen, Charlie nicht anzufassen, aber wir beide wissen, dass er das nicht für immer durchhalten wird. Diese verfickten Briten sind altmodisch und sie wollen Nachkommen. EIGENE Nachkommen. Also werden die beiden irgendwann miteinander schlafen müssen. Er wird sie anfassen. Sie wird …

Nein, nein, nein.

Ich steigere mich jetzt nicht schon wieder rein, sonst ersaufe ich noch unter dem Duschstrahl. Ich muss heute wieder arbeiten, es ist meiner erster Tag nach der Auszeit. Während Melody in den Flitterwochen war, lag ich auf der Couch und habe mich betrunken. Selbstverständlich werde ich nicht aufhören, für Trevor tätig zu sein, ihm noch mehr Waffen in die Hand geben, noch mehr Schwäche demonstrieren, noch mehr unter Beweis stellen, was für ein jämmerlicher Versager ich bin. Stattdessen werde ich ihm Tag für Tag in die Augen sehen und ihn daran erinnern, wem Charlie gehört. Ich werde mich nicht wie ein Feigling zurückziehen und ihm einfach das Spielfeld überlassen.

Ich werde kämpfen. Soweit ich kann.

Heute ist die Schonfrist vorbei, heute muss ich mich dem stellen, muss mich rauswagen, muss meine Geduld pushen und den nächsten massiven Anschlägen aussetzen.

Was bedeutet, dass ich endlich aus dieser Dusche steigen und mich anziehen muss. Also stelle ich das Wasser ab und verlasse die Kabine. Nachlässig schlinge ich ein weißes Handtuch um meine Hüften. Ich mag nicht, was ich im Spiegel sehe. Kann den Kerl nicht ausstehen, der die Frau, die er liebt, nicht schützen konnte. Der sich einfach so ergeben hat, anstatt zu kämpfen. Um sein Leben. Um sein Glück. Fuck auf das bisschen Widerstand, das bisschen Provokation, am Ende hat es nichts geändert. Es gibt keinen Weg aus dieser Falle … Es …

Als mein Handy vibriert, stoppe ich mit meinem mentalen Folterprogramm, werfe einen Blick auf das Display und traue meinen rotunterlaufenen Augen nicht.

C: James?

Ich fasse es nicht.

Nach Wochen der Funkstelle schreibt sie ausgerechnet IHM!

Nicht etwa mir.

Was zur Hölle soll das?

Ich ging fest davon aus, sie wüsste längst, dass ich James

bin. Deshalb doch das ganze Theater von wegen: »Du musst sie heiraten. Es ist zu viel geschehen. Bla, bla«. Deshalb sitzen wir doch in der Scheiße. Jedenfalls dachte ich das und habe anscheinend mal wieder nur meine Dämlichkeit bewiesen.

Ist sie etwa wegen Melody so sauer? Sie werden ihr garantiert erzählt haben, dass ich sie schon während unserer Ehe gevögelt habe, um sie gegen mich aufzubringen. Das ist das Grausamste an der ganzen grausamen Geschichte, dass wir keine Gelegenheit hatten, zu reden. Uns auszutauschen.

Verdammt, wir müssten nur einmal offen miteinander sprechen können, damit jeder weiß, wo der andere wirklich steht. Aber das ist ja unmöglich, weil unsere Väter verkappte Irre sind, die uns nicht zusammen sein lassen.

Weiß sie doch nicht, dass ich die ganze Zeit James war?

Könnten wir unsere Affäre vielleicht sogar irgendwie fortführen? Jetzt habe ich Melody geheiratet und spätestens, wenn Charlie unter der Haube ist, werden sich unsere Alten entspannen. Wir könnten uns wieder treffen. Ich könnte sie wieder berühren und ich könnte ihr endlich die verfickte Wahrheit sagen. Allein die Aussicht darauf lässt die Sonne in mein Leben zurückkehren und mein Herz viel schneller schlagen – womit es aus dem Komastatus herauskommt.

J: Ja?

Ungeduldig starre ich auf das Display, während meine Finger auf dem weißen Marmor des Waschtisches trommeln. Vielleicht wird sie mich jetzt mit Großbuchstaben anbrüllen, vielleicht gar nicht mehr antworten. Vielleicht… wieder vibriert das Handy.

Charlie: Wie geht's dir?

Oha.

Wen meint sie? Ihn? Mich? Oder ist das Smalltalk?

J: Gut und dir, Kleines?

Wieder dauert es ein paar Momente, aber schließlich tippt sie.

Charlie: Nicht so gut.

Fuck!

J: Wieso?

Charlie: Das hier zu erklären, würde sämtliche Speicherkapazitäten auslasten.

Sie verwirrt mich vollends, aber wenigstens das ist ja nichts Neues. Zeigt sie mir eine Option auf?

Uns?

Ist das der Beginn von … von etwas, das nicht NICHTS ist, mit dem ich bisher zurechtkommen musste?

Schon breiten sich vor mir ganze Lebensläufe als James aus. Fuck, in dem Moment, als ich dachte, er wäre elendig krepiert, erwacht der Kerl wieder zum Leben, steht grinsend in der Ecke und ist Cameron so verdammt überlegen.

J: Kann ich dir helfen?

Charlie: Ja.

Mein Herz vollführt einen Hüpfer.

J: Wie?

Fast werfe ich mein Handy ins Klo, als sich die Badtür mit einem Mal öffnet und Melody hineinschlurft. Nach dem Schlafen sieht sie keineswegs so perfekt aus, wie es normalerweise der Fall ist. Die ersten Falten haben sich bereits in ihr Gesicht gegraben, ihre Augen wirken nur halb so groß und ihre Lippen bei Weitem nicht so voll. Das schwarze Haar ist ein einziges Chaos und ihr Blick glasig.

»Oh«, macht sie, als würde sie nicht mit ihrem Mann in ihrem Bad rechnen. Gelassen lege ich mein Handy weg, achte aber darauf, dass es sich sperrt. Was ich jetzt gar nicht gebrauchen kann, ist Melody, die von irgendetwas Wind bekommt.

»Oh?«, erkundige ich mich mit erhobener Braue und greife nach der Zahnbürste.

»Ich dachte nicht, dass du schon wach bist«, nuschelt sie etwas angepisst. Sie mag es nicht, wenn sie irgendjemand in diesem Zustand sieht. Selbst wenn sie sich nur wenig schminkt und auf natürlichen Look macht, sitzt doch jede Strähne perfekt.

»Ich gehe ab heute wieder arbeiten«, teile ich ihr mit und schiebe mir die Bürste in den Mund.

»Ach stimmt. Bei Trevor?«

»Ja, bei Trevor.« Ich folge ihr mit dem Blick durch das Bad.

»Ich dachte, du hättest ein Problem damit«, murmelt sie und streift das Negligé ab, offenbart mir ihren perfekten Körper. Selbstverständlich erwachen Teile von mir zum Leben, die ich gerade gar nicht gebrauchen kann. Selbstverständlich will ich Sex, harten Sex, befriedigenden, kompromisslosen Sex. Ein Stück weit bin ich überzeugt, dass sie selbst jetzt spielt, mich herausfordert, mir zeigt, was ich bei dieser erzwungenen Hochzeit gewonnen habe.

Was mein Preis ist.

Doch ich werde widerstehen, werde all meinen Frust nicht an ihr rauslassen, denn sie ist nicht Charlie, sie kann nicht befriedigen, was direkt aus meiner Seele strömt. Das frustriert mich nur noch mehr. Ich dachte, ich würde mich vielleicht daran gewöhnen, mit Melody verheiratet zu sein, aber ich lag falsch. So falsch.

»Ich habe kein Problem damit«, teile ich ihr mit und schrubbe meine Zähne etwas rabiat.

»Weißt du eigentlich schon, wann sie heiraten werden?«

»Nein«, knurre ich und spucke aus, während sie die Duschkabine öffnet.

»Nächsten Monat schon.«

Fast fällt mir alles aus der Fresse, dabei hätte ich wissen müssen, dass man auch bei den beiden keine Zeit verlieren wird.

»Aha.« Aggressiv wasche ich mir das Gesicht und kämme mein Haar, welches glücklicherweise endlich etwas gewachsen ist. Ich werde mich heute nicht rasieren, denn das würde bedeuten, noch länger in diesem Raum zu bleiben.

Bei ihr.

»Vielleicht sollte ich mich revanchieren und Charlies Brautjungfer werden«, überlegt Melody und tritt unter die Dusche. Ich mag es nicht, wenn sie Charlies Namen in ihren dreckigen Mund nimmt. Kaum aufgewacht, versucht sie, mich zu provozieren. Ich mag diese Frau einfach nicht. Ich hasse sie sogar. Hatte ich das schon mal erwähnt?

Heute werde ich nicht auf diese Provokation eingehen,

denn ein heimlicher Lichtblick hat meinen Horizont erhellt.

»Mach doch«, antworte ich gelassen und gehe endlich aus dem Bad, denke allerdings daran, mein Handy mitzunehmen.

Charlie hat geantwortet.

C: Können wir uns treffen?

JA!

Ja, Baby, das können wir. Das müssen wir sogar, denn ich werde wahnsinnig ohne dich.

J: Sicher.

C: Im Hotel?

J: Sag mir nur wann.

C: Heute Abend?

J: 8:00 pm.

C. Okay.

…

C: James?

J: Ja?

C: Das heißt zwanzig Uhr. Nur zur Info.

Mit einem Mal kann ich wieder atmen. Was für ein fucking perfektes Gefühl.

21. UND HIER STEHEN WIR …

Charlie

Ich habe Cam geschrieben, besser gesagt James. Cameron kann ich nicht ertragen – oder will es nicht, da bin ich mir noch nicht so einig. Auf jeden Fall habe ich einige Dinge mit ihm zu klären. Das letzte Mal ging ja völlig schief. Anstatt mit ihm zu reden und endlich alles rauszulassen, hatte ich Sex mit ihm. Phänomenalen Sex. Heißen Sex. Unvergesslichen Sex. Sex, an den ich in den letzten Tagen immer wieder gedacht habe.

Selbstverständlich musste ich an diesem schwarzen Tag in Schottland wieder zurück zu meinen zukünftigen Schwiegereltern und ich kann sagen, sie waren garantiert nicht von mir begeistert.

Während ich mich in Smalltalk übte oder einfach nur still dasaß, ertappte ich mich dabei, dass meine Gedanken immer wieder zu Cam abschweiften. Ich weiß zufälligerweise, dass er heute seinen ersten Arbeitstag hat. Es war, als wären die letzten Barrieren gefallen, als wäre damit ein »Go« ausgesprochen worden.

Das Go, das mich endlich wieder atmen lässt, nachdem ich gefühlt wochenlang die Luft anhalten musste.

Ich dachte nicht nach, ich diskutierte auch nicht mehr mit meinem ängstlichen Teil, ich tat es einfach.

Und er hat doch tatsächlich mit JA geantwortet. Als hätte er mich nie verarscht, als wäre er wirklich James und kein verlogener Bastard. Damit hat er mich so wütend gemacht, dass ich fast explodiert wäre und ihm einfach alles in den Chat gebrüllt hätte.

Mit GROßBUCHSTABEN!

LAUT!

Ihm hätten die Ohren geklingelt, versprochen.

Aber das geschah nicht, weil ich mich nämlich unter Kontrolle habe und die kalkulierte Rache noch immer die süßeste ist. Diesmal werde ich den Spieß umdrehen.

Dies bedarf einiger intensiver Vorbereitungen, denn ich muss umwerfend aussehen, schließlich habe ich es mit wirklich harter Konkurrenz zu tun. Seine Frau ist ja ach so perfekt. Ihre Sozialen Medien sind ja ach so ansprechend und sie ist ja sooooo unglaublich schön. Ihre Flitterwochen waren ein Traum, nicht wahr? Cam sah ja soooo entspannt aus, als er mit ihr am Strand lag und er sie beim Abendessen mit Sonnenuntergang auf die Wange küsste. Oder als er mit seinem Kaffee auf der Terrasse stand und die Sonne aufging. Oder als er so verschlafen im Bett zu ihr hochlächelte. Wahrscheinlich hat sie ihn zu all diesen Bildern mit vorgehaltener Waffe gezwungen. Trevor glaubt auch nicht, dass Cam plötzlich mit ihr glücklich ist. Ja, ich bin noch wütend auf ihn, ein Teil von mir hasst ihn sogar dafür, dass er nicht ehrlich zu mir sein konnte. Trotzdem gefällt es mir gar nicht, dass irgendein Miststück ihr widerliches Spiel mit ihm treibt. Das hat er nicht verdient. Okay, er hat es schon verdient, aber wenn schon ein Miststück mit ihm spielt, dann sollte ich das sein, verdammt nochmal und nicht irgendeine Tussi aus

Amerika, die sich für die Queen hält. Sie ist nicht mal Britin! Pah!

Jetzt habe ich mich doch wieder reingesteigert.

Aggressiv wische ich den Lippenstift von meinem Mund. Mir reicht es jetzt. Sogar beim Schminken blockiert die Schlampe mich; ich sehe aus wie der Joker aus Batman. Bedachter lege ich den Lippenstift wieder auf und lächle, als er perfekt meinen Mund bedeckt. Cam mag ihn besonders, das weiß ich, weil er die Finger nicht von mir lassen konnte, wenn ich ihn trug. Besonders gern mochte er es, wenn ich so vor ihm kniete und …

Nein! Nein, ich werde jetzt nicht an Sex denken. Ich habe wirklich andere Probleme – wie zum Beispiel meinen undurchsichtigen Verlobten. Ich treffe mich auch nicht mit Cam in diesem Hotelzimmer, weil ich mit ihm schlafen will. Diesmal nicht. Diesmal werden wir einfach nur reden, und nichts weiter!

Nichts.

Weiter.

Das steht so felsenfest wie … na ja, fest eben.

Endlich werde ich ihm all das sagen, was ich die ganze Zeit sagen wollte. Werde es in sein schönes Gesicht zischen und …

Ich zucke zusammen, als die Tür zu meinem Schlafzimmer aufschwingt und Trevor eintritt. Alles in allem haben sich seine Eltern an jenem Tag zusammengerissen, jedenfalls kamen keine spitzen Bemerkungen mehr. Wahrscheinlich hat er in meiner Abwesenheit ein Machtwort gesprochen. Offenbar fühlt er sich für mich verantwortlich, denn er kommt in letzter Zeit immer wieder mal vorbei. Viele würden meinen, er kontrolliert mich und ich meine das auch. Aber er tut so, als wäre es selbstverständlich, nach seiner

Verlobten zu sehen. Wir gehen oft aus, sorgen dafür, dass man uns zusammen sieht und wirken dabei ja ach so glücklich. Genau genommen unterscheiden wir uns nicht sonderlich von Melody und Cameron, denn ich kann auch Instagram!

Blöde Bitch!

»Und?«, fragt er als er nach einer Erdbeere aus dem Schälchen neben mir greift und hineinbeißt. Neuerdings habe ich Lust auf Obst, so viel Obst, dass ich fast platze. Das habe ich dem Baby zu verdanken, das trotz der grausigen Umstände wächst und gedeiht. Vorgestern war ich wieder mal beim Frauenarzt. Tessa war nicht dabei, denn Tessa redet kein Wort mehr mit mir. Auch Trevor hat mich nicht begleitet, ich bitte ihn nicht darum und er drängt sich mir nicht auf. Der Einzige, den es neben mir etwas angeht, weiß immer noch nichts davon, dass er Vater wird, weshalb er auch nicht an meiner Seite war. Ganz allein saß ich auf diesem Stuhl, während die Ärztin den Ultraschall machte, und wünschte mir, Cam könnte sehen, was ich sah. Sobald ich mich dabei erwischte, habe ich mich eine dumme Gans geschimpft und ging danach einen Obstbecher essen. Irgendwie muss ich ja über all das hinwegkommen und mit Eis und Obst kann ich es wenigstens versuchen.

»Und was?«, frage ich Trevor verspätet, der die oberen Knöpfe seines dunkelgrauen Hemdes öffnet und die Ärmel hochkrempelt. Gemächlich lehnt er sich an die Kommode hinter mir und visiert mich über den Spiegel an. Sein Blaugrau wirkt ruhig, und das, obwohl er heute wieder mit Cam zusammengearbeitet hat. Hat es ihn gar nicht aufgewühlt? Will er mir nicht erzählen, wie es war? Oder lauert er nur darauf, dass ich mich nach genau diesen Dingen erkundige? Was ganz sicher nicht passieren wird.

»Hast du deine Sachen gepackt?« Ohne mich aus den Augen zu lassen, kaut er auf seiner Erdbeere, die seine Lippen noch röter gefärbt hat. In solchen Momenten frage ich mich, was er denn nur von mir will. Die Fronten zwischen uns sind doch geklärt, oder ahnt er, dass ich in Begriff bin, eine Dummheit zu begehen?

»Ja, habe ich.« Morgen werde ich zu Trevor in sein Londoner Stadthaus ziehen. Das Haus, in dem ich das erste Mal Sex mit Cam hatte und in dem Trevor Gangbang-Partys abhält. Übrigens auch das Haus, in dem er Tessa kennengelernt hat. »Hast du was von Tessa gehört?«, erkundige ich mich beiläufig und wende mich wieder dem Spiegel zu, um ein paar Wimpern zu korrigieren. Ich werde mich gleich mit Cam treffen, obwohl ich genau weiß, dass Trevor das nicht will. Er soll meine Nervosität nicht bemerken.

»Nein, das habe ich nicht«, erwidert Trevor leise und kommt auf mich zu. Ich versteife mich, denn das steht so nicht im Skript. Wir kennen unsere Rollen, wir kommen uns nicht näher, wenn niemand zusieht. Wieso also tut er es doch?

»Denkst du, sie wird sich melden?«, erkundige ich mich in dem peinlich durchschaubaren Versuch, ihn abzulenken.

Der natürlich misslingt.

»Nein.« Er legt mein welliges Haar über eine Schulter, berührt mich so sanft und selbstverständlich, als hätte er das schon immer getan und als hätte er jede Recht dazu.

Wieso. Macht. Er. Das?

»Was tust du da?«, erkundige ich mich vorsichtig.

»Ich richte das Haar meiner Verlobten und frage mich, wieso sie diesen Lippenstift aufgelegt hat«, murmelt er und stützt sich an meinem Schminktisch ab, bevor er sein Gesicht neben meines bringt. »Was hast du vor, Charlotte?«, fragt er dunkel und greift nach einer weiteren Erdbeere. Irgendwas in seinen Augen ist düster und gefährlich. Irgendwas sagt mir, dass ich mich einfach ins Bett legen und mich nicht mit Cam treffen sollte. Aber ich höre nicht darauf. Ich kann nicht.

»Ich treffe mich mit Annabelle.«

»Annabelle Harrington?«

Mist, er kennt den Namen. Ich zwinge mich, seinen Blick zu erwidern.

»Ja.« Sie ist eine alte Freundin, die mir heute ein Alibi geben wird. Ich hoffe, dass er nicht weiterbohrt.

Trevor schiebt sich die Frucht zwischen die Lippen und zieht sich wieder zurück. »Dann viel Spaß. Ich lasse solange schon mal ein paar Sachen ins Haus bringen«, verkündet er und schlendert zur Tür. Sein Duft umwölkt mich allerdings noch, die Drohung schwebt noch immer in der Luft. Ich muss ein paar Mal blinzeln, um wieder klar denken zu können.

»Danke«, antworte ich leise, da hat er mein Hotelzimmer längst verlassen. Ein komischer Mann, ein misstrauischer, ein ahnender, wenn nicht sogar wissender und damit ein gefährlicher Mann.

Nichts, worüber ich gerade nachdenken, mit dem ich mich beschäftigen kann.

Dafür habe ich noch sehr, sehr viel Zeit, aber dieser Tag ist für einen anderen reserviert.

Einen, der die älteren Rechte hat.

Lustigerweise war noch genau das Zimmer frei, welches Cam/James und ich früher auch immer genutzt haben.

Hat es eine Bedeutung?

Es sollte keine haben, aber das will ich nicht akzeptieren.

Alles fühlt sich schon wieder wie Schicksal an, als wären wir nicht Team »freier Wille«, sondern den Launen einer imaginären Macht unterworfen, die NICHT Gott ist.

Ich weiß derzeit nicht viel, aber Gott kann nicht hinter all dem stecken, was mir – uns – gerade widerfährt. So grausam kann ER einfach nicht sein.

Als ich das Hotelzimmer betrete, liegt kein Hauch von Sex und Cams Aftershave in der Luft. Es ist hell, die Jalousien nicht runtergelassen, eine Flasche Champagner steht auf dem niedrigen Couchtisch und der Spiegel enthüllt meine Gestalt in dem beigen Trenchcoat über dem weißen Kleid. Ich bin verdammt aufgeregt, denn ich kann mir nicht sicher sein, dass Cam kommen wird. Nach allem, was ich weiß, könnte auch Melody stattdessen in der Tür erscheinen und mir auf ihre süffisante Art mitteilen, dass sie alles weiß und, dass wir jetzt am Arsch sind. Auch gut möglich, dass mein Dad davon Wind bekommen hat, mit der halben Londoner Met hier auftauchen und diesmal gleich eine halbe Tonne Koks aus der Minibar zaubern wird. Dabei habe ich jede erdenkliche Vorsichtsmaßnahme getroffen. Das heißt, ich trug ein Kopftuch und eine Sonnenbrille, als ich hierherfuhr, ich checkte nicht unter meinem Namen ein, ich bin Umwege gefahren und ich habe Annabelle dazu gebracht, für mich zu lügen, falls jemand bei ihr nachhakt. Dafür decke ich sie das nächste Mal, wenn sie sich mit ihrem australischen Lover trifft. Es kann eigentlich nichts schief gehen. Aber was, wenn er mir doch jemand gefolgt ist? Was, wenn wir irgendwie abgehört und unsere Nachrichten gelesen werden? Was, wenn Cam auf dem Weg hierher irgendwas zustößt?

Ich steigere mich immer weiter in diverse Horrorszenarien, während ich im Zimmer auf- und ab tigere. Vielleicht sollte ich einfach verschwinden, noch habe ich Zeit. Bisher ist er nicht aufgetaucht, ich könnte ihn blockieren und einfach nie wieder mit ihm reden.

Was will ich denn noch von ihm? Ich sollte endlich vernünftig werden. Das zwischen uns ist vorbei. Es wird auch kein Zurück mehr geben, in ein paar Wochen heirate ich einen anderen Mann und Cam ist mit einer anderen Frau verheiratet und gerade aus den Flitterwochen zurückgekehrt. Vielleicht hat sie sein Gehirn mittlerweile perfekt gewaschen, vielleicht liebt er sie wieder oder Trevor hat Unrecht und Cam wollte doch die ganze Zeit Melody. Ich kann es nicht wissen, bin jedoch davon überzeugt, dass die Gegenseite in den letzten Wochen nicht untätig gewesen ist.

Ich sollte besser nie vergessen, dass ich es mit starken Gegnern zu tun habe.

Mit mächtigen.

Vor allen Dingen mit Menschen, die keinen Spaß verstehen.

Aber der Gedanke, er könnte sich ihr zugewandt haben, tut weh, so sehr, und ich lege die Hand auf meinen sich verkrampfenden Bauch. Dort ist sein Baby. Sein Baby, das ich beschützen muss. Meine Wünsche, meine Sehnsüchte, all das, wonach mein Herz seit Monaten jammert, darf nicht meinen Verstand außer Kraft setzen.

Sie könnten ihm schaden, sie könnten mir schaden … Ich sollte gehen. Aber bevor ich mich wirklich abwenden kann, müssen wir die Dinge zu einem akzeptablen Abschluss bringen.

Einen, den man uns bisher nicht gegönnt hat.

Nur wir beide, zur Abwechslung.

Ich werde jetzt noch einmal mit ihm reden und dann wird es vorbei sein. Wirklich vorbei.

Entschlossen ziehe ich meinen Mantel aus und setze mich auf den weißen Sessel an der Fensterfront. Ich werde perfekt sein. Gelassen, eine winzige Spur von oben herab, mit Sicherheit kühl, schließlich bin ich Britin und auch noch eine Seymour. Für keine Sekunde werde ich ihm den Blick hinter die Fassade gestatten, und ganz bestimmt werde ich innerlich nicht durchdrehen, mich wieder zur Sklavin meines James-süchtigen Körpers machen, wie kurz vor seiner Hochzeit. Diese Blöße werde ich mir nicht geben.

Als sich die Hoteltür öffnet, stockt mein Herz.

Denn es ist nicht Trevor.

Es ist nicht Melody.

Es ist nicht mein Vater.

Es ist auch nicht Tessa.

Tatsächlich schiebt Cam sich in den Raum. Cam, der umwerfend in seinem dunklen Rollkragenpullover aussieht. Cam, der mir so sehr gefehlt hat, dass es mich zerfetzt hat, Cam, der stoppt, sobald er mich in dem Sessel entdeckt.

Das Licht ist an.

Keiner trägt eine Maske.

Niemand kann etwas verbergen.

Hier stehen wir.

Jeder ist verletzt, jeder hat das verloren, was ihm etwas bedeutet. Jeder ist in unserem Spiel der Unterlegene, in diesem Raum gibt es keine Gewinner, nur Verlierer.

All das wird mir in diesem Moment mit schockierender Klarheit bewusst.

Ein paar Sekunden sehen wir uns nur an, all die ungesagten Worte schwirren zwischen uns hin und her.

Du hast mich verarscht.

Ja, das habe ich.

Wieso hast du das getan?

Weil ich dich liebe.

Ich beiße die Zähne aufeinander und Cam lässt sich mit einem resignierten Ausatmen gegen die Tür sinken, sodass sie zuklappt.

»Du weißt es.«

»Natürlich weiß ich es!«, bricht es sofort aus mir heraus, und ich schnelle aus dem Sessel hoch. Meine Gelassenheit verfliegt. Alles, was ich mir vorgenommen hatte, löst sich in Luft auf, als die Wut mit einer heftigen Welle über mich hinwegspült und mich unter sich begräbt.

»Seit wann?«

»Seit du mit dieser Platzwunde vor mir standest!« Cam massiert seinen Nasenrücken. »Hat es dir Spaß gemacht, aus mir einen Volltrottel zu machen?«

Er lässt die Hand wieder sinken, sieht mich an, sieht mir auf die Seele. »Das hat es nicht.«

»Wieso hast du es dann getan?«

»Weil ich dich nicht verlieren wollte«, antwortet er leise und überschaut immer wieder mein Gesicht, von dem ich weiß, dass sich hektische rote Flecken darauf ausbreiten. »Unser erstes Treffen lief nicht optimal …«

Ich lache harsch auf. »Nicht optimal?«

»Na ja, du hast mich irgendwie gehasst.«

»Das ›irgendwie‹ kannst du vergessen. Ich habe dich gehasst, weil du ein Arsch warst, okay, bist! Dass sich das geändert hat, war pure Einbildung.«

Er lächelt leicht, und seine Augen werden wärmer, sein Gesicht wird wieder zu Camerons, gehört nicht länger einem Fremden, aber mein Herz erreicht die Wärme nicht. Mein Herz besteht aus blankem Eis, das sich in einer dicken

Schicht über meine Verzweiflung gelegt hat.

Er zieht mich zur Sitzecke und auf das weich gepolsterte Sofa. »Ich hatte dich sofort auf Trevors Party erkannt, und du warst so anders als bei diesem Empfang. Ich wollte dich, und dann war es … besser als jemals zuvor. Ich hatte nicht genug, wollte dich immer wieder. Aber du hättest dich niemals so hemmungslos auf mich eingelassen, wie auf der Party, wenn du gewusst hättest, wer ich war.«

»Also hast du dir einfach mal ein Alter Ego aus dem Hintern gezogen? Cam, das ist krank!«

»Ich weiß.«

»Was hast du dir dabei gedacht?« wiederhole ich und er streicht sich gestresst durch das volle dunkle Haar. Haar, das ich vermisst habe, eine Bewegung, die ich genauso vermisst habe, ein Mann, den ich vermisst habe. Aber die Enttäuschung ist größer als die Sehnsucht und der Verrat wiegt schwerer als die Zuneigung.

»Ich habe doch nicht damit gerechnet, dass du Gefühle entwickelst. Ich wollte dich nicht verletzen …« Als ich einen Zeigefinger hebe, um ihn auf seine Lüge aufmerksam zu machen, senkt er ihn rabiat. »Okay!«, blafft er mich an. »Am Anfang war es mir egal, ob ich dich verletze. Am Anfang war alles nur ein Spiel. Als es dann ernst wurde, konnte ich nicht mehr zurück. Denn da hattest du dich auch in mich verliebt und nicht nur in diesen verfluchten James.«

Ich verziehe irritiert das Gesicht, als er diesen Namen voller Hass ausspeit. »Äh. Du weißt, dass du James bist?«

»JA, das weiß ich!«, knurrt er und breitet die Arme aus, was ihn mit seinem zerzausten Haar ziemlich wahnsinnig aussehen lässt. »Ich war sogar eifersüchtig auf mich selbst, ich bin immer wahnsinniger geworden, habe mir selbst das

Leben zur Hölle gemacht, wurde immer tiefer reingezogen …«

»Gut so!«, zische ich, bemerke aber, wie die Wut immer weiter verfliegt, je mehr ich sehe, wie verzweifelt Cam ist. Je mehr ich erkenne, dass ich ihm immer noch etwas bedeute, dass the worst case nicht eingetroffen ist. Außerdem bin ich so erleichtert darüber, mich wieder mit ihm unterhalten zu können, ihn in meiner Nähe zu haben, dass ich kaum noch an einem negativen Gefühl festhalten kann. Ich habe ihn so verdammt vermisst.

»Ich weiß …« Cam lässt die Arme wieder sinken und seine Schultern sacken resigniert herab. »Ich habe es verdient, dich zu verlieren«, sagt er mit hohlem Schmerz in der Stimme, der direkt in meine Eingeweide sticht. Verdammt. Ich wollte doch nicht mehr auf diese Art für ihn fühlen, aber ich kann mich auch nicht aufhalten, als ich nach seiner Hand greife.

»Vielleicht hast du mich ja gar nicht verloren.« Cam sieht auf. Als sein Blick in meinen landet, ist er so voller Hoffnung und Liebe, dass alles in mir wild durcheinanderwütet. »Eigentlich dachte ich, ich könnte dir niemals vergeben und ich hasse dich dafür, dass du uns das angetan hast. Dass du nicht früher ehrlich warst. Aber irgendwie habe ich das auch ein bisschen verdient. Ich habe dich schließlich betrogen und ich war wirklich eine Furie.« Schuldbewusst lächle ich zu ihm hoch und sein Blick wird noch weicher, der Schmerz noch größer.

»Ja, das warst du wirklich, Baby.« Er lächelt sanft, während er mit dem Daumen über meinen Handrücken streicht. »Aber ich habe es dir auch nicht gerade leichter gemacht.«

»Zumindest zu Beginn«, murmle ich und lehne meine Stirn an seine Schulter, sauge seine Nähe in mich auf, inhaliere seinen Duft wie eine Ertrinkende, denn ohne Cam fühle ich mich permanent wie unter Wasser. »So viel verschenkte Zeit. Wir waren solche Idioten«, flüstere ich, während er mit der Nase durch mein Haar streicht.

»Das waren wir.« Er legt einfach den Arm um meine Taille und zieht mich seitlich auf seinen Schoß. Als die Tränen in meine Augen steigen, kralle ich mich an ihm fest.

»Ich muss ihn heiraten«, entkommt es mir zittrig und ich schließe die Lider, als er über meinen Rücken streicht. Ich fühle mich so hilflos, so ausgeliefert und so machtlos. Die meiste Zeit versuche ich stark zu sein, aber in diesem Moment wird mir wieder mal klar, wie ausweglos die Lage, wie beschissen alles ist. Gerade ist es einfach zu groß, zu mächtig, viel zu endgültig, als dass ich sie verkraften könnte.

»Ich weiß.«

»Du hast sie geheiratet.«

»Ich weiß.«

»Ihr wart in den Flitterwochen.«

»Waren wir nicht.« Das lässt mich innehalten und die Augen öffnen.

»Aber all die Fotos!«, beharre ich irritiert.

»Waren Fake, Baby. Ich war nicht dort, ich schätze, sie hat die Zeit genutzt, um jede Menge Montagen zu basteln.«

Gott, wie krank! Sie hat also irgendwelche Fotos manipuliert, um der Welt zu präsentieren, wie schön ihre Flitterwochen waren? Armselig … und mit einem Mal fühle ich mich noch viel, viel besser.

»Du hast auf deiner Hochzeit so glücklich ausgesehen.« Als ich zu ihm hochsehe, nehme ich ihn nur verschwommen wahr, denn es sind tatsächlich Tränen in meine Augen gestiegen. Diese Schwangerschaft macht mich so verdammt emotional, ich muss jeden Tag so vieles runterschlucken, aber in Cams Armen fühle ich mich sicher. Hier kann ich es rauslassen, auch das wird mir in diesem Moment klar.

»Ich war nicht glücklich, ich musste aber so tun. Das wusstest du. Du wusstest es früher als ich.« Er streicht mit dem Daumen über meine Wange. Ich bin an den Moment erinnert, als er kurz davor war, die Hochzeit zu crashen. An die Anspannung, die in der Luft lag, als stünde alles kurz vor der Explosion.

Am Ende hat er meinetwegen Ja gesagt. Meinetwegen. Wie wahnsinnig verdreht die ganze Geschichte doch ist, aber was hätte ich in dieser Situation denn sonst machen sollen?

»Du liebst sie also wirklich nicht?«

»Nein, Baby, ich liebe sie nicht.« Ich höre an seiner Stimme, dass es die Wahrheit ist, ich sehe an seinem Blick, wen er wirklich will. Endlich beruhigt sich dieses wilde Tosen in mir. »Du wolltest sie gar nicht die ganze Zeit?«

»Hat dein Vater dir das weisgemacht?«, erkundigt er sich spöttisch und streicht eine Strähne hinter mein Ohr.

»Hat er«, seufze ich und lasse die Schläfe an seine Schulter sinken. Cam zieht mich enger an sich und bettet sein Kinn auf einen Kopf.

»Er hat dir Bullshit erzählt.«

»Hat er.«

»Und du hast es geglaubt?«

»Halb. Okay, erst gar nicht, aber mit der Zeit …«

Er antwortet nicht, die bittere Anklage in seinem Schweigen, dröhnt in meinen Ohren.

»Hallo? Ich hatte gerade durch einen DNA-Test rausgefunden, dass du mich die ganze Zeit verarscht hast«, lasse ich einfach so die ultimative Bombe hochgehen, gleichzeitig zieht sich ein Schauder über meine Haut. Aber Cam bleibt gelassen.

»Ich weiß.«

»Du weißt es?«, erkundige ich mich vorsichtig und Cam seufzt.

»Ja.«

»Seit wann?«

»Ist das wichtig?«

Nein, nicht wirklich. Alles ist so festgefahren, dass ich keinen Weg sehe, wie wir da wieder rauskommen. Und doch fühle ich mich gerade so gut, so beflügelt, als könnte ich Bäume ausreißen. Denn endlich kann ich mir seiner sicher sein.

»Es ist aussichtlos«, murmle ich und schließe die Lider als Cam seine Hand an meinen Bauch legt.

»Wir dürfen das Baby nicht gefährden.«

»Ich weiß.«

»Weißt du, was es wird?«

»Nein.«

Es fühlt sich so gut an, so offen und ehrlich, mit ihm reden zu können. Endlich einfach loszulassen und nicht die ganze Zeit gegen die innersten Bedürfnisse, gegen die Gefühle, die Unabwendbarkeiten zu kämpfen. Auf der Hut zu sein, sich jedes Wort zu überlegen, um nichts zu sagen, was mich überführen könnte. Erst als auch die letzte Anspannung von mir abfällt, erkenne ich, wie hart die Feder gespannt war und dass ich kurz davor war, einfach zu reißen. Dem Druck einfach nicht länger standhalten zu können.

»Im Grunde ist es egal.« Ich schmiege mich noch enger an ihn.

»Und er wird es anerkennen?«, erkundigt Cam sich unwillig.

Genüsslich streiche ich mit der Nase über seinen Hals. »Er wird. Ansonsten müsste ich es …«

»Schon kapiert!«, schneidet Cam mir gereizt das Wort ab. »Ich weiß, wozu sie dich sonst zwingen würden. Ich sollte diese Bastarde umbringen.«

»Die schaffst du nicht alle. Es sind zu viele.« Sanft gleitet meine Hand über seinen Arm, ich habe es wirklich vermisst, ihn anzufassen. Nicht einmal die Tatsache, genau zu wissen, dass eine andere Frau ihn die letzten Wochen berührt hat, kann schmälern, was ich empfinde.

»Ich könnte eine Bombe im Parlament hochgehen lassen.«

»Ach Cam, wir sind nicht in Amerika«, seufze ich und genieße sein leises Lachen.

»Leider.«

Ich schweige, denn ich will immer noch nicht dort leben, aber ich würde es tun, um mit ihm zusammen sein, um eine normale Familie mit ihm haben zu können.

»Ich wollte dich nie, ich dachte immer du wärst mein größter Albtraum. Jetzt bist du mein Traum und ich kann dich nicht mehr haben.«

»Ich weiß, Baby. Es ist beschissen.«

Wir können rein gar nichts tun, aber zum Glück spricht es keiner von uns laut aus. Vielleicht werden wir uns nach diesem Treffen nie wieder so sehen, deshalb müssen wir jede Sekunde miteinander auskosten. Auch das sagt keiner.

Ich will nicht, will nicht, will es nicht zulassen, mein Herz krampft sich zusammen, brüllt so laut, dass es alle anderen Geräusche auf der gesamten Welt übertönen müsste, aber in der Realität bin ich still. Ich lausche seinem Herzschlag und atme seinen Duft ein. Was habe ich diesen Duft vermisst. Apropos, daran habe ich zuerst gemerkt, dass mit James etwas nicht stimmte, und weigerte mich einfach, es wahrzuhaben.

Allmählich begreife ich, warum das so war.

»Soll ich dich jetzt James nennen?« Ich ziehe meinen Kopf zurück, um ihn anzusehen. Es ist Verschwendung, nicht in sein hübsches Gesicht zu blicken. Auch wenn er abgenommen hat und immer noch blass ist.

»Sei nicht albern, Charlie.« Er umfängt meinen Kiefer, gleitet mit dem Daumen über mein Kinn, während ich sein Gesicht betrachte.

SIE bekommt das jetzt jeden Tag und ich muss es mir in geheimen Stunden stehlen. Das ist nicht richtig.

»Hast du mich deswegen manchmal gehasst?«

Cam runzelt die Stirn. »Wovon redest du?«

»Weil du dachtest, ich würde dich betrügen?«

Er lächelt leicht. »Ja.«

»Das ist so dumm von dir. Aber irgendwie auch nicht, ich weiß.« Ich lehne mich vor und meine Stirn an seine. Unsere Lider schließen sich gleichzeitig.

»Tut sie das hier bei dir auch?«, frage ich leiser.

»Nein.«

»Tut sie das hier?« Ich streiche unter seinen Pullover und gleite über seinen Bauch, der sich prompt unter meinen Fingerspitzen anspannt.

»Gleich kann ich nicht mehr denken«, antwortet Cam heiser.

»Das sollst du auch nicht. Ist verboten«, raune ich und schiebe seinen Pullover weiter hoch. Ich brauche ihn jetzt, muss fühlen, dass er trotz allem noch mir gehört. Benötige dringend ein bisschen Hoffnung, Energie, neuen, frischen Mut.

Brauche ein bisschen Cam.

»Wirklich nicht?«, erkundigt er sich und greift fester in mein Haar.

»Nein.« Kaum, dass ich zu Ende gesprochen habe, zieht er meinen Mund auf seinen und ich stöhne auf, als unsere Lippen sich berühren. Endlich schmecke ich ihn wieder und zerre ungeduldiger an dem Stoff. Cam zieht ihn sich fahrig über den Kopf und schiebt mich dann rücklings auf die Couch. Ich keuche, als ich auf dem weichen Samt lande und er über mir aufragt. Seine Augen sind dunkel wie die Nacht, das Verlangen spielt darin, aber auch die Liebe ist klar und deutlich zu erkennen. Niemals würde ich freiwillig darauf verzichten, egal was er getan, egal wie sehr er mich enttäuscht hat. Ich will ihn, ich brauche ihn, ich schaffe es sonst nicht. Für keinen einzigen weiteren Tag.

»Du hast keine Ahnung, wie sehr ich dich vermisst habe«, murmelt er und spreizt meine Beine, bevor er auf die Knie vor die Couch rutscht. In der nächsten Sekunde schiebt er mein Höschen zur Seite und seine heiße Zunge findet sich auf meiner Mitte ein. Stöhnend beuge ich den Rücken durch und kralle meine Finger in den Stoff der Couch.

Ja, das habe ich auch vermisst. Es hier das erste Mal bei Tageslicht mit ihm zu tun, ist noch einmal etwas anderes, es geht noch einmal tiefer, macht es realer, echter und unwiderruflicher. Ich werde nicht aufhören, ihn zu lieben. Wenn ich mich einmal an einen Mann binde, dann für immer. Ich habe es vor Gott und der Welt geschworen, das hier kann gar nicht falsch sein.

Außerdem ist er der Mann, der mich befreit hat und wird es immer sein. Stöhnend lässt er seine Zunge schnellen und legt meine rechte Wade über seine Schulter, während er seinen Gürtel aufreißt. Der Schweiß bricht auf meinem Körper aus und ein Zittern geht durch mich hindurch.

»So vermisst«, knurrt er und reißt auch seine Hose auf. Dann schiebt er sich an mir nach oben und reibt mit seiner

Härte über meine Mitte.

»Hast du das hier auch vermisst, Charlotte?«, erkundigt er sich rau. Ich kann nur stöhnen und mich ihm entgegenwinden. Er fühlt es doch.

»Ich fühle es«, sagt er, als hätte er meine Gedanken gehört, und schiebt sich tief in mich. So tief, dass ich fast platze. So tief, wie ich es gerade brauche, so tief, dass mir fast die Tränen kommen. Fest kralle ich mich in sein Haar und ziehe seinen Mund zurück auf meinen. Cams Stöhnen vibriert durch meinen Körper als er meine Hüfte packt und sich immer wieder in mich treibt.

»Fuck Baby«, knurrt er emotionsgeladen und wie getrieben. Ich packe ihn fester, denn ich bin auch getrieben. Zum ersten Mal fühle ich ihn ohne jede Barriere in mir, ohne jede Lüge, ohne jede Maske. Er ist der Vater meines ungeborenen Kindes und er ist in mir. Ich hatte ihn verloren, aber jetzt ist er zurück. Das bedeutet mir mehr als alles andere. Mehr als ich beschreiben kann. Als er seine Stirn wieder an meine lehnt und sich tief in mir bewegt, zerspringe ich nicht nur fast vor Lust, sondern auch vor Emotionen.

Niemals werde ich ihn aufgeben.

Niemals werde ich aufhören, für uns zu kämpfen.

Der Kampf um unser Glück hat gerade erst begonnen.

22. GERAUBTE ZEIT

Cam

Es ist wie eine Neugeburt.

Endlich war ich wieder in ihr. Und endlich haben wir miteinander gesprochen, endlich konnte ich ihr alles erklären und endlich liegen nicht mehr Enttäuschung und Verrat in ihrem Blick, wenn sie mich betrachtet.

Als sie atemlos auf mir zusammensackt, scheint Charlie wieder mir zu gehören. Wir haben es irgendwie ins Bett geschafft, dort die zweite Runde genossen und ich weiß, das war erst die zweite von vielen. Denn ich habe so viel nachzuholen. Ich muss so viel mit ihr besprechen und erfahren. Tatsächlich fühlt es sich an, als würde ich sie erst jetzt so wirklich kennenlernen, was genaugenommen auch der Fall ist. Denn sie hat in meinen Armen geweint, hat mir gezeigt, was in ihr vorgeht, ließ mich endlich freiwillig auf ihr Innerstes blicken. Sie ahnt nicht mal, welche Macht sie damit über mich gewonnen hat. Ab sofort werde ich ihr gar nichts mehr verweigern, ihr jeden Wunsch erfüllen, sofern es in meiner Macht steht und sie ganz bestimmt nicht von mir stoßen.

Jetzt ist es nur noch klarer:

Ich muss sie schützen. Ich muss dieses Baby schützen – koste es mich, was es wolle. Selbst, wenn ich sie dadurch nicht mehr sehen, nicht mehr spüren, nicht mehr in ihr sein darf.

Als ich sie in diesem Hotelzimmer sitzen sah, ahnte ich es, der Entschluss verfestigte sich noch mal, als sie vor mir auseinanderfiel. Jetzt liegt sie atemlos auf meiner Brust. Wir sind beide nackt, unsere erhitzten Körper verschwitzt und unsere Herzen rasen im gleichen Rhythmus. Wie es sein soll. Es ist fast unerträglich, dass sich mein Ring nicht mehr an ihrem Finger befindet, aber wenigstens trägt sie mein Leben unter dem Herzen.

Das ist so viel wert, so aussagekräftig so symbolisch. Vielleicht sogar noch mehr, als jede Ehe es je sein könnte.

Vielleicht ist DAS die wahre Verbindung, der wahre Beweis für echte, fucking Liebe.

Sanft streiche ich ihr die Haare aus dem Gesicht und bade in ihrem immer noch entrückten, überwältigten Blick. Auch sie hat mich überwältigt, völlig überraschend, ich hatte nicht damit gerechnet. Als dieses Spiel zwischen uns begann, dachte ich, sie wäre nur ein Zeitvertreib, etwas, das mir das Leben in diesem verregneten Land ein wenig versüßen könnte. Nun ist sie so viel mehr. Jetzt ist sie die Frau meines Lebens und ich werde sie nicht hergeben, auch wenn ich scheinbar bei diesem perfiden Spiel mitmachen muss. Doch sie wird in meinem Herzen immer diesen einen besonderen Platz haben. Niemand wird da heranreichen. Ganz bestimmt nicht Melody. Auch kein Supermodel, selbst wenn morgen eine Traumfrau um die Ecke spaziert. Keine wird jemals Charlie für mich sein.

Diese Zicke.

Dieser Engel.

Diese Göre.

Diese Kämpferin.

Ihre vollen Lippen verziehen sich zu einem kleinen Lächeln und ich ziehe ihren Kopf noch einmal heran, küsse sie noch einmal sanft – koste es aus, wie ich es als James nie konnte. War ich er, hatte ich immer Angst, dass sie etwas bemerkt, und als Cam war ich immer wütend auf sie. Es stand einfach zu viel zwischen uns, wofür ich selbst verantwortlich war. Ich weiß schon. All das ist mit einem Mal verschwunden, nichts steht mehr zwischen uns, mit Ausnahme der ganzen Welt, die gerade keine Macht über uns hat.

»Ich muss jetzt gehen«, sagt sie die Worte, die ich schon immer gehasst habe. Solange ich sie kenne, rannte sie immer von mir weg, verließ mich. Für ihn. Für mich. Es war verwirrend.

Das ist es noch immer.

»Ich weiß.« Ich streiche mit dem Daumen über ihren Nacken, während sie ihre Stirn an meine lehnt.

»Ich will nicht gehen.«

»Ich weiß.«

»Ich kann aber auch nicht bleiben.«

»Ich weiß.«

Wir stehlen uns noch ein paar kostbare Sekunden, bis sich unsere Herzen beruhigt haben, dann seufzt sie schwer und wappnet sich. Ich tue es ihr nach, um sie nicht doch aufzuhalten, als sie von mir steigt. Irgendwie gelingt es mir, sie gehen zu lassen. Als sie beginnt, sich anzuziehen, rolle ich meine Shorts wieder hoch und lehne mich mit dem Rücken an das Kopfteil des Bettes, beobachte sie mit überbordenden Gefühlen.

Sie gehört mir und doch wird sie in einem Monat Trevor heiraten. Meinen besten Freund. Wie konnte es so weit kommen? Wieso habe ich sie nicht einfach viel früher nach Amerika entführt? Sie hätte sich schon dort eingewöhnt, egal wie britisch und versnobt sie immer tut. Ich hätte sie dazu gebracht, eine von uns zu werden. Immerhin sind es ja die gleichen Wurzeln.

Ich will nach einer Zigarette angeln, aber mir fällt ein, dass sie schwanger ist und lasse es sein. Charlie hat ihre Unterwäsche bereits angezogen und streift sich nun das Kleid über den Kopf. Dann richtet sie ihr Haar im Spiegel über der dunkelblauen Kommode, aber ihr Blick huscht immer wieder abwägend zu mir.

»Was?«, frage ich nicht ganz so gelassen, wie ich vielleicht wirken mag. Sie wird zu einem anderen gehen. Ich kann das kaum ertragen.

»Ich frage mich, was du tun wirst, wenn ich jetzt gehe.«

Die bittere Wahrheit. »Nichts.« Die Enttäuschung, die durch ihre Augen flackert, sticht in meiner Brust wie ein Messerhieb. Sie senkt den Blick, denn sie weiß, dass uns keine Wahl bleibt.

»Gut«, flüstert sie und wendet sich ab, um in ihre Heels zu steigen. Langsam pumpe ich meine Faust, denn alles in mir will sie aufhalten, will sie anbetteln, nicht zu gehen, mit mir abzuhauen, irgendwohin, wo man uns nicht finden kann.

Charlie macht es mir nicht leichter, denn sie setzt sich zu mir an den Bettrand, und ich greife in ihren Nacken, um ihre Stirn noch einmal an mich zu ziehen.

»Denk an mich«, fordere ich rau und sie legt ihre zarten Finger auf meine nackte Brust.

»Du auch an mich.«

»Das werde ich.«

Mehr kann ich nicht von ihr verlangen und das ist so verdammt vernichtend. Es killt mich. Sie killt mich. Aber ich lasse es dennoch zu, dass sie mich küsst. Erst sanft, aber dann kann ich mich nicht mehr halten, greife noch einmal fester in ihr Haar und küsse sie leidenschaftlicher. Wüte noch einmal über sie hinweg, rufe ihr nochmal in Erinnerung, wem sie gehört.

Egal wen sie heiratet. Egal wer sie sonst noch berührt. Sie ist mein und ich gehöre ihr.

Als ich mich zurückziehe ist sie atemlos und berauscht und betrachtet mich auf diese hinreißende, fast benebelte Art. Das ist der Blick, der nur mir gehört. Der Blick, der mich nach ihr süchtig gemacht hat.

»Geh«, fordere ich rau und ziehe meine Hand mit einem Ruck zurück, als hätte ich mich verbrannt.

Charlie macht es mir zum Glück nicht noch schwerer, als sie sich erhebt und nach ihrer Handtasche greift. Ohne zurückzuschauen verlässt sie das Zimmer. Ich sehe ihr dabei nicht zu, starre zur Decke, wobei jeder einzelne meiner Muskeln angespannt ist. Erst als die Tür leise zuklappt, gebe ich mich meiner Verzweiflung hin. Erst dann setze ich mich an den Bettrand und lasse meinen Kopf in meine Hände sinken. Erst dann schließe ich die Lider mit einem leisen »Fuck«.

Und ich fühle, wie mein verdammtes Herz bricht, denn ohne sie kann es nicht mehr schlagen.

23. ABRECHNUNG

Charlie

»Lauf nicht so schnell.«

Albert ist neuerdings schwerhörig. Egal was ich sage, er zieht und zerrt mich an der blöden Leine hinter sich her.

Damals, als ich noch ein Apartment mit einem HINTERGARTEN hatte, da konnte ich ihn auch mal einfach laufen lassen. Daran ist nicht zu denken, seitdem ich in Trevors Haus wohne. Das Ganze ist ein Albtraum, jetzt mal unabhängig von dem Einhorn-Toilettenpapier, das immer noch in jedem stillen Örtchen hängt.

Mir ist, als hätten wir mit unserem ersten Sex unsere bleibende Spur in diesem Haus hinterlassen. Als wäre Cameron überall, würde sehen, was ich treibe, würde beobachten, wie ich versuche, mich hier zurechtzufinden, würde sehen, wenn ich manchmal lache, würde daraus Schlüsse ziehen, die nicht zutreffen. Ich würde mich ja gar nicht ins oberste Stockwerk trauen, aber … dort befindet sich mein Zimmer.

Trevor hat mir freie Hand bei der Einrichtung gelassen, aber ich habe keine Energie, irgendwas zu ändern. Obwohl er mir anderes sagt, betrachte ich mich nach wie vor als Gast. Die Vorstellung, hier dauerhaft zu wohnen, ist immer noch aberwitzig, denn wie ein Zuhause fühlt es sich nicht an. Außerdem bin ich ständig auf der Flucht, weil ich befürchte, dass diese Anstandsdamen vorbeischauen, mit denen Misses

Stuart gedroht hat. Ich will keine Anstandsdamen, ich will keine Menschen um mich herum, die erwarten, dass ich jemanden spiele, der ich nicht bin. Die erwarten, dass ich meine Masken aufsetze und die glückliche Braut performe. Ich habe schon genug damit zu tun, Trevor die gewünschte Show zu liefern. Sobald ich aus dem Haus gehe, folgt mir neuerdings ein Stalker. Immer in angemessener Entfernung, weshalb ich mich wirklich frage, wie er mich denn vor einem Anschlag schützen will. Mir kommt doch glatt der Verdacht, sie würden mich eher bewachen, damit ich die Familienehre nicht in den Schmutz ziehe.

Tagsüber ist Trevor nicht da und Cameron hat kaum Zeit, um auf meine Nachrichten zu antworten. Treffen konnten wir uns auch nicht nochmal. Er sagt es nicht, wenn wir schreiben, aber ich vermute, Melody behält ihn im Auge. Vielleicht ist sie auch dahintergekommen, dass wir uns getroffen haben, dass wir miteinander schreiben. Und mit dem Stalker an meinen Fersen wäre es auch ein sehr schweres Unterfangen, mich mit ihm zu treffen. Ich will ihn noch einmal spüren, wie vor zwei Wochen. Es war so unvorstellbar, so unglaublich, so entfesselnd, so HEILEND. Seitdem habe ich ihn in jeder Stunde, Minute und Sekunde vermisst.

Kurz schließe ich die Augen und lasse den Gefühlsansturm über mich hinwegrauschen, um wieder etwas freier atmen zu können. Ich wage es nicht, Trevor nach Cam zu fragen, auch wenn er ihn täglich in der Firma sieht, denn Trevor spricht nicht von ihm. Die meiste Zeit bin ich allein, und fliehe aus dem Sexhaus, nur um festzustellen, dass es unterwegs schon lange nicht mehr ist, wie es mal war.

Gestern wurde dem Katz-und-Maus-Spiel eine neue Schikane zugefügt, denn in zwei Wochen werde ich heiraten. Höchste Zeit, mit dem Schneidern meines Kleides zu beginnen. Anscheinend wollen sie mit den Cavendishs in direkte Konkurrenz treten, denn alles soll noch etwas pompöser, aufregender und traumhafter werden. Natürlich wird die Trauung in Schottland und nicht etwa in London stattfinden; ich kann mir nicht sicher sein, danach überhaupt noch mal hierher zurückkommen zu dürfen, was mich endgültig in die ausgewachsene Panik stürzt. Als wäre das alles nicht schon belastend genug, hat meine Mom in den letzten Tagen ein gesteigertes Interesse an mir entwickelt. Immer wieder taucht sie unvorbereitet bei mir auf, um Zeit mit ihrer Tochter zu verbringen. Unwillkürlich gehe ich schneller. Das ist echt beängstigend. Schließlich setze ich mich in das kleine Café unweit vom Stuart-Haus. Sie kennen mich hier schon, weshalb mein Latte wenige Minuten nach meinem Eintreffen vor mir steht, ohne dass ich ihn bestellen musste. Albert hat zu meinen Füßen auch seinen Wassernapf bekommen. Ich lehne mich zurück, schließe die Augen, atme die frische, unverbrauchte Luft ein, die der Frühling nun mal mit sich bringt. Die Natur erwacht mit jedem Tag mehr, die kleine Allee ist gesäumt von rosa blühenden Kirschbäumen, und die Luft ist frisch und süß. Es ist nicht die Gruft der Cavendishs, aber auf andere Art ist das Haus der Stuarts ähnlich beängstigend. Nur hier draußen kann ich mal ein bisschen ausspannen und muss keine Überfälle fürchten, bloß lässt mein Kopf mich einfach nicht in Ruhe.

Er foltert mich mit seinen Mutmaßungen und Horrorszenarien, verfolgt mich bis in meine Träume, weshalb ich fast in jeder Nacht schweißgebadet aus dem Schlaf schrecke.

Wie wird mein Baby aussehen? Wird sofort zu erkennen sein, wer sein Vater ist? Werde ich in Schimpf und Schande aus dem Land gejagt werden? Schottland, England, von der INSEL?

Und wie soll das mit dem Kleid funktionieren, wenn ich immer und immer dicker werde? Bisher ist nichts zu sehen, aber ich merke an meiner extrem auf Figur geschnittenen Kleidung, dass ich fast täglich an Umfang zulege. Bald werde ich kugelrund sein, wie soll ich denn dann eine Hochzeit überstehen? Ich hätte es nie für möglich gehalten, aber mittlerweile sehne ich den Tag herbei, dieses Event kann gar nicht schnell genug kommen. Ich bin wie getrieben, der eine Teil will ständig flüchten, und zwar weit weg, der andere plant die Flucht nach vorn. Keine Option ist wirklich hilfreich. Und genau in dieser Situation hat Cameron kaum noch Zeit für mich und Trevor betrachtet mich immer so eigenartig. So lauernd. So wissend. Damit macht er mich auch ganz wahnsinnig. Dann dieses halbe Lächeln, das häufig seine Lippen umspielt … Das wirkt nicht sonderlich humorvoll, eher bedrohlich. Er ist immer nett zu mir und setzt mich niemals unter Druck, außerdem hat er mich bei unserem Besuch in Schottland vor seinen Eltern gerettet und da war er so … überlegen und hat sich nicht von ihnen einschüchtern lassen. Wie Cam …

Ja, genau, wie Cameron, sie haben viel gemeinsam, kein Wunder, dass sie beste Freunde sind, in vielfacher Hinsicht sind sie sich so ähnlich. Trevor sieht ihn jeden Tag, er spricht mit ihm in der Firma. Sie haben Meetings zusammen, sie fachsimpeln, sind zumindest tagsüber ein Team.

Darüber hinaus vergesse ich auch das kleine M nicht, so habe ich diese Mandy getauft. Die zwar nicht die richtig gefährliche M ist – sind wir mal ehrlich, meine Befürchtungen waren garantiert nicht übertrieben, sondern haben ins Schwarze getroffen, und dieser Mann hat mich auch noch deshalb ausgelacht! –, aber auf jeden Fall eine M, die Cam bedeutend häufiger sieht als ich. Und das, wo ich gerade echt weinerlich bin. Und anschmiegsam. Und wirklich ein bisschen emotional. Das muss mit diesen Hormonen zu tun haben, die gerade massenweise meinen Körper fluten – so sagt es jedenfalls die Fachliteratur, die ich in jeder unbeobachteten Sekunde inhaliere. Einfach um zu verstehen, weshalb ich neuerdings nur noch Latte vertrage und mich bei Wasser übergeben muss, weshalb Muscheln, die ich so verabscheue, mit einem Mal so gigantisch lecker aussehen, und warum ich ständig heulen will. Warum er mir so sehr fehlt, dass ich wirkliche, echte Schmerzen habe. Warum ich täglich mindestens achtmal kurz davor bin, der Sun ein Exklusivinterview zu geben, in dem ich den ganzen krassen Skandal offenlege und weshalb ich in der gleichen Sekunde von Todesangst gebeutelt davor zurückschrecke.

Das alles versuche ich irgendwie zu verstehen, vor allem aber, dass ich so eine tickende Zeitbombe bin. Ich kann mir in nichts mehr sicher sein, das Einzige, was immer gleich ist, egal um welche Uhrzeit, wie der Mond steht und was ich gerade gegessen habe: Ich will keine anderen Menschen sehen. Weder meine Mom noch diese Anstandsdamen, die übrigens wenigstens bisher nicht aufgetaucht sind. Ich will Cameron. Und wenn ich den nicht haben kann, dann will ich Tessa. Ich will, dass sie nicht mehr wütend auf mich ist. Sie soll einsehen, dass ich keine Wahl hatte, dass ich nicht mal gefragt wurde, dass man mir und Cam die imaginäre Waffe an die Stirn gehalten hat, dass ich innerlich zerrissen und von Angst zerfressen bin, dass ich sie noch nie so gebraucht habe wie …

»Wenn das nicht die arme kleine Charlie Seymour ist. Äh, Cavendish, oder wie heißt du gerade?«

Als hätte sie mich gehört, nur meine Bitten total falsch interpretiert, setzt sich Tessa mit Schwung auf den zweiten

Stuhl an meinem Tisch. Alberts freudiges Jaulen darunter ignoriert sie glatt. Im Gegensatz zum letzten Mal wirkt sie wie das blühende Leben. Ihr Make-up ist perfekt, heute trägt sie wieder eines ihrer total irrsinnigen Kleider: kreischend Pink, das Oberteil aus Netzstoff bestehend, damit der schwarze BH perfekt zu sehen ist. Vor allem beißt sich die Farbe so unglaublich mit ihren Haaren, die schon von Natur aus rot sind und die sie noch mal kräftig nachfärbt, bis sie wie Ketchup aussehen. Dazu trägt sie kreischend blaue Pumps und hat das Ganze mit einer blauen Netzstrumpfhose unterstrichen. Es ist lange her, dass sie sich so ausgeflippt gezeigt hat. Sowas kommt immer dann vor, wenn sie sich mit aller Kraft gegen das Establishment stemmt. Da sie nur knapp über eins sechzig groß ist, muss sie eben zu anderen Mitteln greifen, um gesehen zu werden, wie sie mir mal erklärt hat.

Und doch ist alles anders, denn ihr Blick ist kalt und ich finde den Wunsch darin, mich maximal zu verletzen, bin aber zu schwach, sie wegzuschicken oder selbst zu gehen.

»Tessa, ich …«

»Einen Cappuccino mit einem einfach Whisky. Ja, direkt ins Glas. Kennen Sie nicht? Jetzt schon. Ist nicht mein Problem, wie Sie das berechnen. Wie lange wollen wir noch diskutieren? Das Zeug könnte schon vor mir stehen.«

Die Bedienung sucht das Weite, und ich bin mit der Harpyie wieder allein.

Sie neigt den Kopf zur Seite. »Wenn ich dich so ansehe, bekommt der Satz: Schlechten Menschen geht es immer gut, eine ganz neue Perspektive. Dir bekommt die Schwangerschaft ja prächtig.«

»Tessa …«

»Als wessen Kind geht der Fraggle jetzt eigentlich durch?

Cams oder Trevors? Ich weiß, ich weiß, hatten wir schon geklärt, aber dir sind die Fußangeln schon aufgefallen? Selbst dir dürfte es schwerfallen, dem hellen Trevor Camerons Kind unterzuschieben. Weiß der eigentlich von seinem Glück?« Sie lacht auf. »Klar weiß er davon. Du bist ja diese kleine Schlampe, die mit den Wimpern klimpert, einen auf unschuldig macht und schon liegt ihr alles zu Füßen. Aber dass du unersättlich bist, das war mir echt nicht klar. Fuck, hätte ich das früher gewusst, hätte ich dich garantiert nicht mit in Trevors Haus genommen. Damit habe ich den riesigen Brocken ja angestoßen. Und sieh dich an, wie weit du gekommen bist …« Sie deutet auf mich.

»Tessa …«

»Was hast du eigentlich als Nächstes vor? Allmählich dürften die Steigerungen … Oh!« Ihre Augen nehmen doppelte Ausmaße an und sie klatscht die flachen Hände auf ihre Wangen. »Scheiße«, flüstert sie. »Demnächst willst du ja die Briten trennen, richtig? Das Aushängeschild für das endlich wieder unabhängige Schottland. Lady Di für Arme, Fuck, hättest du gedacht, dass du mal so eine Karriere hinlegen würdest?«

»Ehrlich, ich …«

Gebieterisch hebt sie eine Hand und senkt den Kopf. »Verstehe ich, verstehe ich total. Was zählt da schon sowas wie die große, echte Liebe? Ob die wirklich auf beiden Seiten vorhanden war, steht ja auch in den Sternen, schließlich hast du die ganze Dauer deiner erbärmlichen Ehe fremdgefickt.« Ihre Augen ziehen sich boshaft zusammen. »Ich kapiere übrigens nicht, dass du ihm die ganze Zeit die Schuld gibst, und er nicht widerspricht.«

Woher weiß sie das?

»Denn eigentlich hast du ja fremdgevögelt, er hat sich nur

doppelt vergnügt. Er ist nicht fremdgegangen, du bist diejenige.« Sie beugt sich vor. »Aber das sieht keiner, weil du nur deinen Nonnenblick aufsetzen und so tun musst, als wüsstest du nicht mal, wie Sex geschrieben wird, und sie sehen dir alles nach. Jede, aber du doch nicht, das ist so abgefuckt und so widerlich und verdammt, es war mir immer egal, deshalb wollte ich auch nie sehen, was für eine hintertriebene, widerliche Bitch du bist. Aber du hast den einzigen …« Ihre Stimme bricht und sie hält kurz inne, bevor sie noch fester, noch schneidender, noch entschlossener fortfährt. »… den einzigen Mann in dein abgefucktes Spiel gezerrt, der mir jemals wirklich was bedeutet hat. Das verzeihe ich dir nie.«

»Du weißt …«

»Und wage es ja nicht, mir mit deinem verdammten Vater zu kommen. Du hast vorher auch gemacht, was du wolltest. Wenn dich wirklich interessiert hätte, was andere denken, was ICH denke!« Sie pocht sich selbst auf die Brust. »Was du mir antust …«

»Ich habe überhaupt nichts …«

Gerade als ich die Stimme erhebe, kommt die verschüchtert wirkende Kellnerin und bringt ihr den Kaffee mit jeder Menge Whisky. Mir ist klar, dass ich an dieser Stelle abbrechen muss. Wenn sie erst dieses Zeug getrunken hat, ist sie unzurechnungsfähig und dann sollte ich nicht in ihrer Nähe sein.Nicht jetzt. Nicht heute. Nicht, wo mir kein echtes Argument einfällt, weil sie Recht hat. Sie hat sogar verdammt recht. Mutig bleibe ich sitzen, fühle, dass ich es ihr schuldig bin, dass ich da jetzt durchmuss, wenn ich sie nicht für immer verlieren will.

Sobald die Bedienung gegangen ist, macht sie weiter. »Du hättest es verhindern können, wenn du nur gewollt hättest.«

»Ja, aber dann hätten sie Cameron …«

»Interessiert mich nicht!«, zischt sie mich an, leert ihr Glas mit ein paar Schlucken, schüttet das heiße Zeug in sich rein und verzieht keine Miene. Stattdessen macht sie sofort weiter: »Du solltest dringend deine Prioritäten überdenken, diesen verdammten Cameron kennst du nicht mal ein halbes Jahr …«

»Er war mein Ehe…«

»… dem du so wenig vertraut und geliebt hast, dass du ihn die ganze Zeit eurer ›Ehe‹«, sie malt tatsächlich Anführungsstriche in die Luft, »beschissen hast. So begeistert, dass du noch nicht mal wusstest, wer dir das verdammte Kind gemacht hat. Ich höre es noch …« Ihre Stimme wird hoch und schrill. »Oooohhhhh, Tesssa, was soll ich nur machen? Ich weiß gar nicht, wessen Kind das ist. Ohhh, Tessa, wir müssen das rausfinden, ich muss es wissen, oh mein Gott, was mache ich denn nur?«

In meinem Magen gärt und brodelt es immer mehr. Besonders, als sie mir auf so hasserfüllte Weise in die Augen schaut, wie ich noch nie angesehen wurde.

»Du bist eine dreckige Hure, Charlie, und du merkst es nicht mal. Übrigens auch noch total ungeeignet, denn du hast es noch nicht mal drauf, zu verhüten.« Sie lehnt sich zurück. »Ich nehme noch so einen«, sagt sie empörend laut. Spätestens jetzt sehen die Leute von den anderen Tischen zu uns hinüber. »Alles kein Problem«, teilt sie mir mit. »Ich hätte darüber hinweggesehen, hätte dir dein Klimpern und Unschuldigtun nachgesehen, mich hattest du genauso eingewickelt wie alle anderen, aber …«

»Aber«, endlich habe ich meine Stimme wiedergefunden, und sobald Albert mich hört, brummt er unter dem Tisch. Es klingt, als wäre dort ein Vibrator versteckt, bei dem gerade die Batterien erneuert wurden. Mir reicht es jetzt endgültig. Ich habe mir schon zu viel gefallen lassen. »Du vergisst einen kleinen Umstand. Mag sein, dass ich es mir mit Cameron versaut habe. Mag sein, dass ich mich … falsch verhalten habe.« Ihr Schnauben überhöre ich würdevoll. »Mag sogar sein, dass ich mich hätte wehren können, wenn es mir egal gewesen wäre, was mit Cameron passiert, der zu diesem Zeitpunkt immer noch im Gefängnis saß, mit der Aussicht auf ein paar Jahre …« Diesmal ist es bedeutend schwieriger, ihre seltsamen Geräusche zu überhören, Albert knurrt lauter. »… denk doch, was du willst. Aber meinst du ernsthaft, wir haben ihre widerlichen Pläne einfach so akzeptiert? Glaubst du das wirklich? Dann bist du noch dämlicher, als ich dachte. Außerdem vergisst du noch einen winzig kleinen Teil dieser ganzen Geschichte, der anscheinend für dich nicht von Bedeutung ist.‹

»Ach ja, welcher wäre das?«

»Hast du dich schon mal gefragt, was Trevor will? Vor allem, was er mit DIR will?« Ihr Mund öffnet sich, sie atmet sichtlich schneller. Ich drehe den Dolch, den ich ihr gerade in die Brust gerammt habe, drehe ihn schnell, wende dabei jede Menge Gewalt an. Und ich habe Freude daran, die Zähne sind tief in meine Unterlippe vergraben, ich schmecke Blut und spreche mit Mühe weiter. Denn mir reicht es jetzt. »Er ist nicht an dir interessiert, Tessa. Du warst nicht mehr als ein Fick zwischendurch. Komm klar damit.«

»Halt die Fresse«, zischt sie und beugt sich so rabiat über den Tisch, dass er ein bisschen über den Boden scharrt. Von darunter ist ein Jaulen zu hören. »DU BITCH!«, keife ich und springe ebenfalls auf, zerre den Stuhl beiseite. »Du hast Albert getroffen!«

»Dann pass besser auf, wo du deinen Scheißköter hinsetzt, wenn du dir schon einen passend zu deiner Haarfarbe besorgen musst.«

Betroffen starre ich sie an. »Ich liebe ihn!«

»Ha! Das habe ich schon häufiger von dir gehört, hat nichts zu bedeuten.«

»Wie kannst du es wagen?«

»Komisch, die Frage wollte ich dir gerade stellen.«

Inzwischen stehen wir voreinander, nur der Tisch trennt uns, und ob diese Fremden uns ansehen oder nicht, ist mir fuckegal. Was gehen mich diese Leute an?

Albert drängt seinen warmen Körper an mich und knurrt sie giftig an, da schließt sich eine stahlharte Hand um meinen Oberarm.

»Wir sollten jetzt gehen, Miss.«

Wütend versuche ich den Störer abzuschütteln, aber ich werde ihn nicht los, drehe mich endlich um und …

… sehe meinen Stalker.

»Gehen wir«, sagt er erneut, dabei ist sein glattes Gesicht unbewegt wie immer.

»Ich fasse es nicht«, höre ich Tessa hinter mir und jetzt werden mir die Blicke der Umstehenden und Umsitzenden bewusst. Jetzt sehe ich vor allem die Handys, die auf uns gerichtet sind.

Oh mein Gott.

Ich lasse mich widerstandslos abführen, am Straßenrand wartet eine schwarze Limousine, in die ich geschoben werde.

Es gibt kein Entkommen aus seinem Griff.

Kein Entrinnen aus dieser entwürdigenden Situation.

Die Stuarts haben für alles gesorgt.

Selbst für so etwas.

24. SCHICKSAL ODER KARMA?

Charlie

Ich bin immer noch unglaublich wütend, als ich in die Limousine steige. Immer noch beben meine Knochen und immer noch rauscht das Blut nur so durch meine Adern.

Tessa hat mich gerade fertiggemacht, ich war chancenlos.

Sie war so unfair, so mies, so widerwärtig und ich bin so wütend und verletzt, dass Tränen in meinen Augen brennen. Aber ich lasse sie nicht raus, sondern presse die Zähne aufeinander und nehme Albert – der immer noch völlig außer sich ist – auf meinen Schoß. Er leckt hektisch mein Gesicht ab, während sich der Wagen in Bewegung setzt und ich die Lider schließe.

Ich werde jetzt nicht heulen.

Ich werde auch nicht zurückgehen und ihr doch noch eine schmieren.

Ich bin also eine Schlampe? Ich komme mit allem durch? Ich bin egoistisch? Verdammt, ich habe mir nichts von dem hier ausgesucht! Ich wollte Trevor nie, ich wollte Cam/James!

Und das weiß sie genau, wer, wenn nicht sie? Vielleicht hat sie es einfach verdrängt. Möglich wäre es, denn sie wirkte völlig irre, als hätte sie sich von der Realität gelöst und würde nun in ihrer eigenen verweilen. Außerdem tut mir der Bauch weh, so sehr, dass ich meine Hand dagegen presse. Und mir ist immer noch übel. Mir ist immer noch heiß. In meiner Not lasse ich mein Fenster etwas runter. Albert beruhigt sich allmählich, aber mein Herz rast nach wie vor und die Schmerzen nehmen auch nicht ab. Es sticht immer wieder, auch nach fünf Minuten noch … wird von Mal zu Mal unangenehmer und ich kann immer schwerer atmen.

Irgendwas stimmt nicht.

»Miss?«, fragt der Stalker und ich sehe abgelenkt zu ihm nach vorn. War er eigentlich schon die ganze Zeit so verwischt? Was passiert hier? Warum rast mein Puls immer noch so sehr? Wieso ist es feucht zwischen meinen Beinen.

Als ich mich leicht bewege, zischt ein nächster Krampf durch meinen Unterleib. Als hätte nun Tessa den Dolch in der Hand, hätte ihn in meinen Bauch gestoßen und würde ihn irre grinsend drehen und drehen. Als würde sie meine Gebärmutter aufschneiden und das Baby …

»Das Baby«, keuche ich zittrig und der Alarm explodiert in den Augen des Stalkers.

»Haben Sie Schmerzen, Miss?«, fragt er und beschleunigt sein Tempo, was mir ziemlich Angst macht. Genauso macht es mir Angst, dass Albert an mir schnüffelt. Als es sich wieder in mir verkrampft, muss ich einen Schmerzlaut unterdrücken. Das ist nicht richtig. Irgendwas stimmt wirklich gar nicht, und wieso ist es eigentlich so warm und nass in meinem Höschen? Ich hebe meinen Rock und schluchze fast auf, als ich erkenne, dass es Blut ist. An meinem Höschen und meinen Innenschenkeln. Blut das nur so aus mir herausläuft.

»Ich muss ins Krankenhaus!«, bringe ich irgendwie hervor, und der Stalker gibt noch mehr Gas.

»Ich bin schon auf dem Weg, Miss. Bleiben Sie ruhig.« Ruhig bleiben. Ruhig bleiben. Ruhig bleiben. Ich kann nicht ruhig bleiben.

Mit dem Baby stimmt was nicht!

Vielleicht stirbt es. Mich packt eine Angst, wie ich sie nie zuvor empfunden habe. Eiskalt gräbt sie sich durch meine Brust, meinen Bauch und in meinen Kopf. Ich kann nicht klar denken und es wird auch nicht leichter, als der nächste Krampf über mich herfällt. So heftig, dass mir schwarz vor Augen wird. Ich kralle mich mit einer Hand in den Türgriff, versuche irgendwie zu atmen. Aber es geht nur flach und deshalb sehr schnell. Ich kriege kaum Luft, ich kann nicht denken.

Und wenn diesem Baby was passiert?

Ihm darf nichts passieren!

Nur am Rande nehme ich wahr, wie der Stalker telefoniert und irgendwas von Krämpfen und Krankenhaus sagt. Wahrscheinlich informiert er Trevor.

Wird dieser Cam informieren? Wird Cam kommen? Ich will doch nichts weiter als ihn. Verdammt, ich wollte immer nur ihn und Tessa hat nicht recht. Ich habe nicht an mich gedacht, mich trifft keine Schuld an all dem, was passiert ist, und gerade geschieht. Ich habe meinem Baby nichts angetan. Ich habe nicht …

Dann fällt der bislang mächtigste Krampf über mich her und ich lehne mich keuchend gegen die Tür. Es tut so verdammt weh, ich will, dass es aufhört. Bitte, es soll einfach nur aufhören. Stattdessen wird es immer schlimmer. Und ich glaube, ich verliere es gerade, ich verliere mein Baby.

Bitte nicht.

Bitte.

25. AUF DEM BODEN

Cameron

In den letzten Wochen bin ich wieder mal nur gereizt, denn es läuft nichts so wie ich es will.

Melody ist unausstehlich.

Ich bin unausstehlich.

Mein Schwiegervater nervt. Von meinem Vater will ich erst gar nicht anfangen, und Trevor – dieser Wichser – ist da.

Er provoziert mich. Mit seinen Worten, seinen Blicken, seinem Gang, seiner Anwesenheit auf dieser Erde. Außerdem versucht er auch noch so verdammt professionell zu sein und holt mich immer wieder mit ein paar Blicken oder Worten runter. Er meistert das hier ja alles ach so souverän, aber ich bin eine tickende Zeitbombe und ich werde hochgehen, wenn ich Charlie nicht bald wiedersehe.

Unser Treffen ist jetzt zwei Wochen her, ich kann sie nicht mehr auf meiner Zunge schmecken und die Fantasien von ihr, zu denen ich es mir jeden Morgen unter der Dusche besorge, verblassen auch so langsam. Ich will sie wieder, aber ich kann sie nicht haben und das kotzt mich an. Trevor erzählt nichts über sie. Ich frage nicht nach ihr, sondern tue so, als wäre alles in bester Ordnung, denn ich will diesen Job nicht verlieren, ich muss ihn im Auge behalten. Noch ist er jeden Tag gut drauf, wenn er in die Arbeit kommt, noch höre ich ihn nicht mit Charlie am Telefon streiten, noch besucht sie ihn nicht und macht ihm eine Szene, weil er sie betrogen hat. Aber der Tag wird kommen und dann werde ich da sein und ihm endlich eine auf die Fresse geben. Ein falsches Wort an sie, ein falscher Blick – meine Faust landet in seinem Gesicht. Ein falscher Gedanke – meine Faust landet in seinem Gesicht.

So oder so, sie wird auf jeden Fall landen – in seinem Gesicht.

Auch heute bin ich so gereizt, dass ich kaum an mich halten kann, denn die Hochzeit der beiden rückt auch immer näher und ich kann es nicht aufhalten. Damit ich die miese Situation maximal auskosten kann, liest Melody mir jeden einzelnen Artikel über die beiden vor. Sie liebt es, mich zu quälen, und ich liebe es, ihr nicht zu zeigen, was in mir vor sich geht. Ich liebe es, sie immer wieder am ausgestreckten Arm verhungern zu lassen, was wiederrum Melody überhaupt nicht gefällt.

Ihre Geduld ist dieser Tage ohnehin nicht die beste, aber das ist nicht mein verdammtes Problem.

Mein Problem ist Charlie und die Tatsache, dass ich zwar meinen Job unbedingt behalten will, aber ganz und gar nicht gut darin bin. Ich kann mich kaum auf meine Aufgaben konzentrieren, der Monitor ist zu hell eingestellt und das Licht reizt meine Augen. Ich schlafe momentan nicht besonders gut, was höchstwahrscheinlich auch zu meiner permanenten schlechten Laune beiträgt.

Besser wird es nicht, als Trevor eines Vormittags in mein Büro stürmt. Gerade will ich ihn anfahren, aber dann sehe ich seine Miene. Er ist nun mal mein bester Freund, deswegen ist offensichtlich, dass etwas nicht stimmt. Gar nicht stimmt, denn seine hellen Augen sind aufgewühlt.

»Charlotte«, stößt er hervor, er nennt sie nie Charlie, sondern benutzt immer die Variante, die sie nicht ausstehen kann. Zu Beginn habe ich ihn noch ein paar Mal korrigiert, jetzt ist es vollkommen nebensächlich, denn auch ich stehe in der nächsten Sekunde.

»Was ist passiert?«

»Sie hat das Kind verloren«, sagt er und in meinem Kopf wird mit diesen fünf Worten alles leergefegt. Für ein paar Sekunden befindet sich dort nur ein luftleerer Raum, in dem diese Worte kreisen, nichts weiter. Dann explodieren die Gedanken.

Baby.

Charlie.

Gefahr.

In der nächsten Sekunde setze ich mich in Bewegung, komme jedoch nicht weit, denn Trevor hält mich am Arm auf. Ich glaube, er hat seinen Verstand verloren. Als ich ihn anstarre, finde ich in seinen Augen tödliches, endgültiges Eis.

Fick dich!

»Lass. Mich. Los«, artikuliere ich schwerfällig, aber er schüttelt den Kopf.

»Du kannst jetzt nicht zu ihr.« Ich glaube, mich verhört zu haben. Er verbietet mir sicher nicht zu meiner Frau zu gehen, wenn sie mich braucht. Er verbietet mir nicht, auf sie aufzupassen. Sie braucht mich.

Wortlos hole ich aus, will ihm eine verpassen, aber er hat das wohl geahnt, denn er weicht aus und packt mich am Kragen. In der nächsten Sekunde donnert er mich mit voller Wucht gegen die Wand. Einen Unterarm drückt er auf meinen Hals.

»HÖR. MIR. ZU. Wenn du jetzt da angestürmt kommst,

dann war alles umsonst«, knurrt er in mein Gesicht und ich kann kaum den Drang unterdrücken, ihm einfach einen Headnut zu verpassen. »Dann werden alle wissen, dass dieses Baby von dir ist, und dann kannst du genauso gut freiwillig in den Knast gehen. Ihr Vater wird dafür sorgen, dass du sie nie wiedersiehst, also reiß dich zusammen, Cam. Du darfst sie nicht gefährden. Denn das würde fatale Folgen haben, hörst du mich?« Er packt meinen Kragen fester und verfickte Scheiße, er hat ja recht. Aber verdammt, ich kann nur daran denken, dass sie Schmerzen hat, das sie mich braucht und wenn das Baby wirklich stirbt? Was, wenn sie …

»Lass mich das machen, ich schwöre dir, ich werde dich sofort anrufen, wenn ich da bin und sie dir geben. Sobald sie wieder zu Hause ist, kannst du sie besuchen, aber tu jetzt nichts Dummes, was wir alle bereuen werden« beschwört er mich weiter, als er den Widerstand in meinen Augen sieht.

ER. HAT. RECHT.

Barsch schiebe ich seine Hände von mir.

»Fahr!«, knurre ich ihn an und kralle meine Hände in mein Haar, als er auch schon aus dem Raum stürmt.

Ich beginne, in meinem Büro auf und ab zutigern, von meiner Angst um sie und das Baby getrieben, die sich immer tiefer und tiefer durch meine Eingeweide gräbt.

Er kapiert das einfach nicht, wie auch, er ist nicht ich.

Er ist nicht wir!

Ich muss selbst sehen, dass es ihr gut geht, ich muss sie in den Arm nehmen, muss sie trösten, muss vor allem bei ihr sein.

Sie braucht mich jetzt.

Also schnappe ich meinen Autoschlüssel und stürme aus dem Büro, an Mandy vorbei, die mir noch irgendwas nachruft, aber es ist mir egal. Ich springe in einen Aufzug und zähle jede einzelne Etage, bis ich unten bin. Wenig später reiße ich die Tür meines Wagens auf und als ich sitze, bemerke ich, dass mein Hemd vor Schweiß an mir klebt. Mechanisch starte ich den Motor und scrolle durch mein Telefonbuch. Mir fuckegal, ob irgendjemand bemerkt, was ich vorhabe. Ich muss sie anrufen. Während ich aus der Tiefgarage presche und fast einen Kleinwagen von der Straße schiebe, ramme ich meinen Finger auf den Anrufknopf. Aber das Freizeichen hallt schier endlos durch den Wagen. Sie geht nicht ran. Ist sie ohnmächtig? Ist sie vielleicht im Operationssaal? Ist sie …

Verdammt.

Verblutet sie vielleicht?

Liegt im Koma?

IST TOT?

Während ich hier durch London rase und eine rote Ampel überfahre, kommen mir die grausamsten Gedanken. Ich habe ihr doch gar nicht alles gesagt, was ich sagen wollte. Ich habe gar nicht alles mit ihr getan, was ich mit ihr erleben wollte. Wir waren doch niemals wirklich zusammen. Das hier darf nicht enden. Sie darf nicht enden.

Ich weiß nicht genau wie, aber ich schaffe es in irrsinnigen achtzehn Minuten zum Krankenhaus. Als ich auf den Parkplatz presche, steht Schweiß auf meiner Stirn. Meine Hände haben sich fest um das Lenkrad geklammert und das Herz rast in meiner Brust wie ein verdammtes Maschinengewehr. Ohne das Gebäude aus den Augen zu lassen, parke ich einfach in zweiter Reihe direkt vor dem Eingang und steige aus. Die Tür bleibt offen stehen, das Schicksal meines BMWs ist mir egal. Ich muss zu ihr. Ich muss sie sehen ... ich muss …

»Mister Cavendish?«, werde ich von rechts angesprochen und bemerke erst jetzt die beiden riesigen Typen in dunklen Anzügen, welche die automatische Tür anscheinend flankiert haben.

Stuarts?

»Nein«, knurre ich und will einfach an ihnen vorbeirauschen. Aber der eine packt mich mit geübtem Griff und schlingt seinen Arm von hinten um meine Brust. In meinen Rücken bohrt sich unverkennbar der Lauf einer Waffe und das Blut gefriert in meinen Adern.

»Wir sind hier, um Sie vor einem großen Fehler zu bewahren, also bleiben Sie ganz ruhig«, murmelt er mir zu und zieht mich vom Eingang weg, um die verdammte Ecke des Hauses. Er zwingt mich von Charlie weg.

Ich knirsche mit den Zähnen. Genau drei Sekunden kann ich mich davon abhalten, etwas zu tun. Dann wirble ich herum und verpasse dem Kerl einen Hieb mit meiner Faust.

»Fick dich!«, knurre ich und will noch einmal ausholen, als ich von hinten gepackt werde. Ein monströser Hieb landet in meiner Seite und noch einer und noch einer, bis es knackt und meine Knie vor Schmerzen fast unter mir nachgeben.

FUCK.

Die Typen sind Profis. Und dieser Wichser hat mir gerade eine Rippe gebrochen.

Ehe ich das verkraften kann, rappelt sich der andere auf. Blut läuft aus seiner Nase und seine Hand ist völlig verschmiert, als er mein Haar packt. Hass und Wut toben in seinen dunklen Augen. Habe ich etwa sein Ego verletzt und was ist das überhaupt für ein Bastard?

Fuck, ich bringe sie um. Ich. Muss. Zu. Ihr.

Genau genommen sehe ich diese Typen gar nicht, denn

vor meinem geistigen Auge hat sich alles rot verfärbt. Ich muss zu meiner Frau. Jetzt.

»Außerdem habe ich eine Botschaft von Mister Stuart für dich, Bastard«, knurrt er und verpasst mir einen so heftigen Hieb, dass die verfickten Sternchen in meinem Kopf explodieren und der rote Nebel sich auflöst. Normalerweise würde ich jetzt zur Seite taumeln, aber der andere hält mich aufrecht und knallt mich mit dem Rücken gegen die dreckige Wand. »Halte dich von ihr fern.«

Dann prasseln die Fäuste nur so auf mich ein, dann brechen meine verdammten Knochen und meine Haut platzt auf. Dann machen diese Hurensöhne mich völlig fertig.

Schließlich sinke ich auf den dreckigen Boden.

Game over.

26. VERNICHTET

Charlie

Als ich die Augen aufschlage fühle ich mich, als wäre ich unter einen Rasenmäher geraten und als hätte er alles in meinem Kopf geschreddert. Mein Mund ist staubtrocken, mein Kopf ist ganz wattig. Von den Medikamenten?

Ich bin im Krankenhaus, weil ich …

Automatisch greife ich meinen Bauch, und noch bevor ich mich richtig erinnere, noch bevor ich irgendwas anderes weiß, wird mir eines klar:

Er ist leer.

Es ist weg.

Es ist gestorben.

Denn ich fühle es nicht mehr.

»Sie konnten es nicht retten«, sagt Trevor irgendwoher. Tränen fluten meine Augen, der Schmerz meine Seele. Alles in mir krümmt sich zusammen. Es ist mehr, als ich ertragen kann, mehr als ich jemals fühlen musste. Es überschwemmt mich so heftig, es zerreißt meine Seele und ich kralle mich in Trevors Hand, die an meiner aufgetaucht ist, während ich die andere auf meinen Mund presse. Doch ich kann den

Schluchzer nicht mehr aufhalten, kann den Schmerz nicht daran hindern, sich unbarmherzig durch mich zu bohren.

Mein Baby ist tot. Es ist tot. Einfach tot. Irgendwie lande ich in Trevors Armen und ich kralle mich an ihm fest, versuche, irgendwie aus diesem Schmerz und diesem Grauen zu finden, aber ich sehe keinen Ausweg. Ich ertrinke darin und niemand kann mir helfen, niemand kann mich retten.

Niemand konnte mein Baby retten, ich weiß doch nicht mal, was es war. Ein Mädchen? Ein Junge?

Es hätte strahlende Augen gehabt, hätte mich angelächelt, es hätte gelacht, es hätte gespielt, es hätte gelebt. Aber nun wird es niemals leben. Es hatte keine Chance. Sie wurde ihm einfach genommen. Ich presse mein Gesicht an Trevors Halsbeuge und kralle mich noch fester an ihn, während er mir über den Rücken streicht und mich einfach nur festhält, so fest, wie ich es gerade brauche. Aber nichts ist fest genug. Es sind auch nicht die richtigen Arme, denn es ist nicht Cam.

»Cam«, flüstere ich irgendwann tränenerstickt und Trevor zieht mich noch näher.

»Ich habe ihm gesagt, er soll im Büro bleiben, sonst hätte er alles auffliegen lassen.« Ja, er hat natürlich recht. Aber ich muss mit ihm reden, ich brauche ihn. So sehr. So sehr wie noch nie.

»K… kann ich ihn anrufen?«, frage ich zittrig und Trevor zieht sich etwas zurück, überschaut ein tränennasses bleiches Gesicht und verzieht seines. Auch er wirkt mitgenommen, als würde es ihm wirklich nahegehen. Vielleicht weil Cam sein Freund ist und er nun niemals sein Baby in den Armen halten wird.

»Sicher«, seufzt er »aber nicht mit deinem.« Er zieht sein Handy aus der Tasche. Meine Finger zittern, als ich Cams Kurzwahl antippe und mir das Gerät ans Ohr halte. Es klingelt endlos und in meiner Brust ist es immer noch so verkrampft. In mir tut es immer noch so weh. Ich ertrinke immer noch in diesem See an Schmerz und es gibt nur einen, der mich hinausziehen kann. Aber er hebt nicht ab. Die automatische Ansage ertönt, ich lege auf und reiche Trevor das Handy. Cam ist nicht für mich zu sprechen, hat keine Zeit für mich, vielleicht ist es ihm einfach nicht wichtig. Geschlagen lehne ich mich zurück, eine Hand immer noch auf meinem Bauch starre ich an die Decke.

Es ist tot. Und mit ihm ist auch das letzte bisschen von Cam und mir gestorben.

»Was war es?«, frage ich Trevor, ohne ihn anzusehen.

»Willst du das wirklich wissen?«, erkundigt er sich rau und ich beiße die Zähne aufeinander.

»Ja«, antworte ich kaum hörbar.

Trevor seufzt erneut. »Ein Mädchen.« Fest drückt er meine Hand. Als er sie zurückziehen will, lasse ich es nicht zu. Denn ich brauche ihn gerade, ich kann diese vernichtende Situation nicht allein bewältigen, das schaffe einfach nicht.

Seine Nähe und der Daumen, der über meine Knöchel streicht, spenden mir Trost. Wenn Cam schon nicht da ist, dann muss ich mich eben an ihm festhalten.

Vermutlich werde ich nie wieder irgendwas allein schaffen, denn mein kleines Mädchen hat es auch nicht geschafft.

Sie hatte nie eine Chance, denn diese Welt ist grausam und zerstörerisch.

Sie ist nichts für so ein zartes, hilfloses Wesen.

Und vermutlich auch nichts für mich.

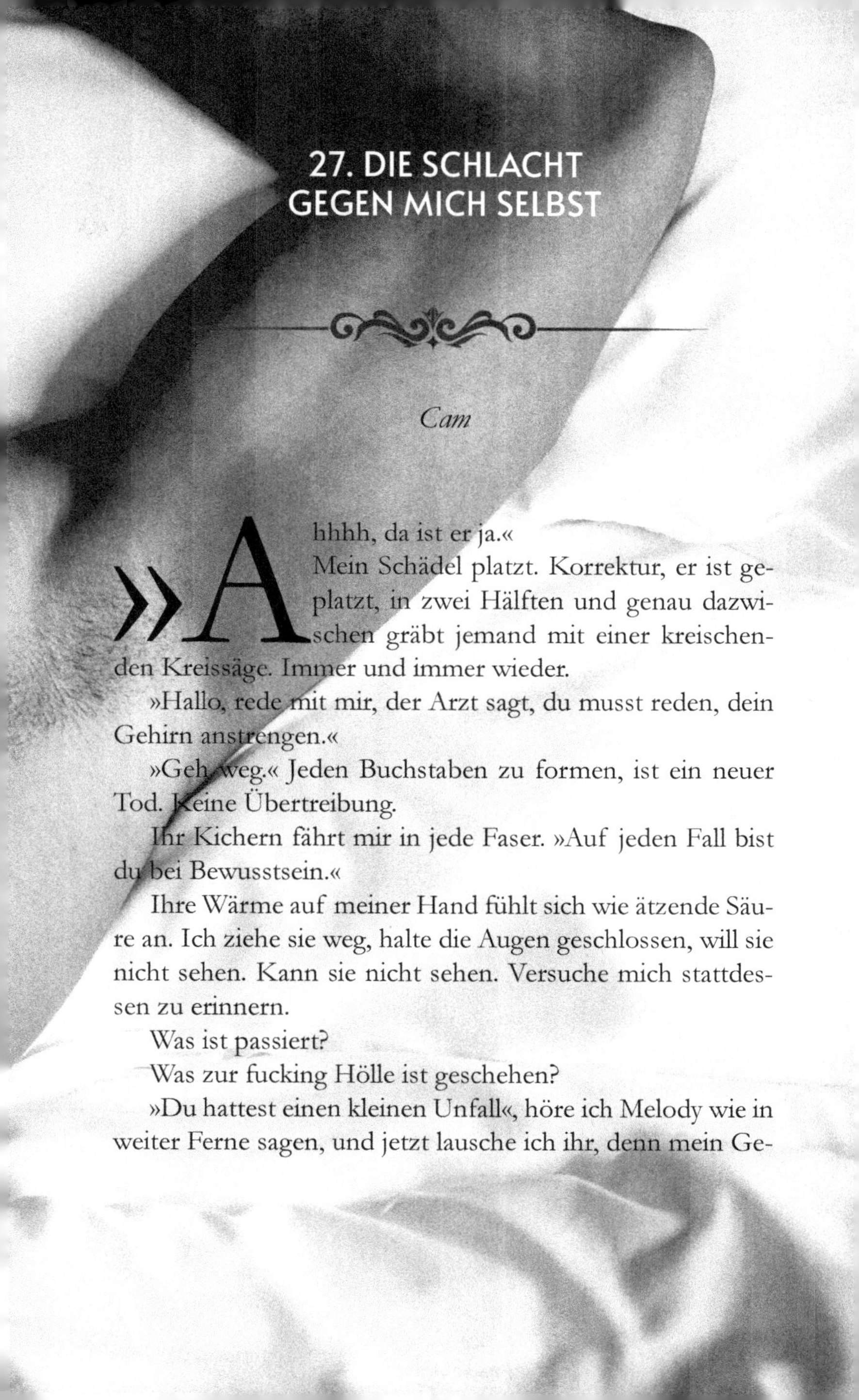

27. DIE SCHLACHT GEGEN MICH SELBST

Cam

»Ahhhh, da ist er ja.«

Mein Schädel platzt. Korrektur, er ist geplatzt, in zwei Hälften und genau dazwischen gräbt jemand mit einer kreischenden Kreissäge. Immer und immer wieder.

»Hallo, rede mit mir, der Arzt sagt, du musst reden, dein Gehirn anstrengen.«

»Geh weg.« Jeden Buchstaben zu formen, ist ein neuer Tod. Keine Übertreibung.

Ihr Kichern fährt mir in jede Faser. »Auf jeden Fall bist du bei Bewusstsein.«

Ihre Wärme auf meiner Hand fühlt sich wie ätzende Säure an. Ich ziehe sie weg, halte die Augen geschlossen, will sie nicht sehen. Kann sie nicht sehen. Versuche mich stattdessen zu erinnern.

Was ist passiert?

Was zur fucking Hölle ist geschehen?

»Du hattest einen kleinen Unfall«, höre ich Melody wie in weiter Ferne sagen, und jetzt lausche ich ihr, denn mein Gedächtnis ist gerade out of order. »Irgendwer hat dich zusammengeschlagen.«

Fuck.

Sobald sie es gesagt hat, habe ich die Geräusche der Schläge auf meinen Körper im Ohr, das Gefühl, als meine Knochen brachen.

»Du hast ein blaues Auge, ein Jochbein ist gebrochen, ein Arm, ein paar Rippen mussten dran glauben und du hattest einen Milzriss, sie musste leider entfernt werden.«

Fuck.

FUCK.

»Man vermutet, du hast eine Gehirnerschütterung, aber alles in allem bist du gut weg gekommen.« Meine Frau nimmt schon wieder meine Hand. »Ich habe dir gesagt, du sollst dich von ihr fernhalten, aber du wolltest ja nicht hören.«

»Fick dich«, murmele ich schwerfällig.

»Warum sollte ich?«, erwidert sie gut gelaunt. »Ich finde, eine Abreibung hattest du verdient, aber er hätte dich nicht so zusammenlegen sollen.«

»Wer?«

»Trevor, wer sonst? Ich habe den Eindruck, er teilt nicht gern. Anscheinend hat unsere Hochzeit nicht gereicht, damit du die Finger von ihr lässt.«

Sie hat wieder meine Hand ergriffen und wieder muss ich diese verdammte Wärme über mich ergehen lassen. Finde nicht mehr die Kraft, sie wegzuziehen, finde nicht mehr die Kraft, mich zu wehren. Noch nie habe ich mich so beschissen gefühlt. Irgendwas gärt da noch im Hintergrund, irgendwas, das ich nicht greifen kann.

»Vielleicht hast du es jetzt endlich verstanden. Ich habe Geduld mit dir, aber sie ist nicht unbegrenzt. Trevor ist da nicht so freigiebig. Außerdem ist das letzte Bindeglied, was ihr vielleicht noch hattet, auch weg. Gott sei Dank. Wenn du mich fragst, hätte ich das an Georges Stelle überhaupt nicht zugelassen. Die Stuarts wollen einen Erben und sie sind nicht dumm. Aber diese kleine Gans konnte sich schon immer durchsetzen, es scheint, ihr wird jeder Wunsch erfüllt, selbst wenn er noch so zerstörerisch ist. Nimm es einfach hin, rühre nicht dran und lass sie in Ruhe.«

Endlich verschwindet die Wärme und ich habe das Gefühl, befreiter atmen zu können. Als Melody wieder spricht, klingt sie weiter entfernt. »Ich sehe vielleicht nachher noch mal nach dir. Diese Krankenhäuser verursachen bei mir Hautunreinheiten. Werde gesund oder wenigstens gesund genug, damit ich dich nach Hause holen kann.«

Die Tür klappt und ich bin allein.

Allein mit meinem Körper, der sich fremd anfühlt, als wäre mein Bewusstsein in einen anderen übertragen worden. Ich sinke in eine Art Dämmerschlaf, finde aber nie in die Tiefe zurück.

Weil es gärt. Irgendwo tief in mir.

Verzweifelt versuche ich im Halbschlaf dahinterzukommen, was sie gemeint hat, versuche die Geräusche von den Schlägen zu verdrängen und die Schmerzen zu ignorieren, die erst zaghaft einsetzen, dann aber wie ein Streufeuer über mich herfallen und meinen gesamten Körper in Brand setzen.

Fuck.

Fuck.

FUCK!

…

»FUCK!«

Ich schrecke auf, reiße das funktionierende Auge auf, denn irgendwer hantiert an mir herum.

»Bleiben Sie ruhig, Mister Cavendish, Sie sind in Sicherheit.«

Soll das ein Scherz sein?

»Wo ist mein Handy«

Die junge Schwester, die gerade irgendwas an mir gemacht hat, wirkt äußerst verwirrt. »Bei Ihren Sachen, vermutlich.«

»Geben Sie es mir.«

»Ich muss erst mit dem Arzt ...«

»Bin ich festgenommen?«

Sie verdreht die Augen. »Natürlich nicht, das ist ein Krankenhaus, keine Gitterstäbe vor den Fenstern.«

»Dann gib mir mein verdammtes Handy.«

Sie geht wortlos raus und lässt mich ohne Handy zurück. Lässt mich schmoren. Lässt mich mit meinen Gedanken allein.

Fuck

FUCK.

Das Baby ist weg.

Tot.

Ausradiert.

Warum es passiert ist, weiß ich nicht, weil ich ja nie bei Charlie in der verdammten Klinik angekommen bin. Weil man mir irgendwelche Schläger in den Weg stellt, weil man mich von ihr fernhält.

Von der Frau, die mein Baby bekommen sollte.

Trevor, das Arschloch.

Er hat sich schon die ganze Zeit seltsam benommen. Alles, was wir bei meinem Junggesellenabschied zwei Punkt null besprochen hatten, waren offensichtlich nur Lippenbekenntnisse. Dieses Arschloch will sie für sich.

Und er will mich von ihr fernhalten.

Und er macht es nicht mal selbst, sondern hetzt seine

Schläger auf mich.

Damit ich nicht bei Charlie sein kann, wenn sie …

Endlich mache ich die Augen auf. Mich empfängt ein Krankenzimmer, allerdings mit jeder Menge normalen Möbeln, Supersterneklasse, schätze ich, und es interessiert mich einen Fuck.

Sie halten mich von ihr fern, haben sich zu einer Betonfront zusammengeschlossen und schieben mich mit geballter Kraft von ihr weg. Irgendwas in meiner Brust zieht sich immer mehr zusammen, denn diese Bitch, die sich meine Ehefrau nennt, hat recht, dieses Baby war das letzte Bindeglied. Ich kann spüren, wie Charlie mir entgleitet, wie diese verdammte Stahlfront – der eiserne Vorhang war ein Scheißdreck dagegen – sie immer weiter von mir abdrängt und immer mehr von mir entfernt.

Und jetzt hat sie mein Baby verloren.

Unser Baby.

Ich kann das irgendwie nicht fassen, die Botschaft kommt nicht wirklich bei mir an. Noch schlimmer ist aber die Sehnsucht nach ihr und mein Versagen. Denn es ist mein Job, ihr beizustehen, ihre Hand zu halten, ihr zu sagen, dass alles wieder gut wird.

Auch wenn das garantiert nicht eintreffen wird.

Mir fällt nicht ein, wie es wieder verdammt noch mal gut werden soll.

Und wo zur Hölle ist mein fucking Handy?

»Das sieht alles schon ganz gut aus.«

Der grauhaarige Arzt mustert mich väterlich, und ich will ihn schlagen. »Eine Woche, dann können wir mit der Reha beginnen. Ihren Kopf werden wir weitere vierundzwanzig Stunden unter strenger Beobachtung halten, dann können Sie auf ein normales Zimmer verlegt werden.«

Auf die Art komme ich dahinter, dass ich auf der ITS liege. Ich fühle mich, als wäre ein Zehntonner über mich hinweggerast. Aber was suche ich auf einer fucking Intensivstation?

»Machen Sie sich keine Sorgen, ein paar Beamte wollen Sie dringend sprechen, aber ich habe sie bis auf Weiteres vertröstet.«

Bleib mir bloß vom Leib mit der verdammten MET.

»Alles wird wieder gut werden.«

»Wo ist mein Handy?«

El Dottore schüttelt den Kopf. »Daran sollten Sie noch nicht mal denken, der kleine Bildschirm strengt die Augen an, Sie haben …«

Den Rest seines süffisanten Vortrages lasse ich einfach über mich hinwegrauschen und atme auf, als dieser Idiot endlich raus ist. Auch die nächste Schwesternrunde warte ich ab. Sie kommen alle zwanzig Minuten, das ist schlimmer als Knast, ich spreche da aus Erfahrung.

Als sie raus ist, ich habe nicht mal mehr nach dem Smartphone gefragt, setze ich mich langsam auf, achte darauf, dass der Finger nicht aus der Pulskontrolle rutscht und auch jedes fucking Kabel dort kleben bleibt, wo es ist. Das Aufstehen ist die Hölle, es fühlt sich an, als würde irgendwer mit einem Beil auf mich einschlagen. Allein die Beine über den Bettrand zu schieben, kostet mich so viel Kraft, dass mir der Schweiß ausbricht.

Weiter komme ich nicht, weil die Kabel enden. Und so ziehe ich alles mit mir.

Bett. Fucking Ständer mit den fucking Geräten.

Dabei komme ich mir vor, wie einer dieser Kohleschlepper damals, als sie noch Öfen beheizten. Meine Klamotten befinden sich in einem begehbaren Schrank, der gut drei Meter entfernt ist. Ich erreiche die Tür, kann sie tatsächlich öffnen: Da ist meine Jacke und in der Jacke mein Handy, nur ist genau hier Ende mit Kabel.

Ich komme nicht weiter.

Zwanzig Zentimeter.

Zwanzig verdammte Zentimeter trennen mich von der Erlösung und ich habe keine Chance.

Hier verlässt mich die Geduld, ich finde, ich habe schon mehr als üblich gezeigt.

Ich fetze den Pulsscheiß von meinem Finger, die Drähte von meiner Brust und was da noch so ist, greife in die Jacke, hole das Handy heraus und schiebe das ganze Bettzeug zurück. Als die Schwester den Raum stürmt, habe ich mich gerade wieder hingelegt und sehe sie verwundert an.

»Keine Ahnung, das Dreckszeug ist einfach abgefallen.«

Es ist kein Knast, denn die Inquisition dauert nicht sehr lange. Sie bastelt alles wieder an, geht und ich schlafe für ein paar Minuten, nicke einfach weg, schrecke irgendwann wieder auf und angele nach dem Handy unter dem Kopfkissen.

Endlich.

Mein Blick fällt auf den Akku, noch zwei Prozent.

Zwei.

Ohhhh Scheiße, und ich habe keine Chance, an ein Ladegerät zu kommen. Das Herz hämmert in meiner Brust, ich will schreien, um mich schlagen, irgendwen hinrichten, weil diese Stahlwand sie schon wieder ein Stück von mir weggeschoben hat, und ich keine Chance bekomme, länger mit ihr zu sprechen.

Deswegen schreibe ich.

J: Hey.

… und behalten das Display im Auge.

Als die drei Punkte sich bewegen ist es wie eine Neugeburt.

C: Hey. <)

Nichts mehr.

Nur das eine Wort.

Der Akku steht noch immer bei zwei Prozent, mir bricht wieder der Schweiß aus und meine Finger zittern.

J: Ich habe gehört, was geschehen ist, ich … konnte nicht zu dir, ich habe es versucht, aber … es ist wie verhext.

Ein Prozent.

J: … Es tut mir so unendlich leid. Alles, was du meinetwegen durchmachen musstest und musst. Ich wäre so gern bei dir, und ich weiß, du wirst mich hassen, weil ich dir nicht beigestan-

den habe. Bitte hasse mich nicht, Baby. Es wird alle...

Ich kann die Nachricht nicht abschicken, denn der Bildschirm wird schwarz.

Fuck!

Fuck!

FUCK!

Fast im selben Moment kommt die Schwester, lächelt mich schüchtern an und stellt meinen Lunch auf den Tisch.

Ich werfe dem Tablett nur einen angewiderten Blick zu, ziehe es am Ende aber doch zu mir heran.

Und entdecke einen kleinen Zettel.

<) 4566854647541.

Entnervt verdrehe ich die Augen.

Natürlich, ich liege hier halbtot, bin mir nicht sicher, was ich zuerst auseinanderschlagen soll, und sie gibt mir ihre Telefonnummer.

Nach kurzer Überlegung werfe ich sie nicht weg.

Wer weiß, vielleicht ist sie irgendwann mal nützlich, um mich vor dem kompletten Durchdrehen zu bewahren.

Ich liege da und starre die Decke an. Eine geweißte, makellose Decke, was man in diesem verdammten Land nur sehr selten sieht.

Ich sehe es immer, wenn ich aufwache, denn das Stadthaus, in dem ich mit Melody wohne, wurde vor unserem Einzug restauriert und dürfte damit eines der modernsten des gesamten Kontinentes sein. Ich hasste es, als ich es das erste Mal betrat, hasse es jedes verdammte Mal, wenn ich es wieder betreten muss.

Hasse den Geruch.

Die Weite der Zimmer.

Die riesige Küche mit allen Schikanen, alles, was es ausmacht. Alles was, man darin sieht. Ich hasse, hasse, hasse es. Weil ich weiß, wie wohl Charlie sich dort gefühlt hätte, wie glücklich wir dort wären und wie hart es ist, stattdessen mit Melody darin zu wohnen. Das Apartment, in dem ich mit Charlie lebte, erscheint dagegen wie eine Kate innerhalb einer Slumsiedlung am Rande Bagdads. So stelle ich es mir jedenfalls vor und bin nicht der Einzige, der so denkt. Melody lässt entsprechende Anmerkungen immer wieder mal fallen, je nach Stimmungslage.

»Endlich kannst du wieder wie ein Mensch leben.«

»Dass diese Ehe ein Reinfall war, erkennt man schon an der Behausung, in der ihr vegetiert habt.«

»Und das hat sie akzeptiert? Ich hätte dir die Hölle heiß gemacht, wenn du mir das angeboten hättest.« Eine bedauernde Miene folgt und der Versuch, mir über das Haar zu streichen, wie einem verdammten Hund. Ich konnte meinen Kopf immer rechtzeitig genug wegziehen. »Aber mach dir keine Sorgen, ich habe ja genügend Geld. Du bringst den Titel, wenigstens das dürfte ja nicht neu für dich sein.«

»Du hast dir nie Gedanken darüber gemacht, wie du lebst? Du dachtest wirklich, das könnte ihr genügen? Sie ist eine Frau, sie ist Britin, natürlich hat sie sich jemanden gesucht, der mehr Geld hat.«

So was prallt tagelang ab, aber irgendwann eben nicht mehr. Irgendwann macht man sich Gedanken, irgendwann ist die giftige Saat gesät und wenn man sich noch so sehr dagegen wehrt. Besonders, wenn es keine Flucht gibt. Meine sozialen Kontakte sind derzeit jämmerlich eingeschränkt. In der Firma habe ich es meistens mit Mandy, irgendwelchen Kunden oder aber den Mitarbeitern zu tun, die unter mir stehen. Trevor macht sich rar, will nicht mit mir reden, schützt jede Menge Arbeit vor. Ich habe es ihm nie abgenommen und ich wurde bestätigt, oder? Andere Leute kenne ich hier nicht. Ich war mit Mandy nach der Arbeit ein paarmal auf ein Pint um überhaupt was anderes zu sehen, aber am Ende ist sie nur eine einfache Frau, die ich nicht ficken will.

Niemals.

Nada.

Ihr Universum ist klein, die Dinge, die sie interessieren, noch kleiner, und es gibt zu mir, abgesehen von der Arbeit, keine Schnittmengen. Außerdem kann Melody es nicht ausstehen, wenn ich mit meinen Angestellten abhänge. Genau genommen kann Melody nichts von dem ausstehen, was ich tue, weshalb sie mich ja auch so abfuckt und ich sie einfach nicht mehr ertragen kann.

Mein Handy ist down, der Akku tot, womit ich von der Welt abgeschnitten bin. Jeden, der reinkommt, gehe ich nach einem Ladekabel an, und jeder scheint mich einfach nicht zu hören, Vielleicht ist meine Stimme bei der Schlägerei auch abhandengekommen.

Vielleicht bin auch ich abhandengekommen.

Vierundzwanzig Stunden liege ich so da, dämmere immer mal wieder weg, ohne jemals wirklich zu schlafen, weil mich zu viele Fragen umtreiben, weil mein Kopf ein Chaos ist, in dem tausend Hämmer gleichzeitig auf jede Windung einprügeln und mein Körper sich anfühlt, als wäre er ein paar hundert Meter über rauen Asphalt geschleift worden.

Ich esse nicht.

Das ist meine einzige Art mich zu verweigern und meinen Protest auszudrücken, wenigstens das nehmen sie widerstandslos hin. Einziger Bonus dieser Folter ist, dass sich Melody nicht mehr blicken lässt, anscheinend will sie ihren Teint schützen.

Nie hat mich etwas weniger als ihr fucking Teint interessiert.

Nie hat mich irgendwas weniger interessiert.

Ich dämmere dahin und bin am Verzweifeln, meine Wut steigt in gleichem Maße wie meine Hoffnungslosigkeit.

Sie haben mich kaltgestellt.

Er hat mich kaltgestellt.

Und er hatte nicht mal die Eier, es selbst zu tun. Das ist ein neues Level des Verrates, dafür wird er bezahlen. Ich werde in diese fucking Firma zurückkehren, schon weil er nicht damit rechnet. Ich werde dorthin zurückkehren und ihn zusammenschlagen. Dann werde ich gehen, mir einen neuen Job suchen und Mandy werde ich mitnehmen.

Oh fuck!

Ich verdrehe die Augen.

Ich klinge wie ein Mädchen.

Es klopft an der Tür, das ist so ungewöhnlich, dass ich zusammenzucke. Bevor ich was sagen kann, steht er in der Tür.

Er.

FUCK

Trevor kommt einen Meter in den Raum und bleibt wieder stehen, die Augen leicht verengt. Und sein Gesicht wirkt so fremd, als würde ich ihn nicht schon seit Jahren kennen. Er trägt eines seiner geliebten lachsfarbigen Poloshirts, für die ich ihn immer aufziehe, wenn ich mich nicht an seinem

Namen abarbeite. Dazu eine weiße Hose, ein Dandy, der so verdammt gelassen und glatt wirkt, während ich der Abfuck in Person bin. Die Leichtigkeit, die uns bisher verbunden hat, ist verloren gegangen.

»Hätte schlimmer kommen können«, sagt er schließlich.

Ich schweige.

»Du hättest auf jeden Fall mehr verdient.«

Ich schweige immer noch, während die Wut sich wie Galle meine Speiseröhre hocharbeitet.

»Ich schätze, jetzt hast auch du es begriffen.« Er kommt näher und setzt sich auf den Stuhl neben mir. Locker verschränkt er seine Finger und überschaut mich fast mitleidig, was mich nur noch wütender macht.

»Ich bringe dich um«, stoße ich irgendwie hervor und er lächelt humorlos.

»Wieso willst du mich jetzt killen, Cam? Alles, was passiert ist, hast du dir selbst zuzuschreiben. Dein Vater hat es dir gesagt, ihr Vater hat es dir gesagt, sie hat es dir gesagt, sogar ich habe es dir verdammt nochmal gesagt, aber du wolltest auf niemanden hören. Du warst außer Kontrolle aber der Trip ist jetzt vorbei.«

»Das hast du nicht zu entscheiden.« Was denkt dieser Pisser eigentlich, wer er ist?

»Meine Fresse, was soll denn noch passieren, bevor es endlich bei dir ankommt! Sie gehört dir nicht mehr, eigentlich hat sie dir nie gehört, das war nur eine Sache auf Zeit, bis die Bombe bei euch explodiert. Bei mir findet sie Ruhe, und was anderes kann sie gerade nicht gebrauchen.« Sein Blick wird kühler, eine einzige Warnung, die ich ihm ja zu gern in seinen Arsch stecken würden. »Halte dich von ihr fern, Cameron, beim nächsten Mal überlebst du womöglich nicht«, sagt er leise und etwas blitzt durch seine hellen Augen. Ist es Bedauern? Ich weiß es nicht. Ich kann mich nicht regen, denn die Wut überrollt mich so heftig, dass jeder Muskel sich anspannt. »Sie weiß nichts von dem hier. Ich habe dir Ihre Nachricht überbracht, weil sie mich darum gebeten hat, aber tu ihr den Gefallen und belasse es dabei, okay? Sie hat genug gelitten.« Damit geht er zur Tür, aber vor ihr stoppt er und legt den Kopf in den Nacken.

Eine Einladung?

Mit Sicherheit.

Ich nehme an, bin mit einem Satz aus dem Bett und gehe sofort in die Knie, weil meine fucking Beine versagen. In aller Seelenruhe dreht er sich um und offenbart mir wieder sein verhasstes Gesicht, das ich zugrunde richten will, in dem ich meine Faust versenken will, das ich zerstören will.

Fuck, ich will ihn tot sehen.

»Ich weiß, dass es nicht leicht für dich ist«, sagt er in einem »Sei doch endlich vernünftig, Cam-Tonfall«, »für keinen von uns ist es leicht. Sie haben uns alle im Auge, ein neuer Player hat das Spielfeld betreten, und der gibt sich nicht mit halben Sachen zufrieden. Sie muss sich endlich von dir lösen und du von ihr.« Er macht einen Schritt auf mich zu, bleibt aber außer Reichweite, die feige Sau, während ich jämmerlich versuche, auf die Beine zu kommen, wohlwissend, dass ich keine Chance habe, und diese trotzdem nutzen will.

Ich.

Will.

Ihn.

Töten.

»Es geht ihr beschissen, sie hat echte Schwierigkeiten, sich mit der Realität abzufinden und das nicht erst seit gestern. Meinst du, ich habe nicht gewusst, dass du dich mit ihr getroffen hast? Meinst du, ich habe nicht gewusst, dass du sie nochmal gefickt hast? Ich habe mich nicht eingemischt, damit ihr euch aussprechen und einen Schlussstrich ziehen könnt, aber mehr werde ich nicht zulassen. Es reicht, Cam.«

Er geht in die Hocke, betrachtet mich mit diesem seltsam, abwesenden Ausdruck, während ich versuche, ihn zu fassen zu bekommen und wieder erfolglos bin.

Fuck!

»Hast du eine Ahnung, was du riskierst und in welche Schwierigkeiten du sie bringst? Wie wird mein Vater wohl reagieren, wenn er eine Störung in seinem geliebten fucking Ablaufplan wittert?«

»Dein Alter interessiert mich einen Fuck«, knurre ich aggressiv.

»Yeah, das war schon immer dein Problem, du kapierst nicht, wann es besser ist, die Schnauze zu halten. Mach, was du willst, ist dein Leben, ich habe es satt, dich aus der Scheiße zu holen. Aber du vernichtest gerade auch ihres. Sie ist am Boden, sie ist fertig, sie hat alles verloren, was ihr etwas bedeutet hat. Solange du sie nicht in Ruhe lässt, kann sie sich nicht von dir lösen, kapiert? Es gibt keine Zukunft für euch beide. Es ist vorbei.«

»Das hast du nicht zu entscheiden.«

»Nein, habe ich nicht, hätte ich auch nie.« Er ist ernst geworden. »Ich bin kein Bastard, der seinem Freund die Frau ausspannt. Das waren andere, ich versuche nur, sie zu schützen, weil du offenbar nicht dran denkst, weil du nur deinen scheiß Schwanz in sie schieben willst, koste es, was es wolle.«

»Ich habe …«

»Halte endlich deine Fresse und denke nach! Du tust ihr keinen Gefallen, du ziehst sie immer weiter in den Höllenschlund hinab, jetzt kapiert? Alle Aufmerksamkeit ist auf sie gerichtet, sie kann keinen Schritt tun, ohne dass es registriert wird. Sie werden alles tun, um sie auf Linie zu bringen. Wenn es nicht gelingt, wird auch sie sterben!«

An meiner Wut vorbei schiebt sich ein neuer Gedanke.

»Das Baby …«

Er beißt die Zähne aufeinander und versucht offensichtlich, sich zu ordnen. Als er mir die Hand hinhält und mir aufhelfen will, schlage ich sie weg. Ich brauche seine Hilfe nicht. Ausatmend lehne ich mich mit dem Rücken an das Bett, denn mir geht die Kraft aus. »Ich weiß es noch nicht. Ich habe das Glas, aus dem sie getrunken hat, bergen lassen, es ist gerade im Labor. Aber ein Kind verliert man ja nicht einfach so, alles war in Ordnung, es könnte natürlich auch die Aufregung gewesen sein.«

»Welche Aufregung?«

»Tessa«, knurrt er. »Sie hat sie wieder in die Enge getrieben.«

»Vielleicht hat sie was damit zu tun.« Ich balle die Hände, stelle mir vor, wie ich dieser Missgeburt den Hals umdrehe.

»Das würde sie niemals wagen. Sie ist …«

»Das kannst du nicht wissen, du Idiot. Niemand kann wissen, was irgendwer tun könnte.«

»Ich kenne sie«, erwidert Trevor.

»Bildest du dir ein.«

Darauf erwidert er nichts und steht auf. »Wenn du sie liebst, wenn sie dir wirklich so viel bedeutet, wie du immer erzählst, dann gib ihr die Chance, zu sich zu kommen und bring sie nicht weiter in Schwierigkeiten. Lass sie in Ruhe, Cam.«

»Warum hast du die verdammten Schläger geschickt?«

Etwas zuckt in seinem Gesicht. »Du fickst meine Verlobte, was hast du gedacht, wird passieren?«

»Du willst sie selbst ficken, richtig?«

Er lacht leise. »Rede dir das nur ein, wenn dich das nachts besser schlafen lässt. Könnte natürlich auch sein, dass mich weniger ihre Titten, als vielmehr der Mensch drumherum interessiert.«

Für einen kurzen Moment schließe ich die Augen und als ich sie wieder öffne, ist er verschwunden. Ich sitze auf dem Boden, habe ihm nicht die Fresse poliert, habe mich nicht gerächt, habe sie nicht gerächt und bin ideell noch viel tiefer gesunken.

Fuck. FUCK Ich hasse das. Ich hasse mein Leben so sehr. Ich könnte brüllen. Ich könnte was zerschlagen.

Aber faktisch schaffe ich es lange Zeit nicht mal allein ins Bett. Dafür wird er bezahlen. Das schwöre ich mir in meiner schwärzesten Stunde, in der die Schmerzen nur so auf mich einprügeln.

Zuerst aber bezahle ich, denn mir gehen seine Worte nicht aus dem Kopf und ich habe nichts zu tun, habe keine Ablenkung, nicht mal ein Handy, sondern liege nur da und bekomme Herpes beim Anblick der geweißten Decke.

Wenn du sie liebst, dann lasse sie in Ruhe.

Was für ein dämlicher Spruch. Von diesen Thesen habe ich noch nie was gehalten. Wenn ich eine Frau liebe – und ehrlich, das kam wirklich noch nicht häufig vor –, dann will ich bei ihr sein, dann will ich in ihr sein, so häufig wie möglich, dann will ich ihr beistehen und werde wahnsinnig, wenn ich das nicht kann. Dann geht sie mich was an, und ich suche ihre Nähe, sonst würde ich sie ja nicht lieben.
Was für ein dämlicher Vorschlag.

Ich schließe die Augen und versuche, auf andere Gedanken zu kommen, denn diese tun mir nicht gut, hier untätig rumzuliegen tut mir nicht gut. Ich habe viel zu lange nichts getan, habe sie immer weiter in diese Hölle abgleiten lassen, ich hätte gar nicht so lange warten dürfen. Als an Weihnachten ausgerechnet Melody an der Tafel meines Vaters auftauchte, hätte ich es wissen müssen. Und genau da hätte ich mit ihr abhauen sollen. Nicht nach London, sondern an einen Ort, ein paar tausend Meilen entfernt, um mit ihr ein neues Leben zu beginnen, denn ab diesem Moment war klar, dass sie nicht lockerlassen würden und im Hintergrund jede Menge Scheiße ablief. Aber hinterher ist man immer schlauer und ich dachte wirklich, wenn wir gehen, würden sie es begreifen. Wie dumm, wie dämlich ich war.

Es dauerte lange, bis ich endlich begriff, was wir für sie in Wahrheit sind, welchen Wert wir für unsere Väter haben. Sowohl ich, als auch Trevor und ganz besonders Charlie.

Wir sind lebendes Kapital.

Wir sind Spekulationsobjekte.

Vor allem aber sind wir jede Menge Geld wert.

Es ist fuckegal was wir wollen, wen wir lieben, wen wir hassen oder wen wir dreimal täglich in Gedanken ermorden. Wir sind der Einsatz, mit dem jede Menge Macht erworben wird.

Und. Das. Fuckt. Mich. Ab.

Es macht mich wirklich wahnsinnig, ich hatte noch nie ein derartiges Gefühl der Enge, der Bevormundung, noch nie den Impuls, mich aus einer Geschichte auszuklinken. Einfach zu gehen. Fuck auf das Schlachtfeld, das ich hinterlasse, fuck auf irgendwelche Konsequenzen, genau genommen geht mich das alles überhaupt nichts an. Was habe ich mit diesem Land zu tun, was mit diesem Mann, der vorgibt, mein Vater zu sein.

Ich habe mir nie einen DNA-Test vorlegen lassen, vielleicht sollte ich das endlich mal nachholen. Und wenn ich gehe, dann nehme ich sie mit, egal was sie erzählt.

An dieser Stelle komme ich ins Straucheln, denn sie ist nicht ich, Charlie hat die Dinge schon immer anders gesehen, besonders, wenn es ihre Heimat und ihre Eltern, ihren Vater betraf. Ich weiß nicht, ob sie mich begleiten würde, kann mir nicht sicher sein, dass sie die Kraft hätte, all das hinter sich zu lassen, ihre sogenannte Verpflichtung – ja, so nennt sie es – abzulegen. Charlie ist mit diesen Werten aufgewachsen, ihr war immer klar, dass sie mit irgendwem verheiratet werden würde, aber ich bezweifle, dass sie wusste, wie schnell so eine Ehe enden kann, ohne dass der Ehemann mit Arsen hingerichtet wird. Und ich bezweifle, dass ihr klar war, wie schnell sie ihn lieben würde, weil er einfach ein heißer amerikanischer Scheißer ist. Ich bezweifele, dass ihr auch nur annähernd klar war, was passieren würde.

Ob ihre Gefühle für mich reichen, um alles hinter sich zu lassen?

Ich würde sie gern fragen, aber das kann ich nicht, weil ich ein Krüppel bin, ohne Ladekabel, abgeschnitten von der Welt, und allein mit meinen Gedanken.

Mit Beginn der nächsten Woche gibt es einige Veränderungen. Zum einen darf ich endlich die Intensivstation verlassen und zum anderen fällt ein Bataillon Schwesternschülerinnen über die Station herein. Alle um die achtzehn-neunzehn. Es versteht sich von selbst, dass ich binnen weniger Stunden zum Lieblingspatienten gekürt werde und sich die Girlies darum reißen, mich beschwestern zu dürfen. Gewinnerin ist Becky, achtzehn, mit rehbraunen Augen und auch ansonsten ungefickt. Es kostet mich zehn Minuten, dann ist sie bereit, bis zum Nordpol zu LAUFEN, um mir mein Ladekabel zu besorgen. Sie ist sogar noch nützlicher, denn sie weiß den Technikkram so zu verstecken, dass niemand es findet und ich trotzdem jederzeit rankomme.

Daher bin ich am ersten Abend auf der Station endlich wieder mit einem funktionierenden Handy versorgt. Und das läutet die Stunde der Wahrheit ein. Denn ich starre die ganze Zeit das Display an, meine Welt besteht nur noch aus mir und diesem Handy, was Becky ziemlich abfuckt.

Ich beachte sie nicht weiter, ich beachte niemanden weiter. Ich befinde mich im Krieg.

Gegen das Handy.

Gegen meine Wünsche.

Gegen meine Sehnsucht.

Auch gegen meinen Schwanz.

Ganz besonders gegen Trevor, diesem Arschloch, der mir neue, unangenehme Gedanken in den Kopf gepflanzt hat.

Warum, ist mir klar. Er will sie für sich, mir macht er nichts vor.

Über Jahre durfte ich ihn mit seinen Nutten beobachten, bei denen es meistens blieb. Trevor fickt sich durch die Bordelle der diversen Städte und fühlt sich gut dabei. Tessa war die Erste, mit der er es länger getrieben hat, ohne dafür zu bezahlen. Jetzt ist er auf Charlie gestoßen, würde gern auch in sie stoßen und die Umstände geben ihm recht, er soll sie schließlich heiraten. Er muss nur noch den Arsch loswerden, dem sie gehört, und schon hat er freie Bahn in ihre Pussy.

Ich. Werde. Ihn. Töten.

Fuck, zuerst einmal muss ich mir von Becky eine Knarre in dieses Scheißzimmer bringen lassen, damit ich ihn killen kann.

Charlie hat nicht geschrieben. Kein Sterbenswörtchen ist

gekommen. Haben sie ihr das Handy abgenommen oder hat Trevor ihr den gleichen Vortrag gehalten?

Oder … und diese Möglichkeit macht mir am meisten zu schaffen –, sie kann mir einfach nicht verzeihen, dass ich nicht bei ihr war. Sie kann mir nicht verzeihen, dass ich ihr keine Kraft gegeben habe, keinen Trost, keine Schulter zum Anlehnen, als sie diese am meisten brauchte.

Vielleicht ist sie wirklich nicht in der Lage, zu schreiben. Charlie zerdenkt die Dinge gern, denkt sie immer weiter und fängt wieder von vorn an, bis ihr die seltsamsten Ideen kommen. Aber was, wenn Trevor nicht übertrieben hat, was, wenn sie wirklich droht, an dieser Situation zu zerbrechen? Was, wenn sie einfach nicht mehr imstande ist, sich auf so profane Dinge zu konzentrieren, wie das Handy und Chats mit dem Mann, der sie regelmäßig vögelt?

Ich starre das Handy an, lade es regelmäßig auf, schreibe aber nicht. Diese Entscheidung habe ich in ihre Hände gegeben. Sie beschließt, ob und wann sie sich meldet. Wenn es eintrifft, werde ich zurückschreiben und ansonsten schweigen, werde die Zeichen akzeptieren, werde ihr Respekt zollen, werde mich zurückhalten.

Es ist das Schwerste, was jemals von mir verlangt wurde. Noch schwieriger wird es, weil ich allein dafür verantwortlich bin. Trevor spielt keine Rolle, niemand spielt eine Rolle, außer mir.

Denn ich bescheiße mich nicht selbst, das ist einfach nicht mein Stil. Und es tut mir auch nicht gut.

Mitten in meine Grübelei platzt Melody und sie wirkt so triumphal, dass ich weiß, was sie mir sagen wird, bevor sie es ausgesprochen hat.

Ich bin kein Mädchen, ich schütze nicht vor, extrem verletzt zu sein. Schweigend stehe ich auf, ziehe mich an und lasse mich von ihrem Chauffeur im Rollstuhl hinunterfahren. Als wir in der Limousine sitzen, hält sie mir lächelnd einen lindgrünen Umschlag entgegen.

»Das kam vor ein paar Tagen per Boten, anscheinend geht der Hass dieser Schotten so weit, dass sie nicht mal mehr der königlichen Post vertrauen.«

»Was ist das?«

»Wir gehen zu einer Hochzeit, Darling«, flüstert sie und strahlt mich an. »Alles fügt sich, alles wird gut.« Dann wird ihre Miene betroffen. »Was für ein Drama die Braut gerade durchmachen muss. Die Klatschpresse titelt seit Tagen mit dem verlorenen Baby, die beiden sind in aller Munde. Sie werden gerade zum Thronfolgerpaar stilisiert, dabei gab es noch nicht mal das Referendum. Das ist der Aufhänger, den sie gebraucht haben, fast wie bestellt, oder was sagst du?«

Nichts sage ich, nur meine Hände flexen.

Sie flexen immer schneller und ich stelle mir vor, wie sie sich um Melodys Hals legen. Wie sie zudrücken, wie sie nach Luft schnappt und langsam blau anläuft, wie sich ihr Gesicht verfärbt und sie schließlich einfach tot ist.

Bisher war mir nicht bewusst, dass meine Fantasie so … ausgeprägt sein kann. Diese Frau bringt mich dazu, sie ruft die grausamsten Seiten in mir hervor. Ich sehe mich mit ihr in der Kathedrale, in der Charlie Trevor heiraten soll, wie Melody eine Gemeinheit nach der anderen auf die Braut abfeuert. Vermutlich wird sie sich wirklich als Brautjungfer einschleichen und ihr die ganze Zeit ins Ohr flüstern, wie es ist mit mir zu vögeln, oder wie dankbar sie ist, dass mein Baby tot ist.

Ich sehe mich, wie ich zu Charlie ins Brautzimmer gehe. Ich sehe mich, wie ich sie kurz vor ihrer Hochzeit vögele.

In meiner Fantasie will sie es, in meiner Fantasie hat sie

auf mich gewartet, in meiner abgefuckten Fantasie kann sie mir nicht widerstehen.

Nur sehe ich auch die Konsequenzen, die daraus entstehen, sehe, was ihr womöglich angetan wird. Trevor hat mit seinem dämlichen Gequatsche ganze Arbeit geleistet. Aber wenn nur ein Prozent von dem, was er sagte, stimmt, dann befindet sie sich in Gefahr, dann muss sie sich vorsehen und ich helfe ihr nicht, indem ich dort aufkreuze. Auch noch mit der Harpyie neben mir.

»Wir werden nicht auf diese Hochzeit gehen.«

»WAS?«

Ich wende mich ihr zu. Das Lächeln erblüht wie von selbst auf meinen Lippen, während ich vor meinem geistigen Auge beobachte, wie sich meine Hände um ihren schneeweißen Hals legen, fuck, ich kann sogar den Kontrast unserer unterschiedlichen Hautfärbungen erkennen.

»Wir werden dort nicht auftauchen. Wir haben dort nichts zu suchen. Der Tag gehört Trevor und Charlie.«

Die Worte ätzen sich nur mit Mühe über meine Lippen, weil sie wahr sind, und weil ich es nicht ertragen kann.

Sie mustert mich, die Lippen vorgeschoben, schließlich nickt sie.

»Du hast recht, wir haben dort nichts zu suchen. Außerdem verabscheue ich Schottland.«

Ich lehne mich zurück und blicke aus dem Fenster.

Richtig?

Falsch?

Auf jeden Fall vernünftig.

Schätze ich.

28. DER VERLORENE KÖNIG

Tessa McKenzie

Jeden Montag gehe ich einkaufen, wobei ich dazu natürlich keinen der übervölkerten, stinkenden Supermärkte nutze. Stattdessen besuche ich den Wochenmarkt, welcher sich an der Themse entlangzieht. Das lenkt mich ab. Ich unterhalte mich mit den Händlern und kaufe mein Obst und Gemüse. Danach gehe ich einen English Breakfest Tea trinken und in den Sexshop. Ich kaufe mir gern neue Dessous, denn ich liebe ausgefallenen Sex. Ich gehe gern auf verruchte Partys und treibe es manchmal sogar mit völlig Unbekannten. Ich mag es, auf diese Art immer wieder auszubrechen. Selbstverständlich nahm ich damals die Einladung meiner Cousine zu einer VIP-Sexparty an. Das auch noch im Haus der Stuarts. Ich hätte niemals gedacht, dass Trevor Stuart persönlich hinter der Bar stehen und seine Gäste bedienen würde. Als er mich das erste Mal in der Küche des Hauses auf dem Tresen vögelte, war mir immer noch nicht klar, mit wem ich da Sex hatte.

Ich blieb die ganze Nacht, konnte einfach die Finger nicht von ihm lassen, war wie entfesselt und riss ihn mit mir, bis wir beide untergingen.

Als er im Bad verschwand, schnüffelte ich ein bisschen

herum und kam so dahinter, wer er ist. Der Schock saß tief, denn ich hasse den britischen Adel, auch wenn ich ein Teil davon bin. Ich hasse diese aufgeblasenen Snobs, diese Intrigen im Hintergrund, dieses Elitedenken, das Von-Der-Gesellschaft-abkapseln. Täglich einmal danke ich dem lieben Gott dafür, dass mein Vater meine Rebellion duldet und nicht darauf besteht, dass ich irgendeinen reichen, adligen Snob heirate. Wüsste er allerdings, dass ich mit Trevor Stuart of Appin Sex hatte, würde er sofort zuschlagen, so eine Chance würde er sich nicht entgehen lassen.

Ich bin sofort gegangen, vergaß sogar meine Unterwäsche, so eilig hatte ich es. Vorher schrieb ich ihm noch eine Nachricht: »SORRY, ich steh nicht auf Schotten.«

Dabei bin ich selbst halbe Schottin, aber egal. Manchmal bin ich eben paradox.

Ich dachte, ich würde Trevor nie wiedersehen und lag falsch. Auf einer anderen verruchten Party, in einem anderen Haus – ohne Masken, traf ich ihn erneut.

Ich nahm meinen gesamten Mut zusammen, sprach ihn doch nochmal an, denn trotz allem zog er mich magisch an, wie er da so gelassen, sexy und männlich vor dem Kamin stand und sich locker unterhielt.

Er betrachtete mich arrogant und ließ mich mit den Worten »Sorry, Baby, ich steh nicht auf Rot«, abblitzen. Dieser Arsch tat so, als hätte es unsere gemeinsame Nacht nie gegeben.

Damit tötete er etwas in mir. Wahrscheinlich konnte ich ihn deswegen nie vergessen, denn vor ihm konnte mir niemand widerstehen. Was ich wollte, bekam ich.

Er ist der Erste, der mir ein Nein anbot.

Das Schicksal ist wohl ein elendiger Sadist, denn nur ein paar Wochen drauf stellte Charlie ihn mir vor – als Camerons Trauzeugen und besten Freund. Noch immer tat er so, als würde er mich nicht kennen. Ich brodelte, ich benahm mich kindisch, ich war auch ein bisschen hysterisch, aber erfolgreich, denn am Ende vögelten wir auf der winzigen, versifften Toilette des Pubs. Danach floh ich wieder vor ihm, aber am nächsten Tag empfing er mich bei meiner Heimkehr in meiner Wohnung. Auf MEINEM Sessel sitzend. Mit MEINEM Scotch in der Hand.

»Was zur Hölle soll das, Tessa?«, fragte er, wobei er vorgab, nicht wirklich an meiner Antwort interessiert zu sein.

Okay, ich glaube, ich habe mein Herz an ihn verloren, dabei hatte ich mir doch geschworen, dass mir das niemals passieren würde.

Schon deshalb floh ich erneut und er fing mich immer wieder ein. Es wurde zu einem Spiel zwischen uns, das mich in Atem hielt. Andere Männer interessierten mich nicht mehr, es gab nur noch ihn und mich.

Allmählich wuchs die Vorstellung in mir, eines Tages mit ihm verheiratet zu sein, Kinder zu haben, glücklich zu werden. Für ihn – für uns beide – war ich bereit, all das auf mich zu nehmen, wovor ich all die Jahre geflohen war.

Dann verlor Charlie Cam … wurde Trevors Verlobte und ich stürzte mit voller Wucht zu Boden. Ihn ihretwegen verloren zu haben, konnte ich einfach nicht ertragen.

Deshalb habe ich in den letzten Wochen zu viel getrunken, nahm zu viele Drogen, ging auf zu viele Partys, verlor einmal komplett die Kontrolle.

Ich suchte ihn in der ganzen Stadt, doch er war nicht mehr da. Lauerte mir nicht mehr auf, rief mich nicht mehr an, oder schrieb mir.

Er saß auch nicht mehr plötzlich in meinem Apartment.

Wegen meiner besten Freundin hatte er mich gefeuert.

Wobei ich mich wirklich frage, ob sie jemals meine Freundin war, denn sie wusste, wie viel mir an ihm liegt.

Ihr als einzige habe ich von ihm erzählt. Würde ich ihr wirklich etwas bedeuten, würde sie irgendwas tun, um diese Hochzeit aufzuhalten. Aber Charlie tut nichts, und je länger das anhält, desto größer wird mein Hass.

Ich will sie nie wieder sehen.

Ich habe sie einmal geliebt. Ja. Jetzt hasse ich sie über alles.

Ich verzeihe nicht. Und ich weiß auch nicht, wie ich diese Wut in mir loswerden soll, die seit Wochen in mir gärt. Jedes Mal, wenn ich Charlie sehe – ob in echt oder auf dem Cover einer Zeitschrift – könnte ich kotzen. Am liebsten würde ich sie anrufen und sie in einer Tour fertigmachen, aber meistens halte ich mich zurück.

Zumindest, wenn das Schicksal sie mir nicht praktisch auf dem Präsentierteller in einem Café vorsetzt. Als ich sie dort sitzen sah, konnte ich einfach nicht mehr an mich halten, konnte nicht mehr meinen Mund halten. Es ist einfach alles aus mir herausgebrochen. Charlie hat getan, was Charlie am besten kann. Sie ist geflüchtet, feige abgehauen. Seitdem habe ich sie nicht mehr gesehen.

»Ist ja auch scheißegal«, murmle ich und schiebe den Schlüssel in das Schloss meiner Apartmenttür. Meine Eltern legen viel Wert darauf, dass ich angemessen wohne, deshalb besitze ich ein viel zu riesiges Penthouse über den Dächern Londons. Hundertachtzig Quadratmeter für mich ganz allein und ich brauche davon vielleicht fünfzig, aber egal. Ich beschwere mich sicher nicht, auch wenn mein Leben echt beschissen ist und ich alle hasse.

Als ich die Tür aufdrücke merke ich sofort, dass etwas

nicht stimmt. Irgendwas ist anders und eine bestimmte Spannung liegt in der Luft.

Ein Einbrecher? Vielleicht. Leise öffne ich die Kommode zu meiner linken und ziehe ein Messer hervor, dann stelle ich meine Einkaufstaschen und Körbe genauso leise ab und schreite weiter durch den Flur und den Rundbogen, der ins Wohnzimmer führt. Nur um schließlich wie angewurzelt stehenzubleiben, denn er sitzt auf meinem beigen Sessel vor der bodentiefen Fensterfront, als wäre er nie weggewesen. Trevor in seinem schwarzen Anzug, mit seinen hellen Augen und seiner ach so anziehenden dunklen Seele. Sofort sticht es in meiner Brust und ich kann kaum atmen. Er hat mich verraten. Erst weil er sich nicht mehr gemeldet hat, dann auf dieser Hochzeit.

»Du Bastard«, entkommt es mir gepresst und ich setze mich in Bewegung, will einfach auf ihn losgehen, auf ihn einschlagen, will ihn am liebsten killen. Aber ich erstarre wie an verdammten Schnüren, als er eine Hand hebt.

»Du wirst doch nicht schon wieder dein Gesicht verlieren, Baby«, sagt er ach so sanft, ach so überlegen, ach so gelassen, wie er immer war. Durch seine Adern fließt königliches Blut und das lässt er sehr gern raushängen. Ich balle meine Hände zu Fäusten, fühle das Messer kaum und fühle es doch überdeutlich.

»Was willst du hier?«, knurre ich ihn mit kaum unterdrückter Wut an und er erhebt sich.

»Ich bin gekommen, um dir etwas mitzuteilen«, sagt er und ich beiße meine Zähne noch fester aufeinander. Er ist zu ruhig, zu samtig, zu gelassen, das ist kein gutes Zeichen.

»Was denn? Dass du ein riesengroßes Arschloch bist?« Er lächelt nicht, sondern bleibt ernst. Todernst.

»Charlotte hat gestern Nacht ihr Baby verloren.«

Mir drückt es die Luft aus den Lungen, als wäre ich gegen eine Wand gelaufen. »Was?«

»Nach eurer Begegnung im Café, hatte sie eine Fehlgeburt, Tessa«, sagt er und mir zieht es den Boden unter den Füßen weg. Das Messer fällt klirrend zu Boden und ich auf den kleinen Hocker neben der Tür. Meine Knie sind mit einem Mal ganz weich. Zu weich.

Verloren? Das Baby verloren? Nach unserem Streit im Café. Wegen mir?

Ich vergrabe mein Gesicht in einer Hand, als die Gefühle mich übermannen und Tränen in meinen Augen brennen.

»Das wollte … ich nicht«, bringe ich leise hervor und merke erst, dass Trevor vor mir hockt, als er wieder spricht.

»Ich weiß, dass du das nicht wolltest. Du bist ein guter Mensch«, sagt er sanft, mit einer Tonlage, die ich gerade absolut nicht ertrage, denn die Schuld frisst sich kalt durch meine Adern. Ich schüttle den Kopf.

»Sieh mich an«, fordert er, aber ich schüttle ihn schneller. »Ich sagte: Sieh. Mich. An.« Ich hebe den Blick und lasse meine Hand sinken. Endlich weicht die Maske von seinem perfekten Gesicht. Endlich kann ich wieder in ihn hineinsehen, endlich wirkt er nicht mehr distanziert und das tut so verdammt gut.

»Beruhige dich«, fordert er und ich atme tief durch. »Es ist jetzt, wie es ist. Das Baby ist tot.«

Damit ist auch meine letzte Hoffnung gestorben. Meine Hoffnung, dass das Baby Cam und Charlie doch wieder zusammenbringen würde. Die Hoffnung, dass ich Trevor vielleicht doch noch bekomme. Zu meiner Trauer, meinem Mitleid gesellt sich das ätzende Gift der Unausweichlichkeit.

»Du wirst sicher ganz schnell für neuen Nachwuchs sorgen.« Ich weiß, wie diese Stuarts ticken. Ich weiß genau, was von Trevor erwartet wird, vor allem, dass er gehorchen wird. Er ist zu einem Thronerben erzogen worden, für Emotionen ist da kein Platz.

»Ja«, antwortet er einfach und mein Innerstes erstarrt zu Eis. »Ich werde Charlotte heiraten, ich werde neue Erben zeugen und ich werde mit ihr den Thron besteigen. Ich werde all das tun, was verlangt wird und noch ein bisschen mehr.« Eiskalter Bastard. Ich hasse ihn! Ich hasse mich, dass ich mich überhaupt auf ihn eingelassen habe! Ich hasse all das hier. »Und du wirst es ein für alle Mal hinnehmen, Tessa. Du wirst nicht mehr dazwischenfunken, du wirst ihr nicht mehr auflauern, du wirst nie wieder unfreundlich zu ihr sein und ganz sicher wirst du ihr nicht mehr das Leben zur Hölle machen. Du wirst gar nichts davon tun, was dir gerade durch deinen entarteten Kopf geht. Es bringt nichts. Ich werde mich nicht von ihr lösen. Ich werde dich nicht mehr anfassen und auch nicht zu dir zurückkommen. Es ist vorbei.« Noch tiefer bohrt er seinen Blick in meinen, noch mehr tut es weh. »Hast du das verstanden? Egal was du tust, für uns gibt es keine Zukunft. Die gab es nie und ich dachte, du wüsstest das.«

HA! Woher hätte ich das denn wissen sollen? Er hat mit meinen Hoffnungen gespielt. ER hat mit mir gespielt und jetzt stehe ich praktisch mit leeren Händen da und sie hat mehr, als sie greifen kann. Sie hat ihn, sie kriegt ein Baby von ihm. Sie wird Königin! Was bin ich? Ein grauer Schatten in seiner Vergangenheit, eine Frau, die er mal gefickt hat und an die er sich in zwanzig Jahren wahrscheinlich nicht mehr erinnern wird.

»Raus«, bringe ich mit bebender Stimme hervor. Durch seine Augen flackert tatsächlich ein wenig Gefühl. Aber er protestiert nicht, er sagt mir nicht, dass er mich liebt, dass ich auf ihn warten soll, dass er all das hier gar nicht will. Stattdessen erhebt er sich einfach und auch ich schieße in die Höhe.

»VERPISS DICH DU WIDERLICHER BASTARD! ICH WILL DICH NIE WIEDER SEHEN!«, brülle ich in sein verdammt kaltes, verdammt hübsches Gesicht. Doch er verzieht keine Miene, hält seine Schultern straff. Ist ja auch so erhaben, nicht wahr? »VERPISS DICH! ODER ICH RUFE DIE VERDAMMTE POLIZEI UND ERZÄHLE IHNEN, DU HÄTTEST MICH BEDRÄNGT!« Ich stoße gegen seine Schultern während meine Tränen überlaufen.

Er beißt die Zähne aufeinander, seine Hand zuckt, will er mich etwa packen? Ich würde es ihm nicht raten. »VERPISS DICH! ICH HASSE DICH! ICH HASSE DICH! ICH HASSE DICH!« Hart schubse ich ihn wieder und er bläht die Nasenflügel, aber schließlich dreht er sich mit einem Ruck um und verschwindet einfach. Er verschwindet, als wäre er niemals da gewesen.

Und ich bleibe atemlos und tränenüberströmt in meinem Apartment zurück.

Ganz.

Allein.

Ohne ihn.

Ich werde ihn nie wieder sehen. Nie wieder spüren. Nie wieder lieben.

Es ist vorbei.

Wir sind vorbei.

Er hat recht.

Wir hatte nie eine Chance, wie ich endlich – leider zu spät -- erkenne.

Und das ist der Moment, in dem ich endgültig zusammenbreche.

29. JENSEITS DER REALITÄT

Charlie

»Bist du bereit?«

Trevor steht vor mir, aber er ist so unscharf an den Rändern, als würde er nicht zu meiner Welt gehören und ich nicht zu seiner. Als würden uns Universen trennen…

Bereit? Wofür?

Ich muss mich wirklich anstrengen, bevor mir einfällt, wohin wir gehen werden.

Warum er in seiner Jacke vor mir steht.

Weshalb in der Halle des Hauses jede Menge Aufruhr herrscht.

»Okay«, forme ich mit tauben Lippen, in denen anscheinend kein Blut zirkuliert. »Ich komme.« Denn mir bleibt ja keine Wahl.

»Albert ist schon in seiner Box, solltest du ihn suchen«, teilt Trevor mir mit, während er zur Tür geht.

»Okay«, höre ich mich wieder sagen und er verschwindet.

Endlich bin ich allein in dieser dröhnenden Stille, die meine Welt in den letzten Wochen ausmacht. Diese dröhnende Stille, kurz vor der Katastrophe, die einsetzte, kaum dass ich die vorhergehende begriffen hatte. Kaum, dass ich verstanden hatte, dass mir etwas unwiderruflich genommen wurde.

Ein Teil von Cameron.

Der Beweis unserer Liebe.

Das letzte Überbleibsel eines so naiven Traumes.

Und er hat sich einfach nicht gemeldet.

Kein »Warum meldest du dich nicht?«

Kein »Wie geht es dir?«

Kein »Brauchst du mich?«

Hat er meinen Hinweis nicht verstanden? Wenn ja, warum nicht? Gibt es eine andere Antwort als die, dass er mich einfach aufgegeben hat? Und das, wo er doch weiß, was ich verloren habe. Im engeren Kreis ist man äußerst froh darüber, dass dieser kleine Störenfried, wie es meine Mutter erst vor ein paar Tagen genannt hat, nicht mehr da ist. Ich habe ihr meinen Drink ins Gesicht geschüttet und bin gegangen. Seitdem habe ich kein Wort mehr mit ihr gesprochen. Sie kann mir gestohlen bleiben und ich hasse sie. Soweit ich hassen kann. Denn seit ich das Baby – und auch Cam – verloren habe, bin ich wie blockiert. Ich kann nicht mehr richtig atmen, ich kann nicht mehr richtig lächeln und erst recht nicht lachen. Es ist, als würde eine schwere Decke auf meiner Seele liegen und sie niederdrücken. Ich schaffe es einfach nicht, unter ihr hervorzukriechen und wieder normal zu funktionieren. Aber auch in dieser Hinsicht drängt Trevor mich nicht. Er lässt mir Zeit, um zu trauern.

Ich bin nicht innerlich gestorben. Oh mein Gott, was würde ich darum geben, wäre es so, denn mindestens ein Teil von mir hat aufgehört, zu leben. Ich bin wach, ich bin da, ich habe mich nur ein Stück weit distanziert, in mich zurückgezogen, weil ich nicht weiß, wie ich damit umgehen soll.

Und ich spiele meine Rolle.

Die Rolle der zukünftigen Thronerbin, was natürlich alles nur Annahmen sind, denn das Referendum steht noch aus, niemand weiß, wie es ausgehen wird. Trevor vermutet sogar, dass es manipuliert wird. Genügend Gegner gibt ist, auch in Schottland, selbst in der obersten politischen Ebene, denn sie wissen alle, wer dann das Zepter übernehmen wird.

Im wahrsten Sinne des Wortes.

Callum Stuart ist ein knallharter Stratege, der – ähnlich wie Charles – sein gesamtes Leben nach dem Thron gestrebt hat, der ihm seiner Ansicht nach zusteht. Nur muss er dazu nicht auf das Ableben seiner Mommy warten, sondern nur das Kunststück vollbringen, Schottland nach Jahrhunderten wieder selbstständig zu machen.

Mich gruselt vor dem Mann.

Mich gruselt vor der gesamten Familie.

Nur vor Trevor gruselt es mich nicht, denn ich glaube, er meint es wirklich gut mit mir.

Er hat mir in meiner dunkelsten Stunde beigestanden, versuchte sogar, mich zu trösten. Ich habe es nicht übers Herz gebracht, ihm zu sagen, dass es aber keinen Trost für mich gibt, dass mir nichts helfen kann. Dieser Mann war immer für mich da, während Cam ...

Mit einem Ruck stehe ich auf und trete ans Fenster.

London präsentiert sich an diesem Frühlingsmorgen mit Sonnenschein, frischem Laub und blühenden Bäumen. Ein wunderschöner Anblick für meinen Abschied, denn ich werde die Stadt wochenlang nicht wiedersehen. Erst geht es nach Schottland, dann in die Flitterwochen.

Wenn wir zurückkehren, wird das Haus renoviert sein, Trevor hat mich genötigt, mich an den Planungen des Architekten zu beteiligen, obwohl ich nicht das geringste Interesse daran habe.

Mein Baby ist tot, was sollte mich noch interessieren?

Auch draußen war ich nicht mehr. Ich habe keine Lust auf meinen Stalker, der mir überallhin folgt, nicht, um mich zu schützen, sondern um die Familie vor Skandalen zu bewahren.

Nach dem Tod meines Babys bin ich ein Star, die Presse lauert vor den Mauern des Hauses. Vermutlich sind sie so scharf auf Trevor und mich, weil William und Kate inzwischen alt und langweilig geworden sind und Harry und Meghan erfolgreich aus dem Vereinigten Königreich verbannt wurden. Die Klatschpresse braucht frisches Blut. Und der Tod meines Babys hat die andere Schlagzeile, die mein Ausbruch in dem Straßencafé hätte produzieren können, vom Thron gestoßen. Jedenfalls ist mir nichts davon zu Ohren gekommen, und es hat sich niemand beschwert.

Und das hätten sie.

Jetzt titeln sie über das glückliche-unglückliche Paar, das kurz vor seiner Hochzeit sein Baby verloren hat. Ich war kaum eingeliefert worden, sie war kaum gestorben, da war die Neuigkeit auch schon geleakt worden. Mein Mädchen ist tot und alle reden darüber.

Nie war der Unterschied zum englischen Königshaus plakativer, denn niemand scherte sich um die Tatsache, dass es offensichtlich schon vor der Hochzeit ein Baby gegeben hat. Niemand mokierte sich darüber, dass wir offensichtlich schon lange ein Paar sind.

Es kann mich nicht trösten, nichts vermag das, aber diese Tatsache hat es selbst durch den Nebel meiner Trauer geschafft.

Das und Trevors ernstes Gespräch mit mir.

Dieses ernste Gespräch, das er ein paar Tage nach der Fehlgeburt mit mir führte.

»Er wird sich bei dir melden, aber du darfst ihm nicht antworten, Charlotte. Tu es nicht. Und du darfst dich auch nicht mit ihm treffen. Es gibt Leute, die dich beobachten. Die ihn beobachten. Uns. Sie wissen es und sie werden es unterbinden. Auf die eine oder andere Art.«

Ich habe nicht nachgefragt, denn ich konnte mir ausmalen, was er meinte.

»Ich weiß, es ist Scheiße, gottverdammt, ich weiß es, aber es gibt keine andere Lösung. Er muss klarkommen, du musst klarkommen, wenigstens so lange, bis sie haben, was sie wollten. Dann werden sich die Dinge beruhigen.«

Werden sie nicht.

Werden sie nie.

Trevor hat es nicht gesagt, aber ich weiß es. Und ich habe die Botschaft verstanden. Ich weiß, dass sein Vater schon zweimal in der Stadt war und er einmal unabhängig von mir nach Schottland zitiert wurde.

Ich weiß, dass er Stress in der Firma hat.

Ich weiß, dass er massiv unter Druck gesetzt wird, auch wenn er es mir nicht sagt.

Ich weiß, was er meinetwegen durchsteht, ohne auch nur ein Fünkchen davon an mir auszulassen.

Endlich habe ich begriffen, dass er mein einziger Verbündeter ist, dass es Selbstmord wäre, es mir mit ihm zu verscherzen, dass er die Macht hat, mich alles irgendwie überstehen zu lassen, jedoch auch mir die Hölle auf Erden zu bereiten, und dass er es tun wird, wenn ich uns beide in Schwierigkeiten bringe.

Aber all das ist nicht das hauptsächliche Argument, denn es geht darum, dass ich Cam in Schwierigkeiten bringen würde.

In große Schwierigkeiten.

In mortale Schwierigkeiten.

Cavendish war das eine, aber mittlerweile spielen wir hier mit Mächten, die weder Trevor noch ich und schon gar nicht Cam überschauen kann. Mächte, die bereit sind, störende Elemente aus dem Weg zu räumen, egal wie. Ich frage mich immer wieder, ob mein Baby auf natürlichem Wege gestorben ist. Aber ich spreche es nie laut aus.

Auch mein Vater war bei mir.

Auch mein Vater hat mir ins Gewissen geredet.

Auch er hat kein Blatt vor den Mund genommen, war skrupellos und kalt wie immer, seitdem ich kein kleines Mädchen mehr, seitdem ich von Wert für ihn bin.

»Sei froh, dass du es los bist, es war von Anfang an eine Schnapsidee, es nicht zu beseitigen. Hätte ich die Entscheidung gehabt, wäre das längst erledigt gewesen. Bedanke dich bei Trevor, dass es anders kam, der Mann hat es einfach noch nicht begriffen. Aber das wird er, wie wir alle. Und du wirst ihm folgen. Ich habe bisher Nachsicht geübt, weil die Dinge für dich nicht leicht waren, doch du hattest genügend Zeit, um dich einzufinden. Ab sofort erwarte ich einhundertprozentige Kooperation, vor allen Dingen, dass du alles in deiner Macht Stehende tust, damit das Unterfangen glückt. Sollte mir noch eine einzige Beschwerde zu Ohren kommen, werde ich andere Saiten aufziehen.«

Ich habe nicht nachgefragt, welche Beschwerden ihm denn schon zu Ohren gekommen sind, denn Trevor hatte ja schon sein ernstes Gespräch mit mir.

Ich habe mich auch niemals der Illusion hingegeben, dass ich frei wäre.

Deshalb habe ich mir ein neues Handy besorgen lassen.

Deshalb habe ich Cam die Telefonnummer zukommen lassen, das hat sogar Trevor für mich übernommen, wenn auch mit einem Stirnrunzeln, weil ich ja nicht konnte.

Aber anscheinend hat Cameron es nicht verstanden.

Warum denn nicht?

Früher hatten wir eine Verbindung.

Besteht sie noch?

Kannst du mich noch hören?

Fühlst du all die ungesagten, ungeschriebenen Worte? Spürst du, wie eng ich gebunden bin, wie gefesselt, wie geknebelt, dass ich mir jeden Schritt überlegen muss, dass es gerade keinen Weg zu dir gibt?

Fühlst du, dass mich die Hoffnung allmählich verlässt und ich kurz davor bin, endgültig zu resignieren?

Fühlst du, wie sehr mich verlässt, was mich einst ausmachte, mein Kampfgeist, der Wille zu widersprechen, mich zu widersetzen?

Wie viel kann man mir noch nehmen, bevor ich endgültig zerstört bin?

Nichts, ich müsste es bereits sein. Denn ich habe nichts mehr, und doch stehe ich, doch gehe ich aufrecht, doch habe ich mich von der Übermacht nicht niederringen lassen. Vielleicht bin ich stärker als gedacht, vielleicht kann ich ohne den Menschen, den ich liebe, leben, vielleicht kann ich ohne mein Baby leben. Vielleicht kann ich sogar meine Zukunft begraben, jeden Traum, den ich jemals geträumt habe, mit in den Sarg legen, meine Illusionen und Wünsche ebenso hinzuschütten und dennoch weitermachen.

Eine Hülle, die auf Bestellung lächelt und auf Bestellung tut, was man ihr sagt.

Aber noch bin ich nicht ganz tot. Noch lebt etwas in mir. Genau deshalb nehme ich Jacke und Tasche und gehe mit raschen, festen Schritten zur Tür, lasse den hellen, freundlichen Flur hinter mir, bewältige die Stufen der auslandenden Treppe, die ich einst, in einem gefühlt anderen Leben, völlig betrunken hinaufgewankt bin, nehme eine weitere, die in den Keller führt und stehe wenig später vor der Limousine, die uns zum kleinen Hangar vor der Stadt fahren wird.

Es warten zwei weitere – unsere Eskorte, die inzwischen zu uns gehört.

Es gibt keinen anderen Grund, als den des Aufsehens.

Wir sollen gesehen werden.

Wir sollen wichtig wirken.

Was wir nicht sind.

Trevor weiß es.

Ich weiß es.

Aber die Leute anscheinend nicht, die stehen bleiben und winken und schreien und sich freuen.

Trevor neben mir sagt nichts, blickt starr nach vorn, ich halte es ebenso.

Dennoch klopft mein Herz und breitet sich allmählich Aufregung in mir aus. Endlich begreife ich, was mich so lange am Atmen gehalten hat. Weshalb ich die Kraft aufbrachte, zu funktionieren.

Ich befinde mich auf dem Weg zu meiner Hochzeit, mit der ich ins schottische Königshaus eintrete.

Sie wird riesig, geradezu pompös, denn sie muss unbedingt meine Heirat mit Cameron Cavendish vergessen machen, die Familienehre steht auf dem Spiel, außerdem ist es eine royale Hochzeit.

Nicht in der Abby, sondern in der größten Kathedrale Schottlands. Der St. Giles in Edinburgh. Alles, was Rang und Namen hat aus England, Irland und natürlich Schottland wird kommen. Der gesamte Adel der Insel, zu dem auch Cam gehört.

Ich werde ihn wieder sehen.

Nur von Weitem. Vermutlich werden wir kein Wort miteinander wechseln können, aber er wird da sein und er wird mich ansehen, und ich werde neue Kraft aus seinem Gesicht schöpfen können. Aus der Art, wie er sich bewegt, aus der Art, wie er lächelt, und dem Funkeln seiner Augen, sobald er mich sieht.

Er wird mir die Kraft geben, weiterzumachen und wir werden jede Menge Informationen tauschen, auch wenn wir kein einziges Wort miteinander wechseln können.

Das lässt mich aufrecht sitzen, den Rücken durchgebogen.

Das lässt mich hoch erhobenen Kopfes aussteigen und zu dem Ungetüm von Helikopter gehen, das lässt mich einsteigen und eigenhändig die Kopfhörer überstülpen. Es lässt mich überleben, als sich dieses Mörderding schließlich in die Lüfte erhebt und in den Turbulenzen schwankt.

Trevor beobachtet mich die ganze Zeit. Er bildet sich vielleicht ein, ich würde es nicht bemerken und ich tue so, als wäre er erfolgreich. Sehe nicht nach unten, halte die Augen die meiste Zeit einfach geschlossen und verpasse somit den Moment, als wir die Grenze zu Schottland überfliegen. Erst als der Helikopter in den Sinkflug geht, öffne ich die Lider wieder und lehne mich hastig zurück.

Trevor grinst. »Es ist auf jeden Fall eine Taktik.«

Diesmal ist alles anders. Das ist schon an der Riege aus Bediensteten zu sehen, die sich aufgebaut hat, während wir nicht zu Fuß, sondern in einem Bentley, die Distanz vom Horrorfluggerät zum Haus zurücklegen.

Alles knickst und verbeugt sich und ich nehme mit Trevor an meiner Seite lächelnd die Parade entgegen.

Obwohl meine Knie zittern. Obwohl Albert noch immer

verschollen ist – man hatte mir verweigert, dass er bei mir blieb.

»Herzlichen willkommen«, sagt der gruselige Butler, der uns zuletzt ständig gestört hat, und vollführt wieder eine seiner Verbeugungen. »Der Sir und die Lady sind derzeit nicht zugegen, ich wurde angewiesen, Sie in Ihre Gemächer zu begleiten.«

»Das ist sehr nett, Albert«, sage ich, bevor Trevor etwas erwidern kann. Das linke Auge Alberts, also des Großen, zuckt daraufhin nervös, was mir eine besondere Freude bereitet. Somit hat es wenigstens einen Sinn, dass ich die Dinge nicht mehr an mich heranlasse, dass sie mich nicht mehr berühren, dass sie mir fast egal sind.

Wir durchschreiten die Halle und diesmal geht es die linke Treppe hinauf.

Nicht in die erste, sondern in die zweite Etage; anscheinend ist es mein Schicksal, immer unter dem Dach untergebracht zu werden. Sobald wir angekommen sind, stellt sich heraus, dass uns kein Drei-Zimmer-Apartment zur Verfügung gestellt wurde, sondern eine ganze Flurflucht, in der sich gut zwanzig Räume befinden, darunter gleich fünf Schlafzimmer.

»Nur für den Fall, dass wir Gäste haben«, sagt Trevor, als hätte ich gefragt, als würde es mich interessieren.

»Bleiben wir länger?«

Er wendet sich ab, inzwischen sind wir in dem zentral gelegenen, äußerst modern eingerichteten Wohnzimmer. Es wird immer offensichtlicher, dass der gesamte Trakt extra für uns hergerichtet wurde. Vermutlich war es in den letzten Wochen hier sehr laut und sehr nervig.

»Sie hoffen es, aber das werde ich aufhalten.« Er geht zur Bar und gießt sich einen Scotch ein. »Ich werde dafür sorgen, dass wir so lange wie möglich unsere Ruhe haben.«

»In London?«

Er sieht nur kurz auf, bevor er das Glas leert. »In London.«

Unsere Schlafzimmer liegen an entgegengesetzten Enden des eigentlichen Apartments, das mit etlichen Durchgangstüren miteinander verbunden ist, selbst eine kleine, aber perfekt ausgestattete Küche gibt es. Alles ist geschmackvoll eingerichtet. Obwohl das Schloss bedeutend älter als das Haus der Cavendishs ist und zumindest teilweise in den Fels gehauen wurde, lässt die Einrichtung keine Wünsche offen. An Mobiliar wurde gespart, stattdessen mit Pflanzen gearbeitet, und auf die Rüstungen und Statuen verzichtet. Vom Wohnzimmer geht ein breiter Balkon ab, mit Sicht auf die umliegende, hügelige Landschaft, die, wäre ich nicht schon längst gestorben und hätte ich darum gebeten, hierherzukommen, bestimmt mein Herz berührt hätte.

So lässt es mich kalt, mich sucht nur eine Gänsehaut heim, weil die Parallelen so offensichtlich sind und ich mir vorkomme, als wäre ich in einer anderen Version der gleichen Geschichte gelandet. Nur diesmal ohne Wasserflecken an der Decke und mit anderer Landschaft.

Ach ja, und mit einem anderen Mann.

Vor allen Dingen mit mehr Bediensteten, denn bevor ich in die Verlegenheit komme, zu antworten, klopft es an der Tür.

»Ich hoffe, Sie sind zufrieden«, näselt der Butler, der mich immer mit einer gewissen Herablassung ansieht, vermutlich, weil nun so gar kein schottisches Blut in meinen Adern fließt.

Tut mir ja auch echt leid.

Nicht.

Ich bin nicht hier, weil ich hier sein will.

Das war fast ein Echo von der alten Charlie. Die hätte ihn angelächelt, hätte ihn zu einer Unterhaltung gezwungen, hätte ihn auf seinen Platz verbannt, denn er ist nicht mehr als der erste Butler, während ich die zukünftige Königin von Schottland bin – also mal angenommen, das Referendum geht durch und auch sonst entwickelt sich alles genau so, wie es sich die alten weißen Männer bei Zigarren und Whisky ausgedacht haben.

Die Erfahrung sagt mir, dass sie meist der Wahrheit recht nah kommen, weil sie die Kreatoren der Realität sind, weil sie die Geschichte machen, will sie die Stränge in der Hand halten.

»Wir lassen gerade das Gepäck der Herrschaften heraufbringen, auch den …« Er kämpft sichtlich mit einer Bezeichnung, »… Hund der Lady. Wenn die Lady einverstanden ist, wird Rosalita sich um seine Versorgung kümmern.«

»Wer ist Rosalita?«, erkundige ich mich freundlich.

Er macht einen Schritt zurück und eine kleine, kräftige Frau kommt zum Vorschein. Sie trägt die hier übliche schwarze Bedienstetenkleidung, an den Füßen Gesundheitsschuhe, die roten Haare liegen in einem frechen Pagenschnitt.

»Ich bin Rosalita, Ma'am«, sagt sie und knickst. »Ihre Zofe.«

»Freut mich, Sie kennenzulernen.« Ich reiche ihr meine Hand und sie errötet ein wenig, als sie diese nimmt, während der Butler nun seiner Empörung vollends Luft macht, indem er leise schnauft.

»Es wäre sehr nett, wenn Sie sich um Albert kümmern würden. Also der Hund. Er heißt auch Albert.«

Rote Flecken zeichnen sich im teigigen Butlergesicht ab.

»Aber erst mal will ich ihn sehen und schauen, ob er den Flug gut überstanden hat. Es war sein erster.«

»Selbstverständlich wird Rosalita alles zu Ihrer Zufriedenheit erledigen«, sagt der große Albert pikiert.

Rosalita knickst wieder und verschwindet.

Albert und der empörte Gesichtsausdruck bleiben uns noch eine Weile erhalten, in der er die Verräumung des Gepäcks beaufsichtigt und sich dann wieder an mich wendet.

»Die Schneiderin wird morgen gegen neun zur ersten Anprobe eintreffen. Am frühen Nachmittag sprechen die Visagistin und die Friseurin vor. Der Vikar erwartet die Herrschaften morgen gegen Abend zum gemeinsamen Tee. Alle weiteren Termine werden Ihnen von Miss Blueberry mitgeteilt.«

»Pardon?«

»Die Assistentin meiner Mutter.« Trevor lauscht dem Ganzen von der Bar aus, ein Ellbogen auf dem Holz angelehnt. In der Hand hält er auch das Glas, in der anderen eine brennende Zigarette, die Albert gar nicht zu interessieren scheint. Er nickt nur beifällig, als wäre es eine Glanzleistung, den Namen der Bediensteten der eigenen Mutter zu kennen.

»Das Dinner wird wie üblich um Punkt sieben serviert«, sagt er zu meinem zukünftigen Mann. Und dann dauert es nur noch zehn putzige Minuten, bis er verschwindet. Zehn Minuten, in denen die Leute aufgeschreckt hin und her wuseln – Trevor hat einen eigenen Butler, der nur für seine Kleidung zuständig ist, und ihn mit einem knappen Nicken und keinem Lächeln begrüßt. Währenddessen darf ich mich überzeugen, dass Albert die Höllenreise noch mal überlebt hat.

Er ist schwach und er fiept.

Ja.

Er fiept.

Seitdem Tessa ihn fast verletzt hätte, ist er nicht mehr der Alte. Er mag nicht mehr unter Tischen sitzen und ganz offensichtlich hat er heute auch die Freude am Fliegen verlernt.

Oh mein Gott.

Mit Albert und damit meinem einzigen Trost auf dem Arm, schließe ich die Augen.

Jetzt habe ich wieder an sie gedacht und das tut mir gar nicht gut, denn es lässt Emotionen über mich hinwegschwappen, die mich daran erinnern, weshalb ich eben nichts mehr fühlen will.

Sie hat sich nicht einmal gemeldet.

Obwohl ich sicher sein kann, dass ihr das garantiert, nicht entgangen ist. Nicht bei der Presse. Nicht bei den Schlagzeilen.

Es ist ihr egal.

Ihre famos last words haben sich in mein Gedächtnis eingebrannt, ich werde sie niemals wieder vergessen. Vielleicht, weil sie so wehtaten. Vielleicht aber auch, weil an vielem durchaus etwas Wahres dran war. Vielleicht aber vor allen Dingen, weil mir an diesem Tag, in diesen wenigen Minuten klar wurde, dass ich sie verloren habe. Meine beste, älteste Freundin, die mir so viel geholfen, die mich unterstützt hat, die mir Hilfe und Trost, die immer für mich da war.

Die mein Alibi war.

Das sollte ich nicht unterschätzen.

Ja, ich habe Annabelle um Hilfe gebeten, aber das war nicht umsonst. Inzwischen hat sie angeblich vier oder fünfmal bei uns übernachtet und ihre Eltern erkundigen sich, ob sie wirklich da ist. Ich habe Telefonvermittlung gespielt, damit sie mit ihnen reden kann, ich musste mir wirklich was einfallen lassen, und wenn Trevor jemals dahinterkommen sollte, dass ich unser Haus – das ja neuerdings königlich ist – für solche Zwecke missbraucht habe, wird er garantiert mal wieder ein ganz ernstes Gespräch mit mir führen.

Es tut mir nicht leid, aber ich weiß nicht, ob sie wirklich loyal ist und im Zweifelsfall den Mund halten würde. Nur deshalb habe ich ihre Spiele – sie treibt es mit diesem australischen Crackdealer, der sie wie eine Weihnachtsgans ausnimmt – überhaupt geduldet. Um das Druckmittel zu haben. Sowas wäre bei Tessa nicht notwendig gewesen. Sie hätte mich niemals verraten, selbst wenn man ihr die Fingernägel einzeln rausgerissen hätte.

Jedenfalls rede ich mir das nach wie vor ein, und das macht es umso schwieriger, zu beobachten, was aus unserer Freundschaft geworden ist.

Warum versteht sie nicht, dass ich keine Wahl hatte? Dass sie mir mit weitaus Schlimmerem gedroht haben, als mich zu verletzen?

Warum versteht sie nicht, dass sie Macht über mich haben, indem sie mich mit dem einen Menschen erpressen, den ich liebe und für den ich durch das Feuer gehen würde?

Werde.

Ich werde durch das Feuer gehen.

Ich muss für ihn durch das Feuer gehen.

Alles würde ich für ihn tun. Ich würde sogar sterben.

Glaube ich.

Sie haben ihn bedroht, mein Dad hat keinen Zweifel daran gelassen, dass er ihn verletzen würde, und nach allem, was ich bisher von dieser Familie weiß, ist sie wirklich gefährlich.

Sehr gefährlich.

Trevor gießt sich den dritten Drink seit unserer Ankunft

ein und ich suche das Weite. Er ist hier unglücklich, aber ich kann darauf keine Rücksicht nehmen, denn ich bin es auch.

Sehr. Ich will nicht denken. Ich will nicht fühlen.

Ich will nicht darüber nachdenken. Dennoch hole ich allein in meinem Schlafzimmer sofort mein neues Handy heraus, dennoch schaue ich sofort nach, ob er geschrieben hat.

Ob er sich endlich gemeldet hat.

Aber es ist tot.

So tot wie seit Tagen, seit Wochen.

Ich sinke auf das Bett, lasse mich auf den Rücken fallen und blicke zur Decke. Albert noch immer im Arm, der immer noch total mitgenommen wirkt.

Cam lässt mich im Stich, und das ist mit Abstand das Schlimmste, was ich jemals erlebt habe. Vermutlich hat er mich aufgegeben, was natürlich nur vernünftig und wie ich weiß in Wahrheit der einzige Weg ist.

Aber ich bin allein, mein Baby ist weg, ich bin unvernünftig. Ich bin zickig. Ich will, will, will einfach nicht vernünftig sein. Nicht, wenn man mich nicht zwingt.

Aber so wie es ausschaut, werde ich gerade gezwungen.

Und gezwungen. Und gezwungen.

Irgendwann klopft es und Rosalita, die Zofe, kommt herein.

Sie knickst. »Soll ich Ihnen ein Bad einlassen, Miss?«

Wenig später sitze ich im schaumigen Schaumbad, während sie Kleidung für das Dinner herauslegt und mir beim Anziehen hilft. Ich hatte fast vergessen, wie schön es ist, eine eigene Zofe zu haben.

Als ich ins Wohnzimmer komme, steht Trevor auf dem Balkon. Auch er hat sich umgezogen, seine breiten Schultern bedeckt nun ein schwarzes Hemd und eine gleichfarbige Hose verhüllt seine Beine. Sein Haar ist frisch gekämmt und sein kantiges Kinn verdunkelt ein drei-Tage-Bart. Er sieht gepflegt aus, aber seine Augen sind rot unterlaufen. Auf der Brüstung steht ein leeres Glas. Seitdem wir hier angekommen sind, schüttet er den Alkohol nur so in sich rein. Noch immer überschaut er die Gegend.

»Bist du hier aufgewachsen?«, frage ich leise.

»In den ersten Jahren.« Die Worte kommen schleppend. »Dann haben sie mich in die USA geschickt, weil sie unbedingt vermeiden wollten, dass ich britisch erzogen werde.«

»Das ist … ungewöhnlich.«

»Es ist logisch«, widerspricht er. »Ich bin Schotte, sie wollten jeden englischen Einfluss von mir fernhalten.«

»… und haben dich dem amerikanischen ausgesetzt.«

»Wie auch immer.« Ganze fünf Sekunden starrt er auf seine Uhr. »Es ist Zeit, sonst bekommt Albert einen Anfall.«

Auch beim Dinner sind meine zukünftigen Schwiegereltern nicht anwesend. Wir nehmen es nicht in dem Saal ein, in den man mich bei meinem ersten Besucht gezwungen hatte, dieser Raum ist bedeutend kleiner. Ein Feuer flackert im riesigen Kamin und die Mannschaft an Bediensteten steht auch diesmal in angemessener Entfernung, um uns jeden Wunsch von den Augen zu lesen. Das Dinner besteht aus sechs Gängen, und ich habe schon beim ersten keinen Appetit, aber natürlich nehme ich von allem einen Happen. In gewisser Weise ist es fast entspannend, denn jetzt kann ich all das anwenden, was mir in meiner Kindheit beigebracht wurde. Bei den Cavendishs wurden die Konventionen so gering wie möglich gehalten. Der alte Oliver hat auf nichts sonderlichen Wert gelegt, außer darauf, dass wir alle pünktlich zum Diner erschienen und selbst das war reine Schikane.

Hier ist alles anders, in diesem so modernen uralten Haus ist es, als wäre die Zeit vor hundertfünfzig Jahren stehen geblieben. Als hätten wir eine Zeitreise durchlebt.

Alles ist perfekt wie damals, bis hin zu den Bediensteten, der Zofe, welche die Sachen rauslegt. Ich wette im Stall stehen mindestens fünf Reitpferde und es finden regelmäßig mittlerweile illegale Treibjagden statt.

Und irgendwie gehöre ich hierher, es fühlt sich viel weniger fremd an, als es sollte. Wäre nur Cam hier. Wäre er nur hier und ich könnte sein total verwirrtes Gesicht sehen. Wie er nicht weiß, was er mit der Kulisse anfangen soll, wenn er sich wie in Highlander vorkommt und erst mal eine rauchen geht, bevor er mich fragt, wann wir wieder abreisen, weil er Angst hat, dass hier irgendwas abfärbt und wenn es nur das Grün ist. Ich beobachte Trevor, der jetzt von dem Wein trinkt und selbstvergessen wirkt.

Dass er trinkt, ist normal. Dass Männer trinken, gehört zur Gesellschaft hinzu, auch, dass sie irgendwann betrunken vom Butler in ihr Zimmer gebracht werden. Das ist schon fast Teil des guten Tons. Aber vorher bemühen sie sich um Small Talk und darin versagt Trevor diesmal auf ganzer Linie. Er isst schweigend, trinkt einen großen Schluck, der Mundschenk gießt immer wieder nach und ich überlege, ob ich dem Einhalt gebieten sollte.

Aber warum?

Ich glaube, er hat nicht viel zu lachen und hier zu sein bekommt ihm nicht gut.

Er ist wie ausgewechselt.

Mehrfach öffne ich den Mund. Mehrfach schließe ich ihn wieder.

Push ihn nicht zu weit. Treib es nicht zu weit.

Halte den Mund, behalte deine Sorgen für dich, und versuche nicht, ihn zu erziehen. Die Situation ist schon mies genug, er könnte sie schlimmer machen.

Trevor hat Ansätze, bedrohlich zu wirken. Vor allen Dingen einschüchternd. Aber er nimmt sich zurück und ist die meiste Zeit wirklich nett und verständnisvoll. Trotzdem gibt es diese Momente, in denen sich seine Miene verdunkelt, in denen der Muskel unter seiner Haut spielt, in denen seine Stimme dunkler wird, sein Blick wachsam und stechend … In denen er mich fragt, was ich getan habe, mit wem ich mich treffe, wen ich in mich lasse …

Seitdem ich mein Baby verloren habe, hat das nachgelassen und die meiste Zeit ist er einfach nett. Fremd, aber nett.

Seltsam, aber nett. Unbekannt auf eine Art, die ich nicht ändern will, aber wenigstens kein Arsch.

Nicht vergleichbar mit Cameron, der von Anfang an alles darangesetzt hatte, dass ich ihn hasse, aber gleichzeitig auch alle Barrikaden gesenkt hielt.

Trevor umgibt immer eine gefühlt meterdicke Schicht, durch die ich nicht zu dringen vermag. Er ist zu mir unverbindlich freundlich, wie man es zu einem Fremden wäre, einem Gast, den man zufällig getroffen hat.

Dabei kann es bleiben. Ich will und kann mir nicht auch noch in dieser Hinsicht Probleme einhandeln.

Deshalb kommentiere ich nicht, dass er schnell trinkt und das nicht ohne Wirkung bleibt.

Bald empfehle ich mich in mein Schlafzimmer, das weit genug von seinem entfernt ist, um nicht zu hören, wie er polternd in sein Bett fällt.

Ich bin erstaunt, als ich in der Stille, die von den Gründen herkommt, tatsächlich mit Albert im Arm einschlafen kann.

30. WAS MIR BLEIBT

Charlie

Als ich aufschrecke, hat die Morgendämmerung bereits eingesetzt. Irgendwo bläst jemand wie besessen auf seinem Dudelsack.

Was zur Hölle?

Mein Blick fällt auf den Knopf, mit dem ich dem Gesinde signalisiere, dass ich wach bin. Ich lasse ihn unangetastet, ziehe mir einen Jogginganzug an und schleiche mich mit Albert durch das Haus hinunter. In der ersten Etage dröhnt ein Staubsauger und unten sind ein paar Frauen beim Staubwischen. Sie sehen mich an, als wäre ich eine gruselige Erscheinung. Aber ich lächele nur und gehe, bevor sie mich noch fragen können, was ich wünsche.

Nichts wünsche ich, nur meine Ruhe.

Als ich aus dem Haus trete, ist zum Glück kein Dudelsack mehr zu hören. Über die weiten grünen Ebenen wabert heller Nebel, es ist kühl und ich bedauere, keine Jacke übergezogen zu haben. Mein Atem ist zu sehen und ich schlinge die Arme um meinen Körper, während Albert die Zeit seines Lebens hat.

Ja, der besitzt ja auch Fell.

Bald jedoch fühle ich diese Stille, die es vermutlich nur

hier gibt. Das riesige Schloss in meinem Rücken, laufe ich über die kleinen Hügel durch das taufrische Gras, sodass meine Sneaker schnell hoffnungslos durchnässt sind. Ich schlage einen weiten Bogen und als ich das Haus umrundet habe, finde ich tatsächlich die Stallungen. Es sind nicht fünf, sondern fünfzehn Pferde, eines schöner als das andere. Der Stallmeister nickt mir mit der ewig mürrischen Miene dieser Schotten zu, die Fremde auf den Tod nicht ausstehen können. Ich bin eine Fremde.

Werde ich jemals dazugehören?

»Charlotte?«

Ich wirbele herum. Vor mir steht Erin Stuart in Reitkleidung, die dunklen Haare sind zu einem festen Knoten gebunden, in den schwarz behandschuhten Händen trägt sie eine Gerte. Bis hin zu den blinkenden Stiefeln wirkt sie perfekt, selbst das Tuch um ihren Hals passt zum Gesamtbild. Sie ist ein gutes Stück kleiner als ich, aber ihre Ausstrahlung bewirkt, dass ich mich winzig fühle.

»So früh schon auf den Beinen? Bemerkenswert.« Ihre Stimme ist kühl und immer eine Spur distanziert, immer eine Spur auf Abwehr, aber nichts, was man greifen könnte.

»Ich wusste nicht, dass Sie hier sind …«

»Oh, wir sind mitten in der Nacht eingetroffen, da habt ihr schon geschlafen.« Ihr Lächeln ist reserviert und kühl. »Du solltest dich umziehen, damit wir uns beim Frühstück austauschen können«, empfiehlt sie mir, bevor sie nach einem knappen Nicken zum Stallmeister geht, der mit einem wunderschönen Schimmel aus einem Stall kommt. Geübt steigt sie auf, ich höre sie schnalzen, bevor sie im leichten Trab über das unebene, vermutlich Jahrhunderte alte Pflaster davonprescht.

Es ist Monate her, dass ich zuletzt geritten bin. Als Kind

war es fester Bestandteil meines Lebens auf dem Rücken meiner Stute Clarissa ritt ich stundenlang durch die Gegend. Ich konnte drei Wochen nichts essen, als sie eingeschläfert werden musste, weil sie einfach zu alt geworden war.

Meine Mutter kaufte mir schließlich Albert und hier sind wir nun.

Ich sehe ihr nach, wie sie schon bald in halsbrecherischem Tempo über die Wiesen fliegt und gehe schließlich hinein.

Der General hat zum Frühstück gerufen.

Dann wollen wir den General mal nicht enttäuschen.

»Noch etwas Tee, meine Liebe?«

Sie hat die filigrane Kanne in der Hand.

Nein, danke. »Oh ja, sehr gern.«

»Und, hast du dich schon eingelebt? Ich habe gleich zu Callum gesagt, dass ihr beim letzten Mal hättet länger bleiben sollen. Schließlich wirst du eines Tages hier leben. Und ich hoffe, er ist nicht fern.«

Wir sitzen nicht in dem Raum von gestern, stattdessen hat sie mich in einem ganz in weiß gehaltenen empfangen. Die Fenster stehen offen, die zarten Vorhänge werden von der Brise in den Raum geweht. Das Frühstück wurde an einem runden Tisch aufgetragen, ist aber eher spartanisch gehalten.

»Wir gehen immer mit gutem Beispiel voran«, dozierte sie, ohne dass ich was angemerkt hätte. »Zum Frühstück genügt etwas Toast und Konfitüre. Wenn du Butter bevorzugst, lasse ich welche bringen, ich verzichte seit Jahren darauf.«

Wäre das auch geklärt.

»Natürlich haben wir von deinem … kleinen Eingriff gehört und wir sind beide der Ansicht, dass es so am besten ist. Die Reihenfolge sollte doch immer noch eingehalten werden. Auch wenn wir Schotten es bei Weitem nicht so ernst nehmen, wie diese Engländer, die Wasser predigen, aber Wein saufen.«

Sie sollte sich hin und wieder mal mit ihrem Sohn auseinandersetzen, denn der säuft auch. Okay, er predigt aber wenigstens kein Wasser. Und mir wird schlagartig übel, weil sie dieses Thema so brutal auf den Tisch bringt.

»Mein Mann und ich haben wohlwollend den Ausführungen deines Vaters Glauben geschenkt, dass dieses Kind von meinem Sohn gezeugt wurde, nicht von seinem Vorgänger. Wenn ich es mir recht überlege, haben wir im Vorfeld jede Menge Vertrauen geleistet und ich wünsche, dass du dem ab sofort Rechnung trägst.«

»Ich …«

»Ich will nichts hören, schon gar nicht wissen«, übertönt sie mich mit schneidender Stimme, »Jede Frau hat ein Recht auf ihre Geheimnisse, zumindest war es kein Bastard, wenn auch vermutlich kein Stuart. Nun, diese Lösung ist eleganter, bringt gute Presse, viel besser, als das Kind am Ende verschwinden zu lassen.« Sie mustert mich ausdruckslos dann lacht sie auf. »Du kannst nicht wirklich davon ausgegangen sein, dass wir die Herkunft des Kindes nicht sofort nach der Geburt überprüft hätten. Die Zeiten, in denen man Kuckuckskinder ungeniert auf Throne heben konnte, sind vorbei. Und wäre es nicht Trevors Sprössling gewesen …«

Ich sage besser nichts, denn wenn jetzt auch nur ein Wort meinen Mund verlässt, wird es aggressiv klingen und ich werde den Tisch umschmeißen, was so gar nicht zu einer englischen Lady passt.

»Nun, du wirst dir sicher selbst denken können, wie wir in einem solchen Fall vorgehen, aber all das ist nun kein Thema mehr, und im Gegensatz zu meinem Mann bin ich immer noch der Meinung, in dir die perfekte Kandidatin gefunden zu haben. Enttäusche mich bitte nicht.«

Sie lehnt sich zurück und schlürft ihren Tee.

»Die Termine für den kommenden Tag sind bekannt?«

»Ich äh … um zehn …«

»Also ja, ich werde nachher meine Assistentin vorbeischicken, damit sie alles Weitere mit dir bespricht. Ich will diese Hochzeit perfekt. Keine Pannen, jeder Beteiligte muss genau wissen, was von ihm verlangt wird und sich vor allem daran halten. Auch du.«

Das sagt sie in einem Ton, der impliziert, sie hätte irgendwo gehört, ich wollte die Hochzeit crashen.

Glücklicherweise befinde ich mich längst wieder in meiner Blase, zu der auch sie keinen Zutritt hat. Eine Stunde lang belehrt sie mich und gibt mir das Gefühl, ein Bittsteller zu sein, eine Obdachlose, die man in grenzenloser Herzensgüte aufgenommen hat, besonders aber eine gefallene Frau, die, von der Gesellschaft geächtet, hier ihre letzte Chance bekommt.

»Nutze sie«, sagt sie zum Abschluss eindringlich. »Nutze sie klug und beweise mir, vor allem aber dem König, dass wir keinen gigantischen Fehler begangen haben, als wir uns für dich entschieden.«

»Er ist überhaupt kein König«, sage ich, als ich wieder in meinem Zimmer bin. Anscheinend üben sie schon mal für den Ernstfall.

Ich habe mich kaum gesetzt, da ist Rosalita zur Stelle.

»Ich soll mich um Albert kümmern«, sagt sie und bevor ich Einspruch erheben kann, ist sie mit ihm verschwunden.

Zu diesem Zeitpunkt weiß ich noch nicht, dass ich meinen einzigen Trost in den kommenden Tagen nur noch abends sehen werde.

Zehn Minuten später wird mir der erste Besucher gemeldet.

Die Schneiderin, eine wuselige Frau, die ich schon aus London kenne, wo sie dann und wann vorbeikam, um mir die Fortschritte ihrer Arbeit zu zeigen und noch mal Maß zu nehmen. Sie hatte sehr schnell bemerkt, dass ich immer weiter zunahm und zuckt nun mit keiner Wimper, als sich meine Maße wieder geändert haben, jetzt in die andere Richtung. Sie hat mit Sicherheit die Klatschpresse gelesen. Das Kleid muss noch mal grundlegend geändert werden. Als Nächstes kommt die Visagistin, die ich vorher nicht kannte. Eine aufgedrehte kleine Schottin, die mit Sicherheit nicht auf der neuesten Welle mitschwingt, aber schon Hunderte Bräute geschminkt hat, wie sie mir versichert.

Das Probe-Make-up kreiert eine Braut, die mit Sicherheit noch niemals einen Penis gesehen hat.

Auch nicht aus Versehen.

Niemals.

Nie.

Kein Eyeliner, alles in Pastell, und die Lippen vor Babygloss glänzend. Die Friseurin trifft kurz darauf ein und legt meine Haare so, dass die Stirn herzförmig ausgeschnitten ist, was die beiden Frauen in wahre Begeisterungsstürme versetzt.

Ich bin in der Provinz gelandet, so was wäre in London undenkbar, und doch passt es, denn ganz Schottland ist Provinz, und damit treffen sie genau den Ton.

Ermattet sitze ich am späten Nachmittag in meinem Wohnzimmer beim Tee. Mom hat mich nicht nochmal behelligt, wofür ich sehr dankbar bin, nachdem sie mir im Krankenhaus keine ruhige Minute gelassen hat und nicht mit Freudenbekundungen sparte, dass »das Problem« endlich aus der Welt ist. Inzwischen habe ich Angst vor dieser Frau, die so viel Wärme ausstrahlt wie ein Kühlschrank in der Arktis. Das Cam-Handy liegt in meinem Schoss. Ich bin immer bereit. Immer auf der Hut, immer aufgeregt, ob er sich nicht meldet.

Er muss sich melden.

Die Vernunft sagt mir, dass er das nicht tun wird, dass sie ihn eingeschüchtert und geknebelt haben werden, wie sie mich eingeschüchtert und geknebelt haben. Aber die Hoffnung ist so unbelehrbar und mein Herz will nicht hören, was die Vernunft zu sagen hat.

In diesem riesigen Haus fühle ich mich so einsam, so verloren und die Unterhaltung mit meiner zukünftigen Schwiegermutter geht mir auch nicht aus dem Kopf. All die unterschwelligen Drohungen, die sie gegen mich ausgestoßen hat, setzen mir zu. Dann die Herabwürdigung meiner Person, ich bin beschädigte Ware, ich bin unzumutbar und ich muss für den Rest meines Lebens auf Knien danken, diese Chance bekommen zu haben.

Eine Chance, die ich nie wollte.

Trevor habe ich nicht gesehen, seinen Vater auch nicht, in diesem riesigen Haus muss man sich nicht begegnen, wenn man es nicht forciert. Zum Lunch bekam ich ein bisschen Fingerfood, anscheinend ist das hier normal, was mir nur entgegenkommt.

Schritte sind auf dem Flur zu hören, die Tür wird aufgerissen und Trevor erscheint im Raum. Irre ich mich oder wirkt er blasser als sonst? Die Augenringe kenne ich schon länger an ihm und seine Lippen sind zu keinem Lächeln verzogen. Er ist nicht halb so locker und entspannt wie in London. Tatsächlich scheint er echt angepisst zu sein, mich zu sehen. Das gedachte »angepisst« ist der beste Beweis dafür, dass ich es eine Zeitlang mit Cameron Cavendish zu tun hatte, denn »angepisst« gehörte davor absolut nicht zur Beschreibung meines durch und durch angepissten Daseins.

»Ah«, macht er und marschiert mit großen Schritten zur Bar. Stirnrunzelnd beobachte ich, wie er zur Flasche mit dem edlen Scotch greift, fast ein ganzes Glas damit füllt und sie schließlich wieder abstellt. Mit zwei Fingern kneift er sich in den Nasenrücken, den Kopf vornübergebeugt, dann geht er mit ebenso großen Schritten zum Balkon, ohne das Glas angerührt zu haben, reißt die Flügel weit auf und zündet sich eine Zigarette an. Ich kann sein scharfkantiges Profil sehen, dass völlig ausdruckslos wirkt. So starrt er eine Weile aus dem Fenster, kneift ein Auge gegen den Rauch zusammen, inhaliert so tief, dass ich um seine Lunge fürchten würde, würde sie mich irgendwas angehen.

Er raucht.

Ich beobachte.

Das Ganze ist maximal gruselig, dabei ist es ein heller Tag und das Wohnzimmer echt hübsch eingerichtet.

Schließlich wirft er den Rest der Zigarette aus dem Fenster und dreht sich um.

»Wir müssen bald los. Fertig?«

Nicht ganz, denn die Assistentin, die mich, während mein Gesicht auf unschuldig getrimmt wurde, überfallen hat, tritt gerade ein.

Miss Blackberry ist eine sehr energische Frau mittleren Alters mit einem Tablet in der Hand und einer runden Brille in doppelten Ausmaßen ihrer Augen auf der Nase.

»Bevor Sie losfahren, werde ich Sie noch einmal einweisen. Der Bischoff legt außerordentlichen Wert auf gemessene Kleidung und Etikette. Sie werden ein geschlossenes Kleid in gedeckten Farben tragen, dazu die passende Kopfbedeckung.«

Ich versuche wirklich, mich auf diesen aberwitzigen Vortrag zu konzentrieren, merke aber bald, dass mich das nur noch mehr in Konflikte stürzen würde. Anscheinend haben sie hier zwar genügend Geld, um die Baumasse modern zu halten, sind ansonsten aber vor zwei Jahrhunderten stehengeblieben und scheinen sich echt wohl damit zu fühlen.

»Beeile dich«, sagt Trevor, ohne mit der Wimper zu zucken, sobald Miss Blackberry gegangen ist.

Rosalita scheint zu fühlen, wenn ich sie brauche, denn sie betritt mein Schlafzimmer, kaum dass ich dort angekommen bin. Ich erspare mir die Frage, ob sie hier Kameras angebracht haben, will es einfach nicht so genau wissen.

Sie hilft mir in ein graues Kleid, dessen Rock züchtig bis über die Knie reicht. Als Auflockerung sind die Knöpfe und der Gürtel silbern, und obwohl es bis zum Kragen geschlossen ist, gehört dazu auch ein Tuch, das sie mir umbindet. Außerdem trage ich einen Hut, der vor dreihundertachtundsiebzig Jahren bestimmt mal echt »flott« war, aber heute einfach …

Ich hoffe, niemand macht Fotos. Ich hoffe, keine Paparazzi sind anwesend.

Aber dann überlege ich mir, dass ich mich wohl ab sofort immer so in der Öffentlichkeit präsentieren werde. Mich wundert absolut nicht, dass ich im Futter der Jacke, die ich darüber ziehen soll, das Label einer Edelmarke finde. Dazu gibt es eine passende Tasche, mit dem LV darauf. Als ich wieder ins Wohnzimmer trete, ist Trevor gerade dabei, sich noch einen Scotch einzugießen, anscheinend hat er das Glas doch geleert. Er wirkt immer noch angepisst, als er die Flasche abstellt.

»Endlich«, knurrt er mich an und marschiert voraus. Seine Manieren waren auch schon mal besser, aber ich folge ihm schweigend. Denn das werde ich ab jetzt bis an mein Lebensende tun.

Vor dem Haus wartet ein silberner Tesla, der Butler hält mir die Tür auf, und kurz darauf erscheint Trevor hinter dem Steuer. Wenigstens darf man hier selbst fahren.

Also Mann, ich verkneife mir die Frage, ob ich vielleicht auch einen schnuckeligen kleinen …

Trevors Profil sieht auch so angepisst aus, dass ich mich auf die Landschaft konzentriere, durch die wir unterwegs sind.

Jetzt mal von der Zeitreise abgesehen und davon, dass alles so unendlich grün und moosig und … natürlich ist, was schon beängstigen kann – ist es ein atemberaubendes Stück Welt. Wenn man hier nicht immer wohnen muss. Ich schätze, das Fallbeil wurde über meinem Kopf längst aufgehängt und wird demnächst heruntersausen. Wir fahren lange, über zwei Stunden und während dieser Zeit sagt er kein Wort, sieht mich nicht an.

Die Augen verengt, starrt Trevor auf die hügelige Straße vor uns und ich belasse es dabei.

Wir halten schließlich in Edinburgh vor einer riesigen Kathedrale. Trevor geht mit finsterer Miene um das Auto, um mir die Tür aufzuhalten. So angepisst er auch ist, in der Öffentlichkeit wahrt er wenigstens die Formen.

Obwohl ich mich wirklich frage, weshalb er immer angepisster zu werden scheint. Aber ich frage nicht laut, immer noch nicht. Er legt mir die Hand auf den unteren Rücken, als wir die Kirche betreten und ich ertappe mich dabei, wie ich mir wünsche, er würde das wieder öfter tun, würde sich wieder so verhalten, wie er es die letzten Wochen getan hat. Als er noch er selbst und nicht dieser Roboter war. Als ich mich bei ihm geborgen und beschützt fühlte.

Der Bischoff tritt aus einer kleinen Tür direkt hinter der Kanzel und als ich zu Trevor hochblicke ist er ein anderer Mann.

Lächelnd, bescheiden und gut aufgelegt. Nahezu aufgeregt, weil er bald seine Angebetete heiraten darf. Aber natürlich auch ein wenig zerknirscht, weil er mir schon vorher ein Baby gemacht hat. Unglaublich. Unweigerlich frage ich mich, ob alles, was ich die letzten Wochen von ihm gesehen habe, nur Show war.

Wer ist dieser Mann, verdammt nochmal?

Wer. Ist. Trevor. Stuart?

»Schön, Sie zu sehen«, brummt der Bischoff, welcher um die siebzig ist, ungefähr dreimal so viel wiegt wie ich und sich mit Sicherheit nicht an die Hälfte der christlichen Gebote hält.

Ich muss gar nicht viel sagen, halte die meiste Zeit den Mund, während Trevor den Mann spielt, der er vor der Welt sein soll. Und er spielt ihn gut, er spielt ihn überzeugend, der Bischoff ist begeistert. Tränen stehen schon bald in seinen winzigen Augen, während Trevor meine Knöchel küsst, immer seine Hände an mir hat, mit den Lippen über meine Schläfe streift und sich absolut perfekt gibt. Ich ertappe mich dabei, wie ich all das bedürftig aufsauge, wie ich mich an ihn lehne und wie erleichtert ich bin, als er unsere Finger endlich wieder verschränkt.

Wieso bin ich jetzt erleichtert?

Habe ich es etwa vermisst?

»Ich weiß, es ist noch nicht offiziell, aber im Grunde ist es egal, wie das Referendum enden wird. Sie sind die Thronerben der Herzen, so sympathisch. So offen. So bewegend.«

Bei diesen Worten greift sich der fette Bischoff ungelogen an die breite Brust. Dann wird er aber wieder weltlich, denn nun besprechen wir den Ablauf der Zeremonie.

»Wir können davon ausgehen, dass die Vertreter der Presse zugegen sein werden«, sagt er. »Dies wird eine Feuerprobe für Schottland sein, wie wir uns in Zukunft neben dem mächtigen Königshaus behaupten. Also so, wie es schon seit Jahrhunderten ist«, fügt er gallig hinzu. »Es wird ein Jahrhundertevent werden, mit dem wir England und dem englischen Königshaus in nichts nachstehen werden. Tausende Zuschauer haben sich bereits angesagt, zum ersten Mal seit langer Zeit können sie ihr Königspaar bejubeln und alles wird perfekt sein.«

Ich übe den Gang entlangzugehen, kann mir gerade so meine Bemerkung verkneifen, dass ich darin mittlerweile fast ein Profi bin.

Vorn steht Trevor und meine Augen brennen, weil es nicht Cam ist, der mich mit einem unpassenden Zwinkern aus der Fassung bringt. Es ist nicht Cam, der mir ins Ohr raunt, wie er mich später betrunken auf dem Altar vögeln wird. Es ist nicht Cam, mit dem chaotischen braunen Haar, es ist nicht Cam mit den grün funkelnden Augen. Stattdessen ragt Trevor vor dem Kreuz auf, wie ein Krieger, die Hände vor dem Schritt verschränkt, die Schultern unter dem dunkelgrünen Pullover breit. Seine Lippen lächeln leicht, aber die blauen Augen sind kalt und leer. Und als sein Blick auf mich fällt, blitzt es darin auch noch warnend.

Wovor warnt er mich denn?

Wieso verabscheut er mich so sehr, seit wir in Schottland angekommen sind?

Mir wird klar, dass ich mit alldem nicht umgehen kann, wenn Trevor und ich nicht in einem Team spielen. Ich brauche ihn als Partner, ich brauche ihn als Verbündeten an meiner Seite. Ich kann ihn nicht auch noch zum Gegner haben, dann schaffe ich es nicht.

Schon bei dieser Probe drohe ich die Beherrschung zu verlieren, was soll das erst bei der Hochzeit werden? Ich muss irgendwas einwerfen, um nicht im entscheidenden Moment alles zu verderben. Der einzige Vorteil daran, mein Kind ermordet zu haben, ist, ich kann Medikamente schlucken, kann mich dopen, dafür sorgen, dass ich nicht die Fassung verliere. Denn irgendwo im Publikum, innerhalb dieser endlosen Stuhlreihen wird Cam mit dieser Harpyie sitzen. Sie wird strahlen und ihre toten, kalten Augen werde so viel mehr sagen. Sie werden sagen, dass ich selbst schuld daran bin, mein Baby verloren zu haben, dass ich besser hätte aufpassen sollen und dass sowieso sie die Mutter von Cams Kindern wird. Ich glaube ich hyperventiliere, mein Herz rast mit einem Mal, mitten auf dem Gang zu Trevor bleibe ich stehen, stütze mich an den äußeren Stühlen ab. Mein Kopf sinkt zwischen meine Schulterblätter und eine Hand presst sich zwischen meine Brüste. Ich bekomme keine Luft, ich kann einfach nicht atmen, ich …

»Baby?« Trevor legt seine Hand in meinen Nacken und ich schließe die brennenden Lider. »Was ist los?«, flüstert er und als ich aufsehe, wirkt sein Blick ehrlich besorgt, was mir erst recht die Tränen in die Augen treibt.

Alles ist so falsch.

Der Bischoff kommt auch angeschnauft.

»Oh, sind Ihnen die Knie weich geworden? Das kommt

vor, das kommt vor.« Väterlich tätschelt er meinen Rücken. Als ich mich anspanne, schiebt Trevor seine Hand von mir und geht neben mir in die Hocke. »Sie wird sich schon beruhigen«, meint der Pfarrer, aber er ignoriert ihn.

»Sieh mich an«, fordert er leise. Angestrengt schaue ich in seine besorgten, warmen Augen. Zum Glück erwidert er meinen Blick, wie er es in den letzten Wochen getan hat. Als würde ich ihm etwas bedeuten. Irgendwas. Wenigstens noch diesem einen Menschen auf der Welt, wo alle anderen mich doch verlassen haben.

»Atme, Charlotte. Atme einfach tief durch«, flüstert er und streicht mit dem Daumen über meinen Nacken. Ich atme, konzentriere mich nur auf seine Augen, nur auf seinen Atem. »So ist es gut«, sagt er immer noch beruhigend leise und erhebt sich, bevor er meine Stirn an seine Brust zieht. Ich höre nicht, was der Pfarrer sagt. Ich höre nichts, außer dem Rauschen meines Blutes und Trevors beruhigendem Herzschlag. Ich fühle nichts, als seine Nähe. Mir ist nicht klar, wie es geschehen ist, aber ich klammere mich mit einer Hand an ihm fest.

»Es wird alles gut«, murmelt er in mein Haar und hält mich einfach im Arm. Schon wieder. Er hält mich zusammen. Schon wieder. Und ich nehme es an, weil mir keine Wahl bleibt. Ich akzeptiere ihn als meine Stütze, mitsamt seinen Armen, seinem Geruch und seinem Atem.

Ich nehme diesen Mann an, weil mir nichts anderes bleibt. Und am Rande fällt mir auf, dass ich es wirklich hätte schlimmer treffen können.

Als ich meinen Kopf zurückziehe und dankbar zu ihm aufsehe, verkrampft es sich heiß in meiner Brust.

Der Verrat an Cam lodert darin, weil mir auffällt, wie besonders Trevor im Grunde ist, wie schön sogar … und wie sehr ich ihn gerade brauche. Als er aufmunternd lächelt, hebe auch ich die Mundwinkel. Und für ein paar kurze Sekunden wünsche ich mir, er würde so bleiben, nicht mehr zu diesem kalten, abweisenden Mann werden, der er hier nun einmal ist. Und ich wünsche mir, er würde mich nicht loslassen, was jedoch passiert, als ich einen Schritt zurückmache.

Er drückt nochmal aufmunternd meine Hand, nimmt sie in seine und ich entspanne mich etwas. Zumindest soweit es mir gerade möglich ist. Und das ist nicht viel.

Ein Gutes hat dieser Zwischenfall, denn damit ist diese widerliche Probe für meinen zweiten Untergang innerhalb eines halben Jahres beendet. Ich habe das Gefühl, dass ich diesmal nicht so einfach rauskomme, obwohl ich es wirklich will. Leider fällt Trevor in seine alte-neue Rolle, sobald wir die Gotteskathedrale verlassen haben.

Kaum sitzen wir im Tesla auf dem Heimweg, ist Trevor wieder eiskalt, er sagt nichts weiter als: »Schnall dich an.«

Und ich folge wortlos, fühle mich sofort wieder allein. Wirklich besser wird es auch nicht, als er an einem Supermarkt hält und kurz darauf mit einer Flasche Wasser zurückkommt.

»Trinken, nur für alle Fälle.«

Ich trinke, weil ich wirklich durstig bin und überlege, wie ich ihn dazu bringen kann, sich nicht wie ein Eisklotz zu verhalten.

»Sowas darf nicht nochmal passieren«, bemerkt Trevor irgendwann und ich wende ihm mit verengten Augen den Kopf zu.

»Sorry, das werde ich beherzigen«, gebe ich patzig zurück, denn ich habe mir wohl kaum ausgesucht, vor diesem Altar fast in Ohnmacht zu fallen.

Erstechen.

Mit einem Brieföffner, das wäre es. Könnte blutig werden und würde genau in meine Stimmungslage passen. Er seufzt nur und kurz glaube ich, dass er meine Hand nimmt, aber er legt sie nur auf die Mittelkonsole. Ich starre stur nach vorn und frage mich, wann ich so verdammt bedürftig geworden bin.

Wenigstens hat er meine patzige Antwort nicht als Gesprächsauftakt gewertet. In dieser Hinsicht unterscheidet er sich von Cam, mit dem ich mich nun bis aufs Blut gestritten hätte. Dann wäre er einfach rechts rangefahren, hätte mich geküsst und mich angeherrscht, dass ich aufhören soll, ihn wahnsinnig zu machen. Aber Trevor ist nicht Cam, deshalb passiert nichts dergleichen. Für die nächste halbe Stunde herrscht eisiges Schweigen, dann habe ich die Flasche ausgetrunken und meine Blase meldet sich.

»Halte bei der nächsten Raststätte an«, sage ich.

»Okay«, Trevor sieht mich immer noch nicht an und ich frage mich so langsam, ob er mich hasst.

Eine halbe Stunde später ...

»Wann kommt denn eine?«

Diesmal wirft er mir einen knappen Blick zu. »Ach hatte ich vergessen zu sagen, auf der Strecke gibt es keine.« Er zuckt mit den Schultern und ich starre ihn fassungslos an.

»Aber wir müssen halten«, jammere ich. Kritisch beäugt er mich.

»Warum?«

»Weil ich …« Röte erobert ungebremst meinen Kopf. In den letzten Monaten haben sich viele Dinge geändert, zum Beispiel, dass ich »angepisst« sage, okay, eher denke. Aber ich werde wahrscheinlich niemals in der Lage sein, einem Mann zu erklären, dass ich wirklich dringend Wasser lassen muss.

Oder, wie Cameron es ausdrücke würde. »Du musst pinkeln.«

Jepp.

Muss ich. Dringend.

Die Flasche Wasser zu trinken war dumm. Nicht durchdacht, ich hätte es nicht anrühren dürfen. Wäre meine Mom hier, würde sie mir Vorträge halten, was eine Lady darf und wovon sie die Finger lassen sollte. Getränke während der Fahrt sind verboten, weil es sonst peinlich werden könnte.

Wie jetzt.

Aber Trevor versteht auch so, ich vergesse immer, dass Cameron und er auf eine gemeinsame Vergangenheit zurückblicken. Es wäre ein Wunder, wenn Cams asoziales Verhalten nicht auf ihn abgefärbt hätte.

»Halt es einfach an.«

Super. Halt es einfach an.

Ich gebe mir alle Mühe.

Eine Viertelstunde später stehen mir Schweißperlen auf der Stirn und ich atme nur noch sehr flach, weil jede Erschütterung entweder meine Blase sprengen oder jene Muskeln, die das Schlimmste noch verhindern, außer Kraft setzen könnte.

»Oh Mann«, sagt er nach einem weiteren kurzen Blick zu mir und lenkt den Wagen auf einen Parkplatz.

»Falls du die Sachlage jetzt eingehend besprechen willst …« Ich keuche ein bisschen. »… das ist der komplett falsche Zeitpunkt.«

»Hatte ich nicht vor. Du sollst aussteigen und das Problem beseitigen.«

Ich reiße die Augen auf. »WAS?«

»Steig aus, geh in den Wald und lass alles raus.« Etwas gereizt zündet er sich eine Zigarette an und lässt sein Fenster herab.

»NEIN!« Ich bin so empört, dass ich mein Bedürfnis für ein paar Sekunden wirklich vergesse. Dann schlägt es mit voller Wucht wieder zu und ich lehne mich stöhnend zurück. Alle Fassade fällt von mir ab wie ein nasser, viel zu großer Sack.

»Wenn du hier alles vollpinkelst, machst du es sauber.«

»Trevor, das ist kein Scherz, ich …«

»Habe ich auch nicht gedacht.« Er beugt sich zu mir rüber, ein leichtes Lächeln umspielt seine Lippen, als er meine Tür öffnet.

»Schnall dich ab, steig aus, geh in den Wald und lass es raus, Baby. Vergiss aber nicht, dir erst den Slip runterzuziehen. Los.«

Ich erkenne schnell, dass er erstens ein Arsch ist, er eindeutig von Cam geprägt wurde – was mich mit ihm ein bisschen versöhnt –, vor allen Dingen aber, dass er recht hat.

Es gibt keine andere Möglichkeit. Außer auf diesen Sitz zu pinkeln, und welche Konsequenzen das hätte, will ich nie erfahren.

Nach einem letzten vernichtenden Blick gehe ich in den Wald und bete, bettle, keinen Viechern zu begegnen.

Als ich wieder einsteige, fühle ich mich so erleichtert, dass es für einen Moment sogar einen Weg aus meiner Kokonblase gibt.

»Wenn du irgendwem davon erzählst, bringe ich dich

um«, zische ich und nehme die Desinfektionslösung aus dem Seitenfach womit ich mir die Hände und auch gleich mal die Unterarme einschmiere.

Stoisch startet Trevor den Motor, das Gesicht unlesbar wie zuvor.

»Wem zur Hölle sollte ich es denn erzählen?«

Das ist eine gute Frage, denn auch er hat keine echten Freunde, zumindest, seit er Cam verloren hat. Was meinetwegen geschah. Es ist alles so verdammt mies. Nicht nur für mich. Als mir das klar wird, überwinde ich mich einfach und lege meine Hand auf der Mittelkonsole über seine. Vielleicht sollte ich nicht nur immer erwarten, dass irgendjemand für mich da ist. Vielleicht sollte ich beginnen, auch für andere da zu sein. Vielleicht sollte ich nicht zulassen, dass der einzige Verbündete, der mir noch geblieben ist, sich in diesem Krieg noch weiter von mir zurückzieht.

»Schon gut«, murmle ich also, und als Trevor unsere Finger wieder wortlos verschränkt, bin ich erleichtert.

Zu erleichtert.

31. IM AUGE DES KILLERSCHWANS

Charlie

Als wir am schottischen Superschloss ankommen, ist es dunkel, das Gebäude erstrahlt schon von Weitem wegen der zahlreich erleuchteten Fenster, vor allem aber wegen der Spots, die strategisch perfekt platziert wurden, sodass es wie ein mittelalterliches Prinzessinnenschloss aussieht.

Es ist so spät, dass der Lunch im Wohnzimmer unseres Flügelflurs serviert wird. Und so kommt es, dass wir allein essen.

Ich trinke Wein. Viel Wein, um die Peinlichkeit der gesamten Blasenentleerungsangelegenheit irgendwie zu kompensieren. Und noch mehr, weil ich immer noch nicht in meinen Kokon zurückkonnte und mir das Sich-der-Realität-Stellen sehr, sehr schwerfällt. Noch mehr, weil mir endlich klargeworden ist, dass ich allein auf dieser Welt bin. Mit Ausnahme des Mannes, der mir gegenübersitzt und sich ebenfalls am Wein schadlos hält.

»Warum bist du sauer?«, frage ich Trevor schließlich, als wir zur Hälfte durch das Roastbeef sind.

»Bin ich nicht«, sagt er knapp und konzentriert sich wieder auf seinen Teller.

»Du bist anders«, insistiere ich.

»Als wann?«

»Als früher.«

»Wann früher?«

Ich verdrehe die Augen. »Das weißt du.«

Er leert sein Glas und nickt. »Schon möglich.«

Ich sehe ihn durch meine Wimpern hindurch an. »Ist es meine Schuld?«

Wieder stoppt er kurz und legt den Kopf schief, während er mich nachdenklich mustert.

»Nein.« Somit widmet er sich wieder seinem Essen. Alles an ihm wirkt abweisend, aber ich werde mich jetzt nicht abweisen lassen.

»Woran liegt es dann?«

»Mach dir keine Sorgen darüber. Ich komme schon klar.«

»Ich mache mir keine Sorgen, ich will es nur wissen.« Okay, ein wenig Sorgen mache ich mir schon.

»Sie planen eine royale Hochzeit, was dachtest du denn?«

»Das bereitet dir solchen Stress?«, erkundige ich mich ungläubig, denn er kommt mir immer so über den Dingen stehend vor.

»Dir nicht?«, erwidert er zweifelnd und denkt wohl an meinen Fast-Ohnmachts-Anfall zurück.

»Jetzt, wo du es sagst«, murmele ich und trinke noch einen Schluck Wein.

»Nach dem Vorfall heute werden sie noch misstrauischer sein.«

»Deine Eltern?«

Darauf antwortet er nicht. »Wird Zeit, dass wir die Sache endlich hinter uns bringen«, sagt er mehr zu sich selbst.

Ja, es wird Zeit. Es wird wirklich Zeit.

Ich bin erst einen Tag hier und brauche jetzt schon Urlaub, den ich nicht bekommen werde, weshalb ich noch einen großen Schluck Wein trinke.

»Sie wussten, von wem das Baby war«, sage ich leise und er mustert mich fast mitleidig.

»Natürlich wussten sie es.«

»Sie hat gesagt, dass sie es mir weggenommen hätten.«

»Ja, hätten sie.«

»Dir war das klar?«, erkundige ich mich erschüttert, denn er hatte mir versprochen das Baby und mich zu schützen.

»Nein, aber es überrascht mich nicht.« Er gießt uns beiden Wein nach. »Sieh es positiv, so kannst du wenigstens trinken. Alkohol ist wichtiger Bestandteil, um das Ganze zu überstehen.« Dies klingt ziemlich spöttisch.

»Wie man an dir sieht«, antworte ich kritisch.

»Richtig.«

Ich schiebe den Teller von mir und sehe aus dem Fenster, hinter dem die undurchlässige Dunkelheit aufragt. Wenigstens muss ich für den Moment nicht dieses ewige Grün sehen. Wie ist es wohl für ihn, wieder hier zu sein, wieder unter der Fuchtel seines Vaters zu stehen, wieder genau das tun zu müssen, was verlangt wird?

»Setzen sie dich unter Druck?« Der Rauch seiner Zigarette strömt in meine Nase, denn auch er hat seinen Teller von sich geschoben und sich eine angezündet.

Der Butler, der in angemessener Entfernung unser Dinner überwacht, bringt ihm eilig einen Aschenbecher, Trevor beachtet ihn nicht.

»Ich komme schon klar«, sagt er wieder, bläst den Rauch aus, sein Blick ist unergründlich. »Der Vorfall heute wird sie nicht glücklicher gestimmt haben.«

»Aber was hätte ich denn machen sollen? Ich meine, du hast doch gesagt, ich soll ...« Schon wieder ist mein Gesicht feuerrot. Diesmal ist es an ihm, die Augen zu verdrehen, während seine Mundwinkel zucken.

»Das doch nicht. Ich rede davon, dass du bei der Probe umgekippt bist, Charlotte.«

»Aber das wissen sie doch gar nicht.«

»Sie wissen alles.«

»Aber ich …«

»Lass es rankommen, wir werden sehen, wie sie reagieren.«

Darauf weiß ich echt nichts zu sagen und trinke noch ein bisschen Wein, er hilft mir über meine Panik hinweg. Und er vernebelt die Realität. Eine Realität, in der Cam nicht mehr Teil meines Lebens ist.

»Hast du was von Cameron gehört?«, frage ich endlich das, was mir schon die ganze Zeit auf dem Herzen lastet.

Trevor lässt mich nicht aus den Augen. »Nein. Du?«

»Nein, er hat sich nicht mehr gemeldet«, murmle ich und verkrampfe meine Finger im Schoß.

»So soll es sein.«

»Er wird doch zur Hochzeit kommen?«

Seine Augen verengen sich und eine Warnung blitzt darin auf. »Hör auf, mich zu verarschen, Charlotte. Tu es nicht, du hast keine Ahnung, womit du hier spielst.«

»Aber ich verarsche …«

Mit einem Ruck steht er auf, bevor er sich vor mir auf den Tisch stützt und mir direkt in die Augen sieht. »Ich habe dir gesagt, ich werde dich schützen; ich werde dir sogar ein gutes Leben bereiten, ein sorgenloses, das Leben, das du schon immer wolltest. Dafür musst du nur deine Rolle spielen. Sie gut spielen. Sie so spielen, dass du dir selbst glaubst.

Fragen, die Cam betreffen, stehen nicht auf der Tagesordnung, Gedanken an ihn solltest du auch besser lassen, denn sie werden es für dich nicht leichter machen. Sie werden dich immer wieder runterziehen und du warst jetzt lange genug seinetwegen am Boden. Komm wieder auf die Beine, Charlotte. Hebe dein Kinn und mach weiter …« Er hebt es mit einem Finger und streicht mit dem Daumen langsam darüber. »Besser heute als morgen, irgendwann könnte zu spät sein.« Ich versinke in seinem glühenden Blick.

Für einen langen Moment habe ich die aberwitzige Fantasie davon im Kopf, wie ich ihn einfach küsse. Wie ich mich einfach in ihn stürze, wie ich einfach alles andere vergesse. Fantasien, die mich erschrecken.

Warum denke ich so etwas? Vielleicht weil ich so verflucht einsam bin.

Und wieso sieht er mich so an, als würde er dasselbe denken?

Dann ist der Moment vorbei und er zieht sich mit einem Ruck zurück.

Als er einfach verschwindet, verlagere ich atemlos mein Gewicht, fühle mich unwohl, aufgewühlt, irgendwie durcheinander. Rosalita bringt Albert, mir kommt der Gedanke, dass es später mit unseren Kindern genauso laufen wird. Ich werde sie hin und wieder sehen, aber die meiste Zeit mit anderen Dingen beschäftigt sein. Wie übel. Wie niederschmetternd.

Mit mich umfangenden Armen trete ich ans Fenster.

Ist es das, was ich wollte?

Was ich will?

Wie ich mir mein Leben immer vorgestellt habe?

Die Wahrheit ist … so weit entfernt ist es nicht. Der Seymour-Teil in mir, der noch nicht vom Cameron-Geist infiziert ist, steht kurz vor der Erfüllung all der Träume, die ich niemals auszusprechen wagte. Ich bin bereit, ich weiß genau, wie ich mich zu benehmen habe, ich kenne die Etikette, alle Regeln, weiß exakt, was von mir erwartet wird, beherrsche fünftausend Arten von Small Talk und noch besser, schweigend an der Seite meines Ehemannes zu stehen. Das, was durch Cams schädlichen Einfluss in Mitleidenschaft gezogen wurde, kann ich binnen weniger Tage ungeschehen machen. Dieser Teil ist vorbereitet, er ist bereit und er ist stolz, hier zu sein. Stolz, Trevors Verlobte zu sein. Der Mann ist mir zwar völlig fremd und hat mir anscheinend nicht viel zu sagen, jedes Mal, wenn er mich ansieht, bekommt er neuerdings offenbar irgendwelche innerlichen Krämpfe, aber in der Öffentlichkeit weiß er sich blendend zu benehmen. Heute in der Kathedrale war er mehr als nur ein bisschen besorgt, fast liebevoll. Er hat mich aufgefangen. Mehr kann man in meiner Situation nicht erwarten, mehr HABE ich nicht erwartet.

Ich bin bereit zu akzeptieren, dass es nie mehr sein wird und dass es keinen Ausweg gibt.

Es ist, wie es ist.

Und hätte es Cam nicht gegeben, hätte es mein Baby nicht gegeben, hätte es nicht diese Liebe gegeben, die immer noch in jeder Sekunde in mir wütet … Ich wäre freudig bereit, mit Trevor den Weg bis zum Ende zu gehen, gemeinsam mit ihm und seinen Eltern um den Thron zu kämpfen, alles zu geben und noch mehr, damit die Familie endlich wieder das bekommt, was ihr zusteht. Daran glaube ich wirklich, auch wenn es der Britin in mir nicht gefällt. Ich bin Royalistin und wie jeder kenne auch ich die Geschichte der unglücklichen Stuarts, die so viel erdulden mussten. Kaum ein männlicher Stuart ist eines natürlichen Todes gestorben. Über Jahrhunderte wurden sie um ihr Erbe gebracht, gefoltert, getötet, unterdrückt. Schon damals im Geschichtsunterricht, erschien es mir einfach nicht richtig. Jetzt ein Teil davon zu sein, ihnen zu altem Glanz zu verhelfen und gleich auch noch zu neuem, macht mich stolz.

Ich lehne die heiße Stirn an die Scheibe.

Wäre da nur nicht das andere, das mich nachts nicht schlafen lässt.

Der andere, sollte es wohl heißen.

Erst haben sie ihn mir aufgezwungen und als er fast ein Teil von mir war, als ich einen Teil von ihm in mir trug, haben sie ihn mir wieder weggenommen.

Haben ihn zu dieser Frau gegeben.

Haben mich mit ihm erpresst.

Und das schlimmste: er hat sich längst von mir gelöst, ich bin ihm nicht mehr wichtig, das ist wirklich, wirklich, wirklich niederschmetternd.

Wie soll ich mich denn auf Trevor konzentrieren? Ich habe keine Ahnung.

Trotzdem werde ich meine Pflicht erfüllen, denn am Ende dieses widerlichen Weges wartet die Hochzeit und egal, was auch kommt, auch egal, dass ich mich an diesem Tag einem anderen verpflichten werde, ich werde Cameron sehen. Für ein paar gestohlene Minuten. Inzwischen bin ich fest entschlossen, sie mir zu nehmen, ihn in irgendeiner geheimen Ecke zu treffen, wie an seiner Hochzeit. Was er kann, kann ich schon lange.

Nur kurz Luft holen.

Nur kurz mit ihm sprechen.

Ihn vielleicht auch anbrüllen.

Danke, Cam, danke, dass du mir so grandios beigestanden hast.

Danke, Cam.

Danke für nichts!

Aber es wird echt sein.

Die ersten echten, wahren Sekunden seit Wochen.

Und sie werden mich retten, mir die Kraft geben, weiterzumachen.

Kraft, die ich so dringend brauche.

Missmutig sitze ich im Salon beim Frühstück, mit meiner Schwiegermutter. Von ihrem Mann oder meinem Zukünftigen ist nichts zu sehen.

Wie immer ist sie perfekt hergerichtet. Ich war heute schon um sieben auf. Albert hat mich mit seinem Winseln geweckt. Vermutlich hat ihn der Dudelsackpfeifer, der pünktlich um sechs seinen Morgengruß dudelsackpfiff zu Tode geängstigt. Halbtot schlurfte ich in meinen Joggingklamotten runter, nahm extra einen anderen Weg und wurde prompt von ihr gestellt.

Diesmal hat sie mich nicht zum Frühstück gebeten, sie hat mich hin befohlen, und ich weiß genau wieso. Jetzt kommt, worauf ich schon seit Stunden warte.

»Ich habe gestern mit dem Bischoff telefoniert.« Sie schneidet ihren Bagel sehr ruppig auf, tunkt ihn in die Marmelade und nimmt einen kräftigen Bissen. Am aggressivsten machen mich nicht etwa diese Kaugeräusche – obwohl die auch die Hölle sind –,sondern, dass sie die ganze Zeit imaginäre Krümel zwischen ihren dürren Fingern zermalmt.

»Ihr habt einen guten Eindruck hinterlassen, er mochte euch. Nur das Ende war weniger angemessen.«

»Ja, tut mir leid, mir war schwindelig …«

Vehement schüttelt sie den Kopf. »Uns allen wird dann

und wann schwindelig, mein liebes Kind, das ist das Kreuz, das wir Frauen nun mal zu tragen haben.« Sie mustert mich über den Rand der Teetasse hinweg. »Mir wurde mehrfach versichert, dass du deiner Aufgabe gewachsen bist und dich in der Öffentlichkeit ANGEMESSEN zu benehmen weißt. Dass dies Teil deiner Ausbildung war, dass wir uns auf dich verlassen können, Charlotte. Der gestrige Vorfall lässt mich daran zweifeln.«

Ich verdrehe die Augen. »Das …«

»Und auch das …« Sie deutet auf meine Augen. »… ist inakzeptabel.« Mit einem leisen Klirren stellt sie die Tasse ab. »Constanze, bring mir den Sherry.«

Das Mädchen, das bisher abseits stand, huscht hinaus und kehrt kurz darauf mit einer Flasche und zwei Gläsern zurück.

»Nein«, sagt Erin schneidend und zieht das Glas zurück, das mir hingestellt wurde. »Dort hinein.«

Sobald es gefüllt ist, kippt sie den Inhalt des Glases und starrt mich böse an. »Du bringst mich dazu, das ist ganz allein deine Schuld, weil du unfähig bist. GEH!«, faucht sie das Mädchen an. »Hinaus mit dir!«

Constanze macht, dass sie davonkommt und ich würde mich ihr wirklich gern anschließen, aber ich darf ja nicht.

»Das ist deine letzte Chance!«, flüstert sie mich giftig an. »Deine allerletzte, und du bekommst sie nur, weil dein Vater dich in höchsten Tönen gelobt hat.« Sie kippt das Glas erneut voll und den Inhalt dann in ihren unersättlichen Schlund. »Natürlich war uns immer klar, dass er seine Tochter bestmöglich unterbringen will, und das sei ihm gegönnt. Dein Vater hat uns unersetzliche Dienste geleistet, dafür gebührt ihm unser ewiger Dank und eine Belohnung. Wenn … die Pläne bis ins letzte Detail aufgehen.«

»Was, wenn nicht?«

Ihr Lächeln wird bösartig, die Augen funkeln, das Weiß verfärbt sich allmählich rot, der Sherry ist ihr in Blitzgeschwindigkeit zu Kopf gestiegen.

»Wir beide wissen, dass man dich von der Ersatzbank geholt hat. Ach, was rede dich, du hattest das Team längst verlassen, und wir beide kennen deinen Ruf, vor allen Dingen, was hinter vorgehaltener Hand über dich erzählt wird. Ich habe meine Ohren überall und ich weiß viel. Es lässt mich nicht ruhiger schlafen. Alles deutet darauf hin, dass wir in Begriff sind, uns ein faules Ei ins Nest zu legen. Denke immer daran, Charlotte, wir wissen alles, wir erfahren alles, nichts bleibt uns verborgen und unsere Geduld ist nicht unbegrenzt.«

»Was, wenn nicht?«, wiederhole ich meine Frage.

»Nun, dann sind wir wohl mit einem faulen Ei gestraft, nicht wahr? Wir mussten die Hochzeit auf den Tag des Referendums legen, es pusht die Leute, überzeugt vielleicht Zweifler, die noch nicht wissen, ob sie sich aus dem schwärenden Schoss Englands erheben wollen.«

Die Phrase hat sie sich lange überlegt und noch länger geübt. Das ist offensichtlich.

Ich hänge an ihren Lippen, während das Blut allmählich mein Gesicht verlässt und mir immer übler wird. Was wollen diese Menschen eigentlich von mir, und könnte ich einen Mord vertuschen?

»Wenigstens so lange es lebt.«

»Was soll das heißen?«

Sie zuckt mit den Schultern. »In der Familie Stuart gibt es keine Scheidungen, ist man einmal drin, bleibt man drin. Nur der Tod erlöst.«

Das klingt nach Mafia, ist aber nicht ungewöhnlich.

»In dieser einen Hinsicht sind uns die Engländer voraus. Wir lösen das anders. Nun, das haben wir wieder gemeinsam. Wie die Geschichte zeigt, erledigen sich solche Dinge immer irgendwann. Nehmen wir Diana, die der Queen so viel Ärger gemacht hat. Gerade als man meinte, dies keine Sekunde länger ertragen zu können … war sie weg.« Sie strahlt mich an. »Wir haben keinen großen Sinn für Humor und dein Kontingent hast du schon in London ausgereizt, oder glaubst du wirklich, wir wüssten nichts von deinem Besuch im Four Seasons? Glaubst du das wirklich, Charlotte? Dann bist du dümmer, als ich gemeinhin angenommen habe.«

Scheiße.

Oh du verdammte Scheiße.

»Nun, zumindest blieb es bei diesem einen Mal, aber ihr werdet dorthin zurückkehren, zumindest vorübergehend. Ich werde alles daransetzen, dass ihr schnellstmöglich in die Heimat kommt, sobald wir uns erst endgültig abgespaltet haben. Dann kehrt hoffentlich endlich Ruhe ein. Ich wünsche es dir, ich wünsche dir wirklich, dass du uns zufriedenstellst und ein vollwertiges Mitglied unserer Familie wirst. Allein, je länger ich dich beobachte und ich beobachte dich auch hier, desto mehr neige ich dazu, die Meinung meines Mannes zu übernehmen. Er hat dir niemals große Chancen eingeräumt. Wir wollen nicht ›ein wenig‹, einen halbherzigen Versuch, dass du dir vielleicht Mühe gibst, sondern wir wollen die perfekte Frau an der Seite unseres Sohnes.«

Sie kippt ihr Glas erneut voll, leert es aber diesmal nicht.

»Nach allem, was ich weiß, bekommen wir diese nicht, sondern müssen mit dir vorliebnehmen. Sorge dafür, dass wir das nicht allzu sehr bedauern müssen.« Nun leert sie das Glas, stellt es mit einem kleinen Rums auf den Tisch. »Du darfst gehen.«

Das lasse ich mir nicht zweimal sagen, und wanke noch immer in meinem Jogginganzug nach draußen. Ich hatte mich nicht umgezogen, was ich jetzt bereue, mein Aufzug war nur Wasser auf ihre Mühlen.

Mir war nicht klar, dass hier anscheinend eine Art Strichliste geführt wird, und wenn zu viel auf der Contra-Liste steht, dann ist dein Chauffeur betrunken oder so.

Es schaudert mich, mir wird immer kälter. Als ich losging, schien alles noch erträglich, aber je länger mir ihre Worte durch den Kopf schwirren, desto grausamer und verlorener fühle ich mich.

Normalerweise würde ich jetzt zu Cameron flüchten, ihm alles erzählen und voraussetzen, dass er mich vor der bösen, bösen Welt beschützt. Aber hier habe ich nur Trevor, und den kenne ich doch gar nicht. Außerdem bezweifele ich stark, dass er mich vor seiner Familie beschützen wird, nicht wenn sie ernst machen.

Ich. Will. Hier. Nicht. Sein.

Meilenweit gibt es nichts, außer diese Hügel und diese selbsternannten Herrscher, die es sich schon mal vorsorglich in ihrer gottgegebenen Position bequem machen und sich gleich für Gott und Göttin him- und herself halten.

Und dieser ewig miesgelaunte Idiot, der mein Ehemann werden soll.

Nein, ich glaube nicht, dass er geistig ein Idiot ist, eher so eine Art Soziopath, dem es in Wahrheit egal ist, wie es mir ergeht. Er weiß, dass sie mich unter Druck setzen, weil es ihm ähnlich ergeht. Das war bei Cam nicht anders. Aber egal wie verfeindet wir waren und uns nicht mochten, wenn sein Vater oder seine Mutter auf mich losgingen, dann war er da, dann hat er mich beschützt, dann stand er mir zur Seite. Trevor lässt mich im Regen stehen. Er liefert mich ihnen aus.

Was, wenn ich es mir recht überlege, ja nicht verwunderlich ist, weil er mich nicht liebt. Weil ich für ihn ein Ärgernis bin, er mich lieber von hinten als von vorn sieht und weil er weiß, dass ich im Wald gepinkelt habe.

Oh. Mein. Gott. Ich hätte das nicht tun dürfen.

Ich laufe immer schneller, stolpere über das Gras und betrete erstmals den Wald, der, wie ich kurz drauf feststelle, nur eine Baumgruppe ist. Direkt dahinter befindet sich ein kleiner See. Das Ufer ist vielleicht fünfzig Meter entfernt, von Bäumen umgeben, die sich in der Wasseroberfläche spiegeln. Und ich habe natürlich mein Handy nicht dabei.

Verdammt.

Der Anblick beruhigt mich, holt mich ein Stück runter, auch wenn ihre Worte mich nicht verlassen.

Zum ersten Mal begreife ich im gesamten Ausmaß, dass ich mich vorsehen, wirklich aufpassen muss, wenn ich nicht unter die Räder kommen will. Auf meinen zukünftigen Ehemann brauche ich nicht zu zählen. Ich dachte es eine Zeitlang, glaubte wirklich, er würde mich wenigstens mögen, wir würden irgendwie miteinander klarkommen, aber … ich habe mich getäuscht, er hat sich verändert. Vielleicht weil er seine Heimat hasst und es an mir auslässt. Seit gestern habe ich ihn nicht gesehen, er hat sich nicht nach meinem Wohlbefinden erkundigt. Dieser Moment in der Kirche und später im Wagen war nur eine Illusion. Was er mir in den letzten Wochen vorgemacht hat, war nur eine Illusion. Vielleicht wegen Cameron, weil sein Freund wütend auf ihn ist und nicht mehr mit ihm spricht. Sie arbeiten immer noch zusammen, soweit ich weiß, hat es sich nicht geändert. Gestern hatte ich mir genug Mut angetrunken, um es zu versuchen. Ich wollte wissen, was in ihm vor sich geht. Ich wollte mich ihm öffnen und habe eine Abfuhr kassiert. Und ich habe es mir gemerkt. Ich muss funktionieren - Punkt. Was, wenn ich das aber gar nicht mehr so wirklich kann? Was dann, hm?

Ich bin am Ufer des Sees angelangt, ein altersschwaches Boot ist an einem kleinen Steg angebunden, die Ruder liegen darin.

Nach eingehender Untersuchung steht fest, dass es kein Leck hat und auch sonst kein Wasser irgendwo eintritt. Aus irgendwelchen Gründen fordert es mich heraus. Der Wunsch, die glatte, makellose, unbewegliche, fast starr wirkende Oberfläche des Sees zu erschüttern, nimmt immer größere Formen an. Ich sehe mich um, niemand ist in der Nähe, niemand kommt angestürmt und brüllt mich an: »Halt! Stopp! Das ist bei Todesstrafe verboten.« Ist schließlich ein fremdes Land, wer weiß schon, wofür man hier hingerichtet wird. Nachdem ich die selbsternannten Herrscher kennengelernt habe, ist alles möglich.

Am Ende wage ich es einfach.

Das Boot wackelt verdächtig, als ich mit zwischen die Zähne geklemmter Zunge reinsteige … und ich schreie ein bisschen, weil ich für einen grausamen Moment sicher bin, mit dem ganzen Teil umzukippen und im Wasser zu landen. Aber der Kahn beruhigt sich wieder. Ein bisschen schlotternd klicke ich die Ruder in die dazu gehörigen Ringe, schiebe mich mit einem vom Steg ab und treibe rasch in die Mitte des Sees. Schön, hierher kann sie mir nicht folgen. Hier bin ich allein, vor allen Dingen sicher. Die Wolkendecke bricht auf, die Sonne schickt ein paar zaghafte Strahlen hindurch. Ich halte mein Gesicht in die Wärme und fühle mich zum ersten Mal, seitdem wir hier angekommen sind, halbwegs gerettet. Den Termin mit der Schneiderin habe ich erst am Nachmittag, der Rest des Tages ist endlich allein mir vorbehalten. Ich werde erst wieder auftauchen, wenn ich muss.

Fast schon entspannt lehne ich mich zurück, die Sonne wärmt mich immer mehr, wir haben inzwischen April und selbst hier oben ist der Frühling präsent. Die Spitzen der Nadelbäume sind hell, die Triebe treiben und überall blühen wilde Blumen. Die Wolken verziehen sich immer weiter, vergrößern die Sicht auf den blauen Himmel. In der Ferne zieht ein Schwanenpaar seine Bahnen. Ein weißer und ein schwarzer Schwan. Die Kulisse des sprichwörtlichen Idylls. Da sieht man mal wieder, wie der Eindruck trügen kann. Eine malerische Natur schützt nun mal nicht davor, dass man es mit durchgeknallten Despoten zu tun hat. So gesehen ist Trevor erstaunlich normal geblieben.

Sobald ich in der Mitte des Sees bin, lasse ich die Ruder los. Nichts ist zu hören, nur der gelegentliche Schrei eines Vogels unbekannter Art.

Jetzt ist mir auch egal, ob es in diesem Wald, der wenigstens auf Seite des Hauses gar kein Wald ist, wilde Tiere gibt. Sie werden mir nicht ins Wasser folgen. Fasziniert und ein bisschen gerührt beobachte ich das Schwanenpärchen, das nun meine Richtung eingeschlagen hat. Auf dem Rücken des weißen sehe ich kleine Schnäbel und schlohweißes Gefieder, das dort herumwuselt. Meine Hände finden zwischen meine Brüste. Hingerissen betrachte ich die beiden mit ihren Kleinen, die gerade geschlüpft sein müssen. Wehmut beschleicht mein Herz, als ich an meine kleine Prinzessin denke, die niemals leben durfte, und eine Träne löst sich bald aus meinem Auge. Ich lege den Kopf zurück, lasse die nächste folgen. Lasse einmal alles raus, gewähre sogar meiner Sehnsucht nach Cam ein wenig Raum. Erinnere mich daran, wie schön unsere gemeinsame Zeit war, jedenfalls zum Ende hin. Er ist der Mann, den ich immer lieben werde, nichts wird daran jemals was ändern können.

»Wow.« Inzwischen sind die Schwäne ziemlich nah gekommen und ich richte mich vorsichtig auf. Sie bleibt schließlich zurück und der schwarze, ich gehe davon aus, dass der schwarze das Männchen ist, kommt näher. Ich finde, in seinen schwarzen Perlenaugen ist irgendwas Boshaftes, das kann natürlich auch an der Sonne liegen.

»Wow!«, sage ich wieder, da ist er noch drei Meter entfernt und macht keine Anstalten zu stoppen. »Bleib wo du bist«, warne ich und kralle meine Hände in das Holz.

Er knurrt. Ich wusste gar nicht, dass Schwäne knurren können. Alarmiert springe ich auf, setze mich aber gleich wieder hin, weil das Boot bedrohlich schwankt und ich mich dem Kampf mit der Bestie nicht im Wasser liefern will. »WOW, WOW!«, murmele ich, eine Hand erhoben. Auf einmal breitet er zischend die Flügel aus und kommt auf mich zugeschossen wie ein Habicht-Geier, der echten Hunger hat.

SCHEISSE! ER WILL MICH KILLEN!

»WOW!« Ich greife das Ruder und tue so, als würde ich nach ihm schlagen, das macht ihn leider nur noch wütender. Er zischt, knurrt und flattert jetzt auch noch wild. Der Wind, den er dabei verursacht, zerzaust meine Haare, und der See ist jetzt auch maximal aufgewühlt. Ziel erreicht.

»GEH«, brülle ich verzweifelt. »Hau ab! Ich tu dir nichts!« Was in Anbetracht der beschissenen Gesamtlage eine echt lächerliche Aussage ist. Wenn hier einer was tut, dann ist er es. Können Schwäne einem nicht die Finger abhacken?

Oh mein Gott!

Ich habe Angst, jetzt schlage ich wirklich nach ihm, und ich weiß, dass ich dafür in die Hölle kommen werde. Aber ich werde gerade von einem wilden, total gefährlichen Vater angegriffen. Die Vorboten meiner Höllenfahrt treffen ein paar Sekunden später ein, als mir das Ruder entgleitet und unrettbar in den grünblauen Tiefen des Sees verschwindet.

Der Schwan zischt begeistert und plustert sich noch mehr auf.

»Oh nein!«, jammere ich und überlege, mich einfach doch ins Wasser zu retten und davon zu schwimmen, aber ich bin zu langsam, dieses Vieh wird mich einholen und zerfleischen.

Im Hintergrund klackt die Schwänin mit den putzigen süßen Schwanenbabys mit ihrem Schnabel und der Vater zieht einfach ab, nachdem er mir noch einen boshaften Blick zugeworfen hat.

»Danke für nichts!«, zische ich ihm nach und zerre das verbliebene Ruder aus der Halterung, um es wie die Typen in Venedig in ihren Gondeln zu nutzen.

Das funktioniert nur semioptimal. Sobald ich stehe, schaukelt dieses blöde Boot wieder, und außerdem drehe ich mich nur im Kreis. Ich versuche wirklich alles, tauche es tief ein, dann nicht so tief, fast gar nicht, wende meine gesamte Armkraft an, und dann …

»Scheiße!« Mein Fluch hallt über den See und wird von den Bäumen auf mich zurückgefeuert, weshalb mir die Ohren klingeln. Gerade hat auch das zweite Ruder seinen Weg in die Vergessenheit der Tiefen des Sees angetreten.

Ich setze mich langsam und schließe die Augen.

Verdammt.

32. KRONPRINZ WIDER WILLEN

Trevor

»… inakzeptabel. Bringe sie unter Kontrolle, ansonsten werde ich einschreiten, und wir wissen beide, dass du das nicht willst.«

Wie ein Bittsteller stehe ich vor ihm, während er hinter seinem wuchtigen Schreibtisch sitzt und mir seine Vorträge hält.

»Deine Mutter ist nicht damit einverstanden, dass ihr nach den Flitterwochen zurückkehrt nach London, du kannst die Firma auch von hier aus leiten.«

»Und wie soll das funktionieren?«, erkundige ich mich gelassen und umfange ein Handgelenk hinter meinem Rücken etwas zu fest. Das, oder ich lege meine Hände einfach endlich um diesen verfickten Hals.

»Indem du pendelst wie Hunderttausende auch. Ich würde dir sogar einen Helikopter zur Verfügung stellen und das ist verdammt großzügig. Mehr, als du in letzter Zeit verdient hast. Sie weiterhin in London zu lassen, in der Nähe ihres Ex-Mannes, würde nur zu Skandalen führen.«

»Sie hat seit Wochen keinen Kontakt.«

»Natürlich hat sie den nicht, er war wohl kaum in der Lage, ihn herzustellen.«

Zufrieden lächelt er, sein kantiges, immer glattrasiertes Kinn ist leicht vorgeschoben. »Danke deiner Mutter, dass er noch lebt. Sie meinte, wir könnten die Unterstützung der Cavendishs brauchen, deshalb sollten wir sie nicht vollständig verprellen. Ich hätte das Problem ein für alle Mal beseitigt, wie du es schon vor Monaten hättest tun sollen. Es wird sich nicht geben, wenn du es nicht beseitigst, diese Lektion solltest du schnellstens verinnerlichen.«

Ich habe mit Cam die beste Zeit meines Lebens verbracht. Er war immer für mich da, stand mir stets zur Seite und bewahrte mich oft davor, wegen meiner Familie völlig durchzudrehen. Und jetzt soll ich ihn killen? Oh, sorry, natürlich »aus dem Weg schaffen«. Niemals. Meine Gründe würde dieser Bastard vor mir nicht verstehen, weil er nichts als Gier und Macht kennt.

»Ich töte keine Menschen.«

»Davon war auch nicht die Rede, den Job übernehmen Leute mit weitaus besseren Fähigkeiten in dieser Richtung. Du hast zu viele Widersacher, um ihn gewähren zu lassen. Werde härter, setze deine Interessen durch. Sei endlich ein Mann.«

Ich antworte mit einem halben Lächeln, denn er weiß gar nicht, was ein verdammter Mann ist. Trotzdem muss ich mir diesen Satz seit meinem vierten Lebensjahr anhören. Vielleicht auch schon früher und ich kann mich nur nicht daran erinnern.

»Und bringe diese Frau zur Räson, tue es nachhaltig, ich will nichts mehr von ihr hören oder sehen. Es sei denn, es sind Jubelschlagzeilen, in denen man sich über das perfekte Paar freut.«

Ich nicke, die Lippen vorgeschoben, in einer identischen

Geste zu ihm. Am meisten fuckt mich ab, dass ich ihm so ähnlich sehe. Dabei haben wir nichts gemein.

Nicht ideell. Nicht von der Seele her.

Er ist von Grund auf ein Schwein, ich nur, wenn ich dazu gezwungen werde.

»Darf ich dann gehen?«

Seine Augen ziehen sich zusammen, er wittert wie üblich Widerstand, Protest und Rebellion. In nahezu jeder meiner Handlung, sofern sie nicht fremdgesteuert ist, wittert dieses Arschloch Rebellion und Widerstand. Mein mentales Fick dich, Vater.

»Geh, kümmere dich um sie und sorge endlich dafür, dass sie funktioniert. Bevor sie mich einmal zu oft geärgert hat.«

Ich marschiere aus dem Raum, die Treppe hinab und an die frische Luft, nur damit ich mir nicht schon um halb zehn den ersten Drink genehmige.

Seitdem ich hier bin, will ich mich besaufen. Meine schottischen Gene knallen nach vorn, aber nur die wirklich unangenehmen. Ich will brüllen.

Ich will was zerschlagen.

Ich will ihn töten.

Ich hasse ihn. Habe ich schon immer, bereits als kleiner Junge, bevor meine Mutter mich in die USA schickte. Vermutlich, weil sie wusste, dass ich sonst nicht lange überleben würde.

Ich habe schon ein paar Nächte nur in Boxershorts auf dem Vorhof gestanden.

Schön sichtbar für alle und halbtot, wenn ich morgens wieder reindurfte. Ich habe mir die Hände mit seinen Regeln blutig geschrieben. Ich habe das erste Mal Schläge mit seinem Gürtel kassiert, als ich sechs war und zu laut die Treppen runterpolterte, ich bin es auch gewöhnt, dass er mir ein, zwei oder sogar drei Tage lang den Schlaf entzieht. Und ich wurde auch schon von ihm die Treppe runtergeschubst.

Ich habe schon so einiges erlebt.

Es sollte mich zum Mann machen, doch das einzige Resultat ist mein Hass. Ich hasse ihn, hasse ihn, hasse diesen Kerl so sehr, dass ich ihm, ohne mit der Wimper zu zucken, die Knarre an die Schläfe halten und abdrücken könnte.

Referendum? Fuck off!

Ich habe keinen Bock auf den Zirkus, er geht mir drei Meilen am Arsch vorbei. Ja, ich bin ein Stuart, ein waschechter Schotte, und ich liebe meine Heimat, dagegen kann ich nichts tun. Aber dieses Arschloch hat es geschafft, dass ich so selten wie möglich hier bin, weil ich ihn einfach nicht ertragen kann. Seine Art, seine Stimme, seinen Geruch und dass er kein gutes Haar an mir lässt, egal was ich auch versuche und erreiche. Es ist nie genug, ich bin immer eine Enttäuschung. Er wollte John als seinen Nachfolger, aber John ist tot, und das bekomme ich zu spüren.

Jeden. Fucking. Tag.

Ist okay, man kann sich sogar an so einen Pisser gewöhnen. Aber er macht bei mir nicht halt, inzwischen hätte er Cam fast ermordet, und ich weiß, dass Charlotte in ernster Gefahr schwebt. Sie wollten sie nie, ihre Vergangenheit ist zu schwierig. Eine Geschiedene, eine, die noch vor Kurzem von einem anderen schwanger war – ich hatte mir für keine Sekunde eingebildet, sie würden mein halbseidenes Manöver nicht durchschauen.

Eine, die schon die eine oder andere Negativschlagzeile fabriziert hat.

Eine, die in der Öffentlichkeit ihren fucking Slip zeigte.

Eine, die ihren Ex auf dessen Hochzeit geküsst hat.

Charlotte bildet sich ein, keiner hätte es gesehen, was vermutlich nicht mal sehr naiv wäre, wenn sie nicht im Fokus sehr mächtiger, sehr einflussreicher und sehr gefährlicher Menschen stehen würde.

Dieser Seymour tritt derzeit ein paar Leuten mächtig auf die Füße, drängt sich auf, macht sich wichtig, vor allen Dingen macht er sich ziemlich unbeliebt. Meine Eltern mussten Charlotte akzeptieren, weil unsere Ehe Seymours Bedingung war.

Er hat seine Tochter eiskalt auf dem Altar der Macht geopfert.

Fuck, es tut mir so leid, für sie und Cam. Die beiden hatten nie eine Chance, sobald die Entscheidung gefallen war. Seymour besitzt die erforderlichen Kontakte, um das Referendum durchzusetzen, ansonsten hätte es niemals das Unterhaus passiert. Keine Genehmigung, kein Referendum, keine erneute Thronersteigung der Stuarts. Sie lassen seit gut dreißig Jahren einmal jährlich die Stimmung in der Bevölkerung testen. Wie sie zu »ihren« Royals stehen, ob sie eine Monarchie in ihrem Land dulden würden oder nicht, ob sie diese gar fordern. In den letzten zwei Jahrzehnten ging die Kurve steil nach unten – die Zeiten haben sich eben geändert.

Noch will eine Mehrheit »ihren König«, aber sie ist hauchdünn, nichts darf passieren, kein Skandal, nichts, was unser Ansehen beschmutzen könnte. Es geht nicht um die alten – meinen Vater --, die haben sich schon bewiesen, die sind im Volk beliebt. Sobald sie sich in der Öffentlichkeit zeigen, jubeln ihnen alle entgegen, sie haben die Kiste im Sack, soweit sie die Leute einfangen können.

Doch ich bin die Zukunft. Meine Frau und ich, die wie

gemalt sein muss. Meine Eltern wollten natürlich eine Schottin. Nein, Tessa war nie in der engeren Wahl, sie ist einfach zu durchgeknallt. Jetzt ist es eine geschiedene Engländerin. Das wurmt meine Eltern und sie hassen Charlotte. Jedes Mal, wenn sie meine Verlobte sehen, hassen sie noch etwas mehr und suchen hektischer nach einem Ausweg. Seymour beging den Kardinalsfehler, er zwang sie, erpresste, drückte ihnen die Entweder-Oder-Phrase frontal ins Gesicht. Das ist schlimmer, als hätte er meinen Vater beraubt oder geschlagen. Ein No-Go und nach Ansicht meines Vaters eine Sünde. Frevel. Blasphemie.

Callum Stuart ist ein Gott oder wenigstens gottähnlich, schließlich stammt er aus dem Geschlecht der Stuarts of Appin, ist ein König, von Gott gewollt und geschaffen. So sieht der Typ sich, ganz unbescheiden.

Wenn er nicht seinen ersten Sohn um die Ecke gebracht hätte – ich bin immer noch der Ansicht, dass er allein Schuld daran trägt – hätte er vielleicht was drehen können, so bin ich der einzige Nachfolger und verfügbare Kronprinz, mit dem er klarkommen muss.

Charlotte hatte immer einen schweren Stand und sie hat es ihnen noch einfacher gemacht. Hat sich sogar nochmal mit Cam getroffen, ohne auch nur zu ahnen, dass sie in der Suite nie allein waren. Anscheinend hat sie nie zugehört, wenn ich sie gewarnt habe oder ich habe nicht den richtigen Ton gefunden, um ihr begreiflich zu machen, was vor sich geht. Ich habe einfach keinen Zugang zu ihr, bin immer gehemmt, denn sie ist die Frau meines besten Freundes, meines Bruders, des Mannes, der mir mehr als jeder andere Mensch auf der Welt bedeutet.

Sie haben keine Ahnung, was sie mir angetan haben, indem sie mich und sie zusammenzwangen, und ich habe wirklich darüber nachgedacht, mich abzusetzen. Aber welche Konsequenzen hätte das gehabt?

Für meine Familie? Unsere Zukunft? Die Zukunft meiner Heimat?

Ich bin nicht nur mir verantwortlich, oder der Frau, die ich bald heiraten werde, sondern auch Schottland. Nie war es mir bewusster als in den letzten Wochen, in denen ich verzweifelt nach einem Ausweg suchte, aber keinen fand, der all diesen Scheiß, der den beiden widerfährt, aufhalten könnte.

Vor allen Dingen was ist mit Charlotte? Sie wäre ein Überbleibsel, unliebsam, auch noch schwanger von jemandem, den man längst in die nächste Ehe reingeworfen hat. Ich persönlich habe das Gespräch mit ihrem verkommenen Vater geführt. Davon habe ich Cameron nur in Auszügen erzählt, denn ich wusste, er würde ihn töten, wüsste er die ganze Wahrheit. Wie er mir angeboten hat, das Kind noch am selben Tag beseitigen zu lassen …

»Mir ist klar, dass dieser Zustand untragbar ist, wobei man Charlotte keine Vorhaltungen machen darf, sie hat nur ihre Pflicht erfüllt. Dass sich die Dinge ändern könnten, konnte sie nicht wissen. Ich habe sie zu spät in Kenntnis gesetzt.«

Ich hätte zustimmen sollen, müssen, denn dieses Kind sah keiner freundlichen Zukunft entgegen. Es wäre ein Bastard gewesen, wäre vermutlich irgendwo im tiefsten Europa mit einer Nanny aus dem Blickfeld der Öffentlichkeit entfernt worden, damit auch ja niemand davon erfährt. Und selbst das war noch die freundlichste Option, übrigens ein weiterer Grund, weshalb sie die Hochzeit so schnell durchziehen wollten. Niemand sollte sehen, dass sie schwanger war. In der Zeit, in der man uns beide so dringend in der Öffentlichkeit brauchen wird, wäre sie ausgefallen. Oder sie hätten das Märchen von dem in Sünde gezeugten Baby verkauft, was aber unserem makellosen Image irreparablen Schaden hätte zufügen können. Normale Leute ficken sich schon mit vierzehn durch sämtliche Betten, aber das heilige Thronfolgerehepaar hat rein zu sein und zu bleiben, vor allen Dingen zu wirken. Gut, das hat sich am Ende als Fehleinschätzung erwiesen, aber es hätte auch anders kommen können.

Die Frühgeburt hätten sie nicht durchdrücken können, also hätten sie sie vermutlich vor der Öffentlichkeit verborgen gehalten, hätten das Baby verschwinden lassen, sie hätte es niemals wiedergesehen. Das stand ihr bevor und er hat es mir in allen Einzelheiten auseinandergenommen.

Ich konnte es trotzdem nicht töten. Sie hätte mich gehasst, und unsere Prognosen sind ohnehin schon nicht rosig.

Wie könnten sie auch?

Cameron aber hätte mich getötet, ich gebe mich da keinen Illusionen hin, er hätte mich einfach hingerichtet. Wie könnte ich das Kind umbringen, dessen Pate ich in einer anderen, besseren Welt geworden wäre, das Kind, bei dessen Vater ich Trauzeuge war?

Ich bin inzwischen abgefuckt, aber nicht so. Dazu fehlt noch ein Stück.

Tief in Gedanken versunken verlasse ich den holprigen Weg, der noch immer fast original ist. Auf diesen Steinen sind schon die Ritter mit ihren Pferden galoppiert, kamen unzählige Boten, Händler, Kutschen und Krieger zum Schloss. Der Weg wird alle paar Jahrzehnte mit frischem Sand aufgefüllt und die Steine poliert, aber es ist Teil der Tradition, dass sie nicht ausgetauscht werden. Die Leute stehen hier unheimlich auf Geschichte und Traditionen, vermutlich, weil sie im Grunde keine haben. Alles von den Briten geklaut, alles geraubt, selbst die Sprache.

Alles!

Das fucked die Leute heute noch ab. Die gälische Sprache ist ein Heiligtum, die auch in den schlimmsten Zeiten heimlich weitergegeben wurde. Vom Vater zum Sohn, von der Mutter zur Tochter. Die einzige Sprache, die sich in Jahrhunderten kaum verändert hat, weil sie nur heimlich gesprochen werden darf.

Wer kann schon behaupten, dass er seine Muttersprache nirgends offiziell verwenden darf? Sowas schweißt zusammen, sowas macht wütend, sowas schürt den Hass. Deshalb werden sie vermutlich diesmal für die Abspaltung stimmen und ich werde im Arsch sein. Und Charlotte ebenso.

Fuck.

FUCK.

Auf meinem Spaziergang meide ich den See, in dem ich schwimmen lernen musste. Im Februar, also das, was mein Dad Frühling nennt.

Immer und immer wieder haben sie mich reingeworfen. Ich bin jedes Mal abgesoffen, und sie holten mich raus. Ein paar Mal wachte ich nicht aus eigenen Stücken wieder auf, mein Vater nannte es Mannwerdung, Abhärtung, was ein Bengel so braucht.

Ich habe es gehasst.

Ich habe ihn gehasst.

Alle, die damals mitmachten. Ich schätze, eine Zeitlang war ich der unglücklichste Junge Schottlands, dann verlor ich meinen Bruder und ich lernte, was echtes Unglück ist.

Es war ein Pferderennen, mein Vater hatte John eindeutig klargemacht, dass er einen Sieg wollte. Er pushte das Pferd so sehr, dass es sich überschlug. John war gleich tot, das Pferd ein paar Minuten später, mein Vater erschoss es eigenhändig. Offiziell wurde gesagt, es hätte sich beide Vorderbeine gebrochen, niemand hat das je in Zweifel gestellt. Nur ich weiß es besser, denn ich stand daneben. Es war wie durch ein Wunder unverletzt geblieben und musste sterben, weil es nicht gewonnen hatte. John musste sterben, weil er nicht gewonnen hatte. Ich werde sterben, wenn ich es nicht schaffe, die Schotten zu überzeugen, dass sie auch dann noch einen fucking König wollen, wenn mein Vater gestorben ist.

Das war schon immer der Weg meines Vaters. Ich schätze, es nervt ihn heute noch, dass er bei John nicht den Abzug betätigten konnte. Er hätte ihn ohne mit der Wimper zu zucken hingerichtet. Genau wie das Pferd. Spätestens, wenn die Zeitungen von seinem Versagen getitelt hätten. Er war tot, der Shitstorm blieb aus, aber Pferderennen sind in old Scotland heilig und gehören zum unbedingten Prestige. Verliert der Sohn der Stuarts gegen einen Iren, dann ist das ein Imageverlust. John hatte gegen einen Iren verloren. Er war so oder so tot, vermutlich wusste er es bereits, während er noch vom Pferd fiel.

Charlotte weiß nicht, in was für eine Familie sie einheiraten wird, sie weiß nicht, dass ihr Schwiegervater ein Killer ist, der seine Interessen gnadenlos, vor allem aber skrupellos durchsetzt. Sie weiß nicht, dass ihr Leben auf Messers Schneide steht, Cams Leben, sogar das Leben ihrer Familie. Und es gibt niemanden, der ihn aufhalten kann. Der letzte rebellische Akt meiner Mom war es, mich in die USA zu schicken, weit weg von ihm. Das geschah weniger, um mich zu schützen, als vielmehr, um das Fortbestehen der Stuarts zu sichern. Wäre ich auch krepiert, dann lägen die Dinge schlecht. Mein Großvater hat offiziell abgedankt und lebt in

Florida, er ist Aufsichtsrats-Chef und überwacht die Geschicke der Firma, denn der ganze Bums muss ja auch irgendwie finanziert werden. Das fiel ihnen Anfang des letzten Jahrhunderts auf, als das uralte Vermögen der Stuarts fast aufgebraucht war. Vielen Adelsfamilien ging es ähnlich, die meisten gaben die riesigen Häuser auf und schränkten sich ein. Nicht so meine Familie. Die eröffnete die erste Firma, dann die zweite, hängten ihre Fahnen immer in den Wind, sprangen auf jeden Zug auf, so lange er nur lukrativ genug erschien und hielten sich so über Wasser. So bewahrten sie sich nicht nur ihren Status, sie bauten ihn noch aus, machten auch in den USA von sich reden und gehören heute zu den einflussreichsten Clans der Welt. Sie können sich sogar einen Psychopathen leisten, der alles killt oder killen lässt, was sich ihm vermeintlich in den Weg stellt.

Ich gehe langsamer, sehne mich nach einem Drink. Die Sonne kommt hinter den Wolken hervor und lockert die düstere Atmosphäre etwas auf, die für mich immer noch jede Menge Schrecken beinhaltet.

Ich will hier nicht sein, und ich werde mit Sicherheit nicht in dieses Haus ziehen, solange er hier ist.

Mit verengten Augen gehe ich weiter. Wieder kommt mir in den Sinn, was ich schon seit Monaten nicht mehr abschütteln kann. Spätestens, als klar wurde, was mein Vater als Nächstes plant und er wie ein Laser durch mein Leben fegte.

Fuck auf Tessa, ja, sie war süß und sexy und ich war gern in ihr, aber sie zählt nichts im Vergleich zu Cameron. Ich kann fühlen, wie er mir entgleitet, wie er mir immer fremder wird, genau genommen hätte ich ihn schon längst aus der Firma setzen sollen. Mein Vater hat es verlangt, aber ich habe mich geweigert, schließlich bin ich der Geschäftsführer. Seine Macht mag sich über ganz fucking Schottland erstrecken, aber die Firma betreffend hat mein Grandpa das Sagen.

Und das wird sich auch nicht ändern. Ich behielt Cam, weil ich ein sentimentaler Idiot bin.

Ich lasse mich auf eine Bank an der Hauswand sinken, wünsche mir ein Bier, fuck, wünsche mir einen Whisky und stöhne, weil das langsam echte Formen annimmt. Ich muss es dringend in den Griff bekommen. Vielleicht ist es ganz gut, dass ich heute Morgen nüchtern geblieben bin, so kann ich mich diesen Gedanken stellen.

Diesen Gedanken, die sich immer mehr in mir festsetzen, die ich nicht mehr abstreifen kann.

Diesen Gedanken, dass mein Vater verschwinden muss, dass er längst viel zu gefährlich geworden ist.

Ich verstehe mich als Charlottes Beschützer, stellvertretend für Cameron, der den Job gerade nicht erledigen kann. Ich war Cams Trauzeuge und muss dafür sorgen, dass es ihr gut geht, wenn er verhindert ist. Deshalb bin ich für ihre Sicherheit zuständig, sie macht es nicht leichter, weil sie es einfach nicht begreifen will, aber wie sollte sie auch verstehen, dass sie in ein Schlangenloch gegriffen hat? Ich kenne meinen Vater, ich kenne ihn zu gut, ich kenne genau seinen Blick und was es bedeutet, wenn er das Kinn auf diese gewisse Art vorschiebt. Ich weiß, dass er es diesmal wirklich im Guten versucht hat, ehrlich, er hat sich bemüht, niemanden um die Ecke zu bringen, aber am Ende hat sich eine seiner Dogmen bewahrheitet: Wer dich nervt, wer nicht in dein Konzept passt, den musst du gnadenlos beseitigen. Sonst gehst du unter.

Dem folgend muss ich ihn beseitigen, denn er passt absolut nicht in mein Konzept. Mehr noch, ich werde keine Macht in seinen Händen dulden, ob konstitutionelle Monarchie oder nicht. Worauf sie sich einigen werden, ist nämlich noch lange nicht entschieden. Fest steht: Er wäre der König, er hätte die Macht, und man gibt Mördern keine Macht.

Längst weiß ich, wie es geschehen wird, ich weiß, wen ich damit beauftragen werde.

Alles wartet nur auf mein Go, doch bisher habe ich es einfach nicht fertiggebracht und damit seine unterirdische Meinung über mich bestätigt.

Der Mann ist ein Schwein und ein Killer, aber er ist mein Vater … wenn es noch irgendeine andere Lösung gibt, dann will ich sie ergreifen. Und wieder hat dieser fucking Seymour seine Hände im Spiel, der genau weiß, wer mein Vater ist. Er hat es nicht in Worte gefasst, natürlich nicht, er kann nicht wissen, wo ich stehe. Aber er hat Andeutungen gemacht, sah mich bedeutsam an, und wenn ich es mir genau überlege, wurde er schon verdammt direkt.

»Ich will, dass Sie diesen Thron besteigen, Trevor, denn ich halte Sie für Schottlands Zukunft. Sie sind überrascht, weil mir die Geschicke des Landes so am Herzen liegen? Die Seymours haben selbst jede Menge schottisches Blut in ihren Genen, und auch sie mussten über Jahrhunderte unter der Knute der selbstherrlichen Royals leiden. Ich will, dass Schottland stark wird, stärker, als es einst war, und ich bin bereit, jeden Widersacher für Sie aus dem Weg zu räumen. Ich stehe Ihnen zur Verfügung, wenn Sie meine Hilfe benötigen. Egal, wobei Sie meine Hilfe benötigen.«

»Was soll das heißen?«

Er lächelte. »Den Ring der Macht bekommt man nicht geschenkt und auch nicht in die Wiege gelegt, sondern man muss ihn sich verdienen, muss ihn sich erkämpfen. Viele Steine liegen in Ihrem Weg, die Sie alle wegräumen müssen, bevor Sie nach den Sternen greifen können. Um das zu erreichen, brauchen Sie loyale Verbündete. Verbündete, die Ihnen nicht bei der erstbesten Gelegenheit in den Rücken fallen, wenn die Dinge schwierig werden. Sie können auf mich zählen.«

Ich kann auf ihn zählen, das ist garantiert auch seinem Bedürfnis nach Sicherheit geschuldet. Ihm dürfte klar sein, dass er in Gefahr ist, wenn sie erst erreicht haben, was sie wollen.

Der Tag der Hochzeit ist auf so vielfältige Weise ein Schicksalstag. Ich heirate und gleichzeitig stimmt das schottische Volk ab. Es hängt vor den Fernsehern, sieht uns strahlen und rennt vielleicht noch schnell ins Wahlbüro, um seine Stimme abzugeben, weil wir so viel mehr hermachen, als Bill und Kate. Das ist der Plan, die perfekte PR-Nummer, sie wird aufgehen, zweifellos. Die Leute wollen manipuliert werden.

Ich warte erst mal die Hochzeit ab, bevor ich handele, beschließe ich, als ich aufstehe. Wenn es nicht erfolgreich ist, dann ist mein Vater so oder so in die Bedeutungslosigkeit verbannt. Kein Schwein wird sich mehr für ihn interessieren. Das ist die zweite und damit garantiert letzte Chance für ihn.

Abwarten. Hoffen. Mir bleibt keine Wahl, denn ich bin kein Killer, ich bin nicht skrupellos, ich weiß, was richtig und falsch ist, für mich zählt auch nicht nur die Macht. Mein Vater hat alles daran gesetzt, dass ich wie er werde und er hat versagt. Ich will es dabei belassen. Irgendwie. Nur nicht, wenn ich damit Charlottes, Camerons, vielleicht sogar mein eigenes Leben riskiere.

»Wo ist sie?«

»Wer?«

Meine Mutter steht vor mir, in ihrem Outfit, nicht schwarz, dunkles Grau, nur aufgehellt durch ein Tuch um ihren Hals. Die Haare wurden zu dem dunklen, straffen Knoten im Genick gebunden. So kenne ich sie, seit ich denken kann. Genau wie den missbilligenden Zug um ihre Lippen.

»Die Leute stehen bereit, Friseur, Schneiderin, Mister Button, der mit ihr noch mal die Aussprache üben will.«

»Sie spricht gestochenstes Oxford-Englisch.«

»Und das ist das Problem«, erwidert sie fast sanft. »Nur, ist sie verschwunden, ich habe schon das ganze Haus auf den Kopf stellen lassen, sie ist unauffindbar.«

Verdammt, ich dachte, sie hätte es endlich verstanden! Wieso muss sie mir auch noch das Leben schwermachen?

»Wo ist Albert?«

»Der Butler?«

»Nein, der Hund.«

»Der heißt Albert?«

»Offensichtlich.«

»Dieses Kind ist sehr, sehr seltsam.« Meine Mom strafft sich und hebt das Kinn. Ihre Stimme hallt hell und gebieterisch durch den Raum. »Wie heißt die Zofe von Miss Charlotte?«

Albert, der Butler, taucht aus dem Gang auf, der zum Wirtschaftstrakt des Hauses führt. »Sie ist gerade im Schlafzimmer der Miss.«

»Hol sie.« Meine Mutter wedelt mit einer Hand und verdreht die Augen. »Was für ein Theater wegen einer einzigen Person.«

Ich will einen Scotch, okay, besser gleich zehn.

»Sie ist eine der Hauptpersonen der königlichen Hochzeit … »

»… und das nutzt sie weidlich aus«, vollendet Mom meinen Satz spöttisch. »Du solltest sie schnellstens auf den Boden der Tatsachen zurückholen, denn deinem Vater wird das gar nicht gefallen.« Ach, meinem Vater gefällt so oder so nichts. Sind wir doch mal ehrlich.

Polternde Schritte auf der Treppe kündigen Rosalitas Ankunft an, sie ist außer Atem, das Gesicht bleich.

»Ma'am?«

»Wo ist die Miss?«

»Das weiß ich nicht.«

Klasse, das ist die Antwort, die ich nicht hören wollte.

»Ist der Hund oben?« Damit meint sie offensichtlich nicht meinen Vater, könnte man aber verwechseln.

»Ja, Ma'am.«

Der vorwurfsvolle Blick meiner Mutter trifft mich mit voller Wucht. »Da hast du deine Antwort, ich weiß nur nicht, was dir das helfen soll.«

Ich drehe mich wortlos um und gehe aus dem Haus.

Natürlich kapert sie es nicht, Empathie war nie ihre Baustelle. Wenn Albert noch da ist, also der Köter, dann ist Charlotte nicht gegangen. Das ist das ganze Geheimnis, sie würde ihn nie zurücklassen. Inzwischen ist es Nachmittag, ich habe lange auf der Bank gesessen und beschlossen, nicht einzugreifen, feige zu sein, ein gottverdammter Feigling, der zögert, die Katastrophe aufzuhalten, weil er mehr die daraus resultierenden Konsequenzen fürchtet, als den Schaden, der andernfalls angerichtet wird. Die Sonne prallt in ungewohnter Intensität auf meinen Kopf, während ich in den Ställen nachsehe. Dort ist sie nicht. Ich versuche es auf den Wiesen, obwohl ich sie mir wirklich nicht mit Grasflecken vorstellen kann. Sie ist britischer Adel, Cam konnte ihre englische Erziehung nicht ungeschehen machen. Ich bin mir nicht sicher, ob es mir gefällt oder nicht. Okay, ich bin mir nicht mal sicher, ob es mich überhaupt interessieren sollte.

Immer schneller laufe ich, schaue schließlich auch bei den Bediensteten nach, in der Küche, in der Wäscherei, selbst in der Backstube, die schon seit gut vierhundert Jahren unterhalten wird.

Nirgendwo ist sie und mir wird immer übler.

Meine Mutter hatte sie ein paar Tage in der Mangel, die Frau kann beängstigend sein, so etwas ist Charlotte nicht gewohnt, dem ist sie nicht gewachsen.

Nicht dein Problem. Entweder, der Druck formt sie zum Diamanten oder sie bricht, dann wird sie immer Kohle bleiben und geht dich nichts an, flüstert der Teufel in mir.

Unwirsch bewege ich den Kopf.

Nein.

So will ich nicht sein. So werde ich nicht sein. Ich werde der Stimme meines Vaters nicht nachgeben.

Ich renne wieder raus und stöhne innerlich, als mein Blick auf den See fällt. Natürlich ist er eine Option, wenn auch eine auf vielfache Weise beängstigende. Mit jedem Meter gehe ich schneller, meine Fäuste ballen sich fester, denn die einsetzende Erleichterung vermischt sich mit Ärger.

Was. Zur. Hölle?

33. EIN VERSPRECHEN

Charlie

Ich glaube, ich habe einen Sonnenstich.

Brand auf jeden Fall.

Und ich drohe zu verdursten.

Meine Kehle ist ein Reibeisen.

Das Atmen fällt mir schwer.

Ich bin echt am Sterben, warum habe ich mir kein Wasser mitgenommen? Vor allem keinen Sonnenschirm? Völlig allein, ganz ohne Ruder, befinde ich mich mitten auf einem See, wo kein Schatten hinreicht. Selbst diesen militanten Schwänen ist es hier zu heiß, sie haben sich in das Schilf am Ufer gerettet. Allerdings plustert der Schwarze immer wieder warnend sein Gefieder, wenn mein Blick ihn auch nur streift, und ich muss mich der Frage stellen, was ich mache, wenn mich niemand rettet. Vermutlich werden sie mich nicht vermissen, sondern froh, sein, dass ich weg bin. Dann können sie sich endlich eine geeignete Braut für den Super-Kron-Sohn suchen.

Bah, ich glaube, ich kann ihn nicht leiden.

Dennoch beschleunigt sich mein Herzschlag augenblicklich, als Trevor am Ufer auftaucht, und ich mache das, was ich nicht tun solle: Ich springe auf und rudere wild mit den

Armen. Erst, um mich bemerkbar zu machen, nur für den Fall, dass er mich nicht sieht, dann rudere ich mit den Armen, weil ich mein Gleichgewicht verliere. Rudere, kreische auch ein bisschen, das Boot schaukelt immer heftiger und die Schwäne setzen sich in Bewegung. Der See ist maximal aufgewühlt, als ich mit einem finalen Schrei im eisigen Wasser lande.

Scheiße.

»Fuck!« Trevors Stöhnen driftet bis zu mir rüber, bevor er seine Jacke und Schuhe auszieht und ins Wasser hechtet.

Ich.

Will.

Sterben.

Sobald er bei mir angekommen ist, packt er mich unnötigerweise um die Hüfte und ich schlinge automatisch die Arme um ihn.

»Es tut mir leid«, keuche ich bibbernd. Sein Gesicht ist so wütend und so nass, seine Augen blitzen mich nur so an, als er sich mit mir in Bewegung setzt. »Ich schwöre, ich wollte nur … ich wollte … ich äh …« Immer fester kralle ich mich an ihn, während sich das Ufer endlich nähert. Ich glaube, ich bin ganz schwach von der Sonne und vielleicht muss ich mich auch übergeben. »Ich wollte nur kurz ein bisschen Ruhe, und da war dieser …«

»Still!«, fährt Trevor mich an, als wir das Ufer erreichen und er mich mit einem Arm an der Taille aus dem Wasser hebt. Mit einem nasse Platschen lande ich auf dem Gras und auch Trevor stemmt sich aus dem See. Das Wasser rinnt an ihm herab und das Shirt klebt an ihm, während er mich wütend auf die Beine und hinter sich herzerrt.

Verdammt.

Ich wollte doch nur ein paar Momente Frieden. Ich wollte doch nur kurz allem entkommen und mir einreden, mein Leben wäre normal.

Und schon hat mich die Realität eingeholt, die mir demonstriert, dass hier überhaupt nichts normal ist.

»Was zur Hölle hast du dir dabei gedacht?«, ist das Erste, was Trevor nach zwanzig Minuten sagt.

Ich sitze in eine Decke eingehüllt auf dem Sofa, meine nassen Haare tropfen noch immer. Rosalita hat mir gerade eine große Kanne Tee gebracht und ich versuche, das dampfende Zeug zu trinken, ohne mir den Mund zu verbrennen und vor allem, ohne Trevor anzusehen.

Der ist sichtlich sauer, die Haare noch immer nass, läuft er mit nacktem Oberkörper und klitschnasser Jeans vor mir auf und ab.

»Vielleicht solltest du dich erst mal umziehen, du versaust den ganzen Teppich«, schlage ich behutsam vor.

»Interessiert mich nicht«, ist das Zweite, was er seit zwanzig Minuten sagt. Er zündet sich eine Zigarette an, marschiert zur Bar und gießt sich seinen geliebten Scotch ein.

Ich unterdrücke ein Niesen.

Mist, jetzt habe ich mich erkältet.

»Was soll die Scheiße?«, weiderholt er die nervende Frage und kippt den Drink auf ex. »Du bringst uns in verdammte Schwierigkeiten.«

»Ich bin in den See gefallen, das ist ja wohl kaum dein Problem.«

»Alles, was dich betrifft, ist mein Problem«, erwidert er und stöhnt, als ich diesmal wirklich niese. »War ja klar.«

Er wählt eine Flasche dunklen Rum aus und kippt einen guten Schuss in meinen Tee.

»Was sollte das?«, stellt er mir zum dritten Mal jene Frage, die ich nicht beantworten kann.

»Wartest du echt auf eine Erklärung, warum ich in den See gefallen bin?«

»Nein, warum du gesprungen bist.«

Für einen langen Moment starre ich ihn fassungslos an, und stöhne schließlich: »Du hast sie doch nicht mehr alle.«

Seine Augen sind verengt, er ist noch immer über den Tisch gebeugt. »Kapierst du es nicht? Sie verfolgen jeden unserer Schritte, jede Handlung, jede Geste, sie lauern nur darauf, dass wir einen Fehler begehen und uns nicht angemessen benehmen. In zwei Tagen ist die Hochzeit und du springst heute in den See. Bist du wahnsinnig geworden?«

»Nein«, sage ich klar und deutlich, bevor ich niese.

»Trink das Zeug«, knurrt er, »einen Schnupfen können wir nicht gebrauchen.«

Ich nehme eine Nase und ziehe den Kopf weg, weil schon der Geruch alle Sinnesnerven verätzt.

»Nein, davon muss ich mich übergeben.«

»Halt die Nase zu und runter mit dem Zeug.«

Gerade als ich überlege, ihm den Rumtee ins Gesicht zu schütten, klopft es an der Tür. Zum meinem Schrecken tritt seine Mutter ein, und ich lasse den Kopf geschlagen nach vorn sinken. Daher höre ich nur Trevors Schritte, als er zu ihr geht. »Es geht ihr gut, sie ist nur in den See gefallen.«

»Niemand fällt einfach so in den See.«

»Charlotte schon.«

Ich zucke zusammen, denn mein Name geht ihm viel zu glatt von der Zunge, viel zu vertraut. Als wären wir wirklich ein Paar. Aber wenn er mich vor seiner Mutter rettet, ist es okay. Ich kann sie gerade nicht ertragen, sie soll gehen. Ich will in den Arm genommen und getröstet werden.

Aber hier ist niemand, auf den ich hoffen kann. Niemand, der mir beisteht. Selbst mein Handy befindet sich im Schlafzimmer. Ich habe gerade keine Kraft, dorthin zu gehen, ich habe nicht mal die Kraft, aufzustehen. Auch nicht, als Trevor mit seiner Mutter aus dem Raum verschwindet. Ewigkeiten sitze ich allein da, mein Verlobter ist irgendwo im Haus unterwegs und ich weiß nicht, ob ich ihn zu mir wünsche oder nicht, ob ich mich von ihm trösten lassen will, mal angenommen, dass er das vorhat.

Vor dem Fenster neigt sich der Tag allmählich dem Ende zu und ich fühle mich immer mieser. Vage fällt mir der Termin mit der Schneiderin ein. Vage wird mir bewusst, dass die Zeit drängt, aber im Grunde setzt es mir nicht sehr zu, was vielleicht am Sonnenbrand liegt. Vielleicht auch nur an der Tatsache, dass ich mich längst wieder in meine Blase zurückgezogen habe. Noch immer bin ich durstig, trinke aber nichts vom mit Rum versetzten Tee. Ich niese immer häufiger und Husten macht sich auch bemerkbar. Super, ich habe es sowas von versaut. Absolut versaut.

Geschlagen schließe ich die Augen und ziehe den Kopf weiter zwischen meine Schultern. Warte auf die nächste Katastrophe.

Auf das Nachspiel.

Auf die Konsequenzen.

Wo ist überhaupt Albert?

Irgendwann kehrt Trevor zurück, seine Schritte sind auf dem Holzboden zu hören. Er hat sich umgezogen, seine Haare sind auch fast trocken und er trägt ein Tablett. Ihm folgt Albert, der Butler, der ebenfalls mit einem Tablett beladen ist.

Er geht, nachdem er es auf den Tisch gestellt und Trevor ihm gesagt hat, dass er den Rest allein erledigt. Kurz darauf hat er alle Speisen leidlich hübsch verteilt.

»Iss«, sagt er.

»Ich habe keinen Hunger.«

»Dann trink wenigstens.«

Mir ist kalt und Durst habe ich immer noch. »Was ist das?«, erkundige ich mich und deute auf eine dampfende Kanne.

»Grog, Alberts Geheimmischung«, erwidert er kalt. »Durch deinen Stunt hast du dir eine Erkältung eingehandelt, und uns bleiben genau sechsunddreißig Stunden, um sie zu beseitigen. Trink das verdammte Zeug.«

Ich trinke es, schon weil er mich so zornig ansieht und ich es mal wieder versaut habe. Tut mir wirklich leid, dass ich existiere.

»Ich habe den Termin mit der Schneiderin auf morgen früh verlegt, dann musst du halbwegs kuriert sein. Wir müssen unbedingt vermeiden, dass sie runter ins Dorf rennt und allen berichtet, die Braut kann nicht heiraten, weil sie die ganze Zeit vor sich hin röchelt.«

»So ist es gar …«

»Trink!«

Widerwillig nehme ich das Glas und trinke, trinke es in meinem Trotz leer. Der Alkohol steigt mir sofort zu Kopf. Ich schließe die Augen, reiße sie aber gleich wieder auf, weil sich hinter meinen Lidern alles dreht.

Wenigstens wirkt Trevor halbwegs zufrieden.

»Was haben deine Eltern …«

»Ist egal«, unterbricht er sich erneut, lässt sich sichtlich ermattet in einen Sessel fallen und zündet sich eine neue Zigarette an, dabei massiert er seinen Nasenrücken, die Augen halb geschlossen.

»Kann die Scheiße nicht schon vorbei sein?«, murmelt er in sich hinein und wirkt mit einem Mal so erschöpft, wie ich mich fühle.

»Ich habe es mir nicht ausgesucht.«

Er sieht mich an, ohne die Hand von seiner Nase zu nehmen. »Meinst du ich?«

»Ich habe mir auch nicht ausgesucht, in den blöden See zu fallen, das Boot hat einfach gewackelt.«

»Vielleicht«, sagt er stechend, »hättest du nicht herumhampeln sollen. Ich hätte dich schon nicht übersehen.«

»Weiß mans?«

»Stimmt, bei all den Booten auf dem See, musstest du ja davon ausgehen. Wo sind überhaupt die Ruder?«

»Weg.«

»Wie weg? Du musst ja irgendwie in die Mitte des fucking Sees gekommen sein.«

Ich bin zu müde, um ihm die Peinlichkeit auch noch zu erklären. Kann er nicht einfach verschwinden? Kann er nicht einfach ausgetauscht werden?

»Ich wäre beinahe gestorben, das ist nicht witzig.«

Er mustert mich von der Seite. »Jetzt übertreibst du aber ein bisschen.«

»Ach echt? Ich saß stundenlang mitten in der Sonne auf diesem See fest, ich wäre fast verdurstet.«

Als wäre alles nicht schon schlimm genug, sieht er mich jetzt auch noch an, als wäre ich nicht ganz dicht. »Du weißt schon, dass das ein Süßwassersee ist?«

Ich kann fühlen, wie mir das Blut zu Kopf steigt. Manchmal bin ich so dämlich, dämlich, dämlich, und das ist dann immer so peinlich, peinlich, peinlich. Wenigstens reitet er nicht auf dem dämlich-peinlichen Thema herum, sondern steht auf und füllt mein Glas ein weiteres Mal.

»Ich kann das nicht trinken, das macht mich betrunken.«

»Ist fuckegal, ich lasse dich nicht raus.«

»Ach, dann bin ich jetzt deine Gefangene?

Er hebt eine Augenbraue, gießt noch immer. »Wenn du es so sehen willst.« Mit einem trockenen Lachen nimmt er wieder im Sessel Platz. »Ich an deiner Stelle wäre lieber meine Gefangene als … die eines anderen.«

»Oder aber man ist gar keine Gefangene, das wäre wohl am besten.«

Sein mitleidiger Blick macht mich ehrlich wütend. »Der Zug ist für dich abgefahren, das müsstest du wissen.«

Dass er mir die Wahrheit so unverblümt um die Ohren schlägt, macht mich noch wütender. »Ich dachte, ich müsste heiraten, ich dachte nicht …«

»So oder so, du kannst nicht mehr tun, was du willst. Dazu gehört auch, dich nicht in einem altersschwachen Boot auf einen fucking See zu begeben.«

Außerdem schnürt es sich immer enger in meiner Brust zusammen, so eng, dass ich kaum noch atmen kann. »Okay.«

»Hör auf mit der Scheiße, mach ...« Erschöpft lässt er die Hand fallen. »Mach am besten gar nichts mehr.«

Mein Blick fällt auf die Zigaretten auf dem Tisch und ehe ich noch ganz überlegen kann, habe ich mir schon eine genommen und sie mir angezündet. Die Decke sinkt von meinen Schultern, als ich auf den Balkon stürme. Nur ist dieser viel zu klein, um meinen Fluchtinstinkt zu besänftigen. Und so umklammere ich die Brüstung, stelle mir für einen Moment vor, einfach hinunterzuspringen und weiche erschrocken zurück, weil es sich so echt anfühlt. Als gäbe es keinen anderen Ausweg, als es zu tun. Als wäre das mein

Schicksal, als wären alles, was in den letzten Monaten passiert ist, nur Stationen hierher gewesen.

Nein.

Ich darf nicht.

Ich werde nicht.

In meiner Angst kauere ich mich an die Hauswand. Jetzt wird mir auch noch von dem Nikotin schwindelig, aber es verdrängt wenigstens das andere.

Das, was alles wieder aufgewühlt hat.

Diese Sehnsucht, das Gefühl, nicht am richtigen Platz zu sein, weg zu müssen, weil hier mein Verderben lauert. Dieses Gefühl, es ohne Cam einfach nicht zu schaffen. Dieses Gefühl, mich völlig zu verlieren.

Gerade, als ich die Zigarette aufgeraucht habe, kommt Trevor raus und legt mir die Decke wieder um die Schultern. Dann reicht er mir ein Glas.

Mit Grog.

Das ist nicht nett und freundlich gemeint, er ist auch nicht um mich besorgt, es geht nur darum, seine blöde Hochzeit nicht zu gefährden, ich nehme es dennoch entgegen.

Er lässt sich einfach neben mich an die Hauswand sinken, zündet zwei Zigaretten an und reicht mir eine.

»Ich weiß, dass die Situation unerträglich ist, ich weiß, dass es …« Schwer lehnt er den Kopf an und eine Strähne fällt in seine Stirn. »Ich kann es nicht ändern«, sagt er hart und zieht an seiner Zigarette. »Ich versuche nur, das ganze ohne Tote über die Bühne zu bringen. Also könntest du … bitte … noch ein paar Tage mitspielen? Einfach lächeln, nicken, tun, was man dir sagt und nicht in ein Boot steigen und auf dem See treiben. Denn ich könnte es mir nicht verzeihen, wenn dir etwas zustößt.« Als er seinen Blick auf mich richtet, zieht es sich in meinem Magen zusammen. Das schummrige Licht der Außenlaternen erhellt sein markantes Gesicht und auch die Sorge in seinen Augen. Doch, da ist etwas. Etwas, das nicht will, dass mir etwas zustößt. Etwas, dem ich was bedeute, dem ich nicht egal bin. Als er seine Finger über meine legt und sie drückt, kann ich endlich ein wenig von der Anspannung ablegen.

Ich bin nicht allein. Er ist da. Seine Fingerspitzen sind rau, es wird auch niemals Cams Hand sein, an der ich mich festhalte, aber es ist eine Hand. Sie ist warm und real und alles, was ich noch habe. Also schließe ich meine Finger um seine.

»Okay, flüstere ich.

»Okay«, antwortet auch er leise und sieht wieder nach vorn. Als er mit dem Daumen über meine Haut streicht, sinkt noch mehr Anspannung von mir und ich bin versucht, meine Schläfe an seine Schulter zu lehnen.

Er sagt nichts, auch ich schweige und recht einträchtig rauchen wir unsere Zigaretten. Irgendwann landet meine Schläfe doch an seiner Schulter. Er versteift sich nur kurz, stößt mich aber nicht von sich, kommentiert es nicht, lässt mich gewähren.

»Ich bin nicht dein Feind. Du siehst mich so, willst mich so sehen, aber du liegst falsch. Ich will dir nicht schaden, ich will dich nicht zwingen, ich will nicht gegen dich kämpfen. Ganz im Gegenteil. Wir müssen ein Team sein, wenn das funktionieren soll«, sagt er leise in mein Haar und ich erschauere. Seine Nähe bringt mich durcheinander, genauso wie sie mich beruhigt.

»Aber ich …« Tränen steigen mir in die Augen.

»Das alles willst du nicht?«, flüstert er. »Das hast du dir nicht gewünscht? Du willst ihn und nicht diese Verrückten hier? Wir können es aber nicht ändern, Charlotte. Es ist, wie es ist. Stemme dich nicht mehr dagegen. Sie sind mächtiger als du, mächtiger als ich, mächtiger als wir beide zusammen, und das wird sich auch so schnell nicht ändern.«

»Das weiß ich.« Ich wende meinen Kopf ein wenig. Trevor ist so warm, er riecht so gut, er lässt mich all den Horror in diesem Moment vergessen. Und dafür bin ich so unendlich dankbar. Ich bin so dankbar, dass ich einfach ehrlich zu ihm sein kann. »Ich will ja gar nicht gegen dich kämpfen«, flüstere ich und merke, dass sich sein Mund plötzlich an meiner Schläfe befindet. Sein Atem streift über meine Haut und hinterlässt ein sanftes Prickeln. Ein Prickeln, das mir geradewegs unter die Haut und in meine Knochen fährt.

»Dann hör auf damit«, fordert er mit rauer Stimme und unsere Blicke versinken ineinander. Ich verliere mich in ihm. Mein Atem beschleunigt sich, als das Prickeln zunimmt, als dieser Moment schier anschwillt und immer mehr von meinem Kummer überlagert. Als er immer bedeutsamer wird.

»Wenn ich zu kämpfen aufhöre, verliere ich mich«, vertraue ich mich ihm an und er lächelt leicht. Es ist kein glückliches Lächeln. Hauchzart streicht er mir eine Strähne hinter das Ohr.

»Aber du hast dich doch schon verloren, Charlotte.«

Er hat recht. Die Erkenntnis sinkt in meinen Magen wie ein zentnerschwerer Stein, denn von der Charlie, die mit Cam auf dem Boden eines Apartments saß und Weihnachten feierte, ist nichts mehr übrig. Von der Charlie, die bereit war zu kämpfen, ist nichts mehr übrig. Ich bin nicht mehr übrig. Aber wer bin ich dann?

»Das macht nichts«, sagt Trevor, als hätte er meine Gedanken gelesen. Vielleicht hat er auch nur die Panik in meinen Augen gesehen. »Ich habe mich auch verloren.«

»Was tun wir jetzt?« Als er seine Hand an meine Wange legt, so groß, warm und tröstend, sinken meine Lider etwas.

»Wir versprechen uns, dass wir uns immer gegenseitig zurückholen, egal was auch immer sie uns antun oder verlangen«, sagt er und streicht mit dem Daumen über meine Unterlippe. Sein Blick wird noch dunkler, aber ich kann nicht wegsehen, ich kann ihn auch nicht von mir stoßen.

Ich bin viel zu gebannt.

»Okay«, wispere ich mit belegter Stimme.

»Okay.« Für ein paar Sekunden glaube ich, dass er sich einfach vorbeugen und mich küssen wird, und für genau diese Sekunden wünsche ich es mir sogar. Ich wünsche mir, dass er seinen Mund auf meinen drückt. Ich kann ihn schon fast auf meinen Lippen fühlen, spüre schon fast seine großen Hände. Die Hitze schwirrt heftiger durch mich, vermischt sich mit dem Alkohol und wird zu leise pochendem Verlangen.

Aber wir verharren beide reglos und dann ziehen diese Sekunden vorüber.

Trevor bläht die Nasenflügel, bevor er seine Hand von mir nimmt.

Als er aufsteht, kippe ich fast zur Seite, so schnell geschieht es.

»Wir sollten schlafen«, bestimmt er und verschwindet hinein. Wieder läuft er davon? Vor mir? Vor seinen Gefühlen? Vor uns? Und seit wann gibt es ein uns überhaupt?

Ich lehne den Hinterkopf wieder an.

Was war das gerade? Habe ich mich gerade wirklich von ihm angezogen gefühlt? Hätte ich ihn wirklich geküsst, wenn er den ersten Schritt gemacht hätte? Cams besten Freund? Oder eher ehemaligen besten Freund? Ich weiß es nicht, mit einem Mal weiß ich gar nichts mehr. Trevor hat recht, ich habe mich schon längst verloren. Es ist das Schlimmste, was einem Menschen passieren kann.

Ich bin verloren, ich werde Trevor in zwei Tagen heiraten und mein Leben leben. Ohne Cam. Ohne mein Baby. Und ich sollte es endlich einsehen. Trevor hat verdammt nochmal recht.

34. VOR DEN AUGEN DER WELT

Charlie

Zwei Tage später

»Herein.«

Die Tür zum Brautzimmer öffnet sich und meine Mutter tritt ein. Sie trägt ein beigefarbenes Ensemble mit breitem Hut, das Make-up ist perfekt und auf ihren Lippen breitet sich ein strahlendes Lächeln aus, als sie mich betrachtet.

»Oh, du siehst einfach hinreißend aus.«

Weiß ich, ist aber weder überraschend noch tut es was zur Sache.

Ich gestatte ihr, zwei Küsse jeweils an meinen Wangen vorbei zu platzieren. »Du wirkst so viel glücklicher, ich dachte mir gleich, dass du dich in Schottland wohlfühlen würdest. Die Luft ist hier viel sauberer als in London.«

Woher weiß sie, ob ich mich hier wohlfühle? Alles, was ich will, ist, diesen Raum zu verlassen, um zu sehen, ob Cameron schon eingetroffen ist.

Was ich natürlich nicht darf. Bis zur Trauung muss ich hierbleiben, damit mich der Bräutigam ja nicht sieht. Eigentlich müssten die Brautjungfern bei mir sein, aber da ich keine davon kenne, habe ich sie aus dem Raum verbannt. In den letzten paar Stunden bin ich dahintergekommen, dass mein Wort durchaus etwas gilt, denn meine Wünsche wurden kommentarlos erfüllt.

»… dein Vater will noch mit dir reden«, endet meine Mom mit ihrem Vortrag, den ich nicht gehört habe, meine Gedanken sind einfach zu schnell und zu eifrig, vor allen Dingen erscheint mir diese Frau, die mich geboren hat, fremder denn je.

»Aha«, sage ich, wende mich ab und blicke in den Spiegel.

Unsere Blicke treffen sich. »Ich sage nicht, dass es dir in den letzten Monaten leichtgemacht wurde«, sagt sie. »aber es hat sich gelohnt. Es wird eine Zeit kommen, in der du auf diese zurückblickst und deine Zweifel belächeln wirst.«

Sie geht und ich lege den Kopf in den Nacken, mag die Braut nicht sehen, die mich aus dem Spiegel anschaut.

Es wird eine Zeit kommen …?

Mag sein, oder auch nicht, aber ich stecke gerade in dieser, voller Zweifel und Sehnsucht fest. Was schert mich, was ich eines Tages womöglich darüber denken werde?

Mein Vater tritt ein, ohne zu klopfen, und beherrscht sofort den vielleicht zwanzig Quadratmeter großen Raum. In seinem schwarzen Smoking mit dem hippen Haarschnitt und den leicht angerauten Wangen wirkt er wie ein männliches Model. Umwerfend in seiner Erscheinung, einer der bestaussehendsten Engländer überhaupt und einer der erfolgreichsten. Bis man in seine Augen sieht, wirkt er unglaublich sympathisch, aber dann entdeckt man die Kälte, die Berechnung, das kühle Abwägen seiner Optionen, selbst in diesem Moment. Er ist nicht hier, um mir Glück zu wünschen.

Das hatte ich auch nicht angenommen.

»Sehr hübsch«, lobt er zufrieden. »Ich hörte, Callum und Erin Stuart sind noch nicht vollends von dir überzeugt, daran solltest du arbeiten. Aber mit dem heutigen Tag hast du einen großen Meilenstein bezwungen.«

Ich nicke. »Wie steht es beim Referendum?«

»Die Wahlbeteiligung hält sich noch in Grenzen, wir hoffen, dass mit eurem Auftreten nach Eheschließung der Run auf die Wahllokale eintreten wird. Ich will dich strahlend, ich will dich überzeugend, vor allen Dingen will ich dich deinen Ehemann liebend.«

»Okay.«

Trevors Worte rotieren in meinem Kopf. »Streite nicht, diskutiere nicht, schwimme mit dem Strom.«

Ich zwinge mich zu einem schmalen Lächeln, obwohl es mir schwerfällt ihn auch nur anzusehen.

»Mach deine Sache gut und wir werden alle die Gewinner sein. Vor allen Dingen mach deinem Namen alle Ehre.«

Welchem?

Könnte ich fragen, aber ich halte den Mund, beiße mir auf die Innenseiten meiner Wangen, lächele ihn an, strahle bald, weshalb er zum ersten Mal seit langer Zeit zufrieden mit mir wirkt.

Sobald er gegangen ist, stütze ich mich auf den niedrigen Tisch der Kommode.

Wünsche mir Alkohol.

Wünsche mir Cameron.

Wünsche mir, dass er jetzt die Tür öffnet und sich einfach in den Raum schiebt. Kurz bevor er sich endlich wieder in mich schiebt. Ich habe schon fast vergessen, wie er sich anfühlt und das ist erst das wirklich Schlimme.

Kein Cameron kommt.

Niemand bringt mir Alkohol.

Ich bin ganz allein, bis Miss Blueberry nach kurzem Klopfen reinkommt.

In meinem Kopf beginnen Geigen zu spielen. Harte Streiche, kurz vor dem Einsatz des Axtmörders, kurz bevor das Fallbeil fällt, kurz bevor mein Leben beendet wird. Die Brautjungfern, alle in zartes Violet gekleidet und wie Sahnetorten mit Guss aussehend, scharen sich um mich. Es sind Statistinnen, wir haben uns nichts zu sagen. Die Blumenkinder treffen ein, die Hälfte nimmt meine Schleppe es wurde sehr genau darauf geachtet, dass sie länger ist, als jene, die ich bei meiner Hochzeit mit Cam hatte.

Daher ist sie über zehn Meter lang.

Es bedarf zehn Mädchen, um sie zu tragen, vier Mädchen, die als kleine Engel verkleidet wurden, streuen die Blumen, mein Vater tritt zu mir, küsst artig meine Wange – mit Sicherheit ist jetzt sein Mund voller Make-up, aber ich bin zu konzentriert, zu aufgeregt, um mich darüber amüsieren zu können. Dann senkt er den Schleier über mein Gesicht.

Mit all den Gästen – die Kathedrale fasst über tausend Menschen und noch mal dreihundert auf den Rängen –, wirkt der Raum viel höher, viel größer, viel mächtiger und einschüchternder. Die Orgelklänge werden vielfach auf uns zurückgeworfen. Vor uns liegen gut fünfzig Meter, die wir gemessenen Schrittes zurücklegen müssen.

Es nicht viel anders als in der Abby und doch völlig fremd, denn diesmal ist die Presse anwesend. Nicht ein paar Vertreter, stattdessen wurden links und rechts auf den Rängen zwei ganze Studios errichtet. Eines von der schottischen Presse, das andere von der englischen, die übrigen müssen draußen bleiben. Allein mit den Übertragungsrechten machen die Stuarts jede Menge Geld, die Hochzeit dürfte sich selbst tragen. Mein Kleid ist selbstverständlich mit Label versehen, alles wurde vermarktet, sie sind PR-Genies, sie kennen sich aus.

Aber auch das ist momentan nebensächlich, denn ich schreite zum Altar, mein Vater an meiner Seite, links und rechts hunderte Zuschauer. Unter meinem Schleier scanne ich die Gesichter, panisch auf der Suche nach dem einen, das mir die Kraft geben soll, den heutigen Tag zu überstehen. Doch ich finde es nicht.

Wie kann er mir das antun? Meine Augen brennen und ich blinzele hektisch gegen die Tränen an. Während wir uns immer mehr dem Altar nähern, wo Trevor mit dem Bischoff auf uns wartet.

Meine Hoffnung, neu aufgelebt, sinkt im gleichen Moment.

Denn hinter Trevor steht sein Trauzeuge. Es muss sein Trauzeuge sein, aber es handelt sich um einen mir völlig unbekannten Mann, den ich wirklich noch nie gesehen habe. Verwirrt blinzele ich, schlage die Lider nieder, dann sind wir angekommen. Ich stehe vor drei Stufen, die zum Altar hinaufführen. Trevor blickt mit seinem charmanten Lächeln auf mich herab. In seinem Smoking wirkt er älter, gelassener, irgendwie königlicher und sexy.

Mein Vater küsst meinen Handrücken, vollführt eine Verbeugung vor Trevor, dreht sich dann nach rechts, wo Erin und Callum Stuart sitzen und vollführt seine Verbeugung nochmal, die diesmal sogar noch tiefer ausfällt, bevor er die erste Sitzreihe entlang zu meiner Mutter geht.

All das weiß ich, sehe es aber nicht, denn ich bin konzentriert. Konzentriert, um mich nicht in meine Enttäuschung hineinzusteigern. Um nicht einfach mit den Tränen herauszuplatzen, um nicht genau im unpassendsten Moment endgültig zusammenzubrechen. Denn. Er. Ist. Nicht. Da.

Das Land sieht zu, vergiss es nicht, vergiss es niemals.

Alle Augen sind auf dich gerichtet, du bist der Gradgeber, das Zünglein an der Waage, das Schottland befreit oder zu einer weiteren Ewigkeit in Ketten verurteilt. Vergiss es nicht.

»Ich vergesse es nicht«, flüstere ich und gehe die Stufen hinauf. Eins. Zwei. Drei. Trevor hält mir seine Hand entgegen und ich ergreife sie, fühle durch meine Handschuhe, wie kalt seine Haut ist, was seine gelassene Miene Lügen straft. Ich trete zu ihm und er hebt den Schleier, schaut mir tief in die Augen. Die glänzen, ich weiß es.

Ich konnte es nicht verhindern und kämpfe immer noch dagegen, dass sich die Tränen lösen. Aber Trevor tut so, als hätte er sie nicht gesehen, und als er sanft meine Wange küsst, schließen sich meine Lider leicht.

»Atme«, haucht er in mein Ohr und ich tue es.

Ich atme. Obwohl ich gerade zu ersticken drohe, weil so gut wie kein Sauerstoff meine Lungen erreicht.

Sobald die Orgel verklungen ist, beginnt der Bischoff zu sprechen, und ich lasse seine Worte ungehört an mir vorbeirauschen, habe die Tränen durch pure Disziplin gestoppt. Ich sehe Trevor an, und er sieht mich an; in seinen Augen steht so viel Wärme, so viel Vertrautheit, so viel Zuversicht und … Liebe, dass mir ein Schluchzen die Kehle hinaufsteigt. Ich dachte, ich könnte gut spielen, aber hier stehe ich vor meinem Meister. An genau der richtigen Stelle sage ich »Ja«, und auch Trevor stimmt diesem Himmelfahrtskommando ohne zu zögern zu. Wir beide klingen so ehrfürchtig, von der Situation so hingerissen, spätestens jetzt glaubt auch noch der Letzte, dass wir uns gerade unseren tiefsten, innigsten Traum erfüllen. Unglaublich. Schließlich schiebt er den uralten Ring auf meinen Finger und kommt näher, ist mir so nah, dass ich seinen Körper fast an meinem spüre. Unpassenderweise prickelt es trotz der Enttäuschung und der Aufregung in mir, als er einen angewinkelten Finger unter mein Kinn legt und wenig später seinen Mund auf meinen senkt.

Ich schließe die Augen, stelle mir vor, es wäre Cameron, weshalb sich meine Hand ganz von selbst auf seiner Brust einfindet. Nur an seinem zu schnellen Herzschlag erkenne ich, dass die gesamte Situation nicht spurlos an Trevor vorbeigeht. Hat Cams Herz auch so schnell geschlagen? Habe ich ihn jetzt endgültig verloren? Gibt es wirklich kein Zurück? Vermutlich nicht, denn er ist nicht mal hier und vielleicht sehe ich ihn nie wieder. Als ich mich an Trevor schmiege, als ich den Kuss zaghaft erwidere, als es sich plötzlich gut anfühlt, fast wie Zuhause, sickert eine Träne auf meine Wange. Fast gut. Beinahe vergesse ich sogar, dass die ganze Welt uns zusieht. Trevor zieht zuerst seinen Kopf zurück und lässt mich etwas atemlos zurück. Unbemerkt hatte ich mich in sein Hemd gekrallt. Seine Augen verengen sich, als er mich überschaut. Drei Sekunden verharrt er so, dann lächelt sein weicher Mund schon wieder, dann nimmt er meine Hand, nimmt sie fest, nimmt sie sicher, und gemeinsam wenden wir uns der jubelnden Menge zu.

Jetzt ist es vollbracht. Jetzt gehöre ich nicht nur ihm, jetzt gehöre ich einem ganzen Königreich. Und nicht mehr Cam.

Nie wieder Cam ...

Lässt sich ein Schwur, vor Gott und der Welt gegeben, wirklich so einfach aushebeln? Durch einen neuen? Zu einem anderen? Ist es wirklich so leicht?

Mein Herz schüttelt den Kopf. Mein Herz verneint.

Doch mein Verstand weiß es besser.

35. AM ZIEL

George

Geschafft!

Bis zur letzten Sekunde habe ich nicht daran geglaubt, jetzt stehe ich mit meinem Scotch an einer der Bars im großen Festsaal, in dem die Hochzeit stattfindet. Das Brautpaar sitzt an der langen Tafel, die sich an der linken Seite entlangzieht, der Rest der Gäste sitzt an den üblichen runden Tischen. Auch bei royalen Hochzeiten gibt es längst keine Überraschungen mehr.

Sie wirkt glücklich, ob gespielt oder nicht, interessiert nicht. Ihr Auftritt war fulminant, sie wurden vor der Kathedrale vom Volk bejubelt und sie SIND das Thronfolgerpaar, daran gibt es keine Zweifel mehr. Außerdem ist die Wahlbeteiligung ungefähr im gleichen Moment sprunghaft angestiegen und der Trend inzwischen offensichtlich. Die Hochrechnungen versprechen einen Ausgang nach unserem Geschmack, und zwar mit überwältigender Mehrheit. Alles wendet sich zum Guten, und das Sahnehäubchen, das, was dem Tag noch die richtige Würze verleiht, ist die Tatsache, dass sich der gesamte Clan Cavendish-Dekarty von der Feier ferngehalten hat, obwohl der alte Cavendish Nutznießer der schottischen Abspaltung sein wird, das war sein Sahnehäubchen.

Oliver hat es anscheinend gerochen, dass er hier heute nichts zu suchen hat. Noch weniger sein renitenter Sohn. Längst bedauere ich, ihn nicht dort gelassen zu haben, wohin er gehört: Hinter Gittern. Vor allen Dingen, von wo aus er keine Schwierigkeiten mehr machen, Charlotte nicht mehr ablenken kann. Er ist nicht hier, er konnte keine Gefahr sein, doch wir waren vorbereitet, ihn wären die entsprechenden Aufpasser an die Seite gesetzt worden, bereit ihn zu stoppen, sobald er sich in ihre Nähe gewagt hätte.

Hat die Spezial-Behandlung, die durch Callum Stuart initiiert war, doch Wirkung gezeigt?

Ich hatte dem keine große Chance eingeräumt, aber sie haben recht behalten. Umso besser.

Nachdem ich mein Glas geleert habe, schlendere ich in einen Gang, der vom Festsaal abgeht und dem üblichen Publikum nicht zugänglich ist. Nur ein paar Meter weiter befindet sich die Wahlkampf-Nachrichtenzentrale, in der alle medialen Fäden zusammenlaufen. Es sind noch fünf Minuten, bis zum Schließen der Wahllokale. In Schottland wird noch auf die rustikale Art ausgezählt, weshalb die Spannung bis tief in die Nacht anhalten wird. Aber mit jedem komplett ausgezählten Wahlbezirk, wird sich das Ergebnis festigen, irgendwann heute werden wir es erfahren.

Ich bleibe an der Tür stehen und beobachte die vielleicht zehn Leute, die damit beschäftigt sind, die entsprechenden Daten zusammenzufassen. Auf eine Tafel werden ganz unkonventionell mit Textmarker die Zahlen aufgeschrieben, ausgewischt und aktualisiert. Das Computerzeitalter ist haarscharf an diesem Raum vorbeigeschrammt.

Die Tür öffnet sich. Callum Stuart kommt herein, der designierte König.

»Wie steht es?«

»Den Umfragen nach liegen wir gut.«

»Wie läuft es im Parlament in Edinburgh?«

»Sie haben Sturgeon unter Kontrolle.«

»Wird sie Schwierigkeiten machen?«

Ich zucke mit den Schultern. »Sie wäre dumm, denn sie würde überrannt werden. Kaum abgespalten, schon der erste Bürgerkrieg. Die Leute wollen Euch, und sie werden keine faulen Kompromisse eingehen. Ich kenne diese Frau, am Ende schwimmt sie mit dem Strom.«

»Wollen wir es hoffen«, murmelt er. »Hat dieser Cavendish Sie noch mal belästigt.«

Ich betrachte ihn lächelnd. »Nur Geduld, alles läuft genauso, wie es laufen soll, Charlotte kennt ihren Platz. Jeder kennt seinen Platz und alles wird sich unseren Wünschen entsprechend fügen.«

»Sie auch?«

»Ich kannte immer meinen Platz.«

Er mustert mich mit einem schmalen Lächeln. »Ist das so?«

Dunkel lache ich auf. »Callum, mein Weg ist immer der des Erfolges, ich habe ein Gespür dafür, mich auf die Gewinnerseite zu stellen, deshalb wurde ich der Mann, der ich heute bin. Ich wäre nicht hier, meine Tochter wäre nicht hier, wenn ich nicht an Euren Erfolg glauben würde. Wenn ich nicht glauben würde, dass Ihr in kürzester Zeit den schottischen Thron besteigen werdet.«

»Das ist … ehrlich.«

»Eine meiner Eigenschaften, die immer sehr geschätzt wird.«

»Richtig.« Er hat den Blick auf die Mitarbeiter gerichtet, die immer noch unermüdlich Daten zusammentragen. »Man weiß stets, womit man es zu tun hat.« Sein Lächeln ist schmal, intelligent, wissend. »Das ist tatsächlich sehr inspirierend.« Er wendet sich zum Gehen und klopft mir leicht auf die Schulter. »Das Land sagt Ihnen seinen Dank«, bevor er rausgeht.

Ich sehe ihm mit halbem Auge nach, schüttele den Kopf und konzentriere mich wieder auf die Geschehnisse vor mir.

Kurz darauf geht die Auszählung in die heiße Phase. Die Hochzeit ist endgültig zur Nebenveranstaltung verkommen, alle, die mehr wissen und nicht hier sind, um die Vereinigung der beiden Häuser zu feiern, wissen das. Der Raum füllt sich allmählich, der schottische Adel versammelt sich, es sind ausschließlich Männer, während die Ladys weiter feiern. In dieser Hinsicht ist die Welt auf der Insel noch in Ordnung. Die Minuten verrinnen, während in den vielen kleinen Gemeinden ausgezählt wird, die Spannung steigt, dabei steht das Ergebnis bereits nach einer Stunde fest. Die Hochzeit hat die Leute für die Abspaltung stimmen lassen. Sie wollen diese beiden auf dem Thron sehen, Erin und Callum dürften ihnen egal sein, sie sind schon seit vielen Jahren Bestandteil der schottischen High Society und haben ihren Platz in dem Konstrukt, das sich seit vielen Jahrhunderten bewährt. Trevor und Charlotte werden als Zukunft begriffen, als unglaublich schöne Zukunft, die Visagisten haben ganze Arbeit geleistet. Auch hat es sich bezahlt gemacht, die PR-Agentur zu verpflichten, die das Ganze perfekt in Szene gesetzt hat. Callum kann sich nicht beklagen, er geht mit einem guten Plus aus der Veranstaltung.

Irgendwer versorgt mich mit neuem Scotch, die meisten der hier Anwesenden kenne ich, das ist unabdinglich, sonst würde ich nie wissen, wessen Unterstützung ich als Nächstes benötige.

Gegen zehn Uhr nähern wir uns dem Breaking-Point, bisher haben ganze fünf Gemeinden von fünfundfünfzig gegen die Abspaltung gestimmt, der Rest dafür. Als wir den Zenit überschreiten, als klar ist, dass Schottland unabhängig wird, als die restlichen Ergebnisse egal sind, weil sie das Ruder nicht mehr herumreißen könnten, wende ich mich zufrieden ab, während der Jubel um mich herum ausbricht. Mit einem stillen Lächeln verlasse ich den Raum und beobachte eine Weile die verbliebenen Gäste. Es fällt kaum auf, dass einige fehlen. Der Bräutigam tanzt mit der Braut, die längst nicht mehr strahlt, aber darauf wird niemand zu dieser fortgeschrittenen Stunde achten.

Ein Kellner kommt mit einem silbernen Tablett auf mich zu, darauf liegt eine geprägte Karte, man achtet hier sehr auf Einhaltung der Etikette. Er vollführt eine Verbeugung, nachdem ich das starre Papier entgegengenommen habe und geht wieder.

Ein Satz steht in schwungvoller Schrift darauf.

»Treffe Sie in fünf Minuten

auf der Hinterseite des Hauses.«

Keine Unterschrift.

Nicht ungewöhnlich, die Leute wollen nicht mit mir gesehen werden, wenn sie konspirieren.

Ich lasse ihn schmoren, wer immer er ist, der seine Schäfchen ins Trockene bringen oder schlicht Kontakte knüpfen will, genehmige mir erst einen Scotch, leere ihn mit kleinen Schlucken, betrachte dabei die Veranstaltungen, checke noch mal die Party, lasse meinen Blick aufmerksam über die Massen gleiten und wende mich schließlich zum Gehen.

Lange ist es her, dass sich die Dinge so nahtlos fügten, dass ich mich zurücklehnen konnte, ohne eingreifen zu müssen. Nun, die Vorbereitungen waren dafür umso aufwühlender. Allerdings habe ich für keinen Moment in Frage gestellt, mein Ziel zu erreichen. Schließlich stelle ich das Glas ab und gehe hinaus, trete in die kühle, klare Luft, die nach der Stickigkeit, die tausend Hochzeitsgäste verursachen, fast reinigend wirkt.

Es ist ein schwieriges Spiel mit diesen Leuten aus dem Hochadel, die sich alle für was Besseres halten. Ein Titel, den man vor ein paar Monaten errungen hat, macht einen nicht zum Mitglied des Clubs, vielleicht provoziere ich sie deshalb so gern. Denn am Ende des Tages wollen sie was von mir, ich weniger etwas von ihnen. Ich bin der Mann, der ihre Träume erfüllt und ihre Ziele durchsetzt, also kann ich wenigstens Respekt verlangen.

Es wird dunkler, die Rückseite des Hauses ist nur mit ein paar armseligen Leuchten bestückt, von denen nur eine einzige an einer niedrigen Tür brennt. Die wilde schottische Landschaft mit ihren Hügeln und Tälern erhebt sich wie eine dunkle, bedrohliche Masse direkt hinter dem kleinen, einsehbaren Kegel. Ein paar Vögel senden ihren nächtlichen Ruf, in der Ferne ist das Heulen eines Wolfes zu hören.

Niemand wartet hier auf mich.

Ich spüre leichte Irritation in mir aufwallen, George Seymour ist kein Mann, der sich herumkommandieren lässt, das war ich nie und werde es nie sein. Meine Schritte hallen auf dem unebenen Pflastersteinboden, der in dem armseligen Licht der Blechlampe glänzt.

Ich gehe langsamer, sehe in die zahlreichen Nischen und

Vorsprünge, in denen man sich verschanzen kann. Als auch hier niemand ist, beschleunige ich meinen Schritt wieder, denn die Situation erscheint mir vage unangenehm. Nach hier hinten dringt kein Laut von der Party, es ist, als wäre ich mutterseelenallein. Allein vor einem uralten Schloss, in dem es mit Sicherheit spukt. Kaum bin ich im Land der Einhörner, greifen die Mythen und Legenden mit ihren Riesenklauen auch nach mir.

Ein Schatten löst sich aus einer der Nischen und ich bleibe stehen.

»George Seymour?«

»Wer fragt?«

»Ich«, sagt der Mann, dessen Gesicht ich nie sehen werde. Das Letzte, was meine Augen wahrnehmen, ist das Aufblitzen eines Gegenstandes in seiner dunklen Hand.

Eine Waffe, durchblitzt der letzte Gedanke, den ich jemals denken werde, meinen Kopf, bevor ich aus Gründen, die ich nicht mehr nachvollziehen kann, zu Boden gehe und es schwarz wird.

Endgültig schwarz.

36. DER LETZTE TROPFEN

Trevor

Anscheinend hat Charlotte sich meine Ansage zu Herzen genommen, denn sie funktioniert, schon den ganzen Tag über. Sie hat nicht gestrauchelt bei der zweistündigen Fotosession, in der wir im Thronsaal aufgenommen wurden – ich mit königlicher Schärpe. Das war das Original, sie fühlen sich sicher genug, um die Insignie schon mal rauszuholen.

Sie hat nicht gestrauchelt, als wir die Glückwünsche von gefühlt einer Million Menschen entgegennahmen, blieb cool und strahlte, genau wie ich strahlte, obwohl ich die Hälfte davon töten wollte. Auch witzig war der Auftritt auf dem Balkon des Rathauses der Stadt. Der Bürgermeister hatte ihn uns zur Verfügung gestellt und wir grüßten die jubelnde Menge, welche schon seit gestern Abend auf den Straßen campiert hatte.

Es war Royals in klein, diese ganz besondere Dynamik war dennoch vorhanden. Dieser Zauber, dem sich kaum jemand entziehen kann. Ich bin sicher, der Funke ist ein wenig auf Charlotte übergesprungen. Danach tanzten wir, ich habe sie hin und hergeschwenkt und sie hat gestrahlt, gestrahlt, gestrahlt …

Während unbemerkt von ihr so viel geschah.

Es liegt in der Luft, die Atmosphäre ist vergiftet, elektrisiert. Es liegt im eisigen Blick meines Vaters, im falschen Strahlen meiner Mutter. Es liegt in meinem Herzen.

Denn ich kenne den Bastard, ich weiß, wann er was plant, und diesmal bin ich bereit. Bereit, zurückzuschlagen, sollte er versuchen, Hand an meine Frau zu legen. Sie mag mich verteufeln und sich Cam herbeiwünschen, aber Charlotte ist jetzt meine Frau und damit ist es mein Job, sie zu beschützen.

Ich schätze, wäre es anders, würde Cameron in Lichtgeschwindigkeit hier sein und mir die Fresse polieren, und er hätte recht. Nur muss ich ihn leider auch in Zukunft von hier fernhalten, er hat hier nichts zu suchen, denn er würde komplizierte Dinge noch komplizierter machen.

Noch eine Stunde, bis wir endlich abreisen können. Eine Stunde in diesem Trubel, der mir schon seit geraumer Zeit auf die Nerven geht.

Bisher hat sich die Band an schottischen Volksliedern und Popsongs abgebarbeitet, die wie schottische Volkslieder klangen. Die Gäste üben sich ausgelassen in Volkstänzen, weshalb die Hälfte von ihnen öfter mal das Gleichgewicht verliert. Je länger sie ungehemmt den Alkohol in sich reinschütten, desto mehr häufen sich die Unfälle.

Plötzlich bricht die Musik ab und drei Männer betreten die Bühne. Alle drei im Schottenrock, zwei mit Dudelsäcken bewaffnet, die sich links und rechts von dem dritten aufstellen. Alles versammelt sich direkt vor der Bühne und die Spannung wird noch mal angehoben, als der dritte ans Mikro tritt.

Bevor er was sagt, beginnen sie, die schottische Nationalhymne zu spielen. Ein paar Pfiffe ertönen, und fick mich, das Gefühl, das mich gerade heimsucht, ist schon nah an Glückseligkeit. Am Ende bin ich auch nur ein verdammter Schotte. Ich greife Charlottes Hand, gemeinsam stehen wir auf, wie alle anderen auch. Mit einer Hand auf dem Herzen stimmen wir mit ein. Sie beherrscht das Lied perfekt, das hat sie noch in London gelernt. Hatte drei Wochen lang alle zwei Tage Stunden beim Lehrer, die sie gehasst hat. Sie hat es nicht gesagt, aber ich wusste es trotzdem. Jetzt wird sie wissen, warum sie derart gefoltert wurde.

Alle stimmen mit ein, der Raum ist von mehr als tausend Stimmen erfüllt, das lässt niemanden unberührt. Als der Letzte verklungen ist – nicht alle enden zum gleichen Zeitpunkt –, tritt der Typ erneut ans Mikrofon.

»Ladys and Gentleman«, sagt er auf Gälisch, »die Stimmen wurden nun vollständig ausgezählt. Ich darf Ihnen stolz verkünden, dass Schottland …«

Der Rest geht ihn Jubel unter, der Saal tobt, sie trampeln mit den Füßen, klatschen in die Hände, werfen die Fäuste in die Luft. Der gesamte Adel verliert einmal komplett die Fassung, in dieser Stimmung würden sie auch bis nach London marschieren, dann wäre das Referendum so oder so durch. Obwohl ich mir vorstellen kann, dass mein Vater für das richtige Ergebnis gesorgt hat, noch eine Schlappe hätte er nicht akzeptiert.

»King, King, King, King«, skandieren sie über zwei Minuten lang. Ein Wunder, dass die Gläser unter dem Lärm nicht zerbersten, Charlotte hat sich wieder hingesetzt, ein Strahlen auf den Lippen, aber ihr Blick, den sie mir zuwirft, wirkt fast ängstlich. In diesem Moment ist sie so schön, dass mir kurz die Knie weich werden und ich mich schützend vor sie werfen will, aber ich sammle mich sofort wieder.

»Alles gut, sie sind bloß frei. Frei Von England.«

»Wir«, sagt sie trocken. »Wir, ab heute.«

Ich greife ihre Hand, drücke sie vielleicht ein bisschen zu fest, als angemessen. »Genau, wir ab heute.« Als ich mich setze, erbarmt sich mein Vater gerade, auf die Bühne zu gehen, immer noch im Smoking, nicht im Schottenrock. Ein Fehler finde ich, denn die Kameras blitzen, es werden unzählige Fotos gemacht, von denen es ein paar bis morgen auf die Titelseiten geschafft haben werden.

Der Jubel brandet erneut auf und er lässt sich eine gute Minute feiern, bevor er die Arme hebt und es schlagartig still wird.

»Unsere wildesten, geheimsten, für lange, lange, lange Zeit unrealistischsten Träume sind endlich in Erfüllung gegangen. Heute beginnt keine neue Ära, heute knüpfen wir an eine alte an, die endlich wiederauferstanden ist. Gott schütze unser geliebtes Schottland.«

»Gott schütze unser geliebtes Schottland«, skandiert die Menge und jemand – es ist mit an Sicherheit grenzender Wahrscheinlichkeit ein Claqueur – ruft:

»Gott schütze den König.«

»Gott schütze den König.«

Immer wieder sehe ich auf die Uhr. Noch eine Dreiviertelstunde bis zur Abreise, ich würde am liebsten schon jetzt gehen, während sich der Psychopath feiern lässt und sich diese armen Irren ihr eigenes Grab schaufeln.

»Hat einer von euch beiden meinen Mann gesehen?«

Mrs Seymour hat sich zu uns vorgebeugt, sie sitzt links neben Charlotte.

Wir mustern uns stumm. »Nein«, sage ich schließlich analog Charlottes desinteressierten Ausdrucks, denn eines haben wir gemein: Wir verabscheuen unsere Väter.

»Ich weiß nicht, wo er wieder ist.« Sie mustert mich bittend. »Kannst du nach ihm suchen gehen? Er wird sich wieder in irgendwelchen Geschäftsgesprächen verloren haben, am Tag der Hochzeit seiner einzigen Tochter. Geh, rette ihn daraus, erinnere ihn an seine Pflichten.«

Ich habe keine Lust, diesen Scheißer zu suchen, meine Faust ballt sich, wann immer ich in sein glattes Gesicht sehe, in dem die cleveren Augen stets wachsam sind. Er ist jederzeit auf einen Angriff vorbereitet und fähig, ihn in einen Sieg zu verkehren.

Bevor ich gehe, beuge ich mich zu Charlotte runter. »Willst du den Trubel hinter dir lassen?«

Sie nickt, ohne den Blick vom »King« zu nehmen, der sich immer noch feiern lässt.

»Du könntest dich umziehen gehen, ich treffe dich in einer halben Stunde unten in der Halle. Ich bin der Typ, der nicht unkontrolliert rumbrüllt.«

»Okay«, flüstert sie lächelnd, was im Lärm untergeht. Ich schätze, heute sind schon ein paar hundert Liter Bier und Whisky geflossen, das killt alle Hemmungen. Es wird höchste Zeit, hier abzuhauen. Man kann nie wissen, was ein paar hundert alkoholisierte Schotten so anstellen, sollte die Stimmung kippen.

Ich gehe aus dem Saal, komme aber nicht weit, weil ich natürlich gesehen werde und mir natürlich gratuliert wird. Und auf die Schulter geklopft.

Meine Faust ballt sich weiter.

Ich lächele, bin in meiner Rolle, bin es wie auf Knopfdruck, das war schon immer meine größte Stärke, mit ihr habe ich überlebt. Sei so, wie sie dich haben wollen, selbst wenn es dein fucking Erzeuger ist.

Als ich mich endlich ins Freie gekämpft habe, wurde bereits zum dritten Mal die schottische Nationalhymne angestimmt. Das wird bis in die frühen Morgenstunden so weitergehen. Vermutlich werden sie unsere Abreise gar nicht mitbekommen.

Und was noch mal geht mich der alte Seymour an?

Überraschenderweise taucht mein Vater neben mir auf. Als einer der Wenigen ist er nüchtern. Er trinkt gern, weiß aber sehr genau, wann er besser halbwegs bei Sinnen bleibt.

Heute ist so ein Tag. Immer, wenn er unter Leuten ist, ist so ein Tag.

»Gut, dass du hier bist, ich will dir was zeigen.«

»Und das wäre?«

»Ist eine Überraschung.«

Er setzt sich in Bewegung und ich folge ihm. Während wir die letzten Lampenkegel verlassen und an der düsteren Hauswand entlang gehen, erkenne ich, dass dies wohl eine der wenigen Gelegenheiten ist, in denen wir uns ohne Bodyguards und weitläufige Entourage bewegen dürfen. Ich hasse dieses Schloss, werde es in Zukunft aber zu schätzen wissen. Das ist kein guter Gedanke, eher maximal beängstigend.

Wie ihm jetzt zu folgen.

Das hat auch nichts Gutes zu bedeuten.

Ich rechne stark mit der Chance, dass er mich in einen der stinkenden Kerker wirft. Die einzigen Räume des Schlosses, die über die Jahrhunderte nicht restauriert, sondern nur vor dem Verfall bewahrt wurden. Füll ihn mit Scotch ab und er erzählt dir, wie oft er davon träumt, seine Widersacher dort lebenslänglich hineinzuwerfen. Ich an Stelle der schottischen First-Ministerin würde nach England emigrieren.

Am besten gestern, ansonsten findet sie sich schneller in einer der Katakomben wieder, als sie Fuck off sagen kann.

Nicht mein Problem.

Noch nicht.

Wir haben die Rückseite erreicht. Mit viel Mühe mache ich ein paar Leute aus, die sich dort versammelt haben. Was zur Hölle …?

»Komm«, sagt mein Vater kurz und tritt zu ihnen.

Es sind seine Männer Leute fürs Grobe, die Typen, die Cameron vermöbelt haben, er hatte Glück, das Todesurteil war nicht gefallen, sonst hätte er den Abend nicht überlebt.

Ich sehe die Gestalt am Boden, er liegt auf dem Bauch, sein Gesicht ist nicht erkennbar.

»Wer ist das.?«

»Er hat seine Schuldigkeit getan«, entgegnet mein Vater und zündet sich eine Zigarre an. Aus der Innentasche seiner Smokingjacke zieht er einen Flachmann und gießt den Inhalt langsam auf die Leiche. Shit.

»Ist das Seymour?« SHIT!

»Natürlich ist er das, mein Junge.«

Er sieht mich nicht an, während es sich ruckartig in meiner Brust verkrampft.

»Du musst lernen, die richtigen Schritte im richtigen Moment zu gehen. Tust du es nicht, wirst du all das, was ich geschaffen habe, wieder verlieren. Macht zu haben und sie zu halten, bedeutet, schwierige Entscheidungen zu treffen. Den Mut zu haben, es zu tun. Er war ein jämmerlicher Opportunist, der seine Fahne stets in den Wind gehängt hat. Heute auf unserer Seite hätte er sie morgen wieder wechseln können. Er hat seine Schuldigkeit getan.«

Der Flachmann ist leer; nachdem er ihn zugeschraubt hat, schiebt er ihn wieder in seine Jackentasche. Die anderen

Männer beobachten ihn schweigend, keiner sagt einen Ton, mich eingeschlossen, denn mir ist kotzübel.

»Schafft ihn hier weg. Lasst es so aussehen, als wäre er auf dem Weg hinab zum See gestürzt. Wir finden ihn nicht vor Mitternacht.«

Schweigend machen sie sich daran, die Leiche wegzuzerren, während mein Vater mich durch den blauen Dunst seiner stinkenden Zigarre mustert. In der Dunkelheit sind nur seine Augen auszumachen, und die Schemen seines ewig beherrschten Gesichtes.

Seines verhassten Gesichtes.

»Du wirst seine Frau und seine Tochter beruhigen.« Die Glut seiner Zigarre glimmt auf, der Rauch wabert in mein Gesicht, ich weiche kein Stück zurück. »Das ist der einzige Grund, weshalb ich die Verbindung der beiden Termine nicht ausnahmslos gutgeheißen habe. Hätten wir mit der Hochzeit noch gewartet, hätte sie nicht stattfinden müssen. Aber ich sehe ein, dass wir die Fotos brauchten, deshalb darf sie noch eine Weile leben. Wenn sie sich gut macht und begreift, wem sie Loyalität schuldet, wem sie sich verpflichtet hat. Wer weiß, vielleicht kann sie sogar für immer bleiben, die Leute scheinen sie zu mögen. Du auch.« Er lacht leise, als ich nicht antworte. »Natürlich, hast du dich an die kleine Engländerin gehängt, freust dich wahrscheinlich, die abgelegte Frau von deinem besten« – das packt er in Anführungszeichen – »Freund bekommen zu haben. Ich hätte sie erst mal desinfiziert, wer weiß, was er in ihr hinterlassen hat. Also abgesehen von dem Bastard, den sie glücklicherweise losgeworden ist, so musste ich nicht zum Äußersten gehen.«

Meine Mordlust steigt mit jedem neuen Wort. Mit Macht halte ich mich davon ab, meine Hände um seinen Hals zu legen und seine Kehle zu zerquetschen.

Seine Hand landet schwer auf meiner Schulter. »Bring sie auf Linie, sorge dafür, dass sie perfekt ist, genügend Motivation hast du jetzt hoffentlich. Und schaff sie hier weg, bevor sie mitbekommt, dass wir jemanden vermissen.«

Er nickt mir zu und geht.

Ich starre ihm nach.

Kein Chaos im Kopf.

Nie war ich klarer als in diesem Moment.

Nie habe ich die Zusammenhänge deutlicher, nie meinen Weg heller vor mir gesehen.

Natürlich wusste ich es viel früher, war nur zu feige, mit diesem Wissen entsprechend umzugehen. Aber wer weiß, vielleicht hat er mir nur die Drecksarbeit abgenommen, den einen Teil zumindest. Denn solange Seymour gelebt hat, war Charlotte nie sicher, ich auch nicht, niemand, schon gar nicht Cameron. …

Ich wende mich ab und nehme im Gehen mein Handy heraus. Die Kontakte sind lange geknüpft und geprüft, auch ich komme nicht ohne die Männer fürs Grobe aus, sie kamen nur noch nie zum Einsatz.

Jetzt ist es an der Zeit.

Meine SMS ist kurz.

Nur zwei Buchstaben.

Go.

Obwohl es geheim ist, die Nummer gesichert, kann man nie wissen. Eines der wenigen nützlichen Dinge, die mein Vater mich je gelehrt hat.

Wiege dich nie in Sicherheit. Gib dich nie der Illusion hin, deine Worte könnten nicht nach außen dringen, heutzutage bestehen die Wände aus Glas und jedes Handy ist hackbar.

Go.

Mehr brauchen sie nicht.

Alles Weitere haben wir lange zuvor besprochen, denn es gärte schon seit Jahren, seit Monaten brodelte die Säure über, seit Monaten habe ich mich geziert. Wer weiß es schon, wie vieles anders gekommen wäre, wäre ich mutiger gewesen.

Ich gehe zurück ins Schloss, teile der ahnungslosen Witwe mit, dass ich ihren Mann nicht finden konnte, er aber garantiert in irgendeinem Gespräch sein wird, Optionen gibt es ja hier genug, Anlass auch. Damit gibt sie sich zufrieden, und ist gleich wieder die rührige Frau, die dafür sorgt, dass die Hochzeit reibungslos über die Bühne geht, denn noch sind wir nicht ganz durch.

Ich wünschte, wir wären es.

Ich brauche Ruhe.

Ich muss nachdenken.

Ich muss reflektieren.

Meine Mutter eilt natürlich sofort zu ihrer Unterstützung herbei, was absolut nichts von königlicher Würde erkennen lässt. Sie hat keine Lust, sich ausgerechnet von einer Seymour ausstechen zu lassen,.

Diesmal gelingt es mir, mich relativ unbemerkt aus dem Saal zu stehlen. Ich stelle mich in den Gang, der zu der Wahlkampfzentrale führt, wie sie von meinem Dad liebevoll genannt wird.

Währenddessen geht eine Nachricht ein.

»Zwei bis vier Wochen.«

So lange werden sie unter Umständen brauchen, um den Plan umzusetzen…

Es tut nichts mehr zur Sache.

Jetzt ist das Fallbeil gefallen und lässt sich nicht mehr aufhalten, diese Typen verstehen keinen Spaß oder hin und her, hopp oder flopp.

Einmal geordert, lässt es sich nicht mehr rückgängig machen.

Ich habe es aus der Hand gegeben, es liegt nicht mehr in meiner Verantwortung.

Und das fühlt sich verdammt gut an.

37. VON WOLLEN, DÜRFEN UND ALTEN VERPFLICHTUNGEN

Charlie

Ich hasse Flitterwochen und ich mag es auch nicht zu heiraten. Aber wenigstens geht es diesmal nicht in eine Villa irgendwo im Dschungel, sondern an den Strand – in der Karibik. Bahamas, dort besitzt Trevors Familie selbstverständlich gleich eine ganze Insel, und ich fühle mich wie Bella in Twilight, als wir am Zielort ankommen.

Nur war sie schwanger und ich bin das nicht.

Nur war sie glücklich und ich bin das nicht.

Denn ich habe von Cam seit Wochen nichts mehr gehört.

Er war nicht bei der Hochzeit. Das war das letzte Zeichen, welches ich gebraucht habe. Wir sind Geschichte. Ein für alle Mal.

Jedenfalls seiner Meinung nach.

»Und?«, fragt Trevor, sobald wir die offene Villa am Strand betreten haben, und nimmt seine Sonnenbrille ab. Ich drehe mich zu ihm um, denn er ist schon, seit wir aufgebrochen sind, irgendwie nicht er selbst. Düsternis liegt über ihm, die ich bisher nicht kannte und die mich auch etwas verunsichert. Ich weiß nicht, was ich zu ihm sagen und wie ich es für ihn besser machen soll, aber ich würde gern. Denn in den letzten Wochen war Trevor mein Anker. Er hat mich im Arm gehalten, wenn ich nicht mehr konnte. Er hat mir alle anderen vom Leib gehalten, wenn es mir zu viel wurde, und er war immer für mich da. Außerdem haben wir uns ein Versprechen gegeben, welches ich auch einhalten will.

»Was ist los mit dir?«, frage ich, sobald die Bediensteten unsere Koffer gebracht haben, aber Trevor schlendert zur Bar und schenkt sich einen Cognac ein.

»Es ist alles gut, Charlotte«, antwortet er und reicht mir einen Drink, bevor er hinaus geht. Okay, ich habe verstanden: Weiterbohren verboten. Diese Abfuhr war wieder mal eindeutig. Mit ihm ist es aber auch ein ewiges Auf und Ab. Mit Cam war es wenigstens eine konstante Fahrt bergab, mit hundertachtzig Stundenkilometern. Ich atme tief durch und nippe an meinem Glas, während ich mich umsehe. Diese Hütte ist wunderschön. Rosenblüten in Herzform wurden auf dem Bett verteilt. Von der riesigen ovalen Wanne aus kann man das Meer überblicken, auf das die Sonne herabstrahlt. Alles wirkt offen und hell.

Es ist warm, und doch lässt eine laue salzige Brise die weißen Vorhänge wehen. Die gesamte vordere Front ist offen. Man fühlt sich wie im Paradies, aber ich kann es nicht genießen, kann gar nicht wirklich ankommen. Ich will wissen, wieso Cam nicht bei der Hochzeit war.

Ich muss es wissen.

Scheinbar hängt mein Leben davon ab.

Doch Trevor hat mir noch nie angeboten, Cam zu kontaktieren, und ich frage auch nicht danach. Es wäre taktlos, schließlich sind wir inzwischen verheiratet. Trevors Ring steckt an meinem Finger und ich werde irgendwann seine Königin sein, mit all den Pflichten, die damit einhergehen.

Für Herzensangelegenheiten ist da kein Platz.

Besonders in den letzten Tagen habe ich mich wiederholt gefragt, ob Trevor eigentlich König werden will, oder ob er manchmal mit dem Schicksal hadert. Denn er geht so souverän mit seinen Pflichten um, dass man ihm nicht anmerkt, was in ihm vorgeht. Im nächsten Moment wirkt er völlig erschöpft und verzweifelt, wie in der Nacht, als wir uns auf seinem Balkon fast geküsst hätten. Nein, ich habe das nicht vergessen oder falsch interpretiert, aus Angst, mich auch den unangenehmen Wahrheiten zu stellen. Ja, ich schmecke ihn seit der Hochzeit auf meinen Lippen und es bringt. Mich. Durcheinander.

Gerade lehnt er am Geländer, der Wind lässt sein braunrotes Haar und sein weißes Hemd wehen, während er aus seinem Glas trinkt. Dabei wirkt er gedankenverloren, auch irgendwie niedergeschlagen und er tut mir leid. Ich sollte vielleicht aufhören, mich in Selbstmitleid zu suhlen und endlich das tun, was ich bei Cam verpasst habe: Eine gute Ehefrau sein.

Also folge ich Trevor und lehne mich in die offenstehende Balkontür. »Ist es meinetwegen?«, frage ich leise.

»Was denn?«, erkundigt er sich müde, seine Worte werden fast von den leise rauschenden Wellen verschluckt.

»Dass du so schlecht drauf bist. Ist es, weil du mich heiraten musstest?«, hole ich weiter aus.

Trevors Mundwinkel heben sich zu einem humorlosen Lächeln.

»Denkst du wirklich, es ist so schlimm, mit dir verheiratet zu sein?«

»Na ja …« Wenn ich daran zurückdenke, wie ich bei Cam war. JA! Eindeutig ja! Sehr schlimm sogar.

»Hat er dir das eingeredet?«, fragt er und dreht sich zu

mir um, präsentiert mir seinen gebräunten Oberkörper. Zum ersten Mal, seit ich ihn kenne, fällt mir auf, wie perfekt dieser Körper ist. Wie muskulös und doch nicht gedrungen, wie glatt und doch kantig. Wie männlich und anziehend. Ich wende meinen Blick schnell in seine Augen.

»Cam?«

»Ja.«

»Na ja, ich war eine wirklich miese Frau«, murmle ich.

»Weil du ihn mit ihm betrogen hast?«, erkundigt er sich amüsiert, aber er ist immer noch nicht so locker wie normalerweise. Immer noch liegt diese gewisse Schwere über ihm.

»Das auch, außerdem war ich zickig und unausstehlich, ich habe ihm das Leben zur Hölle gemacht.«

Und es tut mir so leid, Cam. Aber wieso lässt du mich jetzt so hängen? Wieso meldest du dich nicht? Wieso warst du nicht bei der Hochzeit? Bist du wütend auf mich, weil du denkst, ich hätte nicht gut auf unser Baby aufgepasst? Hasst du mich jetzt? Bitte hasse mich nicht.

»Hör endlich auf, über ihn nachzudenken.« Sanft streicht Trevor mir das viel zu lange Haar über eine Schulter.

»Ich kann nicht«, antworte ich gequält.

»Wieso?«

»Weil ich mich fühle, als hätte ich versagt … als wäre ich schuld.«

»Woran?«

»An dem Tod des Babys. An allem.« Ich sehe wieder in seine so geduldigen Augen, während der Schmerz sich wieder mal durch mein Inneres frisst.

»Du bist nicht schuld. Wenn jemand die Verantwortung dafür trägt, dann vielleicht Tessa …« Er seufzt schwer und sieht wieder über das Meer. »Sie hat dich aufgeregt«, murmelt er und ich lege meine Hand über seine auf dem Geländer.

Ja, Tessa hat mich aufgeregt.

Ja, ich bin verdammt wütend auf sie und werde nie wieder ein Wort mit ihr wechseln, aber ...

»Wenn du dich weiterhin mit ihr treffen willst…«, beginne ich.

»Nein«, schneidet er mir sofort das Wort ab. »Ich werde dich nicht betrügen, das habe ich doch gesagt.«

»Wegen möglicher Skandale?« Man könnte es vertuschen, kein Problem. Ich weiß ja, wie das geht.

»Nicht wegen irgendwelcher Skandale, Charlotte. Ich betrüge dich nicht, weil ich dich nicht demütigen will. Außerdem sollst du dich nicht schlecht fühlen. Eine Ehe, wie sie die anderen führen, will ich nicht. Ich will es anders machen, besser.« Erst bei den letzten Worten sieht er mich an, sieht mir direkt in die Augen.

Ich ziehe die Brauen zusammen. »Was heißt das?«

»Ich will einfach nicht zu einem seelenlosen Zombie verkommen.«

Es ist fast liebenswert, wie er vor mir steht und sich darüber Gedanken macht. Instinktiv lege ich meine Hand an seine Wange. Leichte Stoppel haben sich darauf gebildet, denn er hat sich seit der Hochzeitsfeier nicht mehr rasiert.

»Okay«, flüstere ich und streiche mit dem Daumen über seine Haut. »Ich erinnere dich daran, wie es ist, eine Seele zu haben, versprochen.« Ein Lächeln zieht seine Mundwinkel nach oben und etwas von der Trostlosigkeit verschwindet aus seinen Augen. Nicht Cams Augen, er hat nichts von ihm, stattdessen ist er ein Mann, der versucht, in einer schlechten Welt gut zu sein. Ein Mann, der nicht aufgeben will, obwohl ihn so viele in die Knie zwingen wollen. Ein Mann, der meinen Respekt verdient hat.

Trevor legt seine Hand über meine. »Okay.«

Als er sich etwas vorbeugt und sein Duft in meine Nase steigt, dreht sich mein Magen um, aber auf eine andere, lange nicht gefühlte Art. Eine aufregende, eine Art, die nicht hierher passt. Er stützt sich neben mir mit einer Hand ab, seine Lippen gleiten über meine Schläfe und ich kann nicht zurückweichen. Denn ich mag es. Ich mag ihn.

»Gerade bin ich wirklich froh, dich zu haben », murmelt er an meiner Haut und ich schließe die Lider, streiche seinen Hals herab und lasse meine Hand über seinem Herzen ruhen.

»Ich bin auch froh, dass ich dich habe«, antworte ich mit belegter Stimme. Und das bin ich wirklich.

»Vorsicht …«, flüstert er und gleitet mit den Lippen hauchzart über meine Haut. Ich weiß genau, was er meint.

Vorsicht, du könntest dich verbrennen. Vorsicht, mach nicht weiter, sonst vergessen wir uns. Vorsicht, sonst verraten wir ihn.

Ist seine Stimme gerade samtig geworden? Wieso fühle ich seinen Atem jetzt so überdeutlich auf meiner Haut? Wieso schlägt mein Herz immer schneller?

»Ich weiß. Das sollten wir nicht tun«, flüstere ich, denn ich liebe Cam, ich bin ihm verpflichtet, und ich bin keine Betrügerin. Jedenfalls nicht mehr. Nicht mal mit meinem eigenen Mann.

»Dann hör auf«, meint Trevor und verkrampft seine Hand auf dem Geländer.

Er macht noch einen Schritt auf mich zu, sodass sich sein von der Sonne aufgeheizter muskulöser Körper direkt an meinen presst, und mir stockt der Atem. Denn es zuckt doch tatsächlich ein Blitz durch mich hindurch und der hat rein gar nichts mit Abwehr zu tun. Mein Körper reagiert mit Verlangen auf Trevors Nähe, und das verwirrt mich, denn das habe ich nicht geplant. Noch schlimmer: Ich kann nicht. Es ist alles noch zu frisch, ich denke die ganze Zeit an Cam und ich fühle mich sofort mies. Also lege ich meine Hand an Trevors Brust und schiebe ihn sanft von mir. Er lässt es zu, aber sein Blick verdunkelt sich, vermutlich ist er gewohnt, zu bekommen, was er will.

»Nicht«, hauche ich kaum hörbar.

Ein paar Sekunden braucht er, um das zu verarbeiten, vor allem aber, um sich wieder zu fangen, dann macht er mit verbissener Miene einen Schritt von mir weg. Unter seiner Wange spielt hektisch ein Muskel. Ich flehe ihn mit meinen Augen an, nichts weiter zu sagen und nichts weiter zu tun, dies – was immer es ist -- nicht weiter zu treiben, denn ich bin gerade schwach. Viel zu schwach, um das Richtige zu tun. Zum Glück ist Trevor kein Bastard. Zum Glück versteht er, denn er wendet sich einfach ab und verschwindet im Inneren. Mit einem Ausatmen lehne ich mich ans Geländer und schließe die Lider. Die Haustür klappt zu, und ich bleibe zurück, in diesem wunderschönen Paradies, mit dem rauschenden Meer im Hintergrund und dem rauschenden Blut in meinem Kopf.

Für ein paar Sekunden würde ich ihm gern hinterhergehen und ihn küssen, denn gerade habe ich das erste Mal nach so Langem tatsächlich das Baby vergessen, Cam vergessen, alles andere vergessen.

Nur waren sie viel zu schnell zurück und haben mich daran erinnert, dass ich nicht kann.

Ich kann nicht, weil ich nicht darf.

38. KEIN ZURÜCK

Charlie

So viel weiß ich über Trevor Stuart mittlerweile: Er ist ein Mann, der genau weiß, was er will und seine Ziele sehr geradlinig verfolgt. Dabei scheint er aber nicht über Leichen zu gehen, ihm ist der Unterschied zwischen richtig und falsch klar und er wird ein grandioser König werden.

Aber wer bin ich eigentlich in dieser Show? Trevor sagt, ich kenne mich nicht gut. Und vielleicht hat er recht, vielleicht kann man gar nicht wissen, wer man wirklich ist, wenn man so sehr unter der Fuchtel steht, wie ich. Nur durch Cam bin ich ausgebrochen und von ihm habe ich auch am Abend nichts gehört. Kein Anruf. Keine Nachricht. Nichts. Seine Abwesenheit bei meiner Hochzeit liegt mir immer schwerer im Magen, mir geht es immer schlechter. Vor allem, da Trevor heute lange unterwegs war und erst vor einer halben Stunde zurückkam, um völlig verschwitzt unter die Dusche zu steigen.

Ein paar Mal hatte ich heute mein iPhone in der Hand und wollte Cam einfach im alten Chat schreiben, aber ich habe mich immer wieder davon abgehalten. Es bringt nichts, vor allem ist es viel zu gefährlich. Vielleicht sollte ich mich tatsächlich endlich damit abfinden, ihn verloren zu haben und einfach weitermachen. Aber wie soll das gelingen, wenn mein Herz auf einem Fleck steht und sich weigert, weiterzumarschieren? Ich wusste nicht mal, dass ich ein Herz besitze, bis er es mir gezeigt hat, nur damit ich jetzt ohne ihn klarkommen muss. Ohne sein Lachen, seine spöttischen und doch so glühenden Blicke, ohne seine Lippen, seine Finger und seine Stimme. Er fehlt mir wie am ersten Tag. Er fehlt mir seit dem Moment, als ich das Hotelzimmer verlassen habe. Und es macht mich immer noch wahnsinnig, dass Melody ihn hat. Die postet weiterhin fröhlich Bilder von ihm, möglicherweise sollte ich aufhören, ihr Profil zu stalken. Seit wann bin ich so masochistisch veranlagt?

Vielleicht sollte ich auch einfach seine Nummer löschen und so tun, als hätte ich ihn niemals gekannt. Das fühlt sich so unvorstellbar und vernichtend an, dass ich den Gedanken verwerfe, sobald er mir gekommen ist.

Es ist dunkel geworden, der Mond steht hell am Himmel und die Sterne funkeln grell. Immer wieder rauschen die Wellen an das Ufer und der Sand ist weich unter meinen nackten Sohlen, wenn ich am Strand spazieren gehe. Es ist wirklich schön hier, und ich drifte immer mehr ab, während ich auf dem großen Himmelbett liege. So sehr, dass ich zusammenzucke, als Trevor an mich herantritt.

»Trink.« Oberkörperfrei und frisch geduscht steht er in einer verboten tiefsitzenden Schlafhose neben dem Bett und hat uns beiden etwas gemixt.

»Wieso willst du mich eigentlich immer abfüllen?«, erkundige ich mich träge, während er sich neben mich auf das Bett sinken lässt und die Beine von sich streckt.

»Weil ich dich locker mag.« Er stößt mit seinem Glas sanft gegen meines, bevor wir beide einen Schluck trinken. Der Alkohol brennt sich meine Kehle herab und landet dumpf in meinem Magen. Das ist gut so und nur allzu willkommen. Ich will gerade betäubt werden und nicht mehr denken. Ich will einfach so tun, als würde es diesen ganzen Wahnsinn nicht mehr geben. Wir schweigen ein paar Minuten einträchtig und hängen unseren Gedanken nach. Dann drehe ich mich auf die Seite und bette die Hände unter meiner Wange. Im sanften Schein der Nachttischlampe betrachte ich Trevors geradliniges Profil, seine klar definierte Brust und den angedeuteten Sixpack, der sich unter seiner von einem leichten Schweißfilm bedeckten Haut abzeichnet. Er ist ein schöner Mann, ein mächtiger Mann, ein Mann, den sicher sehr viele wollen.

»Wie viel Frauen haben dich bei der Hochzeit angemacht?«, erkundige ich mich beiläufig.

Er mustert mich aus dem Augenwinkel. »Einige«, gibt er sich königlich und ich reiße die Lider auf.

»Echt?«

Er grinst in sich hinein. »Japp.«

»Oha!« Ich richte mich leicht auf, um ihn schockiert und gleichzeitig neugierig zu betrachten.

»Wer?«

»Lady Sylvia … und Lady Victoria hat mir ihre Hotelzimmernummer zugewispert, als sie uns beglückwünscht hat … vor dem Klo lauerte mir Lady Sarah auf.«

»Echt?« Von ihr hätte ich das niemals erwartet! Sie wirkt immer so prüde und verschlossen.

»Echt.« Trevor trinkt schmunzelnd noch einen Schluck.

»Unglaublich«, murmle ich in mich hinein und lasse mich wieder in die Kissen sinken. »Sie sind wie Hyänen.« Trevor lacht leise, verstummt dann aber mit einem Seufzen und lehnt den Hinterkopf an.

»Willst du darüber reden?«, erkundige ich mich. Denn es ist offensichtlich, dass ihn immer noch einiges bedrückt.

»Was würde es ändern?«, fragt er trocken.

»Du würdest dich vielleicht besser fühlen?«

»Ich kann mich nicht besser fühlen, Charlotte.« Er funkelt mich mahnend an, während er noch einen Schluck trinkt, und ich runzle meine Stirn.

»Wieso nicht?«

»Das fragst du mich, ernsthaft?«

»Ja!«

Mit gespielter Fassungslosigkeit schüttelt er den Kopf. »Lass es einfach.«

»Okay.«

Trevor murmelt irgendwas auf Gälisch in sich hinein. Das tut er immer, wenn er aufgebracht ist. So viel habe ich die letzten Wochen herausgefunden.

»Kannst du dir vorstellen, wie riesig das alles ist …«, fragt er schließlich. Während ich noch rätsele, ob er das Meer meint, fährt er bereits fort: »Wie viel Verantwortung, wie viel Möglichkeiten, wie viel Macht.« Aha, also nicht das Meer, welches wir vom Bett aus perfekt überschauen können.

»Dein Imperium?«

»Unser Imperium«, wiederholt er bitter und trinkt wieder einen großen Schluck. Wenn er die Geschwindigkeit beibehält, hat er sich demnächst ins Koma befördert. Ich beschließe, ab sofort besser auf seinen Alkoholkonsum zu achten und ihn gegebenenfalls davon abzuhalten. Bei Cam habe ich zu oft die Augen verschlossen, nicht richtig hingesehen, mich nicht um ihn gesorgt, aber ich werde nie wieder so egoistisch sein.

»Ich kann nicht glauben, dass ich wirklich irgendwann Königin werden soll.«

»Tja, gewöhn dich an den Gedanken, Baby.«

»Ich kann nicht.«

»Ich werde dir dabei helfen.«

»Ich weiß …«

»Wir sollten schlafen«, beschließt er einfach. Und ehe ich mich versehe, hat er das Licht ausgeschaltet. Ich bekomme irgendwann noch ein Schleudertrauma von diesem Mann, auch, wenn er recht hat. Vielleicht sollten wir wirklich schlafen. Es war ein verdammt langer Tag, ein verdammt langes Leben. Und so etwas wie vorhin auf der Terrasse darf nicht nochmal passieren. Diese Anziehung muss mit aller Kraft vernichtet werden. Deshalb protestiere ich nicht und schlüpfe unter das dünne Laken. Das Meeresrauschen dringt sofort gefühlt lauter an meine Ohren. Leider werde ich mir Trevors Körper nur allzu bewusst. Fast fühle ich seine Wärme, fühle beinahe seine Stärke, fühle, was ich eigentlich nicht fühlen wollen sollte.

Als die Fantasie davon in meinen Kopf schießt, wie ich mich umdrehe und ihn einfach küsse, presse ich die Lider aufeinander. Ich habe gerade geheiratet und auch noch getrunken, ich bin durcheinander, garantiert nicht zurechnungsfähig und es hilft nicht, dass ich seinen Geschmack nicht vergessen kann. Es hat sich gut angefühlt, von ihm vor dem Altar geküsst zu werden. Es hat sich jedes Mal gut angefühlt, wenn seine Hand auf meinem Rücken lag, und wenn er auf der Hochzeitsfeier selbstvergessen seine Finger mit meinen verschränkte.

Unser Versprechen fühlt sich gut an.

Mit ihm in einem Team zu spielen, fühlt sich gut an.

Das alles verwirrt mich und verwirrenden Dingen sollte ich nicht nachgeben.

Nicht jetzt. Nicht so.

»Gute Nacht«, flüstert er in die nur vom blassen Mondschein erhellte Dunkelheit.

»Gute Nacht«, antworte ich etwas angespannt. Seit Cam ist das die erste Nacht, die ich mit einem Mann in einem Bett verbringe. Mit meinem Mann. Ich betrachte gedankenverloren den feinen weißgoldenen Schmuck mit dem blitzenden Diamanten an meinem Finger. Darin ist Trevors Name und unser Hochzeitsdatum eingraviert. Ich kann nicht glauben, dass es wirklich soweit gekommen ist. Und was macht Cam überhaupt? Liegt er nun auch im Bett und denkt an mich? Hat er das Spektakel über den Fernseher beobachtet? War es ihm vielleicht schon egal? War alles, was er bei unserem letzten Treffen zu mir gesagt hat gelogen? Hat er sich da vielleicht nur eine letzte Nummer abgeholt? Verdammt, ich kann ihn nicht mehr einschätzen und das hasse ich am meisten. Als sich meine Kehle zuschnürt, beiße ich fest die Zähne aufeinander. Ich werde jetzt sicher nicht heulen.

»Wieso war er nicht da?«, höre ich mich in die Dunkelheit fragen und könnte mich schlagen, aber ich kann es nicht mehr aufhalten. Trevor dreht sich zu mir um und ich fühle, wie er mir etwas näherkommt.

»Weil es besser so war, Charlotte«, flüstert er und wirkt gar nicht verschlafen.

»Ich hätte ihn gebraucht!«, entkommt es mir erstickt und ich weiß, dass das nicht fair ist. Ich sollte mich sicher nicht bei Trevor ausheulen, aber ich kann nicht anders.

»Ich auch«, antwortet er und ich wende mich ihm ebenfalls zu. Seine Augen wirken fast schwarz, aber ich sehe dennoch die Verzweiflung, den Frust, die Wut, ich sehe dennoch das Chaos, welches in ihm genauso wütet wie in mir. Er ist in diesem Spiel wie ich gefangen. Eine Figur wie ich.

Ein paar Sekunden starre ich ihn nur an, er scheint immer klarer zu werden. Immer schärfer stechen die Konturen seines Gesichtes hervor, seine langen schwarzen Wimpern, seine weichen, vollen Lippen. Sein schöner Charakter und das Gebrochene, welches sie in ihm genauso hinterlassen haben, wie in mir.

»Charlie«, warnt er mich heiser. Erst da merke ich, dass ich mich über ihn beuge, erst da merke ich, dass ich meine Hand an seine Brust gebettet habe und erst da fühle ich, dass mein Herz genauso schnell schlägt wie seins. »Tu das nicht«, sagt er noch, aber da habe ich meinen Mund schon auf seinen gepresst.

Denn ich mag nicht mehr verzichten. Ich mag mir nicht mehr den Kopf zerbrechen. Ich mag keine Angst mehr haben. Für ein paar Momente will ich nicht Charlotte sein, die Prinzessin, die von ihrem Vater benutzt und von dem Mann verlassen wurde, den sie liebt. Charlotte, die zu schwach war, auf ihr eigenes Baby aufzupassen. Für ein paar Momente will ich ich sein. Ich will mich fühlen, und er muss mir dabei helfen, er hat es versprochen.

Drängend bewege ich meine Lippen auf seinen und wir beide stöhnen auf, als er fest mein Haar packt und seine Zunge in meinen Mund schiebt. Als all die angestaute Verzweiflung in einem riesigen Knall aus uns heraus explodiert. Mit einem Mal erwacht mein Körper zum Leben, mit einem Mal will ich mehr. Mehr. Mehr. Mit einem Mal will ich all das, was ich schon so lange nicht mehr hatte. Mein Verlangen intensiviert sich, als Trevor mich auf den Rücken drückt und sich zwischen meine Beine drängt. Mir entkommt ein heiseres Stöhnen, als ich ihn so hart an meiner Mitte fühle und er mich tiefer küsst. Tausend kleine Blitze schlagen in mir ein, setzen mich in Brand. Alles wird schwammig, verschwommen und das Denken fällt mir immer schwerer. Endlich löst sich dieser Druck in meinem Kopf auf. Endlich kann ich wieder atmen.

Ehe ich mich versehe, streiche ich über seinen Rücken, bohre meine Fingernägel hinein.

Er stöhnt animalisch als er sich härter gegen mich drängt.

Alles an ihm ist so einnehmend, so dominant und ich will mich ihm ergeben. Ich will ihm gehören. Nur heute Nacht. Nur einmal. Gänsehaut überzieht meinen Körper als er mein Bein packt und es sich einfach um die Hüfte schlingt. Jetzt fühle ich ihn noch deutlicher und mein Becken bewegt sich seinem automatisch entgegen. In mir rauscht es so wild wie das Meer es zu unserer Linken tut. In mir weht ein neuer

Wind, der alles durcheinanderwirbelt. Trevor entfesselt etwas in mir, von dessen Existenz ich nicht wusste.

Es ist gefährlich.

Er ist gefährlich.

Das wird mir in diesem Moment klar, als ich meinen Kopf mit einem Ruck zurückziehe. Ich darf das nicht. Ich darf mich nicht auf ihn einlassen. Er wird mir wehtun. Ich sehe es in seinen dunklen Augen, als ich atemlos zu ihm hochblicke. Doch ich sehe auch die Entschlossenheit darin, das unbändige Verlangen und etwas, was mich tief in meinem Inneren berührt.

»Wir sollten das nicht …« Doch ich kann nicht zu Ende sprechen, da hat er seinen Mund schon wieder auf meinen gedrückt, noch fester, noch entschlossener, völlig entfesselt. So wie ich es will und brauche. Also greife ich fest in sein Haar und halte ihn nicht auf, als er mein Höschen zur Seite drängt, und mit einem Mal zwei Finger in mir sind. Tief in mir. So tief, dass es mich fast zerfetzt. Sein Stöhnen vibriert nur so durch meine Knochen.

Schauer jagen über meinen Körper und mein Geist löst sich immer weiter auf. Ich bestehe nur noch aus purer Lust, die sich intensiviert, als Trevor seine Hose runterzieht. Dann fühle ich ihn an mir und ich öffne die Lider, genau im selben Moment, als er direkt an meinem Eingang stockt.

Schwer lehnt er seine Stirn an meine.

»Wenn ich das jetzt tue, gibt es kein Zurück. Dann gehörst du mir«, teilt er mir rau mit, und er hat recht. Wenn er das jetzt tut, wird sich alles ändern. Aber ich kann es nicht mehr aufhalten und ich will ihn gerade auch nicht aufhalten.

Ich. Will. Ihn.

Deshalb stoppe ich ihn nicht, obwohl er mir noch einmal die Möglichkeit dazu gibt, sondern küsse ihn wieder. Seine Faust ballt sich fester in meinem Haar, und in der nächsten Sekunde schiebt er sich mit einem harten Stoß tief in mich. Auch meine Finger bohren sich in seine Wange und mein Rücken biegt sich durch. Unser Stöhnen vermischt sich, unsere Körper vereinen sich und irgendwas Schmerzhaftes passiert in meiner Seele und in meinem Herzen. Jetzt ist ein anderer Mann in mir, und es fühlt sich gut an. Viel zu gut.

Meine Lider schließen sich, aber Trevor ruckt an meinem Haar.

»Sieh mich an!«, fordert er wie getrieben und ich öffne die Augen. Als mein Blick in seinem versinkt, bleibt kein Platz mehr für etwas anders. Tief und konstant bewegt er sich in mir. Ich fühle ihn mit jeder einzelnen Faser und weiß, ich bin verloren.

Neu verloren.

Im Arsch. Richtig im Arsch.

»Jetzt gehörst du mir, Baby«, flüstert er und drückt seinen Mund wieder auf meinen. Sanfter, tiefer, intensiver. Er bewegt sich langsamer in mir und packt meine Taille. Ich fühle jeden einzelnen Zentimeter von ihm, fühle seine Verzweiflung, fühle seinen Hass, fühle sein reines Herz und seinen Kämpfergeist. Ich fühle ihn einfach mit allem, was ich bin. Fest kralle ich mich in seinen Rücken und komme ihm entgegen. Gebe ihm alles, was noch von mir übrig ist und das ist nicht viel.

Ich kann nicht anders, als zu explodieren, sobald er seine Hüften verlagert, ich kann nicht anders, als loszulassen. Endlich alles von mir zu schieben, endlich frei zu sein, endlich ich zu sein. Wer auch immer ich bin. Als Trevor ebenfalls tief in mir explodiert, als sich seine Finger fester in meinen Körper bohren und sein Stöhnen über meine Haut vibriert, weiß ich, dass ich Cam wirklich loslassen muss.

Denn jetzt habe ich auch die letzte Grenze überschritten.

Und es gibt kein Zurück.

39. ZERRISSENE HERZEN

Charlie

Ich hatte Sex mit einem anderen Mann – mit meinem Mann.

Dabei fühle ich mich immer noch an Cam gebunden und komme mir vor, wie eine miese Verräterin, sobald der Orgasmus über mich hinweggerauscht ist.

Trevor hat sein Gesicht an meinem Hals vergraben. Unser Atem geht stoßweise und das Herz hämmert sich fast aus meiner Brust.

Was habe ich getan?

Wieso habe ich ihn in mich gelassen?

Und wieso hat es sich so unglaublich gut angefühlt?

Gerade, als ich sagen will, dass das ein Fehler war, murmelt Trevor an meinem Hals: »Mach es jetzt nicht kaputt, Charlotte.«

Ich blinzle angestrengt gegen die Tränen an, die sich ihren Weg aus meinen Augen bahnen wollen. »Es ist schon kaputt.«

Geschlagen schließe ich die Lider. Gott, ich habe es einfach getan. Wieder habe ich mich einfach hineingestürzt, oder Trevor besser gesagt in mich.

Er war in mir und jetzt gibt es kein Zurück. Jetzt kann ich es nicht mehr ungeschehen machen.

Er atmet tief durch und hebt seinen Kopf, um mich anzusehen. Ich will seinen Blick fast nicht erwidern, weil ich Angst davor habe, was er in mir anstellen wird. Dennoch öffne ich meine Augen, denn ich war lang genug ein Feigling.

Er wirkt genauso aufgewühlt, wie ich mich fühle. Genauso überfahren und genauso überwältigt. Das macht es nicht besser, denn nun fühle ich mich auch noch wegen ihm schlecht.

»Verdammt!«, flucht er mit einem Mal und zieht sich aus mir zurück. Ich bleibe allein auf dem Bett zurück, als er aufsteht und seine Hose hochzerrt. »Verfickte Scheiße«, knurrt er und stößt die Balkontür so hart auf, dass sie fast aus den Angeln bricht. Dann verschwindet er einfach hinaus und ich bleibe atemlos auf dem Rücken liegen.

Verdammte Scheiße.

Genau das trifft es.

Immer noch leicht zitternd ziehe ich mein Höschen zurück an seinen Platz und mein Schlafkleid über meine verschwitzten Schenkel. Mein Herz rast wie ein Presslufthammer und die Leichtigkeit des Orgasmus schwirrt nach wie vor durch meinen Körper, vermischt sich jedoch mehr und mehr mit dem bitteren Geschmack des Selbsthasses.

Ich habe mit Cams bestem Freund geschlafen.

Ich bin einfach über ihn hergefallen.

Ich habe ihn einfach in mich gelassen.

Und. Es. War. So. Gut.

»Verdammt«, flüstere ich und schließe meine Lider. Ich würde mir gern wünschen, ich hätte es nicht getan, aber das kann ich irgendwie auch nicht. Irgendwie … war das gerade absolut … überwältigend. Nach all dem Falschen, was in den letzten Monaten so vor sich ging, hat sich das allererste Mal wieder etwas richtig angefühlt.

Obwohl es. Doch. Falsch. War. Moralisch verwerflich. Scheiße. Einfach Scheiße. Ich bin einfach scheiße.

»Scheiße.« Ich setze mich auf und trinke einen Schluck von dem Wasser auf dem Nachttisch, währenddessen glimmt Trevors Glut auf der Terrasse. Nur schemenhaft kann ich seine Umrisse ausmachen.

Was soll ich jetzt tun?

Soll ich ihm nachgehen?

Soll ich einfach liegenbleiben?

Soll ich ihm klarmachen, dass so etwas nicht noch einmal passieren wird?

Fast lache ich hysterisch auf, aber ich komme nicht dazu, mich weiter reinzusteigern, weil Trevor zurückkehrt und die Stehlampe anknipst. Blinzelnd versuche ich, meine gereizten Augen vor dem Licht abzuschirmen. Er schreitet natürlich zur Bar und gießt sich ein sehr großes Glas mit Irgendwas ein. Besorgt beobachte ich, wie er es ext und sich gleich nochmal nachschenkt.

»Äh …« Er hebt einen Finger und stoppt mich, bevor ich weitersprechen kann. Okay, dann nicht. Ich umschlinge meine Knie mit beiden Armen und beobachte nicht minder besorgt, wie er noch ein Glas ext. Entschlossen knallt er es auf die Bar, bevor er wieder zum Bett zurückkommt und sich neben mich in die Laken sinken lässt.

»Darf ich jetzt wieder reden?«, frage ich, als er einen Arm über seine Augen geworfen hat.

Er gibt einen zustimmenden, sehr schottischen Laut von sich.

»Ich weiß aber nicht, was ich sagen soll.«

»Natürlich nicht«, erwidert er spöttisch.

»Kannst du mich ansehen?«, frage ich, doch er rührt sich nicht. »Ich habe gerade die Frau meines besten Freundes gefickt. Ich will dich eigentlich nicht ansehen. Am liebsten würde ich dich aus dem Bett werfen.«

»Das kannst du nicht.«

»Ach nein?« Mit erhobener Braue mustert er mich, und mir wird ganz schwer ums Herz, als ich an Cam denke. Sofort fühle ich mich wieder mies. Richtig mies, aber irgendwie macht es das leichter, dass Trevor sich offenbar auch so fühlt. Es stärkt unsere Verbundenheit, obwohl sie verboten ist.

Ich seufze schwer. »Ja, wir sind schließlich verheiratet, oder?«

»Das sind wir«, knurrt er und ich würde gern meine Hand über seine legen, aber ich weiß nicht, ob eine Berührung jetzt gut wäre. Ob sie jetzt erlaubt ist. Verdammte Scheiße, ich weiß gar nichts mehr, denn auf diese Situation hat mich weder mein Vater noch eine Anstandsdame vorbereitet.

»Wir waren beide durcheinander und verzweifelt. Schlafen wir jetzt einfach.«

Schnaubend schaltet er das Licht aus und ich atme langsam aus. Gut, wir schlafen und morgen werden wir einfach so tun, als wäre nichts geschehen. Das hört sich doch nach einem guten Plan an. Ich lege mich auch wieder hin und versuche klarzukommen. Versuche irgendwie zu verarbeiten, was gerade geschehen ist, was mir leider nicht wirklich gelingt. Stattdessen liege ich fast bis zum Morgengrauen wach und weiß, dass es Trevor genauso geht. Aber wir sprechen und berühren uns nicht. Denn wir sind im Arsch und das wissen wir beide.

Als ich am nächsten Morgen oder besser gesagt Vormittag die Augen aufschlage, bin ich völlig orientierungslos.

Wo bin ich?

Wer bin ich?

Und wer liegt neben mir im Bett?

Verschlafen taste ich über die Matratze und gelange an einer Brust an. Warme Haut, Muskeln – sehr viele Muskeln. Mhmmm, unglaublich gute Muskeln. Ich lasse meine Hand südlicher wandern und lächele leicht in mich hinein, als ich den Sixpack unter meinen Fingern fühle. Wenn ich schon mal dabei bin, kann ich ja gleich ein bisschen tiefer wandern.

Wow …

»Charlotte?«, dringt Trevors Stimme zu mir durch, während ich wohlig seufze und über seine wirklich enorme Härte streiche. »Was machst du da?«

»Ich fasse dich an«, antworte ich träge. Also bitte, diesen Mann nicht anzufassen, wenn er halbnackt neben einem liegt, wäre pure Dummheit.

»Aha. »

Aha?

AHA!

Oh verdammt! Ich sollte ihn nicht befummeln wie ein kleines Mädchen, das zum ersten Mal neben seinem Crush liegt. Ich sollte ihn eigentlich gar nicht mehr anfassen.

Was mache ich denn da?

Schockiert ziehe ich meine Hand zurück und richte mich auf die Ellbogen. Trevor – mein neuer Ehemann – liegt mit einem hinter dem Kopf verschränkten Arm neben mir und scrollt durch sein Handy. Offensichtlich ist er noch nicht lange wach, denn sein braunes Haar ist zerzaust und seine Augen wirken müde. Er hat meine Tatscherei einfach über sich ergehen lassen, und als mein Blick hinab wandert, bemerke ich, dass sie ihm anscheinend immer noch gefällt. Ich schaue erneut in seine Augen und er verdreht sie, bevor er sich wieder auf sein Handy konzentriert.

»Mach jetzt keinen Aufstand«, fordert er gelassen und ich runzle die Stirn.

Äh.

Keinen Aufstand?

Hatte er nicht gestern auch fast eine Panikattacke, weil wir berauschenden Sex hatten, den ich immer noch zwischen meinen Beinen fühle? Wieso ist er denn jetzt wieder so gelassen, als wäre es völlig normal, was wir getan haben? Das verwirrt mich und er soll mich doch nicht verwirren!

Obwohl ich ihn immer noch anstarre, scrollt er gelassen weiter durch sein Handy. Gelegentlich tippt er auf etwas, als wäre es ein völlig normaler Morgen. Eine Strähne fällt ihm in die Stirn und mir geht auf, dass Trevor nach dem Aufstehen wirklich verdammt gut aussieht.

Wieso habe ich das noch nie zuvor gemerkt? Waren seine Lippen schon immer so voll und sein kantiger Kiefer schon immer so perfekt geschwungen? Wirkten seine Muskeln schon immer an genau an den richtigen Stellen definiert? Und seit wann hat er überhaupt so viele? Trainiert er? Macht er Sport?

Wer ist dieser Mann?

»Du starrst mich an«, murmelt er, ohne von seinem Handy aufzusehen und ich fühle, wie mir die Röte in die Wangen steigt.

Japp. Ich starre. Er hat recht und das ist nicht gut.

Schon deshalb lasse ich mich wieder auf den Rücken sinken und blicke stattdessen zur Decke des Himmelbettes. Das Wellenrauschen dringt an meine Ohren und ein paar Sonnenstrahlen tanzen über uns. Ich fühle mich fast gut, fast wieder da, fast nicht mehr taub. Etwas breitet sich in mir aus, das ich schon lange nicht mehr empfunden habe. Ich fühle mich … wohl. Angekommen. Nicht annähernd so schlecht wie in den letzten Wochen. Das verunsichert mich, denn ich habe doch den falschen Mann an meiner Seite. Bis zu diesem Morgen habe ich mich nur mit Cam so gefühlt. So sicher und geborgen, als könnte diese widerliche kalte Welt mir nichts anhaben.

Es ist tatsächlich paradiesisch hier – friedlich.

Ich fühle Trevors Blick auf meinem Profil und sehe im Augenwinkel, wie er sein Handy senkt, weswegen sich meine Lippen zu einem leichten Lächeln verziehen.

»Jetzt starrst du mich aber an«, murmle ich, und als ich ihn anschaue funkeln seine blaugrauen Augen auf eine neue Art, die mich durcheinanderbringt. Sie wirken irgendwie so warm, so echt, so anziehend, dass ich nicht wegsehen kann.

»Und wenn schon?« Behutsam streicht er eine Strähne aus meiner Stirn. Die Berührung elektrisiert mich dermaßen, dass der Atem in meiner Kehle stockt. Sofort richte ich mich auf und Trevor zieht seine Hand zurück.

Was war das denn?

»Ich habe Frühstück bestellt, es müsste gleich kommen«, teilt er mir mit und erhebt sich, bevor er auf die Terrasse schlendert und sich eine Zigarette anzündet. Ich bleibe noch ein paar Sekunden liegen, fühle das warme Kribbeln, das seine Berührung auf meiner Haut hinterlassen hat, fühle noch seine Finger auf mir, und als ich aufstehe, fühle ich ihn vor allem noch zwischen meinen Beinen. Das treibt mir wieder die Röte ins Gesicht, aber ich kann trotzdem nicht bereuen, was gestern geschehen ist. Immer noch nicht.

Mein Blick gleitet zum Handy. Was für ein Hohn des Schicksals wäre es, wenn Cam mir genau in diesem Moment, an diesem Morgen geschrieben hätte, aber er hat es nicht. Allmählich glaube ich, dass er sich tatsächlich nie wieder bei mir melden wird.

Sofort verklingt das Wohlgefühl, welches sich in mir ausgebreitet hat.

Ich greife nach meinem Morgenmantel und verschwinde im Bad. Aus dem Spiegel sieht mir eine ziemlich chaotische Charlie entgegen. Mein Haar ist zerwühlt und meine Wangen sind immer noch leicht gerötet. Außerdem liegt in meinen Augen ein neuer Glanz. Skeptisch nehme ich diesen genauer in Augenschein, während ich meine Zähne putze.

Ich fühle mich tatsächlich zum ersten Mal nach so langer Zeit wohl. Obwohl ich Cam verloren habe, obwohl mein Baby tot ist, bin ich nicht mehr ganz so leer, und ich weiß, womit es zusammenhängt. Mit dem Mann im Nebenraum – da mache ich mir nichts vor.

Als ich fertig bin und in den Wohnraum zurückkehre, sitzt Trevor bereits am gedeckten Tisch auf der Terrasse. Er trägt nichts weiter als beigefarbige Bermudas sowie ein weißes, offenes Hemd. Und er sieht wirklich verdammt gut aus. Allein bei seinem Anblick verkrampft sich alles in mir und es kribbelt heiß in meinem Bauch. Aber vielleicht ist es auch mein Hunger, der mich dazu bringt, mich zu beeilen, als ich nach draußen gehe. Ich habe mich höhnischerweise für ein rotes lockeres Kleid entschieden und passe farblich zu ihm, wie auf einem Gemälde.

Selbstverständlich fällt mir auf, dass sich sein Blick etwas verdunkelt, als ich mich an den Tisch setze. Selbstverständlich denke ich daran, wie tief er gestern noch in mir war. Und selbstverständlich will mein Körper mehr, denn der Sex war ausnehmend gut, aber ich halte mit meinem Kopf vehement dagegen. Ich werde nicht nochmal mit ihm schlafen, auch wenn er mein Mann ist und ich jedes Recht dazu hätte. Genau genommen werden sie es sogar bald fordern, aber daran will ich jetzt nicht denken. Ich lasse all diese grausamen Gesichter im grauen England hinter mir und tue so, als würden sie nicht existieren, während ich mir Tee einschenke.

Trevor isst ein Stück Ei und schiebt sich Bacon hinterher. Seine vollen Lippen schimmern leicht und ich stelle mir prompt vor, wie es wohl wäre, mit dem Daumen das Fett zu beseitigen, oder gar mit meiner Zunge. Wahrscheinlich habe ich gerade meinen Eisprung, denn normalerweise bin ich nicht so dämlich, wenn es um Männer geht. Normalerweise schlafe ich aber auch nicht mit Cams bestem Freund, der heute Morgen wirklich extrem heiß aussieht.

Wie gut ich Tessa mit einem Mal verstehen kann. Bei dem Gedanken an sie verkrampft sich alles in mir auf die unschöne Art und ich stoppe mit der Tasse vor meinen Lippen.

»Was?«, erkundigt sich Trevor stirnrunzelnd. Wahrscheinlich fragt er sich, mit welcher Katastrophe ich nun wieder um die Ecke komme.

»Tessa!«, stoße ich atemlos hervor.

Sein Stirnrunzeln vertieft sich. »Ja?«

»Ich habe mit dir geschlafen.«

»Und es war phänomenal«, antwortet er und meine Gedanken verteilen sich in alle Himmelsrichtungen. Heftiger kribbelt es in mir.

»Du fandest es phänomenal?«

Er lehnt sich zurück und trinkt einen Schluck Kaffee, keinen Tee, interessant.

»Du nicht?«

»Na ja …« Er hebt die Braue und ich fühle, wie mir die Röte in die Wangen steigt.

»Ja, es war ganz gut«, murmle ich unbehaglich und häufe mir etwas von der Obstplatte auf den Teller. Ich muss schließlich ausnutzen, dass es hier richtiges Frühstück gibt.

»Gut?«

»Ja. Gut.« Was für eine Untertreibung.

»Okay.« Trevor sieht wieder auf sein Handy herab. Selbstverständlich fällt mir auf, wie sein Kiefermuskel zuckt. »Dann war es eben gut«, schickt er gereizt hinterher und ich muss fast lachen. Jetzt fühlt er sich in seinem männlichen Ego gekränkt, nicht wahr?

»Was ist los?«

»Nichts, Charlotte. Iss.«

»Wirklich?«

»Sicher.« Aggressiv entsperrt er sein Handy und ich seufze bekümmert, bevor ich mein Besteck sinken lasse.

»Trevor?«

»Hm?« Er ist immer noch auf sein Handy fokussiert.

»Trevor, sieh mich an.« Und als er es tut, verkrampft es sich wieder in meinem Magen. Aus irgendwelchen Gründen wird mir mit jedem einzelnen seiner Blicke etwas heißer. Richtig heiß. Es köchelt förmlich, und ich weiß nicht, was ich dagegen tun soll.

»Es war nicht gut … es war …« Ehe ich zu Ende sprechen kann, greift er seitlich in mein Haar und zieht mich zu sich. Er küsst mich tief, küsst mich heiß, küsst mich so intensiv, dass mein Kopf sofort wieder schwirrt und mir doch tatsächlich ein Stöhnen entkommt. Mit einer Hand kralle ich mich an seinen Unterarm, und ehe ich mich versehe, erwidere ich seinen Kuss.

Schlagartig werden mir ein paar Dinge klar.

Tatsache ist, dass ich es will.

Tatsache ist, dass ich ihn will.

Tatsache ist, dass ich mehr von gestern will.

Tatsache ist, dass ich alles andere vergessen will.

Denn ich kann endlich irgendwo ankommen, ich kann mich entspannen, ich kann mich sicher fühlen und ich kann in seinen Armen loslassen.

Ehe ich mich versehe, steht Trevor und zieht mich am Oberarm auf die Beine, dann drückt er mich gegen das Terrassengeländer und drängt seinen Körper an mich. Wieder stöhne ich auf, als sich seine aufgeheizten Muskeln an mich pressen. Es geschieht alles so schnell, dass ich kaum denken kann. In einem Moment kralle ich meine Finger noch in sein Hemd, im nächsten zerre ich es von seinen Schultern, während er seine Hose aufreißt. In einem Moment sind es noch Cams glühende Augen, die mich mahnend anstarren, im nächsten sind es Trevors, die mir scheinbar bis auf die Seele sehen. Und sie einfordern.

»Fuck«, flüstert er, als er mich hochhebt und auf das Geländer setzt.

Er hat recht. So recht.

Ich schlinge ein Bein um ihn und keuche auf als er mein Höschen zur Seite fetzt. Ich will das jetzt. Ich will ihn jetzt. IN mir. Wieder und wieder und … Als er hart in mich stößt, hallt mein Stöhnen über den Strand und ich kralle mich irgendwo an ihm fest. Er vergräbt eine Faust in meinem Haar und packt mit der anderen Hand mein Bein, während er sich sofort wie getrieben in mir bewegt und getrieben sind wir wirklich.

Wir laufen vor unseren Dämonen davon.

Wir exorzieren sie.

Wir zeigen uns, wer wir sind.

Nicht einmal lässt Trevor meinen Blick los und ich kann auch nicht wegsehen. Er ist nicht erst seit jetzt das Einzige, was mich zusammenhält. So viel wird mir in diesem Moment klar. Er ist es, an dem ich mich schon seit Wochen festhielt und der mich nie fallen gelassen hat. Er ist es, der immer für mich da war, der immer auf aufpasste und mich beschützte.

Trevor Stuart ist ein guter Mann. Er ist mein Mann, und mit einem Mal liebe ich diesen Gedanken.

Fest presse ich meine Lippen auf seine und stöhne verzweifelt, denn es tut so weh. Es tut weh, als Trevor sich an einen Ort drängt der eigentlich Cam vorbehalten war. Aber ich kann es nicht zurückhalten. Ich will es nicht zurückhalten und das nicht nur, weil er alles ist, was mir bleibt. Sondern weil er unglaublich ist und weil er mein Herz berührt. Und das, obwohl ich dachte, mein Herz wäre mit dem Baby gestorben. Aber es lebt, ich fühle es genau in diesem Moment, als es so sehr weh tut, denn es ist nicht groß genug für beide Männer. Es fühlt sich an, als würde ich zerreißen.

»Fuck«, flüstert Trevor an meinen Lippen und bewegt sich langsamer, inniger, intensiver. Ich glaube, auch er fühlt, dass sich etwas zwischen uns verändert und wir es nicht aufhalten können. Auch er spürt, dass wir uns bekommen – und Cam verlieren. Er packt mich fester und hebt mich hoch. Ich küsse ihn weiter, kralle mich fester an ihn, als er mich in die Villa trägt und sanft auf das Bett legt.

Und als er seine Stirn an meine lehnt und sich gemächlicher in mir bewegt schließe ich die Lider.

»Fuck Baby. Wir sind im Arsch«, murmelt er heiser und ich stöhne wieder, bevor ich meine Beine fester um seine Hüften schlinge, ihn enger an mich ziehe.

»Ich weiß.«

40. HARTER AUFPRALL

Charlie

Neben Trevor zu schlafen, war in der ersten Nacht komisch, aber wir haben beide unseren Abstand gehalten, also ging es. Allerdings bin ich bereits am zweiten Morgen an ihn geschmiegt aufgewacht. Ich weiß nicht, wie das passieren konnte, aber er hat kein großes Ding daraus gemacht, stattdessen hat er seine Finger wortlos in mich geschoben und mich gefragt, ob ich so feucht bin, weil ich von ihm geträumt habe. Die Wahrheit ist, dass ich das tatsächlich getan habe. Denn in meinen Träumen wechseln sich Cam und Trevor nun immer wieder ab. An diesem habe ich genauso zugelassen, dass Trevor sich in mich schob, wie den Sex auf der Terrasse, denn ich konnte mich nicht wehren.

Nicht mehr.

Am dritten Morgen lag Trevor an meinen Rücken geschmiegt da, als ich aufwachte, und ich habe ihn nicht von mir geschoben. Ich war wie erstarrt, wie gelähmt von dem Gedanken, dass er Cams Freund ist und ich endlich damit aufhören sollte, mit ihm zu schlafen. Aber dann hat Trevor seinen Arm um meinen Bauch geschlungen, sein Gesicht in meinem Nacken vergraben und das fühlte sich so unglaublich gut an, dass ich ihn nicht von mir stoßen konnte.

Nein, ich habe sogar meinen Hintern an ihm gerieben und dann herausgefunden, wie verdammt tief es mit ihm von hinten ist. Ich kam drei Mal … und war danach völlig k.o.

Am vierten Morgen lag ich wieder auf seiner Brust und habe nicht mehr versucht, mich davon abzuhalten, ihn anzufassen. Zur Begrüßung schob ich meine Hand in seine Shorts, küsste mich langsam an seinem Körper herab und dann wurde es sehr, sehr dreckig.

Trevor Stuart ist die meiste Zeit ein Gentleman ohne Fehl und Tadel, aber er kann auch unglaublich versaut sein.

Das habe ich unter anderem die letzten Tage über ihn herausgefunden, denn wir sind jetzt seit einer Woche im Paradies. Eine Woche verbringe ich nun schon in absolutem Frieden und lasse mich einfach gehen. Nach allem, was ich in den letzten Wochen, Monaten, Jahren durchgemacht habe, fühlt es sich unglaublich gut an, und die meiste Zeit denke ich nicht darüber nach.

Natürlich habe ich immer wieder ein schlechtes Gewissen wegen Cam, aber wenn es aufkommt, versuche ich mir in Erinnerung zu rufen, dass es mit ihm vorbei ist und dass er wahrscheinlich auch längst weitergemacht hat. Natürlich will ich ihn immer noch anrufen, ihn fragen, wie es ihm geht und seine Stimme hören. Natürlich wird der Zwiespalt in mir immer größer und natürlich schmerzt mein Herz immer wieder. Natürlich fühle ich mich immer wieder mies. Aber ich versuche mir zu sagen, dass ich ihn nicht betrüge und dass es dumm wäre, sich einen Mann wie Trevor entgehen zu lassen, weil ich an etwas festhänge, das keine Zukunft hat.

Trevor ist meine Zukunft. Er wird sogar einmal mein König und er behandelt mich wie seine Königin. Er ist so verdammt geduldig mit mir, hört sich alles an, was ich zu erzählen habe, beantwortet jede Frage. Er geht auf mich ein und ist unglaublich intelligent und einfühlsam. Er gibt mir, was ich brauche, und er fickt mich so unglaublich gut, dass ich einfach nicht genug von ihm bekomme.

Er ist der perfekte Mann, derjenige, auf den ich mein Leben gewartet zu haben schien. Ich traue mich kaum, es zu denken, aber ich bin regelrecht froh, ihn geheiratet zu haben.

Es hätte mich viel schlimmer treffen können und Cam rückt in diesem Paradies immer weiter in den Hintergrund. Es zu denken, verursacht wieder ein schlechtes Gewissen, aber es ist befreiend. Denn wenn ich Cam nicht haben kann, tut es weh, an ihn zu denken. Es tut weh, ihn festzuhalten. Diesen Schmerz loszulassen und stattdessen das anzunehmen, was Trevor mir gibt, heißt, wieder ein wenig mehr ich zu werden.

Als der siebte Abend hineinbricht bin ich fast glücklich. Ich weiß ehrlich gesagt nicht, ob ich das jemals in meinem Leben außerhalb des Hotelzimmers mit James/Cam war.

Wir sitzen im Außenwhirlpool. Die Sterne strahlen hell über unseren Köpfen und die Palmen wehen im warmen Wind. Fackeln erhellen die Terrasse, das Meer rauscht leise im Hintergrund, es ist unglaublich schön. Aber fast nichts ist so schön, wie der Mann mir gegenüber. Ich führe eine weitere Erdbeere an meine Lippen und beiße langsam davon ab, ohne Trevor aus den Augen zu lassen.

Er hebt die Braue. »Was machst du da schon wieder?«

Antwort ist mein mysteriöses Lächeln, während ich genüsslich kaue.

Ich mag es, wenn sich sein Blick auf diese Art verdunkelt. Das hat er in den letzten Tagen ein paar Mal getan. Mittlerweile kenne ich meine Fähigkeit, ihn alles vergessen zu lassen. Das verleiht mir Macht und gibt mir einen Kick. Schließlich habe ich den zukünftigen König von Schottland in der Hand, aber ich würde das nie außerhalb des Bettes ausnutzen. Und es fühlt sich wirklich extrem genial an, endlich bei irgendetwas nicht hilflos zu sein.

»Charlotte?«, fragt er und trinkt von seinem Whisky.

»Charlotte«, äffe ich ihn nach und stoße ihn etwas mit meinem Fuß an. Als er ihn abfängt lache ich. »Wieso eigentlich nicht Charlie?«

»Weil Charlie eine Vergewaltigung deines Namens ist«, erklärt er und streicht mit seiner großen Hand über meine Wade.

»Manchmal hast du einen Stock im Arsch, Sir.«

»Ach ja?«, erkundigt er sich zweifelnd und ich erschauere, als er wieder an meinem Bein herabstreicht.

»Ja.«

»Das sagt die Richtige.« Mit einem Mal packt er mich an den Kniekehlen und zieht mich auf seinen Schoß, sodass ich meine Erdbeere verliere. Dafür finden sich meine Hände auf seinen breiten Schultern ein und er sieht aus seinen einnehmenden Augen schon wieder so dunkel zu mir hoch. Manchmal, wenn er mich so ansieht, bohrt sich das schlechte Gewissen wie ein rostiges Messer direkt durch meine Brust. Manchmal denke ich dann an Cam. Cam, der mich aus seinem Leben verbannt hat. Cam, den ich verloren habe. Cam, den ich trotzdem noch liebe. Aber ich habe gelernt, solche Anwandlungen einfach zu ignorieren, was ich auch tue, als ich über Trevors Schultern streiche und leicht lächle.

»Hi«, murmle ich und er verzieht das Gesicht. Ich weiß

nicht, was es ist, aber irgendetwas scheint ihn heute wieder zu bedrücken. Das mag ich nicht. In den letzten Tagen hat er mir einiges anvertraut und ich habe ihm versucht, mit Rat und Tat zur Seite zu stehen. Er hat es angenommen, sieht mich als ebenbürtig und das macht mich immer mutiger und stärker. »Was ist?«, frage ich leise, als die Stimmung kippt und sich mit einem Mal nicht mehr so locker und gelassen anfühlt.

»Ich muss dir etwas sagen …«

Sofort spanne ich mich an. Wenn jemand einen Satz so beginnt, bedeutet das immer Ärger, Schmerz, Leid. Wird er mir jetzt mitteilen, dass er mich doch nicht mehr so anfassen kann, weil er es wegen Cam nicht schafft? Dass ich ihm eigentlich egal bin? Dass er mich eigentlich nicht ausstehen kann? Dass er eigentlich nur mit mir gespielt hat? Dass er doch Tessa will?

»Was?« Ängstlich erwidere ich seinen Blick.

Wenn er jetzt etwas Falsches sagt, werde ich, nachdem ich mich ihm die letzten Tage dermaßen geöffnet habe, völlig zerbrechen. Ich weiß wirklich nicht, wie oft ich das noch tun kann, bis nichts mehr zum Zusammensetzen übrigbleibt.

»Es geht um deinen Vater«, beginnt er sanft.

Meine Brauen verengen sich. Was hat Dad jetzt wieder angestellt? Trennt er mich jetzt auch noch Trevor? Dann. Drehe. Ich. Völlig. Durch.

Ich schwöre, dann lasse ich keinen Stein mehr auf dem anderen, ich schlage um mich, ich werde wahnsinnig. Ich kreische, laut, grell und maximal ohrenzerstörend, und wenn ich erst mal damit begonnen habe, werde ich so schnell garantiert nicht wieder damit aufhören.

»Was hat er getan?«, frage ich starr, während sich meine

Finger in seine Schultern krallen und Trevor einen Arm um mich schlingt.

»Er ist tot, Charlotte.«

Im ersten Moment ergeben die Worte überhaupt keinen Sinn.

Was heißt, er ist tot? Das ist doch jetzt ein schlechter Scherz, oder? Ungläubig starre ich ihn an, aber als Trevor meinen Blick abwartend erwidert und seine Worte nicht zurücknimmt, begreife ich allmählich, dass er sie ernst meint. Dass das die Wahrheit ist.

Mit einem Mal rauscht es nur so durch meinen Kopf und meinen Hals, es zischt direkt in meine Brust und zerreißt sie.

»Was?«, japse ich und Trevor zieht mich noch enger an sich.

»Er ist gestorben.«

Schreckliche, zerstörende, vernichtende Bilder schieben sich vor mein geistiges Auge. Bilder davon, wie ihn jemand erschießt oder ersticht, wie er erstickt oder einen Herzinfarkt erleidet. Bilder von seinem Tod, von seiner Angst in den letzten Sekunden seines Lebens.

»Er ist tot?« Es will nicht in meinen Kopf, dass Dad mich nie wieder anrufen und fragen wird, ob ich mich auch an die Regeln halte, ob ich nicht alles richtig mache. Was hat er als Letztes zu mir gesagt? Angestrengt versuche ich, seine letzten Worte an mich zu erinnern, aber in meinem Kopf herrscht gähnende Leere. Wie hat meine Mutter die Nachricht aufgenommen, war sie bei ihm, als es geschah, was geht in London vor sich? Mit einem Mal explodieren die Fragen in mir und ich springe auf, steige mechanisch aus dem Pool und werfe meinen Morgenmantel über. Was heißt, er ist tot? Er war gesund, wie kann er denn einfach sterben? Meine Füße bewegen sich wie von selbst über die Terrasse und in meinen Ohren rauscht es immer lauter, als ich die Treppen Richtung Strand herabschreite. Ich weiß gar nicht, wohin ich will, überlasse diese Entscheidung meinen Füßen, die sich vom Rest meines Körpers gelöst zu haben scheinen. Mit einem Mal fühle ich mich so mies, richtig mies, und es schmerzt so sehr in meiner Brust.

Ich verstehe das nicht. Wie konnte das passieren?

Irgendwann bricht ein Schluchzer aus mir heraus und ich presse meine Hand an meine Brust, gehe schneller. Ich muss … ich muss … ich muss weg hier. Ich muss … allein sein. Ich muss … es VERSTEHEN. Als Trevor mich am Arm packt und zu sich herumwirbelt, kann ich ihn vor lauter Tränen kaum erkennen.

»WIESO?«, brülle ich und klammere mich in der nächsten Sekunde an ihn. Fest schlingt er seine Arme um mich und ich vergrabe mein Gesicht an seiner nackten Haut, schluchze immer heftiger, weil es mich immer heftiger zerreißt. Mein Vater ist tot.

Er war kein guter Vater, kein guter Mann, aber er war mein Vater und es tut weh. So verdammt weh.

»Es tut mir leid«, murmelt Trevor immer wieder in mein Haar und streicht über meinen Rücken. Ich fühle ihn kaum und doch klammere ich mich an ihn. So fest, wie ich es auch getan habe, als Cams und mein Baby gestorben war. So fest, wie ich es auch in den Wochen danach immer wieder getan habe, wenn ich nicht mehr weiterkonnte. Wenn ich ihn brauchte und er für mich da war.

Es nie in Zweifel stellte. Ich falle, aber Trevor fängt mich auf, bevor ich auf dem harten Boden der gnadenlosen Realität zerbrechen kann. Tot. Tot.

Tot. Er ist tot.

Daddy, es tut mir leid.

41. MÖRDERISCHE GEDANKEN

Cameron

»Ich verstehe überhaupt nicht, weshalb du noch in diese Firma fährst.«

»Klar, versteht sie das nicht.« Entnervt nehme ich den Gang raus und komme an der x-ten roten Ampel zum Stehen. Fuck, ich hasse es, in der Stadt mit dem Auto zu fahren, noch mehr hasse ich es jedoch, die Underground und den Bus zu nehmen. So viel Geld die Dekartys auch haben, das Haus befindet sich in einem Außenbezirk, in der City gab es nichts, in das sie investieren wollten. Knauserige Arschlöcher! Deshalb bin ich jeden verdammten Tag rund eine Stunde unterwegs.

One-Way.

Aber was beklage ich mich? Eine Stunde unterwegs bedeutet eine Stunde weniger mit Melody zusammen sein zu müssen. Sie regt sich längst nicht mehr darüber auf.

Ich schätze, ich bin anstrengend.

Ich schätze, ich fucke sie ein bisschen ab.

Ich schätze, sie kotzt ein bisschen, weil sie sich unsere Ehe etwas anders ausgemalt hat.

Nicht mein Problem, was hat sie gedacht? Dass ich mich grinsend füge? Ich dachte, sie kennt mich so gut? Die Drohungen sind auch im Sande verlaufen, denn womit will sie mich denn jetzt noch erpressen? Charlie ist inzwischen die designierte Königin Schottlands, nur noch die Alten Stuarts stehen dem im Wege – ehrlich, ich fasse es immer noch nicht wirklich, wie sehr die Dinge sich verändert haben. Ich verfolge alles über die Nachrichten und Klatschblätter.

Bei der Arbeit.

Seitdem ich aus meinem unfreiwilligen Urlaub wegen Krankheit zurückkehrte, ist es dort ruhig, denn Trevor ist ja in den Flitterwochen. Niemand da, der Stress machen kann. Nachdem sie Stress gemacht hatten, denn ich wurde als Chief im Ressort IT abgesetzt, und zwar ohne Begründung. Nicht, dass ich auf eine scharf gewesen wäre, selbst mir ist klar, dass ich keinen guten Job gemacht habe. Der Senkrechtstart war wohl ein bisschen zu steil. Von Null auf Eintausend. Ich bin jetzt nur noch für die Familie Dekarty zuständig. Fünf Leute wurden mir unterstellt, gemeinsam arbeiten wir an dem Algorithmus, den sie bestellt haben.

Gewinnoptimierung, Anlagenoptimierung, was man so braucht, wenn man ein paar Milliarden stets so lukrativ wie möglich anlegen will, damit es immer mehr, mehr, mehr wird. Das ist ein Millionenauftrag, der größte, den wir haben, und ich finde, daran gemessen, werde ich von dieser Firma echt stiefväterlich behandelt, was vermutlich am Nachnamen liegt. Schon länger überlege ich, ihn zu ändern, aber vermutlich gibt es genügend Leute, die genügend Argumente dagegen haben.

DESHALB ist diese dämliche Frage, die Melody mir allmorgendlich stellt, von wegen, warum ich überhaupt dorthin fahre, auch so derart dämlich.

Rege ich mich darüber auf?

NEIN.

Sie ist nicht mehr als eine Schlampe, der man endlich die Krallen gezogen hat. Was sie wütend macht und was sie mich spüren lässt. Mittlerweile schlage ich konsequent zurück, weshalb es in diesem Riesenhaus, das Daddy ihr gekauft hat, inzwischen echt toxisch ist.

Um dem zu entkommen, fahre ich in die Firma; Melody stürzt sich vermehrt in die Londoner Gesellschaft und stellt sie auf den Kopf. Inzwischen spricht man nur noch von »dieser Amerikanerin«, die gekommen ist, um das Establishment einmal komplett durch den Wolf zu drehen. Sie wird gleichsam gehasst und geliebt, ja, bewundert, was ihrer Schönheit geschuldet ist. Jeder der sie ansieht, kann sie nur verehren. Doch sobald man sie näher kennt, möchte man dauerkotzen. Ihr Geheimnis ist bei mir sicher, sollen sie es doch selbst herausfinden, denn ich. Bin. Angepisst.

Etwas ruppig schalte ich in den ersten Gang, rolle an und kuppele sofort wieder aus, weil diese Idioten in dieser fucking Stadt einfach noch nie was von intelligenter Ampelschaltung gehört haben.

Aber ich bin cool.

Ehrlich, ich bin fucking cool.

Und relaxed.

Und Charlie hat sich seit Wochen nicht gemeldet, aber das ist okay, so ein Bahamas-Abenteuer kann schon mal ablenken. Da kann man schon mal vom Kurs abkommen, da kann man schon mal das Handy vergessen.

Ich lehne den Kopf an und schließe die Augen.

Nein, kann man nicht.

Kann sie nicht.

Nicht Charlie.

Nicht, wenn es Cameron betrifft.

Seitdem sie unser Baby verlor, hat sie sich nicht gemeldet.

Ich habe keine einzige Silbe mehr von ihr gehört. Irgendwas hat sich verändert, und das fickt mich noch zusätzlich, macht mich echt fertig.

Und wütend.

Ich lasse es mit Freude an der Harpyie zu Hause aus.

Die zurückgiftet.

Dass wir uns längst in einer Endlosschleife befinden, ist mir schon klar, aber irgendwo muss ich es ja rauslassen und sie bietet sich nun mal an.

Melody ist nicht dumm, das war sie nie, aber sie hat keine Argumente, hat mir nichts entgegenzusetzen. Außerdem gebe ich ihr inzwischen die Schuld daran, dass ich zusammengeschlagen wurde, obwohl ich mir fast sicher bin, dass es jemand anderes war.

NICHT Trevor. Ich habe drüber nachgedacht und bin zu dem Schluss gekommen, dass er es nicht war, das ist einfach nicht sein Stil. Trevor Stuart schickt keine anderen vor, er drischt mit seiner Faust selbst zu, wenn es was zu klären gibt.

Anstatt mir weiter den Kopf zu zerbrechen, bin ich einfach der Logik gefolgt. Sie haben mir die Schläger ja immer wieder präsentiert, es waren sicher Dekartys.

Mich wurmt am meisten, dass ich ihnen nichts entgegenzusetzen hatte, ich gehe jetzt zweimal die Woche ins Fitnesscenter, stähle meinen Körper, damit ich beim nächsten Mal größere Chancen habe. Das hat den Nebeneffekt, dass auch jede Menge Aggressionen abgebaut werden, aber ich bewahre mir immer noch genug, um meiner Ehefrau das Leben zur Hölle zu machen. Bis sie mich zur Heirat zwang, hätte ich nie gedacht, sie hassen zu können. Eine Zeit lang liebte ich sie sogar. Es fühlt sich an, als wäre das in einem anderen Leben gewesen.

Sie kotzt mich an.

Wenn ich sie rieche, wird mir übel – irgendwie mies, weil das ganze Haus nach ihr stinkt, während sie wie die Generaldirektorin durch die Räume stöckelt und das Personal anfaucht. Ja, wir haben drei Putzkräfte und eine Köchin – alle von ihr handverlesen, keine unter vierzig, irgendwie armselig, ihre Befürchtungen, aber auch sehr bezeichnend.

Vier Wochen war ich in diesem Haus eingesperrt. Sie hatte extra eine Pflegekraft engagiert, damit es mir an nichts fehlte.

Sehr witzig, denn es fehlte mir an allem.

Außerdem war sie fast ständig in meinem Zimmer und hat ausgenutzt, dass ich mich kaum bewegen konnte. In diesen Wochen habe ich sie erst wirklich kennengelernt, denn in ihren Monologen offenbarte mir Melody ihren ganzen Wahnsinn. Vielleicht hat sie sich in der Zwischenzeit auch einfach das Hirn weggekokst. Wie sie die britische Gesellschaft übernehmen und denen eine gesunde Dosis Amerikaner einhelfen würde. Wie sie alles ummodeln und dafür sorgen würde, den Laden zu übernehmen.

»Sind wir doch mal ehrlich, dieser Charles bringt es einfach nicht.«

England bräuchte einfach frischen Wind, und das Schicksal hätte sie hierher gesandt, damit sie in ihrer grenzenlosen Güte ein bisschen weht.

Und »meine Charlotte«, ist auf dem Weg nach Schottland und wird wohl nie zurückkommen. »Es wäre natürlich besser, wenn ein Ozean dazwischen wäre, aber man kann nicht alles haben. Wenn du mich fragst, hat sie dir überhaupt nicht gutgetan.«

Glücklicherweise verlor sie nach ein paar Tagen das Interesse, aber deshalb war ich trotzdem an das Haus gefesselt und es brauchte eine gefühlte Ewigkeit, bis ich wieder auf den Beinen war.

Ganz wiederhergestellt bin ich immer noch nicht.

Alles geht mir auf den Geist, wenn ich das Haus schon sehe, könnte ich kotzen. Ich erwische mich dabei, wie ich die Arbeitszeit immer weiter ausdehne, wie ich die Heimfahrt verzögere, wie ich in der Kneipe neben der Firma festhänge, wie ich mich einfach gegen das Heimgehen sperre.

Es ist so unsagbar jämmerlich. Das ist aus mir geworden, ich bin es leid, länger davor die Augen zu verschließen: ein abgefuckter Ehemann, der seine Frau hasst und am liebsten ausbrechen würde – ich bin nicht anders als ein paar Milliarden anderer Männer.

Endlich fahre ich in die Tiefgarage auf meinen VIP-Parkplatz, den haben sie mir nicht genommen, wahrscheinlich, um mich milde zu stimmen.

Pah!

Fickt euch selbst, denke ich, als ich aussteige. Meine Füße finden den Weg allein: Zum Aufzug, die zwanzig Etagen hoch und im korrekten Flur wieder raus. Das Büro haben sie mir auch gelassen, es wäre kein Problem gewesen, ich wäre freiwillig ein paar Etagen runtergezogen, wenn es dann ein Eckbüro gewesen wäre.

Egal, so habe ich wenigstens Mandy immer noch und damit schließt sich der Kreis. Ich gehe an den Büros vorbei, in denen schon angestrengt gearbeitet wird. Vermutlich bin ich der Einzige, der sich keine großen Gedanken um seine Karriere macht. Die Leute, die mich sehen, grüßen, ich bin hier inzwischen angekommen, Teil der Crew, Teil des Teams – was sie sich hinter meinem Rücken zuraunen, geht mir drei Meilen am Arsch vorbei.

Der Gang öffnet sich vor mir zu dem gewohnten Rondell, in dem die Frauen normalerweise hinter ihren Rechnern sitzen. Aber heute haben sie sich um einen Mann versammelt.

Einen großen.

Breiten.

Ich bleibe stehen, zögere für einen Moment. Mein Hirn explodiert in Fantasien darüber, wie ich ihn blutig prügele, dann gehe ich weiter, niemand wird was gemerkt haben, ich lächele sogar.

Nur Trevor wird wissen, dass es Fake ist.

Als er mich sieht, grinst er breit und auch meine Lippen verziehen sich zu einem Strahlen. »Wow, du hier, nicht auf den Bahamas?«

»Frag mich, wo ich lieber wäre, war echt heiß dort.«

Ich werde ihn killen.

»Oh, das musst du mir ganz genau erzählen.«

»Mach ich, mach ich doch gern.«

Ich werde ihn doppelt töten. Nachdem ich aus ihm herausbekommen habe, was. Er. Getan. Hat.

»Gehen wir in dein Büro?«, schlage ich vor.

»Ich war drei Wochen weg, ich muss erst mal …«

»Dein Büro«, wiederhole ich zwischen zusammengebissenen Zähnen. Nun diskutiert er nicht mehr. Sein Arbeitszimmer hat die bessere Aussicht und ist weiter entfernt von den Schreibfrauen, nur für den Fall, dass ich ihn mir gleich hier vornehme.

Die Chancen stehen gut, denn er wirkt erholt, braungebrannt, die Augen funkeln in dem mit einem Mal so dunklen Gesicht.

Ich.

Will.

Ihn.

Töten.

Wenig später schließt er die Tür hinter sich, schlendert zu seinem Schreibtisch und setzt sich dahinter. Schafft nicht nur Distanz, sondern auch eine Barriere zwischen uns, der Feigling.

Nach kurzer Überlegung schenke ich mir einen Scotch ein. Es ist kurz nach zehn, aber fuck off. Der Alkohol rettet diesem Wichser vielleicht das Leben. Er beobachtet mich schweigend, bis ich auf seinem Besucher-Sofa Platz genommen und einen Schluck getrunken habe.

»Also«, beginnt er, doch ich unterbreche ihn.

»… herzlichen Glückwunsch eure Königschaft, oder wie man sagt.«

»Danke.« Knapp neigt er den Kopf.

»Hätte ich fast vergessen. Du erwartest jetzt aber keine Verbeugung oder so?«

»Ich ganz bestimmt nicht.«

»Heißt?«

Er überlegt, wahrscheinlich, wie er es dem Idioten von Amerikaner verklickert.

»Egal«, sagt er schließlich und ich will meine Faust in sein hübsches Gesicht knallen. Immer wieder, bis es nicht mehr hübsch ist. Was hat es mit ihr angestellt, in den letzten Wochen jeden Morgen neben diesem Gesicht aufzuwachen? Hm?

»Wie waren die Flitterwochen?« Das kommt ein bisschen aggressiv, aber er scheint es nicht zu bemerken.

»Heiß.«

»Sagtest du schon.«

»Weil es stimmt.«

Ich leere mein Glas und überlege, es ihm an den Kopf zu

werfen. Stattdessen schenke ich mir noch mal nach. Er ist klug genug, es nicht zu kommentieren.

»Sonst noch was?« Hast du sie gefickt? Hast du sie um den Finger gewickelt, wie du es auch sonst mit den Frauen tust? Warst du ein Freund? Oder warst du ein Bastard?

Trevor gibt vor, zu überlegen und ich stelle mir vor, wie lange ich mit einem Baseballschläger auf seinen Kopf einschlagen muss, bevor er nicht mehr erkennbar ist. Wenn ich ihn mit Stacheldraht umwickele, dauert es vermutlich halb so lange und der Effekt wäre denkbar blutig.

Und befriedigend.

Und tödlich.

Er glotzt mich immer noch so verdammt pseudogeduldig an, dass ich kurz vor dem ultimativen Showdown stehe und überlege, wo ich jetzt den verdammten Schläger und Stacheldraht herbekomme.

»Wie geht es Charlie?«, helfe ich nach.

»Gut, sie hat sich amüsiert.«

Ich werde ihn töten.

»Das nehme ich jedenfalls an, gefragt habe ich sie nicht.«

»Und das, wo du doch der Gute bist, der Frauenversteher, schon irgendwie enttäuschend«, murre ich in mich hinein. Fuck, wieso fühle ich mich mit einem Mal, als müsste ich mit Mister Perfect konkurrieren. Um. Meine. Frau?

»Was willst du denn nun wirklich wissen?«

Ob du sie gefickt hast.

»Wie es euch geht. Wundert dich das wirklich? Ich meine, ihr Vater ist tot.«

Trevor nickt, inzwischen hat er das Kinn auf seine aufgestützten Hände gelegt. »Tragisch, nicht?«

»Yeah, ich war total betroffen.« Nicht. Ich war kurz davor, ein spontanes Freudenfest zu starten.

»Ich auch.« Er wird ernst. »Ich habe versucht, sie zu trösten.«

Indem du deinen Schwanz in sie geschoben hast? »Es tut mir nicht um ihn leid, aber für sie. Warum auch immer sie ihn immer noch gemocht hat.«

»Er ist ihr Vater, da verzeiht man vieles«, erwidert Trevor, und wir denken wohl beide an unsere ziemlich schwierigen Erzeuger.

Würde ich den Tod meines beweinen.

Er?

Ich lasse mich ablenken. »Hat sie sich mit der Ehe abgefunden?«

»Auch das solltest du sie fragen. Ich kann nicht für sie sprechen.«

Und genau das werde ich tun und genau das weißt du. Und genau das fickt dich, ich kenne dich, kenne dich viel zu gut.

»Wie läuft es mit dir und Melody?«, erinnert er mich gleich mal an meine eigene Ehe. Soll ich ihn jetzt gleich killen, oder später?

»Spannend.« Ich lächele und er lacht leise. Hat ihr dieses Lachen gefallen? Ist sie bei dem Klang geschmolzen, wie sie alle schmelzen?

Mit einem Mal klingt er geschäftsmäßig. »Wir sollten uns gemeinsam in der Öffentlichkeit zeigen. Sie sind unsere besten Kunden und mein Marktwert hat sich in den letzten Monaten dramatisch erhöht. Die Dekartys werden entzückt sein, ihre Tochter mit einem Thronfolger zu sehen.«

»Ach echt?«

»Tu nicht so dämlich.«

»Das sagt genau der Richtige.«

»Und was soll das wieder heißen?«, erkundigt er sich stirnrunzelnd.

Ich sollte es ihm aus dem Gesicht schlagen. »Gar nichts, gar nichts.«

»Also gehen wir in die Oper.« Oper. Sicher. Und dann ziehe ich mir einen rosa Tütü an und kille ihn einfach, mit einem monströsen Ballett-Karate-Kick.

Ich zucke mit den Schultern. »Klar, warum nicht?«

Dann muss ich wenigstens nicht mit Melody im Haus hocken und kann Charlie endlich wiedersehen. In den letzten Wochen bin ich ohne sie vielleicht etwas wahnsinnig geworden, aber es ist nicht der Rede wert.

»Ich besorge die Karten.« Trevor hält lächelnd inne. »Ich lasse die Karten besorgen«, verbessert er sich selbst und grinst noch breiter. »Ich muss mich erst daran gewöhnen. Cam?«

»Ja«, murre ich, weil ich in Vorstellungen davon versunken bin, wie er sie in der Oper vögelt.

»War das erst mal alles? Ich muss wirklich was tun.«

Super, jetzt werde ich von diesem Idioten schon aus dem Raum geworfen. Vielleicht merkt er auch, dass ich mein Glas etwas zu fest umschließe, während ich darüber nachdenke, es ihm ins Gesicht zu schmettern. Ich stelle es ab, gehe wortlos in mein Büro, schiebe alle Arbeit von mir und nehme das iPhone zur Hand.

Ja, ich wollte mich eigentlich nicht mehr melden, aber ich halte das einfach nicht länger aus. Ich muss wissen, was Sache ist.

Inzwischen ist es überlebenswichtig geworden.

James oder Cameron?

Es ist egal und gleichzeitig nicht sicher.

Am Ende erstelle ich einen neuen Account und kontaktiere sie einfach. Der Name lautet Lost in Space

LIS: Wieder zu Hause?

Sie liest es sofort, aber es dauert, bis sie antwortet.

Sie haben sie geknebelt. Ich wusste es.

Wut steigt in mir hoch.

Was haben sie ihr noch angetan?

Schließlich schreibt sie und irgendwie versöhnt es mich, dass sie für keine Sekunde daran zweifelt, wer sie gerade kontaktiert hat.

C: Ich will nicht mit dir schreiben. <(.

Mehr nicht. Nur dieser Satz.

Und wieder diese Klammer. Zehn Minuten starre ich die Klammer an, ohne zu wissen, was ich davon halten soll. Bis mir schließlich ein Licht aufgeht.

Fuck! Ich hole meine Brieftasche heraus und den Zettel, den mir die Krankenschwester gegeben hat.

Was, wenn es gar nicht ihre Nummer war?

Was, wenn … Oh, FUCK!

»Mandy«, sage ich in die Wechselsprechanlage und hole schon meine Karte raus.

»Geh in den nächsten Laden und kauf mir ein Handy. Irgendeines. Prepaid.«

Sie verengt die Augen, schiebt das Kinn vor, denn ich habe wieder einmal nicht bitte gesagt, nickt aber schließlich und geht.

Ich klacke mit dem Kugelschreiber auf die Tischplatte.

Ich werde Charlie nicht vom Haken lassen

Ich kann sie nicht vom Haken lassen.

Ich brauche sie, ich habe nur überlebt, indem ich mich an der Frage aufhing, warum sie sich nicht mehr gemeldet hat. Und wenn ich dafür in die Hölle komme, ich muss mit ihr reden. Sie will es auch, sonst hätte sie mir nicht all die versteckten Zeichen gegeben

Eine Vierteilstunde braucht meine Assistentin, meine Geduld befindet sich an der absoluten Untergrenze, dann kommt sie wieder rein.

Bevor ich was sagen kann, sprudelt sie los: »Ich glaube, ich wurde verfolgt. GLAUBE, ich weiß es nicht. Außerdem habe ich ihn abgehängt.«

»Wie?«

»Ein Taxi, bin zwei Querstraßen weiter rausgesprungen, ich schätze, jetzt stehe ich auf der Anti-Liste der Taxifahrer.«

»Wo?«

Sie wedelt ungeduldig mit der freien Hand, in der anderen trägt sie eine kleine Tüte. »Auf jeden Fall … ich habe es.«

Sie legt die Tüte auf den Tisch, geht zur Tür wendet sich noch mal zu mir um.

»Ich wurde wirklich verfolgt, oder?«

Nachdenklich betrachte ich sie für einen Moment, gehe die Optionen durch und nicke schließlich. »Schon möglich.«

»Ist das … gefährlich?« Sie ist deutlich ein bisschen blasser geworden.

»Nicht für dich.«

»Aber für dich?«

Ich zucke mit den Schultern und sie schüttelt tadelnd den Kopf, bevor sie endlich geht.

Kaum ist sie raus, fetzte ich das Handy aus der Tüte. Die nächste halbe Stunde vergeht mit dem fucking Einrichten, ohne dass etwas funktioniert. Endlich habe ich einen völlig neuen WhatsApp Account angelegt und nehme den Screenshot mit der Nummer, die Charlie mir vor einer Ewigkeit geschickt hat.

Manchmal bin ich so verdammt langsam. Und als ich ihr nun ein Fragezeichen, schicke antwortet sie sofort.

C: Oh mein Gott, ich dachte, du checkst es nie.

J: Du wirst abgehört.

C: Ich habe keine Ahnung, was ich alles werde, vermutlich kann ich keinen Schritt tun, ohne dass es irgendwo aufgezeichnet wird. Ich kann nicht das Haus verlassen, ohne Begleitung … ich kann gar nichts. Ein Wunder, dass sie das Handy nicht gefunden haben.

Sie kann gar nichts, denn sie haben sie völlig in der Hand. Deswegen hat sie sich nicht gemeldet. Sie gehört mir noch. Oder? Ich schließe kurz die Augen, bevor ich das tippe, was mir schon seit Wochen auf der Seele brennt.

J: Es tut mir so leid.

C: Warum? Du hast damit doch gar nichts zu tun.

J: Deshalb kann es mir trotzdem leidtun. Außerdem meine ich das Baby.

Sie antwortet nicht.

J: Ich habe dir auch noch nicht gesagt, wie leid es mir tut, dass dein Vater gestorben ist.

C: Ach wirklich?

J: Dir nicht?

C: So ist es nicht. Ein wenig tut es mir leid, aber ich kann nicht vergessen, was er getan hat.

J: Okay.

C: Okay.

Das war der Smalltalk, der so nicht geschehen sollte. Ich will mich eigentlich noch viel mehr unterhalten, aber das geht nicht. Jetzt zum Eingemachten.

J. Wie waren die Flitterwochen?

C: Heiß.

Und da ist es wieder dieses Wort. Was soll das bedeuten? Hat er sie angefasst oder nicht?

Ich verdrehe die Augen.

J: Das hat Trevor auch gesagt. Was noch?

C: Schön, es ist wirklich wunderschön auf dem Bahamas. Wir hatten eine tolle Zeit, aber ich bin froh, wieder hier zu sein. Und ich hab ja sooo viel zu tun, du hast keine Vorstellung, wer neuerdings alles was von mir will.

Sie will mich abwimmeln, das ist offensichtlich.

Ich bin ihr nicht genehm.

Ich nerve.

Meine freie Faust ballt sich, ich bin kurz davor, zu explodieren. Die drei Punkte bewegen sich schon wieder … aber diesmal bin ich schneller.

J: Ich habe zu tun, wir sehen uns.

Ich cutte sie, bevor sie mich cutten kann, und feuere das Handy auf den Tisch.

FUCK!

FUCK! FUCK! FUCK!

42. EIN HERZ – ZWEI MÄNNER

Charlie

Cam hat mich abgewürgt.

Einfach so.

Ich wäre jetzt nicht tiefsinnig geworden, hätte ihm meine unsterbliche Liebe erneut gestanden und ich hätte auch nicht von mir und Trevor erzählt, schon weil ich es nicht mal vor mir selbst entschuldigen kann und ein »es ist einfach passiert«, so abgedroschen wie unglaubhaft klingt.

Aber ich hätte ihn gespürt. Ich hätte ihn endlich wieder gefühlt, die Verbindung neu aufleben lassen.

Verzweifelt auf meiner Unterlippe nagend, blicke ich aus dem Fenster, bis ich im Raum auf und abgehe, hin und her und hin und her.

Stöhnend blicke ich zur Decke. Meine Mutter hat sich heute Nachmittag angesagt, vermutlich wird sie sich bei mir ausweinen, weil ich nicht auf der Beisetzung war.

Vielleicht auch, weil Dad gestorben ist.

Ich weiß nicht, wie ich ihr gegenübertreten soll, denn ... ich kann nicht mehr trauern. Natürlich tut es mir leid, dass er sterben musste, aber genau genommen war er wie ein Fremder. Von dem Mann, der mich als kleines Mädchen verhätschelt und vor meiner Mom beschützt hat, war am Ende nichts mehr übrig. Nicht, nachdem, was er mir gestohlen hat.

Meine Liebe für ihn war erloschen, zurück blieben nur

Angst und eine Art von Wut, von Zorn, von Abscheu, fast Hass. Wenn auch kein glühender, denn wir sind hier in England und da glüht selten irgendeine Emotion. Ich brauchte nur ein paar Stunden auf den Bahamas, um das zu begreifen, musste nur den ersten Schmerz überstehen, um wieder klar denken zu können.

Ich gehörte nicht auf die Beerdigung. Gleichzeitig bin ich sicher, dass sein Tod kein Unfall und garantiert kein Zufall war. Trevor spricht mit mir nicht wirklich über all die Gefahren und Feinde, die uns schaden wollen. Aber ich kann mir selbst ausrechnen, wie gefährdet Dad war, schließlich hat er dafür gesorgt, dass Schottland unabhängig wird.

Er hat dafür gesorgt, dass Callum auf den Thron steigen kann.

Er hat für zu viel gesorgt, als gut für ihn war, hat gegen die Interessen zu mächtiger Menschen gehandelt, hat sich zu sehr in den Fokus gedrängt, war einfach zu fordernd, zu zerstörend und viel zu arrogant.

Sein Tod ist keine Überraschung, auch wenn ich mich zunächst weigerte, ihn zu akzeptieren. Aber ich hatte Zeit darüber nachzudenken, und je länger ich damit beschäftigt bin, desto klarer wird alles.

Desto verständlicher.

Und desto mehr Angst bekomme ich. Obwohl ich in diesen Mauern sicher sein müsste, ist mir klar, dass ich das nicht bin.

Wenn Blicke ein Herz zum Stillstand verdammen könnten, wäre ich schon vor der Hochzeit tot umgefallen, so wie mich mein Schwiegervater anschaut. Ich bin nicht seine Traumschwiegertochter, und jetzt hat er meinen Vater töten lassen, er war es, ich weiß es, bin mir sicher.

Die Art, wie sie es vertuscht haben, ist fast witzig.

Wieder gehe ich zum Fenster und schaue in den trüben Tag hinaus.

Nein, es ist nicht witzig. Die Vorstellung, mein Vater könnte sich auf einem solchen Event sinnlos betrinken, sodass er sich selbst zu Tode stürzt, ist genauso abwegig wie die Annahme, er könnte sich in der dunklen Natur herumtreiben, während im Schloss gerade die Abspaltung Schottlands gefeiert wird. Das ist einfach … unvorstellbar. Jeder, der meinen Vater kannte, allen voran meine Mutter, kann das bezeugen.

Aber niemand steht auf und fordert eine Untersuchung, niemand zweifelt an den nur Tage später veröffentlichten Ermittlungsergebnissen, niemand will es wissen, auch meine Mutter hat nichts gesagt. Stattdessen geht sie ganz in ihrer Rolle als Witwe auf und zeigt sich nur noch in schwarzer Kleidung. Natürlich trete auch ich derzeit nur in gedeckten Sachen auf, wie es der Anstand verlangt. Es war nicht meine freie Entscheidung, denn ich war mir nicht sicher, dass ich das Ableben des Mannes, der mich mein Glück gekostet hat – und mein Baby, ich bin mir fast sicher -- betrauern sollte. Allerdings habe ich auf diese Art endlich einen Weg gefunden, die Trauer um mein Baby nach außen zu tragen. Auch die Trauer um meine große Liebe, meine Ehe, den Mann, nach dem ich mich immer und in jeder Sekunde sehne.

Es gibt nur eine einzige Person, die meinen Kummer schmälern, die sogar dafür gesorgt hat, dass ich alles zeitweise vergessen kann: Trevor.

Das verwirrt mich immer noch so sehr, lässt mich schuldig fühlen und ist so … verboten – jedenfalls vor mir –, dass ich nicht wirklich darüber nachdenke, es gar nicht kann. Vermutlich will ich Cam deshalb endlich sehen.

Muss ihn sehen.

Muss hier raus, aus diesem Gefängnis, das unsicher wird, sobald Trevor das Haus verlässt.

Ich muss zu ihm, muss endlich mit ihm über alles reden.

Mich mit beiden Armen umfangend, laufe ich ein letztes Mal auf und ab und hole schließlich das Handy heraus.

»Den Wagen vorfahren, bitte.«, sage ich. »Ich will meinen Mann besuchen.«

Niemand hat protestiert oder wollte mich umstimmen. Das bestärkt mich in meinem Entschluss. Wenig später sitze ich in der gepanzerten Limousine, die sich in die City bewegt.

Ich bin eine Gefangene, aber wenn ich es clever anstelle, komme ich trotzdem hin und wieder raus, kann ich die Mauern etwas durchlässig machen.

Nur bin ich nicht sicher, dass ich clever sein will.

Es kann.

Es einfach zustande bringe.

Cameron ist in der Nähe und ich will ihn, ich brauche ihn. Ich will Trevor nicht vor den Kopf stoßen oder verletzen, und ganz bestimmt will ich nicht, dass die Leute reden oder irgendwas schiefgeht. Ich will Cam nur endlich sehen.

Sie haben mich zu lange von ihm ferngehalten. Deshalb zittern meine Hände, wann immer ich mein Cameron-iPhone entsperre, was ständig der Fall ist.

Er hat mir nicht mehr geschrieben.

Sobald ich mich davon überzeugt habe, stecke ich das Handy weg, damit auch der Chauffeur nicht sieht, dass ich ein unbekanntes besitze.

Ich bin von Feinden umgeben, jeder ist ein potenzieller Spion.

Vor uns fahren drei Motorräder, hinter uns hat sich ein Streifenwagen gesetzt, ich bin faktisch out of order, kann nirgendwohin allein gehen. Während unserer Flitterwochen sind die ersten Anschlagsdrohungen eingegangen, deshalb stehe ich unter Personenschutz. Es gibt nicht nur Befürworter der schottischen Abspaltung, und mein Gefängnis wird immer kleiner, meine Stalker immer zahlreicher. Ich habe jetzt einen persönlichen Bodyguard – der Mann ist ungefähr dreimal so schwer wie ich und eineinhalb Köpfe größer. Er sitzt in der Limousine, die uns ebenfalls folgt, heißt Cord und hat mir versichert, dass er verschwiegen wie ein Grab ist. Aber kann ich mir sicher sein?

Ist es nicht viel wahrscheinlicher, dass er den Leuten verpflichtet ist, die ihn bezahlen?

Ich schließe die Augen, habe mich angelehnt, höre auf, mein Handy zu traktieren, wünsche mich zu Cam, träume mich zu ihm und fühle mich gleichzeitig schuldig, weil sich Trevors Gesicht ständig dazwischenschiebt. Immer wieder vermischen sich diese beiden Männer, obwohl ich nur einen von ihnen liebe und immer lieben werde. Die Angelegenheit wird immer komplizierter.

Aber in den letzten Wochen hat sich einiges in mir geändert. Ich habe mich Trevor immer weiter geöffnet, besonders, als er mir über den Tod meines Vaters hinweghalf. Genau genommen habe ich mich ziemlich in ihn gestürzt. Fast dachte ich, ich wäre über Cam hinweg, aber kaum war ich wieder in London, ging mir auf, dass ich ihn niemals überwinden werde, dass er immer ein Teil von mir sein wird. Obwohl Trevor inzwischen auch eine Rolle spielt. Nicht nur in meinem Leben, sondern auch in meinem Herzen.

Wir fahren in die Tiefgarage und ich warte, bis Cord die Tür geöffnet hat, bevor ich aussteige. Er geht dicht vor mir, ebnet mir den Weg in der verlassenen, düsteren Halle. Deutlich ist zu sehen, dass er unter den Achseln Waffen trägt. Ich bin echt sicher und echt überwacht.

Irgendwie ist es gar nicht angenehm, mit ihm im Aufzug zu fahren. Während er finster vor sich hinstarrt, weiß ich nicht, wohin ich sehen soll.

Erleichtert gehe ich kurz darauf den langen Flur entlang, wie in jener Nacht, in der ich auf der Suche nach Cams DNA wie eine Diebin hier einbrach. Das war auch keine meiner Sternstunden.

Mein Herzschlag beschleunigt sich mit jedem neuen Schritt; ein paar Sekunden später habe ich Cords Anwesenheit einfach vergessen. Es fühlt sich so richtig an, hier zu sein.

Das Rondell eröffnet sich vor mir, in dem die Frauen sitzen. Geradezu befindet sich die Tür zu Camerons Büro, direkt daneben die von Trevors.

Ich stehe in der Mitte und bin mit einem Mal unsicher.

Welches ist die richtige Tür?

Durch welche will ich gehen?

Will ich Cams exotisches Aussehen, mit seinen blitzend grünen Augen, seinem spöttischen Lächeln, seiner dreckigen, impulsiven Art und diesem Duft und … oh mein Gott, er fehlt mir so unendlich, so sehr, ich kann kaum atmen, weil ich weiß, dass er sich hinter dieser Tür befindet.

Oder will ich Trevor, mit seinem klugen Witz, seiner Ironie und dieser tiefsitzenden Wärme? Trevor, der von einer Sekunde auf die andere granitartige Härte ausstrahlen kann, dessen Körper perfekt, dessen Duft umwerfend, dessen Augen schön und dessen Wesen … außergewöhnlich ist.

Die unvorhersehbare Hitze, oder das beruhigende Eis?

Mein Mund ist trocken, als mir das Dilemma mit voller Wucht klar wird. Als ich erstmalig die ganze Tragweite erfasse.

Eine Hand hat sich zwischen meine Brüste gestohlen und meine Augen brennen schon wieder.

Oh Gott.

Oh Gott.

Vielleicht ist das eine Art Krankheit?

Vielleicht kann ich nur existieren, wenn ich mich zwischen zwei Männern entscheiden muss?

Wie in Trance bewege ich mich zu Trevors Tür, nicht weil ich es will, weil ich mich womöglich wirklich entschieden habe, sondern weil das offiziell mein Platz ist und alles andere seltsam wirken würde.

Verdutzt sieht er auf, als ich völlig benommen eintrete. Er hat gerade telefoniert, die Füße auf dem Schreibtisch.

Hastig nimmt er sie runter und beendet stirnrunzelnd das Gespräch.

»Wow! Habe ich was vergessen?«

»Ist es so ungewöhnlich, wenn ich meinen Mann im Büro besuche?«

»Hm ja, das ist es«, sagt er langsam und in seinen Augen glimmen Misstrauen, Zweifel und dieser tiefe, tiefe Argwohn, den ich so lange nicht mehr gesehen habe. Jetzt ist er stärker als je zuvor.

»Ja …« Ich nehme auf dem bequemen Sofa Platz und lächele ihn unschuldig an. Meine Knie zittern, weil Cam in der Nähe ist, aber ich versuche, mir nichts anmerken zu lassen.

»Meine Mom wollte mich am Nachmittag überfallen. Ich musste flüchten. Okay, wenn man das flüchten nennen kann, denn ich kann ja nicht mehr auf die Straße gehen, ohne dass mir eine Meute folgt.«

»Cord ist eine Meute?« Trevor hebt eine Braue und lässt mich nicht aus diesen wachsamen Augen.

»Wenn ich im Auto sitze, sind da ein paar Motorräder auf Polizisten, nein, warte, umgekehrt.«

Er zuckt mit den Schultern. »Du bist eben keine normale Person mehr.«

»Ja, ich versuche noch, das zu verstehen, und weißt du, was mir bei der Gelegenheit eingefallen ist? Kannst du dich noch an unser erstes Essen erinnern?« Ich plappere sinnlos vor mich hin, aber Trevor ist nicht anzumerken, ob ihn mein Verhalten befremdet.

»Lebhaft.« Er lehnt sich zurück und schaukelt leicht mit seinem Stuhl. Noch immer ist er skeptisch, aber auch so … anziehend. Ich mag ihn wirklich, wirklich gern.

Ich unterdrücke ein Lächeln.

»Du sagtest, und ich zitiere: ›Zunächst einmal reicht es, wenn wir uns gemeinsam in der Öffentlichkeit sehen lassen. Vielleicht solltest du eine Stiftung gründen oder so.‹«

Nachdem er meinem Vortrag Stirnrunzelnd gelauscht hat, bestellt er über die Gegensprechanlage M ins Büro.

Ich.

Hasse.

Sie.

Obwohl ich inzwischen sicher bin, dass Cameron nicht mit ihr vögelt.

»Einen Kaffee für meine Frau.« Wenn sie verwirrt ist, ein Schleudertrauma hat oder so, lässt sie sich nichts anmerken. Aber mir ist sonnenklar, dass unser Fall hier schon lang und breit diskutiert wurde. Erst war ich die Ehefrau des einen, dann des anderen, und das innerhalb weniger Monate. Allein

DAS ist ja schon der größte Skandal, seit Charles ein Tampon sein wollte.

Vermutlich ist sie Profi.

»Ja, und?«, nimmt Trevor den Faden wieder auf, sobald sie verschwunden ist.

»Dieses ›Zunächst‹«, ich male Anführungszeichen in die Luft, »sollte all das beschreiben, was danach geschehen ist? Einschließlich, dass ich vermutlich irgendwann Königin sein werde?«

»Ich war mir sicher, dass dich schon irgendwer aufklären würde. Außerdem war es damals ja noch nicht spruchreif.« Er lehnt sich vor, die Hände finden auf dem Schreibtisch zusammen und mir fällt auf, wie vertraut sie mir sind. Vielleicht, weil mir auch in diesem Moment einfällt, was er mit ihnen schon alles getan hat, und vor allem, wo er mit ihnen schon überall war. Das ist ... sehr verwirrend, wenn Cam in der Nähe ist.

Ich hätte nicht hierherkommen sollen, trotzdem fühle ich mich ganz wohl. Wahrscheinlich, weil ich mich in Trevors Nähe mittlerweile überall wohlfühle.

M kommt rein und bringt mir Kaffee, sie bekommt ein Danke, weil ich gut erzogen und irgendwann vielleicht mal Königin bin, wenn ich nicht vorher mit Cameron durchbrenne. Ich schließe die Augen, als ich den Schock fühle, den diese Vorstellung verursacht. Nicht, keine Königin zu sein, sondern Trevor zu verlassen.

Ihn nie wieder zu sehen.

Dafür zu sorgen, dass er mich vielleicht hasst, dass er auf jeden Fall grenzenlos enttäuscht, vielleicht sogar zerstört ist.

Ich will ihn nicht zerstören.

»Ich wusste, wie zerstört du warst«, höre ich ihn sagen und zucke zusammen. »Mir war klar, was die Trennung von

Cam mit dir angestellt hat, und ich dachte, du könntest dir die Pläne unserer Eltern selbst ausrechnen. Dein Vater hätte dich garantiert nicht wegen der Heirat irgendeines Dukes aus deiner Ehe gerissen.«

»Er vielleicht nicht, aber Cams Vater hätte der Scheidung für mehr Geld zugestimmt.«

»Da magst du recht haben.« Er wirkt ein bisschen erschöpft.

Und dann geht die Tür auf und dann steht er plötzlich im Raum. Spricht bereits: »Wegen dieses Opernbesuches, ich brauche …«

Er verstummt so abrupt, dass ich weiß, er hat mich gesehen, während ich den Blick rasch niedergeschlagen habe und all das, was in mir wütet, was sich in mir nach ihm sehnt, irgendwie fessele, damit es nicht einfach aus mir rausbricht.

Als ich sicher sein kann, sehe ich auf, schaue endlich wieder in dieses bezaubernde, bannende Grün. Seine Augen stellen tausend Fragen, sein Blick brennt sich in meinen, aber als er spricht, klingt er völlig normal.

»Charlie … du hier? Nicht in Schottland bei den Kobolden und Einhörnern?«

Mein Mund antwortet, ohne dass ich darüber nachdenken muss. »Ich bin da, wo mein Mann ist.«

Es blitzt sofort in seinen Augen. Es funkelt gefährlich, aber er kommt auf mich zu und in mir verkrampft es sich heftig. Ich weiß, dass Trevor uns genau beobachtet, als Cam mir zwei Küsse auf die Wangen haucht, und ich weiß, dass er sieht, wie ich meine Faust kurz balle. Denn Cams Duft strömt in meine Nase und ich versinke in turmhohem Chaos, brenne bereits lichterloh. Benommen schließe ich die Augen, während Schauer über meinen Körper jagen.

Trevor entgeht nichts von alledem und das gibt mir irgendwie die Kraft, meinen Ex-Mann anzustrahlen, als er erneut spricht: »Schön, dich zu sehen, du siehst umwerfend aus. Wie waren die Flitterwochen?« Seine Miene fällt so jäh, dass sofort das nächste Schleudertrauma droht. »Mein herzliches Beileid.«

»Danke, du bist lieb.« Ich lächele noch immer, während er mich mit den Augen auszieht und gleichzeitig zum Teufel wünscht. Während er mich killt und gleichzeitig liebkost.

»Setz dich zu uns«, höre ich meinen Mund sagen. »Ich habe dich so lange nicht gesehen.«

Cam kümmert sich nicht darum, was Trevor dazu meint, sondern sitzt im nächsten Moment neben mir. Nah neben mir, viel zu nah. So nah, dass ich seine Wärme fast spüren kann. Allerdings lehnt er sich zurück und streckt einen Arm auf der Sofalehne aus. Direkt. Hinter. Mir.

»Ich nehme auch einen Kaffee«, teilt er Trevor mit, der mit eisiger Miene wieder den Knopf der Wechselsprechanlage betätigt.

»Mandy … noch ein Kaffee für meinen Freund«, sagt er. Irgendwie wirkt er echt gefährlich, und er lässt uns immer noch nicht aus den Augen.

»Welche Oper«, will mein Mund wissen, während ich wieder zu Cam sehe, jeden Millimeter seines Gesichts mit dem Blick nachfahre, jede Veränderung in mir aufnehme.

Er ist blasser, ja – auch er kann blass sein. Oder eher grau? Die Augen wirken müde, darunter befinden sich Schatten, insgesamt wirkt er im Gesicht hagerer. Ganz offensichtlich hat er keine gute Zeit hinter sich. Warum macht mich das so zufrieden? Nach all dem, was ich mir in den Flitterwochen geleistet habe, nach all dem, was ich empfunden habe und auch jetzt fühle, steht es mir nicht zu. Ich sollte mir wünschen, dass er glücklich ist und eigentlich wünsche ich mir das auch, aber nicht mit ihr.

Nicht ohne mich.

Oh Gott, ich bin ein Monster!

»Wir gehen mit Cam und Melody in die Oper«, teilt Trevor mir mit. Obwohl seine Stimme aus der Ferne kommt, entgeht mir sein drohender Unterton nicht.

Ich blende ihn einfach aus.

»Oh, was sehen wir uns denn an?«

»Carmen«, sagt Cameron.

»CC«, murmele ich.

»Das ist wohl eher ein Zufall«, wirft Trevor ein.

»Woher weißt du das?«, will Cameron wissen.

»Ich ging davon aus.«

»Wie kommt es?«, will mein Mund wissen.

»Die Dekartys sind unsere besten Kunden«, sagt Trevor.

»Alle sollen sehen, dass wir mit den Schotten gut stehen«, gibt Cam leicht bitter hinzu.

»Bietet sich an. Nicht, dass ich darum gebeten hätte, aber danach fragt ja sowieso niemand.« Trevor funkelt ihn an.

»Du kannst es immer noch absagen, dir droht wenigstens nicht die öffentliche Hinrichtung.« Cam funkelt zurück.

»Die Todesstrafe wurde auch in Schottland abgeschafft.« Trevor lächelt süffisant.

Gerade als sich die Stimmung immer mehr auflädt, kommt Mandy mit einem Tablett herein und ich atme langsam aus. Meine Hände sind schweißnass.

»Man kann nie wissen, was sich der König einfallen lässt.« Sie sieht wieder auf diese verwirrte Art in die Runde. Cameron deutet auf den Tisch vor uns, ignoriert sie aber ansonsten.

»Er will sich bestmöglich einführen und das macht er garantiert nicht mit ein paar Hinrichtungen.«

Cam und ich sehen gleichzeitig kritisch zu Trevor, der noch immer hinter seinem Tisch sitzt. Seine Mundwinkel zucken, während Mandy mit dem Geschirr hantiert.

»Wisst ihr mehr?«, hake ich nach.

»Man hört so einiges«, lässt Cam verlauten. Seine Finger berühren wie beiläufig meine Schulter und ich schließe kurz die Augen, weil ein Stromstoß meinen Körper durchzuckt

Oh Gott, er fehlt mir so und hier mit ihm zu sitzen, macht es nicht besser.

»Die Leute reden, hast du immer noch nicht begriffen, dass man darauf nichts gibt?« Trevor klingt immer warnender und mir wird immer übler, gleichzeitig schwirrt es heiß durch mich hindurch. Ich zerreiße gleich.

Cameron mustert ihn unergründlich. »Danke«, sagt er zu Mandy, und sie geht wieder, nach einem letzten Blick ausgerechnet zu mir.

Was willst du von mir wissen, kleines M?

Verschwinde schnell, du willst es nämlich gar nicht so genau erfahren, vertrau mir einfach.

Cams Hand ist so nah, dass ich kaum denken kann.

»Also gehen wir in die Oper«, beschließt Trevor und Cams Daumen bewegt sich unter meinem Haar unsichtbar an meinem Hals auf und ab, über meinen Puls, der sich mit jeder Berührung beschleunigt.

Warum ist es in diesem Zimmer so heiß? Ich zerfließe gleich. Ich vermisse ihn so und wenn das so weitergeht, schiebe ich mich einfach auf seinen Schoß.

»Ja, das wird ein Fest«, spöttelt Cam sanft.

»Wir sollen gesehen werden, sie werden uns sehen«, sagt Trevor und ich schließe die Lider, um mich zu sammeln. Als ich sie wieder öffne, sehe ich direkt in Trevors bedrohliche Augen. Um seine Lippen spielt ein gefährliches Lächeln.

Ich müsste mich jetzt von Cameron wegdrehen, müsste dafür sorgen, dass sein Daumen nicht mehr Kontakt mit meiner Haut hat, müsste all das, was ungesagt im Raum umherschwebt, aufhalten, aber ich kann nicht.

Ich muss schon alle Kräfte mobilisieren, um mich nicht einfach gegen ihn sinken zu lassen.

Es gelingt mir nur, weil ich nicht noch das andere in Trevors Blick entdecken will. Das, was nichts mit Drohung zu tun hat. Das, was einen Ausblick darauf gibt, was in seinem Inneren vor sich geht.

»Okay, dann werden wir eine Show liefern«, sagt mein Mund.

»Darin sind wir perfekt.« Trevor erhebt sich und Cam zieht seine Hand zurück, weshalb ich fast protestiere. Aber dann verkrampft es sich noch heftiger in mir, als Trevor sich einfach an meine andere Seite setzt.

»Melody wird sich auch freuen«, pflichtet Cam bei und funkelt Trevor an, als dieser sein Hemd etwas öffnet und seinen Arm hinter mir ausstreckt. Damit zwingt er Cam endgültig zurück, der die Zähne fest aufeinanderbeißt, doch ihm bleibt keine Wahl.

»Das kann ich mir vorstellen«, sagt Trevor.

»Kennt sie die Oper schon?«, fragt mein Mund in den Raum. Darin ist es sehr trocken, aber ich wage nicht, nach meinem Kaffee zu greifen und mich zu bewegen. Nicht mit diesen zwei aggressiv brodelnden Männern rechts und links neben mir.

»Keine Ahnung«, antwortet Cam.

»Ihr redet nicht häufig miteinander?«, stellt Trevor in den Raum.

»Das ziehst du aus der Tatsache, weil ich nicht weiß, welche fucking Oper sie schon gesehen hat? Sag mir mal, welche Charlie kennt.«

»Charlotte«, verbessert Trevor geistesabwesend und schiebt seine Hand wie selbstverständlich in meinen Nacken. Und die Wahrheit ist, die letzten Wochen war es auch selbstverständlich, dass er mich so berührt, aber in Cams Gegenwart ist das etwas anderes.

»Du hast keine Ahnung«, knurrt Cam immer dunkler.

»Wovon genau?«, erkundigt Trevor sich sanft. Viel zu sanft. Viel zu gefährlich.

»Lässt sich in vielen Punkten anwenden.«

»Sprich dich aus, was ist dein Problem?«

Oh nein, oh nein, oh nein. Ich schwitze immer heftiger und fühle mich immer unwohler. Die beiden machen auf mich den Eindruck, als wären sie entfesselt, als würde ausbrechen, was seit Längerem schwelt und brodelt.

Ich kann und werde nicht eingreifen, weil mir mit einem Mal klar wird, dass ich nicht weiß, auf wessen Seite ich mich schlagen soll. Und die sogenannte Verantwortung, die Verpflichtung, die ich vor Gott und der Welt eingegangen bin, hilft mir auch nicht bei der Entscheidung. Denn ich habe mich BEIDEN verpflichtet.

»Oh, wo soll ich anfangen?«, höhnt Trevor währenddessen.

»Am Anfang.« Cameron grinst seinen besten Freund an, oder ist er das längst nicht mehr? Sind sie überhaupt noch Freunde?

Habe ich sie entzweit?

Und wenn, wie hätte ich das verhindern sollen?

Indem du dich nicht in Trevor verliebst, zum Beispiel.

Was?

Ich kann spüren, wie das Blut meinen Kopf verlässt, als diese einschneidende Botschaft genau in diesem so unpassenden Moment zur Gewissheit wird.

Ich habe mich in ihn verliebt. Oh. Mein. Gott.

Währenddessen gehen die Entfesselten weiter aufeinander los, die Worte erfolgen wie Peitschenläge.

»Warum nicht in der Mitte?«

»Meinetwegen auch dort, so ein wirrer Geist setzt sich ja öfter mal über alle Regeln hinweg.«

Trevor lacht gereizt. »ICH setze mich über alle Regeln hinweg? Du willst mich verarschen, richtig?«

»Einfach, es so zu erklären, oder? Aber kann ich verstehen, dann musst du dich wenigstens nicht der Wahrheit stellen.«

»Ach, und die wäre?«

»Dass du ein Arschloch bist«, erwidert Cam schulterzuckend.

»Deiner Ansicht nach.«

»Und deiner?«

Trevor wirkt nun überhaupt nicht mehr belustigt, als er sich Cam über mich hinweg entgegenbeugt und ich hastig zurückweiche. »Ich glaube, es gibt hier nur ein Arschloch im Raum, und das bin nicht ich. Charlotte auch nicht.«

»Charlie«, knurrt Cam und schiebt Trevor einfach von mir zurück.

OH MEIN GOTT.

Mayday! Mayday!

Ich drehe gleich durch. Sie drehen gleich durch. Alle drehen gleich durch.

Trevor starrt Cams Hand an, als hätte er nicht richtig gesehen.

»Ich habe die Scheiße schon viel zu lange mitgespielt«,

bricht es aus Cameron heraus und springt auf. Ich tue es ihm automatisch nach, denn ich fürchte, dass er gleich auf Trevor losgeht. Auch dieser schießt in die Höhe und funkelt Cam über meinen Kopf hinweg an.

Cam hat nichts Besseres zu sagen, als: »Komm, wir gehen, Baby. Es reicht.« Ich starre ihn an, öffne den Mund, schließe ihn wieder. Ich weiß nicht, was ich tun soll, und Trevor lacht auch noch, weshalb ich ihn schlagen will.

Was bildet er sich ein? Hier ist gar nichts lustig.

»Komm!«, fordert Cam nachdrücklicher, und ich mache einen wackligen Schritt auf ihn zu, stoppe jedoch, als mir klar, wird, dass ich das nicht kann. Aus so vielen Gründen. Ich kann nicht einfach mit ihm verschwinden und das killt mich fast. Aber es ist eine Tatsache.

»Geh jetzt«, flüstere ich. Diesmal bin ich es wirklich, nicht mein Mund. Obwohl ich nichts weniger will, als ihn wegzuschicken. Schon wieder. »Wir sehen uns, Cam«, gebe ich heiser hinzu. Ich erkenne die Fassungslosigkeit in seinen Augen, den Verrat, auch den Schmerz. Und ich will ihm so gern sagen: *Nein, du verstehst das falsch, es ist ganz anders ...*

Aber die traurige Wahrheit ist, dass eben gar nichts anders ist, dass es genauso ist, wie es aussieht. Ich bin mit Trevor verheiratet, an ihn gebunden. Wäre das alles, ich würde sofort mit Cam gehen, würde diese elende Folter heute beenden. Aber mittlerweile bedeutet Trevor mir etwas, ich habe mich in ihn verliebt, er war für mich da, als ich am Boden und ganz allein war. Er ist unglaublich und ich kann davor nicht mehr die Augen verschließen. Ich muss und will bei ihm bleiben. Mit einem winzigen, kleinen Unterschied.

Ich habe dich nicht vergessen, Cam.

Ich würde dich niemals vergessen.

Ich werde auch niemals aufhören, dich zu lieben.

Nur … bist du nicht der Einzige. Nicht mehr.

Er nickt knapp, als hätte er irgendwas von dem gehört, was ich nicht gesagt habe; ein Muskel zuckt unter seiner Wange. Das ist kein gutes Zeichen. Er wird gleich explodieren. Ich erwische mich mal wieder beim Beten, dass er keine Erklärung fordert, sondern einfach geht, aber gleichzeitig, dass er nicht geht, bevor ich das nicht klargestellt habe, bevor ich ihm nicht gesagt habe, dass ich immer noch ihm gehöre …

Irgendwie. Zeitgleich weiß ich, dass nichts davon stattfinden wird. Ich darf nicht ehrlich sein und die kaum verheilten, geradeso verschorften Wunden wieder aufreißen.

Schließlich wendet Cam sich ab. Er verschwindet einfach und die Tür schließt sich hinter ihm. Es hallt laut in meinen Ohren nach, ich fühle mich wie beraubt. Wie ausgesaugt, wie ausgehöhlt. Wieder mal, als hätte ich etwas verloren, das ich zum Leben brauche.

Lange blicke ich auf meine Hände, unfähig, Trevor anzusehen, unfähig, in seinem Gesicht zu finden, was ich fürchte.

Vor allen Dingen habe ich Angst, von ihm zu einer Erklärung aufgefordert zu werden, was ich mir dabei denke, ob ich es immer noch nicht begriffen habe, denn ich habe keine. Ich weiß nicht, was ich ihm antworten soll, ich weiß nicht, was ich sagen soll.

Es ist so grausam, aber ich kann ihm keine Entwarnung geben, ich kann ihm nicht sagen, dass ich Cam nicht mehr liebe, dass ich mich nicht mehr nach ihm sehne, wo ich doch gerade den Gegenbeweis erbracht habe. Das hat Trevor nicht verdient, keiner der beiden hat es verdient. Ein Schluchzen steigt meine Kehle hoch, das ich heldinnenhaft bekämpfe. In mir wütet es so heftig. Ich fühle mich, als hätte ich Cam gerade erst verloren. Als wäre ich wieder völlig allein.

Und ich kann das alles nicht mehr. Ich würde ihm am liebsten hinterherlaufen, ihn anbrüllen, ihn zurückholen. Aber das darf ich nicht.

Meine Lider schließen sich, als Trevor seinen Arm um meinen Bauch schlingt und näher an mich herantritt.

»Bleib«, murmelt er in mein Ohr. Ein Schauer huscht über meinen Körper, weil er mir tatsächlich die Wahl lässt, obwohl ich gar keine habe. Ich muss bleiben. Weil sie es verlangen. Weil mein Körper es verlangt. Vor allem, weil mein Herz es verlangt.

Ja, ich habe mich wirklich in Trevor verliebt.

Irgendwann in den letzten Wochen ist es passiert. Vielleicht, als er mich wegen des Babys getröstet hat, vielleicht als er mit mir gelacht hat, vielleicht als er mir von seinem Leben erzählte und ich merkte, was für ein unglaublicher Mann er ist. Es gibt kein Zurück mehr, vor allen Dingen soll er nicht an mir zweifeln, er DARF nicht an mir, an uns zweifeln. Denn er ist mein einziger Halt. Deshalb wirble ich herum und schlinge meine Arme um seinen Hals, bevor ich ihn hart küsse. So hart, wie ich ihn noch nie geküsst habe. Er muss das Gefühl von Cams Hand auf mir auslöschen, muss diese Verzweiflung vernichten, muss mich ihn vergessen lassen, sonst laufe ich ihm doch nach. Oder ich bleibe. Oder ich gehe, und lasse den Mann, den ich liebe, gehen.

Ich zerreiße! Oh Gott, ich zerreiße endgültig und er muss mich zusammenhalten. Wieder.

Mit einem Ruck drücke ich ihn auf die Couch, und ehe ich mich versehe, sitze ich auf seinem Schoß, vergrabe die Hände in seinem Haar und küsse ihn tiefer. Trevor ist völlig überrumpelt, aber er stößt mich nicht von sich, sondern packt sofort meine Hüften, geht sofort auf mich ein. Ich weiß nicht, ob ich es mir einbilde, aber ich glaube, auch er ist verzweifelt. Ich glaube auch er muss einiges rauslassen. Bei mir. In mir. Weil ich für ihn da bin, wie er für mich da ist.

Wir müssen uns zeigen, wer wir sind. Wieder.

Ehe ich mich versehe, habe ich seinen Gürtel aufgezogen und knöpfe seine Hose auf. Irgendwie schaffe ich es, mein Höschen zur Seite zu zerren. Mein Stöhnen dämpfe ich an seinem Mund, als ich mich auf ihm niederlasse. Ich weiß, ich werde in die Hölle kommen, aber sofort fühle ich mich besser, als ich ihn in mir spüre. Sofort kann ich einfach loslassen. Ich umfange Trevors Wangen und küsse ihn völlig entfesselt, aber er macht mir einen Strich durch die Rechnung, packt mich fest am Arm und zieht mich neben sich auf die Couch. Mit beiden Händen stütze ich mich keuchend an der Lehne ab, während er mein Haar greift und sich dann hart von hinten in mich schiebt.

So hart, dass ich fast zerbreche. So hart, dass mir sofort klar wird, wie wütend er gerade ist. So hart, dass ich weiß, ich habe gerade einen großen Fehler begangen.

Fest bohren sich seine Finger in meine Hüfte, während er sich immer und immer wieder ungezügelt in mich treibt. Ich beiße die Zähne aufeinander, als ein heftiges Stöhnen aus mir brechen will, und kralle meine Hände noch fester in die Couchlehne. Oh Gott, was passiert hier?

Trevor zieht mich am Haar nach oben, sodass mein Rücken gegen seine Brust prallt und bringt seine Lippen an mein Ohr.

»Du. Wirst. Dich. Nie. Wieder. Von. Einem. Anderen. Anfassen. lassen«, knurrt er atemlos und begleitet jedes Wort mit einem harten, tiefen Stoß. Ich explodiere fast und gleichzeitig zieht es sich heftig in meiner Brust zusammen. »Das war das letzte Mal, Charlotte!«

Damit kommt er einfach in mir und ich blicke keuchend

über meine Schulter zu ihm.

Immer noch hält er mich am Haar fest und nimmt seinen Blick nicht von mir, während er tief in mir pulsiert. Aber er stöhnt nicht, er keucht nicht, er regt sich nicht, nur seine Nasenflügel blähen sich und der Hass explodiert in seinen blauen Augen. Hass auf mich? Hass auf Cam? Hass auf sich selbst? Ich sauge diesen Hass in mich auf und weiß, dass ich ihn verdient habe. Nur deshalb halte ich still und senke nicht den Blick, bis das Pulsieren nachlässt. Harsch atmet er aus der Nase aus und stößt mich von sich. Atemlos sinke ich auf die Couch, während er seine Hose schließt.

»Trevor«, murmle ich völlig ausgelaugt, aber er verschwindet, ohne einen Blick oder ein Wort im angrenzenden Bad. Jeder seiner Schritte offenbart seine Wut und ich weiß, ich habe es total verkackt. Bei beiden verkackt, dabei wollte ich das doch gar nicht. Ich wollte nicht, dass er so wütend auf mich ist, auch wenn mein Herz so laut nach Cam brüllt, auch wenn ich ihn nicht fortschicken wollte. Ich wollte diese Enttäuschung nicht in seinen Augen sehen, aber ich kann Trevor auch nicht zurücklassen. Nicht mehr. Ich brauche ihn. Ich brauche seine Hände, wie ich Cams brauche.

Ich brauche seine Küsse, wie ich Cams brauche.

Ich brauche diesen Mann, wie ich den anderen brauche.

Dachte ich noch vor ein paar Monaten, mein Leben wäre ein Chaos, werde ich nun eines Besseren belehrt. Denn erst jetzt versinke ich wirklich darin. Erst jetzt weiß ich, wie es sich wirklich anfühlt, ins Bodenlose zu fallen.

Erst jetzt habe ich ein echtes Problem

Denn ich liebe tatsächlich zwei Männer.

Und ich kann und will mich nicht entscheiden.

Niemals.

43. UM HAARESBREITE

Cameron

Ich kann nicht in diesem Büro bleiben, denn es sind nur wenige Meter zu ihm.

Zu ihr.

Ihn werde ich töten und es vielleicht eines Tages bereuen, wer weiß, und sie … Sie.

Fuck, sie war nie schöner.

Die Bahamas haben ihr gutgetan, wie damals Brasilien.

Die Sonne bringt ihre Schönheit noch mehr zur Geltung. Sie lässt ihre Augen noch mehr strahlen und dann dieses Kleid. Die Parallelen waren so groß, ich musste mich immer wieder daran erinnern, was alles in der Zwischenzeit geschehen ist, wie viel sich verändert hat.

DASS sich was verändert hat, war nicht zu ignorieren.

Ich bin nicht mehr ihr Mann.

Sie ist jetzt sogar mit einem anderen verheiratet.

Und das pisst mich an.

Mehr, als ich gerade verkraften kann.

Rastlos stürme ich durch den Gang, denn ich muss hier raus. Diesmal bin ich mir nicht sicher, wiederzukommen. Eben weil ich damit rechne, irgendwann zu bereuen, wenn ich ihn einfach kille.

Er hat sie angefasst!

Fuck, er hatte mir geschworen, es nicht zu tun, und er hat es doch getan.

Ich weiß es einfach.

Ich fühle es.

Ich kenne diesen Blick.

Ich weiß, was es bedeutet, dass Charlie mich weggeschickt hat.

Er hat sie verdammt nochmal angefasst, oder?

Ich springe in meinen BMW und jage kurz darauf die Straße lang.

Genau zwanzig Meter, dann stehe ich fluchend an der ersten Ampel.

ICH HASSE LONDON!

Mehr noch als Manhattan, weil kein Idiot jemals auf die Idee kommen würde, in Manhattan mit dem Auto zu fahren. Aber in London hat man keine andere Wahl, wenn man nicht direkt in der City wohnt, was sich kein Schwanz leisten kann.

Meine Finger trommeln auf das Lenkrad, an jeder roten Ampel nehme ich das iPhone zur Hand, und sehe nach, ob eine Nachricht eingetroffen ist, was natürlich nicht der Fall ist. In der nächsten Sekunde will ich mich schlagen, weil ich mich überhaupt der Hoffnung hingegeben habe.

Ich tippe sogar ein paar Zeilen ein.

C: Wenn du glaubst, ich akzeptiere das einfach so, hast du dich getäuscht …

Lösche sie wieder und fange erneut an:

C: Was zur Hölle geht zwischen dir und dem Wichser vor? Willst du mich verarschen? Vergiss nicht, zu wem du gehörst, Charlie, WEM du gehörst und immer gehören wirst.

Aber auch das schicke ich nicht ab.

Irgendwann werfe ich das Handy auf den Rücksitz, damit ich ja nicht noch mal in Versuchung gerate, vor allem macht mich allein der Anblick tobsüchtig.

Ich.

Kann.

Damit.

Nicht.

Umgehen.

Nicht damit.

Nicht mit diesem Verrat, und die gesamte Angelegenheit stinkt geradezu nach Verrat.

War also alles gelogen? Wollte er mich nur auf eine andere Fährte locken, um sich in aller Seelenruhe an sie ranzumachen?

Und ich Idiot habe ihm geglaubt.

Warum auch nicht, verdammt!

Er ist mein bester Freund.

WAR!

Ha!

Er war mein bester Freund.

Und ich dachte, ich tue ihr einen Gefallen, wenn ich nicht bei der Hochzeit auftauche, um es ihr nicht noch schwer zu machen. In Wahrheit habe ich ihm den Weg geebnet, und das Arschloch hat es unter Garantie gefeiert.

Ein Problem weniger.

Ein Störer weniger.

Ein Unsicherheitsfaktor weniger.

Ich Idiot.

Ich verdammter Idiot!

Und was ist überhaupt mit ihr?

Ich dachte, sie liebt mich, aber wahrscheinlich war das nur gelogen.

Wahrscheinlich war nichts echt.

Fuck, ich hasse mein Leben.

Ich hasse Trevor, aber vor allem hasse ich sie.

So sehr.

So fucking sehr.

»FUCK!«, brülle ich und drücke meinen Fuß noch fester auf das Gas. Der Wagen macht einen Ruck nach vorne und prallt fast in den SUV vor mir. Aber mir ist das egal. Fuck, ich will dass dieses Metall kaputtgeht. Als der SUV hupt, tue ich es ihm nach und überhole ihn einfach rechts.

Gefickt hat er sie, oder?

In ihr war er.

Auf den Bahamas.

Oder?

Oder wieso. Hat. Sie mich. Sonst. Weg. Geschickt?

Meine Hände umklammern das Lenkrad immer fester, alles verschwimmt in den Seiten meines Blickfeldes, als ich immer weiter Gas gebe und mich irgendwie an den Autos vorbeizwänge.

Rechts.

Links.

Mir egal.

Fuck!

Es ist mir alles egal!

Denn sie hat ihm nicht gesagt, dass sie mich liebt und ist mit mir gegangen.

Sie ist geblieben.

Bei ihm.

BEI MEINEM FUCKING BESTEN FREUND!

»FUUUUUUUCK!«, brülle ich aus vollem Halse und fühle, wie mir der Schweiß aus jeder Pore strömt. War es hier schon die ganze Zeit so heiß?

War er schon immer so eine verräterische Ratte und sie so eine beschissene Schlampe?

»SCHLAMPE!«, brülle ich und boxe so fest auf mein Lenkrad, dass meine Knöchel aufplatzen. Das Auto schlingert hupend und ich kann gerade so dagegenlenken, als ich auf die Gegenfahrbahn gerate und fast mit einem beschissenen Bus kollidiere.

MIR EGAL.

»HURE!« Charlie ist so eine Hure und ich. Will. Sie. Nie. Wieder. Sehen.

Nie wieder riechen.

Nie wieder fühlen.

Sie ist für mich gestorben.

Er ist für mich gestorben.

Sollen sie doch verdammt nochmal glücklich werden. Harsch lache ich auf, denn das können sie doch gar nicht.

Diese Menschen wissen nur, wie man sich gegenseitig die Seele aussaugt.

Nichts weiter.

»FOTZE!«

Verdammtes Mistsück.

Er hat sie gefickt.

Er hat sie angefasst.

Er hat sie gehabt.

Auf.

Den.

Fucking.

Bahamas.

Unbarmherziger.

Skrupelloser.

»WICHSER!« Hart ramme ich meinen Fuß auf die Bremse, als ich bemerke, dass ich direkt auf die beschissene Themse zufahre und kralle mich noch fester ins Lenkrad.

Fuck, ich habe vor lauter Wut vergessen eine Kurve zu nehmen und jetzt rausche ich direkt auf einen Brückenpfeiler zu.

»FUUUCK!«, noch härter presse ich meinen Fuß dagegen. Die Reifen quietschen, Rauch steigt sogar empor und es riecht nach verbranntem Gummi. Aber der Wagen stockt eine verfickte Haaresbreite vor dem Pfeiler.

Und damit auch die Wut.

Ich sitze da, fühle nur das Herz in meiner Brust rasen. Dieses verfickte Herz, das gerade gebrochen wurde. So sehr wie noch nie.

Denn sie hat sich entschieden. Für ihn.

Und das werde ich niemals verzeihen.

Niemals.

Niemals.

Niemals.

44. TAG DER WAHRHEIT

Charlie

In der nächsten Woche kann ich mich nicht retten. Mehrmals sucht mich meine Mutter heim, die anscheinend nicht genug von meinem neuen Leben bekommen kann.

Ich bringe nicht die Kraft auf, sie wegzuschicken, wofür ich mich nicht liebe, so viel kann ich sagen, denn diese Frau nervt unheimlich.

Warum ist mir das nicht früher aufgefallen?

Ich tröste mich damit, dass ich mir auch in Zukunft nicht immer aussuchen kann, mit wem ich es zu tun bekomme und übe mich in Geduld und Small Talk.

Sie wird sozusagen mein Versuchsobjekt, ohne es zu wissen. Gleichzeitig versuche ich, sie nicht vor den Kopf zu stoßen und ihr trotzdem klarzumachen, dass ich meine eigenen Entscheidungen treffe. Egal in welcher Situation.

Seitdem mein Dad tot ist, hat meine Mom jeglichen Biss verloren, Angst habe ich auch nicht vor ihr, die treibende Kraft war wohl immer mein Vater. Sie versucht natürlich, auf mich einzuwirken, heute mehr denn je, denn inzwischen bin ich die Person, die dem Puls der Macht am nächsten ist. Sie will ihren Einfluss nicht verlieren, um im entscheidenden Moment ihre Interessen durchsetzen zu können. Ich schlängele mich so durch meine Tage, indem ich nicht unbedingt mache, was sie will, aber es wenigstens vorgebe, damit sie Ruhe gibt.

Trevor sehe ich so gut wie gar nicht, er ist beschäftigt, auch die Abendessen nehme ich allein oder mit meiner Mom ein. Anscheinend ist er immer noch wütend auf mich, und ich kann nichts daran ändern. In den ersten zwei Tagen nach dem Büro-Eklat habe ich ihn häufig angerufen und gefragt, ob er zum Essen kommt, aber nach dem dritten eiskalten Korb gab ich mich stillschweigend geschlagen.

Allmählich macht sich auch ein gewisser Trotz in mir breit, denn genau genommen habe ich keine Ahnung von dem, was Trevor denkt.

Ich weiß nicht, was er für mich empfindet, ob überhaupt, wir hatten Sex, ja, aber wenn ich eines von Tessa gelernt habe, dann, dass Sex für Männer Sex ist.

Besonders für Trevor Stuart.

Punkt.

Ende.

Aus.

Das hat nichts mit Gefühlen, sondern eher mit Entladung zu tun. Solange ihnen gefällt, was sie unter oder über sich haben, machen sie es gern und oft.

Männer sind solche … widerlichen Gestalten. Je länger ich darüber nachdenke, desto wütender werde ich. Er tut ja gerade so, als hätte er nicht gewusst, wen er heiratet und wem mein Herz gehört. Außerdem sehe ich überhaupt nicht ein, ihn über die neuesten Entwicklungen aufzuklären. Sein empörendes Verhalten klärt auch ein wenig meinen Kopf, denn in meinem Denken, war er bisher wie der weiße Ritter, der mich aus meinem dunklen Loch befreite, mich aus dem tiefen dunklen Meer zog, bevor ich ertrinken konnte. Während Cam immer der Dunkle, der Mysteriöse war, der in den Schatten lauerte, um mich im ungeeignetsten Moment daran zu erinnern, wie sehr ich ihm verfallen bin.

Pah!

So schnell kann man sich was vormachen.

Mehr und mehr gelange ich zu der Überzeugung, mal wieder einer Täuschung aufgelaufen zu sein, und ich erinnere mich daran, dass es im Leben selten nur Schwarz und Weiß gibt.

Je nach Stimmungslage tendiere ich mal zu dem einen und mal zu dem anderen, rede aber mit keinem von beiden. Auch bei Trevor probiere ich es nicht mehr. Jedes Mal, wenn ich ihn anspreche, sind da so seltsame Dinge in seinem Blick, die mich auch aus dem Gleichgewicht werfen können. Und bei Cam habe ich mich nicht mehr gemeldet, weil ich weiß, dass er Dinge fordern könnte, die zu geben ich nicht bereit bin, die er auch garantiert nicht durchdacht, sondern in seinem unbändigen Temperament einfach so ausgestoßen hat.

Außerdem ist mir klar, dass ich überwacht werde. Der Tod meines Dads hat mich noch vorsichtiger werden lassen. Denn auch wenn er mir alles genommen hat, was mir etwas bedeutete, jedenfalls zum damaligen Zeitpunkt, beschützte er mich doch immer. Solange er lebte, konnte ich mich darauf verlassen, dass er mir im Zweifelsfall helfen würde, und jetzt ist er weg.

Ich kann nicht wissen, wie Trevor zu mir steht, ob sein Schutz nicht abhängig davon ist, wie gut ich mitspiele, und was wohl passiert, wenn ich ihn irgendwie verärgere.

Genau genommen ist er inzwischen der Thronfolger und

sein Dad schickt sich im nicht allzu fernen Schottland an, den Thron zu besteigen. Die offizielle Krönung soll Ende des Sommers in Edinburgh stattfinden. Und obwohl es Trevor wenigstens bisher gelungen ist, uns aus diesem Teil der grausamen Geschichte rauszuhalten, gelingt es mir längst nicht mehr, die Echos, die aus Schottland zu uns rüberwabern, zu ignorieren.

Die Abspaltung ist erst am 31.Dezember des kommenden Jahres perfekt. So viel Zeit haben sich beide Parteien für die Verhandlungen gegeben, für all die Dinge, die vorab geklärt werden müssen, aber trotzdem agiert Schottland schon unabhängig. Der König übernimmt nach und nach die Regierungsgeschäfte, das Parlament wird in seine Schranken verwiesen, und es gab bisher keinen Aufstand. Vielleicht, weil das Volk es wirklich so will. Und so wird in einer Zeit, in der in den meisten Ländern die Monarchie zumindest vollständig entmachtet, wenn nicht sogar abgeschafft wird, in einem kleinen Land auf einer nicht zu großen Insel die Monarchie neu eingeführt. Weil das Volk viele Jahrhunderte darauf gewartet hat und meint, das Schicksal würde ihm derartiges schulden.

Eine Weile sah es übrigens so aus, als würde England sich nicht in sein Schicksal fügen, als wollte es mit Gewalt dafür sorgen, dass Schottland ein Teil von ihm bleibt. Referendum hin oder her. Zum ersten Mal bekam ich auch politisch zu spüren, wie sehr mein Dad fehlt, der nicht länger im Hintergrund die Verhandlungen führt und dafür sorgt, dass die See ruhig bleibt.

Die Zeitungen titelten täglich von neuen Invasionsplänen, berichteten, die Panzer würden bereitstehen, um sich Schottland, vor allen Dingen das Volk, erneut untertan zu machen – es wurde nur freundlicher ausgedrückt.

Am Ende haben sie sich besonnen, vielleicht, weil sich die ganze Geschichte ein wenig zu totalitär anließ, und das nicht einmal zum Empire passt. Schließlich sind sie die Guten, die Generösen, die Weißen. Aber glücklich ist man nicht, und die Verhandlungen über zukünftige Beziehungen, vor allen Dingen den Handel lassen sich zäh an. Der Engländer musste schon viel Land und Einflussbereich einbüßen, aber Schottland trifft ihn bis ins Mark.

Ich habe an mir bemerkt, wie ich auch in diesem Belang mehr und mehr zerrissen bin. Längst weiß ich nicht mehr, zu wem ich tendiere, weil ich immer mehr zwischen die Fronten gezogen werde. Mein Herz gehörte immer dem Königreich, aber inzwischen bin ich eine Schottin, und nicht nur irgendeine, sondern die zukünftige Königin. Davon bleibe ich nicht unberührt. Ich bin die Frau, die an Trevors Seite eines Tages dieses Land regieren wird. Und so wie es sich anlässt, ohne jegliche Abstriche.

Ich weiß nicht, ob ich diesen Tag ohne den Schutz meines Vaters erleben werden, wenn mich nur noch mein launischer Ehemann schützen kann, den ich neuerdings ausschließlich nachts sehe. Wenn er irgendwann zu mir ins Bett steigt und mich hart an sich zieht. Dann vergräbt er sein Gesicht in meinem Nacken und schläft. Er verliert kein Wort, sagt absolut gar nichts, wartet anscheinend darauf, dass ich den Anfang mache. Womöglich werde ich das auch, wenn ich Antworten auf seine zahlreichen Fragen habe, die er bisher nicht gestellt hat.

Manchmal schiebt er sich auch einfach in mich. Immer von hinten. Immer schweigend. Immer hart. Immer bestrafend.

Ich schließe dennoch die Lider, genieße es, ihn in mir zu haben, bewege mich im Takt mit ihm. Manchmal ziehe ich seinen Mund sogar auf meinen, weil ich mehr von ihm brauche und vergehe gleichzeitig wegen meines schlechten Gewissens, das mir immer wieder Cam vor Augen schiebt.

Cam, wie er mich mit einem wissenden, spöttischen Grinsen ansieht.

Cam, wie er auf mich deutet und sagt: Du machst dir was vor, Charlie.

Dabei ist es nicht so.

Wenn ich von meiner Zofe geweckt werde, ist Trevor stets verschwunden, vermutlich in die Firma. Vielleicht auch woanders hin, ich wage ihn nicht zu fragen, weil er mich dann vielleicht auf die andere Sache ansprechen würde, auf die ich immer noch keine Antworten habe.

Als wäre das nicht alles schon schlimm genug, habe ich jetzt gleich drei Lehrer, die viel Zeit in Anspruch nehmen.

Mister Williams unterrichtet mich in schottischer Geschichte und bringt mir die Ahnenreihe meiner neuen Familie nahe.

Mister Carter ist dazu da, mich in der gälischen Sprache zu unterrichten und in die Etikette des schottischen Königshauses einzuweisen. Man merkt sofort, dass dieses vor ein paar Jahrhunderten stillgelegt wurde, denn das Ganze mutet teilweise an, wie ein mittelalterliches Konzil.

Ob das dem vertrockneten Mister Carter auch bekannt ist, weiß ich nicht. Er lässt sich nichts anmerken, was garantiert auch gegen irgendeine Etikette verstoßen würde, aber ich weiß jetzt, dass das Schlimmste bereits an mir vorbeigegangen ist. Denn normalerweise wäre die erste Nacht ganz anders verlaufen. Mit Zuschauern, welche der königlichen Vereinigung beiwohnen, die bezeugen, damit niemand behaupten kann, wir würden nicht versuchen, einen Thronfolger zu zeugen. In dieser Angelegenheit ließ sich Mister Carter sogar zu einem Statement herab: »Nun, ich glaube nicht, dass diese spezielle Tradition auch heute noch ihre Anwendung findet.«

Das beruhigt mich ungemein, und ich schicke ein stilles Gebet des Mitleides an meine Vorfahren, die sich bei der Zeugung des Nachwuchses zuschauen lassen mussten.

Spätestens in den Stunden mit Mister Carter wird mir bewusst, wie wenig solche Ehen, wie ich in einer stecke, mit Liebe zu tun haben. Sie dienen dem Erhalt des Geschlechts, der Weiterführung der Erblinie, der Zeugung von Nachkommen. Privatsphäre gleich null. Zuneigung gleich null. Gemeinsame Zeit gleich Null. Man traf sich nur zum Kindermachen und ging sich ansonsten aus dem Weg, hatte sich nichts zu sagen. Natürlich war mir so etwas auch vorher nicht unbekannt, die strengen Regeln des spanischen Königshauses sind mir vertraut, aber ich hätte nie gedacht, dass sie auch auf Schottland zutreffen.

Oder dass sie mich jemals betreffen würden.

Dann wäre da noch Miss Smith, die zwar einen sehr gewöhnlichen Namen hat, deshalb aber doppelt oder sogar dreifach so viel nerven kann und für meine Garderobe zuständig ist.

Ich stamme aus der britischen Oberschicht. Das heißt, ich besaß schon immer ein eigenes Ankleidezimmer und mehr Kleidung, als ich jemals in meinem Leben auftragen konnte. Aber jetzt habe ich drei eigene Schneiderinnen, die den ganzen Tag nichts anderes zu tun haben, als Kleidung für mich zu schneidern.

Eine schottische Prinzessin trägt keine Labels, die Gefahr, in irgendeinen Fettnapf zu treten, ist viel zu groß. Überhaupt bekomme ich immer mehr das wenig nette Gefühl, von meiner Mom nicht angemessen auf diesen Weg, den mein Schicksal genommen hat, vorbereitet worden zu sein. Ich gehe zu schnell, ich gehe zu aufreizend, ich bin zu dick – ja, auch das –, ich lächele nicht strahlend genug, Smalltalk beherrsche ich auch nicht und überhaupt gibt es noch jede Menge an mir zu tun.

Mein Make-up wird völlig geändert. Neuerdings bin ich die keusche junge Frau, die aussieht, als würde sie schon umfallen, wenn sie an einer Butterblume riecht. Meine Haare fallen immer in weichen Wellen über meinen Rücken, maximal darf ich sie in einem straffen Knoten auf meinem Kopf tragen, sodass mein Gesicht besser zur Geltung kommt.

Mit einem Mal ist meine Blässe vornehm und wird noch hervorgehoben. Meine leichte Bahamas-Bräune fand überhaupt keinen Anklang.

Für all das, bis hin zu meinen Schuhen, ist Miss Smith verantwortlich. Sie soll dafür sorgen, dass ich es lerne, wie eine Prinzessin zu reden, zu laufen, zu leben.

Das bezieht sich selbst auf das Essen, denn neuerdings ist es mir verboten, meinen Teller zu leeren, weil das als Völlerei entlarvt werden könnte. Neben meinem Outfit, meinem Lächeln, meinem Gang und meiner Art zu sprechen, die – wenn man Miss Smith glauben darf –, völlig bauernmäßig ist – geht es auch um das richtige Auftreten in der Öffentlichkeit.

Diese vornehme Zurückhaltung, die ich neuerdings immer demonstrieren soll.

Vor allen Dingen soll jeder sehen, wie ergeben ich meinem Mann bin. Ich muss wohl nicht hinzufügen, dass ich immer ein paar Schritte hinter ihm zu gehen habe. Das stört mich nicht, überrascht mich nicht mal. Schließlich hat das Phillip auch hinbekommen, außerdem gilt es ohnehin erst, wenn er den Thron bestiegen hat, was vermutlich Jahrzehnte in der Zukunft liegt. Sein Vater macht einen sehr gesunden Eindruck.

Ich glaube auch nicht, dass Trevor scharf darauf ist, sich auf den großen Stuhl zu setzen; bisher wurden wir auch nicht nach Schottland befohlen. Was mich sehr, sehr beruhigt.

Es ist ein schönes Land – wenn man Grün mag und vor allen Dingen auf Dudelsackmusik am Morgen steht. Das Schloss ist zwar alt, aber topmodern restauriert, es wohnt sich dort nicht schlecht. Vor allen Dingen gibt es Pferde, und ich liebe Pferde.

Aber es gibt auch die böse Stiefmutter und den gruseligen König, -- also alles, was es für ein gutes Märchen braucht. Das sind Gründe genug, aber nicht der wichtigste, denn wenn ich nach Schottland gehe, muss ich Cameron zurücklassen.

Auch, wenn er mich nun womöglich hasst, weiß ich ihn in der Nähe und das ist beruhigend. Es ist nicht endgültig, ich weiß, dass ich ihn theoretisch binnen weniger Minuten sehen könnte …

In Schottland wäre das nicht mehr so einfach.

Als die Sprache auf den anstehenden Opernbesuch kommt, ist Miss Smith hellauf begeistert. Die kleine, dürre Frau mit den vielen Silberreifs an den fleckigen Armen, klatscht die Hände ineinander.

»Ohhh, das ist gut, das ist sehr gut. Das können wir perfekt als Generalprobe nutzen, Eure königliche Hoheit.«

Das ist neuerdings meine Anrede.

»Sie ist anonym genug, dass kleine Patzer nicht auffallen werden, zumal Sie in der Loge sitzen werden.« Ihre faltige Stirn wirft noch mehr Wellen als ohnehin schon. »Sie dürfen nicht vergessen, dass man Sie im Auge behält, was auch immer Sie tun, es wird gesehen. Wenn Sie sich kratzen, wenn Sie sich ins Gesicht fassen …«

Wenn Sie popeln – will sie eigentlich sagen, wagt es aber nicht. Es ist ganz angenehm, dass immer eine gewisse Distanz und Vorsicht herrscht. Sie fordern viel, mehr, als ich eigentlich geben will, sie haben keine Skrupel, mir zu erklären, wenn ich etwas falsch mache, und doch treten sie mir nie zu nahe.

Am nächsten Morgen treffen die drei Schneiderinnen ein, um mir diverse Stoffe für mein Kleid in der Oper vorzulegen. Inzwischen habe ich gelernt, denn ich sehe Miss Smith einfach fragend an, die sich – nicht unerwartet –, für einen schneeweißen Spitzenstoff entscheidet, der mit Silberfäden durchwirkt ist.

»Ein wenig Glamour können wir uns für den Anlass schon leisten«, sagt sie gönnerhaft.

Es wird ein figurbetontes, hochgeschlossenes Kleid, auf meinen Kopf bekomme ich ein dezentes Diadem, aus dem Juwelenbestand der Stuarts, und für die Schuhe kommen ein paar Tage später einige Muster von verschiedenen Händlern, bei denen das Paar nicht unter fünfhundert Pfund zu bekommen ist. Schuhmacher zu beschäftigen ist wohl selbst für die Stuarts zu aufwendig. Ganz offensichtlich gibt man sich alle Mühe, die alternden britischen Royals auszustechen, was wohl nicht schwer sein dürfte. Gerade reist Charles durch die ganze Welt, um seine Antrittsbesuche zu machen, und alles, was man sieht, ist ein uralter Mann mit seiner faltigen Frau, beide maximal hässlich.

Scheiß auf das Karma, das ist nur die Wahrheit.

Wenn ich nicht mit meinen Lehrern beschäftigt bin und auch meine Mom erfolgreich abwimmeln konnte, dann fahre ich mit Albert hinaus ins Grüne. Der Frühling geht allmählich in den Sommer über, die Tage werden immer länger, die Temperaturen steigen.

Ich leiste mir den Luxus für Ausflüge, damit er laufen kann, auch wenn das immer ein Staatsakt ist, denn wir fahren vor die Tore der Stadt.

Wir, das heißt meine Limousine, drei Motorräder vor uns und die Bodyguards hinter uns. Anfänglich hatte ich auch ein echt schlechtes Gewissen, aber in diesem Haus fehlt mir die Luft zum atmen, und meine Angst vor einem erneuten Überfall meiner Mutter ist bald groß genug, dass ich nicht länger drüber nachdenke.

Sie will immer mit mir zum Friedhof fahren, was ungefähr den gleichen Aufwand verursacht. Minutenlang stehen wir an dem Grab, während Mom vorgibt zu trauern. Ich gebe mir nicht so viel Mühe, alles, was ich an Trauer aufbringen konnte, ist längst verflogen.

Mein Vater hat mich in diese widerliche Situation gebracht, dass ich in einer Nacht von zwei Männern träume und manchmal mit Camerons und manchmal mit Trevors Namen auf den Lippen aufwache. Er ist dafür verantwortlich, dass ich neuerdings auf zwei völlig verschiedene Aftershaves abfahre, gemischt mit dem sexy Eigengeruch entweder des einen oder des anderen. Meine Nase ist so verwirrt wie ich, und es wird immer schlimmer. Es ist nur noch eine Frage der Zeit, bis ich den einen mit dem Vornamen des anderen anspreche. Und als wäre das alles nicht schon grausam und vernichtend genug, habe ich Cam seit gefühlten Ewigkeiten nicht mehr gespürt, konnte meine Hände nicht mehr über seine Haut wandern lassen, konnte mich ihm nicht mehr hingeben, mich in seinen Armen fallen lassen und für einen langen Moment die Realität ausschließen.

Ach, und er hat sich auch nicht gemeldet. Natürlich nicht, denn ich habe ihn ja weggeschickt. Dabei fehlt er mir so sehr.

Trevor ist normalerweise wundervoll – also wenn er nicht gerade wütend auf mich ist –, aber er konnte diesen Mangel nie auffangen, denn er ist nicht Cameron. Und wird es niemals sein.

Das ist der einzige Makel an ihm, für den er nun wirklich nichts kann, und ich ermahne mich immer wieder, ihn nicht dafür zu bestrafen, fair zu bleiben, aber ist der Zug nicht schon längst abgefahren?

Direkt vor der Stadt, wenn man auch die Surbans hinter sich gelassen hat, erstreckt sich ein weites Areal unbebauten Heidelandes. Anscheinend gehörte es einem steinreichen Naturliebhaber, der keine Erben hatte, weshalb die Besitzverhältnisse derzeit ungeklärt sind. Meine Bodyguards lieben diesen Ort, denn er ist gefühlte Kilometer weit überschaubar. Hier kann ich Albert rennen lassen, ungestört meinen Gedanken nachgehen und durchatmen. Vor allen Dingen bin ich sicher vor meiner Mom, denn sie würde sich niemals in die Natur verirren. Laut ihren Angaben leidet sie an geschätzt tausend Allergien, die ihr das verbieten, weshalb sie nicht mal in Yorkshire jemals draußen unterwegs ist.

Ich bin sicher vor meinen Lehrern, vor dieser übergriffigen Miss Smith, die immer an meiner Figur rummäkelt, ich bin fast frei. Wenn ich die drei grimmigen Männer in den schwarzen Anzügen einfach ignoriere, die mir in angemessenem Abstand folgen.

Hier ist der »angemessene Abstand« am größten, weil sie

jeden Angreifer auf ein paar hundert Meter sehen können. Es gibt nicht mal einen Baum, in dem er sich verschanzen könnte.

Ich fühle den Wind um mein Gesicht wehen und schließe die Augen, während Albert tobt und Mäuse fängt, oder was Hunde in seiner Größe sonst so tun.

Das sind die raren Momente in meinem neuen Leben, in denen ich für mich bin.

Aber glücklich? Davon bin ich weit entfernt.

Ich fiebere dem Abend des Opernbesuches entgegen und fürchte ihn gleichermaßen.

Mein erster offizieller Auftritt als Princess of Appin.

Das Aufeinandertreffen mit Melody.

Vor allen Dingen das Aufeinandertreffen von Cameron und Trevor, denn ich bin mir sicher, dass sie sich in der Firma aus dem Weg gehen, weil noch kein Mord geschehen ist.

All das wird nicht leicht werden, meine Interessen bekämpfen sich, denn im Licht der Öffentlichkeit kann ich nicht angemessen auf Melodys Bosheiten reagieren.

Nicht zum ersten Mal in den letzten Wochen wünsche ich mir Tessa an meine Seite, die hätte bestimmt den einen oder anderen Tipp. Aber Tessa ist auch Geschichte. Spätestens seit mir klargeworden ist, dass ich etwas für Trevor empfinde, könnte ich ihr nie wieder in die Augen sehen.

Auf Miss Smiths Geheiß schaue ich Videos von der Queen, wenn sie mit den Menschen sprach, wie ihre Haltung war, wie sie mit schwierigen Gästen umging. Das Einzige, was ich daraus mitnehme, ist, dass ich eben nicht die Queen bin und sie sowieso eine Engländerin war. Hier habe ich es mit Schotten zu tun.

Sind wir doch ehrlich, das Ganze kann nur in einer Katastrophe enden, weil ich mit den Gedanken die meiste Zeit ganz woanders bin.

Am Abend der Aufführung ist alles bereit. Der Friseur kommt am Vormittag und legt mir die Haare, die Visagistin trifft gegen drei Uhr nachmittags ein, um mich auf »jung und unschuldig« zu schminken. Schließlich lasse ich mir in das Kleid helfen und schlüpfe in die Schuhe. Miss Smith setzt mir das Diadem auf den Kopf und reicht mir die kleine Clutch in gleicher Farbe und Beschaffenheit meines Kleides.

Ich betrachte mich im Spiegel, sehe eine gleißende Schönheit, die in dem engen langen Kleid viel größer wirkt, als ich mich in Erinnerung habe. Albert wurde schon am Morgen verbannt, damit nur nichts schief geht. Sie haben ihn in die Küche zu Alice, der Köchin, gebracht, die mir seit Tagen Diätkost vorsetzt, damit ich endlich abnehme.

Die sind hier alle besessen.

Trevor kommt im letzten Moment, bereits im Smoking und sieht umwerfend aus. Der dunkle Stoff betont seine breiten Schultern und seine großgewachsene Gestalt.

Da wir nicht allein sind, wird er sich natürlich formvollendet benehmen und mich foltern.

Sein Lächeln ist halb, deshalb umso betörender und er macht es noch schlimmer, indem er mich zärtlich auf die Wange küsst. Für ein paar Sekunden schließe ich die Lider und atme tief seinen Duft ein. »Wundervoll«, sagt er rau und ich bin an die vergangene Nacht erinnert, als er hinter mir lag und mich am Bauch näherzog. Als er sein Gesicht an meinem Hals vergrub und mich einfach festhielt. Da war ich glücklich, gleichzeitig so unglücklich und zerrissen. Genau wie jetzt, wie in jeder Minute.

Hastig streife ich die Gedanken ab, denn ich kann sicher sein, dass sie sich schon früh genug wieder einstellen, auf mich einprügeln, an mir reißen und zerren werden.

»Wollen wir?«, erkundigt er sich.

»Ist die Armada schon bereit, um uns ganz unauffällig durch die Stadt zu eskortieren?«

»Stört es dich?«

»Dich nicht?«

Trevor verdreht nur die Augen, nickt Miss Smith zu, die entzückt über so viel Royals auf einem Haufen die Hände zusammengeschlagen hat, und führt mich die Treppe hinab. Direkt in die Tiefgarage, wo die gepanzerte Limousine auf uns wartet. Ich kann mich nicht mehr daran erinnern, wann ich zuletzt die Haustür benutzt habe. Da dieses Gebäude kein Garten umschließt, sondern sofort auf die Straße hinausführt, ist ein Spaziergang unvorstellbar. In Wahrheit ist es ein Käfig. Golden – sicher. Aber ein Käfig.

»Es belastet dich«, stellt er fest, als wir mit der üblichen Motorradeskorte vor uns und dem Wagen mit den Bodyguards hinter uns auf die Straße gebogen sind.

Ach schön, reden wir jetzt etwa wieder miteinander?

»Was meinst du damit genau?«

»Gibt es mehrere Optionen?«

»Soll das eine Fangfrage sein?«

Seine Augen verengen sich kurz, er hat einen Arm um mich gelegt und ich fühle ihn flüchtig erstarren. »Also gibt es mehrere Optionen?«

Ich verzichte darauf, das Offensichtliche zu kommentieren.

»Ich bezog mich auf den Opernbesuch. Melody … Cameron …« Ich kann mich täuschen, aber als er Cams Namen ausspricht, könnte ein winziger drohender Unterton zu hören sein.

Wie gesagt, es kann auch eine Sinnestäuschung sein.

»Ja, das wird lustig.«

»Lass dich einfach nicht provozieren. Von keinem.« Trevor könnte knapper nicht klingen. Ich wurde von einem professionellen Visagisten geschminkt, weshalb mein Erröten vor ihm mit Sicherheit verborgen bleibt.

»Also, worauf hast du dich bezogen?«

»Ich kann nicht mal vor die Tür gehen.«

Seine Stirn legt sich in Falten. »Ich hatte Anweisungen gegeben, dass du jederzeit überall hinfahren kannst.«

»Schon bezeichnend, dass du die Anweisung geben musst.«

»Du weißt, wie das läuft.«

»Ich weiß es«, seufze ich.

»Und? Sie bringen dich also nicht überall hin, wohin du willst?«

Wieso reden wir eigentlich nicht endlich über die wirklich relevanten Dinge? Zum Beispiel darüber, was letztens in seinem Büro geschehen und wie wütend er eigentlich auf mich ist? Cam hätte das niemals so lange durchgehalten, wie Trevor. Er wäre noch am selben Tag mit allem rausgeplatzt.

»Doch.« Ich zögere, schlage die Lider nieder und sehe ihn schließlich an. »Aber das meinte ich nicht. Ich … kann nirgendwohin gehen. Jahrelang habe ich mich darauf gefreut, in London zu leben, um endlich … gehen zu können. Straßen entlang, einfach so. Zu shoppen, einfach so.«

»Das ist …«

Ich unterbreche ihn. »Ich weiß, dass es nicht möglich ist,

aus so vielen Gründen, aber es fehlt mir, verstehst du das nicht?«

»Doch, das verstehe ich«, gibt er etwas zugänglicher zu. »Mir fehlt es auch.«

»Super, dann können wir gemeinsam leiden.«

»Es wird besser wenn wir in Schottland sind.«

Er lässt die Bombe so beiläufig platzen, dass ich sie fast nicht erkenne. Deshalb dauert es auch ein paar Sekunden, bevor ich ihn schockiert ansehe.

»Aber bis es so weit ist, vergeht doch noch ein bisschen Zeit, richtig?«, frage ich etwas atemlos.

»Wer weiß? Die Dinge können sich schnell ändern.«

»Was soll das heißen?«

Trevor sieht mich nicht an, sondern mustert das nächtliche London, während er über sein rasiertes Kinn streicht. »Dass die Dinge sich schnell ändern können.«

»Trevor, was genau heißt das?« Steht der Umzug vielleicht kurz bevor? Bleiben mir noch Wochen? Tage?

NEIN!

Er verdreht die Augen. »Wollen wir das jetzt endlos weiterführen?«

»Wäre eine Beschäftigung«, murmle ich unbehaglich. Ich will hier nicht weg. Nicht jetzt. Nicht morgen, ehrlich gesagt nie.

»Davon habe ich genug, ganz ehrlich.«

»Auch jetzt?«

Sein Blick wird dunkler, warnender, gefährlicher und ich senke meinen, denn ich weiß genau, was nun in seinen Augen blitzt. »Besonders jetzt.«

Unbarmherzig hebt er mein Kinn, sodass ich ihn wieder ansehen muss. »Wir werden in der Loge sitzen, aber du kannst davon ausgehen, dass jede Bewe…«

Ich stöhne auf. »Bitte, du nicht auch noch. Seit Wochen höre ich immer das Gleiche. Ich weiß, dass ich mich vorsehen muss.« Sanft streicht er mit seinem Daumen über mein Kinn, quält mich, foltert mich, und er weiß es, oder? Ich sehe es an dem Funkeln seines Blaus.

Er bestraft mich. Wofür? Habe ich nicht alles, was von mir verlangt wird, getan? Ohne zu murren? Ohne Diskussion?

»Jetzt, aber weißt du es auch noch, wenn Cameron in der Nähe ist?«, erkundigt er sich ach so sanft. Nun sehe ich in seinen Augen auch noch genau das, wovor ich mich so sehr gefürchtet habe und beiße mir fest auf die Unterlippe.

»Trevor …«

»Sieh dich vor«, unterbricht er mich hart. »Das ist alles, was ich dazu sagen werde.«

»Okay.«

Er sieht mich noch eine Weile mit diesem hypnotisierenden Blick an, und in diesen paar Sekunden würde ich ihn einfach gern küssen und ihm versichern, dass er sich keine Sorgen machen muss. Dass ich an seiner Seite sein will und es keinen anderen für mich gibt. Aber das wäre gelogen. Die Zeit scheint still zu stehen.

Aber schließlich wendet er sich ab, dabei wirkt er, als müsste er sich überwinden, als fiele es ihm schwer.

Ich pushe ihn nicht weiter, rede nicht auf ihn ein, frage nicht, fordere nicht, denn ich weiß schon jetzt, dass es am Ende des Tages einiges geben wird, wofür ich mich bei ihm entschuldigen muss. Dabei will ich das gar nicht mehr. Meine Gefühle für Cam quälen mich mittlerweile so sehr, dass ich sie am liebsten einfach abstellen würde.

Wenn es doch nur so einfach wäre, aber ein Herz ist unbestechlich, es hält sich an keine Regeln, an keine Gebote, oder daran, was vielleicht andere darüber denken und wie sehr sie verletzt werden.

Ein Herz geht seinen eigenen, egoistischen Weg und es lässt sich nicht aufhalten.

Egal wie viel Kummer, Leid und Schmerz es verursacht.

Mein Puls steigt immer mehr, je näher wir dem stark angestrahlten Gebäude kommen. Als wir uns noch einige hundert Meter entfernt befinden, sehe ich die Massen hinter den Absperrungen und werfe Trevor einen panischen Blick zu, den er gelassen erwidert.

»Sie wollen was sehen für ihr Geld«, murmelt er und richtet seine Ärmel mit einem harten Glanz in den Augen.

»Sie haben nichts investiert.«

»Doch, ihre Aufmerksamkeit«, erwidert er und durchlebt seine übliche Transformation, die ich mittlerweile hasse. Er entspannt sich, wird irgendwie noch größer, seine Aura wird noch stärker und sein Lächeln umwerfend. Alles an ihm wird umwerfend. Schließlich nimmt er meine Hand und küsst meine Knöchel. »Dein Auftritt, Prinzessin.«

Fast lache ich oder weine, so genau lässt sich das nicht bestimmen.

Dann geht alles ganz schnell.

Wir steigen genau am roten Teppich aus, die Blitzlichter feuern gnadenlos auf uns, sobald wir stehen. Die Leute hinter uns kreischen und jubeln und schwenken schottische Fahnen. Es könnte nicht offensichtlicher sein, welches royale Haus sie zumindest im Moment favorisieren. Unter dem ständigen Klicken der Auslöser gehen wir den roten Teppich hinauf und ich schicke ein Dankgebet an meine Mom, die darauf bestand, mit meinem dreizehnjährigem Ich stundenlang das Treppensteigen in langen Kleidern zu üben.

Danke, Mom.

Am opulenten Eingang des Opernhauses angekommen, drehen wir uns zur Menge um und winken. Der Jubel schwillt noch mal an, unter dem wir eintreten.

Ich komme mir vor, wie in einem Traum, aber ich weiß nicht, ob es ein schöner ist. Glücklicherweise nimmt Trevor nicht einmal seine Hand von mir. Er berührt mich immer, geleitet mich durch all das hindurch und ich passe mich ihm automatisch an. Es ist leicht, ihm zu folgen, vielleicht habe ich mich deswegen in ihn verliebt.

Gleichzeitig stellen sich die Härchen auf meinen Armen auf, denn ich weiß, dass Cam hier irgendwo ist, aber ich habe keine Zeit, Ausschau nach ihm zu halten.

Alles verneigt sich und das Gefühl ist so surreal, während wir von einem Mann in steifem Frack in unsere Loge geführt werden. Im Raum hinter dem »Balkon«, wurde ein kleines Büfett und eine Bar aufgebaut, ein Kellner ist nur für uns zuständig und ich lasse mir erleichtert einen Champagner einschenken. Einen Vorteil hat dieser Abend auf jeden Fall: Endlich mal ist kein Bodyguard anwesend.

»Kann ich während der Aufführung einfach hier bleiben?«, will ich von Trevor wissen, der sich mit einem Scotch in einen bequemen Sessel fallen lassen hat.

»Negativ.«

Ich schmolle und er lacht leise. Klar, schließlich sind wir ja in der Öffentlichkeit und er muss ja wieder so perfekt sein. Arsch.

Zehn Minuten Schonfrist bleiben uns, in denen die Spannung in mir steigt. Ich rühre nichts vom Essen an, auch Trevor schenkt dem keine Beachtung. Würde ich nur einen Bissen zu mir nehmen, müsste ich mich sofort übergeben, denn ich weiß, dass Cam sich nähert. Meine Gänsehaut nimmt zu, mein Herzflattern nimmt zu, der Stress nimmt zu.

Ich nähere mich stetig dem totalen Zusammenbruch, weil ich dem nicht gewachsen bin.

Dann öffnet sich die Tür, die zum Flur führt. Der Typ im Frack erscheint wieder.

»Mister und Misses Cavendish«, näselt er und verbeugt sich. Trevor und ich erheben uns.

»Dann mal los«, sagt er milde, und ich spanne mich unwillkürlich an, als die beiden eintreten.

Sie: die Schönheit in Person. Obwohl ich weiß, wie gut ich aussehe, fühle ich mich sofort wieder zur hässlichen Ente degradiert. In ihrem funkelnden schwarzen rückenfreien Kleid wirkt sie wie das Negativ zu mir, und damit ist nicht gesagt, wer die Bessere ist. Für einen winzigen Moment bin ich ihr dennoch überlegen. Der Moment, in dem sie vor mir einen tiefen Knicks vollführt.

»Eure Königliche Hoheit.«

Der Spott in ihrer Stimme ist nebensächlich.

Im Grunde ist sie insgesamt nebensächlich, denn mein Blick bleibt an Cam haften, der mit seinem Smoking eine perfekte, sexy, fast schmutzig-heiße Beziehung eingegangen ist. Sein Lächeln ist schief und ebenso spöttisch, vor allem erreicht es seine stählernen Augen nicht, die einen so heftigen Kontrast zu seiner dunklen Hautfarbe bilden wie noch nie.

Fast geben meine Knie nach, als er direkt vor mir stehenbleibt und mich überragt. Es ist, als würde mich sein Auftritt für ein paar Sekunden in eine Blase hüllen, in der nichts anderes existiert als wir beide. Als wären wir wieder im dunklen Hotelzimmer und ich würde nackt vor ihm stehen.

Ich liebe dich, ich liebe dich so sehr.

Seine Verbeugung ist nicht tief und währt nicht lange. Und dabei tötet er mich mit seinem eiskalten Grün.

»Cameron«, sagt Trevor und durchschreitet damit die undurchsichtige Wand, die uns bisher voneinander getrennt hat. Eilig reiße ich meinen Blick von Cam los und die Außengeräusche dringen wieder zu mir durch.

Trevor und Cam schütteln sich die Hände, aber ich fühle genau die Feinseligkeit, die zwischen den beiden hin und her wabert. Außerdem ist Trevors Anspannung greifbar, als er seine Hand an meinen unteren Rücken legt.

Seine Botschaft ist diesmal unmissverständlich: Sie gehört mir und du kannst nichts dagegen tun.

Cams Antwort ist ein Blitzen seiner grünen Augen.

»Meine Güte«, sagt Melody mit ihrer samtenen Stimme. »So viel vergeudetes Testosteron.« Trevors erhobene Augenbraue scheint sie nicht zu bemerken. Sie hält sich nur an mich. »Ich nehme an, ich sollte dir mein herzliches Beileid wünschen.«

Ich lächele kühl, mir fällt beim besten Willen keine Erwiderung ein. Cam lässt sich Scotch einschenken und schiebt eine Hand in seine Hosentasche. Mir fällt auf, dass sich die beiden besten Freunde kaum ansehen.

»Draußen tobt das Volk, sie wollen euch sehen. Ihr stehlt Charles die ganze Show«, plaudert Melody ungerührt weiter. »Wie lange sie sich das wohl noch gefallen lassen?«

»Sie haben wohl keine Wahl.«

»Wenn Schottland unabhängig ist, könnten sie euch ausweisen lassen.« Ah und dann hast du Cam ganz für dich? Bitch!

»Ich bin Britin«, erwidere ich so gelassen wie möglich.

»Aber mit dem schottischen Thronfolger verheiratet, das wiegt mehr.« Sie lacht leise. »Ich nehme an, es wird dir nicht viel ausmachen. Seitdem ich gesehen habe, wo du wohnen wirst, habe ich erst begriffen, wie weich man auf dieser Insel fallen kann. Leider kam ich zu spät.« Sie blinzelt Trevor zu, der sie ausdruckslos betrachtet. Nimm das! Schließlich seufzt sie: »Gut, es ist etwas abgelegen, aber der Buckingham Palace ist dagegen eine baufällige Kate.«

Ich lächele immer noch.

Einen kurzen Moment herrscht Stille, dann klatscht Melody, die sich einen Wodka-Gin geben ließ, gebieterisch in die Hände.

»Genug von allem, was mit Royals zu tun hat. Ich bin Amerikanerin, ich kann damit ohnehin nichts anfangen. Ihr Briten seid ein seltsames Volk. Finanziert das Luxusleben von ein paar wenig qualifizierten oder gar talentierten Menschen, die sich für größer und mächtiger als euch selbst halten. Ooops, nun bin ich womöglich in den Fettnapf getreten, ihr gehört ja jetzt dazu.«

»Nein, wir sind Schotten«, informiert Trevor sie ungerührt.

»Wie groß ist der Unterschied? Ich schätze, eher marginal.«

Ob ihr klar ist, dass sie vor zweihundert Jahren für eine solche Aussage geköpft worden wäre?

»Der Adel ist ein Anachronismus, Königshäuser auch, immer mehr Menschen begreifen das, nur ihr scheint noch nicht dahinter gekommen zu sein. Wie auch immer, es hat uns wohl kaum zu interessieren. Wenigstens lassen sie euch hin und wieder noch gemeinsam raus, ich habe mir sagen lassen, dass du dich überhaupt nicht mehr in der Öffentlichkeit blicken lässt, Charlotte. Man munkelt, es ginge dir nicht gut.« Scheinbar besorgt überschaut sie mich und ich will ihr die wunderschönen Augen auskratzen, aber mein Lächeln bleibt auf meinen Lippen haften, als wäre es angetackert.

»Mir geht es ausgezeichnet.«

»Das habe ich doch gewusst«, erwidert sie mit schelmischem Ausdruck und berührt meinen Arm, ich habe das Gefühl, mich dringend waschen zu müssen. »Wir beide kennen den wahren Grund.« Sie lacht herzlich. »Dein Ruf hat in den letzten Monaten ein wenig gelitten, du wurdest zu oft in gewissen Hotels gesichtet, in Begleitung gewisser Männer. Nun, eines Mannes.« Ein schweres Seufzen folgt und Cam spannt sich immer mehr an. »Nun, das gehört der Vergangenheit an, aber die Medien vergessen nie, besonders, wenn man mit einem Mal so hart ins Scheinwerferlicht gerückt wurde.« Sie neigt sich vertrauensvoll zu mir und spricht so leise, dass die zwei Männer es nicht hören können. »Hinter vorgehaltener Hand fragt man sich, ob deine Schwiegereltern wussten, welche Leichen du im Keller hast, als sie dich erwählten. Aber geschehen ist geschehen, so eine Hochzeit lässt sich in euren Kreisen ja nicht mehr rückgängig machen. Nun, meistens jedenfalls. Du hast es richtig gemacht, bist so lange unter dem Radar geschwommen, bis du alles in Sack und Tüten hattest. Das ist clever, aber das warst du schon immer, und der Bastard ist auch aus dem Weg. Ist der Grund bekannt, warum du ihn verloren hast? Ich hoffe doch, es ist nichts Körperliches, wie sollst du denn sonst all die vielen kleinen Prinzen und Prinzessinnen zur Welt bringen?«

Das Blut weicht immer mehr aus meinem Gesicht, aber ich halte mein Lächeln aufrecht, strahle sie fast an, und zum Glück klinkt Trevor sich nun ein.

»Wir sollten hinausgehen«, lässt er kalt verlauten. Er beachtet mich nicht, als er mir seinen Arm reicht.

Melody geht allein, Cameron denkt gar nicht daran, auf irgendeine Weise zu signalisieren, dass die beiden zusammengehhören, was mir genügend Genugtuung verschafft, um mich überhaupt bewegen zu können.

Mir war klar, dass sie die Gelegenheit nicht ungenutzt lassen würde, um so viel Gift wie möglich zu versprühen, nicht umsonst heißt sie bei mir »die Natter«. Aber heute ist sie nicht annähernd so treffsicher und gerissen wie am Tag ihrer Hochzeit. Sie begeht Fehler, macht sich angreifbar, lässt mich hinter die Fassade schauen. Das passiert ihr sonst nicht. Irgendwas ist zwischen den beiden vorgefallen, das die Hysterie in ihr weckte, aber als ich Cams Blick suche, weicht er mir aus. Danke für nichts!

Sobald wir auf den Balkon treten, geht ein Raunen durch die Menge unter uns. Alles blickt auf und ich senke mein Strahlen wieder zu einem Lächeln, wie ich es auf den zahlreichen Queen-Videos gesehen habe.

Trevor sitzt außen, ich daneben und bevor Cameron einschreiten kann, hat Melody neben mir Platz genommen, weshalb Cam die andere äußere Seite bleibt.

Das Licht wird verdunkelt, das Orchester beginnt zu spielen und der Vorhang hebt sich. Die Show nimmt ihren Lauf. Nicht nur auf der Bühne.

Ich bin angespannt wie eine Feder, denn ich fühle Trevors Brodeln, genauso wie Cams.

Wir kommen gut durch die erste Serenade, bevor Melody sich auch schon zu mir neigt.

»Wundervoll, oder?«, flüstert sie, ich frage mich, wie lange sie für diese tiefe, sinnliche, immer etwas anrüchige Stimme wohl üben musste. »Das einzige Erbe aus den älteren Jahrhunderten, das es wert ist, in die Moderne übernommen zu werden.«

»Es gibt sicher noch andere Dinge«, erwidere ich immer noch lächelnd. Selbstverständlich bin ich mir der Zuschauer bewusst, die nicht nur dem Spektakel auf der Bühne folgen.

»Welche?« Sie lacht leise. »Ahhhh, ich ahne, worauf du

hinauswillst. Die Art, wie ihr eure Ehen schließt und führt, hat sich auch bis heute gerettet, richtig. Und ich bin dankbar dafür, sehr. Weißt du, ich habe nie verstanden, warum Cameron sich überhaupt darauf eingelassen hat. Er hätte nicht gemusst, ich hatte ihm einen Ausweg aus seiner Lage aufgezeigt, den er aber nicht annehmen wollte. Doch Ende gut, alles gut, denn jetzt ist er ja gerettet.«

So sieht er aber nicht aus.

Inzwischen macht es mir nichts mehr aus, zu lächeln, ich bin überzeugt, dass die Frau nicht ganz bei sich ist, die beiden Männer in der Runde sagen überhaupt nichts. Trevor, den ich wenigstens sehen kann, blickt unbeteiligt zur Bühne.

Auch hier. Danke für nichts.

»Er weiß es noch nicht, aber damit habe ich vermutlich sein Leben gerettet.«

»Ich wusste gar nicht dass es in Gefahr war.«

»Nicht nur der Tod ist das Ende des Lebens, ist dir das nicht klar? Oh, ich schätze, wäre es das, wärst du aus deinem schon ausgestiegen.« Ihre Stimme senkt sich immer mehr, ist bald nur noch ein Flüstern.

Sie. Sehen. Alle. Zu. Uns. Das bete ich mir immer und immer wieder vor, denn die Gefahr, dass ich sie einfach anfalle, wächst immer mehr.

»Du bist eine Lebende in der Gruft, und sie wird noch dunkler, wenn sie dich erst von hier weggeschafft haben. Dann darfst du noch ein paar Thronfolger ausbrüten, bevor sie dich einfach entsorgen. Bedauernswert, Mädchen, wirklich bedauernswert, aber hey, wenigstens knicksen sie vor dir, das ist ja auch was wert.« Leise lacht sie. »Wenn man sonst nichts hat. Du armes, armes kleines Baby. Von allen verlassen, mit einem Fremden verheiratet, und schon zum zweiten Mal, oder? Ich bin nicht so gut im Zählen, und habe mich auch, zugegeben, nicht sonderlich damit befasst. Ich habe selten so ein langweiliges, austauschbares, inhaltsloses Leben gesehen, wie deines. So haben wir eben alle unser Schicksal zu tragen.«

Sie berührt meine Hand und ich zucke zusammen, atme hektisch, starre immer noch nach vorn, bete zum lieben Gott, nicht die Beherrschung zu verlieren. Das fällt mir immer schwerer, in meiner Brust wird es immer enger.

»Was würde eigentlich passieren, wenn du jetzt laut wirst? Wenn du alles, was sie dir eingebläut haben, für den Moment vergisst? Oh mein Gott, wie viele Kameras sind wohl gerade auf uns gerichtet? Fünfzig? Hundert? Es sind garantiert auch noch ein paar heimliche Handys am Filmen. Ist irgendwie beruhigend zu wissen, dass sie von mir sowieso nichts anderes erwarten, ich bin die Amerikanerin, Skandale sind daher programmiert. Aber du …« Wieder ertönt dieses widerliche Lachen, das ich ihr zu gern aus dem Gesicht schlagen würde. Dabei bin ich gegen jegliche Form von Gewalt, diese Frau bringt die schlimmsten Seiten in mir zum Vorschein. Ich zwinge mich, langsam und gleichmäßig zu atmen, während sie anscheinend immer mehr Freude an ihrem boshaften, giftigen Vortrag findet. In meiner Kehle ist es inzwischen besorgniserregend eng.

»Hast du wirklich gedacht, einen Mann wie Cameron halten zu können? Ihm was bieten zu können? Bist du so naiv? Weißt du, das glaube ich nicht, ich glaube, du spielst der Welt nur die kleine unerfahrene Jungfrau vor, aber in Wahrheit bist du verkommen, schmutzig und billig. Du solltest anfangen zu beten, dass ich mich mit dem Schreiben meiner Memoiren noch lange zurückhalte, es dürften ein paar ziemlich brisante Enthüllungen dabei sein. Danach wird hier die Luft brennen. Es wird ohnehin Zeit, dass Cam und ich diese verfluchte Insel verlassen. Wenn du mich fragst, ist hier irgendwas im Wasser. Ich erkenne Cam nicht wieder. Er muss dorthin, wo er hingehört, um wieder normal zu werden. Wir müssen den Mief dieses widerlichen Landes hinter uns lassen. Du warst wenigstens clever genug, diesen Bastard zu killen, bevor er noch mehr Schaden anrichten konnte.«

Kaum haben die letzten Worte ihren Krötenmund verlassen, stehe ich auf, bemerke es erst, als mich meine Füße schon leidlich tragen. Mein verschwommener Blick trifft Cams, dessen Augen blitzen und dessen Lippen ungewöhnlich schmal sind.

»Ihr entschuldigt mich«, murmele ich und dränge mich nach hinten, stürze regelrecht durch den Raum und hinaus in den Flur, wo der Bodyguard wartet. »Ich will … mich kurz frisch machen«, lasse ich ihn wissen, und werde natürlich auch zu den Toiletten begleitet.

Darüber kann ich mir gerade keine Gedanken machen, all meine Konzentration gilt der fast undurchführbaren Aufgabe, nicht zu schnell zu gehen und kein Aufsehen zu erregen, denn uns begegnen vereinzelt Menschen. Warum sitzen sie nicht in der Aufführung, warum können sie mir keine Ruhe lassen? Warum sind sie überall? Warum?

Auch im Waschraum sind ein paar Frauen, der Bodyguard wartet, bis sie alle raus sind. Bevor ich eintreten darf, kontrolliert er sogar die Toilettenkabinen. Dann fällt die Tür hinter ihm zu, endlich bin ich allein, sinke gegen das Waschbecken und schließe die Augen.

Ich wusste, dass es nicht leicht werden würde, aber damit habe ich nicht gerechnet. Nicht mit diesem Gift, mit dieser kaum gezügelten Wut, diesem Hass.

Damit hat sie mich vollständig in Beschlag genommen und ich konnte kein einziges Wort mit Cam wechseln. Das hat sie mir verdorben und sie weiß genau, was sie getan hat, sie hat es genossen, hat es gefeiert … Ich dachte, ich könnte ihr widerstehen, mich ihr stellen, ihre Kampfansage mit einem Lächeln und jeder Menge verbaler Waffen beantworten. In Wahrheit ist sie mir haushoch überlegen. Das ist kein Kunststück, denn sie hat keinen Ruf zu verlieren, ihrer ist schon ruiniert, sie muss sich nicht vorsehen, ist keiner Krone und keinem royalen Haus verpflichtet, schon gar keinem Volk. Melody Cavendish kann tun und lassen, was sie will.

Ich nicht. Ich bin gefangen.

Ich spüre Übelkeit in mir aufsteigen und schleppe mich müde in eine der Kabinen, verschließe sie und lehne mich gegen die Tür.

Mir ist so verdammt schlecht. So schlecht, ich werde gleich …

Als etwas gegen das Fenster neben mir poltert schreie ich fast auf und kann mich gerade so davon abhalten, indem ich zwei Hände vor meinen Mund schlage. Entgegen aller Sicherheitsbelehrungen und dem, was mir mein Instinkt sagt, öffne ich es einen Spalt und mir funkeln Cams gereizte grüne Augen entgegen.

Cam! Er ist hier! Und er ist so wütend.

»Mach auf, fuck! Ich renne die ganze Zeit wie ein Irrer von einem zum anderen Fenster, weil ich nicht wusste, in welche Kabine du gehen würdest«, knurrt er mich an und ich reagiere sofort.

Eine Sekunde starre ich ihn nur blank an, während es in mir immer höher rauscht. Eine Sekunde glaube ich, einfach in Ohnmacht gefallen zu sein und nun zu träumen, aber dann knurrt er mich wieder an.

»Jetzt!«

Ja. Jetzt. Fenster auf. Cam ist hier!

Ich reiße das Glas auf und er stemmt sich sofort zu mir in die winzige Kabine. In seinem Smoking und ein wenig dreckverschmiert landet er auf den hellen Fliesen, und ich frage mich benommen, ob er sich durch das Gebüsch geschlagen hat, um zu mir zu kommen.

Wieder kann ich ihn nur anstarren, dann wird mir klar, dass er tatsächlich vor mir steht und dass wir allein sind. Endlich allein. Endlich nur wir zwei, und ich tue das, was ich schon die ganze Zeit tun will.

Ich werfe mich in seine Arme, denn ich kann einfach nicht mehr. Zum Glück fängt er mich auf, schiebt mich nicht von sich, brüllt mich nicht an. Stattdessen verharrt er ein paar Sekunden schockiert aber dann schließt er seine Arme um mich und endlich bin ich wieder zu Hause. Endlich fühle ich mich wieder ganz. Endlich kann ich wieder atmen. Ich halte mich an ihm so fest, wie ich kann, merke erst jetzt, wie sehr ich ihn wirklich vermisst habe, wie sehr er mir tatsächlich unter die Haut ging.

Ich merke, dass ich ohne ihn niemals wieder komplett sein werde, weil ich in ihm etwas gefunden habe, von dem ich gar nicht wusste, dass es verloren war. Mich.

Trevor kann mir gar nicht ganz zeigen, wer ich bin, weil das nur Cam kann.

Ich merke, wie sehr ich ihn in den letzten Monaten gebraucht hätte, genau das hier. Und ehe ich mich versehe, ziehe ich ihn an seinen Nacken zu mir runter und drücke meine Lippen auf seine. Wieder stößt er mich nicht von sich. Ganz im Gegenteil. Fest vergraben sich seine Hände in meinen Haaren. Er bringt alles völlig durcheinander und wahrscheinlich verschmiert auch mein Make-up hoffnungslos, aber das ist gerade völlig nebensächlich. Die Konsequenzen können warten, als er mich hart gegen die Kabinenwand drückt und ich in seinen Mund keuche, ihn wild und entfesselt küsse, vor allem völlig verzweifelt. Ich liebe seinen Geschmack, ich liebe seine Nähe, seinen Duft, ich liebe es, dass er mich anscheinend immer noch will, obwohl ich ihn fortgeschickt habe. Obwohl ich ihm neulich so sehr wehgetan habe, obwohl alles so beschissen zwischen uns gelaufen ist. Cam stößt mich nicht von sich. Nein. Er hält mich, er küsst mich, er ist hier und solange das so ist, muss ich auch nicht durchdrehen.

Obwohl mein Puls besorgniserregend schnell rast, obwohl es in meinem Kopf schwirrt, komme ich doch endlich runter, schöpfe ich doch endlich die erforderliche Kraft, die ich so sehr brauche und die mir niemand außer Cam geben kann. Endlich verschließt sich die klaffende Wunde in mir, welche in den vergangenen Monaten so geschmerzt hat.

Ich bleibe in der Luft hängen, als er mit einem leisen »Fuck«, seinen Kopf zurückzieht und seine Stirn gegen meine lehnt.

Außer Atem verharren wir. Alles andere verschwimmt immer mehr, denn wir befinden uns in der Blase, wir sind an unserem Safe-Place. Dort, wo uns niemand wehtun kann, wo uns niemand vorschreibt, wie wir sein müssen.

Dort, wo wir wir sein können.

Dort, wo alles perfekt ist, obwohl wir nicht perfekt sind.

»Es tut mir leid«, sagen wir gleichzeitig und ich atme gepresst aus, als Cam seinen Kopf zurückzieht, um mich anzusehen. Auch er ist völlig aufgewühlt und weiß wohl nicht, wie er mit all dem umgehen soll. Ich sehe in seine so vertrauten grünen Augen und wünschte, ich könnte es für immer tun. Ich wünschte, ich könnte ihn für immer berühren. Ich wünschte, ich wäre nicht der Grund für seinen Aufruhr.

»Es tut mir leid, dass ich nicht da war, als du das Baby

verloren hast.« Er klingt rau und so verdammt gebrochen, dass es auch in mir immer weiter bricht. Jetzt wird es wieder real, dass ich unser Baby verloren habe. So sehr wie noch nie.

»Ich dachte, du würdest mich dafür hassen«, flüstere ich erstickt.

»Ich habe dich nicht gehasst, sie haben mich nicht zu dir gelassen, mich zusammengeschlagen und mir mein Handy abgenommen. Dann wurde mir klar, dass ich dich in Ruhe lassen muss, bevor dir auch etwas zustößt«, erklärt er eilig und umfängt mein Gelenk, um meinen Ballen gegen seinen Mund zu pressen. Er hasst mich nicht. Er will mich noch. Er liebt mich noch. Das sehe ich in seinen glühenden Augen. Er wollte zu mir, aber sie haben ihn nicht gelassen. Sie haben ihn zusammengeschlagen? Wie konnten sie nur! Mein Herz zieht sich vor Schock zusammen, aber ich erlaube ihm nicht, sich auszubreiten. Wir haben keine Zeit, das kann ich später nachholen, wenn ich wieder allein bin.

»Wer?«

»Trevors Familie, Melodys Familie? Ich weiß es nicht, auf jeden Fall bieten sich jede Menge Leute an. Ein Bekennerschreiben ging bisher nicht ein«, antwortet er heiser und ich atme langsam aus, versuche, mich irgendwie wieder zu ordnen. Das fällt mir so schwer, obwohl ich weiß, dass wir keine Zeit haben, und ich würde ihm so gern so vieles sagen, ihn so gern so vieles fragen. Aber das geht alles nicht. Sofort fällt mir wieder auf, wie gefährlich das hier ist.

Mein Vater ist tot, Cam könnte der Nächste sein.

Er darf nicht mehr mit mir in Zusammenhang gebracht werden, am Besten, wir sehen uns nie wieder. Das rät mir die Vernunft, aber ich schaffe es gerade nicht, mich von ihm zu lösen. Noch nicht. Bitte noch nicht.

Seit Monaten habe ich ihn nicht mehr gespürt, und obwohl ich ihm so nahe bin, reißt die Sehnsucht immer noch an mir. Also gehe ich auf die Zehenspitzen und küsse ihn wieder. Sofort umfängt er meinen Hinterkopf, drückt mich enger an sich und ich schmiege mich ebenfalls an ihn. Kann ihm nicht nahe genug sein. Ich gebe einen verzweifelten Laut von mir, als Cam mich am Steißbein näherdrückt. Das ist so Cam. Er ist immer so leidenschaftlich, immer so wild, er reißt mich mit sich, obwohl er das gar nicht will. Bei ihm ist nichts geplant, nichts geordnet und beherrscht, er ist so ungezügelt, genau mein Gegenteil. Genau perfekt für mich. Genau der Mann, den ich brauche. Ein Mann, den ich mir niemals selbst ausgesucht hätte, den mir das Schicksal gesandt hat und einmal richtig lag.

Aber nun ist auch ein anderer Mann Teil meines Lebens.

Trevor.

Er sitzt in der Loge und wartet auf mich, wie er stets auf mich wartet. Und ich kann ihn einfach nicht ignorieren, unmöglich, dass ich mich Cam auf einer Toilette hingebe, während er nur wenige Meter entfernt auf mich wartet.

Atemlos ziehe ich meinen Kopf zurück und lehne meine Stirn an Cams Brust. Er hat die Macht mich alles andere vergessen zu lassen. Aber was auch immer ich für Trevor empfinde, ist anscheinend stark genug, um diese Blase zu durchdringen und mein Glück zu stören, mich aus dem Gleichgewicht zu werfen, mich um meine extatische Balance zu bringen.

Fester kralle ich mich in Cams Hemd, weil ich mich wieder mal fühle, als würde ich zerreißen.

Ich liebe Cam. Jeder einzelne Herzschlag offenbart mir diese Tatsache, aber mein Herz schlägt auch für Trevor. Es ist, als hätte es sich in zwei Teile gespalten.

»Verdammt«, flüstere ich erstickt und Cam presst seine

Lippen in mein Haar, während er meinen Hinterkopf immer noch umfangen hält. Ich bin so ein mieser Mensch und ich weiß nicht, wie ich es ändern soll. Ich weiß einfach nicht, was ich tun soll.

»Es tut mir leid, dass ich dich fortgeschickt habe«, wispere ich. »Ich…« Fast hätte ich gesagt ich wollte das nicht, aber Tatsache war, dass ich es doch irgendwie wollte, weil ich Trevor nicht verletzen will. Aber Cam will ich auch nicht verletzen. Sogar wenn er so weit von mir entfernt ist, fühle ich ihn noch, aber jetzt, da ich ihn wieder direkt spüre, direkt rieche, endlich in seiner Nähe bin, überwältigt mich die Macht, die er über mich besitzt.

»Ich … weiß nicht, was ich tun soll«, gestehe ich zaghaft. Cam antwortet nicht, aber ich fühle wie seine Muskeln zucken.

»Charlie«, flüstert er schließlich in mein Haar und ich senke geschlagen die Lider, denn ich ahne, was er sagen wird. Er soll es nicht sagen, denn damit wird es real.

»Empfindest du etwas für Trevor?«

Die Antwort darauf könnte alles zwischen uns mit einem Schlag zerstören. Ich kralle mich noch mehr an ihm fest, denn die eine Hälfte meines Herzens brüllt: NEIN! NEIN! NEIN! ICH LIEBE DICH! NUR DICH! DU BIST ES FÜR MICH UND DU WIRST ES IMMER SEIN! NUR DU!

Und die andere hält dagegen: JA! DAS TUE ICH! ICH HABE MICH IN IHN VERLIEBT! ER HAT MIR KEINE WAHL GELASSEN UND ICH BEREUE ES AUCH NICHT! ER IST PERFEKT FÜR MICH!

Ich zerspringe fast.

Wieder.

Und wieder.

Und wieder.

»Charlie!« Cam zieht sich zurück und ich will meinen Blick nicht heben, ich kann ihn mit einem Mal nicht ansehen, denn nun fühle ich mich erst wirklich, als würde ich ihn betrügen. Aber er packt meinen Kiefer und zwingt meinen Kopf in den Nacken, zwingt mich, ihm in die mit einem Mal brennenden Augen zu sehen und ich weiß, dass er die Antwort auf seine Frage in meinen sieht.

Erkennt er auch meine Gedanken?

Es tut mir leid, Cam. Ich weiß nicht, wie das passieren konnte. Es tut mir so, so leid. Bitte hasse mich nicht.

Mit einem Ruck zieht er seine Hand von mir, als hätte er sich verbrannt, trotz des begrenzten Raumes, bringt er Distanz zwischen uns.

»Cam …« Ich will ihn berühren, strecke eine Hand nach ihm aus, will es ihm erklären, aber er ballt seine Hand zur Faust.

»Nicht!«, knurrt er mich an und dann zieht er einfach die Kabinentür auf. »Cam warte!« Ich stürze ihm hinterher und erwische ihn am Arm, doch er entreißt ihn mir. In der nächsten Sekunde packt er mich am Hals und drückt mich gegen die Toilettenwand. Wenn jetzt jemand reinkommt, sind wir Geschichte. Aber ich kann meinen Blick nicht von seinen lodernden Augen lösen, die ich so rasend noch nie gesehen habe und die mich zum ersten Mal einschüchtern.

»Was denkst du dir eigentlich dabei? Fuck! Du fickst mit meinem besten Freund und glaubst, dass ich einfach tatenlos dabei zusehe. Glaubst du, ich will dich jetzt noch? Glaubst du, wir machen einfach weiter?«, bringt er kaum beherrscht hervor und seine Finger an meinem Hals zucken.

Will er mich erwürgen? Ich glaube schon. Würde ich es zulassen? Ja!

Es wäre auf jeden Fall eine Erleichterung, denn es wäre wahr.

»Nein, das tun wir nicht! Es endet genau hier! Du bist für mich gestorben, Charlie.«

Mit einem Ruck lässt er von mir ab, ringt sichtlich mit seiner Beherrschung. Die Sehnen an seinem Hals pulsieren, alles an ihm wirkt, als würde er jede Sekunde explodieren. Aber als ich es ihm gerade erklären will, klopft es an der Tür.

»Eure königliche Hoheit, alles in Ordnung?«, fragt der Bodyguard und katapultiert mich mit einem Ruck aus dieser Blase.

Ich darf nicht.

Ich darf Cam nicht weiter in Gefahr bringen.

Ich darf mich nicht weiter in Gefahr bringen.

Ich darf Trevor nicht in Gefahr bringen.

Ich muss meine Rolle spielen. Aber ich kann ihn doch jetzt nicht einfach so zurücklassen.

»Antworte!«, knurrt Cam mich an und reißt seinen Hemdkragen mit einem Finger auf. Dann stemmt er seine Hände hart an das Waschbecken und lässt seinen Kopf zwischen die Schultern sinken. »LOS!«

»Ja, alles in Ordnung, ich komme gleich!«, höre ich mich sagen und wende mich dem Spiegel zu. Wenn ich jetzt keinen kühlen Kopf bewahre, kommt dieser Bodyguard rein und erwischt Cam mit mir. Dann wäre alles verloren. Ich muss jetzt wieder funktionieren.

Verdammt. Ich muss.

Ich bin zerzaust, mein Lippenstift ist verschmiert, ich bin ein völliges Chaos und Trevor wird sofort merken, dass etwas nicht stimmt. Außerdem hängt mein Diadem schief.

Mit allem, was mich ausmacht, ringe ich um meine Beherrschung, richte mit zitternden Fingern meinen Kopfschmuck und mein Make-up. Ich wische den verschmierten Lippenstift fort und ordne mein Haar. Das einzige Geräusch ist Cams schneller Atem, doch ich wage keinen Blick zu ihm, unfähig, ihm in die Augen zu schauen, denn ich fühle mich wie eine Verräterin. Eine Verräterin der Herzen.

»Lass es mich erklären«, bitte ich noch, sobald ich fertig bin.

»Nein«, knurrt er und starrt vor sich auf das Marmorwaschbecken.

Oh mein Gott, er hasst mich.

Cameron Cavendish – der Mann, den ich liebe --, hasst mich so sehr, dass er mich nicht mal ansehen kann. Und das Schlimmste: Ich würde ihn auch hassen, würde er eine andere lieben. Auch noch meine beste Freundin.

»Es tut mir leid.«

»Fick dich«, wispert er heiser und ich schlucke angestrengt. Seine Abweisung bohrt sich tief in meine Brust, reißt die Wunde noch weiter auf, aber ich kann es jetzt nicht ändern. Mir sind die Hände gebunden, wie schon so häufig zuvor.

Ich hasse es, ihn so zurückzulassen. Ich hasse es, wie er sich jetzt fühlen muss, ich hasse es, dass ich es nicht besser für ihn machen kann.

»Ich liebe dich«, flüstere ich noch die Wahrheit, bevor ich mich abwende.

Ich hebe mein Kinn und straffe meine Schultern, und als ich nach draußen verschwinde, schaffe ich es sogar die Tränen zurückzuhalten. Diesen Trick beherrsche ich inzwischen fast perfekt, denn ich lasse mein Innerstes einfach gefrieren.

Vielleicht so umfassend, wie noch nie zuvor.

45. DIE LETZTE BEICHTE

Charlie

Als ich zurückkehre, sitzen Trevor und Melody unverändert da.

Ich ignoriere Melodys Blick, setze mich und beuge mich zu Trevor hinüber, der mich unergründlich betrachtet.

»Können wir gehen?«

»Warum?«

»Weil ich es möchte.«

Der Blick intensiviert sich noch mal, dann seufzt er und steht auf. »Meiner Frau geht es nicht gut«, teilt er Melody in steifem Ton mit, bevor er mich aus der Loge führt. Der Spott in ihrem Gesicht kann mich nicht mehr verletzen, Fatalismus hat mich auf dem Weg hierher erfasst.

Ich kann und will nicht mehr lügen.

Und das werde ich auch nicht, weil ich es einfach nicht länger kann.

Der Bodyguard hat sich an unsere Fersen geheftet, als wir uns hinunter in die Tiefgarage begeben, wo der Rest unserer schweigenden Entourage wartet. Es kostet mich alle Überwindung, nicht zu fliehen, denn ich will Cameron nicht zurücklassen, das Bild seiner verletzten, hasserfüllten Augen, wird mich für immer verfolgen. Ich wünschte, ich hätte ihm nicht die Wahrheit sagen müssen, aber ich konnte ihn auch nicht belügen.

Auch Trevor wirkt nicht gerade glücklich.

Als wir im Auto sitzen, sagt er lange Zeit kein Wort und mir wird immer komischer. Ich wage nicht, ihn anzusehen, meine Schuld lastet schwer. Cams Worte hallen mir in den Ohren. Nie zuvor fühlte ich mich so durch und durch niederträchtig.

Und das schlimmste? Mir fällt nicht ein, was ich ändern könnte, sollte, müsste.

Okay, ich müsste eine Menge, aber das Schicksal hat doch schon entschieden. Es ist fraglich, wann ich Cam wiedersehe und ob wir überhaupt noch mal allein sein werden. Vor allem aber ist wirklich fraglich, ob er je wieder normal mit mir sprechen wird.

Ich werde mich immer nach diesem Mann sehnen und mit meiner Schuld leben müssen. Und verdammt, ich fühle mich so schuldig.

Meine Augen brennen, als ich den schlimmsten Fehler von allen begehe und mir die eine Frage stelle, auf die es noch nie eine Antwort gab:

Warum ich? Warum muss ausgerechnet mir das passieren?

Dumme Frage.

Dämliche Frage.

Sinnlose Frage.

Denn es ist, wie es ist, wir alle sind den Launen des Schicksals unterworfen, niemand kann etwas daran ändern.

Ich fühle, wie die Intensität des Schweigens zunimmt, je länger wir uns auf der Straße befinden. Es hat geregnet, der Asphalt glänzt im fahlen Licht der Laternen. Ich halte das

Gesicht von Trevor abgewandt, damit er meine Tränen nicht sieht, die sich endlich ihren Weg bahnen, weil ich sie nicht länger zurückhalten kann. Das hat vermutlich etwas mit dem Krug zu tun, der nur begrenzte Zeit zum Brunnen geht, bevor er unweigerlich bricht …

… oder überläuft.

Ich muss härter werden, dass ist die Lehre dieses Abends. Ich muss lernen, mich gegen Menschen wie Melody Cavendish zu wappnen, die alles versuchen, um mich aus der Balance zu werfen, mich zu Fall zu bringen. Aber auch Menschen wie Cam, deren Herz ich gebrochen habe und die meinen Verrat einfach nicht verstehen können.

»Wo warst du?«, fragt Trevor schließlich leise. Zu leise und doch zucke ich zusammen, als hätte er gebrüllt. Ich werfe ihm einen Blick zu, aber sein Gesicht befindet sich im Dunkeln.

»Ich habe mich frisch gemacht.« Die nächste Lüge. Lügen, Lügen, Lügen, überall diese verdammten Lügen. Resigniert schließe ich die Augen. »Ich konnte ihr Gerede nicht mehr ertragen. Noch ein Satz und ich wäre sie angesprungen. Ich musste dort weg.«

»Wo. Warst. Du?«, will er erneut wissen, als hätte ich nichts gesagt. Es ist deutlich zu hören, dass er kaum die Zähne auseinandernimmt.

»Ich war auf der Toilette.« Meine Stimme bebt immer mehr, in mir bebt es immer mehr

»Cam war bei dir.«

Es ist keine Frage.

Für zwei Sekunden herrscht pures Chaos in meinem Kopf. Lüge, Wahrheit, ja, nein, vielleicht. Es abschwächen, ihm was vormachen, nicht ehrlich sein, NICHT EHRLICH SEIN.

»Ja.« Als er nicht antwortet, füge ich hinzu: »Ich wusste nicht, dass er mir folgen würde. Er stand einfach da.«

Noch immer antwortet er nicht.

»Das war nicht geplant.«

»Was habt ihr getan?« Aus dem Augenwinkel sehe ich, wie Trevor langsam seine Faust pumpt und mir wird immer übler.

Ich senke den Blick in meinen Schoss, aber Trevor packt meinen Kiefer, wie Cam es soeben getan hat, und zwingt mich, ihn anzusehen. Seine Augen sind voller Glut und voller Wut, so wütend habe ich ihn noch nie gesehen, aber seine Worte kommen klar und deutlich, wenn auch gepresst.

»Ich habe lange genug Geduld bewiesen, ich habe dich lange genug tun lassen, was dir in deinem wirren Kopf einfiel, habe dir den Freiraum gewährt, den ich dir zugestehen konnte. Aber das hört jetzt auf, Charlotte. Du bist meine Frau, du gehörst mir.«

»Ich weiß«, flüstere ich und ich würde ihm so gern versichern, dass er sich keine Sorgen machen muss, weil ich ihm natürlich gehöre, ich liebe ihn, ich habe ihn geheiratet, ich schwor ihm meine Treue.

Nur kann ich das nicht, denn mein Freund, der alle meine Sünden nicht unterstützt, aber versteht, der mich immer auffängt, dessen Treue und Gutherzigkeit mindestens ein Grund ist, warum ich mich überhaupt in ihn verliebte … Dieser Freund, den ich auch jetzt, in dieser Sekunde so unendlich brauche, ist verschwunden. In Trevors Augen existiert nur noch Hass.

Er steht jetzt auf der anderen Seite, direkt neben Cameron, ist nun mein zweites Problem.

Benommen schließe ich die Lider, denn es dreht sich zunehmend in meinem Kopf. Ich fühle mich, als würde ich in einem Karussell sitzen, das einfach nicht stehenbleibt, stattdessen immer schneller wird, sodass die Welt zu einem bunten Flirren verschwimmt.

Und ich will jetzt bitte aussteigen.

»Dann verhalte dich dementsprechend.« Jetzt knurrt er und ruckt an meinem Kiefer, bis ich ihn wieder ansehe. Seine Augen brennen noch mehr, seine Finger bohren sich in meine Haut. Es tut weh, aber genau das habe ich verdient. Ich weiß. »Du wirst ihm nie wieder zu nahe kommen, hast du das verstanden?«

»Ich habe nicht darum gebeten.«

»Vielleicht nicht, deshalb durfte er dich aber trotzdem vögeln.«

»Er hat mich nich...«

»Verarsch mich nicht, ich weiß genau, wie du aussiehst, wenn du gerade Sex hattest.«

Oh mein Gott.

»Ich habe nicht mit ih...« Sein spöttisches Lachen unterbricht mich erneut.

»Wenn ich der Verursacher war, mag ich es, wenn du dich auf einer verdammten öffentlichen Toilette flachlegen lässt, macht es mich wütend. Fucking wütend!« Seine Augen glühen immer mehr. »Tu das nie wieder, verarsche mich nie wieder, ich weiß nicht, wie ich es dir noch klar machen soll. Verarsche. Mich. Nicht.«

»Aber das tue ich nicht!«, bricht es laut aus mir heraus und ich wische endlich seine Hand von mir. Alles bricht einfach über mir zusammen. Die Tränen laufen auch wieder, ich konnte mich noch nicht von dem einen Schock erholen, und muss schon den nächsten verkraften. Das ist einfach zu viel. Trauer erfüllt mein Herz, weil ich meinen Freund verloren habe, gleichzeitig habe ich Angst vor diesem wutschäumenden Mann – vielleicht gerade, weil er nicht wirklich schäumt, sondern selbst im größten Ärger fast berechnend wirkt. Als wäre das nicht genug, sprudelt es auch noch über, weil er mich will, wirklich will.

Aber liebt er mich? Was empfindet er für mich? Ist es nur das Besitzdenken eines Mannes, der es gewohnt ist, zu bekommen, was er will und nach seinem Ermessen über sein Eigentum bestimmen zu können, selbst wenn es sich dabei um ein menschliches Wesen handelt?

Er verlangt von mir bedingungslose Treue und Hingabe, ist aber nicht bereit, mir auch nur ein winziges bisschen davon zurückzugeben.

»Ich verarsche dich nicht. Ich hatte keinen Sex mit ihm«, wiederhole ich und wische heftig die Tränen von meinen Wangen. »Ich weiß nur nicht, was ich tun soll.«

»Was soll das heißen?«

»Dass ich …« Ich starre auf meine Hände, suche nach Worten, den richtigen. Es ist so wichtig, dass er mich versteht, damit dieser harte Ausdruck aus seinen Augen endlich verschwindet und wir wieder eins sein können. »Dass ich … euch beide liebe«, flüstere ich geschlagen.

Es ist, wie es ist, und es wird Zeit, sich auch dieser Tatsache zu stellen. Stechend betrachtet Trevor mich, ein Muskel spielt an seinem Kiefer. Er glaubt mir nicht und ich verstehe es. Ohne weiter darüber nachzudenken, greife ich nach seiner Hand.

»Es ist wahr … ich empfinde etwas für dich«, flüstere ich und er beißt die Zähne hart aufeinander. Fast denke ich, ihn endlich wieder aufgetaut zu haben, aber dann erfriert sein Blick erneut.

»Du hast nicht uns beide zu lieben, sondern mich, ich bin dein Mann«, antwortet er stechend und umfängt meine Finger zu fest.

»ABER CAMERON IST AUCH MEIN MANN!«, brülle ich ihn an. »Ihm habe ich auch Treue geschworen, ihm habe ich mich auch verpflichtet. Für immer und ewig, so hieß es auch bei ihm! Offenbar …« Meine Tränen sind versiegt und mein Anfall vorüber »Offenbar stellt es was mit mir an, wenn ich das schwöre, offenbar bin ich dazu verdammt, mich an diesen Schwur zu halten. MEIN HERZ ZWINGT MICH DAZU!«

»DANN TU WAS DAGEGEN!«, brüllt auch er mit einem Mal. »VERDAMMT! TU WAS!«

»ICH KANN NICHT!«

Mit einem frustrierten Geräusch lässt er von mir ab und lehnt den Hinterkopf an, schließt die Augen und versucht offensichtlich, sich zu beruhigen. Eine Weile sind nur unsere gepressten Atemzüge zu hören.

Schließlich räuspert er sich und klingt beherrschter, aber auch resignierter. »Das wird niemand akzeptieren. Sie nicht, ich nicht. Komm darüber hinweg. Vergiss ihn. Das ist der einzige Weg.«

Er. Versteht. Mich. Einfach. Nicht. »Und wenn ich das nicht kann?«

»Dann werden wir alle die Hölle auf Erden haben.«

Werden? Ich habe sie schon jetzt, mir fällt nicht ein, wie es noch schlimmer kommen könnte.

Für den Rest der Fahrt schweigen wir, denn ich will mich nicht weiterstreiten. Trevor ist sowieso entschlossen, mir nicht zu glauben und ich bin müde, so endlos müde, mich zu rechtfertigen.

Im Haus angekommen machen wir uns schweigend bettfertig und sehen uns kaum an. Zwischen uns herrscht eine üble Spannung, gegen die ich einfach nichts tun kann. Er will von mir die Versicherung, dass ich aufhöre, Cam zu lieben und begreift nicht, dass sie nur eine Lüge sein kann, solange mein Herz an ihm hängt.

Ich werde weder mir noch Trevor um des Friedens willen weiterhin etwas vorlügen.

Das ist vorbei.

Entweder, er akzeptiert die Dinge, wie sie sind, vor allem aber, dass ich es mir nicht ausgesucht habe, oder wir müssen eben alle mit den Konsequenzen leben.

Verkrampft lege ich mich ins Bett und als er sich ebenfalls niedergelassen hat, schaltet er sofort das Licht aus. Dunkelheit legt sich wie die Stille über uns. Es fühlt sich nicht gut an, nichts an diesem Abend fühlte sich gut an. Verzweifelt suche ich nach einem Weg, es ihm leichter zu machen. Ich wünschte, ich hätte Cams Herz heute nicht gebrochen, aber mir blieb keine Wahl.

Bei beiden Männern.

Und beide tun so, als hätte ich das geplant, hätte meine Freude daran, sie zu quälen, würde diese unmögliche Situation vielleicht sogar genießen.

Pah!

Verbissen drehe ich mich von Trevor weg, denn ich fühle seine Abweisungen in jeder einzelnen Zelle. Warum nimmt er mich nicht in den Arm und versichert mir, zu warten? Warum zeigt er nicht ein bisschen Geduld?

»Es tut mir leid.« Es ist Einzige, was ich sagen kann, ohne zu lügen. Es tut mir leid, dass ich es den beiden nicht einfacher machen kann.

Wirklich.

Als Trevor seinen Arm um meine Taille schlingt und sich an mich schiebt, kann ich wieder etwas befreiter atmen. Gott sei Dank.

Sofort steigen mir wieder Tränen der Erleichterung in die Augen und ich schließe fest die Lider, als er sein Gesicht an meinen Nacken presst.

»Mir auch«, murmelt er und ich lege meine Hand über seine, verschränke unsere Finger. Ich will nicht, dass er sich allein fühlt. Ich will nicht, dass er sich verarscht fühlt.

Ich liebe ihn.

Und vielleicht liebt er mich ja auch.

Das fühlt sich gut an, beruhigend, wie eine warme Decke, die sich endlich über meine erkaltete Seele legt. Aber ich kann nicht einschlafen.

Mein Herz ist zu aufgewühlt, mein Geist auch.

Dabei wäre der Schlaf jetzt so willkommen …

…

Klack.

Klack.

Klack.

Ich schrecke im gleichen Moment auf wie Trevor.

In der Dunkelheit starren wir uns an, bevor er aus dem Bett und zum Fenster springt.

Wieder ertönt dieses »Klack«.

Anscheinend wirft jemand Steine gegen die Scheibe.

»NEIN!«, flüstere ich, aber er hat das Fenster schon geöffnet. Ängstlich stehe auch ich auf, halte mich immer hinter seinem schützenden breiten Rücken. »Trevor, was, wenn es …«

Er dreht sich zu mir um, im Licht des Mondes, der sich hinter den Wolken hervorgekämpft hat, ist sein ausdrucksloses Gesicht deutlich zu erkennen.

»Es ist Cameron.«

»Aber warum hat er nicht geklingelt«, frage ich Trevor, während ich ihm durch den Flur hinterhereile und meinen Morgenmantel zuknote.

»Vermutlich, um das Personal nicht zu wecken.«

Gemeinsam eilen wir die Treppe hinab, während ich hoffe, dass die Bediensteten auch weiterhin nicht auftauchen. Bei jedem neuen Schritt krampft sich mein Herz mehr zusammen, denn was immer jetzt folgt, es wird nicht gut sein. Gleichzeitig fühle ich unbändige Freude, weil ich ihn gleich sehen werde.

»Was will er denn?«

Mich trifft der nächste ausdruckslose Blick. »Woher soll ich das wissen?«

Ich bereite mich darauf vor, den Schaden, den Cam mit Sicherheit gleich anrichten wird, so klein wie möglich zu halten. Ihn wenigstens einzugrenzen, einzugreifen, bevor er Dinge sagen oder fordern kann, die alles nur noch schlimmer machen würden.

Cameron Cavendish ist zuzutrauen, dass er mitten in der Nacht betrunken aufkreuzt, um Trevor zum Duell zu fordern. Und Trevor hat nicht mal eine Waffe dabei, er trägt nur T-Shirt und Boxershorts.

Glücklicherweise ist niemand aufgewacht; nachts wird das Gebäude nur von Bewegungsmeldern gesichert, keine

Cops stehen davor, eine Sicherheitsfirma kommt alle drei Stunden vorbei.

Es braucht eine gute halbe Minute, bevor Trevor alle Riegel zurückgelegt hat und die Tür aufreißt. Ich habe das Licht eingeschaltet und so entgeht mir kein Detail, als Cam schließlich vor uns steht. Immer noch trägt er seinen Smoking, sein Gesicht ist grau.

»Cam, was …?«, keuche ich, sobald ich meine Stimme wiedergefunden habe.

Er ist über und über mit Blut beschmiert, das träge von seinen Händen zu Boden tropft. In seinem Blick steht purer Schock. Und seine Stimme ist nur ein heiseres, aber endgültiges Flüstern:

»Ich habe sie umgebracht.«

EPILOG

DER HOLYROOD PALACE GIBT BEKANNT

CALLUM, DER ERSTE, SCHOTTISCHER
KÖNIG VON
GOTTES GNADEN,
IST HEUTE NACHT IM ALTER VON
VIERUNDFÜNFZIG JAHREN FRIED-
LICH IN SEINEM BETT ENTSCHLAFEN.
WIR TRAUERN UM UNSEREN VATER,
EHEMANN, KÖNIG.
GOTT SCHÜTZE UNSER SCHOTTI-
SCHES KÖNIGREICH.
GOTT SCHÜTZE DEN KÖNIG.

Fortsetzung folgt …

Thank you!

DANKSAGUNG

Eigentlich war das alles ganz anders geplant. Cameron und Charlie sollten sich »irgendwie« gegen das schottische Königshaus und ihre Väter und überhaupt ALLE zur Wehr setzen und am Ende glücklich werden. Irgendwo auf der Welt, England wäre es jedenfalls nicht gewesen. Wir wollten noch die Geschichte zwischen Trevor und Tessa mit reinnehmen, wollten alles ein bisschen abrunden und … na ja, so in etwa war der Plan.

Und dann … nahm Trevor die Erdbeere.

Und dann war er auf einmal so unendlich hot.

Und dann haben wir beide genau das Gleiche in den Chat geschrieben.

Oh mein GOTT, ER IST SO HEISS …

Und so kam es, dass der gesamte Plot mit einem Mal umgeworfen war. Wir merkten schnell, dass wir all das, was wir da aufgerissen haben, nicht in einem Teil kitten können, und deshalb gibt es noch einen dritten.

Welches Team seid ihr?

Team Trevor?

Team Cameron?

Oder soll Charlie sich einfach von beiden lossagen und in die USA gehen? Vielleicht auch nach Kanada oder Alaska. Irgendwohin, wo sie von all dem, was gerade in England und Schottland vor sich geht, verschont bleibt? Ein Kloster wäre auch eine Option.

Wir sind elendig aufgeregt und wollen unbedingt wissen, was ihr denkt, schon weil wir soooo verliebt in Trevor sind und Cameron auch und uns sowieso nicht entscheiden können.

Jetzt das Wichtigste:

Wir danken Euch, dafür, dass ihr da seid.

Danke, Jane. S. Wonda für das nächste wunderschönes Cover. Wirklich, du bist ein Genie Baby. Außerdem danken wir natürlich unseren Testlesern, wir lieben es einfach, mit euch zu spinnen, zu träumen, zu diskutieren und zu schwärmen.

DANKE, dass wir uns immer auf euch verlassen können.

DANKE, dass ihr alle dieses Werk gekauft habt. DANKE, dass ihr nach all der Zeit immer noch hinter uns steht und an uns glaubt.

Wir werden euch nicht enttäuschen, der dritte Teil wird ein Feuerwerk werden. Versprochen!

Eure Kera und Don

#Liebe

ÜBER DON BOTH

Die 30-jährige Tschechin, die in Bayern lebt, fing im Alter von zwölf Jahren an Geschichten zu schreiben, weil sie die beste Kurzgeschichte in der Schule abliefern wollte. Der Plan gelang und sie entdeckte dadurch ihr Talent, Geschichten erzählen zu können.
Während ihrer Schulzeit und ihrer Berufsausbildung als Kinderpflegerin ließ sie ihrer Fantasie als Hobbyautorin freien Lauf. Der Schwerpunkt ihrer Erzählungen lag anfangs meist bei Liebesromanen, und humorvollen Komödien. Jedoch kam auch das Drama, die Fantasy und der Horror nicht zu kurz. Im späteren Verlauf floss auch immer mehr Erotik ein und diese Kategorie entwickelte sich schnell zu einer ihrer liebsten.

Im Jahr 2010 wagte sie den großen Schritt und stellte einige ihrer Erzählungen auf einer Fanfiktion- Seite einer breiteren Leserschaft zu Verfügung. Ihre Angst Spott und Häme dafür einzustreichen, war mehr als unbegründet. Sie hatte durch ihre provokanten aber ehrlichen Geschichten schnell eine große, begeisterte Leserschaft und gewann einige Wettbewerbe und Preise.

Durch diese Erfolge ermutigt veröffentlichte sie im Jahr 2013 ihren ersten erfolgreichen Roman »Immer wieder Samstags« und gehört seit dem zu einer der meistgelesenen Autoren auf dem ebook- Markt.

Privat engagiert sie sich für den Tierschutz und lebt mit ihren Katzen, ihrem Mann und ihrem Sohn im kleinsten Kuhkaff der Welt.

Lesetipp

Vorgängerteile – Unter deiner Haut – Reihe!

Unter deiner Haut:

Immerwieder – Reihe (The unholy Book of Tristan Wrangler)

Lesetipp, wenn man mehr über Tristan, Mia und Robbies Vorgeschichte erfahren will.

»Die Geschichte wurde schon tausendmal erzählt - er, jung, sexy, knackig und reich. Sie klug, mollig, unsicher, aus armen Verhältnissen … Eigentlich habe ich nicht wirklich damit gerechnet, dass es mich packt - aber wir reden hier von Tristan Wrangler … und der ist wirklich heiß! Und man merkt schnell, dass hinter seiner perfekten äußeren Fassade ein wundervoller Mensch steckt. Ich mag den Schreibstil von Don Both sehr gerne. Sie kann so dreckig schreiben, wie Tristan grinst!«

(The unholy Book of Tristan Wrangler – Sammelband zum Sonderpreis): (Immer wieder Verführung – Sammelband zum Sonderpreis: (Immer wieder Tristan und Mia:

(Immer wieder ist nicht genug)Wer mehr über Luca Cavalli und seine Isabella erfahren will:

Isabella Parker ist zweiunddreißig Jahre alt und hat als erfolgreiche Staatsanwältin beruflich alles erreicht, was man erreichen kann. Privat sieht es ganz anders aus – sie braucht keine Liebe, keine Freunde und keine Familie. Sie ist gern

Einzelgängerin, bis sich, im (Zwangs)Urlaub ihre und die Wege des charismatischen Luca kreuzen, der ihr zeigt, was es heißt zu leben.

Einerseits hat sie so einen aufmerksamen, charmanten und attraktiven Mann noch nie getroffen, doch andrerseits existiert da eine dunkle Seite – eine, die ihr zum tödlichen Verhängnis werden könnte.

Als sie davon erfährt, ist es bereits zu spät und sie den subtilen Verführungskünsten des mysteriösen Fremden verfallen.

Womit der erste Zug seines Spiels vollbracht wäre.

Der etwas andere Don Both Roman …

Abgeschlossene Romanze/Erotik/Thriller

Corvo – Spiel der Liebe:

ÜBER KERA JUNG

Kera Jung wurde im Jahre 1973 in Berlin geboren. Hier wuchs sie auf, besuchte die Schule und absolvierte ihre Berufsausbildung. Das Schreiben war schon immer ihr größter Traum, der leider erst sehr spät Erfüllung fand. Im Jahr 2009 nahm sie ihr Hobby wieder auf, schrieb etliche Romane und machte ihre Passion 2013 mit Veröffentlichung des Romans »Keine wie Sie« zu ihrem Beruf. Seither wurden zahlreiche Romane und Romanreihen veröffentlicht. Neben Kera Jung ist sie auch unter den Pseudonymen Susana Dean und Olivia Carter erfolgreich. Sie liebt ihren Beruf – über allem steht selbstverständlich das Schreiben, aber auch der Kontakt zu ihren Lesern ist ihr sehr wichtig. Deshalb besucht sie jährlich etliche Messen und andere, ähnlich gelagerte Events. Daheim führt sie mit ihrem Mann und ihren zwei Töchtern in einem beschaulichen Ort in den Alpen ein zurückgezogenes Dasein, während ihr bereits erwachsener Sohn in Berlin lebt. In der Ruhe der ländlichen Gegend hat sie den erforderlichen Background gefunden, um sich ganz auf ihre Leidenschaft konzentrieren zu können.

Bisher erschienen (Auszug):

Dark Souls -- Teil eins, BEHATE, BEING, BECOME, The Dark Part of Faith, The Rising of Snow, The Empire of Eden, torms Debut, Devins Survey, Devins Treason, The same procedure of every Year, By your side, By my side, Love me, if you dare, Date me, if you dare, Glorious Bastard, Glorious Devil, Frosty Affair, Stormy Affair, White Pearls and true lies, Close to you, Second Chance, Wild like a Hurricane, Still like a Summerrain, Bright like a Sun-Kissed Day, **Urteil Leben:** Creatio ex nihilo, Feuer und Wasser, Hoffnung, Plan und Zufall, Albträume, Countdown **Keine-wie-Reihe**: Keine wie Sie, Keiner wie Er, Keiner wie Wir, From Yesterday – Sammelband **California-College**: Too Close, Blind, Beautiful Sky, Just another Dream, Never apart, He is Mine, The totally right thing Erstens kommt es anders …, … und zweitens, als man denkt, … und zweitens, als man denkt – Special –, Sammelband Starke Frau, was nun? Back to the roots – Lisa und Chris Twisted Game, The Unforgivable Words (1. Teil), The Unforgivable Words (2. Teil), The Unforgivable Words Sammelband: Chaos Same melband The Kingsley Saga, Vom Sinn des Seins, Der Antityp, Mister Iron & Miss Steel, Sweet Dreams, Blind Wedding, Wedding Excuses, Sammelband Wedding, Hand me down: Falling Girl, Loving Girl, Shadow of Love, Flash-es of Love, **Four Seasons:** Spring – Frühling in New York, Summer – Sommer in L. A. Fall – Herbst in Seattle
Winter – Winter in Boston, Als A.C. Dean: Survive Frank, Impossible Love: Fire and Water Hope, Nightmares, Count-down

Mit Don Both: Black Sky, Hidden Desire, Brainfuck: First Sight, Brainfuck: It's getting harder Brainfuck: The End

Mit Maria O'Hara 14 Carat, 20 Carat, 24 Carat

Fünfunddreißigtausend Dollar.
So viel bekommt Niklas Harper – der Mann für alle Fälle an der Challenge-Academy –, wenn er aus Jennifer Baker ein cooles, angesagtes und vor allem bei den Männern gefragtes Mädchen macht. Es versteht sich von selbst, dass ein intensives Kusstraining und mehr inklusive ist.
Das trifft sich für Jenny ganz gut, ist sie doch seit ihrem ersten Tag an der New Yorker Elite-Highschool in den attraktiven, allseits angebeteten Bad Boy verliebt. Nik kann Jennifa (die Potenzbremse) nicht ausstehen. Zumindest, bis er hinter die Maske des unbeliebten Mädchens blickt ...
Das Schicksal nimmt seinen Lauf. Gerissen trifft auf naiv. Der Löwe trifft auf das Lamm. Absolutes Desinteresse trifft auf glühende Verliebtheit. Kann unter diesen Voraussetzungen eine Seelenverwandtschaft entstehen, zwei Menschen, die einander lieben, oder muss Jenny die bitterste Enttäuschung ihres Lebens hinnehmen?
ALLE BRAINFUCKTEILE in einem Band in der Neuauflage, zzgl. einer neuen Geschichte: THE X-MAS-CLOU.

E-Pub: 978-3-96115-884-3
Print: 978-3-96115-885-0

Wenn eine Jungfrau mit einem Mal eine Prostituierte spielen muss und ein eiskalter Womanizer sein nicht vorhanden geglaubtes Herz entdeckt …
Wenn verborgenes Verlangen bald jeden einzelnen Gedanken bestimmt und man sich dennoch von dem fernhält, was man so sehr will.
Wenn ein irrsinniges Spiel beginnt, das keine Grenzen, keinen Anstand und keine Moral kennt.
Hidden Desire – von Kera Jung und Don Both.
Tabulos, Berauschend und nichts für schwache Nerven …

Mobi: 978-3-96115-459-3
E-Pub: 978-3-96115-461-6
Print: 978-3-96115-462-3

Wenn ein Auftragskiller Gefühle entwickelt und eine verwöhnte Zicke das Leben in der Dunkelheit kennenlernt. Wenn Lust und Verlangen auf Pflicht und Ehre treffen. Und wenn du um das, was du töten sollst, mit einem Mal unter Einsatz deines Lebens kämpfen musst. Was tust du? Wie weit bist du bereit zu gehen?

Mobi: 978-3-96115-529-3
E-Pub: 978-3-96115-530-9
Print: 978-3-96115-531-6